JN197306

川合康三先生喜寿記念論集

〈中国の詩学〉を超えて

研文出版

序

川合康三『中国の詩学』（研文出版、二〇二二年）は、川合氏のこれまでの中国詩学研究の成果を踏まえつつ、それを更に大きく深めた著作である。時代を画する著作と言っていい。二十世紀後半から二十一世紀前半にかけての中国文学研究を代表する重要な著作のひとつとして、我が国の学界に限らず、今後長く広く読み継がれ参照されつづけてゆくであろう。

『中国の詩学』は二十四の章から構成される。各章のタイトルを列挙すれば、「『詩』とは何か、『詩学』とは何か」、「伝統の一貫性」、「文学の二次的意義」、「詩の道義性」、「詩の政治性」、「詩の社会性」、「詩を担う人々——文化共同体」、「規範の形成と展開」、「文学史と文学史観」、「恋愛の文学」、「友情の文学」、「女たちの文芸」、「詩と感情」、「詩と景物」、「詩と修辞」、「文学の動機」、「集団から個別へ」、「詩と事実」、「経験と虚構」、「可視と不可視」、「人生の詩・霊感の詩」、「詩と諧謔」、「作者・話者・読者」、「詩の存在意義」。中国の王朝名や文人名などの固有名詞がいっさい用いられず、代わって時代や場所の限定を超えた抽象名詞が並ぶ。ここには本書の基本姿勢が鮮明にあらわれている。つまり本書は「中国」という限定を超えて広く遠くへと及ぶ普遍的な詩学上の問題を問おうとしているのだ。

普遍的な問題は、同時にまた根源的な問題でもある。深く根源を抉《えぐ》る問いだけが、広く遠くへと及んでゆくことができる。そして、深く根源を抉るためには、ただ抽象をもてあそぶのではなく、個別具体的な事象に寄り添う必要がある。だから本書は中国の文人たちが書き記したさまざまな言葉の個性を丁寧に読み解こうとする。丁寧に読み解くとは、これまで見過ごされてきたものを壊さずにそっと掬《すく》いあげることでもあるだろう。誰にも気づかれずに見過ごされてきたかけがえのないもの、それこそが真の意味での個性ではないか。本書には、本書によってはじめて掬いあげられた中国文学の個性があちこちで魅力的な光を放っている。

『中国の詩学』は、普遍と個別との精妙なバランスのうえに立つ著作であり、またそうであるがゆえに多種多様な誘惑に満ちている。中国文学に関心をもつ者すべてに向けて、そこに示された問題をともに考えようと誘いかけてくる。開かれた著作と言い換えてもいい。そこには、本書に誘われて訪れる者を排除する境界線は存在しない。もちろん川合氏という個性が生んだ著作であるから何らかの境界線は引かれていよう。だが、訪れる者を排除するために引かれたのではない。誰もが望めばそれを「超える」ことが許される。本書はそれを「超える」ように誘いかけているのだ。

ここに『〈中国の詩学〉を超えて』と題して差し出す論集は、『中国の詩学』の開かれた誘惑に応《こた》えようとするひとつの試みである。

〈中国の詩学〉を超えて

目次

序

箱カット『十竹斎箋譜』より「訪菊」

〈中国の詩学〉を超えて

作者の自覚から筆勢の自覚へ

成田　健太郎

『中国の詩学』第二十三章「作者・話者・読者」には、「作品内部における発話者、語りの主体」を意味する「話者」という概念が提示されている。そこでは作者と一致しない話者の存在を認めやすい例として、楽府・歌行や閨怨詩が挙げられているが、そのような作者と話者の区別は、詩の興った初めからすでに成立していたのだろうか。そこまでなくとも、たとえば『詩経』の詩に、それは認められるのだろうか。そこで本稿ではまず、中国古典詩において作者と話者の区別はどのように自覚されたか、『詩経』から順に観察してみたい。

また同著には、「作者はどんな形式の作品であれ、必然的に話者とならざるをえない」とも述べられている。詩以外の中国古典文学のジャンルでは、作者と話者の存在はどのように観察されるのだろうか。そこで本稿では次に、中国古典散文の作者と話者の問題についても検討を試みる。そのなかで、文においては作者と別に、話者というよりもむしろ筆勢という観点が自覚されたという見方を提案したい。

「作者の自覚から筆勢の自覚へ」と題するのは、まず歴史的順序として、先に作者が、後に筆勢が自覚されたという結論を表すが、それと同時に、『中国の詩学』が示した作者と話者の問題が、詩から文へと、そして筆勢というもう一つの問題へと展開していく、そのような含意をもひそかに期するものである。いずれにせよ本篇は、『中国の詩学』に敢えて長大な蛇足を添えるものにすぎない。

一　『詩経』解釈における作者と話者

まずは、『詩経』の古い解釈における作者と話者の存在を観察してみたい。

そもそも作品内部における作者と話者の関係を考えるとき、テクストに一人称を含む例は検討を加えやすい。たとえば『毛詩』邶風「緑衣」の第三章・第四章には、次のように一人称「我」がみえる。

緑兮絲兮、女所治兮。　緑よ絲よ　女の治むる所
我思古人、俾無訧兮。　我　古人を思ふ　訧《とが》無からしめん
絺兮綌兮、凄其以風。　絺《ち》よ綌《げき》よ　凄として其れ以て風ふく
我思古人、実獲我心。　我　古人を思ふ　実に我が心を獲たり

毛伝および鄭箋の解釈によるならば、君主の側室たる「女」（毛伝は字の如く、鄭箋は「汝」と読む）は先に染め後に縫うという衣服製作の工程を違え、寒い季節に夏物の衣を着るごとく秩序を乱しているが、正室たる「我」は古人の定めた礼を守って過失がないという詩意である。小序には、「衛の荘姜己を傷むなり。妾上僭し、夫人位を失ひて、是の詩を作るなり」という。すなわち、詩中の「我」を衛の荘公の正室荘姜《そうきょう》と認定し、秩序を乱す側室に対して自己の正当性を訴える詩と解するのである。

もちろん私などにとっては、古人というのは「我」がかつて愛し、そして離別した相手とした方が理解しやすく、小序・毛伝・鄭箋の解釈は受け入れがたい。しかしながら、それが荘姜であるかどうかはさておき、詩中に「我」という以上、作者と話者を一致させて読むことは、私たちにとっても魅力的な選択に映る。そして、その選択は小序・

毛伝・鄭箋によって勧奨されてもいるのである。

次に、一人称「我」を含む詩としてもう一つ、召南「江有汜」を見てみよう。

江有汜。　　　　江に汜《し》有り
之子帰、不我以。　　之《こ》の子帰《とつ》ぎ　我と以《とも》ならず
不我以、其後也悔。　我と以ならず　其れ後に悔いん
江有渚。　　　　江に渚《しょ》有り
之子帰、不我与。　　之の子帰ぎ　我と与《とも》ならず
不我与、其後也処。　我と与ならず　其れ後に処《や》まん
江有沱。　　　　江に沱《だ》有り
之子帰、不我過。　　之の子帰ぎ　我を過《よぎ》らず
不我過、其嘯也歌。　我を過らず　其れ嘯《うそぶ》きて歌はん

小序には「媵《よう》を美《よみ》するなり」という。当時の貴族の婚姻では、正室と同族の女子を媵《そいよめ》としていっしょに嫁がせることがあったが、詩中の「之の子」すなわち正室は、同族の「我」を媵として伴ってはくれなかった。正室はそのことを悔いるだろう、しかしその後悔もやがて収まるだろう、そして嘯き歌うだろう——毛伝・鄭箋はそのように解する。

私はむしろ、思いを寄せていたのに他の男に嫁いでしまった女への未練を歌うものと解したいが、それはともかく、やはりこの詩も「我」という以上、作者と話者を一致させて読むことは容易である。ところが小序は、自分を伴っていかなかった正室に対しても怨みを抱かない女の徳の高さを賛美する詩と解釈している。すなわち、作者は召の国人

であり、詩中の話者「我」とは一致しないというのである。

つまり、詩中に「我」を含んでも、小序は作者と話者を一致させて解釈するとは限らず、話者と別に作者を設定することがある。そのいずれを選択するかは、ひとえに作者と設定することのできる人物の条件にかかっていると思われる。たとえば有徳にして不遇のヒロインとして著名な荘姜はその条件を満たすが、「江有汜」中の「我」は、媵として輿入れする機会を逸した不特定の女であるならば作者とは認められず、そのために国人を作者とする選択がなされるのだろう。このように見てみると、小序による作者の認定は総じて場当たり的で、「江有汜」のように作者が話者と別に設定されている詩があるからといって、作者の存在が明確に自覚されていたと評価することはできない。

小序・毛伝・鄭箋を連続体として見てみると、小序は、たとえば「緑衣」について「是の詩を作るなり」というのに明らかなように、作者を認定する形式になっている。しかしながら毛伝・鄭箋は、小序の作者認定に沿いつつ、実際は話者のレベルにおいて敷衍している。その解釈は作者のレベルに及ぶことがなく、また、たとえば「緑衣」の小序が詩中の「我」を荘姜と認定するのに対して、毛伝・鄭箋は正当性を訴える正室という解釈の線を守りながらも、荘姜の名を言わない。小序の作者認定は毛伝・鄭箋においてもはやキャンセルされているようにもみえるのである。

以上を要するに、『詩経』の詩の作者は、小序・毛伝・鄭箋において形式上特定されているけれども、突っこんだ解釈は話者に即して行われている。作者の存在は自覚されていないし、自覚されないことが問題にもなっていないのである。そのことは、『詩経』の詩に対する作者特定が序という形式にとどまり、後世の詩に比べてテクスト外的であることとも呼応するだろう。

二　建安の詩の作者と話者

建安の詩に至って、詩のテクストが作者名を附随する傾向はようやく顕著になる。作者の存在がテクストと不可分の位置に食いこんでくるのである。『中国の詩学』第十七章「集団から個別へ」では、詩が個別性を獲得する重要な段階として、「古詩十九首」などの漢の古詩群における個別性の表れが論じられているが、そうした創作のなかで、建安の詩のように作者が話者を兼ねる展開は準備されていたといえよう。

建安の詩において作者が前景化して話者と合一する展開を考えるうえで、曹操の楽府は特に注目すべき作例となる。楽府では、建安以前だけでなくその後も、作者が作中世界の外側にとどまり、作者とは別に話者を設定するのが一般的である。ところが曹操の楽府は、しばしば曹操自身の体験に即した内容を含み、通時的に例外的な作品群となっている。いわば楽府の安定した世界に作者が入ってきて、話者の座に就き自己の体験を歌いあげる、そうしたハプニング性が濃厚に認められるのである。その例として、『楽府詩集』巻三六に収める「善哉行」を見てみよう。

自惜身薄祜、　　自ら惜しまくは身の薄祜にして
夙賤罹孤苦。　　夙に賤しく孤苦に罹《かか》るを
既無三徙教、　　既に三徙の教へ無く
不聞過庭語。　　過庭の語を聞かず
其窮如抽裂、　　其の窮は抽裂せらるるが如く
自以思所怙。　　自ら以て怙《たの》む所を思ふ
雖懐一介志、　　一介の志を懐くと雖も
是時其能与。　　是の時其れ能はんや
守窮者貧賤、　　窮を守る者は貧賤にして

惋歎涙如雨。　惋歎して　涙　雨の如し
泣涕於悲夫、　泣涕す　於《ああ》　悲しいかな
乞活安能覩。　活きんことを乞ふも安《いづく》んぞ能く覩《み》ん
我願於天穹、　我　天穹に願はくは
琅邪傾側左。　琅邪の左に傾側せんことを
雖欲竭忠誠、　雖《た》だ忠誠を竭《つ》くさんと欲し
欣公帰其楚。　公の其れ楚より帰るを欣《よろこ》ぶ
快人由為歎、　人を快くして由ほ為《な》に歎き
抱情不得叙。　情を抱きて叙《の》ぶるを得ず
顕行天教人、　顕行は　天　人に教ふ
誰知莫不緒。　誰か知る　緒あらざる莫きを
我願何時随、　我が願ひ　何《いつ》れの時にか随はん
此歎亦難処。　此の歎き　亦た処し難し
今我将何照於光曜、　今　我　将《は》た何ぞ光曜に照らさるる
釈銜不如雨。　銜を釈《と》くこと雨に如かず

冒頭、話者は早くに父母を亡くして貧賤という身の上を語るが、曹操自身の経歴に照らせば誇張にも思える。あるいはそのような出自は楽府の主題の一つとしてすでに定まっていて、曹操はそれをなぞったにすぎないのかもしれない。一方「琅邪」の句は、初平四年（一九三、曹操三十九歳）に、琅邪郡に避難していた父曹嵩ら家族が殺害された事

実と一致する。曹操の体験に即してこそ意味をもつ措辞であり、この瞬間に話者が曹操という個人に特定される。また「公の其れ楚より帰るを欣ぶ」の句は、董卓によって長安に移されていた献帝が建安元年（一九六）洛陽に帰還したことを、魯の襄公が楚から帰国した故事（『春秋』襄公二十九年）によって言う。これもやはり、曹操の個人的体験を反映した叙述と解される。詩中の話者は、逆境を跳ね返して政治的成功を遂げようとする不特定の人物ではなく、明確に曹操という特異な個人に一致している。

『中国の詩学』第十七章に、漢の古詩群は「まだ特定の個別の顔をもってはいないが、楽府の歌謡的な場とは明らかに異なる個人の声に変わり、建安五言詩に一歩のところまで近づいている」という。曹操の楽府がその一歩を進めた理由は、ひとえにその体験の個別性にあるのではないだろうか。漢の古詩群にも、たとえば「古詩十九首」其十三に「車を上東門に駆り、遥かに郭北の墓を望む」というように、個別的とみなしうる体験は描かれている。しかしながら、それは実のところ多数の人間にとって擬似的に体験可能なものであり、詩において集団的感情に回収されうる。そもそも詩とは、そのように個人的体験を集団的感情に回収するシステムであったのかもしれない。そうした場合、最初にその個別の体験を表出した個人は、詩のなかで特別な地位を失う。しかし、曹操は古詩群と同様に個別の体験を表出したにすぎないけれども、それが集団的感情に回収しようのない特異な体験であったために、個人名を詩にとどめる意味がはじめて獲得されたのではないだろうか。

ところで、曹丕の楽府を見てみると、作者とは別に話者が設定され、楽府として規範的な歌いぶりになっている。岩波文庫『曹操・曹丕・曹植詩文選』は、「特定の個人が楽府を作り始めたこの時期、三曹の楽府にはそれぞれの作者らしさが反映されているのだが、曹丕の場合、作者として自己表出するよりも、楽府のなかの人物に成り代わり、話者としての役割に徹する」と評している。他方、曹植には個人の体験に即した詩が多く、曹植らしさを濃厚に表出していることは周知のとおりである。ただし、その楽府は曹丕と同じく自己表出を抑え、個人的体験を少なくとも曹操ほど明確には言表せず、あるとしても寓意にとどまっている。

『中国の詩学』第十七章は、さらに陶淵明と杜甫の詩について、彼らが詩題に日付を記したこと、詩に個人生活を導入したことを指摘して、詩が集団から個別に展開する様相を描きだす。彼らはいわば、話者と完全に一致する作者の実在を示そうとしたのであり、また彼らの生活は、詩中の話者を身をもって体現しようとする営みになったのかもしれない。

三　文における話者

文に目を移すと、少なくとも詩に比べれば、その話者は作中世界の外側にあって全知の視点で語ることが多いといえるだろう。そのような語りにおいて、話者がどのような人物であるかは基本的に意識されない。例外は自分語りの文であり、話者が作中主体と一致する。曹丕には「典論自叙」（『三国志』魏書・文帝紀裴松之注）の作があり、『中国の自伝文学』（創文社中国学芸叢書）も、一人称を用いる珍しい自叙として論及している。曹丕は「余」という一人称を用いて自身の文武の才を述べつらねるが、その一節を見てみよう。

建安初、上南征荊州。至宛、張繡降。旬日而反、亡兄孝廉子修、従兄安民遇害。時余年十歳、乗馬得脱。夫文武之道、各随時而用。生于中平之季、長于戎旅之間、是以少好弓馬、于今不衰。

建安の初め、上　南のかた荊州を征す。宛に至りて、張繡降る。旬日にして反し、亡兄孝廉子修、従兄安民害に遇ふ。時に余は年十歳、馬に乗りて脱するを得。夫れ文武の道は、各おの時に随ひて用ゐる。中平の季《すゑ》に生まれ、戎旅の間に長じ、是を以て少《わか》くして弓馬を好み、今に于《おい》て衰へず。

幼少時に辛くも危難を脱した体験を語ってから、武芸を絶えず学んできた経歴にすかさず話題を転じ、自身の「今」現在の心身の充実ぶりに説き及ぶ展開は鮮やかである。もし一人称を除いたとしても、「今」という時間の特定によって、話者の存在は顕著に発露している。さきに、曹丕の楽府には曹操のような作者の自己表出がみられないと指摘したところだが、「典論自序」の文は、喋々と自分語りを続ける曹丕自身の姿を鮮明に映し出しているのである。『曹操・曹丕・曹植詩文選』も、「一方、曹丕の散文には生々しい感情、曹丕ならではの思いがのびのびと表現されている」と指摘している。

いわば、曹操が楽府によって行った自分語りを、曹丕は自叙によって行ったわけだが、それは曹丕のジャンル規範意識の確かさがもたらした結果ではないだろうか。すなわち、自分語りを行うべきジャンルは楽府ではなく自叙であるという認識であり、それは通時的にみて妥当だろう。「典論自叙」は、本来『典論』という大著の一篇だが、曹丕以前にもそのような自叙は複数著されていた。『中国の自伝文学』が論及するのは、司馬遷『史記』太史公自序、班固『漢書』叙伝、王充『論衡』自紀篇の三篇である。このなかでも「発憤著書」に集約される特異な体験を語る「太史公自序」は、「典論自叙」の叙述に大きく影響しているのではないだろうか。

ただし、注意しなければならないのは、「典論自叙」にせよ先行する三篇にせよ、自叙の目的は、少なくとも形式上は自分語りではなく、著述全体の意義を総括して述べることにある。つまりその必要があるゆえに、あくまで副次的に自己の経歴を詳細に説き述べるという体裁になっているはずである。『典論』がいかなる著述であったか、今やその全貌は知れないけれども、曹丕は率直にそのように見せたいと思う自己を自叙の文に吐露したというだけではなく、『典論』の著者にふさわしい自己を描き出したという一面があるのではないだろうか。『曹操・曹丕・曹植詩文選』は、曹丕の楽府について「さまざまな個性を使い分ける、そんな器用さ」を指摘しているが、そうした器用さは、彼の文にも部分的に当てはまりはしないだろうか。

ところで、さきに「典論自叙」の「余」のように自叙が一人称を用いるのは珍しいという『中国の自伝文学』の指摘に触れておいたけれども、たとえば『史記』における三人称的自称「太史公」の使用は「太史公自序」に限らず、各篇の末尾におおむね添えられる論賛の文も「太史公曰」の決まり文句から始まる。これらの論賛は、歴史世界をその外側から全知の視点で語ってきた話者が、にわかに表情を覗かせて自身の思想を開陳するテクストと見なしうる。『史記』全体を俯瞰すれば、各篇の論賛と「太史公自序」が、本体たる歴史語りに附加された外的テクストになっているのである。このようなテクスト構造は、後の史書にも継承され、筆勢の自覚を準備することになる。

四　范曄の筆勢論

范曄は「獄中に諸甥姪に与ふる書」（『宋書』范曄伝）において、自著『後漢書』の文を次のように評している。

吾雑伝論、皆有精意深旨。既有裁味、故約其詞句。至於循吏以下及六夷諸序論、筆勢縦放、実天下之奇作。
吾が雑伝の論は、皆な精意深旨有り。既に裁味有れば、故《ことさら》に其の詞句を約《つづ》む。循吏以下六夷に及ぶ諸序論に至りては、筆勢縦放、実に天下の奇作なり。

「循吏以下六夷に及ぶ」とは、列伝八十巻のうち末尾の十五巻、すなわち循吏、酷吏、宦者、儒林、文苑、独行、方術、逸民、列女、東夷、南蛮西南夷、西羌、西域、南匈奴、烏桓鮮卑よりなる群体別列伝の部分を指す。そして「雑伝」とはそれより前の、個人別の列伝六十五巻をいうのだろう。『後漢書』の本紀・列伝は、各巻の末尾に韻文の賛を附し、またしばしば巻ごとに、あるいは人物ごとに散文による論をも附帯する。これらが『史記』の「太史公曰」に始まる論賛の後裔であることは言うまでもないが、韻文の賛には、ほとんど体裁を整える意味合いしかないだろう。

そして范曄は、「雑伝」の論では、「裁味」すなわち人物に対する論断の意味合いがあるから詞句に抑制をかけているといい、循吏以下の序・論では、筆勢が思うままに発揮されていると自賛する。序とは、列伝各巻の冒頭におかれるいわば総論であり、范曄はこの部分についても自負しているようだが、実のところどこまでが序として記されているのか自明ではないので、しばらく検討の対象から除いておく。

范曄のいう「雑伝」六十五巻にはつごう八十八首の論がみえ、循吏以下の十五巻には十二首ある。この二グループを比較してみると、文の長さに明らかに異なる傾向が見てとれる。試みに一首ごとの字数についてそれぞれ中央値を求めると、前者は一〇〇・五字、後者は二七〇字となり、循吏以下の論が明らかに長いのである。たとえば、西羌列伝の論は七四四字で最長である。いま原文のみ示す。

論曰、羌戎之患、自三代尚矣。漢世方之匈奴、頗為衰寡、而中興以後、辺難漸大。朝規失綏御之和、戎帥騫然諾之信。其内属者、或倥傯於豪右之手、或屈折於奴僕之勤。塞候時清、則憤怒而思禍。桴革暫動、則属鞬以鳥驚。故永初之間、群種蜂起。遂解仇嫌。結盟詛、招引山豪、転相嘯聚、揭木為兵、負柴為械。轂馬揚埃、陸梁於三輔。建号称制、恣睢於北地。東犯趙魏之郊、南入漢蜀之鄙、塞湟中、断隴道、焼陵園、剽城市、傷敗踵係、羽書日聞。幷涼之士、特衝残斃、壮悍則委身於兵場、女婦則徽纆而為虜、発冢露胔、死生塗炭。自西戎作逆、未有陵斥上国若斯其熾也。和熹以女君親政、威不外接。朝議憚兵力之損、情存苟安。或以辺州難援、宜見捐弃。或懼疽食浸淫、莫知所限。謀夫回遑、猛士疑慮、遂徙西河四郡之人、雑寓関右之県。発屋伐樹、塞其恋土之心。燔破貲積、以防顧還之思。於是諸将鄧隲、任尚、馬賢、皇甫規、張奐之徒、争設雄規、更奉征討之命、徴兵会衆、以図其隙。馳騁東西、奔救首尾、揺動数州之境、日耗千金之資。至於仮人増賦、借奉侯王、引金銭縑綵之珍、徴糧粟塩鉄之積。所以賂遺購賞、転輸労来之費、前後数十巨万。或梟剋酋健、摧破附落、降俘載路、牛羊満山。軍書未奏其利害、而離叛之状已言矣。故得不酬失、功不半労。暴露師徒、連年而無所勝。官人屈竭、烈士憤喪、段熲受事、専掌軍任、資山西之猛性、練戎俗之態情、窮武思尽飆鋭以事之。被羽前登、身當百死之陳、蒙没氷雪、経履千折之道、始殄西種、卒定東寇。若乃陥撃之所殲傷、追走之所崩籍、頭顱断落於万丈之山、支革判解於重崖之上、不可校計。其能穿竄草石、自脱於鋒鏃者、百不一二。而張奐盛称「戎狄一気所生、不宜誅尽、流血汚野、傷和致妖」。是何言之迂乎。羌雖外患、実深内疾、若攻之不根、是養疾疴於心腹也。惜哉寇敵略定矣、而漢祚亦衰焉。嗚呼、昔先王疆理九土、判別畿荒、知夷貊殊性、難以道御、故斥遠諸華、薄其貢職、唯与辞要而已。若二漢御戎之方、失其本矣。何則、先零侵境、趙充国遷之内地。煎当作寇、馬文淵徙之三輔。貪其暫安之勢、信其馴服之情、計日用之権宜、忘経世之遠略、豈夫識微者之為乎。故微子垂泣於象箸、辛有浩歎於伊川也。

もちろん、「雑伝」でも左周黄列伝の論は五八二字と長く、循吏以下でも烏桓鮮卑列伝の論は九二字と短いなど、外れ値はあるけれども、大きな傾向としては、「其の詞句を約む」とは文が短くまとまっていることを、「筆勢縦放」とは文が長く展開されていることをそれぞれ意味するとみてよいだろう。

二グループの論に量的な差異は確かに認められるが、質的にはどうだろうか。范曄の語は、文字どおりにはもちろん質的な差異をも含意しうるけれども、論のテクストからそれを読みとることは実のところ難しいように思われる。ただ一つ注目されるのは、「雑伝」に含まれる耿弇列伝の論に、次のように一人称「余」がみえることである。

論曰、余初読蘇武伝、感其茹毛窮海、不為大漢羞。後覧耿恭疏勒之事、喟然不覚涕之無従。嗟哉、義重於生、以至是乎。昔曹子抗質於柯盟、相如申威於河表、蓋以決一旦之負、異乎百死之地也。以為二漢当疏高爵、宥十世。而蘇君恩不及嗣、恭亦終塡牢戸。追誦龍蛇之章、以為歎息。

論に曰く、余初め蘇武伝を読み、其の毛を窮海に茹《くら》ひ、大漢に羞《はぢ》を為さざるに感ず。後に耿恭の疏勒の事を覧《み》、喟然として涕《なみだ》の従《よ》る無きを覚えず。嗟哉《ああ》、義の生よりも重きこと、以て是《ここ》に至れるか。昔曹子質を柯盟に抗《あ》げ、相如威を河表に申ぶるは、蓋し以て一旦の負を決し、百死の地に異なるなり。以為へらく二漢当に高爵を疏《わか》ち、十世宥《ゆる》すべしと。而して蘇君は恩嗣に及ばず、恭も亦た終に牢戸に塡《み》つ。追うて龍蛇の章を誦し、以て歎息を為す。

この論は、疏勒城において匈奴の軍に包囲されながらも降らなかった耿恭の事跡を対象とし、范曄自身がまず『漢書』蘇武伝を読み、また耿恭についての記録を目にして、その苦難と節義に嗟嘆する姿が、簡潔ながら劇的に描かれている。筆勢を抑えたグループに属する文において、これだけ話者の存在が表出していることは興味深い。つまり、話者の表出と筆勢の発露とは、相関しないと考えられているのではないか。

筆勢が文の長く展開することを意味するのであれば、それが「天下の奇作」と自賛する理由として十分であるかどうか、疑問がないではないが、一つ補足するとすれば、南斉・王僧虔の「論書」（『法書要録』巻二）にこのような記事がある。

亡従祖中書令珉、筆力過於子敬。書旧品云、有四疋素、自朝操筆、至暮便竟、首尾如一、又無誤字。
亡従祖中書令珉は、筆力子敬に過ぐ。書の旧品に云ふ、四疋の素有れば、朝より筆を操《と》りて、暮に至りて便ち竟《を》へ、首尾一の如く、又た誤字無しと。

王僧虔が祖父の弟にあたる王珉について、その筆力は王献之にも勝ると評価し、夥しい字数を速くかつ正確に書くことができたという証言を過去の書の品評から補っている。書の領域において筆力の語は、長大に書く力を積極的に名状する用法を備えていたのである。つまり、文が長大に生成される状況を、范曄が筆勢と称して積極的に自覚したと考えても、少なくとも近い時代の書論における筆力の捉え方とは矛盾しない。

以上のとおり、『後漢書』の論のテクストと、その作者であり話者でもある范曄の自己評論から、筆勢という文の見どころが、話者の表出と異なるものとして提示されていることを確認しておく。

五　中唐の古文にみる筆勢の自覚

文の筆勢という論点は、実のところその後順調に継承展開されなかった。駢文の流行こそはその主因だろう。拙著『中国中古の書学理論』第五章「魏晋南朝の文論・書論にみる風格論と技法論」は、『文心雕龍』総術にいう文筆説、すなわち有韻の文と無韻の筆に二分する文体論を取りあげたうえで、筆勢は形式上の規格をそなえる「文」では抑制され、規格から自由な「筆」においてこそ発露して審美の焦点になったと議論している。複雑な規格をもつ駢体の文が長らく主流の地位を占めたことによって、筆勢の表出は抑えられ、論点として前景化する機会をも失ったのだろう。

その後、韓愈・柳宗元ら中唐の古文家は、駢文に対抗して古文というスタイルを練りあげるなかで様々な工夫を凝らした。たとえば柳宗元「捕蛇者説」は、一人称「余」を用いて作中に話者を導入する。いま原文のみ示す。

永州之野産異蛇、黒質而白章。触草木尽死、以齧人無禦之者。然得而腊之以為餌、可以已大風、攣踠、瘻癘、去死肌、殺三蟲。其始太醫以王命聚之、歳賦其二。募有能捕之者、当其租入。永之人争奔走焉。有蔣氏者、専其利三世矣。問之、則曰、「吾祖死於是、吾父死於是、今吾嗣為之十二年、幾死者数矣」。言之貌若甚慼者。余悲之、且曰、「若毒之乎。余将告於莅事者。更若役、復若賦、則何如」。蔣氏大戚、汪然出涕、曰、「君将哀而生之乎。則吾斯役之不幸、未若復吾賦不幸之甚也。嚮吾不為斯役、則久已病矣。自吾氏三世居是郷、積於今六十歳矣。而郷鄰之生日蹙、殫其地之出、竭其廬之入。号呼而転徙、餓渇而頓踣。触風雨、犯寒暑、呼号毒癘、往往而死者、相藉也。曩与吾祖居者、今其室十無一焉。与吾父居者、今其室十無二三焉。与吾居十二年者、今其室十無四五焉。非死則徙爾、而吾以捕蛇独存。悍吏之来吾郷、叫囂乎東西、隳突乎南北。譁然而駭者、雖鶏狗不得寧焉。吾恂恂而起、視其缶、而吾蛇尚存、則弛然而臥。謹食之、時而献焉。退而甘食其土之有、以尽吾歯。蓋一歳之犯死者二焉、其餘則熙熙而楽、豈若吾郷鄰之旦旦有是哉。今雖死乎此、比吾郷鄰之死則已後矣。又安敢毒耶」。余聞而愈悲。孔子曰、「苛政猛於虎也」。吾嘗疑乎是。今以蔣氏観之、猶信。嗚呼、孰知賦斂之毒有甚是蛇者乎。故為之説、以俟夫観人風者得焉。

ただ永州の民の特異な生活を記録するのであれば、全知の視点でも叙述することはできた。また問答形式にするとしても、「客」のような話者を仮構する選択もありえたろう。ただ、捕蛇者の語を聞いて悲しみ、『礼記』檀弓下の孔子の語を想起する話者は、柳宗元自身こそ最適に思える。さきに見た『後漢書』耿弇列伝では、耿恭の事跡を記述し終えたのちに「論曰」と区切りを明示して話者范曄を表出していたが、「捕蛇者説」にはその境界がなく渾然一体となっている。中唐の古文においても話者の運用はやはり試みられ、柳宗元はそれによって新たな可能性を開いたように思われる。

一方、韓愈は筆勢の運用を試みたのではないか。例として「馬説」を見てみよう。

世有伯楽、然後有千里馬。千里馬常有、而伯楽不常有。故雖有名馬、祇辱於奴隷人之手、駢死於槽櫪之間、不以千里称也。馬之千里者、一食或尽粟一石。食馬者、不知其能千里而食也。是馬也、雖有千里之能、食不飽、力不足、才美不外見、且欲与常馬等、不可得。安求其能千里也。策之不以其道、食之不能尽其材、鳴之而不能通其意。執策而臨之、曰、「天下無馬」。嗚呼、其真無馬邪。其真不知馬也。

文全体が、抑揚頓挫といわれるような独特の調子をそなえている。それは具体的には変化に富むリズムであり、また対句らしきリズムを混用しつつ、なおかつ意図的にそれを崩したような句もある。同様の調子は、柳宗元「捕蛇者説」にもいくらか認められよう。

さて、桐城派の古文家馬其昶による『韓昌黎文集校注』には、曾国藩門下の張裕釗による評語がときおり引用されているが、「馬説」の「不知其能千里而食也」の句に対して「筆を折りて以て遒勁の勢を取る」とあるのは注目される。いまその正確な含意を詳らかにはしないが、韓愈の古文に筆勢を認めたことは間違いないだろう。

范曄の論は安定したリズムで、対句も用いていた。そこが文の長さ以外に筆勢の具体的内容を認めがたいゆえんでもあったが、韓愈の文は句の単位において調整を加えることで、筆勢の前景化という結果を得たのである。もう一つ韓愈の例を示すならば、「崔立之に答ふる書」に、五人の「古の豪傑の士」すなわち屈原、孟子、司馬遷、司馬相如、揚雄について、

> 且使生於今之世、其道雖不顕於天下、其自負何如哉。肯与夫斗筲者決得失於一夫之目而為之憂楽哉。
>
> 且つ今の世に生まれしめば、其の道天下に顕れずと雖も、其の自ら負ふこと何如ぞ。肯へて夫の斗筲の者と得失を一夫の目に決して之に憂楽を為さんや。

という。張裕釗はここでも「肯与夫斗筲者決得失於一夫之目而為之憂楽哉」の句を「筆力絶勁」と評している。確かに読者に息をも吐かせぬ切迫した調子は、見どころに映るだろう。このように息の長い句に筆勢の発露を認めることは、范曄が長大な文に筆勢を認めたことと呼応するかもしれない。

ところで、もしも張裕釗が韓愈の文に筆勢を認めた最初であるならば、それを指摘したところで意義が薄弱なように思える。たとえば近世の文話や、評点を附帯する古文のテクストに、文の筆勢を云為する伝統を確認することがで

きるのかもしれないが、目下そこまでの調査には及んでいない。ただ、かりに特定の時代あるいは特定の層の言説において、古文の筆勢を賛美することが少なかったのであれば、それには以下のような事情が関係しているのではないか。

たとえば、韓愈と同時代、裴度の「李翺に寄する書」には、韓愈の文に対する次のような批判が述べられている。

昌黎韓愈、僕識之旧矣。中心愛之、不覚驚賞。然其人信美材也。近或聞諸儕類云、恃其絶足、往往奔放、不以文立制、而以文為戯。可矣乎、可矣乎。

昌黎の韓愈は、僕之を識ること旧し。中心より之を愛し、覚えず驚賞す。然して其の人は信に美材なり。近ごろ或いは諸儕類の云ふを聞く、其の絶足を恃《たの》み、往往にして奔放、文を以て制を立てず、而して文を以て戯れを為すと。可ならんや、可ならんや。

「絶足」「奔放」とは、韓愈の古文の筆勢を、裴度なりに認知して消極的に表現したのかもしれない。裴度は次のようにもいう。

文人之異、在気格之高下、思致之浅深。不在磔裂章句、隳廃声韻也。

文人の異は、気格の高下、思致の浅深に在り。章句を磔裂し、声韻を隳廃するに在らざるなり。

文からは作者の道徳・思想をこそ認知しなければならないという主張は、なるほど古文家の理念に合致するだろう。さきの「文を以て制を立つ」にもそのことは表現されている。裴度は、李翺ら後進が「章句を磔裂し、声韻を隳廃す」という外形的な特徴に飛びついて学習し、古文の本質を見失うことを戒めている。そのように説く裴度の文そのものが、安定したリズムで綴られていることも見逃せない。

中唐の古文家が提唱した古文の理念は、文に対する鑑賞のあり方を、少なくとも建前のレベルでは強く規定したはずである。つまり、表現された思想の正しさこそ古文の第一の美点であるから、筆勢は前景化してはならず、実際は学習したい主要な特徴であるのに、表だって言及することが憚られてきたというのが、本稿で示すことのできる仮説である。

この仮説にしたがえば、古文における筆勢の問題について次のような概観が得られる。すなわち、筆勢は中唐の古文家によってリズムの変化という認知しやすい形式で実現された。しかしながら、顕著な筆勢は古文の主眼である作者に対する認知を妨害しかねないので、結果的に覆い隠された。つまり古文は、筆勢を実は作者よりも前に出やすい特徴として潜在的に保有しつづけたのである。本稿では、韓柳の二三の例をわずかに瞥見したばかりであり、その後の古文をも視野に入れて、筆勢がどのように伏流したか観察することは、将来の論者に譲りたい。

建安詩における自然描写の変容と作者の個——王粲・劉楨を中心に

宋　晗

中国古典詩史上、五言詩の自然描写は後漢の建安年間に勃興したと考えられている。[1] 時の権力者である曹操や曹丕は、しばしば能文の士と共に宴遊を楽しんだが、その席上に作られた詩には、そよぐ風、またたく星、とりどりの草木鳥獣などといった当座を取り巻く風景が克明に描かれている。外界の様相に対する忠実かつ精緻な言語化という志向がうかがわれる点で、宴の詩は確かに五言詩の自然描写の始まりを告げるものであった。以降、謝霊運をはじめとする魏晋南朝の諸家によって山水自然の景観美が五言詩の形に綾なされてゆくこととなる。

長期的展望のもとに見えてくる建安の宴の詩の先駆的役割はさることながら、その同時代的意義については、五言詩の発達という観点に立脚した検討の余地が残されている。周知のごとく、不特定多数の人々の情緒を表現する具であった五言詩は、曹操・曹丕が領導した建安年間の文学活動の中で士人の実人生を反映するものへと変容し、文学的因襲にとらわれない作者固有の表現も姿を現わすようになった。かかる新動向は、集団的な宴の情調を表すために培われた自然描写の位相において認められるのだろうか。宴の詩の実作に習熟していた詩人の手によって、自然描写の方法は宴をテーマとしない詩作に応用されたのだろうか。こうした問題を、本稿では建安七子の筆頭たる王粲・劉楨の詩に即して考えてみたい。

一、宴の詩の基本的性格

自然描写の変容を論じるためには、さしあたりその基となる正調の性質について確認する必要がある。先行研究でしばしば取り上げられてきた曹植「公讌詩」（『文選』巻二〇）の分析から始めよう。

1 公子敬愛客　公子　客を敬愛し
2 終宴不知疲　宴を終うるまで疲れを知らず
3 清夜遊西園　清夜に西園に遊び
4 飛蓋相追随　蓋《がい》を飛ばして相い追随す
5 明月澄清景　明月　清景を澄ませ
6 列宿正参差　列宿《れつしゅう》　正に参差《しんし》たり
7 秋蘭被長坂　秋蘭　長坂を被い
8 朱華冒緑池　朱華　緑池を冒《おお》う
9 潜魚躍清波　潜魚　清波に躍り
10 好鳥鳴高枝　好鳥　高枝に鳴く
11 神飆接丹轂　神飆《しんぴょう》　丹轂《たんこく》に接し
12 軽輦随風移　軽輦　風に随いて移る
13 飄颻放志意　飄颻として志意を放《ほしいまま》にし

14千秋長若斯　千秋　長《とこし》えに斯《か》くの若《ごと》くあらん

「公子」の曹丕が催した遊宴を題材とする同作には、宴の舞台となった西園の眺めが描かれている。またたく月と星、池と坂道を覆う蓮と蘭、さえずる鳥や泳ぐ魚、車遊びの最中に吹くつむじ風。これらの景物を指示する名詞には、清浄感を表す「清」（「清夜」「清景」「清波」）、鳥の形姿の素晴らしさを評する「好」、風に感じる「神」が冠せられ、環境が人にもたらす快適さ、心地よさが表現されている。こうした自然描写は、気忙しい日常から切り離された宴に即したムードを醸していると言える。

ただ、曹植詩の自然描写の性格を、宴の雰囲気を写し出すための布石だと理解するのに留まるのであれば、『詩経』の風物に言及した諸作との差異が今ひとつ見えて来ない。例えば、国風・周南・関雎の冒頭「関関たる雎鳩《しょきゅう》／河の洲に在り／窈窕たる淑女／君子の好逑《こうきゅう》（関関雎鳩　在河之洲　窈窕淑女　君子好逑）」は、后妃の徳を導き出す呼び水として鳴き交わす雎鳩（ミサゴ）の様子が述べられている（いわゆる興の手法）。自然から人事へ、という展開のあり方に注目する限りでは関雎と曹植詩を同工のものと見なすことも可能である。

類似点をことさらに強調して曹植詩を相対化したいわけではない。『詩経』の諸作から区別される曹植詩の特質を把握するためには、その自然描写の詩全体における役割に着眼して読み直す必要があるということである。曹植詩に言及された景物、まずは月・星と蓮・蘭に焦点を絞りたい。当然ではあるが、夜が開ければ月と星を肉眼で視認することは難しくなり、秋が過ぎれば蓮や蘭を目にすることはない。景物が人に知覚されるという出来事には特有の時間的条件が前提されている。とすると、曹植詩における月と星は夜を、蓮と蘭は季節を指示する語としても機能していることになる。こういった景物の列挙によって「某年の初秋の夜の西園」という時空間が特定される。そして、月や花の描写と異なる視角から時間を切り取っているのが、鳴く鳥、泳ぐ魚や車遊びの最中に吹く風といった、極めて短い時間の中に生起する事象を描いた語句である。刻々と推移する時の流れが前景化しているこれらの描写は、「某年の初秋の夜の西園」という時空間の特定より、この時空間の範囲内で発生した現象の動態を表している。つまり曹植詩の自然描写は、特定の地点（西園）、時間帯（夜）の現時を作品に固着させているのである。加えて忘れてはならないのは、曹植詩の自然描写が五官を介して知覚した外界のイメージの言語化だという点である。時空間とその現時、それらの表出に付随する身体性という三要素のもとに、実体験のリアルが自然描写に再現されている。

　如上の分析をふまえて注意されるのは、曹植詩の自然描写と曹植詩のテーマの関係である。テーマと、その雰囲気を演出するための自然描写は、いずれも曹丕主催の宴の表象である。西園の宴の場での所見を凝縮して表したのが自然描写であり、それは同時にテーマそのものと不可分でもある。実体験を基軸とするテーマと表現、自然と人事の結合のあり方こそ、前掲した関雎の「関関雎鳩　在河之洲　窈窕淑女　君子好逑」と一線を劃するものである。后妃の徳を語るのに有効と判断され、自然界から取り上げられた事例としてのミサゴは、主張に説得力を持たせるための引例的性格を帯びている。両作の自然と人事の関係を結びつける論理の根拠について整理しておくならば、関雎は事物の類似性（仮定的なつながり）であり、対する曹植詩は実体験という、人間が物理世界を知覚する過程である。そうした従来の詩から区別される自然と人事の関係が、曹植詩の自然描写の新しさを担保している（曹植詩と同様の志向が王粲・劉楨らの「公讌詩」にも徴されるのは言うまでもない）。

　画期的な宴の詩の自然描写に関しては、それを組成する景物が建安以前からの文化的な脈絡を有していることが川合康三氏によって指摘されている。[3]『詩経』の文言を承けて聖人の徳を象徴する魚や鳥は、宴の主人・曹丕への礼賛であるとともに、当座の宴の理想的な雰囲気を醸していると言う。川合氏の視座に則って再度曹植詩を読み直してみると、魚と鳥以外の景物にも来歴があったことに気づかされる。蘭が叢生する坂道、蓮が咲く池などといった庭園の景観のありようは、既に建安以前の文藝的作品において庭園の眺めとして表れていた。後漢洛陽宮の壮麗なたたずまいを描いた張衡「東京賦」（『文選』巻三）の一節を掲げよう。

濯龍、芳林、九谷、八溪。芙蓉覆水、秋蘭被涯。渚戯躍魚、淵游亀蠵。永安離宮、脩竹冬青、陰池幽流、玄泉洌清。鵯鶋秋棲、鶻鵃春鳴。鴡鳩麗黄、関関嚶嚶。

濯龍、芳林、九谷、八渓あり。芙蓉　水を覆い、秋蘭　涯《きし》に被る。渚には躍魚　戯れ、淵に亀蠵《きい》　游ぶ。永安の離宮には、脩竹　冬青く、陰池　幽流、玄泉　洌清なり。鵯鶋《ひつきよ》　秋に棲み、鶻鵃《こつとう》　春に鳴き、鴡鳩麗黄《しよきゆうれいこう》、関関嚶嚶たり。

洛陽宮の北辺に位置する五つの宮殿（濯龍・芳林・九谷・八溪・永安）の景観が描かれている。芙蓉に満ちた水流、秋蘭に被われた岸辺、永安の離宮の竹と清らかな水流、この間に悠遊する魚と鳥。こうした景物のまとまりのうち、秋蘭に関する風物が曹植「公讌詩」の「秋蘭被長坂　朱華冒緑池　潜魚躍清波　好鳥鳴高枝」の源泉となっている。いったい、張衡の賦が分類される京都の賦群は、都城の比類無き豊かさの表出によって、その主である皇帝の徳を賛美することを目的としているが、多大な人力・財力を費やして造営された庭園の景観はその具体的な表れとしていかにも適切であった。そうして、美と徳を兼備する帝王の庭園の風物は、場の理想性の表出という建安年間の宴の詩の目的にも合致し得る。張衡が目にした洛陽宮と、曹植らが集った鄴の西園の風景が全く同一のものであったかはさておき、日常から離陸した格別な一時の雰囲気と釣り合う詩の表現の材料に、京都の賦に描かれたような華やかで豊かな風物は適しているのである。さらに張衡の文名を念頭に置くならば、「東京賦」の措辞が直に曹植詩に受け継がれていると想定するべきであろう。(4) 張衡の世界に対する認識の形が、曹植の表現を導いたと言ってもよい。

これを要するに、宴の詩の自然描写の素材となった事物は、おおよそ既に士人社会に知悉されていたものである。賦と詩の対照で見えてくるこの事実は、宴の詩に歓喜の景観が歓喜を導くというような、一種トートロジカルな図式が備わっていることを示唆している。極言すれば、宴という人間関係が前提していれば、西園でなくとも西園のそれに類似する景物が詩に表現され得るのではないか。この推論に関しては王粲の失題詩（宋紹興本『藝文類聚』巻二八・人部一二・遊覧）が補助線となる。

1　列車息衆駕　列車　衆駕を息《やす》め
2　相伴緑水湄　相伴うて緑水の湄《ほとり》にあり
3　幽蘭吐芳烈　幽蘭　芳烈を吐き
4　芙蓉発紅暉　芙蓉　紅暉を発《ひら》く
5　百鳥何繽翻　百鳥　何ぞ繽翻《ひんほん》たり
6　振翼群相追　翼を振るいて群は相い追う
7　投網引潜鯉　投網は潜《もぐ》る鯉を引き
8　強弩下高飛　強弩は高く飛ぶとりを下《お》とす
9　白日已西邁　白日　已《もつ》て西に邁《ゆ》かんとす
10　歓楽忽忘帰　歓楽　忽として帰るを忘る

同作は『広文選』巻九に「清河作」の題で収録されているが、この詩題が事実であるとすれば、鄴（河北省邯鄲市臨漳県）ではなく清河（河北省邢台市）で作られたことになる。出征中の曹丕が作った「清河に於いて作る」（『藝文類聚』巻二八・人部一二・遊覧）を勘案すると、王粲詩も軍旅の途上、清河に駐屯した時に作られた可能性が高い。詩の文言に徴する限りで、王粲詩の舞台は西園のように整えられた庭園ではなく野外のようだが、しかし狩猟の楽しみに先立って描かれている蘭・蓮・鳥といった景物は曹植「公讌詩」と一致している。鄴と清河という異なる地点であっても、そして宴の行事（車遊びと狩猟）が異なるにしても、集団活動の楽しさを喚起する自然物の種類に大きな差異は認められない。集団的な状況である宴の情調を増幅するための詩であるからには、曹植・王粲ら建安の諸家にとっては共有されている美的観念を言語化するのが自然な感覚だったのであろう。

宴の詩の自然描写は、あくまで宴という状況に奉仕する表現である。夏から初秋にかけての夕風夜風の爽やかさ、草花の鮮やかさなどといった物は、それらがそのままに描写される限りで身体的な快適を示し、身体的な快適は精神の快を暗示するのに有効である。しかし他方、宴の詩の自然描写で宴の状況以外の現実を微細に表すのは難しい。本稿の趣旨からして重要なのは、宴の詩の自然描写が、それを知悉している建安詩人の個別的な境遇に即して変換され、新たな表現に昇華されているのかどうかである。この問題を、次節以降では王粲と劉楨の詩作を中心に考察してゆく。

二、王粲「雑詩」における西園の形象——実景と寓意——

鄴の西園は宴の詩の主要な舞台であり、そこにある風物は人に快をもたらすものであった。ところが西園を舞台とする王粲「雑詩」[6]（『文選』巻二九）において、西園の景観は王粲の個人的な憂悶と結びついている。本節では、歓喜を導くはずの西園の景観が悲哀と結合したことの意味について検討する。まずは全文を掲げる。

1 日暮遊西園　日暮れて西園に遊び
2 冀写憂思情　憂思の情を写《のぞ》かんと冀《ねが》う
3 曲池揚素波　曲池　素《しろ》き波を揚げ
4 列樹敷丹栄　列樹　丹《あか》き栄《はな》を敷く

上有特棲鳥　上に特《ひと》り棲む鳥有り
懐春向我鳴　春を懐《おも》い我に向かいて鳴く
褰衽欲従之　衽《おくみ》を褰《かか》げて之《これ》に従わんと欲するに
路嶮不得征　路嶮《みちけわ》しくして征《ゆ》くことを得ず
徘徊不能去　徘徊して去る能わず
佇立望爾形　佇立して爾《なんじ》が形を望む
風飄揚塵起　風飄　塵を揚げて起こり
白日忽已冥　白日　忽として已《もっ》て冥《く》れぬ
迴身入空房　身を迴《めぐ》らして空房に入り
託夢通精誠　夢に託して精誠を通ぜんとす
人欲天不違　人の欲するには天違《たが》わず
何懼不合并　何ぞ合并せざるを懼《おそ》れんや

憂いを晴らすために西園で散策したが、しかし憂いを取り除くことは難しい、というのがこの詩の筋書きである。王粲の憂いの原因についての詮索はひとまず置き、詩の景観描写を概観する。憂いを抱える王粲が目にする西園の雰囲気は、宴の時のそれと似て非なるものである。なるほど、第二聯の「素波」「丹栄」の対は曹植「公讌詩」の「朱華冒緑池」に、第三聯の枝に止まる鳥も曹植詩の「好鳥鳴高枝」に類する。しかしながら、鳴きかけてくる鳥は「特《ひと》り棲む」と形容されて孤独感が押し出され、さらに11 12のつむじ風と残照は、宴の場としての西園を包んでいた清らかな風や光に比べて不快感が際立っている。歓喜の情と結合するのが定石であった西園の景観は、個人の憂愁を再確認させるものへと変貌を遂げている。

ただ、王粲「雑詩」の自然描写が、先に見てきた宴の詩群、例えば曹植「公讌詩」よりも一層緊密な対句や新しい景観把握など、修辞技法の面で明らかに優れているというわけではない。王粲「雑詩」における自己表出の新しさは自然描写の技法ではなく、対象とされる場所と作者の独特な関係に示現していると考えられる。そこで注意されるのが、宴の詩と王粲「雑詩」のコンテクストの相違である。ごく概略的にではあるが比較してみよう。

宴の詩は――作り手が主人・客人のいずれであるにせよ――快適な環境が現出した時間に、整えられた景観を有する庭園で、非日常的な雰囲気を味わう状況を内容とする。詩に描かれた清らかな風と月、安らかに息づく動物、珍味と美酒、席上に風発する談論は、宴の場にある者全てが共有する喜びという一つのイメージに還元される。対する王粲「雑詩」は、王粲の憂悶を核とした複層的な文脈を背景に持つ。憂悶を晴らす散策の場に西園が選ばれたということには、憂悶を晴らすのに西園が適していたとの王粲の価値判断が介在しており、この判断は、西園でしばしば開かれた宴という建安詩人の共同記憶に基づく。つまり王粲「雑詩」は個人の憂い、西園の宴に参加した記憶と、この記憶に立脚して西園で自らの心を慰撫せんとする予期という三つの要素が表現された内容の土台となっている。西園と王粲の複層的で個別的な関係のもとに、宴の詩の自然描写は至福感の具象化ではなく、王粲の低迷する気持ちを照射するものへと奪胎されたのである。

宴の詩の自然描写の意味合いを変容させた王粲「雑詩」については、同作に表出された憂いの原因が作品の読解に関わる要素として議論されてきた。この詩が作られた時期の王粲は曹操政権のもとで鬱屈を抱え込んでいたと思しく、[7]したがって同作において王粲が追いかけた鳥や、土埃を巻き上げる風、消えゆく残照に彼の真意が諷されていると考えられている。[8]そうした王粲「雑詩」の託意性は、曹植「王粲に贈る」(『文選』巻二四)によって傍証されるところであろう。

1 端坐苦愁思　端坐して愁思に苦しみ
2 攬衣起西遊　衣を攬《と》りて起ちて西遊す
3 樹木発春華　樹木　春華を発《ひら》き
4 清池激長流　清池　長流　激す
5 中有孤鴛鴦　中《うち》に孤なる鴛鴦有り
6 哀鳴求匹儔　哀鳴して匹儔を求む
7 我願執此鳥　我　此の鳥を執《とら》えんことを願うも
8 惜哉無軽舟　惜しい哉　軽舟無し
9 欲帰忘故道　帰らんと欲するも故道を忘れ
10 顧望但懐愁　顧み望みて但だ愁いを懐《いだ》く
11 悲風鳴我側　悲風　我が側《かたわら》に鳴り
12 羲和逝不留　羲和　逝きて留まらず
13 重陰潤万物　重陰　万物を潤《うるお》す
14 何懼沢不周　何ぞ沢の周《あまね》からざるを懼れんや
15 誰令君多念　誰か君をして念《おも》い多からしめ
16 自使懐百憂　自ら百憂を懐《いだ》かしむる

王粲詩の語彙・構成を踏襲しつつ、王粲への気遣いが示された曹植詩の言辞からして、王粲「雑詩」は現状にまつわる思いを曹植に打ち明けたものであったと考えられる。しからば、王粲が鳥を追いかけたという「雑詩」の内容は寓意のための虚構なのだろうか。むしろ問題として見定めるべきは、表現としての寓意と実景が截然として分かたれたものであるとの前提ではないか。あらためて王粲「雑詩」を読むと、詩の第一聯「日暮遊西園　冀写憂思情」は、作中主体の心境やどこで何をしているのかを示し、「日暮れ時の西園での散策」という王粲の実体験が詩の骨子になっていることを明らかにしている。西園の景観を眺める中で、鳴きかけてくる一羽の鳥に意識が集中し、その姿をひたすら望むうちに低徊する——、詩の句を追うごとに実景描写の寓意が増し、詩の抒情を喚起していると理解するならば、11 12のつむじ風と残照は、矚目の景から、不遇にまつわる意味を感知する王粲の心の動きが把捉された一聯と見なせよう。実景に溶融した寓意も、王粲「雑詩」の特徴の一つに数えることができる。

「雑詩」については、建安詩の総体の中における位置も留意される。建安の五言詩は、表現の質朴と映発する情感のみずみずしさ、力強さによって特色づけられている。王粲の詩作に限ってみても、「従軍詩五首」は軍旅の高揚と悲壮を、「七哀詩」は人間《じんかん》に遍在する悲哀を、そして「公讌詩」は宴の歓喜を、それぞれきわやかに表出している。これら諸作の題材の性質は、詮じつめれば戦乱と祝祭という、二つの非日常的な情景に分類されるのだが、対する「雑詩」は平時の鬱屈が創作の動因となっている。建安詩壇においてまだ一般的でなかった日常生活の低徊が題材に据えられている点で、「雑詩」は王粲の詩業の欠かせない一齣なのである。

三、劉楨の贈答詩——平凡な景観の発見——

宴の詩の自然描写を巧みに変奏し、作者固有の表現に練り上げたのは王粲だけではない。詩にかけては王粲と併称される劉楨も、既存の詩の叙景の定式から逸脱する詩を作っていた。本節では「徐幹に贈る」（『文選』巻二三）を中心に考察する。全文を掲げよう。

宋　晗　32

1 誰謂相去遠　誰か謂う　相い去ること遠しと
2 隔此西掖垣　此の西掖の垣《かき》を隔つるのみ
3 拘限清切禁　清切の禁に拘限されて
4 中情無由宣　中情　宣《の》ぶるに由《よし》無し
5 思子沈心曲　子《きみ》を思いて心曲沈み
6 長歎不能言　長歎して言う能わず
7 起坐失次第　起坐にも次第を失い
8 一日三四遷　一日に三たび四たび遷る
9 歩出北寺門　歩みて北寺の門を出で
10 遥望西苑園　遥かに西苑の園を望む
11 細柳夾道生　細柳　道を夾《はさ》みて生《お》い
12 方塘含清源　方塘　清源を含む
13 軽葉随風転　軽葉　風に随いて転じ
14 飛鳥何翻翻　飛鳥　何ぞ翻翻たる
15 乖人易感動　乖人《かいじん》は感動し易く
16 涕下与衿連　涕《なみだ》下《お》ちて衿と連なる
17 仰視白日光　仰ぎて白日の光を視れば
18 皦皦高且懸　皦皦《きょうきょう》として高く且つ懸《はる》かなり
19 兼燭八紘内　兼ねて八紘の内を燭《て》らし

20 物類無頗偏　物類《ぶつるい》頗偏《はへん》する無し
21 我独抱深感　我は独り深き感《おも》いを抱き
22 不得与比焉　与《とも》に焉《これ》に比《なら》ぶを得ず

劉楨は宮殿内に幽閉されていたと思しい。裴松之注（『三国志』巻二一・魏書・王衛二劉傅伝）に引用された『典略』によれば、劉楨は宴席で甄氏（曹丕の夫人）に対して平伏の礼を取らなかったために罰せられ、労役に服したと言う。「贈徐幹」の成立年代については、この『典略』の記事で曹丕が「太子」と呼称されているのが手がかりとなる[9]。曹丕は建安十六年（二一一）に五官中郎将・副丞相に任命され、同二二年（二一七）に魏王国の太子に立たせられた（『三国志』巻二・魏書・文帝紀）[10]。加えて同年に劉楨が病没したのをふまえると、「贈徐幹」は劉楨最晩年の作ということになる。

詩の冒頭では、軟禁生活の所在なさが叙されている。衷情を述べるべき相手は傍らにおらず、不安のあまりいても立ってもいられない。2「西掖垣」3「清切禁」は、劉楨が幽閉されている場所とその雰囲気を、この詩の読み手である徐幹に明晰に伝える効果を発揮している。そのような宮殿内での彷徨の一幕として、詩の場面は北寺門からの望見に移行する。11～14では澄んだ水を湛えた四角形の堤、芽吹いた柳に飛ぶ鳥というように、清らかさと視野の広がりが形象されている。この描写を構成する「細柳」「方塘」「軽葉」といった語は、既に伊藤正文・亀山朗両氏が指摘している通り、同時代の詩に熟さない言葉だった[12]。「奇を愛す」（『詩品』上品）との鍾嶸の寸評を想起させるが、しかし「細柳」「方塘」「軽葉」に指示される柳と水源が、他の建安詩に見えないわけではない。参考のため、柳と水源が描かれた曹丕「玄武陂に於いて作る」（宋紹興本『藝文類聚』巻九・水部下・陂）から議論に関係する箇所を抜粋する。

7 蔆芡覆緑水　蔆芡《りようけん》緑水を覆い

8 芙蓉発丹栄　　芙蓉　丹栄を発す
9 柳垂重蔭緑　　柳は重蔭の緑を垂れ
10 向我池辺生　　我に向かいて池辺に生ず

鄴に開鑿された玄武池での、曹丕とその兄弟の行楽が題材を描いた作である。引用箇所における描写の力点は原色（赤と緑）を中心とした色彩に置かれ、行楽で鑑賞するのにふさわしい風物の旺盛な生命力が表出されている。赤い芙蓉（「蔆芡」）の花と色対をなす水源は青々として（「緑水」）、柳も緑したたると形容され、生態的に最も美しい状態が捉えられている。対する劉楨「贈徐幹」の「細柳」は、芽が開いたばかりの柳であって立派とまでは言えず、「方塘」には堤によって構成された水源の形だけが浮き彫りにされている。「方塘」については、他ならぬ劉楨「公讌詩」（『文選』巻二〇）の「芙蓉　其の華を散らし／菡萏　金塘に溢る（芙蓉散其華　菡萏溢金塘）」に類語を見るが、華麗な「金塘」と比べると「方塘」の語が指示するものはいよいよ質朴に感じられる。宴の詩や遊覧の詩に言及された景物が美を集約しているのに対し、劉楨の造語においては、それら景物のあるべき美に達していない状態が捉えられている。つまり宴の詩に、夏から初秋にかけての景観の極彩色な華やかさが現前しているのに対し、「贈徐幹」では、柳・水源・葉をそれぞれ修飾する「細」「方」「軽」を基調とした景観の——恐らくは春先の——清らかさが印象づけられているのである。

この詩の自然描写の新しさは、王粲「雑詩」の場合と同様に、構図の妙や対偶の均衡美よりも劉楨の認識に根ざす造語の創出にかかっている。「細柳」「方塘」「軽葉」は、先行作品でしばしば描写されていた柳と水源を指し示しながらも、先行作品では注目されなかった形態に視点が定められている。亀山朗氏に「固定した連想に結びつきにくい、白紙の状態にある語彙を選択している」と剔抉された個々の景物を言い表す語彙の新しさが、劉楨詩の自然描写の支

点となっている。(13)

そのような新しさを持つ「贈徐幹」の自然描写は、劉楨のいかなる認識のもとに生み出されたのだろうか。問いを変えれば、「贈徐幹」に形象された宮城の景観は、劉楨にとっていかなる意味を持っていたのだろうか。そもそも、宮城の道や「方塘」と形容された水源は、およそ都城に常住して宮中に伺候する者なら誰もが目にすることができたはずで、いわば日常生活に埋没した、ありふれたものである。それが同時代の詩の通念上、描くに足る価値を持たなかったことは、両漢の賦や劉楨以外の作者の手になる五言詩に描かれていないのに示唆される。こうした景観が自然描写の対象となり得た要因には、軟禁生活という劉楨の極めて特殊な境遇がまず考えられる。自然描写に続く15 16「乖人易感動　涕下与衿連」では、何気ない景観に感動してしまう劉楨自身が顧みられ、この内省の延長線上に、日の光が万物をあまねく照らす様と、その中にいない自己を対比する17～22が布置されている。行動の制約を受けている劉楨にしてみれば、宮城周辺の風景は、秩序のうちに暮らすことの有り難さをまざまざと認識させるものであった。かかる認識によって、宮殿付近の平凡な景観には、詩に描かれるに値する意味が付与されたのである。

特殊な体験を背景として成立した劉楨「贈徐幹」の自然描写については、それが生み出されるに至った劉楨の創作態度に着眼して分析することも、同作に対する理解を全円的なものとするために必要となってくる。「五官中郎将に贈る四首」其二（『文選』巻二三）を参照する。

1　余嬰沈痾疾　　余《われ》は沈痾の疾《やまい》に嬰《かか》り
2　竄身清漳浜　　身を清漳の浜《ほとり》に竄《かく》す
3　自夏渉玄冬　　夏より玄冬に渉り
4　彌曠十餘旬　　彌《とお》く曠《はる》かなること十餘旬

常恐遊岱宗　常に恐る　岱宗に遊び
不復見故人　復た故人を見ざらんことを
所親一何篤　親しむ所　一《いっ》に何ぞ篤き
歩趾慰我身　趾《あし》を歩ませて我が身を慰む
清談同日夕　清談して日夕を同《とも》にし
情眄叙憂勤　情眄《じょうべん》して憂勤を叙ぶ
便復為別辞　便《すなわ》ち復た別辞を為し
遊車帰西隣　遊車もて西隣に帰る
素葉随風起　素葉は風に随いて起こり
広路揚埃塵　広路は埃塵《あいじん》を揚ぐ
逝者如流水　逝く者は流水の如く
哀此遂離分　此に遂に離分せんことを哀しむ
追問何時会　追問す　何れの時にか会わんと
要我以陽春　我に要するに陽春を以てす
望慕結不解　望慕《ぼうぼ》　結ぼれて解けず
貽爾新詩文　爾《なんじ》に新詩文を貽《おく》る
勉哉脩令徳　勉めよや令徳を脩《おさ》め
北面自寵珍　北面して自ら寵珍せられよ

題名に示されている通り、曹丕が五官中郎将に任じられていた建安十六年から二二年の間の作である。20の二人称「爾」が高位の曹丕に対する呼びかけとしては礼を失しているため、同作が曹丕個人に宛てられたものであるのかについては疑義が呈されている。(14) あるいは、曹丕を中心とする文学集団で享受された遊戯的な作品なのかもしれない。その実態を解明する術はないが、制作時期が曹丕の五官中郎将時代に当たるのはまず間違いなく、建安二二年、劉楨の最晩年に作られた「贈徐幹」よりも前に成立したと考えられる。「贈五官中郎将四首」其二の筋書きは、病身の劉楨を友が見舞ったというものだが、このような情景は他の建安詩だけでなく、建安以前の古詩にも見えない。従来の詩とは異なる視点から把握された士人間の交際のありようが、友と劉楨の情誼の篤さを濃密に表している。

「贈五官中郎将四首」其二と「贈徐幹」を突き合わせてみれば、個別的体験に根ざす自己表出が劉楨贈答詩に通底する発想であったことが了解されると同時に、両首いずれも読み手への存問の辞に乏しく、一方的な自己表白に終始する姿勢も共通しているのがうかがわれる。これは亀山朗氏が指摘していたように、名宛人との対話的性格が顕著な諸家の贈答詩に比べて独特であり、おそらくは建安詩壇の中で劉楨が詩の贈答を繰り返すうちに、次第に編み出された様式と思われる。(15) ここで重要なのは、社交の用にふさわしい常識的なスタイルからの脱却が、内容の新奇さへの追求をも劉楨に意識させたということである。遊戯性が背景にあると思われる「贈五官中郎将四首」其二が新たな詩作への自覚的な挑戦だとすれば、後年の服役中の「贈徐幹」はその結果として獲得した詩的認識の応用である。対話性という贈答詩の定石からの逸脱が、「贈徐幹」の清新な自然描写を導く詩想の基盤になったと考えられるのである。(16)

四、自己表出と五言詩の自然描写

王粲「雑詩」と劉楨「贈徐幹」の表現の性格について、宴との詩の関係に焦点を絞って検討してきた。宴の詩の主要な作者でもある王粲と劉楨によって、建安詩人に共有されていた自然描写の技法は換骨奪胎されるに至った。このような表現の変容は、王粲・劉楨それぞれの詩について述べてきた通り、作者の個別的体験の投影が必要不可欠な条件であった。王粲の場合は政治的不遇、劉楨の場合は不敬罪による軟禁というように、建安の五言詩の題材として他に類例を見ない個人の体験が、「雑詩」「贈徐幹」の表現の固有性の土台となっている。ただし「雑詩」と「贈徐幹」は、単に王粲・劉楨それぞれの詩業における新境地の表れに留まらない。建安五言詩の自然描写の発達の位相においても両作は見逃せない意義を有している。この点を、最終節では両首と他の建安詩の比較を通じて素描してみたい。

再び、本稿第一節で検討した宴の詩を参照軸として取り上げよう。建安詩人が宴の場で披露した宴の詩は、歓喜の景観が歓喜を導くという図式を有していた。描かれた景観の、作品全体の中における役割は極めて明確である。それに対し、王粲「雑詩」と劉楨「贈徐幹」に形象された景観の意味合いは複線的である。王粲「雑詩」の西園は憂悶を晴らすために選ばれた場所でありながらも、むしろ憂悶を炙り出す結果をもたらし、劉楨「贈徐幹」では、従来の詩において意味を付与されることのなかった宮城の眺めが、その平凡性の故に、軟禁状態にある劉楨の不遇の身の上を照らし返している。宴の詩との対照によって見えてくる「雑詩」「贈徐幹」の景と情の関係の、建安詩全体の中における座標軸を確認するためには、両作と同様に悲哀を抒情の核とする建安詩と対照するべきである。その好個の例に他ならぬ王粲「七哀詩二首」其二（『文選』巻二三）がある。

1 荊蛮非我郷　　荊蛮　我が郷に非ず
2 何為久滞淫　　何為《なんす》れぞ久しく滞淫せん
3 方舟溯大江　　舟を方《なら》べて大江を溯れば
4 日暮愁我心　　日暮れて我が心を愁えしむ

5 山崗有餘暎　　山崗　餘暎有り
6 巖阿増重陰　　巖阿　重陰を増す
7 狐狸馳赴穴　　狐狸　馳せて穴に赴き
8 飛鳥翔故林　　飛鳥　故林に翔る
9 流波激清響　　流波　清響を激し
10 猴猿臨岸吟　　猴猿　岸に臨みて吟ず
11 迅風払裳袂　　迅風　裳袂《しょうべい》を払《はら》い
12 白露霑衣衿　　白露　衣衿を霑《うるお》す
13 独夜不能寐　　独夜　寐《い》ぬる能わず
14 摂衣起撫琴　　衣を摂《ととの》え起《た》ちて琴を撫す
15 絲桐感人情　　絲桐《しとう》　人の情に感じ
16 為我発悲音　　我が為に悲音を発す
17 羈旅無終極　　羈旅　終極無く
18 憂思壮難任　　憂思　壮んにして任《た》え難し

王粲の代表作に数えられる其二は、後漢末の董卓の乱のため長安から荊州に退避した王粲の体験を素材としている。悲哀に染め抜かれた同作の自然描写については、西日射す山を活写した５６がとりわけ高く評価されてきた。[17]「山崗」には残照が際立ち、反対に「巖阿」の陰影が深くなるとの一聯の内容は、刻々と変容する薄暮の様相を活写しており、同時代の詩の表現として新鮮である。しかし、早くに李善注では狐と鳥が巣に帰る様子を述べた７８が「九章」哀郢の乱に言う「鳥は飛びて故郷に帰り、狐は死するに必ず丘を首《あたま》にす（鳥飛反故郷兮、狐死必首丘）」をふまえていることが示されており、『楚辞』の風景のイメージが、王粲詩の自然描写の源泉となっていることが了解される。また、「猴猿臨岸吟」についても下定雅弘氏が指摘するように、「九歌」山鬼の「猿啾啾兮狖夜鳴（猿《えん》啾啾として狖《ゆう》夜に鳴く）」からの影響が認められる。[18]「七哀詩」の独創性の核心は、新たな景物の発見それ自体にあるのではなく、悲しみを醸し出す『楚辞』的景観が王粲の辛酸に満ちた体験の表象として、五言詩に適した形に鋳直されたところにある。

「七哀詩」の性質を把握した上で問題となるのは、同作が作られ、享受された状況である。前述のごとく、同作は董卓の乱の最中の体験を題材としているが、しかし内乱が勃発した初平二年（一九一）以降の数年間に作られたものとは考えづらい。道家春代氏は、王粲「七哀詩」で荊州が「荊蛮」と蔑称で指示されていること（「登楼賦」には見えない語）、そして曹操に帰順するまでの王粲の他の詩がすべて四言詩であることから、五言詩の体裁を取る「七哀詩二首」を、曹操政権に帰順して後のものと推定する。[19]詩壇に向けて王粲の往時の体験が披瀝されるにあたり、それは典型的な悲哀の情景に矯められて呈されたのである。

「七哀詩」の展開に着目すると、同作の内容は「悲しい空間にいるから私は悲しい」、あるいは「悲しい空間にいるから私の悲しみが刺激される」という短文に要約できる。この悲哀の景観が悲哀を導くとの図式は、本稿第一節で検討したところの、歓喜の景観が歓喜を導く宴の詩の図式と相似形をなしている。『楚辞』に織りなされた悲哀の景観と、経書や京都の賦群に見える歓喜の景観と。古代中国文学の発達の結果、諸々の風物には人事にまつわる文化的イメージが付与されていた。そういった脈絡を有する景物が、宴の詩と「七哀詩」のような社交の場で公表され、鑑賞される作品の表現材となったのは理の必然であろう。詩は読み手と作り手に共有されるべき文藝だった。しかして、文学的因襲を承けた景観が映し出せる士人の現実には一定の範囲がある。庭園の眺めは士人間の交歓の場を、『楚辞』的風景はあるべき場所から離れ、彷徨する者の悲哀を象るものである。それらを引き受けた宴の詩や「七哀詩」は

——作者の生のリアリティが表れていないというわけではないにせよ——なお先行する文藝的作品群で効果が保証された表現への志向、すなわち典型性を備えていたとみるべきである。対する王粲「雑詩」と劉楨「贈徐幹」は、景と情の関係の複雑化の面で固有性が顕著だと評価できる。「悲しい空間にいるから私は悲しい」「美しい空間にいるから私は感動している」という分かりやすい図式が止揚されて、個別的な状況下の作者の情緒が陰影深く表現されている。

以上のような文学史的意義が注目される王粲・劉楨の詩ではあるが、もとより、五言詩による自己表白の可能性に目を向けていたのは王粲・劉楨だけではない。建安詩全般における自己表白については、むしろ曹植の託意的な楽府詩が注目されてきた。[20] 例えば、青年が網に絡め取られた黄雀を助けるストーリーを詠った「野田黄雀行」には、曹植を取り巻く厳酷な政治情勢への深刻な憂いが表出されている。建安年間の五言詩は可塑的なジャンルであり、作者固有の体験や認識と膚接する表現の方法は、発達の途に就いたばかりであった。士人にとっての五言詩の表現の地平がおしひろげられてゆく時代にあって、王粲と劉楨は自然描写の可能性を掘り下げたということになる。

景観と抒情に関する既存の定式から抜け出て、作者の個別的な現実を描くという王粲や劉楨の試みが文学史上に孤立したものに終わらなかったのは、謝霊運に代表される六朝山水詩の発達に明らかである。詩作の背景にある思想や認識、自然描写を構成する修辞の質など、王粲・劉楨と謝霊運がよってたつ文学的環境は異なるのだが、しかし体験の一回性、固有性を自然描写に刻印する姿勢にかけては通底するものが認められる。謝霊運「南亭に遊ぶ」（『文選』巻二二）を例示しておきたい。

1　時竟夕澄霽　　時竟《おわ》りて夕べは澄み霽《は》れ
2　雲帰日西馳　　雲帰りて日は西に馳す
3　密林含餘清　　密林　餘清を含み

4 遠峰隠半規　遠峰　半規を隠す
5 久痗昏墊苦　久しく昏墊《こんてん》の苦しみに痗《なや》むも
6 旅館眺郊歧　旅館に郊歧を眺む
7 沢蘭漸被逕　沢蘭　漸く逕《みち》を被い
8 芙蓉始発池　芙蓉　始めて池に発《ひら》く
9 未厭青春好　未だ青春の好《よ》きに厭《あ》かざるに
10 已睹朱明移　已に朱明の移るを睹《み》る
11 慼慼感物歎　慼慼《せきせき》として物に感じて歎き
12 星星白髪垂　星星として白髪垂る
13 薬餌情所止　薬餌は情の止《とど》まる所
14 衰疾忽在斯　衰疾は忽ち斯《ここ》に在り
15 逝将候秋水　逝くゆく将《まさ》に秋水を俟《ま》ち
16 息景偃旧崖　景を息《や》めて旧崖に偃《ふ》さんとす
17 我志誰与亮　我が志　誰と与《とも》にか亮《あき》らかにせん
18 賞心惟良知　賞心　惟《こ》れ良知なり

景平元年（四二三）夏、永嘉太守の任にあった時の作である。詩の前半に配置された自然描写では、時節柄、初夏の定番の風物である蘭と芙蓉のいよいよ繁茂する様態が、時間の経過を指示する「漸」「始」の副詞によって活写されている。謝霊運が知覚した花の中間的な状態が、謝霊運固有の体験が起きた場、すなわち他の一切の時空間から区別される「景平元年の夏の夕暮れの永嘉郡に位置する南亭」のリアリティを詩に固着させている。

謝霊運と王粲・劉楨の修辞の巧拙や、語句の面での影響関係は姑《しばら》く問わない。作者のかけがえのない個別的体験、その体験で得た認識・情緒に釣り合う自然描写の創出という点で、三者の態度は通底しているのである。謝霊運の自然描写が劉宋期において新奇清冽であったのと同じく、本稿で論じてきた王粲・劉楨のそれも、建安年間に目新しいものであった。衆多から区別される詩人の体験が、みずみずしい自然描写を析出する上での精神的土壌となっている。とはいえ、新たな表現を練ることは、王粲・劉楨ほどの文筆家であっても決して易しいものではなかっただろう。出来上がった作品の表現分析に集中しすぎると、あたかも最初から成功への道筋が確保されていたかのように思ってしまうが、そうではない。既存の五言詩の表現世界を背景に、五言詩で表現しやすいとは言えない題材を言葉にする試みの中で、結果的に、王粲・劉楨は新たな詩境を切り拓いた。そうした営みにこそ、精緻な自然描写を練り上げてゆく謝霊運ら六朝人の姿の原型を見定めたい。

〔付記〕本稿は、二〇二三年一月二九日に開催された「東アジア古典学の方法　第七七回　次世代ロンド（三三）」（主催・科研プログラム「東アジア古典学の次世代拠点形成——国際連携による研究と教育の加速」、於東京大学本郷キャンパスおよびオンライン）における発表を元にまとめたものである。席上、ご教示いただいた先生方に衷心より感謝申し上げる。

注

（1）小尾郊一「第一章　魏晋文学に現れた自然と自然観」第二節（『中国文学にあらわれた自然と自然観』岩波書店、一九六二年）一二一～一三三頁、葛暁音「山水田園詩遡源」（『山水田園詩派研究』遼寧大学出版社、一九八七年）十三頁、川合康三「うたげのうた」（『中国のアルバ——系譜の詩学』汲古書院、二〇〇三年／初出一九九六年）、「第十四章　詩と景

物」（『中国の詩学』研文出版、二〇二二年）。

（2）建安詩人の個々の作風に関しては、曹植と王粲が最も主要な考察の対象となっているが、他方、贈答詩というジャンルを分析した亀山朗氏の一連の論考も発表されている。「建安詩人による送別の贈答詩について」（『日本中国学会報』四一、一九八九年）、「建安年間後期の曹植の〈贈答詩〉について」（『中国文学報』四二、一九九〇年）、「劉楨贈答詩論」（『中国文学報』四七、一九九三年）。また、建安七子の自己表出の総体に照準を合わせた柳川順子「五言詩における文学的萌芽――建安詩人たちの個人的抒情詩を手掛かりに」（『中国文化』四五、二〇一一年）も注目される。

（3）注1所掲川合論文「うたげのうた」七九～八一頁では、曹植詩の魚と鳥が『詩経』大雅・旱麓の「鳶は飛びて天に戻《いた》り／魚は淵に躍る（鳶飛戻天　魚躍于淵）」の一文とそれにまつわる『礼記』中庸の解釈からして、宴席の喜ばしげな雰囲気と、主人・曹丕への礼讃を意味していることが論じられている。また、上記の内容を川合氏が論証するにあたってふまえている加納喜光『詩経』下巻（学習研究社、一九八三年）三四〇頁、伊藤正文「曹丕詩補注稿（詩・闕文・遺句）」（『論集　神戸大学教養部紀要』二五、一九八〇年）、「曹植詩補注稿（詩之一）」（『神戸大学文学部紀要』八、一九八一年）も参照されたい。

（4）注1所掲川合論文「うたげのうた」八三～八五頁で論証されているように、建安の宴の詩の描写の背景には宗教的原風景が控えていると言う。建安年間の士人に共有されていた至福のイメージの具象化が宴の詩の機能であったのである。

（5）両漢期を通じ、士人社会で実作・享受される修辞的ジャンルとして成熟した賦は、新興の五言詩の表現材となっていった。この点は諸先学が個別的な作品に即して指摘しているところであるが、それを俯瞰的に考察した論考に釜谷武志「詩と賦のあいだ」（『未名』二一、二〇〇三年）がある。なお、張衡賦に描かれた帝王の庭園のイメージは張衡の全くの独創というわけでもなく、班固「両都賦」に先蹤が見えること、またそうした京都の賦群の語彙の淵源が、司馬相如の畋猟の賦や枚乗「七発」に求められることも付言しておく。

（6）題名の「雑詩」は、王粲詩の場合は無題といったほどの意味だと思われる。個別の詩作の題名としての雑詩と、『文選』の類題としての雑詩の意味の違いについては森瀬寿三「「雑詩」の性格」（『関西大学文学論集』三四・一、一九八四年）を参照。

（7）伊藤正文「王粲詩論」（『建安詩人とその伝統』創文社、二〇〇二年／原題「王粲詩論考」、初出一九六五年）八七・八

八頁、下定雅弘「王粲詩について」（『中国文学報』二九、一九七八年）などに概括がある。

（8）前注所掲下定論文の注40では、王粲「雑詩」の鳥の意匠は「鳥となって睦みあいたい」「鳥となって高く飛びたい」「翼の無いのが悲しい」「鳥に言を託す」などといった鳥にこと寄せた古詩の表現群を援用したものであることが指摘されている。「風飆揚塵起　白日忽已冥」に寓意を読み取る論考には岡村貞雄「曹植の楽府――その抒情的特性について」（『中国中世文学研究』八、一九七一年）、注2所掲柳川論文「五言詩における文学的萌芽――建安詩人たちの個人的抒情詩を手掛かりに」がある。

（9）其後太子嘗請諸文学、酒酣坐歓、命夫人甄氏出拝。坐中衆人咸伏、而楨独平視。太祖聞之、乃収楨、減死輸作。

（10）建安十六年、為五官中郎将・副丞相。二十二年、立為魏太子。

（11）『三国志』魏書・王粲伝に「（徐）幹、（陳）琳、（応）瑒、（劉）楨二十二年卒」とある。劉楨らの相次ぐ逝去が疫病によるものであることは、上記の文に続いて掲載された曹丕「与元城令呉質書」の一節「昔年疾疫、親故多離其災。徐陳応劉、一時倶逝」に徴される。

（12）伊藤正文「劉楨詩論」（注7所掲伊藤書／原題「劉楨詩論考」初出一九七六年）、及び注2所掲亀山論文「劉楨贈答詩論」二五頁。

（13）注2所掲亀山論文「劉楨贈答詩論」二五頁。

（14）鈴木修次「建安詩人各論　劉楨・王粲論」（『漢魏詩の研究』大修館書店、一九六七年）五九七～六〇〇頁、注2所掲亀山論文「劉楨贈答詩論」十四頁。

（15）注2所掲亀山論文「劉楨贈答詩論」二〇・二一頁。

（16）「贈五官中郎将四首」其二と「贈徐幹」の内的連関には、自然描写の志向の類似も認められる。「贈五官中郎将四首」其二の13 14「素葉随風起　広路揚埃塵」と、「贈徐幹」の11～14「細柳夾道生　方塘含清源　軽葉随風転　飛鳥何翻翻」は、いずれも路樹の葉が翻る様子を活写したものである。この二つの景観は、平凡性と開けた視野という二つの属性によって、前者は帰路に就いた友人を見送る場面の、後者は宮城を望見する場面の索漠感を醸成している。また、劉楨は「雑詩」（『文選』巻二九）においても「方塘は白水を含み／中に鳧と雁と有り（方塘含白水　中有鳧与雁）」という日常的景観を描いている。以上の三首の詩を要するに、同時代の他の諸家の作にはあまりうかがわれないような、ありふれた眺めへの注視という劉楨独特の傾向がうかがわれる。

(17) 注6所掲伊藤論文「王粲詩論」七八頁、注1所掲川合書「第十四章　詩と景物」三二九・三三〇頁。

(18) 注3所掲下定論文「王粲詩について」六八・六九頁。

(19) 道家春代「王粲の「七哀詩」と建安詩」(『中国中世文学研究』二四、一九九三年)。

(20) 研究論文には注8所掲岡村論文「曹植の楽府――その抒情的特性について」、亀山朗「漢魏詩における寓意的自然描写――曹植「吁嗟篇」を中心に」(『中国文学報』三一、一九八〇年)など。

顔之推と典故――「観我生賦」を中心に

池田恭哉

はじめに

中国古典に顕著な修辞法の一つとして、川合康三氏は「典故」(「用事」)を挙げる。氏はその特性に、過去の作者と現在の作者・読者、後世の読者を、典故を共有する一つの伝統の中に組み込むことを指摘するとともに、典故に伴う過去の枠組みに沿って現実を認識し、それに依拠して表現することで、作者個人の経験が伝統の普遍性と結びつくと言う(1)。

筆者も「典故」を巡り数篇の論考を著してきた。そこではある古典の表現が典故として成立し、以後の作者が典故の意味合いを変化させていった過程を、実例に即し跡付けた(2)。本稿では特定の典故における時代を追った用法の変遷をたどるのではなく、一作者による典故の運用のあり方を探りたい。対象は顔之推とその「観我生賦」であり、該賦での典故の使い方の特徴を明らかにしつつ、それに対する顔氏家学の反映、『顔氏家訓』に展開される顔之推の文学観との関係、さらに当時の知識受容の様相を検討する。本稿は川合氏の「典故」に関する議論を導きとし、中国古典において「典故」が持つ意義を改めて考察する試みである。

「観我生賦」の本文は『北斉書』文苑伝・顔之推(以下「本伝」)所収に拠る(3)。王利器『顔氏家訓集解』(4)(以下「王氏」)に従って分段し、引用に際しては第幾段と、その段落に通し番号を振った場合の段落数を示す。

一　題名「観我生賦」

そもそも題名の「観我生賦」に典故が存する。それを最初に指摘した劉盼遂「顔氏家訓校箋」は、『易』観卦「九五、観我生、君子无咎（九五、我が生を観、君子なれば咎无し）」を挙げる。[5] だが注疏によればこの九五の爻辞は、君主の教化の善悪が民衆の風俗に反映されるため、君主は自らの行ないを振り返った結果、君子然たれば問題がないとの意である。[6] 同象伝も「観我生、観民也（我が生を観るは、民を観るなり）」と言うし、九五の「我」の主体は為政者と考えられる。すると九五「観我生」を題目の典故にして、顔之推が自らの生を振り返ると考えるのは、相応しくなかろう。

筆者は「観我生賦」という題名の典故として、同じ観卦の次のものを指摘したい。

六三、観我生進退。
象曰、観我生進退、未失道也。
六三、我が生を観て進退す。
象曰く、我が生を観て進退す、未だ道を失せざるなり。

注疏は時宜を確と見極め、自身のとるべき行動を判断すれば、道理を外れないとの意とする。[7] ここで渡部武氏が、「観我生賦」の出典に観卦の六三、九五の両方を挙げつつ六三を重視し、それが冷静な決断により幾多の窮地を脱した顔之推の生涯を象徴するとして、かかる典故を持つ「観我生賦」の題名が、「波瀾の人生を回顧的に展望するのだという宣言」になっているとする議論は、傾聴に値する。[8]

「観我生賦」は中国の自伝文学の一つに数えられ、川合康三氏はその題名が「自分という人間を見つめるのではなく、自分の人生を見つめる作」であることを示すとする。[9] この時、顔之推が「観我生賦」で自らの人生を見つめ、その激動を克明に語るのは、人生の節目ごとの判断とその是非を問うためではないか。題名「観我生賦」が『易』観卦・六三を踏まえると知れば、自らの生の状況の分析と、それに基づく出処進退の判断を語るという、「観我生賦」全篇を貫く主題が浮き彫りになろう。[10]

二　家学『左伝』と杜預注

「観我生賦」の本文と典故をめぐる考察に移ろう。顔之推は文学論の基層に儒家思想を据え、『顔氏家訓』文章篇で五経を文章諸ジャンルの源流とする。[11] 特に「歌詠賦頌、生於詩者也（歌・詠・賦・頌は、『詩』から派生したものだ）」とし、「観我生賦」もなるほど『詩』に由来する表現が多い。[12] ただ「観我生賦」に最も多く取り込まれた経書は『左伝』であろう。

第一段から例示すれば、天地創造を述べた賦の冒頭二句に続く第三・四句は、「已生民而立教、乃司牧以分疆（民が世に生まれて教化が打ち立てられ、統治して境界を区分した）」と言う。これは『左伝』襄公十四年の晋・師曠の言葉「天生民而立之君、使司牧之、勿使失性（天が民を生んで君主を立て、彼らを管理させ、その本性を見失わせない）」に基づき、混沌たる世界を秩序付ける様子を描く。

顔之推九世の祖・顔含が東晋・元帝（司馬睿）の南遷に従って以来、顔氏が陸続と人材を輩出したことを述べた後には、自分の代を「逮微躬之九葉、頽世済之声芳（九代を経た我が身となり、代々の立派な名声を貶めた）」と嘆く。祖先を詠じ自己を「微躬」と定義するのは、沈約「郊居賦」（『梁書』沈約伝）が沈氏の来歴を述べた上で、「繇四代於茲日、盈百祀於微躬（四代（建康に都した晋・宋・斉・梁）が今日まで相継ぎ、百年の時間が我が身に及んだ）」と自己提示するのを踏まえよう。この点は後に第四節で触れるとして、「頽世済之声芳」は『左伝』文公十八年で高陽氏八愷、高辛氏八元を「此十六族也、世済其美、不隕其名（この十六族は、代々その美徳を継承し、その名声を失墜させなかった）」と称えたのによる。顔之推は顔氏の美名を損ねてしまったことを際立たせるわけである。

また梁・武帝（蕭衍）は当初、甥の臨川王・蕭宏の子の蕭正徳を養子にして後継者に見立てた。ところが昭明太子・蕭統の誕生に伴い蕭正徳は皇太子になれず怨嗟し、後に侯景と結んだ。「子貪心之野狼（貪欲な心の山野の狼を子とした）」の句はこの事実を詠じ、『左伝』宣公四年に基づく。楚の司馬子文は、弟・司馬子良の子の司馬子越椒が山犬や狼の如き声のため、「狼子野心（狼の子は山野に心あり）」の諺を引いて育てるべきでないと言い、将来一族の害悪となるのを危惧した故事である。(13)

このように「観我生賦」では『左伝』が出典の表現に随所で出遭うが、そもそも本伝「世善周官・左氏、之推早伝家業（〔顔氏は〕代々『周礼』『左伝』が得意で、顔之推も若くして家学を伝承した）」から、『左伝』は顔氏の家学とされる。ただその内実はなお不分明で、以下「観我生賦」の『左伝』を典拠とするいくつかの実例を、少し丁寧に見ていきたい。

第三段では、「時年十九、釈褐湘東国右常侍、以軍功加鎮西墨曹参軍（当時十九歳で、湘東国（蕭繹）の右常侍として初めて仕官し、軍功により鎮西墨曹参軍を加えられた）」との自注が施される次のような四句がある。

方幕府之事殷、謬見択於人群、未成冠而登仕、財解履以従軍。

〔蕭繹の〕幕府の政事が多忙となるにあたり、間違って多くの人材の中から抜擢され、なお成年に達しないのに仕官し、何とか足袋を脱いで軍に付き従った。

第四句「解履」の語に、王氏は『左伝』哀公二十五年を挙げる。以下『左伝』の引用に際し、必要に応じ杜預注を山括弧付きで示す。

衛侯為霊台于藉圃、与諸大夫飲酒焉。褚師声子韤而登席〈古者見君解韤〉、公怒。

衛侯は霊台を藉圃に建て、大夫たちと酒宴を催した。褚師声子が足袋のままで席に着いたので〈古は君主に見えるには足袋を脱いだ〉、衛侯は腹を立てた。

この杜預注「古者見君解韤」は、実例も伴わず漠然と古礼を主張するだけのためか、評判が芳しくない[14]。今は杜預説の是非は措き、顔之推が「解履」の語で蕭繹の幕下にあった様を描いている事実を確認しておきたい。

次に第八段、元帝（蕭繹）の江陵政権が西魏により滅亡し、老幼を問わぬ民衆が苦心惨憺する様子を描く数句の、最後の二句である。

載下車以黜喪、揜桐棺之藁葬[15]。

送葬の車に載せられて本来の喪には服してもらえず、質素な桐の棺の蓋が閉じられて草場に仮初の埋葬がなされる。

「下車」と「桐棺」が対をなすが、「桐棺」は『左伝』哀公二年、罪ある者の「桐棺三寸」、つまり厚さ僅か三寸の棺を指す[16]。一方「下車」は『左伝』襄公二十五年に見える。

崔氏側荘公于北郭〈側、瘞埋之、不殯於廟〉、丁亥、葬諸士孫之里〈士孫、人姓、因名里。死十三日便葬、不待五月〉。四翣〈喪車之飾、諸侯六翣〉、不蹕〈蹕、止行人〉、下車七乗、不以兵甲〈下車、送葬之車。斉旧依上公礼、九乗、又有甲兵。今皆降損〉。
崔氏は荘公を北の城外に埋め〈「側」は埋めることで、廟で仮殯しなかったのだ〉、丁亥（五月二十九日）、これを士孫の里に葬った〈「士孫」は人の姓で、それに因み里名とした。死後十三日でもう葬り、五か月を待たなかった[17]〉。四つの翣で〈喪車の飾りで、諸侯は六つの翣〉、通行人を制止せず〈「蹕」は通行人を制止すること〉、下車が七台、武装兵はなかった〈「下車」は送葬の車。斉では旧来、上公の礼に依拠し、九台の車で、また武装兵もいた。今回はすべて規定より格下げにした〉。

全般に規定より「降損」されていた荘公の葬礼の内、「下車」を杜預は「送葬之車」とするが、孔穎達疏は「服虔云、下車、遣車也」との異説を示す。「遣車」とは供物を載せて随葬し、墓中に埋める車のこと[18]。顔之推は送葬と埋葬の様子を二句に構成しており、「下車」は杜預説に依拠して用いているであろう。

もう一例を第十五段に見たい。北周・武帝（宇文邕）の攻撃に北斉・後主（高緯）は鄴都を逃れたが、安徳王・高延宗が幷州で抗戦した[19]。顔之推はその奮戦を六句に特筆する。以下「観我生賦」引用での角括弧は自注である。

壮安徳之一戦、邀文武之餘福、屍狼藉其如莽、血玄黄以成谷[20]［後主奔後、安徳王延宗収合餘燼、於幷州夜戦、殺数千人。……］。天命縦不可再来、猶賢死廟而慟哭。

一戦を交えた安徳王の勇壮ぶりは、先代たちの残した福を祈り求めたものだったが、遺骸が地面に打ち捨てられて草叢の如く、流血が黄土色の谷を形成した［後主の逃亡後、安徳王・高延宗が残党を結集して、幷州にて夜戦を展開し、敵数千人を殺した。……］。天命はたとえ二度と賦与されぬとも、先帝の廟に慟哭して自決した人よりも賢明であった。

まず「邀文武之餘福」が次の『左伝』昭公三十二年に基づく。周・敬王が、遷都した成周に城壁を築く旨を晋侯・范献子に申し入れた。

伯父若肆大恵、復二文之業、弛周室之憂〈二文、謂文侯仇・文公重耳〉、徼文武之福、以固盟主、宣昭令名、則余一人、有大願矣。

伯父殿（晋侯）が大変な同情を示し、二文の功業を再来させ、周室の憂慮を解消し〈「二文」は文侯仇・文公重耳をいう〉[21]、文王・武王の福を祈り求めることで、盟主の地位を確立し、美名を明示するならば、私にとって、実に願望するところだ。

『左伝』の「徼文武之福」は、周を創建した文王・武王のために福を求めるとの意味である。顔之推はこれを踏まえ、安徳王が北斉の福を求めて北周に抵抗したと言うのであって、すると本賦での「文武」は北斉創建の神武帝（高歓）と文襄帝（高澄）になろうか[22]。

また順序が先後するが、実は「壮安徳之一戦」も『左伝』に出る。成公二年、晋に和睦を求めた斉の使者の言葉の中にこうある。

子又不許、請収合餘燼〈燼、火餘木〉、背城借一〈欲於城下復借一戦〉。

あなたが許さないのなら、どうか生き残りの兵士を結集し〈「燼」は燃え残りの木〉、城壁を背に一勝負いたしましょう〈城下で改めて一戦交えたいということ〉。

まず「収合餘燼」が顔之推の自注にそのまま用いられていたことを指摘しておく。そして賦の「一戦」の語は、「背城借一」の意味を説明した杜預注の中に見えるものなのであった。

さらに「一戦」の語をめぐっては、安徳王の勇壮と対比される「猶賢死廟而慟哭」句の出典が興味深い。『三国志』蜀書・後主劉禅伝で、景耀六年（二六三）、蜀の滅亡を傷んだ北地王・劉諶が妻子を殺し自決した事実に、裴松之注は東晋・習鑿歯の『漢晋春秋』を引く。

漢晋春秋曰、後主将従譙周之策、北地王諶怒曰、若理窮力屈、禍敗必及、便当父子君臣、背城一戦、同死社稷、以見先帝可也。後主不納、遂送璽綬。是日、諶哭於昭烈之廟、先殺妻子、而後自殺。左右無不為涕泣者。

『漢晋春秋』に言う「後主が譙周による〔対魏降伏の〕献策に従おうとするや、北地王・劉諶が怒って言った『もし道理が窮まり戦力が尽き、敗北必至となったなら、直ちに父子君臣で、城壁を背に一戦を交えるべきです。一緒に御国のために死んで、亡き先帝（劉備）と対面すればそれでよいのです』。後主は聞き入れず、そのまま璽綬を送り届けた。この日、劉諶は昭烈（劉備）の廟で慟哭し、まず妻子を殺し、その後で自殺した。側近の誰もが涙した」。

顔之推は劉禅と高緯を後主、北地王・劉諶と安徳王・高延宗を皇族で揃え、北斉のために奮戦した安徳王を、蜀を救えず先帝・劉備の廟に慟哭し自死した劉諶に擬える。注目すべきは、劉諶の語に「背城一戦」と見えることであろう。劉諶と杜預はほぼ同時代の人であり、劉諶が杜注を参照し得たかは不明だが、これは『左伝』成公二年の「背城借一」と杜預注の「一戦」を組み合わせた表現になってはいる。

顔之推が六句を詠じる際、念頭には当然『漢晋春秋』の記事があった。だが同時に『左伝』の「請収合餘燼、背城借一」の内、「収合餘燼」を自注に取り入れているのであれば、「壮安徳之一戦」の句は『漢晋春秋』とともに、『左伝』の「背城借一」と杜預注「一戦」をも用いて作られたと見ることが許されよう。

以上の三例から、我々は顔之推の『左伝』の学が、杜預注に依拠し営まれたと認めてよいのではあるまいか。南北両朝では採用する経書の注釈も異なり、『左伝』は北朝が服虔注、南朝が杜預注を主としたと『北史』儒林伝序は言う。顔之推は南北両朝を流転し、『顔氏家訓』での諸書の博引旁証ぶりを見るに、単一の注釈を墨守したとは思わないが、「観我生賦」の典故の用い方から、家学の『左伝』は杜預注を基本としたことがうかがえるのである。

三　典故と地理

数多い「観我生賦」における『左伝』に基づく表現の特徴として、『左伝』の楚にまつわる典故を、南朝梁に擬える形で盛んに用いることが挙げられる。例えば第五段で侯景が荊州の蕭繹への攻撃を見据える様子「将睥睨於渚宮（渚宮を窺おうとし）」の「渚宮」は、『左伝』文公十年に楚の宮殿として見える。(23)また第八段、侯景の乱の後、元帝による江陵政権に奉仕する自らを詠じる四句である。

> 指余櫂於両東、侍昇壇之五譲。欽漢官之復覩、(24)赴楚民之有望。
>
> 私は二つの東門を指向し、即位の登壇を五度辞譲した方（元帝）に仕える。かつての百官が居並ぶ姿を再び目睹する喜び、江陵の民衆が望みを託す方の下へ。

「両東」は『楚辞』九章・哀郢に見える楚の都・郢の門で、(25)侯景の乱を経て梁を再興した江陵政権を指し、それに対する多大な期待を物語る「赴楚民之有望」句は、『左伝』哀公十六年の以下の故事による。葉子高が蔡から内乱中の楚へ戻ると、冑を着けない葉公に対してある人が「盗賊之矢若傷君、是絶民望也（賊どもの矢があなたを傷つけでもしたら、楚の民衆の期待を裏切ります）」と言った。そこで葉公が冑を着けると、別の人が、葉公の顔を見れば民衆は安堵し奮戦するが、「而反掩面以絶民望、不亦甚乎（却ってお顔を冑で覆って楚の民衆の期待を裏切るとは、ひどいではないですか）」と言った。この葉子高に期待された楚の混乱収束への「民望」に等しいものを、今は元帝が一身に担っているというのである。

実は『漢書』項籍伝で范増が、陳勝の敗北後、項籍の季父・項梁に楚の諸将が味方するのは、代々楚の将軍たる項氏が楚の後継者を立てるとの期待の反映だと言い、そこで項梁が民間にいた楚の懐王の孫を探し王に立てたことを、「従民望也（民衆の願望に従ったものだ）」とする。これも過去の楚の後継者への期待を、武帝亡き後の梁復興を元帝に託す希望に見立てた表現で、顔之推が「赴楚民之有望」に『左伝』と『漢書』の両方を踏まえたと見れば、本句は顔氏家学の結集と言えよう(26)。

同じく第八段、西魏が元帝の江陵政権を滅ぼした惨劇を詠じる最初の二句に「驚北風之復起、惨南歌之不暢［秦兵継来］（北方の風の再起に驚嘆し、南方の歌の不振に惨憺した［西魏軍が相継ぎ襲来した］）」と言う。これは『左伝』襄公十八年、晋・師曠の楚軍評を意識する。

吾驟歌北風、又歌南風、南風不競〈歌者、吹律以詠八風。南風音微、故曰不競也。師曠唯歌南北風者、聴晋楚之強弱〉、多死声。楚必無功。

私がしばしば北方の歌をうたい、また南方の歌をうたうと、南方の歌は強靭さに欠け〈「歌」は律管を吹いて八方の風を詠ずる。南風は音が微弱なので、「不競」と言うのである。師曠が南北の風をうたっただけなのは、晋と楚の強弱を聴き分けるためだ〉、悲しい音調ばかりだ。楚軍にはきっと功績があるまい。

要するに北方の晋を西魏に、南方の楚を梁に擬え、両国の行く末を提示したわけである。また自注では西方の秦を西魏に擬えている。

第十二段の例も見よう。北斉が西魏に対抗する傀儡政権を江南に樹立すべく蕭淵明（蕭衍の甥）を派遣し、その使節団の中にはかつて梁から派遣されたまま東魏、北斉に抑留された謝挺・徐陵がいた。その当時、元帝政権の敗北に伴い西魏に虜囚の身にあった顔之推は、彼らの望外の南帰の事実を次の四句に詠じている。

　爰衆旅而納主、車五百以敻臨(27)。返季子之観楽、釈鍾儀之鼓琴(28)。

そこで大軍によって君主（蕭淵明）を受け入れさせようと、車輌五百台が遥々同行した。周の音楽を聴いた季札を帰還させ、楚の音楽を爪弾いた鍾儀を釈放した。

　蕭淵明一行が「車五百」なのは、『左伝』定公五年、秦の援軍を得て楚を救った楚の申包胥が「帥車五百乗」だったことによる。この四句の直後、顔之推も南帰の夢に胸を膨らませており(29)、この段階では北斉の蕭淵明派遣に好意的な眼差しを向けていたのではないか。

　『左伝』襄公二十九年、呉の公子・季札は、派遣された魯で「請観於周楽(30)（周の音楽を見せて頂きたい）」と申し出、鑑賞した。『左伝』成公九年、南国楚の冠を着けた晋の捕虜の鍾儀は、楽官の出で、晋・景公より琴を与えられ南方の音楽を奏で、その優れた応答から丁重に楚へ帰されて晋楚の和平を取り持った。この季札と鍾儀を、南朝文化を代表して北朝に使節となり抑留され、最後は自国に戻った謝挺・徐陵に擬える。鍾儀の場合、北方の晋と南方の楚が北斉と梁に呼応するのである。

　かくも『左伝』は顔之推の自家薬籠中の物であったわけだが、『左伝』や楚と梁を離れ、古の国名を用い顔之推当時の情勢を表現した佳句もある。第十二段で徐陵らの動向に触発された顔之推は、自身も西魏脱出と江南帰還を試みる。ところが第十三段では次の如き運命が待っており、顔之推は北斉に足止めを食う。

　遭厄命而事旋、旧国従於採芑。先廃君而誅相、訖変朝而易市［至鄴、便値陳興而梁滅、故不得還南］。

残酷な運命に遭遇して事態は変遷し、故国はチサの葉を摘む歌の例に倣った。まず君主（敬帝・蕭方智）が廃されて宰相（王僧弁）が誅殺され、朝廷は市場へと激変するに至った［〔北斉〕鄴都に着くと、すぐ陳が興隆して梁が滅亡する事態に当たり、ために江南へは戻れなかった］。

「旧国従於採芑」句は『史記』田敬仲完世家を出典とする。乱れた政治が辛うじて田常（田成子）により保たれていた斉では、「嫗乎采芑、帰乎田成子（老婆が摘むチサの葉、田成子の下へ）」の歌謡が口ずさまれた。唐・司馬貞『史記索隠』は、「言嫗之采芑菜、皆帰入於田成子、以刺斉国之政将帰陳（老婆が摘んだチサの葉が、すべて田成子の下に集まることを言い、よって斉国の政治が陳氏（田氏）の手に帰せんとしていることを風刺する）」と説く。つまり歌謡は、斉の政治の実権が田氏（陳氏）に移ることを暗示していたのである。

顔之推はこの典故を目前の梁、陳、北斉の関係に当てはめるのであり、かつて自身が属した「旧国」の梁が、北斉の傀儡政権から新興の陳に取って代わられる様子を、[31]歌謡の「採芑」の語に籠められた古の斉における陳氏への実権の移行に重ねたわけである。古の権力構造を、国名も含めて顔之推当時のそれに巧みに移し替えており、「用事精切（典故の用い方が如何にも適切だ）」と評価が高い。[32]

顔之推が典故運用の面でかくも古の国の位置関係に細かく配慮した事実は、『顔氏家訓』文章篇の次の記事を想起させる。顔之推は「文章地理、必須愜当（文章中の地理は、必ず事実と合致せねばならない）」と切り出し、詩語の方角や時代の関係が出鱈目な梁の簡文帝（蕭綱）「雁門太守行」と蕭子暉「隴頭水」の例を挙げた上、[33]「此亦明珠之瑕、美玉之瑕、宜慎之（これまた明珠や美玉の瑕瑾で、慎重であるべきだ）」と戒める。「観我生賦」は『顔氏家訓』文章篇で説く内容を実践していたと言え、次の西魏から北斉への亡命の航路を詠じた二句（第十二段）など、その典型であろう。

乗龍門之一曲、歴砥柱之双岑。

龍門山の曲流に乗じ、砥柱山の双峰を過ぎた。

『書』禹貢に「導河積石、至于龍門、南至于華陰、東至于厎柱（黄河を積石山より導き、龍門山に至り、南下して華山の北に至り、東行して厎柱山に至る）」とある。二句は経典と実際の経路に忠実な表現なのであった。(34)

四　先行する賦の継承

『左伝』を中心とする経部から集部へと目を転じると、「観我生賦」が先行の賦作品の表現を多分に取り込んでいることに気付く。第二節で沈約「郊居賦」に出る「微躬」の語についてその一端をうかがったが、以下紙幅の都合もあり第一段と第六段に絞って、事例を挙げよう。

第一段では三例を見る。新天地の江南で顔氏が優れた人材を輩出した様子「作羽儀於新邑(35)（才能ある人々を新たな土地にもたらした）」は、班固「幽通賦」（『文選』巻十四、『漢書』叙伝上）の「有羽儀於上京（（班氏は）京師に優秀な人物を輩出した）」に基づこう。

また侯景の反乱軍が容易に長江を南渡したことを、「雖万里而作限、聊一葦而可航(36)（（長江が）万里もの障碍となっていたのに、わずか一束の葦で渡れてしまった）」と詠じる。長江を「作限」とすること、郭璞「江賦」（『文選』巻十二）に「所以作限於華裔、壮天地之嶮介（（長江は）中原と辺境との隔てになり、天地を一段と険しくするものだ）」とある。

次に「授犀函与鶴膝、建飛雲及艅艎（犀の皮でできた鎧や先が鶴の脛の如き矛を授与し、飛雲号や艅艎号と見紛う艦船を準備した）」は、蕭繹が侯景への反攻の狼煙を上げた折の武備を述べた二句である。「犀函」と「鶴膝」の対句が、左思「呉都賦」（『文選』巻五）に「家有鶴膝、戸有犀渠(37)」とある。「飛雲」と「艅艎」の内、「艅艎」は古く『左伝』昭公十七年に呉軍の船として見えるが[38]、ここで顔之推が踏まえるのは、左思「呉都賦」や郭璞「江賦」であろう。より見やすい後者の対句を挙げれば、「漂飛雲、運艅艎」とある[39]。

第六段では、大宝二年（五五二）、侯景が巴陵で王僧弁に惨敗後、建康に逃げ戻って自ら帝位を狙った暴挙を「賊棄甲而来復、肆觜距之鵰鳶（賊軍は鎧を棄てて帰って来ると、嘴や蹴爪を持ったクマタカやトンビよろしく好き放題に振る舞った[40]）」とする。前半の句は『左伝』宣公二年が典拠で[41]、後半の句は張華「鷦鷯賦」（『文選』巻十三）の「雕鶡介其觜距（クマタカやヤマドリはその嘴や蹴爪のために人間に狙われる）」を意識する[42]。

如上の混乱の最中たる建康に、顔之推は侯景軍の捕虜として移送される。当地の荒廃ぶりを「野粛条以横骨（平野はひっそりして人骨ばかりが並ぶ）」と表現するが、「野粛条」は班固「西都賦」（『文選』巻一）や班彪「北征賦」（『文選』巻九）に見える[43]。その結果、顔之推は顔氏も追従した東晋の南遷以来、百を数えた江南の名家がほぼ絶滅したことを「疇百家之或在（百家の内で残っているのは誰か[44]）」と慨嘆するのだが、これは潘岳「西征賦」（『文選』巻十）の表現を踏襲する。

　窺七貴於漢庭、譸一姓之或在。

漢代の七姓の外戚をうかがい見るに、どの一姓が今もなお残っていようか。

潘岳は西晋・武帝（司馬炎）が崩御した後の外戚・楊駿への権力集中を批判するべく、漢代外戚の七姓（呂・霍・上官・趙・丁・傅・王）とてすっかり淘汰されたと言う。その文脈を取り込み、顔之推は顔氏を含む江南名家の過去の繁栄と、侯景の乱を経た現在の没落との懸絶を、巧みに際立たせることに成功している。

第六段はこの後、建康の顔氏ゆかりの地（長干・白下）に思いを馳せ、望郷の念を提示した上で[45]、次の二句を以て結ばれる。

得此心於尼甫、信茲言乎仲宣。

この心情は尼甫を通じて体得され、仲宣の言葉を信実なるものと思う。

尼甫は孔子、仲宣は王粲で、顔之推は王粲「登楼賦」（『文選』巻十一）を踏まえよう。

悲旧郷之壅隔兮、涕横墜而弗禁。昔尼父之在陳兮、有帰歟之歎音。鍾儀幽而楚奏兮、荘舄顕而越吟。[46]人情同於懐土兮、豈窮達而異心。

郷里から隔たった身を悲しみ、涙が溢れ流れて止め得ない。むかし尼父は陳にいて、「帰らんか」との嘆息があった。鍾儀は晋に幽閉されても楚の音楽を奏で、荘舄は楚で顕達しても越の言葉で吟じた。人の感情は郷里を思う点で一緒、どうして窮乏や栄達により心向きを変えようか。

もちろん孔子が陳で「帰らんか」と発言したことは、直接は『論語』公冶長に見える。[47]ただ興膳宏氏が、「登楼賦」に「長年親しんだ都へのノスタルジア」を見出し、王粲が「旧郷」の語に託した望郷の情は、彼の本貫・高平よりも都に向けられたと指摘する。[48]すると顔之推が南朝歴代の都であり、かつ顔氏のルーツをたどり得る建康に舞い戻り、その荒廃や没落の様子を目の当たりにして感傷に浸る時、顔之推が孔子と王粲を並列に取り上げて表現するのは、専ら王粲「登楼賦」に依拠した結果と言ってよいのではあるまいか。

典故と言えば、特定の古典表現の踏襲を主に想定しよう。だが賦を詠じる際に先行の賦に典故を求めるという、ジャンルに応じた踏襲にも注意が必要で、それは本稿冒頭の川合氏が言う、過去の枠組みに沿った現実の認識とも通じる面があると思われる。

五　顔之推と集部

もちろん顔之推は賦の他、詩文からも語彙を継承している。一例を第六段より挙げれば、顔之推は既述の通り侯景軍の捕虜として建康に向かったが、そのことをこう説き起こす。

就狄俘於旧壌、陥戎俗於来旋。

俘囚の身でかつての土地へと赴き、戻る賊軍に蛮人蠢く中へと送り込まれた。

二句全体のモチーフは、『左伝』僖公二十二年の故事にある。周・幽王が犬戎に殺され、次の平王による洛邑東遷の折、大夫の辛有が伊川（伊水）に赴くと、髪を振り乱し（「被髪」）、野原で祭祀を行なう者を見た。そこで辛有は「不及百年、此其戎乎。其礼先亡矣（百年しない内に、この辺りは戎の住処となろう。中華の礼が真っ先に滅んでしまった）」と言った。二句は戻った都・建康が侯景軍の狼藉で「戎俗」と化していた、というのである[49]。

個別に検証すれば「就狄俘於旧壌」句では、まず「旧壌」の語が、楊惲「報孫会宗書」（『文選』巻四十一、『漢書』楊敞伝附子惲）に見える。

頃者足下離旧土、臨安定。安定山谷之間、昆夷旧壌、子弟貪鄙、豈習俗之移人哉。

近頃あなたは故郷を離れ、〔太守たる〕安定郡におられます。安定郡は山間の地、西戎どもの旧地で、若者たちは貪欲野鄙ですが、まさかその習俗にあなたが染まってしまったのではありますまい。

「旧土」と「旧壌」が連続して見えるのが興味深い。「旧土」は孫会宗の故郷・西河をいう。一方「旧壌」は蔡邕の上疏に「伏見幽冀旧壌、鎧馬所出（伏して拝察しますに幽州・冀州の旧地は、鎧や馬の産出地です）」（『後漢書』蔡邕伝）とあるなど、歴史を内包する形での土地柄を指す語と思しい。顔之推は建康を「旧壌」とし、その南朝歴代の都として有してきた伝統を表現しているのではないか。

次に「狄俘」の語は、『左伝』宣公十五・十六年に見えるが、それは晋が周に献上し、両国間を媒介する狄の俘虜に過ぎない。(50) むしろ筆者は潘岳「関中詩」（『文選』巻二十）に着目したい。この詩は西晋・恵帝の時代、異民族の氐・羌が斉万年の統率下で関中にて反乱し、その平定に際して恵帝の命により作ったもの（李善注に引く潘岳「上詩表」など）で、全十六章の内の第七章に次の二句がある。

俾我晋民　我が晋王朝の民たちをば
化為狄俘　夷狄の捕虜にしてしまった

この「狄俘」は、自らが夷狄の捕虜なのである。顔之推自身が「狄俘」となる点で、経書『左伝』よりも潘岳「関中詩」の方が、典故として重みがあるのではなかろうか。

では顔之推は如何にして賦や詩文に基づく典故を自分のものとしたか。そもそも顔之推は、日頃より多角的に集部の書物に当たっていた。『顔氏家訓』勉学篇に次の逸話がある。

俗間儒士、不渉群書、経緯之外、義疏而已。吾初入鄴、与博陵崔文彦交遊。嘗説王粲集中難鄭玄尚書事。崔転為諸儒道之、始将発口、懸見排蹙云、文集只有詩賦銘誄、豈当論経書事乎。且先儒之中、未聞有王粲也。崔笑而退、竟不以粲集示之。

世俗の儒者どもは、諸書に目を配らず、経書と緯書の他は、義疏のみである。私が鄴入りした当初、博陵の崔文彦と交遊があった。ある時、『王粲集』の中の鄭玄注『尚書』への疑義について解説した。崔氏は儒者たちにこの件を話し、さあ内容を話そうという段になって、先に否定されて、「文集には詩・賦・銘・誄があるばかりで、どうして経書の内容を議論いたしましょう。しかも先儒で王粲なる人物など聞いたことがないですよ」と言われた。崔氏は苦笑して引き下がり、とうとう『王粲集』で証明はしなかった。

経学には経学の書と自明なものしか読まない諸儒と異なり、顔之推は個別の学者の別集の中にも経説を探究した。目的こそ様々だが、『顔氏家訓』にその別集が示される人物には、王粲の他に蔡邕、陸機、呉均（風操篇、文章篇）がいる。また勉学・文章・書証を中心に、各篇で多彩な詩文を議論の例証としており、それらの出所には、まず別集を想定すべきであろう。

だが例えば賦については、興膳宏氏が『文選』編纂者の依拠した資料を考察する中で、『隋志』総集類に司馬相如「子虚上林賦」、張衡「二京賦」「幽通賦」、左思「三都賦」、木華「海賦」、潘岳「射雉賦」などに注釈付きの単行テクストが確認されることや、左思「三都賦」の出現に伴う所謂「洛陽の紙価を高める」状況などから、「ある程度の分量を有する賦や文なら、このように単独の形で流布していたものが相当に多かったのではあるまいか」と推定する。(51)また栗山雅央氏は、確認し得る後漢から南北朝にかけての賦注を一覧するが、その数は三十二種二十八名に達する。(52)

実際『顔氏家訓』では、「誤本蜀都賦注（誤字のある蜀都賦の注釈）」を読んだために珍妙な用字をした南朝人が見えている（勉学篇）。そして賦作品が紹介される際には、「呉均集有破鏡賦」（文章篇）を除けば、作品が文集名を伴わず単独で提示されるのである。(53)

また『顔氏家訓』勉学篇で顔之推は、精神鋭敏なる幼少期の学修の重要性を主張し、その理由として自らの体験談一則を紹介する。

吾七歳時、誦霊光殿賦、至於今日、十年一理、猶不遺忘。

私は七歳の時分、霊光殿賦を暗誦し、今日に至るまで、十年に一度のおさらいでも、なお忘れずにいる。

興膳氏は、梁・元帝の母である阮修容が少女時代に「三都賦」を暗誦した事実（『金楼子』后妃篇）に対し、「わずか数歳の幼女にも手の届く、簡便な「三都賦」のテクストが流布していた」と想定する。[54] 実は王延寿「魯霊光殿賦」について、三国蜀の劉琰が侍婢全員に本賦を暗誦させたし、晋の阮孚は胡婢を母としたため、姑が本賦の「胡人遥集於上楹」から「遥集」と字をつけた。つまり顔之推の例も含め、「魯霊光殿賦」にも女性や子供が読みやすいテクストの存在が想定可能なのではないか。[55]

『顔氏家訓』風操篇には書簡集と思しき「蔡邕書集」や「班固書集」からの引用もある。別集の他、各種の選集や単行する賦なども、顔之推の典故の来源であったと言えるだろう。

他に吉川忠夫氏が、南朝の斉・梁における類書盛行の事実に、「類書は撰者自身の知識のひけらかしであるとともに、知識のひけらかしを必要とした士大夫一般の需要にこたえるものでもあった」とし、需要の一つに詩文に珍しい典故を盛り込むことを数えるのも興味深い。[56] 顔之推はかかる南朝で学問の基礎を形成し、吉川氏が類書の代表とする劉孝標『類苑』と梁・武帝『華林遍略』の内、後者は顔之推らが北斉文林館で編纂した『修文殿御覧』の藍本である。類書も顔之推の詩文創作において重要な典故の情報源となったに相違ない。

類書と相似して各種詞華集の存在も無視できなかろう。顔之推は文林館で『修文殿御覧』の他、『続文章流別』の編纂も主導した。[57]『隋志』に同書名の三巻が孔寧撰として著録され、興膳宏氏は両者が「同一の書かどうかは、なおにわかに断じがたい」としつつ、「かつての摯虞によって編まれた『文章流別集』がそうであったように、おそらく多くのジャンルにわたる佳篇をすぐった選集だったと想像される」とする。[58]『続文章流別』は、詞華集の先鞭たる西晋・摯虞『文章流別集』三十巻の続編と想定されるわけである。

南朝では摯虞『文章流別集』以来、陸続と詞華集が編纂され、それを承けて『文選』が登場したのであった[59]。岡村繁氏は、顔之推ら六朝末期の知識人による『文選』軽視を指摘する[60]。ただ興味深いことに、顔之推が「観我生賦」で典故とした賦や詩文には『文選』所収のものが多いのであり、それは本稿指摘の例からだけでも、十分に実感できはしないか。

ここで顔之推が『文選』から諸作品を典故として「観我生賦」に取り込んだと主張するのではない[61]。別集を基本に、賦などでは単行の注釈本、家学の一環として『漢書』所載の作品など、依拠した文献は様々であったろう。むしろ幅広い文献へのアクセスは、顔之推の学問が旨とするところであった。それでも『文選』所収の作品を多く典故とするのは、『文選』までに度重なった詞華集編纂の中で、評価され採録される作品が、ある程度の固定化を見た可能性を想像できないか。『隋志』に単行が明示される賦がすべて『文選』に採録される事実も、それら作品の好意的な評価と受容を証明しよう。すると詞華集が繰り返し編まれる時代に生き、自身もその一つを編纂した顔之推は、すでに各種詞華集に採録された作品と知って、それらを典故に用い、それらは『文選』に採録される定評ある作品でもあったとの推定が許されないか。

おわりに

そもそも顔之推と典故（用事）については、『顔氏家訓』文章篇に次のような一段が存在する。

沈隠侯曰、文章当従三易。易見事、一也。易識字、二也。易読誦、三也。邢子才常曰、沈侯文章、用事不使人覚、若胸憶語也。深以此服之。祖孝徴亦嘗謂吾曰、沈詩云、崖傾護石髄。此豈似用事邪。

沈隠侯（沈約）が言う「文章は三つの『易い』を原則とすべきだ。用事が理解し易いのが第一。文字がわかり易いのが第二。音読し易いのが第三」。邢子才（邢邵）はいつも言った「沈侯の文章は、用事を読者に意識させず、まるで自らの心からの言葉遣いである。大変この点で彼に心服する」。祖孝徴（祖珽）も前に私に言った「沈氏の詩に『崖傾きて石髄を護る』と言う。これにどうして用事がありそうか」。

沈約と典故をめぐる三つの話題を併記して、顔之推自身の寸評はない。だがこの一段は顔之推の典故に対する基本的な認識の提示であり、それは「観我生賦」の自注の性格を説明してくれる。「観我生賦」の如く自注を備える同時代の賦には、謝霊運「山居賦」や張淵「観象賦」があり、両者の自注は、賦に登場する動植物や天体の辞書的な説明、書物の引用を伴う典故の説明を随所に含む(62)。だが先の認識に立てば、「観我生賦」には賦作品にしばしば見える同偏の難読字の連続や、補足説明の必要な用事はあり得ず、自注に辞書的な説明や文献を引用した典故の補足は不要となる。自注は賦に詠じた内容に即応する歴史事実を淡々と提示すれば、事足りるのであった。

また顔氏の文学のスタンスを述べた『顔氏家訓』文章篇の次の一節にも注目したい。

吾家世文章、甚為典正、不従流俗。梁孝元在蕃邸時、撰西府新文(63)、訖無一篇見録者、亦以不偶於世、無鄭衛之音故也。

我が先代（顔協）の文章は、非常に典雅方正で、世間の流行に追従しなかった。梁・元帝が地方の王邸にいらした頃、『西府新文』を編まれたが、一篇とてそれに採録されなかったのは、やはり世俗に迎合せず、鄭衛の淫靡な風調がなかったためである。

ここで「鄭衛之音」に比される「流俗」の文学とは、梁代の宮廷サロンにおける典故にも技巧を凝らした艶麗な文学をいう。(64)だがそれと対照的な父・顔協の「典正」の文学こそ、顔之推自身が志向した文学であり、すると同時代の知識のひけらかしを意図した典故の濫用に、顔之推は否定的だったはずである。

顔之推の典故の来源は、集部では別集の他、単行の賦や類書、詞華集が存した。当然これらは顔之推と同時代の知識人にも共通した資料群であったろうが、そこから何を典故に、如何に表現するかは、結局は作者次第である。典故とは川合氏も作者による現実の認識とその表現に関わる修辞とするように、個々の作者の用事法を総体的に積み重ねることで、その作者の学問の実態や、背後にある社会における知識受容の様相を探る営みも、可能なのではないか。本稿は顔之推と「観我生賦」を対象とした、その営みの一例である。

注

（1）川合康三『中国の詩学』（研文出版、二〇二二）第十五章「詩と修辞」第五節「典故」。

（2）「「桓山之悲」について―典故と用法―」、「隠逸と節義―「溥天之下、莫非王土」を素材に―」（ともに拙著『南北朝時代の士大夫と社会』（研文出版、二〇一八）、所収）、「「無徳而称」について―表現形式の成立とその展開をめぐって―」（『京都大学文学部研究紀要』六〇、二〇二一）、「典故の形成とその用法―「分形同気」を例に―」（『香川大学国文研究』四六、二〇二一）。

（3）氣賀澤保規監修、池田恭哉・岡部毅史・梶山智史・倉本尚徳・田熊敬之訳『中国史書入門　現代語訳　北斉書』（勉誠出版、二〇二一）の中で、筆者は「観我生賦」を訳出した。本稿ではこの邦訳を「前訳」と呼称する。

（4）増補本、中華書局、一九九三。

（5）「盼遂按・周易・観卦九五爻：〝観我生、君子無咎。〟顔取経文以名賦」（『劉盼遂文集』（北京師範大学出版社、二〇〇二）二五二頁）。安藤信廣「顔之推の文学―「観我生賦」を中心に」（『庾信と六朝文学』（創文社、二〇〇八）、所収）は劉氏の指摘から、題名「観我生賦」には、天の善意を信じ君子らしく生きようとする顔之推を天が裏切り続けることの重さをあばく伏線があると言う（四九二～四九五頁）。

（6）王弼注「居於尊位、為観之主。宣弘大化、光于四表、観之極者也。上之化下、猶風之靡草。故観民之俗、以察己道。百姓有罪、在予一人、君子風著、己乃无咎。上為観主、将欲自観、乃観民也」。孔穎達疏もこれを敷衍する。『易』は南朝では王弼注、北朝では鄭玄注を主とした（『北史』儒林伝序）。『顔氏家訓』書証篇で、『易』大畜卦・九三「良馬逐」（阮元本）を『経典釈文』周易音義が引く鄭注本に一致する「良馬逐逐」と引用するため、顔之推は『易』を鄭玄注に即して読んだ可能性があるが、観卦・九五の鄭玄注は逸している。

（7）六三爻辞の孔穎達疏は、王弼注を承けつつ、より詳細に「観我生進退者、我生、我身所動出。三居下体之極、是有可進之時、又居上体之下、復是可退之地。遠則不為童観、近則未為観国、居在進退之処、可以自観我之動出也。故時可則進、時不可則退。観風相幾、未失其道、故曰観我生進退也」と解説する。

（8）渡部武「『北斉書』顔之推伝の「観我生賦」について」（『中国正史の基礎的研究』（早稲田大学出版部、一九八四）、所収）一八四～一八八頁。

（9）川合康三『中国の自伝文学』（創文社、一九九六）二一三頁。

（10）王学軍「華夏礼楽衰微的哀歌：顔之推《観我生賦》題旨発覆」（『井岡山大学学報（社会科学版）』三八―一、二〇一七）は、「観我生賦」の出典に観卦九五の爻辞と象伝を挙げ、それが人民教化の出現を詠じる「観我生賦」の冒頭を導くとする（一〇四・一〇五頁）。だがそれは賦全体を貫く主題ではあるまい。

（11）興膳宏「顔之推の文学論」（『新版中国の文学理論』（清文堂出版、二〇〇八）、所収）三八八～三九〇頁、川合氏前掲『中国の詩学』一五八・一五九頁、参照。

（12）蕭繹が侯景の乱への反攻に出る様子「世祖赫其斯怒」（第一段）は『詩』大雅・皇矣「王赫斯怒」に、侯景の乱に伴う梁王朝の困難にあろうことか梁の皇族が付け込む様子「問王道之多難」（第二段）は『詩』小雅・出車「王事多難」に、それぞれ基づくなど、枚挙に暇がない。また自身の生まれ合わせを嘆ずる「問我良之安在」（第一段）は、盧文弨がすでに指摘するように『詩』小雅・小弁「天之生我、我辰安在」から「良」が「辰」であるべきとわかる。

（13）「初、楚司馬子良生子越椒。子文曰、必殺之。是子也、熊虎之状、而豺狼之声。弗殺、必滅若敖氏矣。諺曰、狼子野心。是乃狼也、其可畜乎。子良不可。子文以為大慼、及将死、聚其族曰、椒也知政、乃速行矣。無及於難」。

(14) 楊伯峻『春秋左伝注（修訂本）四』（中華書局、一九九五）、一七二四頁、参照。

(15) 「槀葬」については『後漢書』馬援伝「援妻孥惶懼、不敢以喪還旧塋、裁買城西数畝地、槀葬而已（李賢注、……槀、草也。以不帰旧塋、時権葬、故称槀）」。

(16) 「若其有罪、絞縊以戮〈絞、所以縊人物〉、桐棺三寸、不設属辟〈属辟、棺之重数。王棺四重、君再重、大夫一重〉、素車樸馬〈以載柩〉、無入于兆〈兆、葬域〉」。

(17) 荘公は五月乙亥（十七日）に殺害された。諸侯は死後五か月で葬る（『左伝』隠公元年）。

(18) 銭玄・銭興奇『三礼辞典』（江蘇古籍出版社、一九九八）、九六七・九六八頁、参照。

(19) 『北斉書』文襄六王伝・安徳王延宗、参照。前掲『現代語訳　北斉書』一七八～一八三頁に筆者担当の邦訳がある。

(20) 「屍如莽」と「血玄黄」については『左伝』哀公元年「呉日敝於兵、暴骨如莽〈草之生於広野、莽莽然、故曰草莽〉」、『易』坤卦「上六、龍戦于野、其血玄黄」。

(21) 二文の周王朝を救った功業は、文侯が周・平王を助け（『書』文侯之命）、文公が周・襄王を助けた（『左伝』僖公二十八年）。

(22) 前訳は『左伝』昭公三十二年の典故を弁えず、「邀文武之餘福」を「文官武官の幸いにも生き残った連中を結集させた」（五八一頁）としたが、本稿を以て訂正したい。

(23) 「沿漢泝江、将入郢、王在渚宮」。『水経注』巻三十四・江水にも「又南過江陵県南（……今城、楚船官地也、春秋之渚宮矣）」。なお『漢書』灌夫伝に「辟睨両宮間」、『顔氏家訓』誡兵篇に「睥睨宮閫」とある。

(24) 「五譲」は『漢書』爰盎伝「陛下五以天下譲、過許由四矣」（陛下は漢・文帝）。また「漢宮之復覩」は『後漢書』光武帝紀上で、光武帝の漢復興の様子を見た老吏の言に「不図今日復見漢官威儀」。

(25) 「曾不知夏之為丘兮、孰両東門之可蕪」。

(26) 『漢書』に対する顔氏の家学の実態は、吉川忠夫「顔師古の『漢書注』」（『六朝精神史研究』（同朋社、一九八六）、所収）、参照。

(27) 自注「斉遣上党王渙率兵数万納梁貞陽侯明為主」。

(28) 自注「梁武聘使謝挺・徐陵始得還南、凡厥梁臣、皆以礼遣」。特に徐陵の動向については、吉川忠夫「徐陵—南朝貴族の悲劇」（『侯景の乱始末記　南朝貴族社会の命運』（志学社、二〇一九）、所収）に詳しい。

(29)「窃聞風而清耳、傾見日之帰心」。拙稿「顔之推における家と国家―学問を媒介として―」（前掲拙著、所収）の注（30）、参照。

(30) 杜預注「魯以周公故、有天子礼楽」。

(31) 梁では五五五年二月に敬帝が即位、三月に蕭淵明が即位（敬帝は太子）、九月に陳覇先が王僧弁を殺害、十月に蕭淵明が廃位、敬帝が再度即位した。五五六年に顔之推が西魏を出立、五五七年十月に陳覇先が陳を建てた。

(32) 龐石帚『養晴室筆記』巻二「《観我生賦》注補正」（四川文芸出版社、一九八五）。

(33) 実は「雁門太守行」は、簡文帝ではなく梁・褚翔の作である（王氏）。

(34) 龍門の一曲は、『書』孔穎達疏「釈水云、河千里一曲一直、則河従積石北行、又東、乃南行、至于龍門」。砥柱の双岑だが、『水経注』巻四・河水「又東過砥柱間（砥柱、山名也。昔禹治洪水、山陵当水者鑿之、故破山以通河。河水分流、包山而過、山見水中若柱然、故曰砥柱也。三穿既決、水流疎分、指状表目、亦謂之三門矣）」から、あくまで山を中心に河水の流れが二乃至三に分かれるのであって、山自体を「双岑」と描くのは不明。賦は本二句の前後すべて水を主体に展開し、「歴砥柱之双岑」のみ山を描くのは不統一で、「岑」は「砥柱」が山であるのに伴う誤字か。存疑。

(35)「羽儀」と「新邑」は『易』漸卦「鴻漸于陸、其羽可用為儀」、『書』召誥「周公朝至于洛、則達観于新邑営」。

(36)「一葦而可航」は『詩』衛風・河広「誰謂河広、一葦杭之（毛伝、杭、渡也。疏、言一葦者、謂一束也）」。

(37) 劉淵林注「鶴膝、矛也。矛骸如鶴脛、上大下小、謂之鶴膝。犀渠、楯也。犀皮為之」。

(38)「戦于長岸、子魚先死。楚師継之、大敗呉師、獲其乗舟餘皇〈餘皇、舟名〉」。

(39) 左思「呉都賦」は「弘舸連舳、巨艦接艫、飛雲蓋海、制非常模。畳華楼而島跱、時髣髴於方壺、比鷁首而有裕、邁餘皇於往初（劉淵林注、……飛雲蓋海、呉楼船之有名者）」。

(40) 前訳では二句に続く「積假履而弑帝」の「帝」を「〔梁の〕武帝」とした（五七一頁）が、時系列から当然「簡文帝」である。ここに訂正する。

(41)「宋城、華元為植、巡功。城者謳曰、睅其目、皤其腹、弃甲而復〈弃甲、謂亡師〉。于思于思、棄甲復来」。

(42)『詩』小雅・四月「匪鶉匪鳶」の毛伝に「鶉、鵰也。鵰鳶、貪残之鳥也」。

(43)「原野粛条、目極四裔」（西都賦）、「野粛条以奔蕩、迴千里而無家」（北征賦）。
(44)自注「中原冠帯随晋渡江者百家、故江東有百譜、至是在都者覆滅略尽」。
(45)「経長干以掩抑［長干、旧顔家巷］、展白下以流連［靖侯以下七世墳塋、皆在白下］。深燕雀之餘思、感桑梓之遺虔」。靖侯は顔含のこと。長干・白下については、中村圭爾「南朝貴族の地縁性に関する一考察：いわゆる僑郡県の検討を中心に」（『東洋学報』六四―一・二、一九八三）、特に二「王氏・顔氏と臨沂県」、参照。
(46)鍾儀の故事はすでに触れたように『左伝』成公九年に出る。荘舄は越の人で、楚で栄達したが、罹患に際して望郷の念から越の言葉を発していた（『史記』張儀列伝附陳軫）。
(47)「子在陳曰、帰与帰与。吾党之小子狂簡、斐然成章、不知所以裁之」。
(48)興膳宏・川合康三『文選』（角川書店、一九九一、のち講談社学術文庫、二〇二三）の「登楼賦」解題と「「旧郷」ということばもここに見えるけれども、それは王粲にとって出身地の高平ではなく、漢の都の長安あるいは洛陽を意味していたと考えるべきであろう」（講談社版九一頁）。王粲は董卓の遷都に伴い洛陽から長安へ移り、さらに荊州の劉表に身を寄せて「登楼賦」を作った。謝霊運「擬魏太子鄴中集八首并序」（『文選』巻三十）「王粲」序には「家本秦川、貴公子孫。遭乱流寓、自傷情多」と言い、「秦川」は長安一帯。
(49)侯景は羯族出身（姚薇元『北朝胡姓考（修訂本）』（中華書局、二〇〇七）内篇第三・侯氏）。また庾信「哀江南賦」も侯景の襲来を、『左伝』僖公二十二年を典故に用いて「見被髪於伊川、知百年而為戎矣」と描く。
(50)「晋侯使趙同献狄俘于周、不敬」（十五年）、「三月、献狄俘〈献于王也〉」（十六年）。
(51)興膳宏「『文選』の成立と流伝」（『中国文学理論の展開』（清文堂、二〇〇八）、所収）二〇二～二〇四頁。
(52)栗山雅央「後漢から両晋時期における賦注の確立について」（『西晋朝辞賦文学研究』（汲古書院、二〇一八）、所収）一七九～一八二頁。
(53)勉学篇に「潘岳賦」（閑居賦）「陳思王・鶡賦」、文章篇に「潘岳・悼亡賦」「潘岳賦」（射雉賦）、書証篇に「潘岳・射雉賦」「陳思王・鷂雀賦」「西都賦」とそれぞれ提示される。ただしこの傾向は賦のみに限ったものではない。
(54)興膳氏注（51）所掲論文、二〇二・二〇三頁。
(55)『三国志』蜀書・劉琰伝「車服飲食、号為侈靡、侍婢数十、皆能為声楽、又悉教誦読魯霊光殿賦」、『晋書』阮籍伝附阮

孚「孚字遥集。其母即胡婢也。孚之初生、其姑取王延寿・魯霊光殿賦曰、胡人遥集於上楹、而以字焉」。『文選』巻十一所収の「魯霊光殿賦」に李善注は張載注を引き、該賦の単行を思わせる。

(56) 吉川氏注（26）所掲論文三二八～三三〇頁。

(57) 顔之推と文林館の関係、そこでの活動は、前掲『現代語訳　北斉書』コラム④「文林館・『修文殿御覧』」（筆者執筆）、参照。

(58) 興膳氏注（11）所掲論文三八九頁。

(59) 岡村繁「『文選』編纂の実態と編纂当初の『文選』評価」、「さまよえる『文選』—南北朝末期における文学の動向と「文選学」の成立—」（ともに『文選の研究』（岩波書店、一九九九）、所収）、興膳氏注（51）所掲論文、参照。

(60) 前注所掲の岡村氏「『文選』編纂の実態と編纂当初の『文選』評価」五六～五八頁。

(61) 『顔氏家訓』に『文選』の名は見えないが、顔之推の文学理論が劉勰『文心雕龍』の影響下にありながら（興膳氏注（11）所掲論文）、その名も見えないのであって、論及がないから即軽視とはなるまい。なお『文選』注釈書の嚆矢は隋・蕭該『文選音』三巻だが、蕭該は『漢書音』を著した有数の『漢書』学者でもあり（『隋書』儒林伝・蕭該、包愷）、隋の開皇年間に顔之推らと『切韻』を共編した（『切韻』序、平山久雄『中古音講義』（汲古書院、二〇二二）七～十二頁）。如上の人間関係は、隋代の顔之推と『文選』学とに接点をもたらしたか。

(62) 東美緒「謝霊運「山居賦」とその自注」（『中国文学論集』四二、二〇一三）、橘英範「謝霊運「山居賦」の自注について」（『中国中世文学研究』六三・六四、二〇一四）、栗山雅央「張淵「観象賦」訳注稿」（『西南学院大学言語教育センター紀要』一〇、二〇二〇）、「張淵《観象賦》及其自注初探」（『大夏与北魏文化史論叢』（鳳凰出版社、二〇二〇）、所収）、参照。

(63) 『隋志』集・総集類に「西府新文十一巻（幷録、梁蕭淑撰）」と著録がある。

(64) 林田慎之助「顔之推の生活と文学観」（『中国中世文学評論史』（創文社、一九七九）、所収）第四～六節、参照。

道の探求——李白「素畜道義」考

乾　源　俊

はじめに

玄宗は夢に一真容を見た。開元二十九年（七四一）閏四月の某日未明、興慶宮大同殿にて、帝は老子尊容への礼謁の後、端坐静慮、ふと眠りに誘われた。その時のことである。真容は「汝の遠祖」であると名のり、自身の形像の存在を告げ、大同殿での相見を約束した。形像は発見され、大同殿に安置された。玄宗本人が、十数日前のこととして、左相牛仙客に語った夢見の内容、及び事の顚末は、およそ以上のとおりである（牛仙客「皇帝夢玄元皇帝真容見請宣示中外奏」『全唐文』巻三〇〇）。こうして紡がれた夢の意味をめぐる言説は、明けて天宝元年（七四二）正月七日、長安丹鳳門の通衢に玄元皇帝が降現し「天下太平、聖寿無疆」を伝言したなど（『旧唐書』玄宗紀下、礼儀志四）、臣下衆庶による書きこみを呼びつつ、四載（七四五）正月、玄宗自身により、さきの伏線の回収がなされる。中書門下の慶賀の上表に言う。帝が臣某に語った。今月六日、大同殿にて祈福中、空中に言声を聞いた、己が「休徴」と民の「福慶」を告げていた、と（中書門下「賀玄元皇帝霊応表」『全唐文』巻九六二）。さきの暁夢と違って、こちらは白昼夢とでも言うべき、不思議な体験である。二月六日、崇玄館学士門下侍郎の陳希烈が上奏して言う。本日早朝、太清宮道士蕭従一が玄元降現を見た、「玄宗に告げよ、汝は上界の真人であり、わが左右に侍せしめるべく、すでに手筈が整っている」と言っていた、と。伏して惟みるに、陛下は真容を置き、聖祖の左右に侍せられた、聖寿の延長、億万載の極まりなきことを、と（陳希烈「道士蕭従一見玄元皇帝奏」『全唐文』巻三四五）。長安の玄元廟太清宮に太白山白石の玄元聖容が設けられ、その右に玄宗本人の白石像が設けられたことを受けて（『旧唐書』礼儀志四）、陳希烈が物語を収めたものである。玄宗はいまや天上界に真人となることが約束されている、というわけだ。

李白の詩作にこの言説の影響を認め得るのは、すこし時間を経て。天宝三載（七四四）春に長安を辞去、しばらく身を寄せた東魯から、さらに江東へと旅立つ。その際、東魯の諸公に留別した「夢遊天姥吟留別」（『李太白文集』巻一三）においてである。五載（七四六）秋の作と推定される。作中には天姥山へ事前の夢中遊行が試みられる。途中風雨に見舞われ、洞天の岩戸が開くとなかは別天地、群仙の降臨をまのあたりにする。あっと驚いて目が覚めると、いつもの寝床があるばかり。世間の行楽もこの夢や幻のようなもの、と。玄宗の暁夢のあとに、派生した物語のひとつとして、これを続けることができると言うのは、一方は神言の受信に成功し他方は失敗した、話の類型からだけではない。その部分の関連以上に、おなじく目覚めの感覚が映されること。覚醒する意識の流れが写しとられ、それを核として言述が構成されているところからである。夢うつつの夢幻状態のなかで、見たものの意味が読みとられ、言語化される。ただし李白はわれわれのこの現実世界へと覚醒したのに対し、玄宗は向こう側の神仙世界へと覚醒した。李白の作に、みずからも身を染めた、神としての老子の加護による永遠の御代という、王朝の構築する宗教的イデオロギーからの離脱の意識を読みとることは、むろん可能である。

李白が王朝の宗教的イデオロギーにじかに、公式に接したのは応詔入京時。それは天宝元年の制科「高道（不仕）」挙に応じてのことであったと見られる。七月初に下詔がなされ（岑参「宿関西客舎寄東山厳許二山人時天宝初七月初三日在内学見有高道挙徴」『全唐詩』巻二〇〇）、驪山温泉宮の幸行先で、親試が行われた（「朕頃縁幸湯、粗令採賾」孫逖「処分高蹈不仕挙人勅」『唐大詔令集』巻一〇六、貢挙）。玄宗の温泉宮幸行は十月末から十一月末まで。所謂「逸人の挙」であり、

「道」の修養度合が問われた。孫逖起草「処分高蹈不仕挙人勅」は、この挙の合否を言い渡したものと見なされるが、その趣旨について、「逸人を挙ぐれば、天下の人　心を帰せん」と『論語』の文言を踏まえつつ、「道」のあり方は静かで退いていることを尊しとし、まつりごとの急務はすぐれた才能をたよりとする、そこで隠れて世に顕れない人材を岩藪中に求めるのだ、と述べている。天宝三・四載「高蹈不仕」科は同類の挙だが（「高道・高蹈」の「道・蹈」は同声かつ韻母が上去相配の関係にある字）、その処分の勅には「爰に臺省に命じ、道業を詢《と》わしむ」（「処分制挙人勅」『唐大詔令集』巻一〇六、制挙）と取士基準について明言している。また挙の実際について、前者の勅には「或《あるもの》は光を含み器を隠し、文詞に耀穎せず」、後者の勅には「或は善行に跡無く、名と実と窺い難し」など、選抜に文章が試されたことや、内なる価値が表面には顕れない、選抜対象の人物像にも触れている。「道」のあり方に照らせば、それはあるべき態度なのだが、実力が顕れないでは、実際の選考にも困難をきたす、という。隠逸の挙は、多く他の施策と連動し、たとえば天宝三・四載「高蹈不仕」挙は、重注『孝経』を天下に家蔵誦習せしめたのにともない、「孝悌」者の推挙がなされ、「隠逸」者が付随した（孫逖「親祭九宮壇大赦天下制」『唐大詔令集』巻七四、九宮貴神）。天宝十三載「衆推孝弟・累代義居」「高尚確然・隠遁巌穴」両科の場合も、孝悌者と隠逸者がともに挙げられ、十四載に御注『老子』并びに「義疏」が天下に頒示されている、等々。天宝元年「高道（不仕）」挙による逸人の捜揚も、両京と諸州に玄元廟を建て老子像を建立し、また崇玄学を置き生徒を挙送せしめよという（「命両京諸路各置玄元皇帝廟詔」『全唐文』巻三一）、道教顕彰の施策に呼応したものであり、ちょうどそれらに息を吹きこむように、玄宗の老子夢見にはじまる一連の霊応が、このとき首都長安に続いていた。

李白がこの挙に関与したと言うのは、秋の入京という時期の一致に加えて（「黄鶏啄黍秋正肥。……余亦辞家西入秦」「南陵別児童入京」巻一三）、玄宗がかけたことば「卿は是れ布衣にして、名は朕の知と為る。素より道の義を畜《やしな》うに非ずは、何を以て此に及ばん」（李陽冰「草堂集序」巻一）におおきな理由がある。平素より「道の義」を養ったからこそというのは、「道業を詢う」隠逸の挙の取士基準にかなう。また李白は驪山幸行に扈従したことが、「駕去温泉宮後贈楊山人」（巻八、「敦煌唐写本詩選残巻」題作「従駕温泉宮酔後贈楊山人」）その他により知れるが、「楊山人」に対して「片言に道合するは唯だ君有るのみ」と、道の実践を窺わせる発言をしている。楊山人は受験者のひとりと見られる。なお、このとき献じた賦が激賞され恩賜をうけたことが「温泉侍従帰逢故人」（巻八）「東武吟」（巻五）その他に見えるが、この挙に文章が課されたことは、孫逖起草の処分の勅に見た。現存する賦八首のうち「大猟賦」がそれにあたると考えられている（『李白全集校注彙釈集評』百花文芸出版社、一九九六、巻二五「大猟賦」題解参照）。他にも自身の奉職をめぐって、「天宝初、五府交ごも辟《め》すも、聞達を求めず、亦た子真谷口に由りて、名は京師を動かす。上皇聞きて之を悦び、召して禁掖に入れしむ」（「為宋中丞自薦表」巻二六）と漢の隠者鄭子真に自比する。「不求聞達」は隠逸の挙に特徴的な用語である。等々の理由から、李白がこの挙に応じた可能性が高いと判断される。その場合、道の体現者として推挙されることの意味は、ひとつの名目であったにしても、いまや皇帝の霊応によって偉大な力が世にあらわれた、聖王の治世によって理想の時代がここに具現した、という王朝の宣伝をみずから担うということでもある。

　玄宗の言う「道の義」とは何か。李白の言う「道合」とはどのようなことか。玄宗の老子理解は、開元二十年（七三二）に『道徳経』の御注完成、二十三年（七三五）に御疏とあわせて天下に頒示、これらを機縁として、尊崇から崇拝へとたかまっていったと言われる（吉川忠夫『中国古代人の夢と死』平凡社、一九八五、第五章「道教の旅」参照）。まずは御注における解釈をひととおり見ておこう。李白の場合、そのような専著があるわけではなく、かろうじて詩のなかに手がかりが見える程度である。さきに李白の帰隠する友への送別詩を考察した際、しばしば道にかかわる発言を認めた。さしあたりこれらをとり挙げ、前後の作と比較対照して、詩人の考えを探ることから始めよう。帰隠する友への送別詩、及び玄宗の老子夢見と李白入京の経緯について、詳細は拙著『生成する李白像』（研文出版、二〇二〇）本論第六章「送別歌行の形成と展開」を参照いただきたい。

御注と「道の義」

玄宗言う「道の義」の考察にあたり、『道徳経』玄宗御注の論理構成を概略しておく。これについては中嶋隆藏「唐玄宗皇帝の老子崇拝と『道徳経』理解」（『六朝思想の研究―士大夫と仏教思想』平楽寺書店、一九八五、附篇第三節）の専論があり、その「三　玄宗の『道徳経』理解」を要約するかたちで進める。以下論説要約。

一、道―妙本―について

道は妙本と言い換えられる。妙本が作用して沖和の気が生じる。天地陰陽、以下万物はこれによって生成する。

妙本　気を見わすや、天地を権輿し、天地資《よ》りて始まる。（『唐玄宗御注道徳真経』道可道章第一注、『道蔵』洞神部玉訣類、男）

道動きて沖和の妙気を出す。……陰陽含孕し、沖気調和し、然る後に万物阜成す。（道生一章第四十二注）

妙本道用して、和気を降す。物得て以て生じ、万類を養う。（道生之章第五十一注）

それはすべての始原であるというだけではない。いまこのときも常にはたらいて、物の物たるを、その存在を支えている。

道動きて沖和の気を出し、用て生成す。生成の道有れども、曽《すなわ》ち盈満せず。……道常に物を生ずるも、盈満せず。妙本淵兮として深静なり。（道沖章第四注）

谷神の物に応ずる、沖用无方、深妙不窮にして、能く万物に母たり。（谷神章第六注）

それは視ることも聴くことも、つかまえることもできない。ひとの認識を超えた、有るとも無いとも言えない、恍惚としか表現できないものである。

道は声色形法に非ず、故に詰するも得べからず。但だ夷希微を得るのみなるも、道は夷希微には非ず。故に復た混じて一と為る。……常に物を生みて、而も未だ始めより物有らず。妙本は湛然たり。……无と有と名づけ難し、故に之を惚恍と謂う。（視之不見章第十四注）

道は遍在し、はたらきは変幻自在である。清浄にして無為、しかも為さざるはない。

道　在らざるなきも、所在　常に无し。光に在り塵に在り、皆与に一と為る。一光塵なるのみにして、而も妙本は光塵に非ざるなり。（道沖章第四注）

妙本は清浄なり、故に常に无為なり。物時に以て生ずるに、而も為さざるなきなり。（道常无為章第三十七注）

二、天地より以下万物について

天地万物は、妙本の作用である沖気によって生成する。ひともまたおなじである。

万物　陰陽沖気を得て生成するの故に、故《ことさら》に陰陽を負抱し、沖気を含養して、以て柔和を為すなり。（道生一章第四十二注）

万物既に沖和を得て茂養すれば、以て其の身即ち是れ沖気の子なるを知る。（天下有始章第五十二注）

人　生を受くれば、皆　虚極妙本を稟く。（致虚極章第十六注）

しかし問題は、ひとがうちに稟けた沖気妙本が離散しがちなことである。それを引き留めておくのには努力工夫が要る。

既に身は是れ沖気の子なるを知り、当に此の沖和妙気を守りて離散せしめざれば、則ち終に其の身没すると も、長く危殆無きなり。（天下有始章第五十二注）

形に受納有るに及べば、則ち妙本離散す。今虚極妙本をして必ず身に致さしめんと欲すれば、当に須らく塵境の染滞を絶棄し、此の雌静篤厚を守るべし。（致虚極章第十六注）

何が妨げとなるのか。我が身をいとおしく思うこと、耳目の欲に引かれることである。

身は患の本為り。貴は矜なり。其の身を貴ぶは、即ち大患を貴ぶ如し。……心を起こし身を貴ぶは、即ち是れ大患なり。（寵辱章第十三注）

目　青黄の観を悦び、耳　宮徴の音に耽り、口　芻豢の味を燕《たのし》みて、当を傷い分に過ぐれば、則ち坐《いながら》にして形骸をして聾盲ならしむ。（五色章第十二注）

三、自己回復―治身―への途

離散しがちな沖和の気を守り、虚極妙本を身に致すにはどうしたらよいか。気を集めて柔らかに、赤子のようになること。あるいは耳目の欲に引かれる対象は、それ自体に本質がない。われわれの妄情が美や悪と見なすにすぎない。その欲を起こすわが身本体も虚幻である。そう観て取ることである。

沖気を専一にし、和柔を致さしめ、能く嬰児の如く、分別する所无からんか。……心照を滌除し、清浄ならしめ、能く瑕病无からんか。（載営魄章第十注）

美善は欲心より生ず。心の苟くも欲する所、悪なりと雖も美善なり。……美善に主无し、倶に是れ妄情なり。（天下皆知章第二注）

身相は虚幻にして、本より真実无し。患の本と為るは、吾　其の身に痛痒寒温有るに執するを以ての故に、身の患と為る。（寵辱章第十三注）

如何に心がけたらよいか。己が心のはたらきを、無所有においてなすことである。そのために五善の教えがある。真性を体了した善行には行為のあとがない、意を得て言を忘れた善言には過ちがない、……虚忘により道と合した善結には解けることがない、等という。道の要諦は「忘遣」わすれること、にある。

夫れ欲の乱す所を可と為さず、心と境と倶に静に、一として有る所無からしむれば、則ち心は道と合して、間無《すきま》きに入る。（天下之至柔章第四十三注）

諸法中に於いて、真性を体了し、行いて行相无し。故に云う、善行　此の如かれば、則ち心は道と冥すと。……能く言教を了し、滞執を為さず、象を求意に遣《わす》れ、理は言忘に證《あか》す。……真性を体了するは、本より虚忘を以てす。若し能く虚忘なれば、則ち心は道と合す。……五善の行、忘遣に在り。（善行章第二十七注）

四、万物自化―治国―の実現

王は人霊の主であり、万物もその興亡にしたがう。王たる者は、無為にして物を自化させる道の法にしたがえば、自然を法とする道の本性に合する。天地は和らぎ甘露が降る。

王者は人霊の主、万物　其の興亡に繫がる。……（王為る者は）当に道の清浄无為なりて、物をして自ら化せしむるに法るべし。人君能く爾る者は、即ち道の自然に法るの性に合す。（有物混成章第二十五注）侯王若し能く道の精一を守り、无為にして化すれば、則ち万物将に自ら賓服せんとす。……則ち地平らかに天成り、交ごも泰かに和を致す。故に甘露　降灑す。（道常无名章第三十二注）

以上、まとめると、道は始源であり、万物を生成傅育し、はたらきは変幻自在、為さざるはない。その一部たるひとが、気の離散をまぬかれ、道を身に致すには、「忘遣」が肝要である。王者のつとめは、道の自然に則り、無為にしてひとを導くこと。などという。

さてそのうえで、玄宗の言う「道の義」とは何か。『道徳経』第四十二章、御注の一節が注目される。本文「人の悪む所は、唯だ孤寡不穀なるも、而も王公は以て称と為す」（道生一章第四十二）。その御注に「万物は皆　沖和の気を以て本と為し、而して沖気和柔す。本を守る者は当に須らく謙卑柔弱なるべし。故に王公は至尊なるも、而も孤寡不穀を称する者は、謙柔を本と為すを以ての故なり」と。万物が生成するには沖気の調和が根本となっている。王者たるには「謙卑・柔弱」の根本を守ること、それが必須の要件である。続いて、本文「人の教うる所、亦た我が義もて之を教えん」。その御注に「老君云う、人君の教えを立て人を教えんと欲する所の者は、当に吾が此の柔弱謙卑の義を以てすべし、以て之を教えん」と。これが老君の主旨であると、わざわざ強調のうえ、「人の教うる所」を「人君の教えを立て人を教えんと欲する所」と読み換え、「我が義」を「吾が此の柔弱謙卑の義」と敷衍して説明している。玄宗の言う「道の義」とは、老子が、人君としてあるべき態度、ひとを導く際の心得であり、ひとびとに教える内容でもあるとする、この「柔弱謙卑の義」に等しいと考えて、おおきな齟齬はないだろう。

なお、御注本本文「人之所教、亦我義教之」は、王弼本・河上公本など通行本では「人之所教、我亦教之」に作る。

その場合、「人が教えるところを、我もまた教えとしよう」の意になるだろう。また前段「人之所悪……」人が嫌うところ（孤や寡や不穀）を、王や公族はあえて自称とする、ともよくつながる。すなわち通行本の場合、「人之所悪」「人之所教」の「人」がいずれも「他者一般」の意と解されるのに対し、御注本はこのうち後者の「人」を「人君」の意ととって注釈を施すのである。王者の治世を道の根源にたどって説く、御注の注釈指針に直結する部分のテキストの異同であり、御注本がこのように作るのは興味深い。なお武内義雄の河上公本校記によれば、敦煌本・遂州碑の二本が「亦我義教之」に作るという（「老子」『武内義雄全集』第六巻、角川書店、一九七八）。

さて玄宗がかけたことばが「柔弱・謙卑」の謂であったとすると、それは李白だけが特別にもつ資質を指して言ったのではない。「柔弱・謙卑」やわらかでへりくだった態度は、天宝元年「高道（不仕）科」処分の勅（孫逖「処分高蹈不仕挙人勅」）に言う「道之為体、先崇於静退」道のすがたは静かで退いていることを尊ぶ、「含光隠器、不耀穎於文詞」うちにひかりを含みながら器量をかくし才能がことばに輝かない、などと照応する。天子に見えた「高道（不仕）」挙人にひとしくかけられたことばに相違ない。李白が「高道（不仕）」科に応じたことの、これが決定的な一証である、と言えるのではないか。

「道」の用例

李白において道との合一はどのようにして果たされるのか。その詩作に、何か他の要素によって限定されるのではない、ただ「道」とだけ言う用例は二十九。（「時来極天人、道在豈吟歎」331（『李白歌詩索引』京都大学人文科学研究所、一九五七、作品番号）「論交但若此、有道孰云喪」401「交乃意気合、道因風雅存」495は、それぞれ「用世の道」「朋友の道」「風雅（文章）の道」を言うのであり、あらかじめ除外している。）そのうち自身を主体として道とのかかわりを言う例は十四を認める。いまこれに、他者の道を言う十五例から、比較参考に資する（A）遊仙詩系統のもの、（B）科挙に関係したもの、（C）李白授籙に関係したもの、都合八例を拾い、併せて制作年代順に示せば以下のとおり。制作年代の推定は詹鍈『李白詩文繫年』（作家出版社、一九五八、略称『繫年』）に基づき、詹鍈『李白全集校注彙釈集評』（略称『彙釈集評』）の補足訂正及び他説引用を勘案のうえ、筆者自身の視点により修正を施した。自説の詳細は前掲著書を参照いただきたい。その他七例は「清風佐鳴琴、寂寞道為貴」297「云是古之得道者、西王母食之餘」336「驚飈摧秀木、跡屈道彌敦」393「大臣南溟去、問道皆請謁」721「愈疾功莫尚、変盈道乃全」730「吾愛王子晋、得道伊洛浜」867「多君相門女、学道愛神仙」976。

	「道」の用例	詩題	『李太白文集』収録巻数	制作年代	『繫年』	『彙釈集評』
Ai	道在喧莫染　跡高想已緜	「贈嵩山焦鍊師」	九	734	734	
①	道存跡自高　何憚去人近	「北山独酌寄韋六」	一二	734	？	734
Aii	道与古仙合　心将元化幷	「題随州紫陽先生壁」	一三	734？	739	安旗732
Aiii	緑雲紫気向函関　訪道応尋緱氏山	「鳳笙篇」	五	734？	743	安旗741
Bi	当時結交何紛紛　片言道合唯有君	「駕去温泉宮後贈楊山人」	八	742	743	742 or 743 or 744
Bii	道可束売之　五宝溢山河	「送于十八応四子挙落第還嵩山」	一五	743	744	
②	学道三十春　自言義和人	「酬王補闕恵翼荘廟宋丞泚贈別」	一六	744	？	陳建平744
Ci	学道北海仙　伝書蘂珠宮	「訪道安陵遇蓋寰為予造真籙臨別留贈」	九	744	745	
Cii	道隠不可見　霊書蔵洞天	「奉餞高尊師如貴道士伝道籙畢帰北海」	一五	744	745	聞一多744
③	赫然称大還　与道本無隔	「草創大還贈柳官迪」	九	744？	745	

Biii	貴道皆全真　潜輝臥幽隣「送岑徴君帰鳴皐山」一五	745	745	安旗746
④	観奇跡無倪　好道心不歇「天台暁望」一九	747	742	安旗747
⑤	道成本欲去　揮手凌蒼蒼「留別曹南群官之江南」一三	753	753	
⑥	余嘗学道窮冥筌　夢中往往遊仙山「下途帰石門旧居」二〇	754	762	754
⑦	所願得此道　終然保清真「避地司空原言懐」二二	758	758	
⑧	早服還丹無世情　琴心三畳道初成「廬山謡寄盧侍御虚舟」一二	760	760	
⑨	得道無古今　失道還衰老「覧鏡書懐」二二	762	762	
⑩	玄風変太古　道喪無時還「古風其三十」二	?	?	
⑪	盈満天所損　沈冥道為群「古風其三十六」二	?	?	放還後所作
⑫	珍色不貴道　詎惜飛光沈「古風其五十五」二	?	?	
⑬	願遊名山去　学道飛丹砂「落日憶山中」二一	?	?	
⑭	盈満天所損　沈冥道所群「感興其七」二二	?	?	古風三十六相似

⑩⑪⑫「古風」⑭「感興」の都合四例は、さしあたりここに付したが、自身との直接のかかわりを言うようでなく、別扱いとした方がよいかもしれない。

右を除いた、自身のことを言う①～⑨⑬十例は、道を学び道を得る願いを言うのが基本だが、なかに道を得たように言いなすもの、それに近い表現をなすものがまじる。③「赫然称大還、与道本無隔」⑧「早服還丹無世情、琴心三畳道初成」は得道の方法を、所謂遊仙詩の書き方を踏まえて言う。⑤「道成本欲去、揮手凌蒼蒼」⑥「余嘗学道窮冥筌、夢中往往遊仙山」は得道の経験を、過去をふり返って言う。その他、①「道存跡自高、何憚去人近」④「観奇跡無倪、好道心不歇」⑨「得道無古今、失道還衰老」等も道の感触に触れる。これらを中心に、以下に検討してゆく。②「学道三十春、自言義和人」⑦「所願得此道、終然保清真」⑬「願遊名山去、学道飛丹砂」は道を学んだ、ないし道を得たいと言うもので、とくに触れない。

まず遊仙詩系統の作における用例から見てゆく。

Ai「贈嵩山焦錬師（并序）」は嵩山の焦錬師を仙人に見立てて、その東走西帰、思うままなる世界遊行を描く。嵩山に隠居した開元二十二年（七三四）作と推定される。序に「嵩丘に神人焦錬師なる者有り、……常に胎息絶穀し、少室の廬に居る。遊行　飛ぶ若く、倏忽にして万里なり。世に或いは伝う、其の東海に入り蓬莱に登り、竟に其の往くを測る能わざるなりと」。詩に「道在れば喧しきも染まる莫く、跡高ければ想已に繇《はるか》なり。時に金鵞の薬を餐し、屢しば青苔の篇を読む。八極恣に遊憩し、九垓長《とこしえ》に周旋す。……光を潜め嵩嶽に隠れ、魄を錬り雲幄に棲む。……紫書儻《も》し伝うべくんば、冥骨誓いて相学ばん」。そもそも仙遊の詩は、「逍遥遊」や「離騒」の流れを汲む、心の旅を具現・展開したものである。この詩の場合もまた、胎息絶穀・服薬錬魄など道家の術による、心の風景を映したもの。遊行飛ぶ如く、倏忽にして万里。八極に遊憩し、九垓に周旋する。目の眩むような運動感覚の描出には、服薬と瞑想の効果による感触の反映があるだろう。丹砂の服用とその効果については、開元十五年（七二七）作と推定される「代寿山荅孟少府移文書」（巻二六）に「僕（寿山を指す）嘗て……之に噉がしむるに瓊液を以てし、之に餌《くら》わすに金砂を以てす。……将に……四海に浮かび、八荒を横ぎり、宇宙の寥廓に出で、雲天の眇茫たるに登らんと欲す」。魏顥「李翰林集序」（巻一）にも「酔えば則ち丹砂に奴たりて、青海波を撫（王琦注「舞字之訛」）す」などと。

Aii「題随州紫陽先生壁」Aiii「鳳笙篇」は胡紫陽の修道を描く。胡紫陽は道友元丹丘の師。制作時期は定かではないが、嵩山をあとにして、随州にこの道士を訪ねた折の作と推定される（郁賢皓「李白与元丹丘交游考」『李白叢考』陝西人民出版社、一九八二)。前者には「喘息　妙気を飡し、歩虚　真声を吟ず。道は古仙と合し、心は元化と并す」、後者には「始め聞く　気を錬り金液を飡するを、……道を訪わば応に緱氏山を尋ぬべし」。元気を吐納し歩虚の吟をなし、気を錬り金液を飲む、等々と。

④「天台暁望」は自身を当事者とした訪道求仙の作。天宝六載（七四七）作と推定される。この型の詩では、道業を積み、仙人の助を得て、登仙する、という筋立てとなる。そこで眼前に見る風景は、実景から想像上の情景へと遷移する。「高きに憑りて遠く登覧すれば、直下に溟渤を見る。雲垂れて大鵬翻り、波動きて巨鼇没す。風潮争いて洶湧し、神怪何ぞ翕忽たる」。波濤洶湧、神怪出没、風波の力動的な形態から、道の希求、成仙の願いが導かれる。「奇を観て跡　倪《かぎ》り無く、道を好みて心　歇《や》まず。条を攀じて朱実を摘み、服薬して金骨を錬る。安くんぞ羽毛を生じて、千春　蓬闕に臥するを得ん」。これら生動湧沸する自然形象は、道の内観が投射されたものと見なし得る。

⑧「廬山謡寄盧侍御虚舟」は風景から道の修養、神仙の幻、登仙の願いへと、諸要素が揃う。永王の事に連座し、大赦によって放免された翌年、上元元年（七六〇）尋陽にて。殿中侍御史の盧虚舟に寄せ贈られた。秀出する廬山の姿が点描されたあと、うたは次のように結ばれる。

好為廬山謡　興因廬山発　　好し　廬山の謡を為らん　興は廬山に因りて発す
閑窺石鏡清我心　謝公行処蒼苔没　　閑に石鏡を窺いて我が心を清くす　謝公の行処　蒼苔没す
早服還丹無世情　琴心三畳道初成　　早に還丹を服して世情無からしめ　琴心三畳　道初めて成る
遥見仙人綵雲裏　手把芙蓉朝玉京　　遥に仙人を見る　綵雲の裏　手に芙蓉を把り玉京に朝す
先期汗漫九垓上　願接盧敖遊太清　　先ず汗漫に九垓の上に期し　願わくは盧敖を接《むか》えて太清に遊ばん

興趣は廬山によって生ずる。かくて謝霊運の跡を踏もうと、求仙の願いが漏らされる。すみやかに還丹を服用して世俗の気持をなくそう。心を三丹田に和せばはじめて道ができあがる。金丹の術すでに成り、仙人が彩雲中に昇天するのを見る。『淮南子』道応訓に伝わる話の人士のように、仙人汗漫と世界の涯で逢う約束をとりつけて、盧敖のようなあなたをお待ちしてともに太清境へ向かおうと思うが、如何。

道はどのようにして成るのか。「早服還丹無世情、琴心三畳道初成」について、「還丹」は丹砂を錬成して紅色に還元した丹薬（「還丹則抱朴子金丹篇曰『而丹砂焼之成水銀、積変又還成丹砂』。蓋水銀氧化而還成紅色之氧化物」陳国符『道蔵源流考』中華書局、一九六三、附録六「説周易参同契与内丹外丹」）。しかし続く「琴心三畳」は心を上中下の三丹田に和する謂であり、すなわち両句は所謂内丹法を言うようである（『上清黄庭内景経』叙「黄庭内景者、一名太上琴心文」務成子注「琴和也。誦之可以和六府、寧心神、使得神仙」、上清章第一「琴心三畳儛胎仙」注「琴和也。三畳三丹田。謂与諸宮重畳也」『雲笈七籤』巻一一、『道蔵』太玄部、学優登仕摂職従政存以甘棠）。これに関連する記述が、蓋寰に贈った詩にある。

Ci「訪道安陵遇蓋寰為予造真籙臨別留贈」には蓋寰が内丹術を行うさまを言う。李白は天宝三載（七四四）冬、北海の高如貴より受籙の際（Cii「奉餞高尊師如貴道士伝道籙畢帰北海」）、この道士が真籙を造った。「道を北海の仙に学び、書を蕊珠宮に伝えらる。丹田　玉闕了《かか》り、白日に雲空を思う」。その功が成って白日昇天を観想すると。「丹田了玉闕」について、「丹田」は臍下三寸、元気を呼吸して収める場所（『太上黄庭外景経』上部経第一「呼吸廬間入丹田」務成子註「呼吸元気、会丹田中。丹田中者、臍下三寸、陰陽戸」『雲笈七籤』巻一二）、「玉闕」は腎中白気が肺と通ずる場所（『上清黄庭内景経』肺部章第九「肺部之宮似華蓋、下有童子坐玉闕」梁丘子注「童子名皓華、肺形如蓋、故以下言之。玉闕者、腎中白気、上与肺連也」『雲笈七籤』巻一二）。「了」は「かかる」意をあらわす（「了……挂也」『大広益会玉篇』巻三〇、了部第五百二十八、『小学彙函』）。さきには「心」と「三丹田」、ここには「丹田」と「腎・肺」の関係を言う。これらはどのように関係作用して道が成るのか。また工程の全体はどのようなものか。

③「草創大還贈柳官迪」には、大還丹錬成の工程を柳官迪に説く。柳官迪の事跡及び制作時期ともに不詳。詹氏

『繫年』に受籙以後の作とする。さしあたり天宝三載（七四四）に懸けておく。

姹女乗河車　黄金充轅軛　　姹女　河車に乗り　黄金　轅軛に充《あ》つ
執枢相管轄　摧伏傷羽翮　　枢を執り相管轄し　摧伏して羽翮を傷つく
朱鳥張炎威　白虎守本宅　　朱鳥　炎威を張り　白虎　本宅を守る
相煎成苦老　消爍凝津液　　相煎じて苦老と成り　消爍して津液凝る
髣髴明牕塵　死灰同至寂　　髣髴たり明牕の塵　死灰同に至寂たり
鋳冶入赤色　十二周律暦　　鋳冶　赤色入り　十二　律暦周し
赫然称大還　与道本無隔　　赫然として大還を称し　道と本より隔たるなし

外丹で「姹女」は汞（水銀）、「河車」は鉛だが、内丹では「心」「腎」。「黄金」は「肺」に関係づけられる。五行説でそれぞれ「火・水・金」、色は「赤・黒・白」。「姹女乗河車、黄金充轅軛。執枢相管轄、摧伏傷羽翮」は、還丹錬成を車の機能に喩える。姹女が河車に乗り、心腎相関して車が動き出すと、黄金にあたる肺が「ながえ・くびき」となって導く。その際、枢要となるのは「水」。（水は金によって相生）すなわち肺・腎の管轄により水を供給して心火を制御し、そのほどよきを失うと羽根を傷つけ疾駆飛翔できない。次いで「朱鳥張炎威、白虎守本宅。相煎成苦老、消爍凝津液」、いったん心火が燃えさかると、肺のはたらきは抑制される（火は金に相剋）。腎をたすけ水を生じる作用に影響がでて、火による金の煎熬は煮詰まってしまう。火候よろしきを得れば、金水消爍して融化し津液となって凝結する。こうして「髣髴明牕塵、死灰同至寂」あたかも明窓の塵のごとく極めて微か、燃え尽きた灰のように至って寂かとなる。「鋳冶入赤色、十二周律曆。赫然称大還、与道本無隔」これを鋳冶すると赤みを帯び、一年寝かせると、大還丹ができあがる。道と一体となり、離れることはない。いま詹氏『彙釈集評』に引く明・朱諫の注その他を斟酌して概略を試みた。なおこれら用語は『周易参同契』に採り、自作の趣意に沿うよう工夫している（「白者金精、黒者水基。水者道枢、其数名一」「形体為灰土、状若明窓塵。擣治并合之、馳入赤色門。……周旋十二節、節尽更親観。……色転更為紫、赫然成還丹」「河上姹女、霊而最神、得火則飛、不見埃塵」「升熬於甑山兮、炎火張於下。白虎導唱前兮、蒼龍和於後。朱雀翶翔戯兮、飛揚色五彩。……嗷嗷声甚悲兮、嬰児之慕母。顚倒就湯鑊兮、摧折傷毛羽」『参同契正文』、『百陵学山』）。

右は還丹錬成の仕組を隠喩を用いて詩に仕立てたものである。これを当時の内丹マニュアルに照らし、詩に述べる工程を検証したいところだが、いま遺るのは唐末から五代にかけて完成した、やや後代ものという。以下、石田秀実『気・流れる身体』（平河出版社、一九八七）第四章3「内丹のプロセス」の概説を引用する。

> 「龍と虎の交わり」冬至、甲子の日、子の刻。腎水から陽気がきざし、肝を経、心臓に到るまでに血に化してゆく。これが陽龍である。陽気は心臓でもっとも盛んとなり、陰液に変化して下降し始めるが、このとき腎から発した陽気と心の陽気が交わり肺を燻蒸する。燻蒸された肺からは、肺液（小河車）が二陽気を含んで下降する。陽気は途中で陰液（姹女）に変化し、腎へと向かい玉液となる。これが陰虎である。腎気中に暗蔵された陰虎と心臓に到って完成した陽龍の二気は燻蒸の際に交合して黄芽を生じ、これが脾液を介して黄庭に入り、焼錬を経て金丹となる。これは聖胎とも呼ばれる。
>
> 「聖胎の温養—肘後飛金晶と小周天」百日後、龍虎交合の黄芽が金丹をなすに充分な量となると、小周天の技法が用いられる。丑の刻、陽気が生じ始めるとき、陽龍と陰虎を運んできた肺液（龍虎河車）を、脊柱中に流れる督脈を通して尾閭穴から上丹田（泥丸）へと逆流させる。これを肘後飛金晶と呼ぶ。百日して飛金晶が泥丸に通ると、龍虎交合のルートに変更が加わる。肺液は腎から泥丸に入り、神水となって口腔、気管（重楼）を経由して肝に到る。これが腎から肝へのバイパスとなる。ここからはさきのルートにおなじ。飛金晶は下田から上田へ

の、心火へは下田から中田への、心肺から黄庭へは中田から下田へのプロセスであり、周天ルートは三田反復のプロセスとして位置づけられる。冬至から三百日後、聖胎は完成し金丹となる。

「玉液による還丹と錬形」ここに玉液と称するのは、腎の玉液から発した気が、正規の龍虎交合ルートを通って交合した後、下降せずに気管を昇り津液と混合したもの。これを飲んで中丹田（心）から下丹田へとめぐらし、金丹を沐浴させるのが玉液還丹である。金丹から真気が生ずるようになれば、玉液を上昇させ、頭面・四肢から手足の指まで錬りあげる。聖胎から真気が生じ、身体は白膏に変容する。

「金液による還丹と錬形」金液とは、腎の玉液から発した気が心火と合し、そのまま昇ってゆかずに、肺を燻蒸するのみで、肺液とともに下降したもの。これを周天ルートに乗せたのが金液還丹である。聖胎から真気が生じて後は大周天と呼ぶ。上丹田（泥丸）からの神水は、重楼から肺を通って直接中丹田（心）に入り、下丹田へと下降する。文字通り三田反復の周天である。飛金晶により上田に上昇した金液が神水となって下降する際、中田から心火を上昇させるのが金液錬形である。上水下火の交わりによって金の粒が生じ、その光によって身体は錬りあげられ、金色に輝く。以下省略

（同書二一二―二三四頁節略）

これに照らすと、「奼女乗河車、黄金充轒軛」は、陽気が陰液（奼女）と化し、肺液（河車）に乗って腎へと向かう際、肺が龍虎二気の燻蒸交合を導くことを言うかのようだ。「朱鳥張炎威」以下、火候をめぐる四句は、黄庭における丹薬錬養の工程を言うかにみえる（『霊宝畢法』には呼吸と腹圧により熱を加減する錬丹法「勒陽関」が説かれている。「合必於此時神識内守、鼻息綿綿、以肚腹微脅。臍腎覚熱太甚、微放軽勒、腹臍未熱緊勒、漸熱即守。常任意放志、以満乾坤。乃曰勒陽関」焼煉丹薬第四『秘伝正陽真人霊宝畢法』巻上、『道蔵』太清部、志）。また「髣髴明牕塵」二句は飛金晶から三田反復を、「鋳冶入赤色」以下は周天による大還丹完成を言うかにみえる。さきの「丹田了玉闕」は肺から腎中に流れこん

だ龍虎気液が下丹田へと関係してゆくことを言うか。「琴心三畳」は三田反復にかかわることばか。待考。後に成った工程を李詩に溯らせ、一々を同定するのにはそもそも無理があるが、全体としては、龍虎気液が飛金晶によって上田へと入り、中田下田と、三田反復する工程が踏まえられている、と見ることは可能であろうか。

次に過去の体験をふり返って言う例、その他について見てゆく。

⑤「留別曹南群官之江南」は曹南にて群官に留別した。天宝十二載（七五三）作と推定される。

我昔釣白龍　放龍渓水傍
道成本欲去　揮手凌蒼蒼

我昔　白龍を釣り　龍を渓水の傍に放つ
道成り本より去らんと欲す　手を揮いて蒼蒼を凌がん

かつて白龍を釣った陵陽子明のように、道が成り龍に騎って僊去しようとした。ところが「時来不関人、談笑遊軒皇」、はからずも宮廷に召されることとなった。しかし「仙宮両無従」求仙と出仕と、いずれも成就することはなかったと。天宝初入京以前、学道に励んだ往時をふり返って言う。道すでに成り、僊去を待つばかりだったと言うのか、道が成った暁にはと言うのか、両様にとれるが、どのみち計画は不首尾に終わった。ここでも道は「手を振って蒼蒼たる天を越えてゆく」運動感覚をもって観念・表出されている。

⑥「下途帰石門旧居」は当塗にて友に留別した。相手は元丹丘か。天宝十三載（七五四）作と推定される。

余嘗学道窮冥筌　夢中往往遊仙山
何当脱屣謝時去　壺中別有日月天

余嘗て道を学びて冥筌を窮め　夢中往往　仙山に遊ぶ
何《いつ》か当に屣を脱し時に謝して去るべし　壺中　別に日月の天有り

かつて道の秘訣を会得して夢によく仙山に遊んだ。いつか靴を脱ぐようにこの世を捨て去ろう。壺中の別天地へと。

おなじく道を志す友に、自身の学道をふり返って言う。内容は「夢遊天姥吟留別」を想起させる。であれば天宝五載（七四六）の夢見を指すが、「往往」とあるからには、それも数多の夢のひとつ。天姥山への夢中遊行と、洞天中に神仙と遭遇する目眩く体験が、道の近似体験として示される。玄宗の老子夢見から大同殿空中に天声を聴く白昼夢、あるいは賀知章辞職の際「夢に帝居に游ぶ」（『新唐書』賀知章伝）神秘体験など、開元末から天宝初にかけて、夢の支脈がひろがりを見せていた。それらは道につらなる。李白の夢もそのひとつと言える。なお最晩年、宝応元年（七六二）作と推定される⑨「覧鏡書懐」に「道を得れば古今無し、道を失えば還た衰老」とは、「天姥吟」に夢から覚めて言う「世間の行楽も亦た此の如し」の感慨に重なる。

その他、①「北山独酌寄韋六」は元丹丘とともに嵩山潁陽に隠れた際、開元二十二年作と推定される。北山に遊び韋六に寄せ贈った。韋六は不詳。「道存すれば跡自ら高し、何ぞ人を去ること近きを憚らんや」。道がわが身にあれば形跡はおのずと顕れる。どうして人里近くに居ることをはばかろう。陶淵明「廬を結びて人境に在り、而も車馬の喧しき無し」（「雑詩」其一『文選』巻三〇）を踏まえるが、ただし李白の隠居は玄宗が東都に行幸したのにともなう隠逸の挙を期待して。「道」により「跡」が顕れることが要点。原作の「心遠ければ地自ら偏なり」の境地とはおのずと異なる。

最後に科挙関連の作における例について見てゆく。

Bi「駕去温泉宮後贈楊山人」は天宝元年（七四二）十月から十一月、玄宗の驪山行幸に扈従した際の作。李白は献じた賦が認められ、翰林供奉となった。このとき驪山温泉宮の行幸先では制挙「高道（不仕）」科の親試が行われており、李白はこれに応じたと見られる。楊山人は応試者のひとりか。そのひとに対して言う、「当時結交　何ぞ紛紛たる、片言に道合するは唯だ君有るのみ」。いまよしみを結ぶのは錚錚たるお方ばかり。しかしふと交わしたことばに道との冥合を認めたのは君だけ。「道合」とは、道との冥合において相許す存在である、というような意だろうか。これについてはあとで述べる。「道」に言及するのは、この挙が隠逸者を対象に、老子『道徳経』の道を体現する人物を薦挙せよとの名目で実施されたと見られることと、照応する。

Bii「送于十八応四子挙落第還嵩山」は「道挙」に下第したひとを送別した。この挙は崇玄学の生徒を対象に老荘文列四子の知識を明経科に準拠して試し、天宝元年冬にはじめて実施された（『唐会要』巻七七、貢挙下崇玄生道挙附、同巻六四、史館下崇玄館）。天宝二年（七四三）作と推定。于十八は不詳。そのなかで相手を慰めて言う。わが祖老子は天地の橐籥《ふいごう》を吹き、四真人のことばは科挙の科目となった。先生の四子暗唱はすぐれた段階にあるが、才知をひけらかすのは不祥でもある。「道は束ねて之を売るべけんや、五宝は山河に溢る」。道を売り物にしてはいけない、五つの宝たる徳はそこ此処にみちている。道はくちすぎの手段ではないのだと。おなじ「道」にかかわる挙を経たものとして、相手を思いやる気持があらわれる。

Biii「送岑徴君帰鳴皐山」は天宝三・四載の制挙「高蹈不仕」科に応じたひとを送別した。同時の作に「鳴皐歌送岑徴君」（巻七）があり、原注「時に梁園三尺の雪、清泠池に在りて作る」より天宝四載冬、梁園での作と知れる。岑徴君とは岑勛、「将進酒」（巻三）に「岑夫子、丹丘生」と呼びかける、李白の親しい友。彼も李白に続き、隠逸の挙に応じたものとみえる。その修道を評して言う。「道を貴びて皆　真を全うし、輝を潜めて幽隣に臥す。元を探りて窅默に入り、化を観て無垠に遊ぶ」。道を重んじて本性のまことを全うし、輝きをひそめ静かなところに身を横たえる。根元をさぐりほの暗いところにはいり、物化の理を見てとって涯なき境地にあそぶ。「探元入窅默」は、『道徳経』に「玄の又た玄」（第一章）、「道の物為る、唯れ恍唯れ惚。惚たり恍たり、其の中に象有り。恍たり惚たり、其の中に物有り。杳たり冥たり、其の中に精有り。其の精甚だ真、其の中に信有り」（第二十一章）、『荘子』に「至道の精は、窈窈冥冥。至道の極は、昏昏默默」（『南華真経注疏』外篇在宥第十一、『続古逸叢書』）等を想起させる。深奥のさらに奥深く、ただ恍惚と言うしかないところを手探りで探ってゆく、という。「全真」「観化」も『荘子』に出る語（「子之道、狂狂伋伋、詐巧虚偽事也。非可以全真也」雑篇盗跖第二十九、「且吾与子観化而化及我、我又何悪焉」外篇至楽第十八）。その他、「潜輝」は天宝元年「高道（不仕）」科「処分高蹈不仕挙人勅」の「含光隠器」に類似する。

以上、まとめると、一、李詩において道の探求は、仙遊の詩の筋立てを踏み、心の風景を映すのが基本である。天上への旅が観想されるなかで、運動感覚に富んだ描写がなされる。服薬・錬魄など、道家の術がその基礎にはあるだろう。二、道への想いがたかまり、その内観が外界に投射されると、生動湧沸する自然形象として描出される。三、道の達成は、究極的に内丹術によってなされる。「草創大還贈柳官迪」には成道の工程が概述される。四、夢中に道の秘訣を得たとする詩句がある。夢は道の近似体験と見なされる。「夢遊天姥吟留別」がその具体例である。五、隠逸の挙や道挙など、科挙に関連する作にしばしば道が言及される。自身及び受験者である相手の道の体験がそこに反映される。等々となるだろう。

おわりに

李詩における「道」の用例を、制作された時系列の文脈に戻し、玄宗「道の義」の発言を対照したとき、どのような結論が導かれるか。開元期、道士を対象とした作では、焦錬士の修道のさまが胎息絶穀・服薬錬魄など、具体的な方法とともに写されていた。胡紫陽においても、呼吸法や服薬・錬気の術が言及されていた。天宝期、受籙を契機として、成道の過程が述べられる。自身とおなじ高天師如貴から道を授けられた蓋寰が、内丹術によって白日昇天を観想するさまが言われる。晩年には、自身の成道が「心を三丹田に和する」方法とともに語られる。また内丹の工程が省察され、制作時期は確定できないが、「大還を草創する……」という題の詩に語られる。

開元期の道士を言う作と、受籙以後の自身を言う作と。その間に挟まれて、応詔入京を契機とする科挙関連の作、これをどのように評価したらよいか。制科「高道（不仕）」「高蹈不仕」両挙と、明経科に準拠した新設の「道挙」は、開元末以来、玄宗皇帝の老子信仰のたかまりに応じて施行、ないし制定されたもの。それぞれに「道」の内容が問われた。前者は「体現」することによって、後者は「知識」によって。李白は、于十八には「道はくちすぎの手段ではない」と慰め、岑勛には「道の奥深く、ほの暗いところを探ってゆく」と評する。これら道をめぐる言説は、自身の徴召という特殊な条件のもとで、唐朝の公式的な見解を反映してなされたものとみなされる。李白本人も隠逸の挙に応じたとするのが合理的な判断だろう。そうすると、それまで個人の興味愛好から身を投じていた道の修養が、新たな意味をもつことになる。挙に応ずることにより、自身が道の体現者として、王朝の宗教政策に直接的にかかわり、聖世具現を喧伝する役割を担うこととなる。道は個人の内面のみの問題ではなく、対社会的な意味を帯びてくる。応詔入京時の道をめぐる発言に、このような変化を見てとるべきであろう。そして、折に触れ、たかまった道への意識は、受籙を機に自身の道をより深く探求する言辞として、「草創大還……」や「廬山謡……」等に結実してゆく。そのようにとらえることができる。

そうすると、驪山温泉宮で楊山人に与えた「道合」の解釈に関係づけられるべきは、道術手引書等ではなく、于某や岑勛への言とおなじように、まずは老子や荘子のテキストの方であろう。玄宗「道の義」の発言も、驪山温泉宮にて「高道（不仕）」科親試の際、賜食の場面である可能性が高い。「天宝中、皇祖　詔を下し、徴して金馬に就かしむ。輦より降り歩みて迎え、綺皓を見る如し。七宝の牀を以て食を賜い、御手もて羹を調し以て之に飯わしむ。謂いて曰く『卿は是れ布衣にして、名は朕の知と為る。素より道の義を畜うに非ずは、何を以て此に及ばん』と」（「草堂集序」）。この場面、李白の眼には玄宗が映るのみである。しかし玄宗にすれば、ひろく応試者たちに向けて「謙卑・柔弱」の義を説いたのではなかったか。おなじく『道徳経』御注を参照すると、次のような条項に行きあたる。第二十七章、本文「善行は轍迹無し」（善行章第二十七）、御注に「諸法中に於いて、真性を体了し、行いて行相無し。故に云う、善行　此の如かれば、則ち心は道と冥すと」。続いて、本文「善結は縄約無くして而も解くべからず」、御注に「真性を体了するは、本より虚忘を以てす。若し能く虚忘なれば、則ち心は道と合す」。あるいは第四十三章、本文「有る無きは間無き《すきま》に入る、吾　是を以て無為の益有るを知る」（天下之至柔章第四十三）、御注に「夫れ欲の乱す所を可と為さず、心と境と倶に静に、一として有る所無からしむれば、則ち心は道と合して、間無きに入る。故に聖人云う、吾身心の清浄なるを見れば、則ち能く道に合すと」。虚忘により、真の本性をあらわして、行いに跡形がない。欲を去り身も心も清らかに、心に一として有るところがない。そうすれば心は道と冥合するのだと。李白はふと交わしたことばにその境地を見抜いた、と言うのだろう。楊山人は虚忘の体現者である。それを理解する自分もまた道を心得るものだと。

ところで、玄宗の発言は、李白本人の志向する道と、じつは微妙にすれ違っている。発言当初の時点で、隠逸者李白への評価としては正当だが、臨終の際、引用の時点で、詩人本人の志向する道と、齟齬を生じている。序の記述が含むニュアンスを、そのように説明することができる。

ともあれ、一切を含みこんで、李白は「草堂集序」記述のもととなったプロフィールを、李陽冰に口述したのであろう。「挂冠に臨当して、公又た疾殛《きわ》まる。草藁万巻、手ら集め未だ修めず、枕上に簡を授け、余をして序を為らしむ。……時は宝応元年十一月乙酉なり」。さきごろ崩じた上皇玄宗の騎龍にすがるようにして、いま臨終の床にある詩人には、道と融けあう未来が見えていただろうか。

なお、御注頒示以降の玄宗における道の修養の実際については考慮していない。また李白の修道については詩作品から類推したが、工程の詳細は不明。ともに課題とし、識者の指正教導を請う次第である。

李白テクストの揺らぎ

和田英信

事によるとあの家の中には、昔の儘の李太白が、幻の牡丹を眺めながら、玉盞を傾けているかも知れない。私はもし彼に会ったら、話してみたい事が沢山ある。彼は一体太白集中、どの刊本を正しいとするか？ジュディト・ゴオティエが翻訳した、仏蘭西語の彼の采蓮の曲には、吹き出してしまうか腹を立てるか？胡適氏だとか康白情氏だとか、現代の詩人の白話詩には、どう云う見解を持っているか？

——芥川龍之介『江南遊記』「杭州の一夜（上）」

李白の集を読み進めていくと、諸本のあいだに文字の異同がきわめて多いことに気づかされる。今に伝わる李白集の刊本のうちもっとも古いものは南宋初、蜀にて刊行された『李太白文集』三十巻であるが、そもそもこの本からしてすでに文字の異同の注記が甚だ多く、一二字に止まらず複数句にわたる異同を示すものや、また同一作品について一篇全体の別バージョンを併記している場合もある。またこの本に収める作品のなかには、後世の注釈者によって偽作とされるものもままある。

小論では、文字の異同、作者に対する疑義などの背景にあるものを考えつつ、李白テクストの揺らぎの向こうに見え隠れする、李白詩をめぐる作者と読者、創造と受容の問題を考えてみようと思う。

まずは李白の集の成立の経緯などを簡単に整理しておきたい。

唐代において編纂された李白の集は、ひとつは天宝十三載（七五四）、揚州で自分の詩の愛好者魏顥に出会った李白が、彼に作品を託して集の編纂を依頼したというもの。魏顥は翌年安史の乱に遭遇して李白から託された原稿を失うが、上元の末年（七六一）、絳州であらためて諸作品を入手し、数年ののち『李翰林集』を編纂したという（魏顥「李翰林集序」）。もうひとつは李白が最晩年に身を寄せていた当塗県令李陽氷が、李白臨終の折に託された草稿によって編んだという『草堂集』（李陽氷「草堂集序」）。これら唐代に成った二集はいずれも失われて伝わらない。

宋代に入ると、北宋の咸平元年（九九八）、楽史が李陽氷の編んだ『草堂集』十巻に、これに未収の歌詩を合わせて整理して『李翰林集』二十巻を作り、さらに宮中に伝わる賦や文を集めて『李翰林別集』十巻を作ったという（楽史「李翰林別集序」）。南宋の咸淳五年（一二六九）、戴覚民が刊行した『李翰林集』三十巻（「咸淳本」）はこの系統かという[1]。

また北宋の宋敏求が、楽史本のほか王溥家蔵の『白詩集』、魏顥の編んだ『白詩集』などを入手し、あわせて三十巻とした（「宋敏求後序」）。これをもとに曾鞏が詩の制作順序を考慮し配列に手を加え、これを元豊三年（一〇八〇）、晏知止が蘇州で刊行（「毛漸後序」）。これを南宋初、蜀で復刻したものが、先にも挙げた現存最古の刊本、『李太白文集』三十巻[2]である。「宋蜀本」と称する。これには清の穆曰芑の校正重刊本があり、「穆本」と称する。

注釈を付したものには、南宋の楊斉賢の集注を元初の蕭士贇が刪補した『分類補註李太白詩』がある（「分類補註」[3]）。本文は宋蜀本を底本とし、咸淳本を参照して校定。作品配列は蕭士贇が贋作と判断したものを巻末に置くなどしたため、宋蜀本と異なるところがあり、詩題や収載についても異同がある。

また清の王琦が乾隆二十四年（一七五九）、「分類補註」をもとに「穆本」で校正し、従来の注釈のほか自らの見解を加えた『李太白文集』三十六巻（「王琦注」[4]）は、李白集の集大成といえるだろう。以下、右の宋蜀本にもとづき、諸本を参照しながら、その文字の揺らぎに着目して見てゆきたい。

一　李白テクストの揺らぎ

宋蜀本『李太白文集』にみえる文字の異同を示す注記は、もとよりこの本が編纂される過程で参照された諸本間の文字の異同を反映したものであろう。しかしながらその注記のなかには、いくつかの文字の異同を示すに止まらず、複数句にわたって異なる文字の存在を示すものもある。このことは、李白の原稿そのものに複数のバージョンが存したことを想像させる。たとえば「古風五十九首」其七（巻二）は、

1 客有鶴上仙　　客に鶴上の仙有り
2 飛飛凌太清　　飛び飛びて太清を凌ぐ
3 揚言碧雲裏　　揚言す碧雲の裏
4 自道安期名　　自ら道う安期の名
5 両両白玉童　　両両　白玉童
6 双吹紫鸞笙　　双び吹く紫鸞の笙
7 去影忽不見　　去影　忽ち見えず
8 回風送天声　　回風　天声を送る
9 挙首遠望之　　首を挙げて遠く之を望めば
10 飄然若流星　　飄然として流星の若し
11 願餐金光草　　願わくは金光草を餐し

12寿与天斉傾　寿　天と斉しく傾かん

この作の篇下には「一作」として、以下の文字を小字双行であげる。

1五鶴西北来　五鶴　西北より来たり
2飛飛凌太清　飛び飛びて太清を凌ぐ
3仙人緑雲上　仙人　緑雲の上
4自道安期名　自ら道う安期の名
5両両白玉童　両両　白玉童
6双吹紫鸞笙　双び吹く紫鸞の笙
7飄然下倒影　飄然として倒影下し
8倏忽無留行　倏忽として留る無くして行く
9遺我金光草　我に遺す金光の草
10服之四体軽　之を服せば四体軽し
11将随赤松去　将に赤松に随いて去り
12対博坐蓬瀛　対博　蓬瀛に坐せん

後篇の傍線部が前篇と異なる箇所。前後篇ともに十二句六十字からなり、うち八句を異にするわけであるから、表現としてみた場合には相互の相違は決して小さくはない。しかしながらその内容をみれば、ともに神仙への憧憬、不死に対する希求をのべるものであって、異なるところはない。いずれも「白玉童」を伴って主人公の前に現れた仙人が、「安期（生）」とその名を名乗ると、またたくまに姿を消す。さらによく見ると、箇所を異にしつつも「飄然」「影」「金光草」といった同じ語彙が用いられていることに気づく。この点に目をとめるならば、前後篇ともに同一人の手になる作であって、修改の過程の前後の稿がともに伝わったとみるのが自然ではあるまいか。

本によって作品の文字が異なるのはどうしてか。多くの場合それは作品が作者の手を離れ、読者の耳目に触れ伝えられていく過程で、あるいは書き写され刊刻されていく過程で、避けがたく生じるものなのであろう。多くの読者の手を経た作品、言い換えれば有名な作品にはしばしば文字を異にする現象が見られるようだ。ただ李白集における右の例はそうしたものとは異なって、相互に異なる二篇がともに原作者の手に近しいものであることをうかがわせる。

このように李白の作品は、諸本間の文字の異同のみならず、おそらくは李白の手もとにあった時から「揺らぎ」のあるテクストであり、今に伝わる本にはその「揺らぎ」の痕跡が明々と映しだされている。このことは読者の意識を、「何が」あるいは「どれが」正しい李白テクストなのかという問題に導くであろう(5)。

二　「正しくない」テクスト──真贋の揺らぎ

右の問題とは別の角度から後世の読者によって「正しくない」テクストと見なされたものもある。「正しくない」というのは、より端的にいえば李白の手になるものではない、すなわち偽作、贋作と見なされる作品のことである。

李白詩の真贋については宋代から逸話めいたものが幾つか伝わっている。たとえば「姑熟十詠」（巻二十）について、蘇軾『東坡志林』（十二巻本巻二）には次のような話を載せる。

かつて姑孰堂を通りかかったおり、李白の「（姑孰）十詠」なる詩をみたが、その表現は甚だ浅陋であった。

人が言うにはそれは李白の詩ではなく李赤なる男の詩で、その男のことは柳宗元の集に見える。自分を李白になぞらえて李赤と名乗ったが、後に厠の幽鬼に誑かされて死んだと。その詩を観れば、この程度の詩で李白に似ていると思ったのなら、ずいぶん前から心を病んでいたのだろう。死んだのは幽鬼のせいばかりではあるまい(6)。

『苕渓漁隠叢話』前集巻五にも東坡の言として同じ話を引くが、そこではまた「悲歌行」（巻六）、「笑歌行」（巻六）、「草書歌行」（巻七）などは李白の作ではなく、唐末五代の斉己に学ぶ連中の作であろうという。そしてしばしば李白詩と称する偽作を目にする理由として、「太白は豪俊にして、語甚だしくは択ばず。集中亦た往往にして臨時率然の句有り。故に妄庸の輩をして敢えてせしむるのみ。杜子美の若きは、世に豈に復た偽撰有らんや」と(7)。大らかな作風で用語の選択や表現にも思いつきめいたところのある李白には偽作がまま存するが、これと作風を異にする杜甫には見られないという。

また陸游「入蜀記」（巻二、乾道六年七月十三日）には、

李白の集に「姑熟十詠」という作を載せる。わたしの伯父の彦遠が言うには、東坡が黄州から帰る途次当塗を通りかかりこの詩を読んだとき、手を打って大笑いし、「偽物に違いない！どうして李白がこんな詩を作るだろうか」と言った。郭功父は東坡に反論したが、東坡はまた笑って、「じゃあ李白の生まれ変わりが作ったものだろう」と。功父はたいそう憤った。と言うのも、功父は子どもの時から詩才に恵まれ、先輩たちから李白の生まれ変わりであろうと言われており、彼自身にも自負があったからだ。それを知っていて東坡はからかったのである。またこの「十詠」のほか、「帰来乎」、「笑矣乎」（巻六「笑歌行」）、「僧伽歌」（巻七）、「懐素草書歌」（巻七「草書歌行」）などは、李白の旧集には無かったもので、宋次道（敏求）が李白集を編んだおり、多きを貪るあまり過っ

て編入したものだとも言う。(8)

李白の作品の幾つかに偽作のあることを注意する蘇軾の言は、その後の李白詩を読む人々に少なからぬ影響を与えたようだ。元初の蕭士贇『分類補註李太白詩』は、しばしば偽作の識別に意を用いているが、東坡の言を承けたと思しいところが多い。いま、蕭士贇が李白のものではないとする作品とそのコメントを左に列挙する。

○「少年行(君不見淮南少年)」(巻六)
「此篇末章十二句辞意迫切、似非太白之作、具眼者必能弁之」
○「猛虎行」(巻六)
「按此詩似非太白之作、用事既無倫理、徒爾肆為狂誕之辞、首尾不相照応、脉絡不相貫串、語意斐率、悲歓失拠、必是他人之詩、竄入集中、歳久難別、前輩識者、蘇東坡黄山谷、於懐素草書、悲来乎、笑矣乎等作、嘗致弁矣、愚於此篇、亦有疑焉、因筆于此、以俟知者」
○「去婦詞」(巻六)
「此篇即顧況棄婦詞也、後人添増数句、而竄入太白集中、語俗意重、斧鑿之痕、班班可見、可謂作偽心労日拙者矣」
○「金陵歌送別范宣」(巻七)
「此篇似非太白之作、今付巻末」
○「笑歌行」「悲歌行」(巻六、「分類補註」巻七)
「蘇東坡云、唐末五代、文章衰陋、詩有貫休、書有亜棲、村俗之気、大率相似、如蘇子美家、収張長史書、云、隔簾歌已俊、対坐貌弥精、語既凡悪、而字法真亜棲之流、近見曾子固編李太白集、自云、頗獲遺亡、如贈懐素草書歌、并笑矣乎、悲来乎数首、皆貫休已下詞格、二人皆号有識者、故深可怪、如白楽天贈徐凝、退之贈賈島之類、皆世俗無知者所託、此不足多怪」

○「歴陽壮士勤将軍名思斉歌」（巻七、『分類補註』巻八）「草書歌行」（巻七、『分類補註』巻八）

「按懐素草書歌、先儒謂非太白之作、予謂勤将軍歌、亦他人者就、釐而置之巻尾、不復増註云」

○「上李邕」（巻八、「分類補註」巻九）

「按此篇似非太白之作、今釐在巻末」

○「贈張相鎬二首」（巻十）「聞謝楊児吟猛虎詞因此有贈」（巻九）「宿清渓主人」（巻九）「繋尋陽上崔相渙三首」（巻十）「巴陵贈賈舎人」（巻十）（「分類補註」はすべて巻一一）

「已上巻末八首、恐非太白之作、吾故釐置巻末以別之、以俟具眼者」

○「答王十二寒夜独酌有懐」（巻一七、「分類補註」巻一九）

「按此篇造語叙事、錯乱顛倒、絶無倫次、董龍一事、尤為可笑、決非太白之作、乃先儒所謂五季間学太白者所為耳、具服者能自別之、今釐而置諸巻末」

○「登広武古戦場懐古」（巻一九、「分類補註」巻二一）これは後に詳述する。

○「南奔書懐」（巻二二、「分類補註」巻二四）

「按此篇用事偏枯、句意到（倒）雑、決非太白之作、姑存而置諸巻末、以俟心知其意者」

蕭士贇は、またこのほか「胡無人」（巻三）の末三句「陛下之寿三千霜、但歌大風雲飛揚、安用猛士兮守四方」についても後人が妄りに加えたものとして、これを欠く一本をよしとして三句を削除する(9)。蘇轍は李白のこの詩が篇末に高祖の「大風歌」の句を用いることを、文章の理を識らないものとして厳しく非難する（「詩病五事」）。蕭士贇はこの三句を後人が追加したものと見なすことによって、蘇轍の非難を回避しようとするのである。

以上を要するに、典故の用い方が不適切で筋が通らない、詩旨の前後が照応せず脈絡がない。また語の用い方がいい加減、というところであろうか。

ここでは次に一篇を挙げて、贋作とされる作品がなぜ贋作とされたのか、少しくその詳細を見ておきたい。


登広武古戦場懐古（巻一九、「分類補註」巻二一）

1 秦鹿奔野草　　秦鹿　野草に奔り
2 逐之若飛蓬　　之を逐いて飛蓬の若し
3 項王気蓋世　　項王　気　世を蓋い
4 紫電明双瞳　　紫電　双瞳明らかなり
5 呼吸八千人　　呼吸す八千人
6 横行起江東　　横行して江東に起こる
7 赤精斬白帝　　赤精　白帝を斬り
8 叱咤入関中　　叱咤して関中に入る
9 両龍不並躍　　両龍　並び躍らず
10 五緯与天同　　五緯　天と同じ
11 楚滅無英図　　楚滅して英図無く
12 漢興有成功　　漢興りて成功有り

13按剣清八極　剣を按じて八極を清くし
14帰酣歌大風　帰酣　大風を歌う
15伊昔臨広武　伊れ昔　広武に臨み
16連兵決雌雄　兵を連ねて雌雄を決す
17分我一杯羹　我に分かて一杯の羹
18太皇乃汝翁　太皇は乃ち汝が翁
19戦争有古跡　戦争　古跡有り
20壁塁頽層穹　壁塁　層穹に頽る
21猛虎吟洞壑　猛虎　洞壑に吟じ
22饑鷹鳴秋空　饑鷹　秋空に鳴く
23翔雲列暁陣　翔雲　暁陣を列し
24殺気赫長虹　殺気　長虹赫たり
25撥乱属豪聖　撥乱　豪聖に属す
26俗儒安可通　俗儒　安んぞ通ずべけんや
27沈湎呼豎子　沈面　豎子を呼ぶ
28狂言非至公　狂言　至公に非ず
29撫掌黄河曲　掌を撫す黄河の曲
30嗤嗤阮嗣宗　嗤嗤す阮嗣宗

むかし秦が覇権を手放し鹿が野に放たれたとき、群雄はそれを飛蓬のように追い求めた。

項王の気概は世を被い、その重なる瞳に紫電がきらめいた。

ひと呼吸の間に八千の兵士を集め、江東の地に起って天下を横行した。

（いっぽう高祖は）赤帝の精を承けて白蛇を切り、配下を叱咤して関中に攻め入った。

二匹の龍が並ぶ踊ることはなく、五星が漢の受命を示したのは天意であった。

かくして楚は滅んで英図空しく、漢は興って成功を世に伝えた。

剣を手に天下八方を清め、沛に帰宴して大風を歌った。

かつて広武山に臨み、兵を連ねて雌雄を決しようとした。

（項羽は高祖の父を俎上にのせて羹にすると脅したが）高祖はわしにも羹を一杯所望と答えた。（楚王に約して兄弟を誓ったからには）わが父は汝が父でもあるぞと。

当年の古跡はすなわちこの地、累壁は空のした崩れかかっている。

猛虎が洞窟にうそぶき、饑鷹が秋の高空になく。

空行く雲は朝の陣立てを並べ、殺気は虹を赤々と引く。

天下一統の偉業は豪聖に属するもの、俗儒ふぜいの知るところではない。

飲酒に耽って豎子よばわりしたが、その戯言は甚だ正当を欠く。

ここ黄河の曲に立ち手を撲ちながら、かの阮嗣宗を笑いとばす。


楚漢の覇権争いの際、項羽と劉邦が相対した古戦場、広武山に登臨した際の懐古の詩。ここで問題となる要素がいくつかある。まず一つは、魏の阮籍がこの広武の地に訪れた際に発したという「時に英才無く、豎子をして名を成さしむるか」ということば、いわゆる「広武之歎」(10)。この、阮籍が高祖を「豎子」と呼んだということが議論の的となる。

　このことについてもやはり蘇軾の言及がある。蘇軾は友人が「阮籍は沛公（劉邦）のことを豎子と呼んだのだろうか」と言うのを聞いて、いや、この阮籍の言は、魏晋のおりに劉邦や項羽といった人物のいないことを嘆いたもので、「豎子」とは阮籍の同時代の人々のことを言うのだと。またそのうえで李白の「広武山」の詩に言及し、阮籍の言について「狂言　至公に非ず」とうたった李白もまた阮籍の語意を読み違えているという（十二巻本『東坡志林』巻四）(11)。

　蕭士贇は次のように言う。つねづね阮籍の伝を読んで乱世に一生を全うした識見に敬意を抱いていた。かつ史書にその博学を称しているからには、高祖の人と為りについても見極めていたはず。にもかかわらず彼が「広武之歎」を発したことを不思議に思っていた。そこであらためて阮籍の言を読み味わい、「時」の一字に目を止めたとき、「時無英雄」というのは高祖のことを言うのではなく、後漢の末、桓帝・霊帝に「英雄之才」がなく、みすみす神鼎を臣下に奪われたことを言うものであることに気づいた。「豎子」とは曹氏父子を指すのだ。曹氏の家系は曹騰（曹操の父、曹嵩の養父）に出る。すなわち閹豎（宦官）の子なので「豎子」と呼んだのだ。後漢の末に高祖のような英雄がいたなら、どうして簒奪を許すようなことがあったろうか。阮籍が歎いたのはこのことなのだ、と(12)。

　蕭士贇はおそらくは蘇軾の言を承けたものであろうが、これを推し進めて「豎子」を曹氏父子に限定している。蕭士贇はさらにこれに加えて、阮籍の「広武之歎」を取り違えてうたっているこの詩は李白の詩ではなく「偽贋作」に違いないという。また偽作である根拠として他にも「語意錯乱」「用事無倫理」を挙げる。前者「語意錯乱」とは、たとえば第十四句で「帰酣歌大風」とうたいながら、その後さかのぼって「広武山」の戦いをうたうことなど。また「無倫理」とは、高祖の偉業を讃えることが詩の趣意であれば、広武山で項羽の十罪を数え上げたことなどを挙げるべきなのにそれには触れず、「分我一杯羹」の一事をうたったこと。これは広武山に対峙した際、項羽が先に捕らえていた劉邦の父（太公）を大きな俎上に置き、「いますぐに降伏しなければ太公を烹るぞ」と脅迫したとき、劉邦は

「わたしとおまえは北面して（楚）の懐王の臣下となって兄弟の契りを結んだ。わたしの父はすなわちおまえの父だ。その父をどうしても烹るというなら、わたしにも一杯分けてくれ」と言った故事（『史記』項羽本紀）をいう。親を煮てよし、さらに一杯よこせというのはたしかに不孝の言ではある。また広武を舞台にした故事が他にないわけでもない。真贋の是非はともかく蕭士贇の言わんとするところは理解できる(13)。

確認しておくならば東坡は本詩が李白詩であることを否定してはいない。あくまでも李白は阮籍の言を誤解したのだという。蕭士贇は阮籍の言の解釈について蘇軾の考えを受け継ぎつつ、さらにこれをふくらませて本詩が偽作であるとする根拠に挙げるのである。

なお王琦は、阮籍「広武之歎」の「豎子」はやはり劉邦を指すものとし、高祖はもとより英雄に違いないが、いくども危機に瀕し、またしばしば詐術を弄し士を罵侮し虚言を用いた。その彼が天下を得たのは実力というよりは運によっただけである。阮籍が白眼視し「豎子」と呼んだのも不思議ではない。李白は阮籍の言を「至公に非ず」と否定するが、それも広武の古戦場での懐古の作としての主旨（高祖の偉業を讃える）に則るものだ。また詩の構成については、「帰酣歌大風」までは楚漢の興廃を広くうたい、「伊昔臨広武」以下、はじめて「登広武古戦場懐古」という題に基づいて主題をうたうもので、他の李白詩にも同じ趣向のものがある。また「分我一杯羹」については、広武対峙の際、項羽の脅迫に弱みを見せれば項羽の勢いを増すばかりであったため、劉邦はあえてこうした「悖逆之辞」をなしたものであり、これによって「天下の為に家を顧みざる意」を示したものであるからと、李白詩であることを否定しない(14)。

以上、いささか紙数を費やして見てきたのは、この詩が偽作・贋作であるかの検証をあらためてしようとするためでは無論ない。真偽の議論が起こる契機、そしてその議論の流れを動かす要因をみておこうとするものである。

まず一つには阮籍の「時無英才、使豎子成名乎」の解釈。「時」とはいつか。「豎子」とは誰か。ただし、この言をどのように解釈するとしても、この詩そのものの意味が変わるわけではない。というのもこの詩に見える「豎子」は、高祖を指していることは動かないからである。阮籍の言の解釈によって変わるのは、この詩のことばに対する評価であり（蘇軾は、李白は阮籍の言を誤解していると考えた）、そしてそれが詩の真贋の判断につながるわけだ（蕭士贇はこれを根拠に李白詩ではないとした）。

蕭士贇は、阮籍の言の解釈に加えてもう一つの用事「分我一杯羹」を、本詩が偽作である根拠とする。他の典故ではなくこれを用いた見識を李白のものではないというのである。つまりは作者李白の人間性如何に対する評価に発して、その作品の真偽を云々しようとする。

とはいえ、他の存疑詩に対してよりも圧倒的に多くのことばを費やしながらも、本詩に対する蕭士贇の見解は逐一王琦によって否定され、反駁されている。このように真贋の判断は、テクスト外に何らかの有力な証拠がない限りは、どのように言を尽くそうとも完全な正当性を得ることはむつかしく、場合によっては恣意的な印象を避けられないのだ。

ここで李白の作品か否かという「真贋」の問題が成り立つ要因を考えてみよう。

一つにはそれは、作品は作者によって作られる、あるいは作品は作者に属するものという通念が存在することによる。作品は作者から切り離されて作品それ自体として評価されることはない。このような条件を備える文学の場は、中国においては遠く後漢末建安期において成立していた。建安期以降、中国における詩作品は、作者の署名を伴わない一部のものを除いて、その作者の意図を示すもの、作者のことばとして受容されてきた。この作品と作者の関係性に疑念が生じるとき、ここに真贋の問題が生じることとなる。また作品と作者が不可分のものと見なされるがゆえに、蕭士贇は「広武山」の詩を李白の作ではないとした。作品に対する評価が作者の人間性の評価につながるからである。

また真贋の問題が生じる条件の一つとして、作品の「商品性」が上げられる。商品性というと金銭的価値や経済性に限定されてしまう嫌いがあるため、「価値」と言い換えてもよいが、いずれにしろ当該作者の作品に価値がなければ、真贋の問題は起こらない。その作者の作品であることが価値を主張しうるものであること。そしてその作者が有名であればあるほど、真贋の問題は大きなものとなる。李白は生前からすでに愛好者を生み出すほどの人気詩人であった。宋代に入ると杜甫に対する評価は高まるが、その後も杜甫とともに唐代を代表する詩人と見なされていたことは言うまでもない。陸游『入蜀記』に或る人の言として、宋次道（敏求）が李白集を編纂した際、「多きを貪った」というのは、李白の作品が価値あるものと認められていればこそであろう。

また偽物は似ていなければならない。そのためには似せる対象、すなわちここでは李白詩に、似せるに相応の特色が必要であろう。実は蕭士贇が偽作と判断する作品のなかには、いかにも李白詩らしい特色を有するものがしばしば見られる。たとえば次の作もそうである。

上李邕

1 大鵬一日同風起　　大鵬　一日　風と同に起ち
2 搏揺直上九万里　　搏揺して直ちに上る九万里
3 仮令風歇時下来　　仮令　風歇みて時に下り来たるも
4 猶能擉却滄溟水　　猶お能く擉却す滄溟の水
5 世人見我恒殊調　　世人　我の恒に調を殊にするを見

6見余大言皆冷笑　　余が大言するを見て皆な冷笑す
7宣父猶能畏後生　　宣父　猶お能く後生を畏る
8丈夫未可軽年少　　丈夫　未だ年少を軽んずべからず

大鵬は風とともに飛び上がり、つむじ風に羽ばたいて九万里を翔る。たとえ風が吹き止んで下りてきても、その羽で青海原の水をみごとにつま弾いてみせる。人々はわたしが世の常と異なるのを見て、また大言するを見てはみな冷笑する。孔子さまですら後輩を畏るべしとおっしゃった。大丈夫たるもの、年下の者を軽んじてよいものか。

みずからを大鵬になぞらえてうたうところ、世と相容れないという自己認識、そして相手に対するいささか傲慢なふるまい、これらは李白詩にしばしば見られるモチーフである。また冒頭に「大鵬」、末尾に「宣父」（仲尼）を置くところなどは、李白「臨路歌」（巻七）の構成と重なるものだ。

蕭士贇は本詩を偽作であるとする根拠を示していないが、こうした李白らしさ、いかにもな類似性、そしてとくに末尾に顕著な尊大さを問題視したのかも知れない。贈詩の相手である李邕は当時にあっては名士の一人であり、彼に対する「年少」の者の言辞としてはやや不穏当なものと言えないこともない。しかしあえてこのように振る舞うところも、李白らしさとも言えるのだが。

先に見た『苕渓漁隠叢話』に蘇軾の言として、「太白は豪俊にして、語甚だしくは択ばず。集中亦た往往にして臨時率然の句有り。故に妄庸の輩をして敢えてせしむるのみ。杜子美の若きは、世に豈に復た偽撰有らんや」と、李白と杜甫の詩風の相違から李白詩にしばしば偽作の存する理由が述べられていた。李白詩は他者の模擬・模倣を誘うような特色を備えていたということができるのかも知れない。

詩風についていえば蘇軾の指摘するところだけではなく、作者の生活・人生と作品との関係性や距離についても、李白と杜甫には大きな相違が見られる。杜甫の場合は、実人生との関係性が作品の中に見いだしやすく、作品を読み進めることによって、杜甫の日々の生活を構成しうる点が大きい。いっぽう李白は、どこで作られたものかは分かっても、いつ作られたのかを判断するのがむつかしい作品が少なくない。この点も李白詩の真贋の判断に困難をもたらしているようだ。

三　ふたたび文字の揺らぎの意味

文字の揺らぎということでは、次の例もある。

静夜思

1 牀前看月光　　牀前　月光を看る
2 疑是地上霜　　疑うらくは是れ地上の霜かと
3 挙頭望山月　　頭を挙げて　山月を望み
4 低頭思故郷　　頭を低れて　故郷を思う

初句「牀前看月光」は、現在通行する本の中には「牀前明月光」に作るものがあり、浸透している。ただし李白の集はいずれも「看月光」に作り、『楽府詩集』『唐人万首絶句』『唐詩品彙』などの総集も同じ。動詞「看」を欠いて「明月光」に作るのは、おそらくは清の康熙年間、王士禎『唐人万首絶句選』が最もはやく、その後、乾隆年間の沈徳潜『唐詩別裁集』や『唐宋詩醇』は「明月光」に作るが、王士禎の書を襲ったものであろうか。また、王士禎の書が何によって「明月光」に作ったのかは不明である。この「看」と「明」の違いについてとその意味については、川合『中国の詩学』第二十三章「作者・話者・読者」に周到な考察があるが、いささか贅言を付しておきたい。

小論の前節では李白詩の真贋をめぐる議論の一端をみてきた。読者は作品を前にしたとき、まずは作者の「真」を求めるであろう。この「真」というのは、一篇における作者の真偽のみに止まらず、作品を構成する一つ一つの文字についても言えることだ。先にも述べたように、作品は作者のものであるとする文学の場において詩を読むのであるから。作者はたしかに李白であること、そして作品の文字はたしかに李白の意図を伝えるものであることを前提として読む。しかしこれも先に見てきたとおり、その作者の「真」を見定めるものは読者の「読み」に他ならない。『唐人万首絶句選』の「明月光」という文字がその後浸透することを見れば、この「静夜思」に対する読みが、ひとり王士禎だけのものであったわけではないようだ。多くの読者による「読み」の共有があればこそ、この文字が浸透したのではないか。読書は一人がテクストに向かう行為であるが、時には文化圏の広がりの中での共同の「読み」という現象も見いだされる。もし仮に王士禎が武断をもって「看」を「明」に改めたのだとしたら、それは改竄にあたるであろうか。すくなくともそれを指弾するようなことばは伝えられてはいない。あるいは真贋の識別に敏感であった蕭士贇が仮にこの両種の文字を見たとしたら、いったいどちらを是とするであろうか。

似た例として想起されるのが、陶淵明「雑詩」の「悠然見南山」と「悠然望南山」をめぐる議論である（『苕渓漁隠叢話』前集巻三ほか）。「見」であればたまたま目に入るの意。「望」は意図して望みやることとなる。この詩の場合、菊を摘む際に偶然に南山を目にしたのであって、そうであればこそ景と意が溶け合うおもしろさがある。ゆえに「見」をよしとする蘇軾の意見は、とても有名である。(15) たしかに陶淵明の集では「見」に作るが、今に伝わる本はすべて宋代以降に成ったものである。一方、『文選』に収めるこの詩は『文選集注』なども含めて「望」に作る。蘇軾の当時、「見」に作る本があったか否かは分からない（東坡の言には「今皆作『望南山』」という）。ただ蘇軾は陶淵明の「真」を無視して自分の読みを主張したわけではあるまい。あくまでも「見」の字に陶淵明の「真」を認めたのであろう。王士禎の場合には李白詩の文字に対する言及が見られないだけに事情がより不透明ではあるのだが、しかしながらやはり真贋の閾を乱してまでも、「明月光」をとったわけではないだろう。あくまでもそこに李白の「真」を求めたはずだ。とはいえ、蘇軾の場合にも、王士禎の場合にも、そこに見られるのは、読者の「読み」の前景化であり、権力とも称すべき読者の優位である。

小論では李白詩の文字の揺らぎの諸相をみてきた。揺らぎはまずは李白自身に由来するものであった。作品の伝承の過程で生じた揺らぎも含めて、李白の詩を読むとき、われわれは複数示された文字、あるいは文字列の中から、いずれを是とするかの判断を迫られる。李白テクストの受容においては、もともと読者の読みに左右される要素が多いのである。李白作品の一特色とも言えるであろう。このことは読者による本文改訂の可能性につながる。それがもし「真」を外れたと判断されれば改竄と称されるであろう。また意図的に偽を紛れ込ませる事象もありうるであろう。李白詩に真贋をめぐる議論が少なくないことは、もともとはこれに由来するものと思われる。

また李白詩の真贋をめぐる議論は、古典中国における文学の場の特質、さらにはその文学の場における李白詩の特色をも映しだしている。作者と作品の分かちがたい関係。作品の中に作者に相応しくない（と読者に判断される）言説が見いだされるとき、それは作者の真ではないと見なされる。

そして李白は人気作者であった。生前に魏顥のような愛好者を生み出したばかりでなく、後世にその名に似せた「李赤」という追従者・模倣者を生み、さらに「太白後身」（生まれ変わり）を生み出した。李白の偽贋の作、あるいはそれらをめぐる議論は、一面では李白の価値を伝えるものでもある。その価値の元にあるのは言うまでもなく李白詩の魅力であろう。

そして李白の実人生とその作品との間の距離、これもまた李白の作品に真贋の問題を生み出す要素の一つであったろう。先に作者と作品との密接な関係に触れたが、同時に作者その人と、作品が描き出す文学世界とのあいだには、一定のへだたりがあるのが唐代以前の文学の場の特質であった。これに変革をもたらしたのは杜甫であり、この点に李白と杜甫の文学の大きな相違も存在する。

「作品を書くのは『作者』であるけれども、『読者』に読まれることによって作品は初めて作品として立ち上がる」（川合）。小論では李白テクストの揺らぎに目をとめ、そこに李白詩の特色を読み取ってきた。他の作者と比較すると目につくその揺らぎの大きさは、李白の特色を映すものであると考える。しかし作品が読者の読みによって成立することは、李白にあっても、他の作者にあっても異なることはない。小論は李白テクストに目につく揺らぎを通して、このことをあらためて確認する作業でもあった。

注

（1）この本は現存せず、明代の重刊本にもとづく清宣統元年の玉海堂刊本がある。黄山書社影印『李翰林集』

（2）汲古書院影印『李太白文集』

（3）汲古書院影印『分類補註李太白詩』

（4）中華書局・中国古典文学基本叢書『李太白全集』

（5）こうした揺らぎと定稿を見定める混乱はさらに後世に受け継がれる場合もある。たとえば、右の詩を『全唐詩』は次のように作る。傍直線を付したものは後篇に同じもの、傍曲線は前篇に同じもの。二重傍線は前篇とも後篇とも異なるものである。

五鶴西北来、飛飛凌太清、仙人緑雲上、自道安期名、
両両白玉童、双吹紫鸞笙、去影忽不見、回風送天声、

我欲一問之、飄然若流星、願餐金光草、寿与天斉傾、

（6）過姑孰堂下、読李白十詠、疑其語浅陋、不類太白、孫邈云、聞之王安国、此李赤詩、秘閣下有赤集、此詩在焉、白集中無此、赤見柳子厚集、自比李白、故名赤、卒為厠鬼所惑而死、今観此詩、止如此、而以比太白、則其人心疾已久、非特厠鬼之罪、

（7）東坡云、今太白集中有悲来乎、笑矣乎、及贈懐素草書数詩、決非太白作、蓋唐末五代間、学斉已輩詩也、余旧在富陽見国清院太白詩、絶凡近、過彭沢興唐院、又見太白詩、亦非是、良由太白豪俊、語不甚択、集中亦往往有臨時率然之句、故使妄庸輩敢耳、若杜子美、世豈復有偽撰邪、余嘗舟次姑熟堂下、読姑熟十詠、怪其語浅近、不類李白、王平甫云、此李赤詩也、亦見柳子厚集、自此李白故名赤、其後為厠鬼所惑以死、今観其詩止此、而以太白自比、則其人心疾久矣、豈厠鬼之罪也、苕渓漁隠曰、東坡此語、蓋有所譏而云、

（8）李太白集有姑熟十詠、予族伯父彦遠嘗言、東坡自黄州還、過当塗読之、撫手大笑曰、贋物敗矣、豈有李白作此語者、郭功父争以為不然、東坡又笑曰、但恐是太白後身所作耳、功父甚慍、蓋功父少時、詩句俊逸、前輩或許之以為太白後身、功父亦遂以自負、故東坡因是戯之、或曰、十詠及帰来乎、笑矣乎、僧伽歌、懐素草書歌、太白旧集本無之、宋次道再編時、貪多務得之過也、

（9）詩至漢道昌、一篇之意已足、陛下之寿三千霜、但歌大風雲飛揚、安用猛士兮守四方、一本云、無此三句者、是也、使蘇子由見之、必不肯軽致不識理之誚矣、東坡云、今太白集之有悲来乎、笑矣乎、及贈懐素草書数詩、決非太白之作、蓋唐末五代間、斉已輩詩也、僕亦曰、此詩末後三句、安知非此輩所増乎、致使太白貽譏於数百載之後、惜哉、雖然、東坡能弁之、潁浜直致譏焉、是亦足以定二蘇之優劣、今遂删去、後人具正法眼蔵者、必蒙賞音、

（10）『三国志』魏書・阮籍伝注に引く『魏氏春秋』に「嘗登広武、観楚漢戦処、乃歎曰、時無英才、使豎子成名乎」

（11）昔先友史経臣彦輔、謂余、阮籍登広武而歎曰、時無英雄、使豎子成其名、豈謂沛公豎子乎、余曰、非也、傷時無劉項也、豎子指魏晋間人耳、……今日読李太白登広武古戦場詩、云、沈湎呼豎子、狂言非至公、乃知太白亦誤認嗣宗語、与先友之意無異也、嗣宗雖放蕩、本有志於世、以魏晋間多故、一放於酒、何至以沛公為豎子乎、

（12）蕭士贇曰、余嘗読阮籍伝、未嘗不羨其能以佯狂任達、全身遠害於晋魏之交、非見遠識微、孰能与於此、然既曰、見遠識微矣、史又称其博覧群籍矣、品量人物之際、豈不能識漢高之為人、至発広武之嘆、何哉、則又未嘗不致疑焉、因味其言、

至於時之一字、則知籍之所謂時無英雄者、非指漢高也、蓋謂所遭之時、炎劉之末、桓霊之君、無英雄之才、卒使神鼎暗移於臣下也、豎子者、指曹氏父子也、曹氏系出曹騰、閹豎之子、故称為豎子也、使漢末有英雄之君如高祖者、駕馭豪傑、雖有智者、豈能遂其簒奪之私哉、籍之興嘆者此也、

（13）或人曰、若然則太白之詩亦失言歟、余曰、此非太白之詩也、先儒所謂偽贋之作也、何以知其然、曰、詩中語意錯乱、用事無倫理、知之、大風之歌、能事畢矣、詩乃重中広武之事、此詩本意、称述高帝之美、遷固二書所載、如仗義入関、縞素誅項、軍臨広武、数羽十罪、可称者為不少矣、曾無一語及此、分羹之語、出於一時処変之権、無可奈何、奚足為高祖道者、乃詳詠之、可謂無識者矣、太白有識者也、肯作此等語乎、吾故曰、非太白之詩也、校定之次、釐而置諸巻末、以俟知言者、

（14）阮籍蓋習見夫三国之時、覆軍殺将、互勝互敗、而終未能一統、以視項羽之一敗而遂不復振、相去天淵矣、使三国之君、而生於其世、恐漢高亦不能以五載而成帝業、如此其易也、広武一嘆、初無深義、自東坡別創一説、而後之人皆因之、蕭氏更謂、桓霊無英雄之才、而以豎子指曹氏父子、則其説益左、夫漢高固英雄、然観其鴻門之困、睢水之敗、滎陽之囲、広武之弩、瀕於危者数矣、而卒不死、終以有天下者、天命也、豈真算無遺策、而天下莫能当者哉、且観其生平、惟以詐術制御群材、好罵侮士、漫言負約、以阮籍之白眼観之、呼為豎子、亦何足異、太白非至公之言、亦尊題之法、自当如此、或両人所見、実有不同、安得訾其誤哉、若云詩中語意錯乱、則帰酣歌大風以上、是泛言楚漢之興廃、伊昔臨広武以下、乃始著題、与登金陵冶城西北謝安墩一詩、同一機軸、条理井然、若云用事失倫、在分我杯羹一語、追想当時情事、良平之儔、何賈之伍、言語妙天下、豈不知此語之謬、第恐卑辞屈節、適足以長楚人之燄、而堕其計中、矯手措足、悉為所制、不得已而為是悖逆之辞、以見為天下者不顧家之意、非此一語、不足折楚人之心、捨此一語、亦無以復楚之命、其実太公生死、全不在此一言、正不必為漢高諱也、仗義入関、縞素伐楚、倶非軍広武時事、此処何可攙入、蕭氏之云云、無乃皆贅乎、

（15）『苕渓漁隠叢話』前集巻三に「東坡云、陶潜詩、採菊東籬下、悠然見南山、採菊之次、偶然見山、初不用意、而景与意会、故可喜也、今皆作望南山」

杜甫、詩を語る

川合康三

士大夫たるもの誰でも詩を作るほどに、中国では詩は社会生活のツールとして機能していたとしても、だからといって誰も彼もが「詩人」というわけではない。もちろん職業としての詩人はいなかったが、詩によってアイデンティファイされるような人は確かにいたのであって、そういう人たちは単に世間の慣習に従って詩を書く人々とは区別されなければならない。そして杜甫は本人としては朝廷で官に就くことが本望であっただろうが、後世から見たら詩人以外の何者でもないし、また自身のなかでも結局自分は詩人でしかないのかという諦念、同時にまた詩人ではありうるという自負、その双方をいだいていたと思う。そんな杜甫は詩のなかでしばしば過去の詩に対する批評や詩一般をめぐる論評、そしてまた自分の詩についても語っている。ここでは後者、すなわち自分の詩作や自分の作品にまつわる言説を通して、杜甫の詩観の一端を探ってみたい。

一　詩作と気分

詩を作ることが胸中にわだかまる憂愁を追いやる手立てであったこと、それが詩の動機また効用の少なくとも一つであったことは、釜谷武志氏の「文学と消憂——魏晋時代まで——」（『中国文学報』第五十冊、一九九五）に詳しくたどられている。杜甫にも詩作によって憂愁を追いやろうとする詩句が少なくない。

5種薬扶衰病　薬を種《う》えて衰病を扶《たす》け
6吟詩解嘆嗟　詩を吟じて嘆嗟を解く
（「遠遊」11-58）

身体は薬草の栽培に由って、精神は詩を吟ずることに由って、それぞれに癒やされる。「嘆嗟」——胸中にわだかまる嘆きたい事ども、それを解きほぐすために口ずさむ詩とは、明示されていないにしても、自作とみなしてよいだろう。その自作も旧作ではなく、今ここに書き上げつつある自分の詩と考えられる。中国の詩のなかでは一般に、他者の詩を読んで気分が癒やされることは、相手の詩を讃える言葉としてよく見られる。「貴殿の新作を読んで気分が爽快になった」と言うのである。他人の作品は気分を開くに留まらず、病気を治すこともある。たとえば頭痛で寝込んでいた曹操は陳琳の檄文を読むや起き上がり、「此れ我が病を愈《い》（癒）やせり」と言ったという逸話がある（『三国志』魏書・王粲伝附陳琳伝・裴松之注所引『典略』）。しかし本稿では他者の詩文や著作が与える作用ではなく、作者と自作との関係に限定することにする。

自作の詩が憂いを晴らす場合も、創作する行為自体が憂悶の解消をもたらすこともあるが、多いのは胸中にわだかまる鬱屈や憂愁を詩のなかに吐き出す、憂いを「追い遣る」ことによる「消憂」である。それが詩題に明示されている杜甫の作には、「遣愁」（09-35）、「遣憂」（12-73）、「遣悶奉呈厳公二十韻」（14-11）、「遣憤」（14-61）、「解悶十二首」（17-26）、「遣悶戯呈路十九曹長」（18-42）、「戯作俳諧体遣悶二首」（20-51）、「解憂」（22-39）など、多きにのぼる。「遣興」と題する詩も少なくない。04-25、06-36三首、07-11三首、07-16五首、07-17二首、07-18五首など。「遣興」の「興」は詩興、興趣ではなくて、胸に湧き起こる「憂愁の思い」と考えられる。「遣興」（04-25）の注のなかで、汪灝は「遣興」を「愁悶を遣る」と説明している（蕭滌非『杜甫全集校注』所引）。

また詩題には見えなくても、詩中に、

5寛心応是酒　心を寛《ゆる》うするは応に是れ酒なるべく
6遣興莫過詩　興を遣るは詩に過ぐるは莫し
（「惜しむ可し」10-07）

という例もある。ここでの「興」も「心を寛うす」酒と対《つい》にしていることから、外に追い遣りたい思いであろう。

「偶題」（18-01）の最後の二句、

43不敢要佳句　敢えて佳句を要《もと》めず
44愁来賦別離　愁い来たりて別離を賦す

よい句を作ろうなどとは思わない。胸に生じた故郷を離れている悲しみ、それを詩にうたおう。作品の善し悪しにはかまわず、悲愁を吐き出すことができればいい——これも悲しみそのものをうたうことによって、憂愁から解き放たれることをいうようにみえる。もっと積極的に、憂悶の思いを排除しようとして、無理にでも詩を作ろうという句もある。

7故林帰未得　故林　帰ること未だ得ず
8排悶強裁詩　悶を排して強いて詩を裁す
（「江亭」10-04）

ここでも帰郷のかなわぬことからもたらされる悲哀、それを追い遣るためには無理矢理にでも詩を作るほかない。当然その場合は詩の作品としてのできばえはどうでもよい。「佳句を要めず」ということになる。

ここまで挙げてきた憂愁を追い遣るという直接の消憂とは別に、詩を書く時、或いはまた詩を書いたあと、快い気分が生じてそれに浸るということも、杜甫は時々記している。これは胸中に憂いがわだかまっているか否かとは関わりなく、詩を作ること自体が晴れやかな気分をもたらすというのである。たとえば「大歴三年春、白帝城より船を放ち瞿唐峡を出ず。久しく夔府に居り、将に江陵に適《ゆ》かんとし、漂泊して詩有り、凡そ四十韻」(21-31)は、詩題にいうように夔州を離れる時の作であるが、八十四句にのぼるその詩のなかほどに言う、

47労心依憩息　　労心　依りて憩息す
48朗詠劃昭蘇　　朗詠　劃として昭蘇す

張り詰めていた気持ちはこの松滋県に至ってしばし休息。詩を口ずさめば気分はからっと晴れ上がる。穴に籠もっていた虫が外に出て息を吹き返すように——三峡の難所を抜けると長江は一気に拡がり、江陵に至った。詩人は止めていた息を吐くかのように安堵を得る。ここでは危機を脱した喜びがおのずと詩の吟詠を誘い、そうして詩を作ったり誦したりすることよって快い気分が生じる。「朗詠」することは、この時の伸びやかな気分と結びついている。

この詩のように、快活な気分がおのずと詩を詠ずることを誘う例はほかにもある。「長吟」(14-31)は浣花草堂の春をうたう。

1江渚翻鷗戯　　江渚　翻鷗戯れ
2官橋帯柳陰　　官橋　柳陰を帯ぶ
3花飛競渡日　　花は飛ぶ　競渡の日
4草見踏青心　　草には見る　踏青の心
5已撥形骸累　　已に形骸の累を撥《はら》い
6真為爛漫深　　真に爛漫の深きを為す

7賦詩新句穏　賦詩　新句穏かなり
8不覚自長吟　覚えず　自ら長吟す

軽やかに川辺に舞う鷗の動きが「戯れ」ているかに見えるのは、もちろん見る人の気持ちを反映している。（1）が動きのある景であるのに対して、（2）は静止した景。枝を延ばし葉を濃くした柳はその影を橋の上に落とす。（3）・（4）は競渡や踏青といったこの季節の催し事。人々が営む行事と、舞い落ちる花、青く敷き詰める草が調和する。このような春景色に心地よく浸って、この身にまといついていた様々な煩い事など払い除けてしまった（5）。現世の桎梏から自由になった自分は春爛漫の自然物と同化する。「爛漫」は命の力が存分に、豊かに、美しく外に開かれたありさまであり、それは豊饒ゆえに無限定な、混沌としたものでもあるが、周囲の世界に浸るだけでなく観照する詩人にとっては、茫洋とした表面の底に深い哲理を啓示するものとなる（6）。それを詩に読めば、表現もあるがままを静かに受け入れた穏やかなものとなる（7）。春景のなかで生まれた詩を口ずさむことは、外界に同化した杜甫にとっては「覚えず」、自分で意識することもなくおのずとそうしてしまう行為（8）。このように見てくると、単に快活な気分などと言うのを超えた、世界と自分とが融合した、一種の陶酔状態を詩人は感取しているかのようだ。詩と気分が一つに溶け合った作ではある。

気持ちが伸びやかになるという方向をさらに進めて、詩作が高尚な精神に繋がることもある。大暦二年の「帰る」（19-04）は東屯から瀼西へ帰るのか（汪瑗・王嗣奭）、瀼西から東屯へ帰るのか（汪灝）、東西いずれの方向に解するかに説が分かれるが、いずれにせよ夔州の農園から瀼水を渡って居宅へ帰る詩である。その後半四句に言う、

5虚白高人静　虚白　高人静かなり
6喧卑俗累牽　喧卑　俗累に牽かる

7他郷悦遅暮　　他郷　遅暮を悦ぶ（「悦」は宋本に従う。『詳注』は「閲」）
8不敢廃詩篇　　敢えて詩篇を廃せず

虚室に白を生じる高尚な生き方、一方には喧騒にまみれた世俗の暮らし。塵界の実生活から免れることはできなくても、清澄な精神生活への希求もある。異国で過ごす老年の日々を喜びつつ、詩作を捨てはしない。故郷と隔絶した地、しかも老い先短い年になって、なおその暮らしを「悦ぶ」ことができるのは、静謐な高人の境地があればこそであり、高人の境地に入る手立てが詩を作ることであった。

大暦二年（七六七）、夔州での作「解悶十二首」（17-26）其七に、

1陶冶性霊存底物　　性霊を陶冶するは底物《なにもの》か存する
2新詩改罷自長吟　　新詩改め罷みて自《みずか》ら長吟す

というのも、詩作が人の精神を浄化することを語っている。自分の詩に手を入れ、それを口ずさむ行為は、煩悶を排除して高尚な境地をもたらしてくれる。

ここまで詩作によって憂愁を排除したり、或いはまた詩作から快活な気分や高尚な境地が得られるという詩句を見てきたが、逆の場合もある。すなわち詩作によって却って胸が塞ぐという例である。広徳二年（七六四）、成都で迎えた冬至の翌日に作られた「至後」（14-23）に言う、

7愁極本憑詩遣興　　愁い極まれば　本より詩に憑《よ》りて興を遣る
8詩成吟咏転凄涼　　詩成りて吟咏すれば転《うた》た凄涼たり

憂愁が頂点に達したら詩に頼って思いを晴らしたものだった。ところが今は詩ができて声に出して読んでみると、胸中にはいっそう寂寥がこみ上げてくる——「消憂」どころか「増憂」になってしまうのである。この二句は言葉と感情との関わりについて注目すべき見方を提示している。『尚書』舜典、「毛詩大序」など先秦から「詩は志を言う」、拡げて解釈すれば、言葉は内面の感情や思念を言語化することによって外に出す、可視化するものとされた。その場合、感情は言葉にあらわすことによってかたちを与えられ、内面が整理され、もやもやとした思いも解決されることになる。ところが「至後」の句は「詩」によって「愁」を外に「遣」ったはずなのに、胸中にはいよいよ「凄涼」たる思いが渦を巻くというのである。言語化は愁いの解消どころか、さらなる煩悶を生む。杜甫にとって言語表現は単に内面の吐瀉ではなく、新たな思いを生み出すものでもあった。以前、『中国の詩学』第十三章「詩と感情」において、「文生於情」「情生於文」という逆方向の働きについて述べたことがあったが、書き上げた詩を吟詠するとさらなる愁いが生じるというこの詩句もまた「文　情より生ず」（文←情）とは逆の、「情　文より生ず」（情←文）の一例に数えることができる。

詩作と感情の関係について、やや複雑な事情を語る例もある。大暦四年、潭州刺史・韋之晋の死を悼んだ作である。

31 老来多涕涙　　老来　涕涙多し
32 情在強詩篇　　情在り　詩篇を強《し》う

（「韋大夫之晋を哭す」22-61）

人の死に際して悲哀の情が生じ、情がそのまま詩作に向かうという単純なプロセスとは異なる。悲哀の過多は詩作を困難にする。しかし悲哀の感情が確かに存在しているために、無理をして詩作に向かわざるを得ない。感情は詩作を阻むものとして作用するのだが、阻むと同時に詩を作らせる力もまた感情から発する。ここでは詩と感情の関係が絡み合っていて、どちらの方向であれ、矢印一本では説明できない。

二　詩と官

当然のことながら、杜甫は官に就き、為政に直接携わることを願った。願ったというより、それはあまりにも自明の当為であった。士大夫一般が政治への参与を目指すにしても、彼の場合はとりわけ強く、重い責務として精神の深い所に根を下ろしていたように思われる。杜甫の政治的な抱負を語った詩句としてよく抜き出される「君を堯舜の上に致し、再び風俗をして淳からしめん（「韋左丞丈に贈り奉る二十二韻」01-33）は、官を得る前の、官を求めて焦慮している時期において、それよりさらに若い、挫折を知らない少年時代を回想して語ったもので、これをただちに彼の生涯を通じた抱負とみなすことはできない。時間を隔てて自分を顧みているために、若い日の意図と食い違った現在の自分のふがいなさ、無邪気だった自分に対する憐れみと多少の蔑みや揶揄など、さまざまな思いが入り交じっている。とはいえ、これほど無邪気に公言しないまでも、人生の最後まで朝廷での官を希求し続けたことは確かだ。十年に近い求官運動を経て、杜甫はようやく官を得、ほどなく官を棄て、都から離れて行くうちに蜀で節度使厳武の力で幕下に取り立てられるなどしながら老いていくのだが、官への執念は最後の南方放浪期にもまだ見られる。たとえば晩年のよく知られた詩「江漢」（23-11）の末二句、

7古来存老馬　古来　老馬を存するは
8不必取長途　必ずしも長途を取らず

老馬にだって使い道はある、と結ぶのは、この時点においてもなお官に復帰する思いを秘めているのではないだろうか。

最後まで官を希求し続けたにしても、その実現が困難であることもわかっていた。官が得られないとしたら、自分の人生には何が可能か。一般には官に対峙する選択肢は隠である。仕官か隠逸か、中国の士大夫は両者の間で精神の振り子が揺れるのが常であった。しかし杜甫の場合、仕隠の対を口に出すこともないではないが、特徴的なのは官人として生きることのカウンターパートとして、詩人として生きることが立てられることである。仕官か隠逸かという二項対立ではなく、官人か詩人かに迷う。そこに杜甫にとっての詩の重さがわかる。杜甫が真正の詩人であったことがわかるのである。

杜甫の詩のなかでも最もよく知られた作の一つである「旅夜書懐」（14-50）の第三聯は、詩人としての生き方と官人としての生き方を対に立てる。

5名豈文章著　　名は豈に文章にて著われんや
6官応老病休　　官は応に老病にて休《や》むべし

この聯の検討に入る前に、一句の冒頭に置かれた「名」について、杜甫はほかの詩でどのように語っているか、見てみよう。「乾元中　同谷県に寓居する歌七首」（08-37）其七に言う、

1男児生不成名身已老　　男児生まれて名を成さず　身已に老ゆ
2三年飢走荒山道　　三年　飢走す　荒山の道

男子として生まれたからには「名を成」さねばならない――これは杜甫に限ったことではなく、士大夫誰しもの思いであるが、杜甫の場合は杜陵の杜氏に連なるという矜持、にもかかわらず現在の没落、この両者が入り交じることで双方をより尖鋭に意識したに違いない。身近なところでは祖父杜審言の存在もあった。「名を成す」べき責務は杜

甫に重くのしかかっていたはずである。

一方でまた、名に囚われることから離れたい、名への執着は無意味と言うこともある。浣花草堂に暮らした時期の「水檻遣心二首」(10-15) 其二に言う、

5 不堪秖老病　　秖だ老病なるに堪えず
6 何得尚浮名　　何ぞ浮名を尚ぶを得ん

自分にとって堪えがたいのはただに老いと老いに伴う病い。それに比べたら、世間での名声などどうでもいい——心身をさいなまれている渦中にあっては、実態のないものへの希求など消滅する。

この句で「浮名」というように、名を価値のないものと見なす時には、しばしば「浮名」と称される。「浮名」は早くは謝霊運「初めて郡を去る」(『文選』巻二六)に「伊《こ》れ余　微尚を秉り、拙訥にして浮名を謝す」と見える。その李善注が引く『礼記』表記には「恥名之浮於行也」、鄭玄の注が「上に在るを浮と曰う」というのに従えば「名の行に浮《す》ぐるを恥ず」と読むのだろうが、「浮」にはやはり浮薄、軽佻、実態がなく軽いものといった含意が伴うかに思われる。

杜甫は「曲江二首」(06-09) 其一でも「浮名」の語を用いる。

7 細推物理須行楽　　細やかに物理を推せば須《すべから》く行楽すべし
8 何用浮名絆此身　　何ぞ浮名もて此の身を絆ぐを用いん

名への執着はある。しかし何もかも無意味なこの世にあっては、実態のない名のために自分を縛り付けたりする必要はない。珍しくデスペレートな気分に支配されたこの詩では、消極的ながら春の今この時を享受しようという方向

へ向かうのだが、その際に心に懸かりつつそれを否定するのが「名」への希求であった。左拾遺であった当時、脳裡を占めていた具体的な懊悩は官界に生き続けか否かという迷いだっただろう。

「名」は自分に対する世間の評価を測るものである。右に見た「乾元中……」、「水檻遣心」其二、「曲江」其一における「名」、評判や名声を高めるそれは官界における活躍・昇進など社会的な活動に対する評価と考えられ、官人として評価を求める思いは、士大夫一般とさして変わりはない。しかしそれとは別に、杜甫には文学における名声・評価に限定してそれを意識する場合がある。「客有り」（09-26。詩題は宋本による。「賓至る」09-27と入れ替えるテクストもある）は、上元元年（七六二）、成都・浣花草堂での作だが、幽棲のなかにも客人の来訪があったことを述べて、

3 豈有文章驚海内　豈に文章の海内を驚かす有らんや
4 漫労車馬駐江干　漫りに車馬の江干に駐まるを労す

世間を驚かすほどの文学がわたしにあるわけでもないのに、わざわざ偏僻な川辺の地まで尋ねてきてくださった——おそらくは杜甫の詩名を聞いて足を運んだ客人がいたのだろう。杜甫は謙遜して語っているにしても、実際に当時の詩名は「海内を驚かす」ほどのものではなく、狭い範囲に限定されていたに違いない。しかしここで文学によって世の中の驚かせる、詩名が天下に轟く、そんな思いが杜甫の脳裡に動いていたこともわかる。徳を備えた人となりとか、官人としての業績とかによる名声でなく、文学によって得られる名声が意識されているのである。本稿の冒頭に記したように、中国の士大夫誰もが詩作に携わるとはいえ、杜甫にはやはり詩を自分ならではの業とする、詩人としての特別の思いがあったと受け止めてよいと思う。

そして「旅夜書懐」の一聯に戻ろう。「名」が「文章に著わる」の句について旧注は『漢書』揚雄伝の賛を引く。「実に古を好みて道を楽しみ、其の意は文章の名を後世に成すを求めんと欲す」。賛はそれに続けて、『太玄』・『法言』

『訓纂』等々の著述をものしたと記す。従って揚雄伝賛の「文章」は狭義の文学に限定されたものではなく、経学も含めた広い著述を表す。「名を後世に成す」はのちに曹丕『典論』論文（『文選』巻五二）が文学にたずさわる動機として、文学による名は「時有りて尽く」年寿を乗り越える、文学の「無窮」を掲げたのに繋がる。ただ揚雄や曹丕は死を越えて己れの存在をのこすための「文章」であったが、杜甫の「文章に著わる」べき名は、直接には今、生きている時間に世に知られることが中心だろう。

「旅夜書懐」の二句には様々な解釈が投じられている。理解が多岐にわたるのは、杜甫の思考が一般の型に随っていないからだ。この聯が文学と仕官を対にしていることは明らかである。つまり詩人として生きるか、官人として生きるかの対立する問いを基にしている。詩人のほうは、獲得される結果は「名」である。官人のほうは明言されていないが、士人としての義務の達成及び生計の保証、さらにはそこにも名声も含まれる。解釈の一は、「名豈文章著」を「名声は文学などによって得られても無意味だ」と読むもので、その場合、名は士人として、官人として功を立てることによって得るべきであることが前提となる。解釈の二は「名声は文学において得られるだろうか」。その場合、下の句の官人としてはもはや先はないというのが前提となる。官に就くには年を取りすぎたわたし、ならば詩人として世に名を知らしめることは可能だろうか。

わたしは第二の解釈の方向で、しかも「豈」を否定に近い疑問として読みたいと思う。「文学においてひとかどの詩人になれるだろうか。官界においてはもはや病み且つ老いて退かねばならないわたしが」。官人としての将来を断念せざるをえない杜甫は、詩人としても希望をもてない。そんな悲観の思いを吐露していると理解したい。

しかし実は二句をどのように受け取るにせよ、ここで明らかになるのは、杜甫は官人か詩人かという二つの生き方を自分にとって切実な選択肢として捉えていたことだ。とはいえそれは対等ではない。杜甫にとっては官人こそが本来の自分の生きるべき道と考えていたに違いない。官人としての望みが絶たれた時に、やむなく選ぶのが文学だったのだろうと思う。

一方で杜甫は自分の文学に対して揺るぎない自負をいだいていたことも確かである。「文章」について語る先の句が「名」は「著われんや」、つまり世間的に著名になるか否かを問うていることに注意したい。しょせんそれは人びとの間における知名度に過ぎない。それとは別に、杜甫には自分が詩人として未曾有の地にまで達しているという自覚があったに違いない。それは未曾有であるがゆえに現世では理解されないという諦観を伴う。杜甫の文学の唯一の理解者は杜甫であって、同時代の人々に理解され、歓迎されるものではなかった。死の前年（大暦四年）に至っても杜甫は嘆く。

7百年歌自苦　百年　歌いて自ら苦しむも
8未見有知音　未だ知音有るを見ず

「南征」（22-30）

――一生、詩作に苦労してきたが、今になってもまだわたしの詩を理解してくれる人はいない。杜甫の生前に限らない。千三百年を経た今日でさえ我々はどれほど理解しえていることか。理解者のいないことは詩人としての誉れであるとはいえ、杜甫自身は「名の著われんこと」を願った。官人としての可能性のなくなった今、詩人としての存在意義を求めるほかない。しかしそれは少なくとも今の世では空しい希求でしかない。杜甫の絶望は深まるばかりである。

三　詩と外物

詩人の周囲に拡がる外界、外界を構成する個々の外物、詩は人の内面とともに、外界・外物も言葉にして写し取る。杜甫は外物と詩との関係についてどのように語っているか。

大暦二年（七六七）、夔州における作、「秋日夔府詠懐　鄭監審・李賓客之芳に寄せ奉る一百韻」（19-39）は、初めの十句に夔州の地まで流れてきた身生を乾いた筆致で記し、続く十八句で夔州の景物を描く。景物の描写に入る前に次の二句が置かれている。

11 登臨多物色　　登臨すれば物色多く
12 陶冶頼詩篇　　陶冶するは詩篇に頼る

「登臨」は『楚辞』九弁の「憭慄として遠き行《たび》に在るが若く、山に登り水に臨みて将に帰らんとするを送る」の「登山臨水」に由来し、のちには風景を眺める意味に固定して用いられる。夔州は長江の左岸にほとんど平地もなく切り立った斜面を市街地とし、市街地がそのまま山に連なる地形であった。上に山を戴き、下に長江が流れる夔州の景観はまさに「登臨」というにふさわしい。

その山水には「物色多し」――心を惹かれる景物に富む。『文心雕龍』五十篇の一つに「物色」篇が立てられ、『文選』賦の部類の一つに「物色」（巻一三。収められた作品は「風の賦」「秋興の賦」「雪の賦」「月の賦」）があるように、「物色」とは世界に存在する外界の事物、それらの「色」すなわち視覚的に捉えられる様相であり、雑多に存在する事物のなかでも人にとって意味のある、詩や賦が描く対象となりうるものをいう。

夔州の地形は農耕など生活には不便であったし、気候も極端な暑さと多雨など、住みにくさは杜甫の詩にたびたび語られているが、自然を賞翫する点からいえば、目を惹かれる景物に富む地でもあった。それが「物色多し」である。

しかし周囲に拡がる自然、それはそこに存在はしていても、それだけでは単なる物でしかない。「陶冶するは詩篇に頼る」――「詩」に表現されることによって、自然の景物は賞翫に値する対象物となる。外物を人にとって意味あるものに変える行為、ここでは言葉を用いて詩に仕立てる行為、それを「陶冶」と称している。「陶冶」とは本来は原料を化工して人の用途に合った物を作り出すことで、原料が土の場合は「陶」、金属の場合が「冶」と言われる。それを比喩的に転用して人間の性格や人柄をよい方向に育てる意味で使うことが多い。先に挙げた「解悶十二首」(17-26)其七における「陶冶」は人格を陶冶する意味に近く、詩作によって精神を浄化する意味と解したが（一二六頁）、ここに言う「陶冶」はそれとは異なり、外物を人の手によって人に意味ある物に加工することである。

これは自然の景物と詩の関係について、はなはだ重要な発言であると思う。外物は人間の周囲に存在しているだけでは美の対象とならない。人が「陶冶」の働きを加えることによって始めて美的対象となる。美的対象と言ってしまっては意味を狭めることになる畏れがあるが、美しさもその一部をなす、人の心を惹き付け、人に様々な作用を及ぼす物に変える。外界を人びとにとって意味ある物に作り変える働きをするのが「陶冶」であり、「陶冶」するのが「詩」なのだ。とすると、詩を作ることは、造化の働きの一端を担うことになる。造物主の手によって創り上げられた外物、それをさらに詩人が詩に表現することによって、外物は賞玩に値する物に化す。

外物を「陶冶」する「詩篇」を作るのは、杜甫自身であるのだから、この句をさらに推し進めれば、自分は外物を「陶冶」する仕事にたずさわる詩人であるという自覚、或いはまた詩人としての責務を帯びているという自負、そうした意識まで含んでいるかも知れない。

「小園」(20-37)も右の詩と同じく大暦二年、夔州の作であるが、五言律詩の最後の聯に言う、

7 問俗営寒事　　俗に問いて寒事を営み
8 将詩待物華　　詩を将《もっ》て物華を待たん

土地の人たちに尋ねて冬支度をする。「小園」という瀼西の農園を詩題とするこの詩では、主に農作業に関わる冬の準備を教えてもらうということだろう。そして冬のあとに来る春の「物華」、ここでも「詩」によって春景を写し

取ることを楽しみにする。春の外物の華やぎは、「詩」によって表現されるべきものなのだ。ここでは詩人の使命といった重みはなく、春の到来を楽しみにする思いを春を詩にうたう楽しみとともに語る。

「岳麓山・道林の二寺の行《うた》」（22-58）は、夔州を離れてのち、長沙付近の岳麓寺・道林寺を詠じた詩であるが、終わりの十句を引けば、以下のとおり。

23昔遭衰世皆晦迹　　昔　衰世に遭いて皆な迹を晦《くら》ます
24今幸楽国養微軀　　今　幸いに楽国に微軀を養う
25依止老宿亦未晩　　老宿に依止するも亦た未だ晩からず
26富貴功名焉足図　　富貴　功名　焉くんぞ図るに足らん
27久為謝客尋幽慣　　久しく謝客（謝霊運）を為《ま》ねて幽を尋ぬるに慣《な》れ
28細学何顒免興孤　　細やかに何顒（周顒）を学びて興の孤なるを免る
29一重一掩吾肺腑　　一重一掩　吾が肺腑
30山鳥山花共友于　　山鳥　山花　共に友于
31宋公放逐曾題壁　　宋公（宋之問）放逐されて曾て壁に題す
32物色分留与老夫　　物色　分留せられて老夫に与う

この段の大意を記せば――昔は乱世を逃げた人はみな人里遠く姿をくらましたが、今わたしは幸いにも楽園に身を養っている。老僧に身をあずけるのも遅くはない。富貴だの功名だのどうでもよい。謝霊運さながら奇勝探索に明け暮れ、周顒《しゅうぎょう》のように仏道を学ぶ身には寂しさを覚えることはない（原文の「何顒」は「周顒」の誤りとされる）。なぜなら重なったり掩ったりの山の姿はわたしの身内のように親しい存在であるし、山の鳥も山の花もみなわたしの兄弟なのだから。宋之問は都から追われてこの寺の壁に詩を題したことがあった。彼が書き残した景物はわたしのためにとって置かれている。

寺院の周囲に広がる山の姿、そこに集う鳥や花、杜甫はそうした外物に親しみを覚える。宋之問は欽州に流謫される前後、この地を経過したのだろう、その詩は今の文集に確かめられないが、当時の寺の壁には書きつけられていたようだ。宋之問が景物を詩に写し取った余地、自分にのこされたそれを書こう。宋本には32句の「与」に「一に待に作る」の注がある。ならば「物色　分留せられて老夫を待つ」。この方がいっそう詩人としての役割を自覚していることがはっきりする。いずれにせよ、ここには宋之問―杜甫という詩人の系譜を意識していることが明らかであり、詩人の系譜に連なる自分には詩人としての使命を負っていることも自覚しているかにみえる。詩人としての使命とは、外物に的確な表現を与えることにほかならない。

外物の「陶冶」を責務として自覚する杜甫は、外物を余すところなく表現しようとする。

11詩尽人間興　　詩　人間《じんかん》の興を尽くせば
12兼須入海求　　兼ねて須く海に入りて求むべし
（「西閣二首」其二　17-15b）

人間世界の興趣をのこらず書き尽くしてしまったら、さらに海へ入ってまで書くべきものを求めよう――海は世界の果て、人の世界の外側に拡がる無限定の空間である。人間の認識を超えた世界まで、表現し尽くしたい。

しかしすべてを表現することはできない。表現の先には不可知の世界が連続している。「彭州の高三十五使君適・虢州の岑二十七長史参に寄す三十韻」（08-18）は、詩題に言うように高適・岑参に寄せた詩であり、直接には二人の詩作を讃えているのだが、そこに杜甫自身の詩観を語っている。

11意愜関飛動　　意愜《かな》いて飛動に関し
12篇終接混茫　　篇終りて混茫に接す

「意愜《かな》う」は表現者の意（主体）と表現したい対象（客体）とがぴたりと一致することと解する。一つに溶け合うから、主体と客体の差異が消える。それは「飛動」、世界そのものが内蔵する鼓動が関与して、それとともに動く。これは表現の極地といったものだろうか。自他の区別が消失し、宇宙に充満する生命のリズムと一体になる。このようにして一篇の詩が書き上げられると、その先には無限定の、不可知の世界が続いている。表現できるのは認識可能な世界であり、世界はさらに人には踏み込めない混沌が拡がっている。「混茫」という語を杜甫は瞿塘峡のなかの巨岩灩澦堆をうたった詩でも用いている。

5天意存傾覆　　天意　傾覆に存す
6神功接混茫　　神功　混茫に接す

（「灩澦堆」15-14）

造物主は舟の転覆を恐れてこの岩を設けた。人の力を超えた仕事は人にとって茫漠とした不可知の領域に繋がっている。すぐれた詩の表現もそれと同じように、人の認識できない世界に連なっている。言い換えれば、認識が可能な、表現が可能な限界にまで詩人は表現をする。しかしそれが世界のすべてではない。世界はその先にまだ人が踏み込めない領域がある。

四　詩と神

詩作には詩人の知的操作を超えた働きが関与することがある。人を超えた力は「神」と呼ばれる。求官中の作「韋左丞丈に贈り奉る二十二韻」（01-33）に、

7 読書破万巻　　書を読みては万巻を破り
8 下筆如有神　　筆を下せば神有るが如し

という例はよく知られている。この句も少年の日の才気をあとから振り返ったにすぎない。であるにせよ、自分の与り知らない力に動かされて詩筆を運んだと言うことは確かである。

次の「神助」は神がどのように作用を及ぼすのか。

3 詩応有神助　　詩は応に神助有るべし
4 吾得及春遊　　吾は春遊に及ぶを得たり　　「修覚寺に遊ぶ　前遊」（09-60）

蜀滞在中の上元二年（七六一）、新津県の修覚寺を詠じた詩の前篇である。ここでの「神助」は直接には自分が春の時節に間に合ったことを指すもので、神が詩作を手伝う、詩そのものに神が関与することではない。しかし自分に春の景物を書かせるために、自分が春の景観に間に合うように神が差配したとすれば、間接的に神が詩作を助けたことにはなる。「神助」という語は南朝宋・謝霊運の「此の語には神助有り、吾が語に非ざるなり」（『南史』謝恵連伝）から発する語であるから、詩作に自分を超えた存在が力を貸したことに結び付く（「神助」については『中国の詩学』第二十一章「人生の詩・霊感の詩」を参照。またその「6節　杜甫の「神助」「有神」」と重なるところがある）。

しかし詩に関して「神」を持ち出すのは、他者の詩を褒める場合が多い。諫議大夫の鄭某の詩を讃えて、

5 思飄雲物外　思いは飄《ひるがえ》る　雲物の外
6 律中鬼神驚　律　中《あた》りて鬼神驚く　（「敬んで鄭諫議に贈る十韻」02-10）

張彪なる者の詩を讃えて、

15 草書何太古　草書　何ぞ太だ古なる
16 詩興不無神　詩興　神無くんばあらず　（「張十二山人彪に寄す三十韻」08-20）

李璡の詩を讃えて、

41 揮翰綺繡揚　翰を揮えば綺繡揚がり
42 篇什若有神　篇什　神有るが若し　（「八哀詩・贈太子太師汝陽郡王璡」16-02d）

などなど、人智を越えているというかたちで相手の詩を褒め称えている。

「韋左相に上る二十韻」（03-25）は韋見素の愛顧に対して感謝を捧げた詩であるが、そこにも「神有り」の語が見える。

37 感激時将晩　感激　時　将に晩れんとす
38 蒼茫興有神　蒼茫　興　神有り
39 為公歌此曲　公の為に此の曲を歌う
40 涕涙在衣巾　涕涙　衣巾に在り

温情に心震える夕暮れ、薄暮の迫るなかに湧き起こる思いは神が乗り移ったかのよう。あなたのためにこの歌を唱えば、歓びの涙に服が濡れます――ここでは直接には感激した心情について「神有り」と言うかに見えるが、その思いから生まれた詩がこの作ではある。「蒼茫」という「混茫」に近い語が置かれている所にも、「神有り」と「蒼茫」「混茫」の理知を越えた状態とが結びつくことがわかる。

自分の詩作については、五律「独酌して詩を成す」(05-18)の前半四句に、詩を書き上げてみると、まるで神憑《がか》ったかのようだという。

1 燈花何太喜　　燈花　何ぞ太《はなは》だ喜べる
2 酒緑正相親　　酒緑にして正に相い親しむ
3 酔裏従為客　　酔裏　客と為るに従《まか》す
4 詩成覚有神　　詩成って神有るを覚ゆ

この詩は鄜州に置いた家族のもとへ赴く途上の作で、律詩の後半四句は戦乱の続く身世を嘆く言葉が続くのだが、前半は家に向かう朗らかな気分が横溢し、「詩成って神有るを覚ゆ」もその快心の状態が作用しているように見える。

*

貪欲な表現者である杜甫は、この世に存在するありとあらゆる物象を詩に表現したいと欲する。しかし同時にまた表現には限界があり、その先には人の知覚や認識を越えた茫漠たる世界が接続していることも知っている。人間には不可知の領域があると認識することは、杜甫の詩に奥深さを与えているように思う。

杜甫は詩一般、また詩の歴史について、さらには自分の詩作について、はなはだ饒舌に語っている。それは彼の詩観を知るためのみならず、作品を理解するためにも、資する所がある。本稿は主に自分の詩に関する言説を取り上げたに過ぎない。ここに挙げた以外の杜甫の詩論、さらには直接詩を語ってはいない詩句のなかに、彼の詩についての考えを探ることが、今後は求められる。

補：杜甫の詩題の後に添えた算用数字は、仇兆鰲『杜詩詳注』における巻数と巻のなかの詩の順番を示す。

韓愈「送孟東野序」の「鳴」と受動の文学論

鈴木　達明

はじめに

韓愈の「送孟東野序」（孟東野を送る序）」（以下「本序」と呼称）は、いわゆる「不平」の文学論の見えるテキストとして、中国文学批評史上に重要な位置を占めている。同時に、韓愈の散文の代表として、『文苑英華』巻七三〇や楼昉『崇古文訣』巻九、謝枋得『文章軌範』巻七など宋代の選集にも採録され、早くから古文の模範作としての評価を得た作品でもある。それらの文章評論において最も注目を集めてきたのは、「鳴」字の使用法であった。例えば、『文章軌範』の評には次のようにいう（『四庫全書』本、八丁裏）。

此篇凡六百二十余字、鳴字四十、読者不覚其繁、何也。句法変化凡二十九様、有頓挫、有升降、有起伏、有抑揚、如層峰畳巒、如驚濤怒浪、無一句懈怠、無一字塵埃、愈読愈可喜。

この篇は六二〇字あまり、そのうち鳴字が四〇あるが、読者はうるさいと感じないのはなぜか。句法の変化が二十九様にわたり、頓挫、升降、起伏、抑揚があり、山脈が嶺々を重ねるよう、荒れ狂う波濤のようで、一句も気の抜けたものがなく、一字も無価値なものがなく、読めば読むほど心地よいからである。

一方、文学論としての議論の中心は「不平」の内容やその作用に置かれ、「不平則鳴」がその標語となってはいても、「鳴」の方について、修辞以外の面が論じられることは極めて少ないように思われる。本稿は、本序の「鳴」字に注目し、そこに「受動の文学論」とも呼ぶべき、もう一つの重要な主張が存在することを指摘する。その上で、「鳴」の使用法と受動の文学論との関わりから、韓愈の『荘子』受容について考察するものである。

一　「送孟東野序」の分析

最初に、本序における韓愈の主張を確認しておこう。文集の巻一九に収録されるこの序は、溧陽県尉に就き任地に向かう孟郊に贈ったものであり、孟郊の任官の年である貞元十七年（八〇一）から十九年までの間に作られたと考えられている。(1) 以下、全体を大きく三段に分け、論述の都合に合わせて、（1）～（7）に分節し番号を加える。（6）後半の「善鳴者」の列挙は省略した。

（1）大凡物不得其平則鳴。草木之無声、風撓之鳴。水之無声、風蕩之鳴。其躍也或激之、其趨也或梗之、其沸也或炙之。金石之無声、或撃之鳴。（2）人之於言也亦然。有不得已者而后言。其謳也有思、其哭也有懐。凡出乎口而為声者、其皆有弗平者乎。

（1）たいてい物はその平衡状態を得ていないと鳴る。草木には音がないが、風がそれをたわめると鳴る。水には音がないが、風がそれを動かすと鳴る。水の躍り上がるのはそれをぶつけるものがいるからである。急に流れるのはそれを塞ぐものがいるからである。沸騰するのはそれを熱するものがいるからである。金属や石も音がないが、それを撃つものがいると鳴る。（2）人が言葉に対することもまた同じである。どうしてもしなければならなくなってはじめて言葉が出る。それが歌うのには（その原因として）思うものがあり、哭泣するのには慕うものがある。およそ口から出て音声となるものには、全て平らかでないものがあるのだろう。

（1）の冒頭の一句は「不平」の文学のキーフレーズとして著名であるが、本稿では、その後に続く記述に注目したい。そこでは、「物」がもともとは音を出さず、他者の作用を受けて始めて音を出すという、いわば「鳴る」ことの受動性が、「草木之無声」「水之無声」「金石之無声」とくり返し述べられている。続く（2）でも、人が「思」「懐」における「已むを得ざる者」すなわち自ら制御できない「不平」によって、「歌」や「哭」などの「声」を発出させることが語られる。「人之於言也亦然」というのは、原動力としての「不平」だけではなく、動機における受動性をも含めていうものと言える。

（3）楽也者、鬱於中而泄於外者也。択其善鳴者而仮之鳴。金・石・絲・竹・匏・土・革・木八者、物之善鳴者也。（4）維天之於時也亦然。択其善鳴者而仮之鳴。是故以鳥鳴春、以雷鳴夏、以虫鳴秋、以風鳴冬。四時之相推敓、其必有不得其平者乎。（5）其於人也亦然。人声之精者為言、文辞之於言、又其精也、尤択其善鳴者而仮之鳴。（6）其在唐虞、咎陶・禹其善鳴者也、而仮以鳴。（下略）

（3）音楽とは、心の中で鬱積したものが外へ漏れ出たものである。良く鳴るものを選んでそれに借りて鳴る。金属、石、糸、竹、ひさご、土、革、木の八種は、物の良く鳴るものである。（4）そもそも天が時節に対することもまた同じである。その良く鳴るものを選んでそれに借りて鳴る。そのために鳥によって春に鳴り、雷によって夏に鳴り、虫によって秋に鳴り、風によって冬に鳴る。四季が押しあい奪いあってゆくのには、平衡状態を得られないものがきっとあるに違いない。（5）天の人に対することもまた同じである。人の声の精粋が言葉であり、言葉においては、文学表現が更にその精粋である。良く鳴るものを特に選んで、それに借りて鳴る。（6）堯舜の時代にあっては、咎陶と禹が良く鳴るものであって、それに借りて鳴った。（下略）

（3）でやや話題を変え、音楽について、「善鳴者」を選びそれを借りて鳴るという、「鳴る」方法が新たに示される。（4）では再び話を戻して（2）の「人之於言也亦然」と同じ言い方で、「時」（時節）に対する「天」のはたらきが示され、（3）での「鳴る」方法とも接続される。「天」が「時」すなわち春夏秋冬に対して、「善鳴者」を選び、音を鳴らせる。「四時之相推敓」という四季の交代にはたらく「不平」の作用が、「鳴る」ことの原動力となっている。（5）の「其於人也亦然」の「其」字が指すのもやはり「天」に他ならないだろう。「天」が「人」に対してその「善鳴者」を選び、「不平」によって音を鳴らせる。その具体例が時代を追って連ねられるのが（6）である。省略部分の中で、「孔子之徒」について「伝曰、天将以夫子為木鐸、其弗信矣乎（伝に、天は夫子を木鐸にしようとしているというのは、その通りではないか）」といい、また魏晋時期における文学の低調について「将天醜其徳、莫之顧邪（まさか天がその時代の徳の薄さを憎んで、目を掛けることがなかったのか）」というのは、「善鳴者」達を鳴らしているのが天であることの明証である。

（7）其存而在下者、孟郊東野、始以其詩鳴。其高出魏晋、不懈而及於古、其他浸淫乎漢氏矣。従吾遊者、李翺・張籍其尤也。三子者之鳴信善矣。抑不知天将和其声而使鳴国家之盛邪、抑将窮餓其身、思愁其心腸而使自鳴其不幸邪。三子者之命、則懸乎天矣。其在上也奚以喜、其在下也奚以悲。東野之役於江南也、有若不釈然者、故吾道其命於天者以解之。

（7）今に生きて下位にあるものでは、孟郊が、まずその詩によって鳴った。その水準は魏・晋をはるかに越え出て、たゆまず努力して古にまで及んでおり、その他の人もじわじわと漢代にまで迫っている。私とつきあう者では、李翺と張籍が最も優れたものである。この三氏の鳴ることはまことに良い。いったい天はその彼らの言葉を和らげて国家の繁栄を鳴らせようとしているのか、それとも彼らの身を飢餓困窮させ、その心を憂い悲しませて、自らの不幸を鳴らせようとしているのか。三氏の命運は天に委ねられている。上の地位にあっても何を喜ぼう、下の地位にあっても何を悲しもう。孟東野が江南に赴任するにあたっては、釈然としないものがあるようなので、私はその命運が天に命じられたものであることを言って、それを解きほぐすのである。

「善鳴者」の列挙の末尾に孟郊・李翺・張籍をあげた上で、孟郊への慰めが語られる。ここには、孟郊への慰めの論理が示される。すなわち、「三子者之命、則懸乎天矣」といい、「吾道其命於天者以解之」というように、孟郊の不遇は天の命によるものであり、彼自身の能力や徳の不十分さによるものではない、孟郊に責任はないということで慰めとしていることを確認しておきたい(2)。

右の分析から、本序の主張は以下の三点に整理することができる。

(A)他者(天)により鳴らされるという動機における受動性。
(B)物は平衡状態を失って鳴るという原動力としての「不平」。
(C)「善鳴者」を選びそれに借りて鳴るという発現方法。

これらは「鳴る」プロセスの各段階に当たり、相互に対立するものではない。「はじめに」に述べたように、これまでの文学論に関する議論は、このうち(B)の「不平」概念に集中していた。これについて、伊﨑孝幸の整理によれば(3)、旧来主流であった、「不平」を不平不満の意に取る発憤著書説に対して、銭鍾書「詩可以怨」での指摘以来「不平」を不平不満のみならず歓楽も含むとする両義説が有力となっている(以上の用語も伊﨑論文による)。本稿でも「不平」の概念については、広く平衡状態を失う意として捉えている。

それに対し（A）の受動性については、一部の論者を除き注意されてこなかった。(4) しかしながら、（7）で確認した孟郊への慰めの論理に直結するのは、天によって人間が否応なく鳴らされることを創作の動機とする、（A）の受動性である。本序の目的に照らして言えば、韓愈の主張の重点はこの受動性にこそあったと言うべきである。

本稿では、（A）に基づき、文学創作を「天によって人が鳴らされる」ものとして捉える考え方を、「受動の文学論」と呼ぶ。

二　韓愈における「鳴」と受動性

文学創作の動機における受動性を「鳴」を用いて表現する例は、韓愈の他の詩文には見えるだろうか。以下、二つの例を取りあげる。

一つ目は「上賈滑州書（賈滑州に上る書）」（外集巻二　貞元六年（七九五））である。二十三歳という若年の作で、滑州刺史・義成軍節度使の賈耽に自らを売り込む内容である。その中で韓愈は、これまで自分が書きためてきた文章を手土産として献上する意図を次のように説明する。

豊山上有鐘焉、人所不可至。霜既降、則鏗然鳴。蓋気之感、非自鳴也。……伏惟閣下昭融古之典義、含和発英、作唐徳元、簡棄詭説、保任皇極。是宜小子刻心悚慕、又焉得不感而鳴哉。

豊山の上には鐘があり、人がたどり着くことはできません。霜が降ると、ゴーンと鳴ります。霜を降らした気が感応したもので、自分で鳴ったわけではないでしょう。……伏して思いますに、閣下は古の経典に通じておられ、和順の徳を内に含み精華を現され、唐代きっての大徳となり、でたらめの説は打ち捨て、治国の準則を支え保たれています。これはまことに私めが心に刻み畏れ慕うべきことであり、どうして感じて鳴らぬわけにまいりましょうか。

豊山の鐘の故事を用いて、自分が「鳴る」のは賈耽の引き立てによるものであることを強調する。この故事は、『山海経』中山経の記事に基づくが[5]、「鳴」によって受動性を語ろうとする態度が若年時に見られることに注意したい。

もう一つは、「調張籍」詩（巻五　元和十一年（八一六））である。

調張籍（張籍を調《あざけ》る）

17惟此両夫子　惟れ此の両夫子
18家居率荒涼　家居　率ね荒涼たり
19帝欲長吟哦　帝　長く吟哦せしめんと欲し
20故遣起且僵　故《ことさ》らに起ちて且つ僵れしむ
21翦翎送籠中　翎《はね》を翦《き》りて籠中に送り
22使看百鳥翔　百鳥の翔けるを看しむ

「両夫子」は李白と杜甫を指し、天帝が二人に長く詩を作らせるために、「起且僵」という起伏に富んだ人生を与えたという（「僵」のみでないことは注意すべきだろう）。20句や22句の「遣」「使」を用いる句型からも、天帝によって与えられた作用であることが明示されている。本詩では「鳴」字は用いられないが、21・22句における鳥の喩えを広げて読むならば、「吟哦（詩を吟じる）」という、音声の面に着目した表現で詩作行為を表すところに関連性を伺うこともできよう。また、「双鳥詩」（巻五　元和六年。ただし繫年は根拠が薄い）には、鳥に喩えられた詩人がそのあまりに強力な「鳴」によって造化のはたらきを阻害し「天公」に罰せられるという、この詩の例と通じるモチーフが見られるが(6)、そちらでは詩作を喩える「鳴」字が五十句中九度にもわたって使用されている。両詩を合わせて考えると、鳥に比擬するかどうかは異なるものの、詩人の表現に天から動かされる受動性を認め、それを「鳴」として表現することは、韓愈において本序のみに限定された発想ではないことがわかる。

三　「送孟東野序」の「鳴」の由来と修辞的特徴

はじめに述べたように、本序に対する歴代の文章評論の言及は「鳴」に偏るものだった。しかし、それは単に使用量の多さに目を引かれたためだろうか。本節では、比較的早い時期に、本序の「鳴」の由来について指摘した評論を手がかりとして、その用法の特色について考える。

宋末元初の李性学『文章精義』は、「退之送孟東野序、一鳴字発出許多議論、自周礼梓人為筍簴《ママ》来」と、「鳴」から多くの議論が生まれるかたちが『周礼』の次の部分に出るという(7)。

『周礼』冬官考工記（巻四一・十三丁裏）(8)

梓人為筍虡。……外骨、内骨、却行、仄行、連行、紆行、以脰鳴者、以注鳴者、以旁鳴者、以翼鳴者、以股鳴者、以胸鳴者、謂之小虫之属、以為雕琢。

梓人は筍虡（鐘磬を懸ける桁）をつくる。……外殻のある者、殻が内側にある者、後ろ向きに進む者、斜めに進む者、群れを成して進む者、のたくって進む者、えりくびによって鳴く者、くちばしによって鳴く者、わきによって鳴く者、翼によって鳴く者、太ももによって鳴く者、胸によって鳴く者、これらは小虫の属といい、祭器に刻み込んで飾り付けとする。

その他に、南宋の王応麟『困学紀聞』巻六・左氏（『四部叢刊』本、十八丁裏）では、「左氏曰「先二子鳴」、荘子曰「子以堅白鳴」、昌黎「送東野序」言鳴字、本於此。」と、韓愈が基づいたものとして『春秋左氏伝』と『荘子』をあげる。それぞれの該当部分を見てみよう。

『春秋左氏伝』襄公二十一年（巻三四・二十丁表）

斉荘公朝、指殖綽・郭最曰、「是寡人之雄也。」州綽曰、「君以為雄、誰敢不雄。然臣不敏、平陰之役、先二子鳴。」

（晋の勇将である州綽が斉の国に亡命した。かつて襄公十八年の平陰の戦いで、晋将として州綽は、斉の殖綽・郭最を破ったことがあった。）斉の荘公は（州綽を迎え）朝見を受けて、殖綽・郭最を指して「彼らがわたしの雄（オンドリ）だ」と言った。州綽は「殿が雄だというのなら、誰がそれを否定しましょう。ただ私は不肖ながらも、平陰の役では、お二方に先んじて鳴きました」と言った。

『荘子』徳充符篇（二二二頁）[9]

荘子曰、「道与之貌、天与之形、无以好悪内傷其身。今子外乎子之神、労乎子之精、倚樹而吟、拠槁梧而瞑。天選子之形、子以堅白鳴。」

（恵子と荘子の問答の末尾。）荘子は（恵子に）言った。「道が姿を与え、天が形を与えた。あとは好き嫌いの感情でその内側の身体を損なわないようにするばかりだ。いま君は君の精神を外に向けて疲弊させている。木に寄りかかって歌い、机にしがみついて目をつむっている。天が君の形を与えてくれたのに、君は堅白の論によって鳴いている。」

『周礼』の、様々な「以○鳴者」の列挙は、句型としては確かによく似るが、様々な「小虫之属」を並べるもので、聖人まで含む「善鳴者」の列挙とは、「鳴る」者の性質において大きく異なる。一方、王応麟の指摘は、その例における共通性を見ると、「鳴」の主体が人間であるところに着目したものと考えられる。本稿ではこちらに注目する。ただし、王応麟のあげる二例の間には、重要な差がある。『左伝』の例が闘鶏からの発想で、勇士を「雄」（オンドリ）に喩えたのを踏まえて「鳴」を用いるのに対し、『荘子』の場合は、何らの前置きなく用いられているという点である。たとえ比喩であるとしてもそれは明示的ではない。

ここで、中唐までの「鳴」の用法におけるその主体、すなわち何が「鳴る（鳴く）」とされるのかを確認しよう。『説文解字』巻四上・鳥部には「鳴、鳥声也」という。段玉裁注が「引伸之、凡出声皆曰鳴（そこから引伸して、音を出すものはいずれも鳴という）」というように、鳥・獣・虫・風や水や石などの自然物・楽器・その他の物品（機杼や剣や櫂など）、ありとあらゆる物が出す音に用いられる。ただし、人の声について「鳴」が用いられることは極めて少ない。一見するとそう見える例のほとんどは典故を使用したものであり、元となる故事では、鳥や馬が鳴く主体となっている。多用される典故は、先にあげた『左伝』の「先鳴」（唐代以降になると科挙及第や就職の成功について用いられる例が増える）や、『戦国策』楚策四に見える驥と伯楽の寓話に基づく「長鳴」や「仰鳴」(10)、また『史記』楚世家や滑稽列伝に見える楚の荘王の「三年不蜚不鳴」「一鳴驚人」などがある。

唐以前の用例の状況を示す例として『文選』での状況を見ておこう。斯波六郎主編『文選索引』（京都大学人文科学研究所、一九五九年）によれば、「鳴」の用例は二一九箇所あるが、人に直接使われるものは、右の典故を用いる例を除くと、以下の傍点部に限られる。

曹植「名都篇」（巻二七・二十三丁表）(11)

鳴儔嘯匹旅　儔《ともがら》に鳴き匹旅に嘯き
列坐竟長筵　列坐して長筵に竟《わた》る

陸機「長安有狭邪行」（巻二八・九丁表）

傾蓋承芳訊　蓋を傾けて芳訊を承け
欲鳴当及晨　鳴かんと欲して当に晨に及ぶべし

嵇康「与山巨源絶交書」（巻四三・五丁表）

不喜俗人、而当与之共事、或賓客盈坐、鳴声聒耳、囂塵臭処、千変百伎、在人目前、六不堪也。

俗人を好まぬのに、彼らと一緒に仕事をしなければならず、時にはお客が座に満ちて、鳴き声が耳に喧しく、騒然として散らかり鼻が曲がるようなところで、様々なやり口が目の前に繰り広げられる。これが六つ目の耐えがたいことです。

陳琳「檄呉将校部曲文」（巻四四・十三丁表）

是後大軍所以臨江而不済者、以韓約馬超逋逸迸脱、走還涼州、復欲鳴吠。

この後大軍が長江を前にしながら渡らなかったのは、韓遂・馬超が涼州に逃げ戻り、また鳴き吠えようとしたからである。

このうち、陸機「長安有狭邪行」は、李善注に「鶏及晨而鳴、以喩人及時而仕也（鶏は夜明けになると鳴く、それに喩えて人がしかるべき時に仕えることをいう）」というように、鶏を比喩として用いるものである。陳琳の檄文も、韓遂・馬超をけなす意をもって、敢えて鳥獣に喩えたものであろう。曹植「名都篇」と嵇康「与山巨源絶交書」は、後者の方が否定的なニュアンスが強いが、ともに賑やかな宴会の情景であり、鳥獣や楽器のような騒がしさを表すために、「鳴」を用いている表現とも考えられる。[12] いずれにしても、本序での用例はもちろん、恵子の名家流の弁説について言う『荘子』徳充符篇の例とも、意味は大きく異なるものであると言えよう。

以上の状況を踏まえると、王応麟が『荘子』を本序の「鳴」の起源として指摘したのは、両者に共通する独自的特徴を正しく捉えたものと言ってよい。[13] 改めて本序を振り返ると、省略した（6）での歴代の表現者に対する「鳴」の列挙が目を引くが、韓愈がその前の段階で周到に準備をしていることに気づく。

はじめ（1）で「物」の「鳴」について語りだすが、（2）の人の言には「鳴」は用いない。（4）で四季の自然物について述べる時はすぐに「鳴」を連続して用いるが、続く（5）では、先だって（3）で音楽における楽器について初めて提起し、（4）で「天之於時」に関しても用いることで一般的な理論としての性質を帯びた「択其善鳴者而仮之鳴」を当てはめる形で、やっと人の言について「鳴」を用いている。

見方を変えれば、前提なしに人の言葉を「鳴」で表すのは困難であり、だからこそ、韓愈は、このような準備の上で「鳴」を人に用いることで、人の言語活動の、ロシア・フォルマリズムにいう「異化」に成功したと言える。後代の評論の目を引きつけたことは、その効果をよく示すものである。

ただ、本序が「鳴」を用いた理由は、このようなレトリック上の効果にのみ求められるものだろうか。数は限られるが、文学における受動性を語るのに際して「鳴」やそれに繋がる表現を用いる例が本序以外にも見られることを前節で指摘した。受動の文学論との関係においても、「鳴」を用いる理由があったのではないだろうか。次節以下では、この用例の起源と思われる『荘子』での使用法の検討と合わせて、受動性と「鳴」との関係について考察する。

四　『荘子』における「鳴」

『荘子』徳充符篇の例は、何かの比喩ではなく、人の言葉について直接「鳴」を用いるという点で、本序に通じる特殊性を持っていた。本節では、そのような「鳴」の用法が『荘子』の中でどれほどの広がりを持ち、またそこにはいかなる意図が認められるかについて検討する。なお本稿の目的は、韓愈における『荘子』受容を考えることにあるため、原則として中唐時期までの注釈による解釈に従う。結果として現在の一般的な解釈に従わない場合があるが、論旨に直接関わらない部分については特に注記しない。

改めて徳充符篇の「子以堅白鳴」を見てみよう。この「鳴」について、郭象の注（以下「郭注」）と『経典釈文』は特に触れていない。成玄英の疏（以下「成疏」）は「鳴、言説也」とするが、これは文脈からこの「鳴」が恵子の議論を指すことを確認したに過ぎないだろう。

この徳充符篇の寓話が踏まえていると考えられる、斉物論篇の寓話では、昭文・師曠と並べて恵子の名をあげ、彼らの知は完全に近いが、明らかにできない「道」を明らかにしようとしたために「以堅白之昧終（堅白論の暗みから出られずに終わった）」と評する。(14) 斉物論篇での要点は彼らが結局本当の「道」には至っていないというところにある。徳充符篇における恵子も、荘子にやりこめられる役回りであり、この「鳴」は否定的な意味を帯びると考えられる。

ところで、『列子』仲尼篇に、楽正子輿が魏の公子牟（魏牟）に対して、公子が傾倒する公孫龍の詭弁を批判する寓話がある。その末尾では、「白馬非馬」をはじめとする公孫龍の論理学的命題を借りて論じてきた公子牟に対し、楽正子輿が次のように断じて終わる。

楽正子輿曰、「子以公孫龍之鳴、皆条也。設令発於余竅、子亦将承之。」

楽正子輿は言った。「あなたは公孫龍の鳴くことを、どれも筋道たっていると思うのですか。だとすれば口以外の穴から出る音も、ありがたく受け取るのでしょうな。[15]」

公孫龍と魏牟の組み合わせは『荘子』秋水篇に由来する（五九七頁。ただしそこでは魏牟が公孫龍をやりこめる）と思われるが、この楽正子輿の言葉に見える「鳴」は、恵子を、堅白論の主張者として著名な公孫龍に置き換えた上で、徳充符篇の寓話を受けた可能性が高い[16]。その意味について、張湛の注は「言龍之言無異於鳴、而皆謂有条貫也（公孫龍の言葉は鳥の鳴き声に変わりないのに、どれも筋が通っていると思っている）」と、条理がなく人語の水準に達しないものを表すと説明する。徳充符篇の解釈の参考にできよう。

『荘子』の中には、徳充符篇の他にも、人間の言葉を指して「鳴」を用いる例が複数ある。まずは寓言篇の荘子・恵子問答で、荘子が孔子を「行年六十にして六十たび化し」、常に以前の是非判断を改めて変化し続ける道家的至人として高く評価する部分に見える。

恵子曰、「孔子勤志服知也。」荘子曰、「孔子謝之矣、而其未之嘗言。孔子云、『夫受才乎大本、復霊以生。』鳴而当律、言而当法、利義陳乎前、而好悪是非直服人之口而已矣。使人乃以心服、而不敢蘁立、定天下之定。已乎已乎。吾且不得及彼乎。」（九五三頁）

恵子は言った。「孔子は意志をよくはたらかせ知恵を用いたのでしょう。」荘子は言った。「孔子はその段階から変わっていたし、また何もそれについて言わなかった[17]。孔子は『大いなる根本から才知を授かり、霊妙に復帰して生きる』と言った。鳴けば音律に合致し、言えば法則に合致する。利や義を人前に並べても、好き嫌いや是非はただ人の口に合わせているだけである。人を心服させて、敵対する者がいないようにさせ、天下を定まるべきところに定める。だめだだめだ、私がどうして彼に及ぼう。」

「荘子曰」以下は、全体として孔子への高い評価と考えるのが伝統的な解釈である。その場合「鳴而当律、言而当法」は孔子の言葉に対する肯定的な評価となる。郭注は「律」と「法」を文字通りの「法律」の意として、「鳴」と「言」はそれぞれの出所と解釈するが、ここは成疏が音律の意で解し、「鳴」「言」を「風韻」と「言教」に言い換えるのに従いたい(18)。すなわち、言葉を音声と内容に分けた上で、音声の部分について「鳴」を用いているように読める。いずれにしろ、この「鳴」は否定的なニュアンスを持たない。

次の天地篇の例は、特定の個人の言葉ではないが、やはり人間の言葉を指して用いられるものである。

泰初有无、无有无名。一之所起、有一而未形。物得以生、謂之徳。未形者有分、且然无間、謂之命。留動而生物、物成生理、謂之形。形体保神、各有儀則、謂之性。性脩反徳、徳至同於初。同乃虚、虚乃大、合喙鳴。喙鳴合、与天地為合。其合緡緡、若愚若昏、是謂玄徳、同乎大順。（四二四頁）

原初には無があった。それは「有」ではなく名もなかった。一がそこから生じたが、一はあっても形はなかった。万物がそれを得て生じる、その得たものを「徳」という。まだ形のないものから区分ができるが、それでもなおぴったり繋がっている。これを「命」という。そこから静かに変化して物を生じ、物ができあがると理を生じる。これを「形」という。形体が精神を保持し、それぞれ規範を備えている。これを「性」という。「性」がよく修まれば「徳」に回帰し、「徳」が極まれば根源に同化する。同化すれば虚となり、虚となれば大となり、「喙鳴」に合一する。「喙鳴」に合一すれば、天地とも合一する。その合一することは、くらぐらとして、無知のようであり愚昧のようである。これを「玄徳」といい、「大順」に同化するのだ。

人間が「大順」という「道」のはたらきと一体化するに至るプロセスの一段階として見えるのが「喙鳴に合す」である。「喙鳴」は、文字通りには鳥のさえずりを意味する。郭注は「無心於言而自言者、合於喙鳴（言に無心でありながらおのずから言うものは、鳥のさえずりに合致する）」と解し、成疏は「喙、鳥口也。心既虚空、迹復冥物、故其説合彼鳥鳴。鳥鳴既無心於是非、聖言豈有情於憎愛（喙は鳥の口ばしである。心が空っぽである上、行為も万物とひっそりなずみ、ゆえにその説はあの鳥の鳴き声と合致する。鳥の鳴き声は是非について無心である以上、聖人の言もどうして愛憎について感情を持つものだろうか）」という。いずれも「無心の言」を表すため、すなわち道家的な価値観に合う意味での「人間的でない言葉」を表すために「喙鳴」を用いたと捉えている。

三つ目に人間世篇の例をとりあげる。仕官のため衛に向かおうとする顔回を孔子が戒め、「心斎」を勧める寓話で、最終的に理解に達した顔回を称えた上で更に語る部分に「鳴」が見える。

> 夫子曰、「尽矣。吾語若。若能入遊其樊而無感其名、入則鳴、不入則止。無門無毒、一宅而寓於不得已、則幾矣。」
> （一四八頁）
>
> 孔子は言った。「十分だ。お前に語ろう。お前がもしあの「樊」に入ることができたなら、名声によって他物を動かすことなく、入ったならば鳴き、入れないならばやめよ。出入りする門もなく他物を治めることもなく、一なる「道」に住処を定めて、そうする他にない必然に身を寄せれば、ほぼそれでよい(19)。」

現在、日本語の訳注の多くは、「樊」を鳥獣の囲いや鳥かごの意とし、その縁語として「鳴」を用いたと解釈する(20)。その場合、この「鳴」はいったん鳥獣に喩えた上での使用であり、これまでの例のように直接人の言葉を指して用いられる語ではないことになる。

ただし、唐以前の注釈にはそのように解するものは見当たらない。「入遊其樊」について、郭注は「放心自得之場

（自得の場に心を解放する）」と観念的に解釈し、続く「鳴」については「譬之宮商、応而無心、故曰鳴也（宮商の音楽が、反応はするが無心であることに喩えるため、鳴という）」として、「樊」とは結びつけていない。成疏は更に明確に「樊」を鳥かごではなく「蕃傍」と解する。[21]「蕃傍」は「藩傍」と同じく辺縁部分の意で、ここでは衛の国境を指すだろう。郭象も成玄英も、「鳴」を「樊」の縁語として解釈してはいない。[22]

『荘子』の他の「樊」の用例を見ると、大宗師篇（二八〇頁）の「吾願遊於其藩」は、「藩」が「樊」に通じ、句型がよく似るが、郭注は「願遊其藩傍而已（その脇に遊ぼうと願うだけです）」、成疏は「不復敢当中路、願渉道之藩傍也（もはや道の真ん中を歩こうなどとは思いません、どうかせめて道の脇を渡らせて下さい）」と、いずれも「藩傍」すなわち辺縁と解している。『経典釈文』に引く司馬彪・向秀の「崖也」も同じ方向だろう（崔譔は「域也」）。一方、養生主篇（一二六頁）の「沢雉十歩一啄、百歩一飲、不蘄畜乎樊中」では、郭注・成疏のほか、『経典釈文』に引く李軌・向秀も「雉籠」つまり鳥かごと解釈する。[23]山木篇（六九五頁）「荘周遊於雕陵之樊」は、成玄英と司馬彪が垣根と解釈する。[24]

このように、『荘子』の用例には「鳥かご」「辺縁」「垣根」「区域」などがあり、注釈者も文脈に応じて解釈し分けている。人間世篇の例において、南宋以降に現れる「鳥かご」の解釈は、あるいは「鳴」が一般に鳥獣の声であることから、その縁語として発想されたものかもしれない。その場合、「鳴」の使用の理由を「樊」に求める説とは因果関係が逆となる。

以上から、中唐時期においては、人間世篇の例も、人の言葉を指して「鳴」と称した表現として読まれていた可能性が高いと思われる。

これまでの検討をまとめよう。『荘子』での「鳴」の用例は十章（十四箇所）に見えるが、以上の四章の例は、その半ば近くを占める。[25]いずれも人の言葉について、鳥獣などの喩えであることを示さずに、直接「鳴」を用いる例であった。唐代までの注釈では、徳充符篇を除く三例は、肯定的な評価を表すものとして読まれていた。天地篇・人間世篇の例で郭注・成疏が「無心の言」と解釈していること、また寓言篇の例が「鳴」と「言」に分割して語られていることを参照すると、これらの「鳴」は、鳥の鳴き声に由来して、人間の言葉ながら意味を剝奪され音声だけとなった言葉を表そうとするものと考えられる。徳充符篇の「以堅白鳴」は、中身のない議論を批判的に言うものだろうが、これもこの「鳴」の捉え方の範疇で理解できる。

　これらの「鳴」の多くが肯定的に用いられるのは、所謂「不言の言」を価値概念とする道家の思想的特徴によるものであり、早期の例として、斉物論篇にて、人間の言葉を「鷇音」（殻の中の雛鳥の鳴き声）に喩える表現とも通じるものであろう。[26]『荘子』が本来一人一時の手になる書でない以上、その中の語彙の使用法が一律であるとは限らないが、以上の「鳴」の用法については、本序以前では『荘子』以外にほとんど例が無く、かつ『荘子』では広い範囲に見られることからも、思想的背景を同じくする『荘子』の作者たちに共有された用法として認めてよいと思われる。そして、その用法は郭注・成疏などの注釈においてもおおむね把握されていたと見られる。

　韓愈が、「不言の言」のような道家的な価値概念を受け入れていたとは考えがたく、「鳴」についても、「意味を剝奪された言葉」という意味づけまでをそのまま本序で用いているわけではなかろう。ただ、郭注や成疏が当時の『荘子』受容に強い影響力を持っていたことを踏まえると、[27]それらの注に従って、韓愈も『荘子』での用例の含意を理解していた蓋然性は高いと考えられる。[28]ならば、「鳴」の導入により、それを用いて表される内容、すなわち受動の文学論の発想に関しても『荘子』が影響を与えた可能性はないだろうか。

五　『荘子』と受動の文学論

受動の文学論に対する『荘子』の思想的影響を考えるに当たって、天籟寓話を取りあげたい。その理由は、この寓話が斉物論篇のプロローグに当たる著名な文章であること、受動性に深く関わる内容であること、そして何より、「鳴」字こそ用いられないものの、万物の発する音を題材にすることによる。先に内容を簡単に確認する。

南郭子綦と顔成子游との問答で、顔成子游は、「人籟」「地籟」「天籟」とは何かと師の南郭子綦に尋ねる。子綦は、人の奏でる楽器の音が「人籟」、「大塊の噫気（おくび）」である風が巨木の空洞を通って様々に響きわたる音が「地籟」だと答える。子游が更に「天籟」について聞くと、子綦は「夫吹万不同、而使其自己也、咸其自取、怒者其誰邪（音の出方は千差万別だが、どれも自分から出させているもので、みな自分で選び取っているのだ。音を立てさせているのは一体誰なのか）」と答えた（五〇頁）。

引用部分末尾の郭注は「物皆自得之耳。誰主怒之使然哉（物はどれも自ら得ているに他ならず、どの主がそれらにそうさせるよう仕向けているというのか）」という。「怒者其誰邪」を反語で取り、音を鳴らす主宰者は存在しないものとして理解する。そもそも郭象は、存在論において万物の生成や変化を司る超越者あるいは作用因――『荘子』の用語で言えば「真宰」や「造物者」――の存在を認めず、万物の生成変化を徹底して万物自身によるものと考える。[29] ここでの理解も、その思想に適合する。

本稿ではこれまで韓愈における受容を考えるため、唐代に強い影響力を持った郭注を重視して解釈をしてきた。ただここでは以下の二つの理由から、郭注・成疏の解釈からは外れるものの、受動の文学論に通じる根源的主宰者の存在を示唆する寓話として、天籟寓話が韓愈に受容されていた可能性を認めてよいと考える。

まず、文脈上この末尾の問いが主宰者についての考察を引き出す形になっていること。両者の対話はこの句で終わり、その後、斉物論篇の中心となる長い論説が始まるが、その初めの部分では、「其所由以生（生じる原因のもの）」「其所為使（そうさせるもの）」「真宰」など、根源的な作用因や主宰者についての考察がなされる。[30]

次に、唐代までの解釈でも、「天籟」の天を有神論的な主宰者と捉える説が広く存在していたと見られること。「夫吹万不同、而使其自己也」の郭注に「以天言之、所以明其自然也、豈蒼蒼之謂哉。或者謂天籟役物使従己也」（天により言い表すのは、それが自ずからそうであることを明らかにするためで、どうして天空としての天を意味しようか。だが天籟が物を使役して自分に従わせているると考えるものもいる）」というのはその一例である。また、南郭子綦の答えの冒頭「夫大塊噫気、其名為風」という、「地籟」の発生源である「大塊」について、郭注は「大塊者、無物也」と、その非存在を徹底するが、司馬彪注には「無」「元気」「混成」「天」など、明らかに有神論的な存在として「大塊」を解する説が見られる。(31) 更に郭注を基本的には敷衍する成疏も、「大塊者、造物之名、亦自然之称也」と、「自然」の他に根源的存在たる「造物」をあげており、有神論的な主宰者という捉え方の浸透を示している（四六頁）。

これらを踏まえると、天籟寓話を、郭象の理解とは反対に、万物の根源的主宰者（例えば「天」）の存在を提示する寓話として読む受容の仕方も、当時一定の広がりを持っていた可能性は十分認められるのではないか。もちろんその場合でも、儒家的な伝統に則った天人観を持つ韓愈の考える天とは同じではないけれども、(32) ここで重要なことは、「天籟」という概念により、自発的に鳴っていると普段は認識される音に対して、その根源的作用因の存在を暗示する問いかけが向けられたことにある。

改めて本序の受動の文学論に返って考えよう。本序の「鳴」の修辞的特徴は、物や鳥獣が出す音について用いる「鳴」を、人間の言葉の精粋である文学創作にまで拡張して用いたことにあった。天籟寓話の「怒者其誰邪」という問いかけが文学創作に向けられる時、それぞれの詩人が自発的に作ったと一般に認識される文学作品が、実は別の根源的作用因を持つという発想が浮かび上がるのではないか。更にその作用因を天に求めれば、そこに受動の文学論が立ち現われるだろう。

そもそも、人間の言葉から意味を引き剥がして捉える『荘子』の「鳴」の用法は、人間の言語活動の主体性を一部棚上げし、それを覆う動機を天に求める受動の文学論と親和性のあるものと言える。修辞上の工夫としてその「鳴」

の特殊な用法を取り込むと同時に、天籟寓話のような、事象の背後に存在する根源的な主宰者に関する問い直しに触れたことが、本序の受動の文学論に影響を与えたのではないかと筆者は推測する。(33)

おわりに　受動の文学論の位置づけ

本序の受動の文学論は、文学批評史の中にどう位置づけられるだろうか。比較としてまず思い浮かぶのは、人が他物からのはたらきかけを受けて芸術を生み出すという「感物」の文学論である。(34)

『礼記』楽記（巻三七・一丁裏）

凡音之起、由人心生也。人心之動、物使之然也。感於物而動、故形於声。

そもそも音楽が起きるのは、人の心からである。人の心が動くのは、物がそうさせているのである。物に感応して動き、音声に表れる。

本序も、いまだ天に言及しない第一段、特に（1）は、感物説とよく似た主張として読める。だが、感物説における「物」が、主に自然の風物を指すのに対し、本序の天は主宰者として次元が異なる存在である。また右の引用のように、感物説ではあくまで中心は「人心」にあり、「物に感じて動く」としても、それが人の主体性を減損することはない。「不平」という暴力性を帯びた作用によって、「已むを得ず」に鳴らされるとする本序とは大きく異なる。

本序に見えるような、人の主体性を覆うような天のはたらきは、詩作を詩神の憑依によるものとするプラトンの霊感（inspiration）論を想起させるところがある。中国において霊感論に似た主張の見える早期の重要なテキストとされるのが、陸機「文賦」である。(35)

若夫応感之会、通塞之紀。来不可遏、去不可止。蔵若景滅、行猶響起。方天機之駿利、夫何紛而不理。……及其六情底滞、志往神留、兀若枯木、豁若涸流。……雖茲物之在我、非余力之所勠。故時撫空懐而自惋、吾未識夫開塞之所由。（『文選』巻一七・八丁裏）

物に感じて起こるひらめきの反応、通じてはまた塞がるというはたらき、それは来る時には拒めず、去る時には止められない。影が消えるように隠れ、反響が発生するように動き出す。「天機」が鋭く速やかにはたらく時は、何と紛々と秩序なく多彩であろうか。……喜怒哀楽の感情が停滞し、志も去り精神も行き詰まると、枯れ木のように感覚が無くなり、涸れた川のように空っぽとなる。……この物（文）は私の中にあるのだが、私の力ではどうしようもないところがある。そこで時には空っぽの胸を撫でて恨むのだが、心のはたらきの開閉がいったい何によるのか、私には分からずじまいだ。

詩想の去来が詩人自身で制御できない点など、本序の受動性に通じる部分はあるが、詩想の由来する根源については明示されず、それについての探究にも向かわない。文中の「天機」は『荘子』に由来する概念で、『荘子』の天の導入という点では興味深いものの、ここでは人間本来のはたらきを指し、(36)本序の天とは異なると考えられる。つまり「文賦」でも、人の文学創作に対する天の主導性は認められない。これは、『文心雕龍』神思篇や物色篇など、その後の霊感論に類する文学論でも同じであると思われる。

また川合康三『中国の詩学』第二十一章では「霊感の詩」として「神助」が論じられる。これも詩作において作者の外部の力がはたらくとする考えであるが、その「神」は「不思議なはたらき」とも言うべきもので、本序の天のような有神論的色彩は希薄である。またその名の通り、創作の動機における主体性はあくまで人にある。

筆者の能力の制約から、検討の範囲はなお十分とは言えないものの、管見の限りでは、当時まで、文学創作における人の主体性の認識ははなはだ強固なものであったように思われる。この把握が正しければ、文学創作の動機を天に求める受動の文学論は、ここにおいて最も顕著な特異性を示すと言えよう。

ところで韓愈は、人間の文学が造物者の世界創造と拮抗するはたらきを及ぼすという、川合康三が指摘した中唐の新しい文学の価値認識を代表する人物である。[37]受動の文学論は、このような韓愈の主張とは背馳するようにも見えるが、どうだろうか。

これについては、本序に見える受動性は、あくまで創作の動機におけるはたらきであり、天が具体的な作品の内容に関与するわけではないことに注意したい。[38]ゆえにそこで生まれる表現において「造化と功を競う」こととは矛盾しない。更に言えば、自然の風物からの感応を説く感物説に比べ、人と万物の上位者である天によって「鳴らされる」という受動の文学論の主張は、その関係性が一方的であるとしても、天と直接に対峙する位置に人間が置かれたものであると理解することができる。このように考えれば、受動の文学論も、従来の研究における指摘と整合的に、中唐における文学の変革の中に位置づけることが可能であると考えられる。

注

(1)　韓愈の詩文の引用は、南宋・廖瑩中刊刻の世綵堂本『昌黎先生集』を底本として巻数を示し、詩は引用部分の句数を示した。詩文の繫年は、主に屈守元・常思春主編『韓愈全集校注』全五冊（四川大学出版社、一九九六年）を参照した。

(2)　韓愈の天人観からもこのように解釈するのが適当であることは、拙著「韓愈の天人観について――天人好悪相異の説」（『中国文学報』第九十六冊、二〇二一年）にて論じた。

(3)　伊﨑孝幸「韓愈「孟東野を送る序」について」（『中国文学報』第八九輯、二〇一七年）。

(4)　清・林雲銘『韓文起』巻四（華東師範大学出版社、二〇一五年）一四九頁に「其大意以為千古文章、雖出於人、却都是天之現身、不過借人声口発出（その大意は、千古の文章は人の手に出るものであっても、すべて天が姿を現したものであり、人の口を借りて発出されたものに過ぎないということである)」という。他に清・王元啓『読韓記疑』巻六(『続修四庫全書』本、二丁裏)や孫昌武『韓愈選集』の按語(上海古籍出版社、一九九六年)二一一頁も、本序の主旨が人に対する天の使役にあることを指摘する。

(5) 袁珂『山海経校注』(巴蜀書社、一九九六年)二〇一頁に「又東南三百里、曰豊山。……有九鍾(鐘と同意)焉、是知霜鳴。」郭璞注「霜降則鍾鳴、故言知也。」『北堂書鈔』巻一五二などの引用では本文・郭注とも「知」を「和」に作る。

(6) 「双鳥詩」の「双鳥」が指すものについての議論やその分析については、川合康三「詩は世界を創るか」(『終南山の変容』、研文出版、一九九九年。初出は『中国文学報』第四十四冊、一九九二年)参照。「双鳥詩」から導かれる、天が詩人を必要とするというモチーフの例として、「調張籍」詩にも言及する(五四~五六頁)。

(7) 王利器校点『文則・文章精義』(人民文学出版社、二〇一六年)一一五頁。なお清の何焯『義門読書記』巻三二(中華書局、一九八七年、五六二頁)も「鳴字句法雖学攷工、然波瀾要似荘子」と指摘している。ただしこれは、列挙における自由さなどを指してのものだろう。

(8) 以下、十三経の引用は、嘉慶二十年挍阮元文選楼蔵宋本重刊本『十三経注疏附校勘記』(中文出版社、一九八九年)による。

(9) 以下、『荘子』本文及び郭象注・成玄英疏・『経典釈文』の引用は、郭慶藩撰・王孝魚点校『荘子集釈』(中華書局、一九八二年)による。

(10) 遊説家の汗明が春申君に、驥のように「高鳴(長鳴)」させて欲しいと自らを売り込んだ寓話。名馬の驥が年を取って荷馬となり、苦しみながら坂を上る途中、自らの価値を知る伯楽に巡り会い、喜び天を仰ぎいなないた(「仰而鳴」)。

(11) 以下、『文選』の引用は胡刻本(芸文印書館、一九九八年)による。

(12) 「名都篇」については、同じく曹植の「洛神賦」(巻一九・十四丁裏)の「爾廼衆霊雑遝、命儔嘯侶」や「贈王粲」(巻二四・三丁裏)の「中有孤鴛鴦、哀鳴求匹儔」、他に「楽府古辞・傷歌行」(巻二七・十六丁裏)の「悲声命儔匹、哀鳴傷我腸」が似る。このうち「洛神賦」は「衆霊」だが、他の二例は鳥の鳴くことについて言う。

(13) 『困学紀聞』より少し前に書かれた林希逸『荘子鬳斎口義』も、「子以堅白鳴」について「只一鳴字、韓文公就此抽出成一篇序(ただ一字の鳴字だが、韓愈はここから抽出して一篇の序を作った)」と指摘している。周啓成『荘子鬳斎口義校

注』巻二（中華書局、一九九七年）九六頁。

(14)「昭文之鼓琴也、師曠之枝策也、恵子之拠梧也、三子之知幾乎、皆其盛者也、故載之末年。唯其好之也、以異於彼、其好之也、欲以明之。彼非所明而明之、故以堅白之昧終。」（七四頁）

(15)『列子』及び張湛注の引用は楊伯峻『列子集釈』（中華書局、一九七九年）一四三頁による。「之鳴」は常熟瞿氏蔵北宋刊本（『四部叢刊』本）では「於馬」に作り、次に引く張注の「於鳴」も「於馬」に作るが、楊氏の校訂に従う。

(16)『沖虚至徳真経四解』（鳳凰出版社、二〇一六年）一七四頁に引く陶光『列子校釈』は、徳充符篇の句をあげ「即此文之義」という。

(17)「勤志服知」と「孔子謝之」の理解は成疏による。郭注はそれぞれ「勤志服膺而後知（怠りなく志をはたらかせた後に知った）」、「謝変化之自爾、非知力之所為（変化の作用によりおのずからそうなることに礼を言い、知恵や力によって行うことを拒否した）」と解す。

(18)郭注「鳴者、律之所生。言者、法之所出。而法律者、衆之所為、聖人就用之耳（鳴とは律が生まれる所である。言とは法が出る所である。法律は、万人が行うものだが、聖人はそれを用いるだけである）。」成疏「鳴、声也。当、中也。尼父聖人、与陰陽合徳、故風韻中於鍾律、言教考於模範也哉（鳴は音声、當は当たること。仲尼は聖人であり、天地陰陽と等しい徳を持つので、風韻は十二鐘の音律に合致し、言教は模範に比べられるのだ）。」

(19)「無感其名」は、現在は「（自分が）名誉に心動かされることがない」と解するのが一般的でありまた自然だが、ここは成玄英の疏に従って訳した。また「無門無毒」の「毒」は諸説あるが、ここも、郭注・『経典釈文』・成疏がともに「治也」とするままに訳した。

(20)赤塚忠『荘子上』（全釈漢文大系、集英社、一九七四年）・福永光司『荘子内篇』（新訂中国古典選、朝日出版社、一九六六年）・池田知久『荘子上』（講談社学術文庫、二〇一四年）いずれもそのように解釈する。管見の限りでは、この方向の解釈は、南宋の林希逸『荘子鬳斎口義』や羅勉道『南華真経循本』などに始まるようである。

(21)成疏「夫子語顔生化衛之要。慎莫拠其枢要、且復遊入蕃傍、亦宜晦迹消声、不可以名智感物。樊、蕃也（夫子は顔回に衛を教化する要点を語る。身を慎しんで枢要の地位に就いてはならず、そしてまた蕃傍に遊び入ったならば、そこでも足跡を消し音を消さなくてはならず、名誉や知恵によって他物を感応させてはならない。樊は蕃である）。」

(22) 参考として、王念孫『広雅疏証』巻五上・釈言（中華書局、二〇一九年、十七丁裏）では「樊・裔、辺也。」について、「樊」を「辺」の意で用いる例としてこの人間世篇の文をあげている。

(23) 郭注「樊、所以籠雉也。」成疏「樊中、雉籠也。」『経典釈文』では「李云、藩也、所以籠雉也。向・郭同。崔以為園中也」と、「園中」とする崔譔のみがやや異なる。

(24) 『経典釈文』「司馬云、雕陵、陵名。樊、藩也。謂遊栗園藩籬之内也。」成疏「雕陵、栗園名也。樊、藺也。謂遊於栗園藺籬之内也。」

(25) 他の例（六章）は、①在宥篇「解獣之群、而鳥皆夜鳴」（三八九頁）、②天地篇「金石不得、无以鳴。故金石有声、不考不鳴」（四一一頁）、③天運篇「虫、雄鳴於上風、雌応於下風而風化」（五三二頁）、④達生篇「鶏雖有鳴者、已无変矣、望之似木鶏矣」（六五五頁）、⑤山木篇「豎子請曰、其一能鳴、其一不能鳴、請奚殺。主人曰、殺不能鳴者」（六六七頁）、⑥則陽篇「鶏鳴狗吠、是人之所知」（九一六頁）。

(26) 「夫言非吹也、言者有言、其所言者特未定也。果有言邪、其未嘗有言邪。其以為異於鷇音、亦有弁乎、其無弁乎」（六三頁）。なお天地篇の「合喙鳴」について、南宋・褚伯秀『南華真経義海纂微』（中華書局、二〇一八年）五一八頁では「喙鳴、即鷇音之義。鳥喙之鳴、出於無心。無心之言、合於喙鳴（喙鳴とは、鷇音の意である。鳥がさえずる声は、無心に出る。無心の言葉はさえずりと一致する）」と指摘している。

(27) 陸徳明「経典釈文序録」（『荘子集釈』四頁所引）に「惟子玄所注、特会荘生之旨、故為世所貴（郭象の注こそは、特に荘生の意にかなうものであったため、世に貴ばれた）」というのは、唐初での流行を示す。

(28) 文学面における韓愈の『荘子』受容について、拙論「「荘騒」の誕生――韓愈における文学としての『荘子』の受容――」（『東洋史研究』第七十八巻一号、二〇一九年）でその一端を論じた。

(29) このような郭象の思想は一般に独化論と称される。古くは馮友蘭『中国哲学史』（芸文印書館、一九三四年）第二篇・第六章・南北朝之玄学下を参照。その後郭象の思想については福永光司「郭象の荘子解釈――主として「無」「無為」「無名」について――」（『魏晋思想史研究』、岩波書店、二〇〇五年。初出は『哲学研究』第四二四・四二五号、一九五四年）や湯一介『郭象与魏晋玄学』（湖北人民出版社、一九八三年）など、多くの研究が蓄積されているが、主宰者の存在の否定については定説として良いと思われる。

(30) 「大知閑閑、小知閒閒」に始まる一段を置き、「日夜相代乎前、而莫知其所萌。已乎、已乎、旦暮得此、其所由以生乎。非彼无我、非我无所取。是亦近矣、而不知其所為使。若有真宰、而特不得其眹。可行己信、而不見其形、有情而无形」という（五一頁・五五頁）。「怒者其誰邪」との繫がりについては、赤塚注20前掲書六五頁・六八頁注を参照。

(31) 『経典釈文』に「司馬云、……解者或以為無、或以為元気、或以為混成、或以為天、謬也。」

(32) 韓愈の天人観については、注2前掲拙論参照。

(33) 論述の都合上、修辞の取り込みが先であるように述べたが、思想内容への興味が先導したことも十分にあり得る。

(34) 感物説については、『文心雕龍』の自然観について述べた興膳宏「『文心雕龍』の自然観照」（『新版中国の文学理論』、清文堂、二〇〇八年。初出は『白川静博士古稀記念中国文史論叢』、一九八一年）を参照。また川合康三『中国の詩学』第十三章・詩と感情を参照。

(35) この箇所の議論が西洋の inspiration に当たることは、銭鍾書『管錐篇』全上古三代秦漢三国六朝文第一三八則（中華書局、一九七九年、一二〇五頁）が指摘する。内容については興膳宏「文学理論史上から見た「文賦」」（『新版中国の文学理論』、清文堂、二〇〇八年。初出は『未名』第七号、一九八八年）五四頁を参照した。

(36) 李善注は、『荘子』秋水篇（五九三頁）の「今予動吾天機、而不知其所以然」（いま私は自分の天機を動かしているが、どうしてそうなのかはわからない）の前半と司馬彪注「天機、自然也」、大宗師篇（二二八頁）「其耆欲深者、其天機浅」（欲望の深い者は、天機は浅い）を引く。

(37) 川合注6前掲論文参照。

(38) 本序（7）の「抑不知天将和其声而使鳴国家之盛邪、抑将窮餓其身、思愁其心腸而使自鳴其不幸邪」は詩の内容の方向性に関わるが、「神助」のように具体的な佳語佳句に及ぶ内容への関与とは全く異なる。

本研究は JSPS 科研費20K00367の助成を受けたものである。

韓愈詩における他者の戯画化

好川　聡

一　はじめに

『中国の詩学』(1)第一章の中で、「詩とは何か」という問いに対して倉卒の解答は困難であるとしつつ、「詩は日常の言語とは位相を異にして、伝達内容よりも表現・言葉自体に関心を注ぐものであること、本来遊戯性をもっていること」の二点を挙げており、その理由として「表現の重視とか遊戯性とかいった、今では言い古されていることが、中国古典詩の領域ではいまだに浸透していないかに思われるからである。」と説明されている。(2)我々が詩を読んだときにまず感じる面白さというのは、なかなか研究になりにくい中で、『中国の詩学』では詩の表現としての面白さに正面から向き合って、示唆に富む、はっとさせられる分析を様々に行っており、中国古典文学研究が今後進むべき一つの道筋を照らしているように感じられる。

本稿では詩の遊戯性の中でも、諧謔・ユーモアを感じる詩について考えてみたい。諧謔をテーマとする研究はこれまであまりなされてこなかったが、『中国の詩学』第二十二章「詩と諧謔」ではその理由として、政治性や道義性を中国の詩の特質とすると、おかしみはそれと縁遠い存在であること、また詩のおかしみは表現と関わるもので従来表現に対しては内容ほど関心が向けられなかった点を挙げている。(3)この章では、陶淵明・杜甫・韓愈といった各時代の頂点に立つような詩人を中心に取り上げ、自嘲・自己戯画化から生じる笑いについて鋭い分析を行っている。

この三者のうち、最も諧謔に富む詩人は韓愈だろう。諧謔は韓愈の文学を形作る重要な要素といえるが、[4] その特徴の一つとして、自己を戯画化するだけでは飽き足らないのか、積極的に他者をも戯画化している点が挙げられる。もちろん、杜甫にも他者を戯画化した詩が見られる。賀知章や李白など八名の酔態をユーモラスに描いた「飲中八仙歌」や、敬愛する先輩鄭虔《ていけん》の不器用な世渡りぶりを描いた「酔時歌」などが知られており、韓愈の他者戯画化の淵源をたどればやはり杜甫ということになろう。ただ、興膳宏氏が「飲中八仙歌」に対して「もし時代の条件が許せば、杜甫はこうした方向にもさらに詩才を発揮しただろう。残念ながら、条件は整わず、可能性は萌芽のまま終わってしまった。[5]」と説かれたように、杜甫の他者戯画化は安史の乱以降新たな展開を見せることはなかったが、韓愈詩には様々な人物を戯画化した豊かな世界が広がっている。

韓愈が他者を戯画化した詩については、すでに川合康三「韓愈の詩の中の二、三の人間像をめぐって[6]」の中で、孟郊、盧仝、劉師命といった韓門弟子を取り上げており、孟郊を戯画化することは韓愈自身を戯画化することにもなり、韓愈は己自身の中にあるものを増幅拡大して孟郊を作り上げ、それを対象化しているといった分析を通じて、

> これらの人物は韓愈自身が懐抱していたものを、実在の人物を通して実現させてみた姿といえるではなかろうか。詩の中の人物は韓愈自身ではもちろんないし、孟郊・盧仝・劉師命の実際の姿そのものでもない。韓愈と彼らを結んだ線の延長上に描き出された像なのである。[7]

と結論づけている。「孟生詩」や「盧仝に寄す」「劉生」詩の鮮やかな分析から、他者戯画化についてまずおさえるべきところを的確に指摘している。これ以上考察を進めてもいたずらに贅言を費やすだけとの懸念がぬぐえないが、韓愈はここで取り上げた韓門弟子以外にも、様々な他者戯画化を行っており、それらの詩にはまた異なる面白さが認められる。本稿ではその分析を通じて、韓愈が他者戯画化にこめた意味について考えてみたい。[8] なお、戯画化という言

葉は『広辞苑』第七版では「こっけいに描き出すこと。カリカチュアライズ」と記されるが、辞書によっては風刺や皮肉の意も込められている。本稿では滑稽さやおかしみ、いわば笑いを感じさせる描き方に対して用いるが、笑いには個人差があり、どこからが戯画化になるか線引きが難しいところでもある。今回取り上げる表現も人によっては滑稽に感じられないものがあるだろうが、あらかじめご了承いただければ幸いである。

二　いびきの戯画化

韓愈が他者を戯画化した中で、諧謔を前面に押し出した詩が仏僧澹然《たんねん》のいびきを描いた「鼾睡《かんすい》を嘲る」二首である。いびきを作品の主題としたのは韓愈がはじめてだが、そもそもいびきが描かれること自体が韓愈以前にはほとんどない。『世説新語』雅量十六に「許（許璪）は床に上るや便ち咍台《かいたい》として太だ鼾《いびき》あり」という寝台の状況を見て王導がこの中では到底眠れないと客人たちに語ったエピソードが見えるくらいであり、いびきという生理現象を主題にしたのはそれほど斬新な発想といえる。宋代以降、いびきの描写はめずらしくなくなるが、それは韓愈のこの詩と、同じく韓愈「石鼎聯句詩」の序に見える「鼻息　雷鳴の如し」の影響を受けたものといえるだろう。「鼾睡を嘲る」二首は元和二年（八〇七）、洛陽で澹然と交流していたころに作られたとされるが、三十句から成る其の一の前半は様々な比喩を駆使して澹然のいびきを描き出す。

1　澹師昼睡時　　澹師　昼睡る時
2　声気一何猥　　声気　一に何ぞ猥なる
3　頑飈吹肥脂　　頑飈　肥脂を吹き

4 坑谷相嵬磊　　坑谷　相い嵬磊《かいらい》たり
5 雄哮乍咽絶　　雄哮　乍ち咽絶《えつぜつ》し
6 毎発壮益倍　　発する毎に壮んなること益ます倍す
7 有如阿鼻尸　　阿鼻の尸の
8 長喚忍衆罪　　長く喚《わめ》きて衆罪を忍ぶるが如き有り
9 馬牛驚不食　　馬牛　驚きて食らわず
10 百鬼聚相待　　百鬼　聚まりて相い待つ
11 木枕十字裂　　木枕　十字に裂け
12 鏡面生痱癗　　鏡面　痱癗《はいらい》を生ず
13 鉄仏聞皺眉　　鉄仏　聞きて眉に皺《しわ》み
14 石人戦揺腿　　石人　戦《おのの》きて腿を揺らす
15 孰云天地仁　　孰か云わん　天地仁なりと
16 吾欲責真宰　　吾　真宰を責めんと欲す

最初に澹然のいびきを評した「猥」という字義は、無秩序な騒々しさを表すが、『説文解字』犬部「猥は犬の吠ゆる声」という原義も汲めば、人が出す音とも思えぬ動物的な咆哮というニュアンスも含まれることになろう。3・4句はいびきの息吹をつむじ風に、いびきをかく腹が大きく膨らんだりへこんだりするさまを丘（「坑」には丘陵の意味もある）と谷に喩えており、大自然を想起させることで途方もない大きないびきを読み手にイメージさせる。「肥脂」は澹然の脂太りした体躯を表すが、肥満した者はいびきが大きいことを韓愈も分かっていたかのような言い回しであり、この二句は大きないびきをかく姿が目に浮かぶようである。5・6句のいびきがいったん止まったかと思ったら倍増しの音量で再開されるというのも、いびきに悩まされた者なら誰もが身に覚えのある事態を描いており、共感とともにおかしみを覚える。7・8句は澹然が仏僧であることから仏教の言葉を用いる。阿鼻地獄は地獄の最下層にあり、他の地獄の一千倍の責め苦を受ける最も苛酷な世界だが、その地獄に落ちた亡者が責め苦をこらえきれずに長々と叫び声をもらす、いわば想像されうる中で最も苦しい声にいびきを比喩する。9句目からはいびきが周囲に与える影響を戯画化する。地獄の獄卒である牛頭馬頭も驚きのあまり食欲を失い、あまたの怪物たちも恐怖のあまり身を寄せ合って立ちすくんでいる。いびきを聞いた周囲の者の反応を戯画化したものと思しいが、阿鼻地獄からの連想で周囲の者までも地獄の妖怪になぞらえておどろおどろしく描いている。つづいて部屋の家具にも影響を及ぼすさまを描き、いびきの放つ音波によって木製の枕が十字に裂け、鏡面もぶくぶくと泡立つ。後者は「痱癗」という小さなイボを意味する畳韻の語を用いることで、醜悪さも感じさせる表現であり、いびきの汚い響きを連想させる。鉄の仏像や石の人形も不愉快のあまり眉にしわを寄せたり、おののいて足をふるさせたりすると、彫像までもが感情を持つかのようという表現だが、特に後者はいびきの大音量によって人形がガタガタぐらついているさまとも捉えられる。15・16句も、一個人のいびきにたいして造物主まで持ち出して大げさに責め立てるところがおかしみを誘う。

この詩の後半でも、しらみが耳を探るようなかすかな音かと思えば波が海原に翻るような轟音、輝きを失い運行を止めた太陽、古の彭越《ほうえつ》と黥布《げいふ》が塩漬け肉の刑に処される中での無実の訴え、柵に閉じ込められ傷ついた虎の飢えた咆哮といった様々な比喩を駆使していびきを描出し、最後は「何れの山にか霊薬有らん、此を療《いや》すに願わくは与《ため》に採らん」と、このいびきを癒やせる霊薬をなんとか見つけ出して治療したいと述べて詩を締めくくる。全体を通じて、地獄の亡者、牛頭馬頭や百鬼、イボといったグロテスクさも感じさせる表現も多く、奇怪な表現を得意とする韓愈の本領が存分に発揮されている。

以上が其の一の内容だが、韓愈は一首だけでは飽き足らなかったのか、二首目も作っている。其の二は二十四句から成るが、前半は以下のように述べる。

1 澹公坐臥時　澹公　坐臥の時
2 長睡無不穏　長睡　穏やかならざる無し
3 吾嘗聞其声　吾　嘗《つね》に其の声を聞きて
4 深慮五蔵損　五蔵損なわれんかと深慮す
5 黄河弄濆瀑　黄河　濆瀑《ふんばく》を弄び
6 梗渋連拙鮌　梗渋　拙鮌《せっこん》を連ぬ
7 南帝初奮槌　南帝　初めて槌を奮い
8 一竅洩混沌　一竅　混沌を洩らす
9 迥然忽長引　迥然《けいぜん》として忽ち長く引き
10 万丈不可忖　万丈　忖《はか》るべからず
11 謂言絶於斯　斯に絶ゆと謂《おも》いしに
12 継出方袞袞　継いで出でて方に袞袞《こんこん》たり
13 幽幽寸喉中　幽幽たり　寸喉の中
14 草木森苯蕁　草木　森として苯蕁《ほんそん》たり
15 盗賊雖狡獪　盗賊　狡獪と雖も
16 亡魂敢窺閫　魂を亡《うしな》いて敢えて閫《しきみ》を窺わんや

初句は其の一の「澹師昼睡る時」と同じ言い回しからはじまるが、昼寝の時と坐臥の時とを詠い分けているのではなく、同じ事態を詠っていることを示すために意図的に出だしを揃えている。穏やかな眠りとは縁遠いいびきに内臓が破壊されてしまうのではないかと深く心配する。内臓の心配はもちろん澹然に対してのものだが、同時に自分自身の内臓も含まれていよう。つづく黄河の氾濫は激しく響き渡るいびきを比喩するが、一転して気道が塞がれて苦しく籠もったいびきを、その黄河の治水に鯀《こん》が失敗したためと繋げているのが面白い。7・8句は『荘子』応帝王にみえる有名な渾沌の逸話を用いる。南海の帝儵《しゅく》と北海の帝忽《こつ》が、目耳鼻口のない中央の帝渾沌に良かれと思って七つの穴を開けてやると死んでしまった話だが、口から漏れ出るいびきを漏れ出てはならぬ生命の源泉、「渾沌（カオス）」な存在として描く。以下、一万丈でも測りきれない延々と続くいびき、ようやく途絶えたと思ったらまた出てくる、いびきの発生源である喉元は鬱蒼と樹木が茂っており、盗賊でさえも魂が抜け出て室内をのぞき込もうとしないと続くが、其の一でも描いたいびきの強弱、長短、周囲の反応といったものを別の言葉で表現しており、いびきという韓愈自身が発見した面白い素材を描き尽くそうとする貪欲な創作意欲が現れ出ている。

このように其の一、其の二とも出だしを揃えて同じように詩が展開しているが、最後の二句は異なっている。前述したように其の一の最後では何とか霊薬を採ってきてこの病を治療してあげたいと述べていたのが、其の二の最後は「何ぞ能く其の源を堙がん、惟だ土一畚《いっぽん》有るのみ」、このいびきの源を塞ぐにはもっこ一杯の土塊があれば十分と、治療をあきらめ匙を投げてしまっており、其の一との落差がさらにおかしみを誘う。澹然に対して何とも失礼な言い回しだが、それほど気の置けない関係だったのだろう。

二首を通じて、澹然のいびきがどれほど酷いものであるかを様々な形で読み手にイメージさせる句が続く。大きないびきは同じ場で眠る当事者にとっては不快や苦痛を伴うが、場を離れた第三者から見ればおかしみを誘うものでもある。言い方を変えれば、自分が受けた苦痛も他人に語れば笑いに変わることがある。韓愈は詩作によって第三者の視点に立つことで、不快や苦痛を笑いに変えている。いびきは古今東西を問わず人を悩ませ続けた普遍的な生理現象である故に、この詩は時代を超えて読み手に笑いをもたらすのであろう。

こうした諧謔に満ちた詩は韓愈によってこそ描きえるものといえるが、その詩の構成は韓愈の代表的な諧謔の詩と異なる点が認められる。たとえば「侯喜に贈る」詩では、侯喜と釣りに出かけて失敗した体験を戯画化しているが、その失敗から教訓を引き出して侯喜への誡めとしている。たいそうな教訓を引き出そうとするその姿勢にも諧謔味を感じるものの、釣りの失敗の戯画化は人生の教訓を引き出すものとして機能している。「歯落つ」詩も自身の歯が落ちる様を「去年　一牙落ち、今年　一歯落つ」とユーモラスに詠い起こしているが、最後は歯が抜けてうまく話せないなら黙っていればいいし、ものを嚙めなければ逆に柔らかい料理が美味しく味わえると、その開き直りや強がりにおかしみを覚えるものの、悲観を乗り越えようとする楽観の発想は韓愈の思考に特徴的なもので、読み手に生き方のヒントを与えてくれている。「孟生詩」も、前半で今の世になじめず失敗続きの孟郊を戯画化するが、自分を貫く孟郊に共感して讃えるものでもあり、後半ではそうした孟郊をあたたかく励ましている。これらの詩の構成は、諧謔のみでは成り立っておらず、詩にした目的が他にあるといえるわけだが、それに対して「鼾睡を嘲る」二首は、人生の教訓を述べたり、澹然の人格や生き方に話が及んだりするわけではなく、いびきを描くことに徹している。ただ諧謔自体を目的として詩が作られているのである。諧謔に富んだ韓愈の詩の中でも異色の作品といえよう。

この詩は文集では「遺文」に収録されている。文集が最初に編まれた時にこの詩がこぼれ落ちたのは、諧謔自体を目的として描かれたことが道義性や政治性を重んじた当時の詩観にそぐわなかったからかもしれない。現在まで伝わっていないものの、韓愈は他にも諧謔にあふれた詩を色々作っていた可能性をこの詩は想起させる。

三　論戦の戯画化

韓愈には、他者との議論の応酬を描いた詩がいくつかあり、その描写には戯画化を感じさせるものがある。「病中張十八に贈る」詩は、貞元十二年（七九六）から十四年に、張籍と知り合った頃の作とされ、療養中に張籍が訪ねてきて論戦を繰り広げたことを題材にする。13句目から議論が始まるが、最初は張籍が語るのにまかせて自分は旗幟を鮮明にせず、じっと力をためて反撃の機会を待つさまが描かれる。酒を酌み交わしながら議論は深夜にまで及ぶがそのくだりから引用すると、

25 夜闌縦捭闔　夜闌《たけなわ》にして捭闔《はいこう》を縦《ほしいまま》にし
26 哆口疎眉尨　哆口《しこう》　疎眉尨《ぼう》たり
27 勢侔高陽翁　勢いは高陽の翁の
28 坐約斉横降　坐ながらにして斉の横に約して降すに侔《ひと》し
29 連日挟所有　連日　有《たも》つ所を挟《さしはさ》みて
30 形軀頓胮肛　形軀　頓《とみ》に胮肛《ほうこう》たり
31 将帰乃徐謂　将に帰らんとして乃ち徐ろに謂う
32 子言得無哤　子の言　哤《みだ》るる無きを得んや
33 迴軍与角逐　軍を迴らして与に角逐し
34 斫樹収窮龐　樹を斫りて窮龐を収《とら》う

35雌声吐款要　　雌声　款要を吐き
36酒壺綴羊腔　　酒壺　羊腔を綴ぬ
37君乃崑崙渠　　君は乃ち崑崙の渠
38籍乃嶺頭滝　　籍は乃ち嶺頭の滝
39譬如蟻垤微　　譬えば蟻垤《ぎてつ》の微なるが如く
40詎可陵崆峴　　詎ぞ崆峴《こうごう》たるを陵ぐべけんや

夜更けに及んでも張籍の弁舌は一向に衰えることなく、大きな口に白髪交じりの凜々しい眉と、気力にあふれたさまを描く。弁舌の勢いは軍を動かすことなく舌先三寸で斉の田横《でんおう》を帰順させた漢の酈食其《れきいき》のようだとたたえるが、続く句は毎日持ちうるかぎりの書物を脇に挟む張籍の体軀を、いきなりぶくぶくに太ったようだとコミカルに描き、以降論破されて無様に描かれていく転換点となっている。31句から韓愈が論破するくだりになるが、張籍が帰ろうとした時に相手の話すがままにまかせていた韓愈がようやく口を開いて、張籍の論が破綻していることを指摘する。論破の台詞は一句だけで、張籍の弁舌の描写に対してあっさりとしているが、一気に論破したことを表しており、その比喩に戦国斉の兵法家孫臏《そんぴん》と魏の龐涓《ほうけん》の逸話を用いる。孫臏と龐涓は同門であったが、孫臏に才が及ばぬことを悟った龐涓が一計を立てて、孫臏に冤罪をきせて足斬りの刑に追いやる。だが孫臏は後に斉の軍師となり、龐涓を敗戦においやって自害させ、復讐を果たすのである。そうしたみじめな龐涓に張籍を擬えて、自らの勝利を痛快に描く。つぎの「雌声」も、当初の勢いに満ちた弁舌とは対照的であり、女性のような弱々しい声で本心を吐き出し、酒と肉を差し出して降伏の姿勢を見せる。37句以降は張籍の台詞となるが、先生が崑崙山に端を発する黄河の流れなら、わたしは山から湧き出る滝水に過ぎない、わたしが蟻塚なら先生は険しく聳える山だと、極端に卑下させた台詞を張籍に吐かせている。引用はここまでだが、最後は前述の黄河の流れと、16句で「派別　大江を失う」と張籍の議論が枝分かれして本筋から離れていったことを水の流れに喩えたことと呼応して、「此従り帰処を識りて、東に流れて水淙淙《そうそう》たり」と、東へ向かう大河の流れに従って大海へと流れることにしますと、本流に帰る、つまり古の道へ戻ることを述べて締めくくる。

この詩では張籍の描写が中心となっているが、最初自信に満ちあふれて雄弁を振るっていた勢いが全く失われて、弱々しく負けを認める情けない姿に変化するさまを戯画化しており、その落差が読み手におかしみを覚えさせる。ただ、このように言い負かした相手を戯画化しても、それが相手の全否定や見下しといった形にならないのは、9・10句で「龍文　百斛の鼎、筆力　独り扛《あ》ぐべし」と張籍の表現力を讃えているように相手に対する尊敬の念を持ち、対等な関係と認識していることが理由だろう。「酔いて張秘書に贈る」詩の中でも、張署や孟郊、張籍の個性豊かな詩風を評した後、「今我及び数子は、固より蕕と薫と無し」、私と君らとの間に悪草と香草のような善し悪しはないとしており、個性の差に優劣をつけたいわけではないことがうかがえる。

ほかに、相手と論戦したわけではないが、元和元年（八〇六）の作「文暢師の北遊を送る」詩では、議論によって相手を説き伏せるさまが描かれる。詩の冒頭でかつて韓愈が四門博士だった頃に仏僧文暢《ぶんちょう》が尋ねてきた事を思い起こし、「已に仏の根源を窮めて、粗ぼ事の輗軏《げいけつ》を識る」と、文暢が若くして仏の教えの根源まで窮め、世の事々の要諦をあらかた理解したと自信と自負に満ちた様子を描き出している。つづいて旅立ちに際して高官達を軒並み訪ね歩いて送別の詩を求め、韓愈にも一筆書いてもらいたいと願い出る場面が描かれる。

11 従求送行詩　　従いて送行の詩を求め
12 屢造忍顚蹶　　屢しば造《いた》りて顚蹶《てんけつ》を忍ぶ

13今成十餘巻　　今　十餘巻を成し
14浩汗羅斧鉞　　浩汗として斧鉞《ふえつ》を羅ぬ
15先生閟窮巷　　先生は窮巷に閟《と》じ
16未得窺剞劂　　未だ剞劂《きけつ》を窺うを得ず
17又聞識大道　　又た大道を識ると聞く
18何路補剠刖　　何の路にか剠刖《けいげつ》を補わん

俗世を脱した仏僧が俗世の高官たちを頻繁に訪ねるさまを描くのにも揶揄がこめられているように思えるが、そのお願いするさまは「顚蹶」—つまずき倒れるような勢いと描き、卑屈めいたものを感じさせる。韓愈にお願いするくだりも、先生はさびれた路地に身をひそめと、韓愈ならではの自虐が用いられるが、文暢の口から語らせることで尊大な態度で相手を軽んずる印象を与えている。次句の「剞劂」—彫刻刀は韓愈の文才を比喩したものだが、高官たちの「斧鉞」—斧やまかさりと比べるとちっぽけな道具であり、前句と同様の効果を生み出いている。さらに「大道を識る」というのも、古の大いなる道に固執する韓愈自身を揶揄した言い回しであり、最後のどんな道で欠けたところを補ってくれるのかというのも、反語にも読めてたいした期待はしていないように感じさせる。

こうした文暢の饒舌で不躾なお願いに対し、「僧に謂う　当に少しく安んずべし」とまず相手を落ち着かせ、古の聖天子たちが賞罰を施した所以から説き起こし、仏教の惑いを断ち切るよう説いて聞かせると、「僧　時に聴瑩《ちょうえい》せず、水を飲みて暍《えつ》を救うが若し」と、水を飲んで日射病が癒えたかのように惑いが解けた文暢の姿を描く。仏教を信奉する文暢が実際に韓愈の説く儒家の道に感銘を受けてこの場でいきなり翻意したかどうか分からないが、それは詩の理解と関わる問題ではなく、ここでは尊大な態度で詩文を求めてきた文暢が韓愈にやりこめられるさまが描かれる。この詩でも相手を論破しながら刺々しさを感じさせないのは、この詩の後半を読めばわかるように韓愈は何度も自分を訪ねてきてくれる文暢に対して心温かく感じていること、また、自身を自虐的に描いて戯画化することで、文暢と韓愈とのやりとりがおかしみを伴うものになっているからであろう。

さらに、他者との応酬を斬新な手法で戯画化したものとして、「石鼎聯句詩」がある。「石鼎聯句詩」は韓愈自身が記した序と、道士軒轅弥明《けんえんびめい》、韓門弟子の侯喜と劉師服の三名からなる六十六句の聯句だが、川合康三「ひとりで作った聯句—韓愈「石鼎聯句詩」をめぐって」(9)で指摘されるように、実際には韓愈一人の手によって作られたものである。その序には聯句が作られた経緯が七百字近くにわたって事細かに記されている。その概略は、元和七年（八一二）十二月四日の夜、侯喜が劉師服の邸宅を訪れて詩を論じていると、傍らにいた軒轅弥明が石鼎をテーマとした聯句の制作を持ちかける。劉師服・侯喜の句を受けた軒轅弥明の「龍頭縮みて菌蠢《きんしゅん》たり、豕腹《しふく》漲《みなぎ》りて彭亨《ほうほう》たり」が暗に侯喜をそしる内容だったので、二人は量の多さで軒轅弥明をやりこめようと詩句を紡いでゆくが、やがて二人は根を上げると軒轅弥明は八句一気に詠い上げて詩を完成させる。二人は恐れ入るが問いかけには応じず、翌日日も高くなってから目覚めると道士の姿はない。そこで韓愈のもとを尋ねて事の経緯を報告してきた事を序に記す、といった流れである。この序は、前述の論文で言及されるように、何月何日のことか明確に記載し、劉師服と侯喜が自分のもとにやってきて語った話を記すというのは唐代伝奇の決まったパターン、いわば虚構を事実にみせかける手法を用いている(10)。つまりこの序は実際の出来事を記したわけではなく、そこで描かれる人物像は韓愈の手によって造形されたものといえる。軒轅弥明は傍若無人な態度に加えて、「貌極めて醜く、白鬚黒面にして、長頸に高き結喉」といった異形、「吾世俗の書を解せず」、今の文字は理解できないといった型破りな人物像を描き出している。その軒轅弥明をやり込めようとする侯喜と劉師服は、最初は軒轅弥明に対して「頗る貌之を敬うも、其の文有るを知らざるなり」と軽んじ、自信満々で聯句の勝負に応じるが、すぐに「声の鳴くこと益ます悲しむ。筆を操りて書せんと欲するに、将に下さんとして復た止む」と聯句の返しに窮した哀れな姿を描き、これ以上聯句が紡げなくなると「尊師　世の人に非ず、某伏せり、願わくば弟子と為らん、敢えて更に詩を論ぜず」と完全に降参した台詞を語らせ、その後の問いかけには軒轅弥明が答えず「鼻息　雷鳴の若し」とすさまじいいびきをかくと、「二子　怛然《だつぜん》として色を失い、敢えて喘がず」と血の気が引いて呼吸も出来ない、いわば屍同然になったと、二人の自負心が打ち砕かれていく過程がコミカルに描かれている。

こうした侯喜と劉師服の戯画化は聯句の中でも発揮されている。序文に見える軒轅弥明の句「龍頭縮みて菌蠢たり、豕腹漲りて彭亨たり」は、縮こまってぐしゅぐしゅになった龍の頭と、ぶくぶくに膨れ上がった豚の腹を意味するが、表では石鼎の無様な姿を描きながら、劉師服と侯喜を揶揄したものであり、以下の軒轅弥明の句も石鼎を描きつつ二人を戯画化してからかっている。続く句を見ると、

7 外苞乾蘚文　　　外は乾蘚の文に苞《つつ》まれ
8 中有暗浪驚　師服　中は暗浪の驚く有り
9 在冷足自安　　　冷たきに在りて足は自《おのずか》ら安んじ
10 遭焚意弥貞　喜　焚かるるに遭いて意は弥いよ貞なり
11 謬当鼎鼐間　　　謬りて鼎鼐《ていだい》の間に当たり
12 妄使水火争　彌明　妄りに水火をして争わしむ

といった流れで、外側は無味乾燥に見えるが、内には驚くべき秘めたものを持つ劉師服の句、冷たくとも熱くともどっしりと構えた侯喜の句を受けて、軒轅弥明の句は、間違ってこの石鼎が鼎と大鼎の中に混入し、むやみに水と火とを戦わせていると、石の鼎が青銅の鼎と同列に扱われる非を、つまり劉師服と侯喜が分不相応の場で戦いを挑んでいる

ことをからかっている。以下も劉師服と侯喜の二句に対して軒轅弥明が応じる六句ひとまとまりの展開が続くが、軒轅弥明の句は、

23方当洪炉然　　方に洪炉の然《も》ゆるに当たり
24益見小器盈　彌明　益ます小器の盈つるを見る

と、二人が石鼎を懐の大きく清らかな立派な君子に喩えたのを受けて、大きな炎で熱せられれば小さい鼎はどんどん吹きこぼれてしまうと繋げて、二人の器量の小ささをあてこすったり、

35何当出灰炧　　何当《いつ》か　灰炧《かいしゃ》を出でん
36無計離缾罌　彌明　缾罌《へいえい》を離るるに計無し

と、石鼎が燃えかすから出されることなく、瓶や甕などと同等に扱われるのを如何ともしがたい、つまり二人が凡物と同等に扱われて評価されずに一生を終えると茶化したりしている。このように、「石鼎聯句詩」の軒轅弥明の句は、劉師服と侯喜をあからさまにからかったものであり、石鼎を題材として三人が聯句を作り上げるという虚構の枠組みの中で、二人を石鼎に見立てて戯画化したものともいえるのである。

ただし、この詩も前述の詩と同様、劉師服と侯喜を真に認めず見下して嘲っているわけではない。「石鼎聯句詩」の最後の軒轅弥明の八句は、石鼎と二人を重ね合わせてこれは必ず世に広まると、二人を励ます句で聯句が閉じられる。この詩は虚構であるにせよ、その下敷きとなった事柄に劉師服と侯喜との論戦があったと思われるが、弟子を打ち負かしつつも、相手をいつくしみ、議論の応酬を心から楽しむ韓愈の姿が想定される。

これまで韓愈が相手を言い負かした詩を取り上げたが、一方で韓愈が弟子に言い負かされた事態を戯画化したと思

しい詩もある。「魯連子を嘲る」詩は銭仲聯が元和十一年（八一六）に繋年しているものの、いつの制作されたかよく分からない詩だが、『史記正義』などに引かれる『魯仲連子』の田巴と魯仲連とのやりとりを下敷きにして作られている。田巴は五帝・夏殷周の三王・春秋五覇といった古の聖王・覇者を否定し、一日に千人を屈服させると評された戦国斉の弁論家。一方の魯仲連は当時若干十二才に過ぎなかったが、田巴に対して論戦を仕掛ける。当時の滅亡に瀕した国々に対して如何ともできない田巴の議論は声を出せば人に憎まれる不吉なフクロウの鳴き声のようなものだから、今後議論をしないよう申し出ると、田巴は承諾し、生涯弁舌を振るうことはなかった。[11] 魯仲連はその弁舌によって功績をあげても恩賞に与らず去って行く高潔の士の典型として形象化されており、この逸話でも魯仲連が詭弁を弄する田巴を論破するところに眼目があるが、韓愈の詩の中ではその魯仲連が否定的に描かれるところに特色がある。

1 魯連細而黠　　魯連は細かくして黠《さと》く
2 有似黄鵠子　　黄鵠《こうよう》子《し》に似たる有り
3 田巴兀老蒼　　田巴は兀《ごつ》として老蒼たり
4 憐汝矜爪觜　　汝の爪觜《そうし》を矜るを憐れむ
5 開端要驚人　　端を開けば人を驚かすを要《もと》めて
6 雄跨吾厭矣　　雄跨するは吾れ厭《あ》けり
7 高拱禅鴻声　　高拱して鴻声を禅《ゆず》ること
8 若輟一杯水　　一杯の水を輟《や》むるが若し
9 独称唐虞賢　　独り唐虞のみ賢なりと称す
10 顧未知之耳　　顧《かえ》って未だ之を知らざるのみ

初句の「細」は小さい、「黠」はさとい意だが『顔氏家訓』教子に「此れ黠児なり」とあるように子供の聡明さを表し、ここでは小賢しさといったニュアンスも帯びる。「鴸」はハイタカで鷹の一種だが、鷹よりも小さく、ハイタカの鋭い觜のように鋭い舌鋒を持つ魯仲連を誉めつつも含みのある表現となっている。一方で田巴の「兀」は意識の混濁したさまを表すが、そびえ立つ意味もあり、小さく小賢しい若き魯仲連と、巨軀だがぼんやりして老いた田巴との対比が鮮やかに、ユーモアを込めて描かれる。魯仲連の弁舌に対して、田巴は爪と觜を誇らしげに見せつけるようなものだと可哀想に思い、人をびっくりさせるために初っ端から雄弁を振るうのには飽き飽きしていると否定する。7・8句の自分が魯仲連に名声を譲り渡したのは一杯の水を明け渡すようにたやすいことにすぎないというのも、もとの逸話があっさりと魯仲連の言い分を認めたことを受けての表現で、自分は議論に負けたのではなく名声を譲ってやっただけだと居直っている。「譲」るは最後の二句で堯が舜に、舜が禹に天子の位を禅譲したことにもかけた表現であり、最後の二句は堯や舜だけが賢人と称されることを魯仲連はまだ分かっていない、つまり堯舜のように地位と名声をたやすく譲り渡した田巴の賢明な判断に魯仲連が気づいておらず、田巴を論破したと勝ち誇っていることを嘲笑って詩を締めくくる。

この詩は旧注では李紳と言い争ったことを指すとした方世挙の説に対して、程学恂が「若し是れ李紳の事を謂わば、公は負気の人、恐らくは亦た未だ田巴を以て自ら擬するを肯んぜず」と反論したように、自分は田巴に擬えるがその相手は特定するには及ばない。おそらくは口達者な若い弟子に言い負かされたのを田巴と魯仲連の逸話に擬えて作ったのであろう。魯仲連をたたえる逸話をひっくり返して魯仲連を嘲ったところに面白みがあり、そこには韓愈が自分が言い負かされたことを本心では認めつつも、詩の中ではあえてあらがってみせているように思わせる。五帝や三王など古の聖天子たちを否定した田巴が、堯舜を持ち出して自身の行為を持ち上げており、持論を否定するような強弁をくりだす人物像を造型している。そこに韓愈の強がりが感じられておかしみを覚えるのである。そしてこうした戯画化も、先の詩と同じように、相手に対する批判めいた言い回しや負けた口惜しみを和らげる効果を生み出しているように感じられる。

本章で取り上げた韓愈が論破した相手はいずれも自信に満ちあふれた、尊大にもとれる態度が言い負かされて変化する過程が描かれる点で共通している。実際の態度がそうであったわけではなく、そうした型に戯画化して詩に諧謔味を持たせているといえよう。自分が負けたことすら詩の題材にしており、韓愈自身が勝とうが負けようが議論のやりとり自体を楽しいものとして感じているため、こうした諧謔に溢れる詩となっているように思われる。

四　神とのやりとりの戯画化

前章では人間同士の議論の戯画化について述べたが、韓愈には人間以外の者とのやりとりにまで戯画化の範囲が及んでいる。文章の方では貧乏神を追っ払おうとする「窮を送る文」が有名だが、詩にも「瘧鬼を譴む」という疫病神をとがめた作品が見られる。この詩は、永貞元年（八〇五）の秋に陽山県令から量移されて江陵に向かう途上の作とされる。「窮を送る文」のように人格化された神が出てくるわけではないが、諧謔を感じさせるのは、猛威を振るう疫病神をなんとかしようと奮闘する人々の姿である。

9 医師加百毒　　医師は百毒を加え
10 熏灌無停機　　熏灌して機を停むる無し
11 灸師施艾炷　　灸師は艾炷《がいしゅ》を施し
12 酷若猟火囲　　酷なること猟火の囲むが若し

13 詛師毒口牙　　詛師は口牙を毒し
14 舌作霹靂飛　　舌は霹靂の飛ぶを作す
15 符師弄刀筆　　符師は刀筆を弄び
16 丹墨交横揮　　丹墨　交横に揮う

あらゆる劇薬を処方して休む間もなく火で燻し水を注ぐ医師、火を放って獲物を囲いこむようにもぐさをすえる灸師、雷鳴がとどろくように舌をふるって毒々しい呪詛を唱える祈禱師、筆を振るって縦横無尽に赤字黒字を書き付ける符術師を列挙していく。いずれも疫病神を追い出すための所作だが、たとえば医師の行為に「停機」という天文の運行が止まる際に用いられる重々しい言葉をあえて選び、以下に続く比喩も同じく仰々しさを感じさせており、そこに諧謔が生じている。詩の後半は疫病神の祖先から語り起こして、疫病神を追い出す祝詞を滔々と述べている。その仰々しさもおかしみを誘うが、周囲の人々をも戯画化することによって、疫病が蔓延して人々が苦しむ深刻な事態を深刻に感じさせず、この場の苦しみを緩和させる効果を生み出している。

最後に「瘧鬼を譴む」詩にもまさる深刻な事態を題材にした詩として、「孟東野　子を失う」詩を取り上げたい。この詩は元和三年（八〇八）に作られ、その序には、孟郊が立て続けに三人の男児を失い、老境を迎えて跡継ぎのいないことを悲しむあまり身体を損なうのではないかと韓愈が心配して、天の意志を推し量って孟郊に教え諭したと記される。[12] 幼子の死を主題とする文学は、魏・曹植「金瓠哀辞」、西晋・潘岳「金鹿哀辞」、梁・江淹「愛子を傷むの賦」など、哀辞や賦のジャンルですでに存在し、また中唐以降、この事を詠った孟郊「杏殤九首」や、白居易「崔児を哭す」など詩にも見られるようになるが、[13] 親友の幼子の死を詩の主題にしたのはおそらく韓愈がはじめてであろう。仮に先例があったとしてもこの詩の表現は類例をみない。その冒頭に、

1 失子将何尤　　子を失いて将《は》た何をか尤《とが》めん
2 吾将上尤天　　吾　将に上《かみ》　天を尤めんとす
3 女実主下人　　女《なんじ》　実に下人を主るに
4 与奪一何偏　　与奪　一に何ぞ偏れる

と、詩の語り手を孟郊に仮託し、天の生殺与奪の不公平さを強く訴える。この後の流れを追っていくと、子宝に恵まれてみな長生きしている家々がある一方で自分には何の罪があって生まれて十日もたたずに死なせてしまうのか、いくら叫んでも天が応えることはなく、そのことを悲しんだ地の神が霊亀を遣わせ天の門をたたかせる。なにゆえ天は人間に不平等なのか、霊亀の訴えに対して、天は三十句にわたって自身の考えを述べる。

17 天曰天地人　　天曰く　天地人は
18 由来不相関　　由来　相い関わらず
19 吾懸日与月　　吾　日と月とを懸け
20 吾繫星与辰　　吾　星と辰とを繫くるに
21 日月相噬齧　　日月　相い噬齧《ぜいげつ》し
22 星辰踣而顚　　星辰　踣《つまず》きて顚《たお》る
23 吾不女之罪　　吾　女を之れ罪せず
24 知非女由因　　女の由因に非ざるを知ればなり
25 且物各有分　　且つ物は各おの分有り
26 孰能使之然　　孰か能く之をして然らしめん

27 有子与無子　子有ると子無きとは
28 禍福未可原　禍福　未だ原《たず》ぬべからず
29 魚子満母腹　魚子　母の腹に満つ
30 一一欲誰憐　一一　誰をか憐れまんと欲する
31 細腰不自乳　細腰　自ら乳《やしな》わず
32 挙族長孤鰥　族を挙げて長く孤鰥《こかん》なり
33 鴟梟啄母脳　鴟梟《しきょう》　母の脳を啄《ついば》み
34 母死子始翻　母死して子始めて翻る
35 蝮蛇生子時　蝮蛇《ふくだ》　子を生みし時
36 坼裂腸与肝　腸と肝とを坼裂《たくれつ》す
37 好子雖云好　好き子は云《ここ》に好しと雖も
38 未還恩與勤　未だ恩と勤とを還さず
39 悪子不可説　悪しき子は説くべからず
40 鴟梟蝮蛇然　鴟梟蝮蛇然り
41 有子且勿喜　子有るも且く喜ぶこと勿かれ
42 無子固勿歎　子無きも固より歎くこと勿かれ
43 上聖不待教　上聖は教えを待たず
44 賢聞語而遷　賢は語を聞きて遷る
45 下愚聞語惑　下愚は語を聞きて惑い

46雖教無由悛　教うと雖も悛《あらた》むるに由無し

まず天は、天・地・人の間に相関関係はないということをきっぱりと述べ、天が配した日月や星辰といった天体でさえも、勝手に日蝕や月蝕を起こし、流星や彗星となって落ちてゆく、つまり地や人とは無関係に損なわれる。それゆえ、地や人が損なわれることも天とは無関係なのだから、お前（孟郊）の罪をとがめて子を若死にさせることはない、お前に原因があるわけではない、と述べる。そして子供がいるから幸福なのか、子供がいないから不幸なのか、その関連性は究明できないとし、子を産むことによる不幸の例を列挙していく。魚は膨大な卵を一々慈しみはしないし、ツチバチは自分で子供を育てず家族の概念がない、フクロウの子は母の脳をついばんで殺してから飛び立つし、マムシの子は母の腹を切り裂いて生まれてくる。これらの残虐さや血なまぐささを伴う奇抜な表現は韓愈らしいが、はたして孟郊はこうした動物と我が子を同列にあつかわれて、幼子を失った深い悲しみが本当に癒されるのか、はなはだ疑問に感じられる。続いて良い子に育っても子がその恩義や労苦に報いることはないし、悪い子に育てば言うまでも無い、と述べているのも、孝行を尽くした子の逸話はいくらでもあるわけで、部分否定ではなく「未だ還さず」と強く否定するのは、勢いで相手を納得させようとしているような印象を受ける。そして、子供がいても喜んではならぬ、子供がなくとも嘆いてはならぬ、と結論に持っていく。

韓愈の思想とこの詩との関わりについては、鈴木達明氏の論稿「韓愈の天人観について」の中で鋭い分析がなされている(14)。それに拠れば、韓愈の天人観は、「好悪相い異なる（天と人との好悪が異なるために天は善良な人間に対して不幸をもたらすような現象を起こす）」ものだが、この詩では一見すると天と人との関わりを否定しており、柳宗元的な天人分離に繋がる主張に見える。だが、23・24句は天が罪を与える力を持つことを前提にした言葉であり、天人相関を否定するような言い回しになったのは、自らの責任を回避しようとした天の苦しい言い訳として読むべきではないかとし、43〜46句も、天自身が強弁だと自覚している故に、このような念押しするような言い回しになっている、と指摘している。さらに着目したいのは、天の弁明をこのように理解するならば、「韓愈は天の主張の内容よりもむしろ天の描写によって孟郊を慰めようとしていると考えるべき」と指摘しているところにある。鈴木氏は、人とは好悪が異なる天によって降された災いは孟郊の行動に非があるわけではなく、子供の死に孟郊が責任を負う必要はないという慰めになると結論づけており、その通りなのだが、ここでは「天の描写によって」というのを一歩進めて、この作品を思想ではなく文学の観点から読み解いてみたい。『韓愈詩訳注』のこの詩の解題でも、「擬人化された天のキャラクターとのやりとりを含め、むしろ伝奇小説的な軽妙な趣を示す作品と言える(15)」と述べているように、その表現に着目したとき、まずその特徴といえるのは天の擬人化であり、「軽妙」という作品の肌触りである。天の擬人化については鈴木氏も「人格神的なキャラクター」としており、前述のとおりおよそ相手が納得するとも思えぬ苦しい言い訳に終始して強弁を繰り出すところに人間味を感じさせる。また、軽妙な趣を感じさせるのは、天が幼子の死という重たい事態・深い悲しみに対して、なんら同情を示すことなく、滔々と、仰々しく語るその語り方にあるように感じられる。その仰々しさと、この内容で孟郊は本当に我が子を失った悲しみを納得して受け入れるのかというちぐはぐさが読み手におかしみを生じさせる訳である。というよりは、このような天を設定した韓愈に対して苦笑を覚えるといった方が近いかもしれないが、こうした天の台詞によっておかしみをさそおうとしているのは、戯画化のひとつの形といえないだろうか。幼子の死という重たいテーマ故、読み手は深刻な内容として読んでしまうが、そうした先入観を排除すれば、この詩には諧謔味が感じられるのである。

この天の返答を孟郊はどのように受け取ったのか、詩は以下のように結ばれる。

47大霊頓頭受　　大霊　頓頭して受け

48即日以命還　　即日　命を以て還る
49地祇謂大霊　　地祇　大霊に謂えらく
50女往告其人　　女《なんじ》往きて其の人に告げよと
51東野夜得夢　　東野　夜　夢を得たり
52有夫玄衣巾　　夫有りて玄衣巾す
53闖然入其戸　　闖然《ちんぜん》として其の戸に入り
54三称天之言　　三たび天の言を称す
55再拝謝玄夫　　再拝して玄夫に謝し
56収悲以歓忻　　悲しみを収めて以て歓忻《かんきん》す

大亀は天の言葉に全く反論することなく、頭を何度も大地に打ち付けて拝受する。地の神の命を受けた大亀が孟郊の夢の中に表れ出て三度天の言葉を唱えるが、孟郊は再拝して感謝を表し、悲しみを収めて喜んだとして詩が閉じられる。前段で述べたような内容に納得して悲しみを収めることも考えにくい上に、幼子を立て続けに亡くした深い絶望が喜びにまで変わるのはさらに理解に苦しむが、仰々しいやりとりや喜ぶ孟郊の姿も戯画化されたものといえる。こうした表現は第三者である読み手にはおかしみを感じさせるが、当人である孟郊に対してはどのような反応を示すことを韓愈は期待してこの詩を作ったのだろうか。天の不条理な説得に嬉々と納得する自分を見せられることによって感情を揺さぶり、深い悲しみに閉ざされた孟郊の心を立ち上がらせようとしたようにも思えるが、そもそも韓愈はおかしみを読み手に与えることを意図したのか、していなかったのか。意図していなかったとしたら、こうした感じ方は作者の意図を離れて、時代や地象の異なる文化圏によってもたらされた新たな読みということになる。(16)意図していたとしたら、韓愈は天と孟郊の戯画化にどのような意図を込めていたのか。戯画化がもたらす効果について、川合康三「韓愈と白居易―対立と融和―」[17]の中では、釣りの失敗を描いた「侯喜に贈る」詩、歯を次々失う自己を描いた「落歯」詩、僻遠の左遷地に向かう途次に吏にやり込められる「瀧吏」詩の自己戯画化を分析して以下のように述べている。

自己戯画化の典型的な三例を通観して分かることは、それがいずれも自己の不幸を客体化して滑稽に描き出すことによって、己れの不幸を慰撫する作用を果たしていることである。[18]

ここで説かれるように、自分の不幸を慰撫する作用は自己戯画化の重要な働きの一つなのだが、韓愈は自己戯画化が自己の不幸を慰撫することを自覚していて、他者の戯画化には他者の不幸を慰撫する働きがあるという考えのもとに、「孟東野　子を失う」詩の中で孟郊や神を戯画化したのではないだろうか。これまで天の言葉の内容の理解しがたさを述べてきたが、韓愈が天の考え方によって孟郊を慰撫しようとしたというよりも、不条理な天の強弁さと嬉々と納得する自己に苦笑を覚えさせることで孟郊を慰撫しようとしたと考えたい。幼子を立て続けになくして家を継ぐ者を失うという深い絶望には、どんな理屈や慰めよりも諧謔が大きな力を与えることを韓愈は自覚してこの詩を作ったように思えるのである。この考えも強弁な感をぬぐえないが、韓愈の作品は時折どれほどの言葉を費やしてもその本質にたどりつかないと感じさせる測りがたさ、底知れなさがある。そこに韓愈の文学の魅力があるといえるのかもしれない。

他者戯画化が他者の不幸を慰撫する作用があるのは、ここで取り上げた他の詩にもいえることである。論戦の戯画化は不幸な事態とまではいえないが、論戦に負けた相手の悔しさを笑いによって和らげているし、「鼾睡を嘲る」二首も、いびきを責められ悩む澹然を笑わせ慰撫させたのかもしれない。もちろん、諧謔がもたらす効果はこれだけに留まるものではなく、もっと様々な切り口から掘り下げる必要があろう。今回は詩を対象としたが、韓愈には文の方でも巻三六に収められる「毛穎伝」「窮を送る文」「鰐魚文」は言うに及ばず、他の文章の中で描かれる人間像にも諧謔を感じさせるものがある。韓愈の諧謔の全体像を明らかにするためには、詩文双方からの分析も必要になってくるが、これらの問題については稿を改めて考えてみたい。

注

（1）川合康三著。研文出版、二〇二二年。

（2）一七頁参照。

（3）五三七頁参照。

（4）川合康三「戯れの文学―韓愈の「戯」をめぐって―」（『日本中国学会報』第三十七集、一九八五年。後『終南山の変容―中唐文学論集』研文出版、一九九九年に収録）の中でも、「遊び」とよばれるものの根源に、自由な解放感、それ自体を目的とした生命力の奔放な横溢があるなら、それこそ韓愈の本質的な部分であること、「道」の主張を中心に据えた宋人の理論体系によって作り上げられた韓愈像の桎梏を解く必要があることを指摘している。

（5）興膳宏『杜甫―憂愁の詩人を超えて』（岩波書店、二〇〇九年）八三頁参照。

（6）『集刊東洋学』六十三号、一九八四年。後『終南山の変容―中唐文学論集』に収録。

（7）『終南山の変容―中唐文学論集』二五二頁。

（8）韓愈詩のテキストには世綵堂本『昌黎先生集』を用いる。日本語の訳注としては川合康三・緑川英樹・好川聡編『韓愈詩訳注　第一冊～第三冊』（研文出版、二〇一五年、二〇一七年、二〇二一年）を参照した。韓愈詩の解釈は未刊分も含めてこの読書会の成果を活用している。

（9）『和漢聯句の世界』（アジア遊学95、勉誠出版、二〇〇七年）、一一六頁。同頁で、詩題を「聯句」ではなく「聯句詩」

とするのも、聯句の体裁を装った詩であることを誰かが示そうとしたのかもしれないと指摘している。

(10) 前掲論文一一七頁参照。

(11) 『史記』魯仲連列伝の『正義』に引かれる『魯仲連子』に「斉辯士田巴、服狙丘、議稷下、毀五帝、罪三王、服五伯、離堅白、合同異、一日服千人。有徐劫者、其弟子曰魯仲連、年十二、号千里駒、往請田巴曰、臣聞堂上不奮、郊草不芸、白刃交前、不救流矢、急不暇緩也。今楚軍南陽、趙伐高唐、燕人十万、聊城不去、国亡在旦夕、先生奈之何。若不能者、先生之言有似梟鳴、出城而人悪之、願先生勿復言。田巴曰、謹聞命矣。巴謂徐劫曰、先生乃飛兔也。豈直千里駒。巴終身不談」。この逸話は『意林』巻一や『太平御覧』巻四六四・人事部・辯下などにも見え、テキストにも多少の異同が見られる。

(12) 原文・書き下し「東野連産三子、不数日輒失之。幾老、念無後以悲。其友人昌黎韓愈、懼其傷也、推天仮其命以喩之（東野連《しき》りに三子を産むも、数日ならずして輒ち之を失う。幾ど老いんとして、後無きを念いて以て悲しむ。其の友人昌黎韓愈、其の傷らんことを懼るるや、天を推し其の命を仮りて以て之に喩す）」。

(13) 『韓愈詩訳注　第三冊』二六五頁参照。

(14) 『中国文学報』第九十六冊、二〇二二年。以下の説明は五〇—五一頁参照。

(15) 『韓愈詩訳注　第三冊』二六五頁。

(16) この考え方については、『中国の詩学』第二十三章「作者・話者・読者」の「3読者による創出」を参照。

(17) 『中国文学報』第四十一冊、一九九〇年。後『終南山の変容—中唐文学論集』に収録。

(18) 『終南山の変容—中唐文学論集』三一九頁。

本研究は JSPS 科研費20K00366の助成を受けたものである。

李賀と植物の比喩

遠藤　星希

一　はじめに

上田秋成「菊花の約《ちぎり》」（『雨月物語』巻之二）は、有名な次の一段から説き起こされる(1)。

青〻《せい〳〵》たる春の柳、家園《みその》に種《うゆ》ることなかれ。交《まじは》りは軽薄《けいはく》の人と結ぶことなかれ。楊柳《やうりう》茂《しげ》りやすくとも、秋の初風《はつかぜ》の吹くに耐《たへ》めや。軽薄《けいはく》の人は交《まじは》りやすくして亦速《すみやか》なり。楊柳いくたび春に染《そむ》れども、軽薄《けいはく》の人は絶《たえ》て訪《とむら》ふ日なし。

ここに見える「春の柳」は、本段の典拠である『古今小説』巻十六「范巨卿鶏黍死生交」冒頭の詩「結交行」(2)における「垂楊枝」と同じく、季節の変化に応じてたやすく葉を落とすという特性に焦点が当てられ、移り気な「軽薄の人（軽薄児）」を想起させるものとしてある。「家園」に柳を植えてはならぬという戒めは、「軽薄の人」と交わりを結んではならぬという戒めを、自然物に仮託して述べたものといえる。ここでは、自然物である「楊柳」が「軽薄の人」と重ね合わされているが、同時に、春を迎えるたびに芽吹く柳の循環性と、一度去ったら戻ってこない人間の一回性とが対立的に捉えられてもいる。

中唐の李賀（七九一〜八一七）もまた、「園」に樹を植えることを戒める詩「莫種樹」（『李賀歌詩編』巻三）(3)を残している。

園中莫種樹　園中に樹を種《う》うること莫《なか》れ
種樹四時愁　樹を種うれば四時《しいじ》愁う
独睡南牀月　独り睡る　南牀の月
今秋似去秋　今秋　去秋に似たり

この詩で「種うること莫れ」とされているのは、「楊柳」ではなく、不特定の「樹」である。「園中」に樹を植えてはならない理由については、承句に「樹を種うれば四時愁う」と一応は示されているのだが、なぜ樹を植えたら「四時」(＝四季)、すなわち一年中愁えることになるのか、その因果関係は詩中に明示されていない。

黒川洋一氏は、承句の「四時愁」に注して「四季ごとの愁。境遇になんの変化もない李賀にとって、木の成長変化がさまざまの悲哀を起こさせることをいう」と述べ、結句「今秋似去秋」にも「李賀の身の上になんの変化もないことをいう」と説明を加えている(4)。この解釈に拠るならば、庭に樹を植えてはならない理由は、樹がその成長を年中見せつけ、身の上が変わらない詩人にみじめさを痛感させるから、ということになる。ここからは、変化する樹木と変化しない自身という対比の構図を読み取ることができる。

黒川氏がこのように解釈したのは、庭に植えられるとすれば恐らく苗木であり、苗木は日ごとに成長する以上、結句「今秋　去秋に似たり」は樹ではなく、詩人自身の境遇について述べたとみなすのが自然、と判断したためであろう。また、同氏は「科挙の試験に落第して故郷にもどって来た年の秋の作か」と推定していることから(5)、李賀の伝記的背景をも考慮に入れていることが窺える。ただ、「今秋　去秋に似たり」は、文字どおりには、今年の秋と去年の秋との類似を示すに過ぎない。そうである以上、似るものを、詩人の「今秋」の境遇と「去秋」のそれに限定しなくてもよいのではないか。

本稿では、李賀の詩に見える植物の比喩に光を当て、そこから浮かび上がる人間と植物との共通特性や、その表現手法等について考察することを通し、「莫種樹」をまた別の視点から読み直してみたい。

二　枯れてゆく植物と人間

李賀の比喩表現については、川合康三氏「李賀と比喩」でつとに詳しい分析がなされている。(6) 同論文中で、川合氏は、指示対象を伝達するために比喩が用いられるのではなく、比喩する語から叙述が自立的に展開されていく傾向が、李賀の詩に確認できる点を指摘している。たとえば、李賀「昌谷詩」（巻三）の第九・十句、

草髪垂恨鬢　草髪　恨鬢を垂れ
光露泣幽涙　光露　幽涙泣く

両句の前後は、李賀の故里昌谷の夏の景物を描く場面であり、人物は登場しないことから、文脈上、上句の「草髪」は「草のような髪」ではなく、「髪のような草」を指す。ここで、喩詞（＝比喩する語）である髪は、被喩詞（＝比喩される語）である草の形状を伝達する役目に甘んじておらず、髪自体の叙述が句の後半部「恨鬢を垂れ」へと展開されていく。また、下句では、花の露と女性の涙を重ね合わせる李賀頻用の比喩が用いられ、「喩詞である涙は上句の喩詞の髪と共に、女性の換喩として一つの意味系列を構成する」ことに、川合氏は注意を払っている。(7)「自然物である草や露の姿から、髪をふりみだした女、ひそやかな涙を流す女の姿が喚起されるのである」（川合氏）。

この「昌谷詩」の例をはじめとして、李賀の詩には植物を被喩詞、人間の身体や服飾物を喩詞とする比喩表現が少

なくない。(8) その中に、複数の喩詞が一篇の中で一つの意味系列を構成し、自然と人事との融合した雰囲気を繰り広げたり、喩詞によって別次元の世界を現出させたりする例が見られることは、川合氏の論文に詳しく説かれている。

一方、李賀の詩には、人間を被喩詞、植物を喩詞とする比喩表現もまた確認できる。その場合、比喩される人間は、不遇感が強調された詩人の分身であるのを常とする。一例として、「開愁歌」（巻三）を挙げよう。

秋風吹地百草乾　　秋風　地を吹きて百草乾き
華容碧影生晩寒　　華容の碧影　晩寒を生ず
我当二十不得意　　我　二十に当たりて意を得ず
一心愁謝如枯蘭　　一心　愁謝すること枯蘭の如し
衣如飛鶉馬如狗　　衣は飛鶉の如く　馬は狗《いぬ》の如し
臨岐撃剣生銅吼　　岐に臨みて剣を撃てば　銅吼を生ず
旗亭下馬解秋衣　　旗亭　馬より下りて　秋衣を解き
請貰宜陽一壺酒　　請いて貰《おきの》る　宜陽　一壺の酒
壺中喚天雲不開　　壺中　天に喚《よ》ぶも　雲開かず
白昼万里閑凄迷　　白昼万里　閑《しず》かにして凄迷たり
主人勧我養心骨　　主人　我に勧む　心骨を養え
莫受俗物相塡猥　　俗物の相塡猥《てんかい》するを受くる莫れと

詩題の「開愁」は「憂さを晴らす」の意。「愁い」の原因は、第三句に「二十に当たりて意を得ず」とあるのみで、具体的には語られない。詩中の「我」は、「旗亭」（＝酒楼）で酒を掛け買いし、酔って天に大声で呼びかけるが、天は雲におおわれて応答はなく、静けさが広がるばかり。その静寂に耐えかねたのか、酒楼の主人が「俗物の干渉を受けないように」という忠告を「我」に与えたところで、一篇は結ばれる。

植物を用いた比喩表現は、第四句の「一心　愁謝すること枯蘭の如し」。本句は、首句「秋風　地を吹きて百草乾き」を承け、秋風に吹かれて乾燥し、枯れた蘭に自身の「一心」を喩えている。「愁謝」は熟していない語だが、喩詞が「秋の到来によって衰えた蘭」であることからみれば、「愁いによって衰えた心の形容」と考えてよかろう。「秋」と「愁」の字形の相似も考慮されているかもしれない。

ここで喩詞と被喩詞を結びつけているのは、植物と人事の双方に用いることが可能な「謝」という動詞である。植物の衰えに用いた例としては、初唐の喬知之「和李侍郎古意」詩（『全唐詩』巻八十一）に、

茎枯花謝枝憔悴　　茎は枯れ　花は謝して　枝は憔悴
香銷色尽花零落　　香は銷《き》え　色は尽きて　花は零落

また、人間の衰えを意味する例としては、

朱顔謝春暉　　朱顔　春暉に謝し
白髪見生涯　　白髪　生涯を見《あら》わす
（李白「寄王屋山人孟大融」『李太白文集』巻十二）

鏡中衰謝色　　鏡中　衰謝の色
万一故人憐　　万一　故人憐れまん
（杜甫「覧鏡呈柏中丞」『杜工部集』巻十六）

等、多数確認できる。このほか、人の死の婉辞として用いられることもあるが、[9] おそらく「謝」の本義「辞去する」[10]

から「世を去る」という意味がまず生じ、そこからさらに「草木が枯れる」「（枯れるように）人が衰える」という派生義が生じていったものと思われる。

注意しておきたいのは、ここに挙げた例がそうであるように、人の衰えを「謝」という語で示す場合、それは老化による身体の衰えを指すのを常とする点である。それに対し、李賀「開愁歌」においては、「枯蘭」のごとく「謝」するのは、身体ではなく「心」である。詩中の「我」の年齢は「二十」であり、「岐に臨みて剣を撃てば銅吼を生ず」とあるように、身体はむしろ壮健で、若さゆえの力をもてあましているかに見える。にもかかわらず、心は植物のように枯れてしまっている。いうなれば、心と身体の状態に乖離が生じている。だからこそ、酒楼の主人は「心骨を養え」ともっぱら内心の養生を忠告し、客人の「我」は秋風に吹かれて乾いた「枯蘭」の心に水をやるかのように、酒を身中に流しこむのである。

「開愁歌」の比喩表現は、比喩であることを「如し」で明示する直喩であったが、李賀の次の詩「傷心行」（巻二）では、隠喩によって植物と人間の姿を重ね合わせている。

咽咽学楚吟　　咽咽として　楚吟を学び
病骨傷幽素　　病骨　幽素を傷《いた》む
秋姿白髪生　　秋姿　白髪生じ
木葉啼風雨　　木葉　風雨に啼く
灯青蘭膏歇　　灯は青くして　蘭膏歇《つ》き
落照飛蛾舞　　落照　飛蛾舞う
古壁生凝塵　　古壁　凝塵生じ

首句の「学楚吟」に、清の王琦は「楚詞哀怨の吟を学ぶ」と注する。[11]『楚辞』は李賀の愛読書であったことから、[12]詩中の「楚吟を学び」「幽素を傷む」病身の人物は、詩人の姿を色濃く投影した分身のごとき存在といってよい。「幽素」は難解で、通常は「猶お幽冷、幽寂のごとし」[13]、「ひっそりとさびしいこと」[14]といった方向性で理解されているが、ここでは「素」がその原義「白い生糸」を連想させ、次句の「白髪」を導くことを読み取っておけば、それ以上の細かい字義の詮索は必要なかろう。「素秋」という語が熟しているように、「素」が喚起する白は五行説で秋に配される色でもあり、次句の「秋姿」を導いてもいる。

「秋姿」は熟さない語で、管見の限り、李賀以前の詩文で用例を検出できない。文字どおり解すれば「秋の姿」となるが、ここでは「白髪生じ」の主語になっている関係上、詩人の「秋のような姿」——より説明的に言葉を補うと「秋の景物のように衰えた姿」——を意味する比喩表現ということになろう。

次句に描かれるのは、風雨に打たれて散りゆく木の葉。この景物は、前句の喩詞である「秋」の意味系列に連なっている。ここで注意すべきは、風雨に打たれた木の葉が「啼いている」ことである。動詞「啼」は、人間の泣き声、および動物や鳥、昆虫等の鳴き声に用いられるのを常とし、木の葉の音に用いられるのは極めて珍しい。[15]人間の意味系列に属す動詞「啼」が想起させる泣き声は、首句で「咽咽」とむせび泣くように楚辞を吟じる詩人の声と共鳴する。[16]結果として、「幽素」に心を傷める詩人の「秋姿」と、「風雨」に打たれて葉を落とす秋の樹木とが二重写しになるのである。

先に見た「開愁歌」において、「枯蘭」に比喩されていたのは、詩人の心（「一心」「心骨」）であり、「秋衣」は着脱が可能なものとしてあった。一方、「傷心行」で樹木と重ねられているのは、詩人の身体（「秋姿」「病骨」）に他ならない。いわば、詩人の存在そのものが、秋という季節と同化しているのである。

三　再生する植物と人間（上）

植物に自己を投影させる、あるいはわが身の象徴として植物を描きだす手法そのものは、先例がないわけではない。興膳宏氏は、「枯木にさく詩──詩的イメージの一系譜──」の中で、枯れ木をモチーフとした詩賦を時代を逐って分析し、枯れ木のイメージに自らの思いを託した詩人たちの系譜を、すでに明らかにしている。(17) たとえば、庾信の「枯樹賦」について、興膳氏は「自己の衰えゆく肉体を枯樹になぞらえ、かつ北遷後の張りを失ったうつろな心を老木のイメージに一体化させている」とし、「かくの如く枯樹は庾信の詩賦にしばしば現われ、しかもそれらは常に大なり小なり年老いてうつろな心を抱いて生きる彼自身のシンボルとしての役割を帯びている」と指摘する。(18)

ただ、留意すべきは、同論文中に挙げられる、詩人たちがわが身を託すところの樹木が、その論題の示すとおり、ほぼ例外なく、直線的に死へと向かう枯れ木や病木だということである。「病める自己の肉体を枯樹との同一化によって描き出す」盧照隣はいうまでもなく、杜甫が時世批判の寓意を込めたのも、「何らかの動機によって不当に生命を奪われた樹木」たちであった。

一方、李賀の詩には、再生する植物と人間の生とを重ね合わせる例も複数見出すことができる。まずは、「高軒過」（巻四）から見てみよう。

華裾織翠青如葱　　華裾　翠を織り　青きこと　葱の如し
金環圧轡揺冬瓏　　金環　轡《たづな》を圧し　揺れて冬瓏たり

馬蹄隠耳声隆隆　　馬蹄　耳に隠として　声　隆隆たり
入門下馬気如虹　　門に入りて　馬より下れば　気は虹の如し
東京才子文章公　　東京の才子　文章の公
二十八宿羅心胸　　二十八宿　心胸に羅《つら》なり
九精照耀貫当中　　九精　照耀して　当中を貫く
殿前作賦声摩空　　殿前に賦を作れば　声は空を摩し
筆補造化天無功　　筆は造化を補いて　天に功無し
厖眉書客感秋蓬　　厖眉の書客　秋蓬に感ず
誰知死草生華風　　誰か知らん　死草の華風に生ぜんとは
我今垂翅附冥鴻　　我は今　翅《つばさ》を垂れて　冥鴻に附くも
他日不羞蛇作龍　　他日　羞じず　蛇の龍と作《な》らんことを

李賀の別集では、本詩の題下に「韓員外愈、皇甫侍御湜見過、因而命作（韓員外愈、皇甫侍御湜に過《よぎ》られ、因りて命ぜられて作る）」との原注があり、これによれば、詩題の「高軒」（貴人が乗る屋根の高い車。転じて、貴人を指す）、および詩中の「東京の才子　文章の公」は、韓愈と皇甫湜の二人を指す。この詩については、都で評判となっていた李賀の詩才を確かめるべく訪問した韓愈と皇甫湜の求めに応じ、「年七歳」の李賀が即興で書き上げたという逸話（『唐摭言』巻十）が伝わるが、実際は元和四年（八〇九）、李賀が二十歳の時の作と推定されている。(19)

本詩は毎句韻の柏梁体であり、途中で換韻はされていないが、全体としては、訪問者の服飾や乗り物の華美なさまを描写する冒頭部（第一～四句）、誇張表現を駆使して訪問者の文才とその名声の高さを称える中間部（第五～九句）、訪問を受けた詩人の感慨と抱負が示される最終部（第十～十三句）から成る三段構成となっている。

　植物を用いた比喩表現は、最終部の第十・十一句に見える。上句の「厖眉の書客」は「秋蓬」を目にして感慨を催している。その原因はむろん、わが身と「秋蓬」との間に類縁関係を見出したからに他ならない。両者を結ぶ特性の一つは衰えであり、白髪混じりの眉（厖眉）と、[20]秋を迎えて枯れた蓬（秋蓬）は、ともに「死」へと向かうベクトルを連想させる。両者を結ぶもう一つの特性は根無しであり、枯れて風に吹きちぎられ、地面をころがる蓬には、生活の基盤を持てず、他郷をさすらう「書客」の姿が投影されている。

　ただ、この時点では、「秋蓬」はあくまで詩人とは切り離された客体としてあった。それが下句「誰知死草生華風」に至ると、「死草」（＝上句の賓語であった「秋蓬」[21]）と詩人の姿とは、いつの間にか重ねられている。この句に、王琦は次のように注する。


　蓬蒿至秋則将敗而死矣。今得栄華之風吹之而復生。（蓬蒿は秋に至れば則ち将に敗れて死せんとす。今栄華の風之れを吹きて復た生ずるを得たり。）


　詩の末尾で「龍と作らん」という上昇志向の決意が表明されていることに照らせば、「栄華の風」に吹かれて「復た生ずる」「死草」が、再起の機会を獲得した詩人自身を比喩することは明らかであろう。いうまでもなく、「死草」に吹きつける「華風」（うららかな春の日に吹く柔和な風）は、詩人の才を見出してくれた訪問者――韓愈と皇甫湜――の隠喩に他ならない。一篇の冒頭で示された訪問者の服装が、春の色である「青」の「華裾」であったのも、ここの「華風」と対応する。

　植物を用いた比喩として、第二章で挙げた「開愁歌」および「傷心行」におけるそれと異なるのは、再生するという植物の一面に着目したうえで、枯れた植物と自分自身とを重ね合わせる点である[22]類似した表現は、次に挙げる

「野歌」（巻四）からも見出せる。

鵶翎羽箭山桑弓　鵶翎《あれい》の羽箭　山桑の弓(23)
仰天射落銜蘆鴻　天を仰ぎて射落とす　蘆を銜《ふく》む鴻
麻衣黒肥衝北風　麻衣黒肥　北風を衝《つ》き
帯酒日晩歌田中　酒を帯びて　日の晩《くれ》に田中に歌う
男児屈窮心不窮　男児　屈窮するも　心は窮せず
枯栄不等嗔天公　枯栄等しからず　天公に嗔《いか》る
寒風又変為春柳　寒風　又た変じて春柳と為り
条条看即煙濛濛　条条　看れば即ち煙濛濛たり

「開愁歌」や「高軒過」とは異なり、この詩に一人称代詞は出てこないが、第五句の「男児」は、李賀の他の詩でしばしばそうであるように、詩人の自画像とみなして問題ないだろう。(24)「開愁歌」における「二十」の「我」は、「枯蘭」のごとく枯れた心に比して、身体は壮健そのものであった。一方、この「野歌」における「男児」は、その身は「屈窮」しているものの、不屈の精神を有している。

その精神は、第三句「麻衣黒肥衝北風」に顕著にあらわれている。王琦は「麻衣」が「挙子」（科挙の受験者）の服装であることに注意を促しているが、(25)ここではまず、季節はずれの薄着である点にこそ目を向けるべきだろう。(26)また、『詩経』曹風「蜉蝣」に「麻衣如雪（麻衣　雪の如し）」とあるように、「麻衣」はしばしば白色と目される。その薄く白い衣が、垢じみて黒く汚れ（王琦注「黒肥は、垢膩の状なり」）、さらに冷たい北風にさらされている。だが、それを着た「男児」は「衝」という動詞が示すように、北風を恐れず野に出て、わが身を圧迫する何かに抗うかのように、暮れゆく「田中」で酒を飲み、歌をうたうのである。

感情が高ぶった「男児」は、「枯栄」が不平等である現状に対し、さらに天をとがめだてる。ここにいう「枯栄」が、人の世の栄枯を植物のそれに重ねる比喩表現であることは、文脈上明らかである。ただ、ここでは単なる比喩表現にとどまらず、「枯栄」という語が本来持っていた植物の「枯」から「栄」への変化——寒風で枯れた柳が春に再生し、枝々に葉を茂らせていくイメージ——を次句以降に導きだす。

王琦は、この詩の後半四句を次のように理解している。

長吉自謂、身雖屈抑窮困、心却不為窮所困。凡人之遭際、枯栄不等、常謂天意偏私、其実天意未常偏私。試看寒風時候、又変為春柳時候、枯者亦有栄時、不可信乎。

（長吉自《みずか》ら謂《おも》えらく、身は屈抑窮困すと雖も、心は却て窮の困《くる》しむ所と為らず。凡そ人の遭際、枯栄等しからざれば、常に天意は偏私すと謂《おも》うも、其の実天意は未だ常《かつ》て偏私せず。試みに寒風の時候、又た変じて春柳の時候と為り、枯るる者も亦た栄時有るを看れば、信ずべからざるや、と。）

この説明によれば、詩の末尾に描かれる春の柳は、人間の境遇に対して天が「偏私」（えこひいき）などせず、自然の法則に則って、「枯者」にも等しく「栄時」をもたらしてくれる証左として機能することになる。だが、それでは「男児」が怒気をこめて天を責めた直後に春の光景が現出した効果が失われてしまうのではないか。

王琦は、第七句「寒風又変為春柳」を「寒風の時候、又た変じて春柳の時候と為る」と合理的にパラフレーズしている。ただ、文字どおり受け取るならば、「変為」で示されているように、この詩句は「寒風」から「春柳」への変身《メタモルフォゼ》を意味する。第八句「条条看即煙濛濛」の「看れば即ち」も、柳の枝々の変化が漸次ではなく、瞬刻に生じたことを示しているだろう。[27] してみれば、末尾の「春柳」は、天に対する「男児」の訴えを契機として、「寒風」からにわかに立ち上がった情景であり、むしろ自然の法則に反するものと解した方がよいのではないか。「柳煙」という語があるように、繁茂する柳はよく煙霧に喩えられるが、ここで柳の枝葉が「煙濛濛」としているのは、あるいは「寒風」という無形のものから生じたがゆえの非現実的な雰囲気を演出するためかもしれない。

　詩中に春の柳が出現するきっかけとなったのは、一つには「枯栄」という比喩表現であり、もう一つには「天公に嗔《いか》る」という「男児」の行為であった。後者は、気圧《けお》された「天公」がやむなく自然の運行に変更を加えたとも考えられるし、「男児」の怒気そのものが自然の法則を狂わせたとも考えられる。さらに三つ目のきっかけとして、「男児」の歌の力も無視することができない。川合康三氏が詳述するように、中唐期になると、「詩を作るという人間の営みを、造物主が世界を創造する行為に匹敵する、或いはそれを凌駕するとみなす考え」が一部の文人から出現するようになる[28]。李賀もその「一部の文人」の一人であり、本章ですでに引いた「高軒歌」の詩句「筆補造化天無功（筆は造化を補いて　天に功無し）」は、そうした考えを示す典型例といってよい。詩人が造物主の力を凌駕する例の一つとして、「詩によって自然の運行に変更が加えられる[29]」ことが挙げられるが、「野歌」の「男児」もまた、「田中で歌う」――詩題の「野歌」に対応する――という行為によって、「野」の自然に異変を起こし、この世に春を現出させたのではなかろうか。

　身が「屈窮」している「男児」は、不平等な「枯栄」のうちの「枯」の側に身を置く存在であった。彼の怒気を含んだ歌声が天に作用し、「寒風」が緑の「春柳」に変じたとき、「北風」にさらされていた「男児」もまた「枯」から「栄」に生まれ変わったであろう。「高軒過」における「死草」は、他者（韓愈と皇甫湜）がもたらす「華風」によって復活していたが、「野歌」における「男児」は、自らの力によって「寒風」から春の光景を現出させ、枯れたわが身を再生させるのである。

四　再生する植物と人間（下）

前章で見た「高軒過」と「野歌」において、人間の姿が投影された植物の再生は、どちらかといえば、望ましいこととして捉えられていた。ただ、李賀が詩の中で自身の生を植物のそれに重ね合わせて再生させる時、必ずしも好ましい状況を意味するわけではないようだ。次に挙げる「贈陳商」（巻三）からは、そうした発想の一端が垣間見える。

長安有男児　　長安に男児有り
二十心已朽　　二十にして心已に朽ちたり
楞伽堆案前　　楞伽　案前に堆《うずたか》く
楚辞繋肘後　　楚辞　肘後に繋《か》く
人生有窮拙　　人生　窮拙有り
日暮聊飲酒　　日暮　聊か酒を飲む
祇今道已塞　　祇《た》だ今　道已に塞がる
何必須白首　　何ぞ必ずしも白首を須たん
凄凄陳述聖　　凄凄たり　陳述聖
披褐鉏俎豆　　褐を披《き》て俎豆を鉏《そ》す
学為堯舜文　　堯舜の文を為《つく》ることを学び
時人責衰偶　　時人　衰偶を責む

柴門車轍凍　柴門に車轍凍り
日下楡影痩　日は下《お》ちて楡影痩す
黄昏訪我来　黄昏　我を訪《おとず》れ来《きた》れば
苦節青陽皺　苦節　青陽皺《しゅう》す
太華五千仞　太華　五千仞
劈地抽森秀　地を劈《つんざ》きて　森秀を抽《ぬき》んず
旁古無寸尋　旁古　寸尋無く
一上戛牛斗　一《ひと》たび上《のぼ》れば牛斗に戛《かつ》せん
公卿縦不憐　公卿　縦い憐れまずとも
寧能鎖吾口　寧ぞ能く吾が口を鎖《と》ざさんや
李生師太華　李生　太華を師とし
大坐看白昼　大坐して白昼を看る
逢霜作樸樕　霜に逢えば樸樕《ぼくそく》と作《な》り
得気為春柳　気を得ては春柳と為《な》る
礼節乃相去　礼節　乃ち相去り
顦顇如芻狗　顦顇すること芻狗の如し
風雪直斎壇　風雪　斎壇に直し
墨組貫銅綬　墨組　銅綬を貫く
臣妾気態間　臣妾　気態の間

唯欲承箕箒　　唯だ箕箒を承けんと欲す
天眼何時開　　天眼　何れの時にか開かん
古剣庸一吼　　古剣　庸《もっ》て一吼せん

詩題に見える陳商（字は述聖）は、韓愈の門弟の一人で、元和九年（八一四）の進士。本詩の制作年を、朱自清は元和六年（八一一）冬、銭仲聯は元和五年（八一〇）冬にそれぞれ繋けるが、[30] いずれにせよ、奉礼郎在任中、長安での作とする点は動かない。

全三十四句から成る本詩は、一韻到底格ではあるものの、内容から見て全体を大きく五段に分けることが可能である。

・自己の窮状を述べる第一段（第一句「長安有男児」～第八句「何必須白首」）
・世の価値観と相容れずとも、古文を学ぶ陳商のひたむきさを述べる第二段（第九句「凄凄陳述聖」～第十二句「時人責衰偶」）
・陳商が詩人のもとを訪れる場面を描く第三段（第十三句「柴門車轍凍」～第十六句「苦節青陽皺」）
・陳商を華山に喩えて畏敬の念を示す第四段（第十七句「太華五千仞」～第二十二句「寧能鎖吾口」）
・こせこせした自身の惨めな仕事ぶりを述べる第五段（第二十三句「李生師太華」～第三十四句「古剣庸一吼」）

再生する植物のイメージは、第五段の第二十五・六句に「逢霜作樸樕、得気為春柳」とあるのがそれに当たる。「野歌」の第七句「寒風又変為春柳」を想起させるこの二句については、文脈上、「李生」を主語とすることが明白であることから、自己を被喩詞、「樸樕」と「春柳」を喩詞とみなす点において、諸家の見解は一致している。「樸樕」は、『詩経』召南「野有死麕」に「林有樸樕（林に樸樕有り）」と見え、毛伝によれば「樸樕、小木なり」。また、『毛詩正義』孔穎達の疏が引く孫炎の注に「樸樕、一名心」とあるように、「心」という異名をもつ木の名ともされる。詩の冒頭「長安有男児、二十心已朽」の「心」と一致するのは偶然ともいえようが、木の腐敗を本義とする「朽」をもって心の状態を表したのは、後ほど霜に打たれた木に自らを比擬する伏線になっているのかもしれない。「二十心已朽」は、第二章で見た「開愁歌」の「我当二十不得意、一心愁謝如枯蘭」を想起させる。

それでは、「逢霜作樸樕、得気為春柳」は、植物の隠喩を用いて何を言わんとしているのだろうか。明の曾益は「窮達随時。故逢霜則為樸樕、而得気則為春柳（窮達は時に随う。故に霜に逢えば則ち樸樕と為るも、気を得れば則ち春柳と為る）」と注し、困窮と栄達は時勢に左右されるもの、という認識をこの対句から読み取っている。この解釈に従うならば、春の陽気を得て「春柳に為る」ことは、困窮した境遇を脱し、時機を得て栄達するという好ましい変化を意味することになろう。一方、明の楊妍は次のように述べ、曾益の説に対して明確に異を唱えている[31]。

曾云、足随時也。不然。此自謙之詞。言吾之才、不及師、逢霜亦為小木、得気不過春柳而已。
（曾は云う、時に随うに足るなり、と。然らず。此れ自謙の詞なり。言うこころは吾の才、師に及ばず、霜に逢うも亦た小木と為り、気を得るも春柳に過ぎざるのみ。）

すなわち楊妍は、両句を自己の才が「師」――陳商を指す――に及ばないことを示す謙遜の辞とみなし、「春柳」も「樸樕」と同様、取るに足らぬ我が身の比喩と捉えている。清の王琦もこの説を襲うが[32]、一方で近人の葉葱奇は、陳商にならって苦難に遭っても自制して動じず、愉快なことがあっても感情を抑えようとする詩人の態度とみなす等[33]、この両句をめぐる解釈は未だ方向性が定まっていない。

これら先行する解釈の妥当性を考える糸口を得るため、この両句以外で植物に関連する描写が確認できる第三段（「柴門車轍凍、日下楡影瘦。黄昏訪我来、苦節青陽皺」）に、まず目を向けてみたい。「柴門」は、木の小枝を編んで作った粗末な門。陳商の訪問を受ける場面であることから、ここでは「我」の粗末な家を指す。凍った「車轍」から見れば、季節は厳寒の冬であろう（第二十九句にも「風雪直斎壇」とある）。夕陽に照らされた「楡」の瘦せた影も、落葉した冬の姿を思わせる。

「苦節青陽皺」の「苦節」は、困難な境遇にあっても節操を固く守って信念を変えないこと。ここでは、前段の「学為堯舜文、時人責衰偶」を承け、陳商が時代の好尚におもねらず、非難を受けながらも「堯舜の文」（『書経』の「堯典」や「舜典」のような古文）を学んでいることが意識されているだろう。この句は難解で、「言固守其節、而春気亦若為之不暢（固く其の節を守りて、春の気も亦た之れが為に暢《の》びざるが若きを言う）」（王琦）、「みれば彼は苦節を守るためか青陽の春日にも顔には皺《しわ》がたっている」（鈴木虎雄[34]）、「苦節ゆえ若き面《おもて》に皺の走れり」（黒川洋一[35]）等、様々な読み方をされている。「青陽」を春の陽気ととるか、青春期の陳商ととるかが解釈の一つ目の分岐点、「皺」の主語を春の陽気ととるか、陳商ととるかが二つ目の分岐点といってよい。

このように諸説紛々とする中、林同済氏は次のように述べ、「苦節」を苦竹（マダケ）とみなす独自の解釈を提示している。

> 按、応是指竹。苦節、苦竹也。（中略）顧況《露青竹鞭歌》：亭亭筆直無皺節。（中略）青陽、春也。言苦竹当春亦節皺、蓋以比陳。[36]
>
> （案ずるに、竹を指しているのであろう。苦節は、苦竹である。（中略）顧況「露青竹鞭歌」に「亭亭として筆のごとく直《なお》く皺節無し」とある。（中略）青陽は、春である。苦竹が春になっても節に皺が寄っていることを言

い、思うに陳商に比している。)

同氏が引く顧況の詩句は、蜀で産する竹で作られた鞭の見事さを称えたもの(37)この鞭は、筆のように真っ直ぐで「皴節」がないという。ここにいう「皴節無し」は、竹製であるにもかかわらず、この鞭が節を含まず、表面が滑らかで筋目がないことを指すものと思われる。樹木の表皮を「皴」で形容する別の例としては、たとえば白居易「有木詩八首」其六(『白氏文集』巻二)でも、「水檉」という樹の特徴を述べる部分に「彩翠色如柏、鱗皴皮似松(彩翠 色は柏の如く、鱗皴 皮は松に似たり)」と見える。このように「皴」は、粗くざらざらした松の樹皮を描写する時によく用いられる。

こうした用例から見れば、「苦節青陽皺」の「苦節」を苦竹と解し、「皺」(義は「皴」に通じる)の主体とみなす林同済氏の解釈には、一定の蓋然性が認められるであろう。同氏のいう「苦竹当春亦節皺」は分かりにくいが、ここでは「皺」の意符が「皮」であることを考慮し、春に地表に出たばかりの若竹が、まだざらざらした皮をまとっている様子と解しておく。この句を植物から人間の意味系列に置き換えた時、「苦節」が陳商の節操の堅さを示すことは、先に述べたとおりであり(38)、「青陽」については、おのずと青春期にある陳商の若さをいうことになる。「皺」については、「苦節」によって刻まれた陳商の顔の皺ととる説が多いが、杜甫「乾元中寓居同谷県作歌七首」其一(『杜工部集』巻三)の「中原無書帰不得、手脚凍皴皮肉死(中原 書無くして帰り得ず、手脚は凍皴し皮肉は死す)」や、袁高「茶山詩」(『全唐詩』巻三一四)の「終朝不盈掬、手足皆鱗皴(終朝 掬に盈たず、手足 皆な鱗皴す)」等の用例に照らすと、厳しい寒さによる手足のあかぎれと解した方がよいかもしれない。

では、詩人はなぜ陳商をここで竹と重ね合わせたのであろうか。まず考えられるのは、常緑樹であり、節《ふし》がある竹の特性をもって、節操を変えない高士のイメージを陳商に付与するためである。竹の種類を、筍に苦味があって食用に向かず、人々に忌避される苦竹としたのも、古文家である陳商が「時人」の好尚に迎合しなかったことが意識されているだろう。加えて、まだ皮をまとった若竹にしたことからは、陳商が今後急速に成長し、頭角を現すことへの期待も読み取ることができる(39)。

もう一つ考えられる理由として、陳商の意味系列に属する竹を、第十四句「日下楡影痩」の楡と対比させる構図が用意されているのではなかろうか。王琦が「柴門二句、自言居処冷落之況（柴門二句は、自ら居処冷落の況を言う）」と注するように、痩せた影を地面に落とす楡の樹は、粗末な柴門や凍った車轍と同様、落ちぶれた詩人の境遇を暗示するものとしてある。竹と異なり、楡は落葉樹であって、四季折々にその姿を変化させる(40)。

また、上昇のシンボルである竹とは対照的に、楡はしばしば桑とセットになって、落日に梢を照らされる樹木として、詩文に描かれることも注意されてよい。そのイメージの源泉の一つは、おそらく『初学記』巻一に引かれる『淮南子』の佚文「日西垂、景在樹端、謂之桑楡（日 西に垂れ、景《ひかり》は樹端に在り、之れを桑楡と謂う）」にあるが、そこから「桑楡」は日暮れという意味を担うようになり(41)、さらに転じて人の衰老の比喩としても用いられる(42)。「贈陳商」における楡もまた落日に照らされており（日下楡影痩）、それが第六句「日暮聊飲酒」の「日暮」、および第八句「何必須白首」の「白首」とともに一つの意味系列を構成することで、衰えた「白首」の詩人と若々しい「青陽」の陳商とのコントラストを際立たせている。

詩人と陳商との対比は、それぞれの意味系列に属する事物の大きさによっても示されている。葉を落とした楡の影は痩せており、それは第二十八句で描かれるところの、「芻狗」のごとく憔悴した詩人の姿（顦顇如芻狗）とも重なる。「芻狗」は、わらで作られた犬で、祭礼に用い、祭礼が終われば用済みとなって捨てられるもの。「芻」もまた植物であり、かつ「顦顇」（憔悴と同義）が「栄華」や「繁華」の対義語として、枯れ衰える植物の様子を形容する語であることも偶然ではなかろう(43)

さらに注意したいのは、楡の樹高である。楡は一般に落葉高木とされることが多いが、中国古典においては、むしろ樹高の低さが強調される傾向が強い。たとえば、『荘子』逍遥遊では、九万里の高みに舞い上がって南の彼方を目指す鵬のことを、蜩《せみ》と学鳩《こばと》があざ笑う場面で楡の高さが引き合いに出される。

　蜩与学鳩笑之曰、我決起而飛、搶楡枋、時則不至而控於地而已矣。奚以之九万里而南為。
（セミと小バトがあざ笑って言った、「我々は勢いをつけて飛びたち、楡や枋《まゆみ》の枝に突き進んでそこに止まろうとしても、時には届かず地面に落ちてしまう。それなのにあの鵬はどうして九万里の高みにのぼってから南を目指したりするんだろう」と。）

成玄英の疏に「且騰躍不過数仞、突楡檀而栖集（且《まさ》に騰躍せんとするも数仞に過ぎず、楡檀を突きて栖集す）」とあるように、ここからは鵬が飛行する「九万里」の空の高さと、セミが目指す「数仞に過ぎない」楡の低さという対比の構図を読み取ることができる。楡以外に、「贈陳商」の本文中で低い木を連想させる語としては、詩人の粗末な家の換喩である第十三句「柴門」の「柴」もそうで、小さな雑木（またはそれを刈った小枝）を意味する。また、先述したように、第二十五句「逢霜作樸樕」の「樸樕」も「小木」であった。すなわち、この詩では、一連の小さな木が詩人の意味系列を構成しているのである。

一方、陳商の意味系列に属する苦竹は、竹の中でも大型種で、高さは二十メートルにも達する。また、詩中でその大きさが強調されているものといえば、「五千仞」の高さを誇る「太華」すなわち華山（第十七句「太華五千仞」）が挙げられるが、これも諸家は一致して陳商の隠喩と見ている。[44] 第十八句「劈地抽森秀」の「森秀を抽《ぬき》んず」は、荘厳で麗しい華山の威容を描きつつ、陳商の卓抜した秀才を暗に称えるもの。加えて、ここでは「森」と「秀」がどちらも草木の多さを形容する字であることにも注意を払うべきだろう。[45] この「森秀」が、草冠の「華」（花）を含む「太華」

と結びつくことによって、厳寒の冬でも豊かな草木に覆われた巨大な山の姿が立ち上がる。(46)「劈地」は、華山の切り立った峰が、あたかも斧で大地を切り裂いたかのように見えることをいうが、あるいは、竹の若芽である筍が、地面を突き破って生長したその後の姿がここに重ねられているのかもしれない。(47)

続いて、第二十三・四句「李生師太華、大坐看白昼」に目を向けよう。「李生」は詩人の自称。上句には、「太華」すなわち陳商を師と仰ぐ詩人の姿勢が、下句にはその実践的な試みが、それぞれ示される。「大坐」は、『宋書』巻四十二「王弘伝」に見える「錫箕踞大坐、殆無推敬（〔王弘の子〕錫は箕踞大坐し、殆ど推敬する無し）」という用例から、「箕踞」と同じく、傍若無人にあぐらをかくことと一般に解釈されているが、ここでも「大きく」座ること自体が重要なのであり、それは華山の大きさを模倣せんとする態度といえる。「坐」の方も、大地に腰を据えて動じない華山の在り方が規範となっているだろう。「白昼を看る」は難解だが、方向性としては、王琦が「過白日、了無一事（白日を過ごし、了《つい》に一事無し）」と注するように、何事もないまま悠然と日を過ごすことをいうものと思われる。時間詞の「白昼」は、第十五句の「黄昏」とは異なり、太陽の動きを感じさせない。

ここまで見てきたように、この「贈陳商」では、環境に左右される小さな落葉樹と、超然とした大きな常緑樹（あるいは年中樹々に覆われた大きな山）とが、それぞれ詩人と陳商の意味系列に属して対比されており、後者の在り方こそが理想とされていた。そうした文脈の中に、改めて第二十五・六句「逢霜作樸樕、得気為春柳」を置いてみると、ここに示される植物の再生が、決して望ましいものでないことは明白である。柳は楡と同じく落葉樹であり、高く成長する種もあるが、その枝は「柳糸」とも称されるように細い。また、上方に真っ直ぐ伸びてゆく竹のイメージとは対照的に、その枝は下方向に葉を垂らす。すなわち、この「春柳」も、詩人の意味系列に属する他の事物と同様、あるべき自己の姿を映し出すものとは、到底呼べないものである。

陳商は時代の好尚に超然と構え、「時人」の誹りを受けようと、華山のごとく動じない。それに対して、詩人は

「太華を師とする」ものの、実際には四時《しいじ》の環境に左右され、過酷な冬には「樸樕」となり、春の陽気を得れば「春柳」となってしまう。陳商のようには「苦節」を守れず、「礼節　乃ち相去り」、主体性のないまま使役され、召使いのように卑屈な態度で、祭壇での宿直や掃除等の不本意な仕事を引き受ける毎日。詩人はそのような日々を過ごす自身の姿を、季節ごとに変化する樹木に見出したのではないだろうか[48]。

五　循環する植物と人間

これまでの考察を踏まえ、本稿の冒頭で引いた「莫種樹」を再度振り返ってみたい。李賀の詩に見られる、人間を被喩詞、植物を喩詞とする比喩表現の特徴は、一つには比喩される人間の不遇感が詩の中で強調されている点に、もう一つには詩人自身と植物とを重ね合わせる点にあった。第三章で興膳宏氏の論を引いて紹介したように、不遇なわが身を植物に投影させる手法そのものは、庾信や盧照隣等の詩賦にその先例を見ることができるが、そこにおける植物は例外なく枯木や病木であったのに対し、李賀の詩にあっては、春になって再生する植物に自身を比喩する例も確認できた。特筆すべきは、植物の再生が必ずしも詩人の再起や栄達といった好ましい事態を指し示すわけではなく、環境の変化に超然と振る舞うことのできない自身の主体性のなさを含意するケースも見られたことである。

以上を念頭に置くと、李賀の「莫種樹」において「園中」に樹を植えてはならない理由を、成長変化する樹木と境遇に変化のない詩人という対比の構図に帰すのは、妥当ではないように思われる。「樹を種うれば四時愁う」原因は、むしろ別のところに求めるべきではないか。

結句「今秋　去秋に似たり」は、今年の秋と去年の秋との類似を漠然と示すのみで、一切の具体性を持たない。だからこそ、似るものは特定の何かに限定されず、「今秋」と「去秋」それぞれに属するあらゆる事物を包摂する。転句「独睡南牀月」でいえば、「今秋」の月と「去秋」の月も似ているように感じられるし、「独り睡る」詩人の身もまた例外ではない。もし樹木の成長変化という側面に光を当てるのならば、成長後の「今秋」の樹と、成長前の「去秋」の樹は似ないことになってしまう。

「去秋」から「今秋」までの間に、詩人の身に起こった出来事について、テクストは一切を語らない。はっきりしているのは、結句に示されているように、最終的には何ら特筆すべき変化がもたらされなかったということだ。同じように、詩人をとりまく自然も、四季ごとに姿を変えつつ、結果的には去年と似た秋の情景を今年の秋に展開させる。「園中」に植えられる樹も、身近な自然の一部として、一年おきに似たような秋の姿を見せつけることになるだろう。詩人は、変化のないわが身の投影としてこの樹を目にすることを恐れたのではないか。

承句に「樹を種うれば四時愁う」とある以上、詩人が危惧する季節は秋に限られない。春になれば、去年の春と似た姿を見せる樹木を見て、「今春　去春に似たり」という感慨を起こすだろう。季節を問わないということは、この樹が落葉樹であるか、常緑樹であるかも問わないように見えるが、年中似ているとはいわず、わざわざ今年の季節と去年の同じ季節との類似を一対一で示す点から見れば、「贈陳商」においてそうであったように、詩人がわが身を重ねるこの樹木は落葉樹ではないかと思われる。気候の変化に応じて姿を変えつつも、一年のサイクルで循環し、また元の状態に回帰する「園中」の樹木は、主体性のないまま周囲の環境に適応するだけで、結局は変わることができない詩人の姿を映し出すものとしてある。

循環する樹木に、わが身を重ね合わせる例が同時代の詩にないわけではない。たとえば、白居易（七七二〜八四六）の江州司馬時代の作「郡庁有樹、晩栄早凋。人不識名、因題其上」（『白氏文集』巻十）には、

潯陽郡庁後　　潯陽郡庁の後ろに

有樹不知名　樹有り　名を知らず
秋先梧桐落　秋は梧桐に先んじて落ち
春後桃李栄　春は桃李に後《おく》れて栄《さ》く
五月始萌動　五月　始めて萌動し
八月已凋零　八月　已に凋零す
左右皆松桂　左右は皆な松桂にして
四時鬱青青　四時　鬱として青青たり
豈量雨露恩　豈に量らんや　雨露の恩
霑濡不均平　霑濡　均平ならず
栄枯各有分　栄枯　各おの分有り
天地本無情　天地　本より情無し
顧我亦相類　我を顧みれば亦た相類《に》たり
早衰向晩成　早く衰え　晩に向《お》いて成る
形骸少多病　形骸　少《わか》くして病《やまい》多く
三十不豊盈　三十にして豊盈ならず
毛鬢早改変　毛鬢　早《つと》に改変し
四十白髭生　四十にして白髭生ず
誰教両蕭索　誰か両《ふた》つながら蕭索として
相対此江城　此の江城に相《あい》対せしむる

潯陽郡の庁舎の裏手にある樹木は、秋には真っ先に葉を落とし、春には一足遅れて花を咲かせるという。白居易はこの名もなき樹木にシンパシーを寄せ、若い頃から病弱で老化も早く、一人前になる時期も遅かった自分自身の影をそこに見出す。

この詩でも、季節ごとに姿を変える樹木に、詩人はわが身を投影させており、その点に限っていえば、李賀の「莫種樹」に通じる発想が見られる。ただ、「莫種樹」とは異なり、ここでは樹木の循環性——毎年決まったサイクルで花を咲かせ、葉を落とすこと——は問題とされていない。白居易が着目しているのは、名もなき樹木と他の樹木との「栄枯」の差異であって、その差異は天から降る「雨露」の恵みの不均等に起因している。すなわち樹木の種の先天的な特性に由来しないため、庁舎の裏手から日当たりのよい場所に移植されるなどして事態が好転しさえすれば、「桃李」と花期を同じくすることも十分可能であるといってよい。実際に白居易は、その後天子の恩沢（雨露の恩）を受け、中央の政界に返り咲くことができている。

それに対して、李賀の「莫種樹」における樹木は、「雨露の恩」の多寡を問わず、それが樹木であること自体が「四時」の愁いの原因となっている。「今秋　去秋に似たり」の状態から抜け出すためには、「園中」の樹木が枯死するのをただ待つしか方法がないのである。

六　おわりに

川合康三氏は、詩的比喩における意外性の役割について、次のように述べている。(49)

比喩は喩えられるもの（A）と喩えるもの（B）とが違うものであることが前提となり、かつAとB両者の間に共通する特性があることによって結びつけられる。共通する特性は両者にとって最も顕著な特性であることもあるが、詩的比喩の場合はむしろ顕著でない特性、ふだん気づきにくい共通特性によって結びつけることによって意外性をもたらす。意外性、すなわちまったく別の二つの物が結びつく驚き、それは詩的比喩にとって大きな役割を果たす。

人間を被喩詞、植物を喩詞とする比喩表現の場合、両者の間に共通する特性にはどのようなものがあるだろうか。中国古典詩の中で頻見する例としては、美しさをまず挙げることができる。たとえば「花顔」（花のかんばせ）という語は、女性の容色と花とが共通して持つ「美しい」という特性によって両者を結びつけた比喩表現である。ほかにも、「節がある」という共通特性によって高士を竹に喩えたり、「朽ちようとしている」状態を媒介として老身を枯木に重ねたりする例も挙げられよう。これらの比喩表現は、意外性の有無という点では互いに差異を有するものの、ある種の人間とある種の植物との間に認められる確かな共通特性にもとづいており、いずれも特に抵抗なく受け入れることが可能といえる。

一方、本稿で見てきたように、李賀が自身と植物との共通特性として見出したのは、その循環的性質であった。この認識は、一見すると常識から逸脱しているように目に映る。中国古典詩にあっては、むしろ逆で、劉希夷「代悲白頭翁」（『全唐詩』巻八十二）の一聯、「年年歳歳花相似、歳歳年年人不同」が端的に示すように、四季とともに循環する植物は、変化を免れない人間の直線的な生を際立たせるもの、とみなされる方が一般的なのだから。にもかかわらず、循環する植物に自己の生を重ねる李賀の比喩表現は、極端な「奇想」（conceit）に陥らず、詩的比喩として確かに成立していると読む者に感じさせる。それは、一つには異なるAとBとの意外な類似性を詩人が鋭く捉え得たからであろうが、それだけではなく、テクスト内の詩的言語が、AとBとの間にある極端な隔たりを、ほどよく埋めるように配置されていることにも起因するであろう。逆にいえば、凡庸に感じられる日常的比喩や「奇想」でも、前後のテクスト次第では、詩的比喩に異化させることが可能であるともいえる。この辺りにも、詩を詩たらしめるものを究明する手がかりが隠されているのかもしれない。

注

（1）引用は、中村幸彦校注『上田秋成集』（日本古典文学大系56、岩波書店、一九五九年）に拠る。

（2）「種樹莫種垂楊枝、結交莫結軽薄児。楊枝不耐秋風吹、軽薄易結還易離。君不見昨日書来両相憶、今日相逢不相識。不如楊枝猶可久、一度春風一回首」。

（3）李賀の詩の引用は、宣城本『李賀歌詩編』（四巻、外集一巻、台湾中央図書館影印、一九七一年）による。以後、李賀の詩を引用するときは同書の巻数のみを掲げる。

（4）黒川洋一『李賀詩選』（岩波書店、一九九三年）一三三頁。徐伝武氏もまた、この詩の解説の中で「見樹長時逝、豈不悲哉！〝今秋似去秋〟、是説今年仍和去年一様窮困潦倒、悲傷愁苦」と述べ、似た見解を示している（『李賀詩集訳注』山東教育出版社、一九九二年、二四一頁）。

（5）注（4）前掲書、一三二頁。ただし、李賀は科挙の地方試験（河南府試）には合格しており、中央の本試験（省試）はそもそも受けていない。

（6）川合康三「李賀と比喩」（同氏著『終南山の変容――中唐文学論集』所収、研文出版、一九九九年）。初出は『中国文学報』第三十三冊（一九八一年十月）。

（7）注（6）前掲論文、五五四頁。

（8）川合氏が「李賀と比喩」の中で挙げている例の中から抜粋すると、「春昼」（巻三）の「草細堪梳、柳長如線」、「河南府試十二月楽辞・二月」（巻一）の「蒲如交剣風如薫」、「河南府試十二月楽辞・正月」（巻一）の「官街柳帯不堪折」、「蘇小小歌」の「草如茵、松如蓋。風為裳、水為珮」等が該当する。

（9）たとえば、沈約「与約法師書」（『広弘明集』巻二十八）の「其事未遠、其人已謝」や、韓愈「寄崔二十六立之」詩

（『昌黎先生集』巻五）の「朋交日凋謝、存者逐利移」等。

（10）『説文解字』言部「謝、辞去也」。

（11）『三家評注李長吉歌詩』所収、王琦彙解『李長吉歌詩』巻二（上海古籍出版社、二〇一二年）。以下、王琦注は同書による。

（12）李賀「昌谷北園新筍四首」其二（巻二）に「斫取青光写楚辞（青光を斫取《しゃくしゅ》して楚辞を写す）」。また、「贈陳商」（巻三）にも「楚辞繋肘後（楚辞　肘後に繋《かか》る）」と見え、李賀にとって『楚辞』は座右の書であったことが窺える。

（13）葉葱奇編訂『李賀詩集』（人民文学出版社、一九五九年）一〇五頁。

（14）原田憲雄『李賀歌詩編』一（平凡社、一九九八年）三七六頁。

（15）植物の葉に「啼」を用いた数少ない例として、劉禹錫「楊柳枝詞九首」其五（『劉夢得文集』巻九）の「花萼楼前初種時、美人楼上闘腰支。如今抛擲長街裏、露葉如啼欲恨誰」が挙げられるが、この「啼くが如し」は、楊柳の葉に降りた露を美人の涙に見立てた表現であり、音声は重視されていない。

（16）杜甫「杜鵑行」（『杜工部集』巻十八）では、杜鵑の鳴き声が「声音咽咽如有謂、号啼略与嬰児同」と描写されており、「咽咽」と「啼」という両種の音声が単一の生物から発せられている。なお、『文苑英華』巻三四五は、本詩を司空曙の作とする。

（17）興膳宏「枯木にさく詩――詩的イメージの一系譜――」（同氏著『乱世を生きる詩人たち――六朝詩人論――』所収、研文出版、二〇〇一年）。初出は『中国文学報』第四十一冊、一九九〇年四月）

（18）注（17）前掲論文、五五八・五六三頁。

（19）朱自清「李賀年譜」（『清華学報』第十巻第四期、一九三五年。のち『朱自清古典文学論文集』所収、上海古籍出版社、一九八一年）、および銭仲聯「李賀年譜会箋」（『夢苕盦専著二種』所収、中国社会科学出版社、一九八四年）を参照。

（20）「厖眉」は、白髪混じりの老人の眉。王褒「四子講徳論」（『文選』巻五十一）の「厖眉耆耇之老、咸愛惜朝夕」に、李善は「厖、雑也。謂眉有白黒雑色」と注する。

（21）明の曾益は「死草、即秋蓬」と注する。曾益注『昌谷集』巻二（東京内閣文庫蔵明刊本景照）。以下、曾益注は同書による。

（22）「誰知死草生華風」に対する諸家の解釈は、おおむね王琦のそれを襲っているが、一方で「誰か知らん死草　華風を生ずるを」と訓読し、「おもいもかけず、枯れ草に華やかな春風が吹きだした様な思いがする」と訳出した鈴木虎雄氏のように、動詞「生」の主体を「死草」ではなく、「華風」とみなす解釈も存在する（鈴木虎雄『李長吉歌詩集』下、岩波書店、一九六一年、二〇七頁）。ただ、その場合でも「華風」は「死草」の再生を促すものとみなされており、植物の再生の面に着目している点は変わらない。
（23）「鴉」を底本は「亜」に作るが、朝鮮古活字本『李長吉集』（国立公文書館蔵）に拠って改めた。
（24）「看見秋眉換新緑、二十男児那刺促」（巻一「浩歌」）、「男児何不帯横刀、収取関山五十州」（巻一「南園十三首」其五）、「長安有男児、二十心已朽」（巻三「贈陳商」）。
（25）王琦注「唐時挙子皆着麻衣、蓋苧葛之類」。
（26）杜甫「前苦寒行二首」其二（『杜工部集』巻七）では、雪が降る厳寒の夔州を「凍埋蛟龍南浦縮、寒刮肌膚北風利。楚人四時皆麻衣、楚天万里無晶輝」とうたい、冬は北風が肌を刺す寒さであるのに、現地の人々は一年中薄い「麻衣」を着ていることに注意を向けている。
（27）張相『詩詞曲語辞匯釈』（中華書局、一九五三年）は、「看即、猶云随即也」とし、李賀「野歌」の当該句を用例として挙げる（下冊、七八六頁）。徐伝武氏もまた「看即」に「転眼間、随即」と注する（注（4）前掲書、四三〇～四三一頁）。
（28）川合康三「詩は世界を創るか――中唐における詩と造物――」（同氏著『終南山の変容――中唐文学論集』所収、研文出版、一九九九年）参照。初出は『中国文学報』第四十四冊（一九九二年四月）。
（29）注（28）前掲論文、四十一頁。
（30）注（19）前掲、朱自清「李賀年譜」、および銭仲聯「李賀年譜会箋」を参照。
（31）清・姚佺箋『李長吉昌谷集句解定本』巻三（『続修四庫全書』所収、上海古籍出版社、一九九五年）。
（32）王琦注「又言己才浅薄、遇艱難之時、則如逢霜之樸樕、遇盛明之朝、亦不過為得気之春柳、無甚奇特」。
（33）「二三到結句説、自己也跟陳商一般、不肯奔走富貴之門、寧願終日長坐、遇艱苦則堅定自持、得歓快也小自舒暢」（注（13）前掲書、一九四頁）。
（34）注（22）前掲書、六十四頁。

(35) 注（4）前掲書、一三七頁。
(36) 林同済「李長吉歌詩研究」（『中華文史論叢』一九八二年第一輯・総第二十一輯）六十三頁。
(37) 詩題はテキストによって異同があり、『唐文粋』巻十七上では「露青竹鞭歌」に作るが、明銅活字本『唐五十家詩集』所収『顧況集』巻上や『全唐詩』巻二六五では「鞭」を「杖」に作る。
(38) 林同済氏は、「苦節」を双関詞として用いた詩句の例として、銭起「宿畢侍御宅」詩（『銭考功集』巻六）の「晤語清霜裏、平生苦節同」、および柳宗元「巽公院五詠・苦竹橋」詩（『柳河東集』巻四十三）の「迸籜分苦節、軽筠抱虚心」を挙げている。注（36）前掲論文、六三〜六四頁参照。
(39) 李賀は「昌谷北園新笋四首」其一（巻二）でも、皮が剝がれ落ちて急速に生長する筍の姿に自身の未来を重ね合わせ、「籜落長竿削玉開、君看母笋是龍材。更容一夜抽千尺、別却池園数寸泥」とうたっている。
(40) 南方に分布する楡には半常緑樹のものもあるが、王昌齢「従軍行七首」其三に「関城楡葉早疏黄、日暮雲沙古戦場」とあるように、北方を舞台とする唐詩中では落葉樹として描かれる。
(41) 顔延之「秋胡詩」（『文選』巻二十一）の「日暮行采帰、物色桑楡時」に、李善は注して「物色桑楡、言日晩也」という。
(42) 曹植「贈白馬王彪」（『文選』巻二十四）の「年在桑楡間、影響不能追」に、李善は注して「日在桑楡、以喩人之将老」という。
(43) 「有栄華者、必有憔悴」（『淮南子』説林訓）。また、『文選』巻二十三所収、阮籍「詠懐詩十七首」其三にも「秋風吹飛藿、零落従此始。繁華有憔悴、堂上生荊杞」。
(44) 王琦注「四句（筆者注…「太華五千仞」から「一上戛牛斗」までの四句を指す）喩言陳商人品之高」。葉葱奇注「十七句到二十句拿太華的抜地千仞、高不可攀、来比陳学行的高超」（注（13）前掲書、一九四頁）。
(45) 『説文解字』林部に「森、木多皃」。また、『広雅』釈言に「戊、秀、茂也」。
(46) 第二章で見た「開愁歌」の冒頭にも「秋風吹地百草乾、華容碧影生晩寒」とあり、秋が到来して「百草」が枯れてゆく中でも、華山は「碧影」をたたえる常緑の山として描かれていた。
(47) 束皙「補亡詩六首」其四「由庚」（『文選』巻十九）に「木以秋零、草以春抽」とあるように、「抽」には芽を伸ばすという義もある。なお、正岡子規の紀行文「旅の旅の旅」（『子規全集 第十三巻 小説・紀行』所収、講談社、一九七六年）

に「橋あり、長さ数十間、其尽くる処嶄岩《ざんがん》屹立し、玉筍《ぎょくしゅん》地を劈《つんざ》きて出づるの勢あり」と見えるが、もとづく表現は検出し得なかった。

（48）　李賀の別の詩「浩歌」（巻一）の末尾にも「看見秋眉換新緑、二十男児那刺促（看《ま》のあたりに見る 秋眉の新緑に換わるを、二十の男児 那《なん》ぞ刺促《せきそく》たる）」とあり、あくせくする「二十の男児」の「秋眉」が、春の植物のように再生するイメージが確認できる。この再生もまた望ましいものではなく、たとえ変化が起こったように見えても、循環する四季のように、また元のところに回帰してしまう、不如意な膠着状態を意味していることについては、拙稿「李賀の詩にみる循環する時間と神仙の死」（『日本中国学会報』第六十五集、二〇一三年）で詳しく論じた。

（49）　川合康三『中国の詩学』第十五章「詩と修辞」（研文出版、二〇二二年）三六二〜三六四頁。

女性詩人はいかなる詩を詠むのか
——『瑤池新詠集』と魚玄機の詩作から

二宮　美那子

はじめに

中国古典詩は、士大夫階級によって構成される文化共同体によって、脈々と続いてきた——そのことに疑いを差し挟む余地はない。川合康三『中国の詩学』第七章「詩を担う人々」「2　士大夫の文学」では、「要するに中国の古典文学は士大夫のものだった」と指摘し、「このような共同体の性格がもたらしたもの」として「女性作者の少なさ」「恋愛文学の乏しさ」「友情文学の豊富さ」を挙げる（一三一、一三二頁）。中国古典詩の主要なジャンルの生成・発展・継承、いずれにもこの「文化共同体」のあり方が広く深い影響を与えている。(1)

本稿が注目するのは、このような「伝統文化を担う共同体」の周縁に置かれた、女性詩人たちの詩作である。『中国の詩学』に指摘されるように、女性詩人の数は男性詩人に比して極端に少なく、別集の扱いも男性詩人の下に置かれ、総集の数もまた極端に少ない（「第十二章　女たちの文芸」二六三〜二六六頁）。そうではあるが、これから取り上げる唐代の女性詩人の作品を見ていくと、そこには彼女たちなりの詩作の場と、またおぼろげながらも独自の表現が、確かに存在していたように感じられる。

士大夫のものとされてきた詩の世界に、女性はいかにして参入したのか、またそこにどのような表現が生まれたのか。いささか素朴で、かつ大きすぎる問いだが、本稿では唐代女性詩人たちの作品を元にこれらのことについて考えてみたい。女性詩人の応酬の詩と、晩唐の魚玄機の詩が、主要な検討の対象となる。

付け加えておくと、本稿の焦点は、女性詩人の代表的なジャンルである閨怨詩・情詩（「恋愛文学」）にはない。女性詩人が描きうる主要なジャンルとして、閨怨詩・情詩はほとんど唯一のもののように扱われることもあり、またここにも様々な問題が潜んでいることは間違いない。しかしここでは敢えてその他の作品に広く目を向けて、女性詩人たちにどのような詩の世界が存在し得たのか、その一端を明らかにしたい。

一　女性詩人の広がり

（1）『瑤池新詠集』の示唆するもの

唐・蔡省風編『瑤池新詠集』[2]は、女性詩人のみを取り上げた唐人による選集であり、現存最古の女性詩人の選集とされる（ただし、残るのは断片のみ）。『新唐書』巻六十・芸文志四に「蔡省風瑤池新詠二巻　集婦人詩」と見える他、『崇文総目』巻五・『通志』巻八・『郡斎読書志』巻二十など宋代の書目に同一の書と考えられるものが著録されている。『郡斎読書志』（「瑤池新集一巻」とする）にはやや詳しい記述があり、「唐蔡省風集唐世能詩婦人李季蘭至程長文二十三人題詠一百十五首、各為小序、以冠其首。且総為序（唐の蔡省風　唐世の能詩の婦人李季蘭より程長文に至る二十三人の題詠一百十五首を集め、各おの小序を為《つく》り、以て其の首に冠す。且つ総べて序を為る）」と言う。これによれば、唐代に同時代の女性詩人二十三人、百十五首を集めた選集が編まれていたことになる。

残念ながらこの『瑤池新詠集』は敦煌写本にわずかな断片が残されるのみであり[3]、その全貌は明らかになっていない。また、残された作品には『郡斎読書志』にいう「小序」が全て省略されている。賈晋華氏は、唐・韋荘（乾寧元年（八九四）進士）の『又玄集』と南宋の『吟窓雑録』をもとに、『瑤池新詠集』に掲載されたであろう二十三人の詩人を推定している。(4)

先行研究に推定された二十三人の女詩人――『又玄集』所収の女詩人とほぼ重なる――は、女道士（李季蘭・元淳・崔仲容）、倡妓（張窈窕・常浩・薛濤）、宮廷に仕えた者（宋若昭・宋若荀・鮑君徽）、貴族や平民の妻（張夫人・趙氏・張文姫・葛鴉児）、貴族や平民家庭の娘（薛蘊・劉媛・廉氏・張琰・崔公達・田娥・劉雲・程長文）など、多様な出自をもち、八世紀半ばから九世紀半ば頃に活動したと推定されている。(5)六朝までの女性詩人の多くが貴族階層あるいは文人の縁者であるのに対し、唐代半ば以降には女道士（「女冠」と呼ばれる）や妓女詩人の出現が見られることは様々に指摘されているが、『瑤池新詠集』の詩人たちの顔ぶれもこれを反映している。

「瑤池」は伝説上の崑崙山にあるとされる西王母ゆかりの地名。仙界・仙女のイメージをもつ「瑤池」を書名に冠することは、作者に一定の傾向、つまり女道士や妓女を主要作者とすることが想定されるが、残存する『瑤池新詠集』収録詩の作者には、女道士（李季蘭・元淳・崔仲容）以外にもいわゆる「名媛閨秀」（大暦十才子・吉中孚の妻とされる張夫人）が含まれる。また、書名からは『玉台新詠』に対する継承意識があることは明らかだが、ここにも女性詩人の詩作を考える際に興味深い問題が存在するようだ。

すなわち、二つの選集には明らかな継承意識が認められる一方で、艶詩を集めた『玉台新詠』が広い意味で女性「を」描く選集であるのに対し、『瑤池新詠集』は女性「が」描く作品を集める――描かれる側が、描く主体になっている――のである。女性を描く作品は往々にして女性が描く作品と重ねられ、時には作者の「仮託」が起こる、これは古くは班婕妤「怨歌行」（『文選』巻二十七）・蔡琰「胡笳十八拍」（『楽府詩集』巻五十九）などよく見られる現象ではある。唐代になって女性詩人がある程度増えても、やはり女性が描くのは自身の身の上、身の回りの情愛、つまり女性自身の物語に限定されがちであることが、二つの選集の関係からも読み取れる。『瑤池新詠集』は断片しか残されておらず、このような見方が妥当かどうか着実な証拠は得られないものの、二つの選集の書名に継承関係が認められること自体、女性詩人の詩作のあり方を端的に示していると言える。

（2）女性同士の交流

以下では、『瑤池新詠集』、あるいは『又玄集』に採録される（すなわち『瑤池新詠集』に収録されていたと考えられる）作品の中から、女性に宛てた作品を取り上げ、女性たちが詩を通してどのように交流していたのかを見ていきたい。

まずは、天宝年間の女道士元淳(6)の作品を見てみよう。

寄洛中姊妹(7)　洛中の姊妹に寄す

旧業経年別　旧業　経年の別れ
関河万里思　関河　万里の思い
題書憑雁足　書を題して雁足に憑《よ》り
望月想娥眉　月を望みて娥眉を想う
白髪愁偏覚　白髪　愁い偏えに覚え
郷心夢独知　郷心　夢　独り知る
誰堪離乱処　誰か堪えん　離乱の処
掩涙向南枝　涙を掩いて南枝に向かう

故郷を離れた詩人が、姉妹に宛てた詩。ここでは元淳が「故郷を離れ家族を思う」主体となっている。元淳の人生については詳細が分からないため、この詩の背景も特定できないが、引用詩にある「離乱」は恐らく安史の乱を指すと言う(8)。手紙を運ぶ雁、月を見て遠く離れた佳人（「娥眉」）を思うといった習用の表現が、姉妹間の情愛を示すものとして使われている。「白髪を見て愁いばかりの人生と悟り、故郷への思いを夢の中で孤独に抱えるばかり」だと言う自画像は、男性詩人が描く望郷の念をそのまま当てはめたものとも読めようが、女性を主体にして読むともの悲しさが際立つようだ。安史の乱のさなかに家族を思う詩といえば杜甫「月夜」が名高いが、同じ時代に女性詩人が故郷を離れ姉妹を思う作品も作られていた。

次に挙げるのは、同じく元淳が「楊女冠」に寄せたもので、女道士の交流が垣間見える作品。

閑居寄楊女冠　　閑居　楊女冠に寄す
仙府寥寥殊未伝　　仙府寥寥として殊に未だ伝えず
白雲尽日対紗軒　　白雲　尽日　紗軒に対す
只将沈静思真理　　只だ沈静を将て真理を思い
且喜人間事不喧　　且つ人間の事喧しからざるを喜ぶ
青冥鶴唳時聞過　　青冥　鶴唳きて時に聞きて過ぎ
杏藹瑤台誰与言　　杏《あんず》藹として　瑤台誰と与に言わん
聞道武陵山水好　　聞道《きくな》らく武陵は山水好しと
碧渓流水有桃源　　碧渓　流水　桃源有り

首聯は「閑居」の描写。「仙府」は自分の住まいを仙人の住まいに擬える。「殊未伝」は詩を送る相手である楊女冠から手紙が来ないことを言うか。日がな「白雲」と「紗軒（紗のカーテンのかかった軒端）」ごしに向かい合うと言うのも、仙界の雰囲気を帯びる。六句目の杏は仙人と縁のある植物で(9)、「杏がうっそうと茂る「瑤台」で話し相手もおりません」とするのは、楊女冠への呼びかけだろう。最終聯では彼女がいる場所の山水を褒めて挨拶に代える。

本作は頷聯と頸聯の間で粘法が守られていないが、その他の平仄は律詩の基準を満たす。詩題の「閑居」は、公の場から退いた生活を指す語で、例えば元淳と同時代、開元天宝の詩人王維にも「輞川閑居」の作がある。道士である元淳は、仙界のイメージを用いて自身の「閑居」を描く。因みに、女性同士の交流を示す作品ではないが、晩唐の魚玄機にも閑適詩風の作品「夏日山居」が残り、そこでも冒頭で「移得仙居此地来（仙居を移し得て此の地に来たり）」と、自身の居所を仙人のいる場所に擬えている。

次に引用するのは、大暦十才子・吉中孚の妻張夫人の作品である。

拾得韋氏鈿子因以詩寄(10)　韋氏の鈿子を拾い得て因りて詩を以て寄す

今朝粧閣前　今朝　粧閣の前
拾得旧花鈿　拾い得たり　旧花鈿
粉汚痕猶在　粉汚して　痕は猶お在り
塵侵色尚鮮　塵侵すも　色は尚お鮮やかなり
曾経纎手裏　曾経《かつ》て纎手の裏《うち》
帖向翠眉辺　帖《た》れて向かう　翠眉の辺
能助千金笑　能く千金の笑いを助く
如何忽棄捐　如何ぞ忽として棄捐せられんや

部屋の前で拾った花鈿のかんざしにはおしろいの汚れが残り、塵にまみれても色はなお鮮やか。かんざしの様子から、美人の姿を生々しく立ち上がらせる。結句で「どうして突然棄てられたのでしょう」と言うのは、「大切なものでしょうからあなたにお届けします」との挨拶。「如何忽棄捐」は班婕妤「怨歌行」（『文選』巻二十七）の「棄捐篋笥中、恩情中道絶（篋笥の中に棄捐せられ、恩情中道に絶ゆ）」を用いるが、ここでは持ち主が女性になっているのも面白い。ふと目にした装身具からその人のことを思う流れは、白居易「感情」の冒頭を思わせる。(11) かんざしを拾い、持ち主に届けるという日常の些細なやりとりが、詩を介して行われていたことに注目したい。

次に常浩「贈盧夫人」(12) を挙げる。

佳人惜顔色　　佳人　顔色を惜しみ
恐逐芳菲歇　　芳菲を逐いて歇くを恐る
日暮出画堂　　日暮　画堂より出で
下階見新月　　階を下りて新月を見る
拝月仍有詞　　月に拝して仍お詞有り
傍人那得知　　傍人　那ぞ知るを得んや
帰来玉台下　　帰来　玉台の下
始覚涙痕垂　　始めて覚ゆ　涙痕の垂るるを

「拝月」は月に願いをかける女性の風習で、一つ前に引用した張夫人に「拝新月」という楽府がある。(13) 張夫人「拝新月」では、女性が過去の美貌を思う描写があるが、本作も容色の衰えを恐れ、人知れず涙を流す女性を描く。「閨怨」の型を出ない作品ではあるが、「傍人」である女性詩人の目から一人の女性を描く本作をどのように解するかは、問題を残す。詩題に「贈」とあり社交の詩であることは間違いないが、悲しみに暮れる女性を美の典型として描写するだけではなく、女性同士の共感あるいは同情がここには読み取れないだろうか。

この他、男性を手玉に取る美女を雑言古詩のスタイルで描く薛蘊「贈鄭氏妹」[14]なども、特定の女性に宛てた作品としては珍しい作品である。

ここまで、女性同士のやりとりの広がりを確認した。次に彼女たちよりも少し後の時代の晩唐・魚玄機（八四三?～八六八）の詩に目を移してみよう。およそ五十首が残される魚玄機詩の全体を見わたすと、応酬の対象の広さに気付く。敢えて男女を分けて示せば、女性では歌妓（「寄国香」）・女道士（「寄題錬師」「訪趙錬師不遇」[15]）・詩友（「光威裒姊妹三人……因次其韻」）などがあり、また男性では公の場で作ったと思しきもの（「寄劉尚書」）・文学の師（「冬夜寄温飛卿」）・友人（李郢との複数の応酬詩など）・夫や恋人（李億との一連のやりとりなど）などが見える。

まず、歌妓に寄せたと思しい「寄国香（国香に寄す）[16]」の前半を挙げる。

旦夕酔吟身　　旦夕　酔吟の身
相思又此春　　相思　又た此れ春なり
雨中寄書使　　雨中　書を寄するの使
窓下断腸人　　窓下　断腸の人

自身を「酔吟の身」と言いなし、「あなたを思いながら再び春が巡ってきた」とまるで夫や恋人に向けたかのように思いを述べる。引用三、四句目で「来ぬ手紙を断腸の思いで待ち続ける」とするのも「思婦」詩の主人公を想起させる表現で、女性同士のやりとりながら、友情を示す詩が恋の歌であるかのような様相を呈す。

次に「光威裒姊妹三人少孤而始妍、乃有是作。精粋難儔、雖謝家聯雪何以加之。有客自京師来者示予、因次其韻（光・威・裒姊妹三人は少《わか》くして孤にして始めて妍なり、乃ち是の作有り。精粋儔《なら》び難く、謝家の聯雪[17]と雖も何を以てか之に加えん。客の京師より来たる者有りて予に示し、因りて其の韻に次ぐ）」、光・威・裒という若い三姉妹の聯句を見てこれに感動し、

次韻したとする作品を見よう。三姉妹の作は、魚玄機の作品に付される形で残る。冒頭は、

昔聞南国容華少　昔聞く　南国は容華少しと
今日東隣姉妹三　今日　東隣に姉妹三あり

「南国に美貌の人は少ないと聞いていたが、今、東隣の三姉妹を見いだした」と始まる。(18)三姉妹について、

恐向瑤池曾作女　恐らくは瑤池に向《お》いて曾て女と作り
謫来塵世未為男　謫せられて塵世に来たるも未だ男と為らず
文姫有貌終堪比　文姫　貌有りて終に比ぶるに堪え
西子無言我更慚　西子　言無くして我更に慚ず

「西王母のいた瑤池では仙女となり、罰を受けて俗世に落とされても男にはならなかった。蔡琰《さいえん》（字文姫）にも比敵する才と美貌を備え、西施のように黙りこくって私は恥じ入るばかり」。後聯の比喩は、蔡琰を三姉妹に、西施を自らに擬えて戯れる。続いて、

但能為雨心長在　但だ能く雨と為りて心長《とこし》えに在り
不怕吹簫事未諳　簫を吹きて事未だ諳《あき》らかならざるを恐れず
阿母幾嗔花下語　阿母　幾たび嗔《いか》らん　花下に語るを
潘郎曾向夢中参　潘郎　曾て夢中に向《お》いて参ず
暫持清句魂猶断　暫く清句を持して魂は猶お断ずるがごとし

若睹紅顔死亦甘　　若し紅顔を睹れば死も亦た甘しとせん
悵望佳人何処在　　悵望す　佳人は何処にか在る
行雲帰北又帰南　　行雲北に帰り　又た南に帰る

「為雨」は巫山の神女の故事（宋玉「高唐賦」）、「吹簫」は簫史と弄玉の昇仙の故事（『神仙伝』）。引用三、四句目、「母さんは幾たび花の下での逢い引きを叱ったかしら、潘岳のような美丈夫は夢の中でも会いに来てくれることでしょう」と言うのは、年若い女性の姿を年長者（とはいえ魚玄機も若い女性であるが）が描写したとれば微笑ましい。女性詩の代表的なアンソロジーである明・鍾惺『名媛詩帰』は、この二句について「非女人詠嘆女人、未必参詳得到如此入微（女性が女性を詠ずるのでなければ、このように細部にわたって描くことはできないだろう）」と評する。末尾の二聯では詩の作者に会いたいものだと訴え詩を結ぶ。

年若い作者に次韻詩を投じ、交流を呼びかける。作品の口調は全体に明るく、時に戯れを帯びる。女性詩人同士の文学的交流が垣間見える貴重な作品である。三姉妹は詩題の「少孤而始妍」から見れば、十代半ば程度の年齢かと思われる。一方の魚玄機も、本詩の正確な製作年代は不明だが、十代半ば頃から作品を残しており、やはり男性詩人に比して早熟である。これには、身の回りの出来事が主要な題材であった女性詩人と、「老成」（『中国の詩学』第二十一章、五一六頁）を求められる男性詩人との、詩人としてのあり方の違いも関わるだろう。

最後に、魚玄機の最も古い伝記的記述である唐・皇甫枚『三水小牘』にも引かれる問題の作を見よう。

贈隣女　　隣女に贈る
羞日遮羅袖　　日に羞じて羅袖遮り
愁春懶起粧　　春を愁いて起きて粧うに懶し

易求無価宝　求め易きは無価の宝
難得有心郎　得難きは有心の郎
枕上潜垂涙　枕上　潜かに涙を垂らし
花間暗断腸　花間　暗かに断腸す
自能窺宋玉　自《みずか》ら能く宋玉を窺う
何必恨王昌　何ぞ必ずしも王昌を恨みん

『三水小牘』では、男性を巡る嫉妬にかられて女童の緑翹《りょくぎょう》を打ち殺し、捕らえられて獄中で詠んだ句として三、四句目の「易求無価宝、難得有心郎」を引く。また宋初の孫光憲『北夢瑣言』では、李億の愛情が冷めてから女道士となり、「有怨李公詩曰」、李億を怨んだ詩としてこの二句を引用する。そうすると本作は、薄情な男への怨みがこめられた作ということになる。また、『才調集』は詩題を「寄李億員外」に作り、これに従えば『北夢瑣言』に同じく李億に寄せた作品ということになる。(19) 李億に寄せたものとして読めば、詩中の女性は魚玄機自身から離れない。しかしここでは「贈隣女」の詩題に従い、とある女性に贈った作品として読みたい。そうすると、隣女の姿を描き、彼女に語りかける詩となる。

「隣女」は宋玉「登徒子好色賦」に由来する。(20) 男性詩人が描く「隣女」は、身近な誘惑者あるいは崇拝の対象として描かれる。(21) 唐代には白居易「隣女」・李渉「聴隣女吟」・鮑溶「東隣女」など、「隣女」を詩題にする作品が複数残る。魚玄機はこれをふまえた上で、敢えて立場を逆転して恋に悩む「隣女」を描き、またそこに共感を寄せたのではないか。もちろん、この「隣女」を架空の存在として、実際は自己を投影していると読むこともできよう。

冒頭に描かれるのは、陽の光を避けるように絹の袖で顔を被い、春の気配に気圧されて化粧に立つのすら億劫な女性の姿。それを受けて有名な「求め易きは～」の句が続く。形容しがたいほどの価値をもつお宝よりも、真心ある男の方がよっぽど手に入らない。薄情な男に悩まされ、女は人知れず涙を流す。末尾ではそんな「隣女」に対して「あなたも自分から宋玉を求めることができるのだから、王昌を恨む必要はないでしょう」、いつまでも薄情な相手のことを嘆いてばかりでは仕方ないと励ます。[22]

五、六句までの流れからは、「待つ女」の愁嘆で詩をまとめるのがむしろ定型であるのに対し、尾聯への展開にはやや唐突な印象を受ける。一方で、本節で見てきた女性詩人たちの交流をふまえれば、本作に女性同士の共感――さらには諧謔混じりの激励、これは封建制度下の婚姻に縛られない女道士という立場ならではのものだろう――を読み取るのも、不自然でないと考えられる。こうしてみると『三水小牘』や『北夢瑣言』が「易求無価宝、難得有心郎」のみを引用して男性への怨みがこもった作とするのは、この詩の一部だけをつまみ取って、閨怨詩の主人公の定型枠にはめ込んでしまったかのようにも見えてくる。

二　魚玄機詩の表現について

ここからは、改めて魚玄機とその詩に注目したい。魚玄機に関する最も古い伝記的記述は晩唐・皇甫枚（生卒年不明）の小説『三水小牘』である。皇甫枚は魚玄機とほぼ同時代の人物ではあるが、書物の性質上、内容に一定の脚色が加えられていると考えねばならない。残された史料によって魚玄機について記せば、字は幼微（『三水小牘』『唐詩紀事』）、一説に蕙蘭（『北夢瑣言』）。もとは妓女であった、あるいは妾家の出であったとされることも多いが、その出自についても説が分かれる。[23]『三水小牘』には、十六歳の時に道教を志し、咸通（八六〇～八七四）の始めに咸宜観で道士になったと記される。[24]李億との関係についての記述は『三水小牘』に見えず、後世の『北夢瑣言』『唐才子伝』に

記されている。(25)

またその死については、『三水小牘』が「道士となってから、ある男性をめぐる嫉妬によって女童緑翹を殺し、罪が発覚し捕らえられて獄中で死んだ」ことを詳細に記す。『北夢瑣言』は「竟以殺侍婢為京兆尹温璋殺之（竟に侍婢を殺すを以て京兆尹温璋の之を殺すところと為る）」、また北宋・銭易『南部新書』に「殺婢緑翹、甚切害、事敗棄市（婢の緑翹を殺し、甚だ切害にして、事敗れて棄市せらる）」と記される。『唐才子伝』には関連する記述は見えない。『北夢瑣言』に見える「温璋」は『旧唐書』懿宗紀に名前が見え、咸通十一（八七〇）年、京兆尹から振州司馬に左遷される際に亡くなったことが記されている。(26)なお魚玄機の詩集は『新唐書』芸文志には著録されないが、宋代の『直斎書録解題』巻十九に「魚玄機集一巻」と見える。

魚玄機の名は、まずはこのような数奇な生涯で知られる。このような生涯にこそ似つかわしく思われる大胆な作品の数々も、魚玄機のイメージを形成するのに与っただろう。資料の記述には様々な違いがあるものの、残された作品を見ると、その短い人生の前半に李億との関係があり、後半に女道士となったことは動かないと考えられる。

魚玄機にはおよそ五十首の詩が残り、これは唐代の女性詩人として、蜀の官妓・薛濤（七七〇〜八三二。およそ九十首が残る）に次いで多い。薛濤の詩は「薛濤箋」の故事もあるように絶句、それも特に七絶が多くを占めるのに対し、魚玄機は七律を得意とし、また排律や次韻詩も作っている。更に大きな違いが、両者の詩作の場である。薛濤の作品には士大夫との応酬詩・送別詩がかなりの割合を占め、新しく赴任した節度使に挨拶の詩を送るなど、女性でありながら公の場に参加して詩作を行っている。一方の魚玄機は、公の場での作品は少なく、誰かに寄せる詩であっても、その相手は既に見たように女性（妓女・女道士・年若い女性詩人）や、李億をはじめとする夫や恋人と思しき相手である。唐代の女性詩人を代表する二人だが、詩作のあり方は大きく異なっている。

さてここではまず、魚玄機が旅先で詠んだ作品を取り上げる。当時の女性の生活圏は男性より狭く、女性詩人には

「行旅」の詩が少ないことが想定される。しかし実際は、女性詩人の作品中に旅の詩が全く見えない訳ではない。唐人選唐詩の中には、女郎廉氏「峡中即事」（『又玄集』巻下）・梁瓊「宿巫山寄遠人」（『才調集』巻十）・劉瑤「闔閭城懐古」（『才調集』巻十）など、旅先での作品がいくつか残る。彼女たちの人生は明らかでなく、どのような状況での旅かもはっきりしないが、女性が旅を描く例も少数ながら存在していた。

魚玄機には複数の旅の詩が残る(27)。ここではその中から「江行」二首を見てみよう。

大江横抱武昌斜
鸚鵡洲前万戸家
画舸春眠朝未足
夢為蝴蝶也尋花

大江横に抱きて武昌斜めなり
鸚鵡洲前　万戸の家
画舸の春眠　朝に未だ足らず
夢に蝴蝶と為りて也《ま》た花を尋ねん

煙花已入鸕鷀港
画舸猶題鸚鵡洲
酔臥醒吟都不覚
今朝驚在漢江頭

煙花已に入る　鸕鷀港
画舸猶お題す(28)　鸚鵡洲
酔臥醒吟　都《すべ》て覚えず
今朝　漢江の頭に在るを驚く

「武昌」は鄂州の地名、長江南岸に位置する。「鸚鵡洲」は武昌から長江を少し西に行った江夏県に位置する（『元和郡県図志』巻二十七）。「鸕鷀港」（底本は「港」を「巷」に作るが他本に従う）の名は文献に見えるものの、この詩の中では位置が合わない。この時の旅の背景には諸説あるが、「過鄂州」「隔漢江寄李億」「江陵愁望寄子安」などの詩と同時期とするのは共通している。道士になる前の作品と考えられ、本作も李億に読まれることを意識していたかもしれない。

一首目は舟から見た情景から始まる。長江に抱かれ広がる武昌の街、鸚鵡洲の前に佇む多くの家々。地名の羅列は旅の詩の常套表現である。舟の上での春のまどろみから「夢に蝴蝶と為りて也た花を尋ねん」につながる。蝴蝶が花を求めるという表現に恋を重ねるならば、蝴蝶は男性であるのが自然に思われるが、ここでは詩の作り手の女性側が蝴蝶に化し、花を探し求めている。(29) 三句目「春眠」から四句目「蝴蝶尋花」への転換が印象的で、「旅の詩（「江行」）」に相応しくないと見るものも含め、様々な解釈を生んだ。(30)

続く第二首も、旅の詩らしく地名の対から始まる。一句目は「烟花三月揚州に下る」を思わせ、華やかな春の舟旅を描く。後半では、酒と詩に身をゆだねる内に、知らず漢江の入り口にまでたどり着いていたと言う。旅の詩にありがちな望郷の念や、名所旧跡への思いには一切触れず、舟に揺られてまどろみ、酒を飲み詩を詠う。旅というより華やかで気ままな遊覧といった趣がある。続いてもう一首、十六句からなる五言排律一首を挙げる。

遣懐(31)

閑散身無事
風光独自遊
断雲江上月
解纜海中舟
琴弄蕭梁寺
詩吟庾亮楼
叢篁堪作伴

遣懐

閑散　身は事無く
風光　独り自ら遊ぶ
雲を断つ　江上の月
纜《ともづな》を解く　海中の舟
琴は弄す　蕭梁の寺
詩は吟ず　庾亮の楼
叢篁　伴《とも》と作すに堪え

片石好為儔　片石　儔《たぐい》と為すに好し

詩中の「蕭梁寺」「庾亮楼」から、本作も旅先にいた時の作品と考えられる。(32) 冒頭は時間をもてあまして散策に出かけたと始まる。鄂州では李億を思う恋の歌を複数作っているが、本作には恋の要素は表れず、二句目の「独自」に何らかの含みがあるようにも読み取れない。ちぎれ雲のまにまに差し込む川面の月光、纜をほどいた江に浮かぶ舟。琴や詩を楽しむ気ままな旅に「叢篁」や「片石」がお供をしてくれる。竹や石は園林の重要な要素で、これらを友人と見なすのは、隠逸者のふるまい。続いて後半では、

燕雀徒為貴　燕雀　徒《た》だ貴しと為し
金銀志不求　金銀　志として求めず
満杯春酒緑　杯に満ちて春酒緑なり
対月夜琴幽　月に対して夜琴幽なり
逶砌澄清沼　砌《みぎり》を逶りて清沼澄み
抽簪映細流　簪を抽《ぬ》きて細流に映す
臥床書冊遍　臥床　書冊遍く
半酔起梳頭　半酔　起ちて頭《こうべ》を梳る

引用一句目の「燕雀」はちっぽけな鳥、それのみを貴いとする。燕雀には「鴻鵠」の如き強さや雄大さはないが、自由に飛び回るそのあり方を自己に重ねる。続く句も合わせて、魚玄機の心情を映したもの。(33) 作品全体の中で何らかの心情を言うのはこの聯のみで、後半ではこれを受けて、具体的なあり方を描いていく。引用六句目の「抽簪」は、一

般には官を辞すことを指すが、ここでは簪を手にとり澄んだ水に映す姿。前の酒・月・琴の音色などと合わせ、自由で静謐な暮らしを描写する。最終聯、寝床に書を広げ、酔いを残したまま髪をくしけずる、気ままでしどけない姿に一抹の虚しさが漂う。

士大夫の詩ならば「燕雀」に価値を見いだす解釈は難しいだろうし、また「抽簪」は間違いなく「隠逸生活に入る」意味で用いられるだろう。一方で「叢篁」「片石」のように士大夫の隠逸文化を取り入れもする。このように、士大夫による詩の規範に対して、意味や用法をずらしたり重ねたりして、独特の境地が詠まれていると言えるのではないか。もちろん、これらの数少ない例から、作者がどの程度意識的に表現したかを判断するのは難しい。いずれにせよ、ここで挙げた旅先の作品二首ともに、のびやかな風情があり、旅の愁いとは無縁であることも興味深い。

以下では長安の咸宜観で道士になってからの作品と考えられるものを挙げる。二章の冒頭で述べたように、道士となったことについては、自身の意志・人から強いられた、という二つの「物語」が存在する。(34) 残された史料によって真相を明らかにはし難いものの、道士になった後には、自分自身のあり方を語り、時に内省に傾く作品が複数見られる。

まず、魚玄機の個性を示すものとして先行研究にしばしば言及される作品を見よう。

遊崇真観南楼睹新及第題名処　　崇真観の南楼に遊び新たに及第して名を題する処を睹《み》る
雲峰満目放春晴　　雲峰満目　春晴を放ち
歴歴銀鉤指下生　　歴歴たる銀鉤　指下に生ず
自恨羅衣掩詩句　　自《みずか》ら恨む　羅衣の詩句を掩うを

挙頭空羨榜中名　　頭を挙げて空しく羨む　榜中の名

「崇真観」は長安城の東部、新昌坊にあった道観の名。「題名」は新しく進士に合格した受験者たちが、名前を書きつけること。慈恩寺の雁塔で行われるそれが有名である。

春の光に映えて彼方の「雲峰」は輝きを放つ。晴れがましさの中で、文字が力強く記されていく。それを眺めながら、身を飾る美しい絹の衣は「詩句を覆い隠す」、詩名を上げる妨げであると嘆く。「榜中の名」を羨むのは、自分もそこに名を列ねる詩才を備えているとの思いから。登第者の得意絶頂の瞬間と、遠くから眺める詩人の姿が対比される。

どのような状況で、あるいは誰に向けてこの詩を詠んだのか定かでなく、そのため作品の感情をいかに解すべきかにも問題が残るが、詩人としての自負、そして「女性であること」に対する意識が強く表れているのは確かであろう。本作は魚玄機の「女性意識」の表れを示す作品としてしばしば言及される。(35) 女性詩人を論じた先行研究では、明代において、文芸の世界における男女間の格差への意識が高まることが指摘されている。(36) 魚玄機の本作は、ごく早い時代における対抗意識の萌芽であったと見なすこともできるだろう。

次に温庭筠（字飛卿、八一二?～八七〇?）に寄せた七律を挙げる。魚玄機と温庭筠の交流は、温庭筠が長安で国子助教となった咸通七（八六六）年頃のこととされる。(37) この時魚玄機は既に李億と別れ、道観に入っていた。魚玄機から温庭筠に贈った詩は、他に五言律詩の「寄飛卿（飛卿に寄す）」が残る。温庭筠から魚玄機に贈った作は、現在残されていない。

冬夜寄温飛卿　　冬夜　温飛卿に寄す

苦思捜詩灯下吟　　苦思　詩を捜して灯下に吟じ

不眠長夜怕寒衾　　不眠の長夜　寒衾を怕る
満庭木葉愁風起　　庭に満つる木葉　風の起こるを愁い
透幌紗窓惜月沈　　幌を透かす紗窓　月の沈むを惜しむ
疏散未閑終遂願　　疏散未だ閑ならざるも終に願いを遂げ
盛衰空見本来心　　盛衰空しく見る本来の心
幽棲莫定梧桐処　　幽棲定まる莫し　梧桐の処
暮雀啾啾空遶林　　暮雀啾啾として空しく林を遶る

一、二句目は苦吟して眠れぬ夜を過ごすさま。詩を作る苦しみを言う「苦思」は杜甫に用例がある。[38]「怕寒衾」は独り寝の孤独を示唆する。落ち葉が風で舞い散り、紗のカーテンに透ける月光は移ろう。詩人は眠れぬ夜に、一人耳をそばだてて佇む。五、六句目、「疏散」は散り散りになること、あるいはとらわれず自由に振る舞うこと。気ままなあり方を言い、士大夫の隠逸とも結びつく語。[39]「終に願いを遂げ」たこと、「本来の心」、これらは道士となったことを指すだろう。五句目は解しづらいが、完全に世俗を断ち切ったと言えずとも、願いを遂げて道士となった、と言うか。七句目の「梧桐」は鳳凰が止まる木で、鳳凰は男女和合の象徴ともなる。また、梧桐の花は雌雄同株で、例えば中唐・孟郊「列女操」では夫に殉じた節婦を「梧桐相待老、鴛鴦会双死（梧桐相い待して老い、鴛鴦会ず双つながら死す）」と詠う。いずれにしても男女和合、あるいは男女が添い遂げる象徴。すみかを「梧桐処」に定めることなく、薄闇の中を鳴きながら飛び回る雀は、自身の投影のようだ。魚玄機は前に引用した「遺懐」詩にも「燕雀徒《た》だ貴しと為す」として小鳥に自らの思いを託していた。

「冬夜寄温飛卿」では孤独が強調されるが、道士としての暮らしを描いた別の趣の作品もある。同じ時期のものと

考えられる七律の「愁思二首」(40)其の一では、前半に秋の愁いを描き、後半では、

長者車音門外有　長者の車音　門外に有り
道家書巻枕前多　道家の書巻　枕前に多し
布衣終作雲霄客　布衣　終に作す　雲霄の客
緑水青山時一過　緑水　青山　時に一たび過ぎらん

金持ちの馬車は門外を通り過ぎ、道家の書を枕辺に積み上げる。世俗を離れた我が身（「雲霄客」）、美しい山水も折々に尋ね歩きましょう、と詠う。「雲霄客」は文字通りには空の彼方を旅する人(41)、ここでは道観に入った自身のことを指すと解した。この詩では、山水周遊へと前向きに思いをめぐらせている。

次に引用するのも、道士になってからの作品と考えられる。

暮春即事　暮春即事

深巷窮門少侶儔　深巷　窮門　侶儔を少《か》き
阮郎唯有夢中留　阮郎は唯だ夢中に留まる有るのみ
香飄羅綺誰家席　香　羅綺を飄すは誰が家の席
風送歌声何処楼　風　歌声を送るは何処の楼
街近鼓鼙喧暁睡　街近くして鼓鼙は暁睡に喧しく
庭閑鵲語乱春愁　庭閑《しず》かにして鵲語は春愁を乱す
安能追逐人間事　安くんぞ能く人間の事を追逐せん

万里身同不繫舟　万里　身は繫がざるの舟に同じ

冒頭は人の訪れも絶えた暮らし。「侶儔」は「儔侶」に同じで、連れ合い。「阮郎」は漢代の阮肇なる人物で、天台山で仙女に引き留められ、ようやく家に帰ると七代後の子孫の代になっていたと言う（南朝宋・劉義慶『幽明録』）。唐詩では恋人、愛する男性を言う際に使われ、仙女に擬えられる女道士の相手を言うには相応しい語。三、四句は遠くから運ばれてくる華やかな宴の気配。「阮郎」が引き留められている宴と読むこともできる。「鼓鼙」はここでは時を告げる太鼓。朝に響く太鼓の音や、「喜鵲」、吉兆をもたらすとされる鵲の声が、今はひとえに疎ましい。六句目までは閨怨詩のようにも読めるが、詩は尾聯で雰囲気を変える。「不繫の舟」は『荘子』の典故を用い[42]、あてどなく過ごす身の上を言う。浮き世と離れた我が身は、繫がれない舟のように漂う。香り、歌声、鼓鼙の音、鵲の鳴き声、いずれも五感を刺激する「人間」の事物で、それらに心をかき乱されつつ漂泊する詩人の姿が浮かび上がる。「不繫舟」は、前に引用した「冬夜寄温飛卿」末尾の「幽棲定まる莫し　梧桐の処、暮雀啾啾として空しく林を遶る」——安住の地を見つけられずあてどなく飛び回る雀——のイメージとも重なる。

「深巷窮門」にあるといい、また五六句目の「街近」「庭閑」と言うのも、これが士大夫の詩であれば隠逸の住まいを連想させる。しかし本作で言及されるのは、昔の恋人や遠くの宴の気配であり、これらは恐らくかつて自身が身を置いた華やかな世界として描かれている。また「羅綺」「歌声」「春愁」など女性を描く作品に習用の語を取り入れつつ、末尾は閨怨の方向に収束しない。「不繫の舟」の嘆きには、ただ悲嘆に暮れるだけでなく、自身を俯瞰して捉える理知的な視線があるように感じられる。

魚玄機のこれらの作品を見ると、士大夫の詩の型、女性を（の）描く詩の型、どちらにも収まりきらない、独特の境地を描き得ているように思われる。これらの表現は女道士である魚玄機の生活上の実感や実態を、ある程度反映したものとして生み出されたのだろう。もっとも、魚玄機の作品を理解するためには、何より唐代の女道士のあり方(43)や、彼女らが詩の中でどのように描かれていたかなど、より視点を大きく広げて考える必要があろう。このこととも関わるが、注釈でも度々触れたように、魚玄機詩の解釈はしばしば大きく分かれる。「小説中の人物」である魚玄機の、その時その場の心情をいかに作品に反映させるかによって、作品の受け取り方もまた大きく変わりうるのである。

本稿では、魚玄機の人生と強く結びつけるのではなく、「士大夫の詩」の型を意識し、これとの距離感を測りつつ解釈を試みた。取り上げた作品は一部に限られ、ある一側面を指摘したに過ぎない。魚玄機の詩作については、今回取り上げられなかった恋の歌や男性との社交詩も含めて、改めて検討する必要があるだろう。

おわりに

女性たちの詩を通した交流、また魚玄機の作品によって、女性詩人はいかなる詩を詠むのか、その一端を見てきた。女性詩人の詩作の様相は、時代によって一定の傾向を帯びる。六朝までは、学者の家系など女子の教育にも注意を払う特別な環境下で才能を伸ばしたいわゆる「名媛閨秀」が詩作の中心であった。初唐の上官昭容のように、宮中で士大夫に伍して詩を作った例もある。唐の次の宋に目を向けると、李清照（一〇八四～一一五六？）という傑出した詩（詞）人が現れ、また朱淑真(44)（生卒年未詳）のように多くの作品が残る詩人も出るが、宋代に記録が残る女性詩人の多くは士大夫の妻・娘である。この流れの中におくと、中晩唐における妓女・女道士詩人たちは特殊な場所に位置づけられる。彼女らも含めた唐代の女性詩人たちは、詩作での交流を恐らく活発に行っていた。魚玄機の詩はこのような土壌から生まれ、だからこそ新たな表現を模索した軌跡がそこに残されているのかもしれない。

注

（1）政《まつりごと》や言志の文学から離れた、「士大夫の文化共同体」とは一見関連の薄そうなジャンル、例えば「山水詩」一つとってみても、これを確立させた謝霊運が山水に目を向けた契機は官吏として都を離れ地方へ赴任することであった。またしばしば山水詩と対のように語られる「田園詩」は、陶淵明が官を辞して田園に帰らなければ生まれ得なかった。また「行旅詩」を見ても、旅は一般に任官・受験などのための社会的活動であって、その主要な担い手は当然、士大夫層であった。

（2）残存する本文は、傅璇琮・陳尚君・徐俊編『唐人選唐詩新編（増訂本）』（中華書局、二〇一四）に収められる。

（3）敦煌写本に残されている断片は、李季蘭七首・元淳七首・張夫人八首・崔仲容一首のみという（Дx三八六一、Дx・三八七二、Дx三八七四、Дx六六五四、Дx六七二二、Дx一一〇五〇）。詳細な状況は徐俊輯校『瑤池新詠集』の前記（『唐人選唐詩新編（増訂本）』所収）及び栄新江・徐俊「新見俄蔵敦煌唐詩写本三種考証及校録」（『唐研究』第五巻、北京大学出版社、一九九九）・栄新江・徐俊「唐蔡省風編『瑤池新詠』重研」（『唐研究』第七巻、北京大学出版社、二〇〇一）参照。

（4）敦煌写本に残された四人の排列が韋荘『又玄集』及び『吟窓雑録』巻三十・三十一所収の女性詩人の排列と一致することに着目し、『又玄集』・『吟窓雑録』所収の作品やその伝記的記述は、『瑤池新詠集』に基づく可能性があると指摘する。賈晋華氏が推定する『瑤池新詠集』の採録順は以下の通り。

1女道士李季蘭　2女道士元淳　3張夫人　4崔仲容　5鮑君徽　6趙氏　7梁瓊　8張窈窕　9倡伎常浩　10女郎薛蘊　11崔萱　12女郎劉媛　13女郎廉氏　14女郎張琰　15女郎崔公達　16女郎宋若昭　17女郎宋若荀　18女郎田娥　19薛濤　20女郎劉雲　21女郎葛鴉児　22女郎張文姫　23女郎程長文　※「女郎」は若い女性を言う。

以上は賈晋華「『瑤池新詠集』与三位唐代女道士詩人：中国古代女性詩歌発展的新階段」、『華文文学』二〇一四（四）、総第一二三期。この論文はもともと Jia, Jinhua. "*Yaochi ji* and Three Daoist Priestess-Poets in Tang China." *Nan Nü: Men, Women and Gender in Early and Imperial China* 13.2 (2011): 205-43として発表し、修訂を加えて中国語訳したもの。また同著訳『唐代女道士的生命之旅』（社会科学文献出版社、二〇一二）第六章は、論文と同趣旨。賈氏は陳尚君「唐女詩人甄辨」（『文献』二〇一〇年第二期、一〇～二五頁）が同様の結論を得ていることにも言及する（『唐代女道士的生命之旅』第六章、一七四～五頁）。

（5）女詩人には生卒年不明の者も多いが、ある程度明らかになっている者として李季蘭（?～七八四）、元淳（?～七七九）、張夫人（吉中孚妻、八世紀半ば）、宋若昭（七六一～八二八）、宋若荀（七八八～七九八に活動）、薛濤（七七〇～八三二）などがいる（賈晋華「『瑤池新詠集』：8至9世紀中国女詩人研究」（『江海学刊』二〇二〇（一））、また『唐代女道士的生命之旅』第六章）。

（6）賈晋華氏の研究によると、元淳は洛陽で出土した「故上都至徳観主女道士元尊師墓誌文」（周紹良・趙超編『唐代墓誌匯編続集』、上海古籍出版社、二〇〇一所収）に見える名を「淳一」とする女道士と同一人物と推定されるという。元淳一は洛陽の士族の出身、父親は県丞を務めたことがあり、玄宗の天宝年間の初めに出家して女道士となった（「『瑤池新詠集』与三位唐代女道士詩人：中国古代女性詩歌発展的新階段」、また『唐代女道士的生命之旅』第六章）。

（7）元淳詩の引用は徐俊輯校『瑤池新詠集』（『唐人選唐詩新編（増訂本）』）による。この詩は『又玄集』巻下・『才調集』巻十にも採録される。

（8）前掲注（6）の賈晋華論文を参照。

（9）李定広氏の注釈に「"杏藹瑤台"用了《神仙伝》中仙人種杏成林的典故、描絵的是杏樹婆娑的仙境」（『歴代女性詩詞』、上海辞書出版社、二〇一六、八五頁）。『神仙伝』董奉に見える故事。

（10）引用は傅璇琮点校『又玄集』巻下（『唐人選唐詩新編（増訂本）』）による。『瑤池新詠集』には断片が残り、また『才調集』巻十にも採られる。

（11）白居易「感情」の冒頭は「中庭曬服玩、忽見故郷履。昔贈我者誰、東隣嬋娟子」。白居易の詩はかつて贈られた靴を目にしたことから始まり、過去の恋人を懐かしみ自身の来し方への回想に転じる。

（12）引用は『又玄集』巻下（『唐人選唐詩新編（増訂本）』）による。本詩は『瑤台新詠集』には残らない。常浩は『又玄集』巻下に「倡伎」とある以外、詳細は不明。『又玄集』では「女郎張窈窕」と「女郎蔣［薛］蘊」の間に並ぶ。本詩は『才調集』巻十・『唐詩紀事』巻七十九にも採られる。

（13）「拝新月、拝月出堂前。……拝新月、拝月不勝情。庭前風露清、月臨人自老、望月更長生。東家阿母亦拝月、一拝一悲声断絶。昔年拝月逞容儀、如今拝月双涙垂。回看衆女拜新月、却憶紅閨年少時」（『楽府詩集』巻八十二）。

（14）『又玄集』巻下・『才調集』巻十に収録。詩題は『才調集』による。両書では作者名を「蔣蘊」、『全唐詩』巻七九九では「薛蘊」とする。『又玄集』に「女郎蔣蘊　彦輔之孫」とあり、この「彦輔」は玄宗朝の大理評事薛彦輔を指し、ならば名は「薛蘊」が正しいという（『唐人選唐詩新編（増訂本）』『又玄集』巻下の傅璇琮氏の校記）。『又玄集』巻下・『唐詩紀事』巻七十九では、本作と同作者による「古意」を合わせて一首とするが、これは誤りであるという（傅氏校記）。

（15）周紹良氏は、この二首は長安の道観の女道士に贈ったものとする（周紹良箋證『唐才子伝箋證』巻八・魚玄機（中華書局、二〇一〇、一八八七頁））。

（16）魚玄機詩の引用は『唐女郎魚玄機詩』（中国書房・両宋浙刻叢刊第一輯第一種、拠中国国家図書館蔵宋臨安府陳宅書籍鋪刻本影印、浙江古籍出版社、二〇二二）により、陳文華校注『唐女詩人集三種』（上海古籍出版社、一九八四。『唐人小集』中の『唐女郎魚玄機詩』を底本とする）も参照した。

（17）謝は東晋・謝安の姪の謝道韞、雪を詠じた優れた句を作った故事で知られ（『世説新語』言語）、しばしば女性詩人に擬えられる。なお本詩の詩題は『全唐詩』巻八〇四によった。本詩を次韻詩の継承という観点から論じた先行研究に詹満江「魚玄機の詩について」（『杏林大学外国語学部紀要』第十八号）がある。

（18）「南国容華少」は三国魏・曹植「雑詩」（『文選』巻二十九）「南国有佳人、容華若桃李」をひっくり返して用いたもの。また「東隣」は戦国楚・宋玉「登徒子好色賦」（『文選』巻十九）「楚国之麗者、莫若臣里、臣里之美者、莫若臣東家之子」をふまえるもので、実際の位置関係を言う訳ではないだろう。

（19）『才調集』巻十は詩題「寄李億員外」の下に「一作寄隣女」と注する。『唐女詩人集三種』・『全唐詩』では詩題を「贈隣女」に作る。

『唐才子伝箋証』巻八は、本作は隣女を慰め励ます作であり、男性への怨みを込めたものではないとする。更に、李億は「員外」になったことはなく、李億を怨んだ作というのは後人がでたらめに付け加えたものと断じ、魚玄機との応酬詩が残る李致仁に贈った可能性も指摘する（一八八五頁）。また、詹満江氏は本作を「隣女」に贈ったものとして「女性同士でしか持ち得ない本音が表現されている」とする（前掲注（17）論文）。因みに、森鷗外の小説「魚玄機」では、本作を、女道士となった魚玄機が親しくしていた年下の女道士采蘋に与えたものとして取り入れている。

（20）宋玉「登徒子好色賦」は注（18）参照。また作品中に宋玉の言葉として「然此女登牆闚臣三年、至今未許也（然るに此の女　牆に登りて臣を闚《うかが》うこと三年、今に至るも未だ許さざるなり）」。魚玄機詩の「自能窺宋玉」はこれをふまえる。

（21）例えば李白「詠隣女東窓海石榴」では、隣に住む美しい女性への憧れが詠われる。また注(11)に挙げた白居易「感情」の恋の相手も「東隣嬋娟子」であった。

（22）王昌は、諸注によると古楽府「河中水歌」に「人生富貴何所望、恨不早嫁東家王」と見える「東家王」を指し、『襄陽耆旧伝』に名前が見え、唐詩では美男子あるいは恋人の代称として用いられるという（『唐女詩人集三種』校注など）。「河中水歌」をふまえると、成就しなかった恋の相手ともとれそうだ。また、唐詩には王昌と宋玉を対にして用いる例も幾つか見られ、例えば王維「雑詩」に「王昌是東舎、宋玉次西家」、陸亀蒙（?～八八一）「偶作」に「自有王昌在、何労近宋家」。陸亀蒙詩は魚玄機詩をふまえたものか。

（23）魚玄機については、『唐才子伝校箋』巻八・『唐才子伝箋証』巻八・『唐代女道士的生命之旅』第七章などを参照した。

賈晋華氏は魚の前半生を妓女と見る従来の研究に反駁する。それによると、『三水小牘』に「長安里家女」とあるのが「北里」のような色街の意味に解されたこと、また一部のテキストでは「倡家女」に作ることから、一般に魚玄機は妓女、あるいは妾家の出であったとされてきた。しかし「里家女」は「坊里の家の娘」すなわち普通の家の娘の意味であって、状元となり恐らく名家出身の李億の妾となったのは、当時の婚姻のあり方からすると不自然なことではない（『唐代女道士的生命之旅』第七章、二一三～二一四頁）。

賈晋華氏の説には一定の説得力があるが、魚玄機の詩を見ると、一般家庭の娘（いわゆる名媛・閨秀に属する）が、後に道士になったとしても、果たしてこのような大胆な詩を書き得るかという疑問も生まれる。これは女道士の文化や詩作、ひいては唐代の女性詩人の詩作全体をふまえ、改めて考えねばならない問題であろう。

（24）「破瓜之歳、志慕清虚。咸通初、遂従冠帔于咸宜」。ただし現在の研究では、道士になったのは咸通の半ば頃とされる。

なお『北夢瑣言』巻九では「咸通中、為李憶補闕執箕帚、後愛衰下山、隷咸宜観為女道士」、李億の寵愛を失ったことが道士になるきっかけであったという。また、『唐才子伝』では道士になった経緯について、李億の寵愛を得て後「夫人妒不能容、億遣隷咸宜観披戴」と正夫人の嫉妬を理由に挙げる。『三水小牘』が「李億に棄てられたことが出家を促した外因」であることを記さないのは、作者皇甫枚が「同時代人の声名を傷つけることを望まなかったため」と推測する説もある（彭志憲・張炎『魚玄機詩編年訳注』（新疆大学出版社、一九九四）、五七～五八頁）。

（25）『北夢瑣言』は注(24)参照。『唐才子伝』「咸通中及笄、為李億補闕侍寵」。李億は大中十二年（八五八）進士（『登科記考』巻二十二)。

(26)『旧唐書』巻十九上懿宗紀・咸通十一年「八月……京兆尹温璋上疏論諌行法太過、上怒、叱出之。九月、……京兆尹温璋貶振州司馬、制出之夜、璋仰薬而死」。

(27) 魚玄機はおおよそ二つの地域を旅したことがあると考えられている。うち一つは鄂州を中心とした旅で、その際に「過鄂州」「隔漢江寄李億」「江陵愁望寄子安」「江行」「遣〔導〕懐」などが作られたと考えられる。先行研究ではこれらの作品を同時期のものとするが、背景についての説が異なる。李億が鄂州に赴き、魚玄機を招いた際の作品とするもの(『唐才子伝箋証』)、李億は魚玄機を妾としてから間もなく楚に向かい、魚玄機は一人旅して楚に至ったとするもの(『唐才子伝校箋』。ただ漢江を隔てて独居した理由は不明とする)、李億と別れてから湖北一帯を漫遊した時期の作品とするもの(『唐女詩人集三種』前言十二~十三頁)などがある。

もう一つは太原への旅で、咸通四年(八六三)に河東節度使となった劉潼に贈ったとされている「寄劉尚書」の内容から、李億が劉潼の幕下に入り、魚玄機もこれに従って太原に赴いた(『唐才子伝箋証』『唐才子伝校箋』など)とするもの。

(28)「題」は詩を詠む意味にも解せるが、他本は「沿」に作り、その方が解しやすい。

(29) 賈晋華氏は「中国文学の伝統において、蝴蝶は恋人の隠喩で、「尋花」は性的なイメージを持つ伝統的モチーフであり、通常は男が女を探し求めること、あるいは青楼で楽しむことを言う。魚玄機自身が夢で蝴蝶になったとすることで、「蝴蝶」の性別が変えられている(在中国文学伝統中、蝴蝶還是情人的隠喩、而〝尋花〟是帯有性感的伝統意象、通常指男子尋求女子或到青楼尋歓。由于是魚玄機自己夢為蝴蝶、〝蝴蝶〟的性別被改変)」として、これは魚玄機の愛情への欲求と、男性と同じように自由に愛情を追い求めたいという気持ちの表れと指摘する(『唐代女道士的生命之旅』第七章　女道士魚玄機的生活和詩歌、二二三頁)。

(30)『名媛詩帰』巻十一では、其一について、詩題(「江行」)が示唆する内容と異なることを却って称賛する(要知題是江行而詩又忽側入下二句。了不似江行詩中語、却不得不認作江行詩、則其才情可知矣)。また清・黄周星『唐詩快』は「艶麗の極み(妖冶之尤)」と評する。李億に棄てられてからの「愛への渇望を描く」(陳文華『夢為胡蝶也尋花：李冶・薛濤・魚玄機詩注評』、上海古籍出版社、二〇〇七)とするものもあるが、詩全体の詠みぶりから、そこまで強烈な感情を読み取るのは難しそうだ。

(31) 底本では詩題を「導懐」に作るが、他本によって改める。

(32) 「蕭梁寺」は南朝梁の武帝（蕭氏）が仏寺を多く建立したことに由来する語で、寺の汎称。「庾亮楼」は東晋の庾亮が江荊豫州刺史として武昌を治めていた時、幕僚たちと「南楼」で月見をしたことに由来する語（『世説新語』容止・『晋書』巻七十三本伝）。庾亮は江州を治めたこともあったため、唐代ではこの楼を九江（江州）にあるとすることも多い。

(33) この句は訳注でも大きく解釈が分かれるものの一つで、辛島驍氏は様々な解釈の可能性を示唆しつつ、おのれを捨てた李億に対する反感から、「つまらない男が、高い地位についていばっているのは、見るのもばかばかしいし、こちらにしてもお金だけが目あてではないのである（前句の訓読は「燕雀徒《いたずら》に貴と為る」）」と訳す（『魚玄機・薛濤』漢詩大系十五、集英社、一九六四、一三一～一三三頁）。なお、本稿の解釈は辛島氏が第三の解釈として挙げるものと同じ方向。

(34) 注(24)参照。

(35) 中国の女詩人研究では、しばしばこの「女性意識」という言葉が用いられる。例えば趙莉「評魚玄機作品的女性意識」（『陝西師範大学学報（哲学社会科学版）』第三十巻、二〇〇一年五月）は本作を「〝空羨〟包含着嘆惋・不満、也満注着自許自信、一箇〝恨〟字表明女詩人意識到男権社会中女性地位的低下、意識到女性的性別悲別《ママ》。……強烈的女性意識在深深的憤慨中噴発而出」と評する。ただし筆者は、魚玄機の時代にどの程度自覚的に「女性としての意識」が詠われ得るかと言うことについては、慎重な検討が必要と考える。

(36) 「明末以後、文事の世界に一般女性が大挙して参入し、男女間に競い合いや張り合いの状況が生まれ」、これは「中国の女性文化史上特筆すべきこと」との指摘がある。ただしそれは同時に「男性的要素を重視する創作意識」を伴うものであったという（合山究『明清時代の女性と文学』（汲古書院、二〇〇六）、第四篇　巾幗鬚眉論・第二章　明清時代の女性文芸における男性指向について）。

(37) 温庭筠に「送李億東帰」詩があり、魚玄機との交遊のきっかけは李億を介してのものと推定されている（『唐才子伝箋証』一八八七頁、『唐代女道士的生命之旅』二一九頁）。

(38) 杜甫が裴迪に贈った詩「暮登四安寺鐘楼寄裴十（暮れに四安寺の鐘楼に登りて裴十に寄す）」に「知君苦思縁詩痩、太向交遊万事慵（知る君が苦思して詩に縁りて痩せたるを、太だ交遊に向《お》いて万事慵からん）」。

(39) 謝霊運「過白岸亭詩（白岸亭に過ぎる詩）」「未若長疏散、万事恒抱朴（未だ長く疏散にして、万事恒に朴を抱くに若かず）」。唐詩だと釈皎然「雑興六首」其の六「疏散遂吾性、栖山更無機（疏散吾が性を遂げ、山に栖みて更に機無し）」も参考になる。

　既存の訳注では「疏散」を李億と別れたことを言うとするものもある。例えば辛島驍『魚玄機・薛濤』九十六〜九十九頁、また『魚玄機詩編年訳注』五十一〜五十三頁を参照。

(40)『名媛詩帰』では詩題を「秋思」に作る。

(41)「雲霄」が超越した存在を示すものとして、三国魏・阮籍「詠懐詩」其十九の「西方有佳人、皎若白日光。……寄顔雲霄間、揮袖凌虚翔（西方に佳人有り、皎として白日の光の若し。……顔を雲霄の間に寄せ、袖を揮いて虚を凌ぎて翔ぶ）」、西晋・陸機「擬蘭若生朝陽」（『文選』巻三十）「美人何其曠、灼灼在雲霄（美人何ぞ其れ曠《とお》き、灼灼として雲霄に在り）」などがある。いずれも「佳人」「美人」に用いられることも注目される。「布衣終作雲霄客」は、仮に男性詩人の詩ならば「平民から大出世を遂げた」と解せそうだが、魚玄機自身のこととすると相応しくない。

(42)『荘子』列禦寇篇「巧者労而知者憂。無能者無所求、飽食而敖遊。汎若不繋之舟、虚而敖遊者也（巧者は労して知者は憂う。無能者は求むる所無く、飽食して敖遊す。汎として不繋の舟の若く、虚にして敖遊する者なり）」。

(43)本論でしばしば参照した賈晋華『唐代女道士的生命之旅』は、「初の唐代女道士に注目した専論」である。開元年間には一六八七ある道観の中で五五〇が女道観であったことなどを挙げ、唐代に至って女道士は社会的・宗教的集団を形成していたと指摘する（「導論」）。また唐五代にはこの他にも様々な女性の集団が存在し、女性文化の発展は恐らく我々の想像を遥かに越えていた、とも指摘する（第六章）。

(44)胡文楷編著・張宏生等増訂『歴代婦女著作考（増訂本）』（上海古籍出版社、二〇〇八）参照。

歴史事実と詠史詩——李商隠の詠史詩における虚構をめぐって

伊﨑孝幸

はじめに

川合康三『中国の詩学』第十八章「詩と事実」において指摘されているように、中国古典文学においては、一般的に虚構よりも事実が重視される傾向がある。[1] それは、『詩経』以来、いくつかの例外はあるものの、歴史を通して一貫した特徴であるといえる。中国古典文学に関する限り、アリストテレスが『詩学』で試みたような区分、すなわち歴史と詩とを事実と虚構によって截然と区別することは、およそ不可能であるといわなければならない。[2] 歴史記述において事実の記録が何よりも重視されたのは当然のこととしても、詩作品もまた、歴史とは異なる形式でありながら、極めて事実性が尊重されるものであったといえる。このことは、文学の基底に虚構を置くことを基本とする近代的な文学観に慣れ親しんだ我々からすれば奇異にすら思えるが、詩作品における事実性、現実性の尊重は、古典世界においては、いわば暗黙の内に要請されていたと考えることができる。これは、詩人の意識の問題であるばかりではなく、詩の享受者においてもまた共通して認められる性質のものであった。この意識が殊に顕著であったのが宋代であり、その典型が「半夜鐘」の事実性をめぐっての言説であったことは、前掲「詩と事実」で詳しく述べられている通りである。

本稿は、そうした中国古典文学の伝統の内にありながら、詠史詩というまさに歴史を扱った文学ジャンルにおいて、歴史事実と詩作品との間に新たな関係性の構築を試みた李商隠の作品を取り上げ、その特徴について論じるものである。作品分析の過程においては、他の李商隠詩の分析にも資するような新たな視座の提示も試みることにしたい。

第一章

本稿で取り上げる詠史詩とは、文字通り、歴史を題材とした詩のことである。詠史詩は古く漢代より起こったジャンルであり、その特徴を要約すれば、歴史上の人物やその事績を描くとともに、対象となる人物や事件について、作者である詩人の内に沸き起こった感慨を詠ったものということができる。(3) 詠史詩も詩であるからには、歴史を客観的に記述するようなものではなく、詩人の抒情を主とするものであることは注意しなければならないが、作品に詠まれる歴史それ自体は、事実に基づくものとして、改変すべからざるものとして認識されていたことは疑うことはできない。すなわち、詠史詩は本来的に、虚構の入り込む余地はほとんどなかったと考えられるが、そのことを端的に示しているのが、李商隠と同じく晩唐に活躍した詩人、杜牧の詠史詩に対する以下のような批判的な言説である。

牧之於題詠、好異於人。如赤壁云、東風不与周郎便、銅雀春深鎖二喬、題商山四皓廟云、南軍不袒左辺袖、四皓安劉是滅劉、皆反説其事。至題烏江亭、則好異而叛於理。詩云、勝敗兵家不可期、包羞忍恥是男児。江東子弟多才俊、巻土重来未可知。項氏以八千人渡江、敗亡之餘、無一還者。其失人心為甚。誰肯復附之。其不能巻土重来決矣。

（牧之の題詠に於けるや、人に異なるを好む。「赤壁」に云う、「東風　周郎の与に便ならずんば、銅雀　春深く二喬を鎖さん」、「商山四皓廟に題す」に云う、「南軍　左辺の袖を袒《かたぬ》がずんば、四皓　劉を安んずるは是れ劉を滅さん」の如きは、皆な其の事に反説す。「烏江亭に題す」に至っては、則ち異を好みて理に叛《そむ》く。詩に云う、「勝敗は兵家も期すべからず、羞を包み恥を忍ぶは是れ男児。江東の子弟　才俊多し、巻土重来すれば　未だ知るべからず」と。項氏　八千人を以て江を渡るも、敗亡の餘は、一も還る者無し。其の人心を失うこと甚しきを為す。誰か肯えて復た之に附かん。其の巻土重来すること能わざるは決せり。）

（宋・胡仔『苕渓漁隠叢話後集』巻一五）

歴史を扱いながら、そこに「もし」という仮定を詠み込んだ杜牧の詠史詩は、「其の事に反説」するものであり、また「異を好みて理に叛《そむ》く」ものとして、厳しく指弾されている。(4) 杜牧詩の趣向の奇抜さ、斬新さは、彼以降の詠史詩において広く模倣されていることからも分かるように、当時の詩人たちにとって強い印象を与えるものであったと考えられるが、ここで展開されている議論は、まさしく「半夜鐘」をめぐっての欧陽脩による批判や、それに対する後世の反論を髣髴とさせるものであろう。詩において、殊に詠史詩において、そこに虚構を交えることがいかに批判の対象となったかを窺うことができる。杜牧に見られたような虚構による詠史詩は、晩唐期において多作されているが、その中でもとりわけ虚構性に富むのが、以下に取り上げる李商隠の作品である。

現在に残る李商隠の作品は六〇〇首あまりであるが、そのうち詠史詩に該当するものは五十余首にのぼる。この数は胡曾らによって書かれた連作の詠史詩を除けば、晩唐で最も多い。この中には、先述した杜牧の詠史詩におけるような反実仮想を詠ったものをはじめとして、物語、伝説といった明らかな虚構に依拠して作られた作品が数多く見られる。無論、それらは李商隠に特徴的な作品としてしばしば言及される重要なものではあるが、本稿ではそれらとは少し異なる、従来あまり論じられることのなかったタイプの詠史詩をいくつか取り上げ、李商隠詩における歴史事実と虚構との関係性について、主に三つの側面から考察を加えることにしたい(5)。

隋宮守歳

消息東郊木帝廻
宮中行楽有新梅
沈香夾煎為庭燎
玉液瓊蘇作寿杯
遥望露盤疑是月
遠聞鼉鼓欲驚雷
昭陽第一傾城客
不踏金蓮不肯来

隋宮守歳　　李商隠（底本巻五）

消息　東郊に木帝廻り
宮中　行楽　新梅有り
沈香　夾煎　庭燎と為し
玉液　瓊蘇　寿杯と作す
遥かに露盤を望めば　疑うらくは是れ月かと
遠く鼉鼓を聞けば　雷に驚かんと欲す
昭陽　第一　傾城の客
金蓮を踏まざれば　肯えて来たらず

この詩は、隋・煬帝の揚州の離宮における守歳、すなわち年越しを詠ったものである。冒頭から六句目までは、春を迎えるにあたっての宮中の賑わいや豪華さを描写的に描いたものであり、それを受けて第七・八句では、宴席の主役ともいうべき煬帝の寵姫の姿が見えないが、それは金の蓮花が敷かれていないからであるという。「昭陽　第一傾城の客」とは、もとは、漢・成帝の寵愛した趙飛燕を意識する言葉であるが、ここでは、宮中の美人といった一般的な意味合いで用いられているだろう。各句の解釈に大きな問題はないと思われるが、注意すべきは末句における故事の使い方である。句意としては、この宴席に煬帝の寵姫が参加しない理由が見当たらないことから、今はその姿は見えないが、間もなく、その麗しい姿を現すであろう、といった意味だと考えられる。これは以下のよく知られた斉の廃帝・東昏侯と潘妃にまつわる故事に基づいている。

又鑿金為蓮華以帖地、令潘妃行其上、曰、此歩歩生蓮華也。塗壁皆麝香、錦幔珠簾、窮極綺麗。
（又た金を鑿ち蓮華を為りて以て地に貼り、潘妃をして其の上を行かしめて、曰わく、此れ歩歩に蓮華を生ぜり、と。壁を塗るは皆な麝香にして、錦幔珠簾、綺麗を窮極す。）
（『南史』斉本紀下・廃帝東昏侯）

東昏侯の奢侈と行き過ぎた戯れを表す有名な逸話である。従来の注釈の多くは、「隋宮守歳」は隋の宮中を詠いつつも、末句において既に滅びた斉の東昏侯と潘妃の故事を用いて、その寵姫への惑溺と驕奢を象徴的に詠うものであり、作品全体としては隋宮の退廃を風刺していると捉えてきた。確かに、そうした解釈はある程度の説得力を持つといえる。しかし、作品を丁寧に見てゆくと、その解釈にはうまく収まらないものがあることに気づかされる。

まず、確認しておきたいのは、この詩は隋の宮廷を詠うものでありながら、作品の鍵となる末句において、斉の故事が使用されているということである。詠史詩でありながら、必ずしも歴史事実に忠実でないという意味で、これは虚構の一形式と考えることができるだろう。今述べたように、末句の故事を根拠として、この作品を風刺とする解釈は多く見られるが、それはあまりに一面的な読解といわなければならない。というのも、もし仮にこの作品が一般的な意味における風刺を意図していたのであれば、ここで異なる時代の故事を引用することの意味を充分に説明できないからである。隋の退廃を鋭く非難するためには、わざわざ他の時代からではなく、この時代に直接関係する故事を用いた方が効果的なことは明らかである。また、この作品には、そもそも直接的に煬帝とその寵姫、あるいは東昏侯や潘妃を非難する言葉が見られないことにも注意すべきである。ここには確かに批判の意味合いも含まれているが（それは「傾城」という言葉の使用にも暗示されている）、しかし、それだけで作品を理解できるほど、その意味は強くないといえる。むしろ誤解を恐れずにいえば、風刺というにはあまりに弱すぎるというのが、作品に即した印象ではないだろうか。

こうしたことを裏書きするかのように、この詩の末句の虚構的な故事の使い方については、これまでにも不審の念が表明され、風刺とはまったく異なる解釈、すなわち、この作品を唐代の宮中の栄華を詠うものとする解釈も示されてきた(6)。いずれの解釈が妥当であるかはしばらく措くとしても、詠史詩において、他の時代の故事を引用することの積極的な意味、もしくはその効果について更に考察を深める必要があるだろう。ここで同様の趣向を持つ李商隠の詠史詩をもう一首挙げることにする。

陳後宮　　陳の後宮　　李商隠（底本巻三）

茂苑城如画　茂苑　城は画の如く
閶門瓦欲流　閶門　瓦は流れんと欲す
還依水光殿　還《ま》た水光殿に依り
更起月華楼　更に起つ月華楼
侵夜鸞開鏡　夜を侵して　鸞は鏡を開き
迎冬雉献裘　冬を迎えて　雉は裘《かわごろも》を献ず
従臣皆半酔　従臣　皆な半ば酔い
天子正無愁　天子　正に愁い無し

はじめの四句は、詩題にあるように陳の後宮の様子を描写的に詠ったものである。一・二句は六朝期に台城に築かれた「茂苑」「閶門」を点綴しながら、その土地の絵画のような鮮やかさ、また屋根瓦の水の流れのような美しさを表し、三・四句では「水光殿」「月華楼」という、美しい名称を持つ宮殿が詠み込まれる。続く五・六句は鸞の模様を刻んだ鏡と雉の裘を対として用いつつ、その典故から艶情と奢侈のイメージを導き出している。そして、この作品

において も問題となるのは末尾の部分である。ここでは陳の後宮で夜ごとに行われた宴席の様子を述べているが、取り巻きの臣下たちは、いずれも気持ちよく酒に酔い、主である天子も愁いがないという。末尾の「天子　正に愁い無し」は、琵琶の演奏を好み、自ら「無愁曲」を作って、「無愁天子」と称された北斉の後主（高緯）のことを踏まえた言葉である。

後主亦自能度曲、親執楽器、悦玩無倦、倚絃而歌。別採新声、為無愁曲。音韻窈窕、極於哀思、使胡児閹官之輩、斉唱和之。曲終楽闋、莫不殞涕。……楽往哀来、竟以亡国。
（後主　亦た自ら能く度曲し、親ら楽器を執り、悦玩して倦《う》むこと無く、絃に倚りて歌う。別に新声を採り、無愁曲を為る。音韻窈窕として、哀思を極め、胡児・閹官の輩をして、斉唱して之に和せしむ。曲終わり楽闋《や》み、涕を殞《お》とさざる莫し。……楽しみ往きて哀しみ来たる、竟に以て亡国す。）
（『隋書』音楽志中）

右の記述からも分かるように、「無愁曲」と亡国とは密接に関係するものである。本作品は全編にわたって陳王朝の栄華を詠うものの、後半四句、とりわけ末尾の二句においては亡国が暗示されている。こうしたことから、例えば詹満江氏は「李商隠が詠じる亡國の天子は、懐古や悲哀や詠嘆の気持ちをもっては描かれない。あるいは揶揄され、あるいは皮肉られ、「莫愁」や「無愁天子」という言葉の意味まで効かせて詠じられるのである」と述べている(7)。この詩に風刺的な含みを読み取ることは、先程の「隋宮守歳」と同様に、それなりの説得力を持つといえる。しかし、この作品も「隋宮守歳」と同じく、詩中に明確な非難の言葉はなく、単純に風刺としてまとめるにはあまりに間接的で、弱すぎるように思える。

「陳後宮」は今確認したように、陳の後宮を主たる題材としているが、そこに他の時代、広く六朝期の故事を織り交ぜることで、当時の宮中の雰囲気を醸成している。陳の故事で統一されていないことから、例えば森槐南氏は「此の詩が、若し真面目に陳後宮の事を賦したものであったならば、決して代違ひ国違ひの北斉の天子のことを持って来る筈はない」と述べ[8]、単に風刺と解釈するだけでなく、具体的には唐・敬宗を諷するとして、詩句と史実とを対照させて論じる清・程夢星の説を支持するが、それはやや穿ち過ぎであろう。むしろ、様々な時代の故事をモザイク風に組み合わせることで、末尾も含めて広く六朝期を通じての宮廷文化の華麗さ繊細さを表現するとともに、歴史の推移、王朝の栄枯盛衰やそれに対する詩人の感慨を表しているのではないだろうか。こうした観点から改めて作品を読み直してみると、ここに描かれているのは、史実に基づいた、歴史事実に忠実な陳の後宮の様子というよりは、六朝期の後宮の象徴として形作られた一つの虚構的な形象であると考えることができるだろう。そして、この形象においては、亡国もまた各王朝の栄華とともに、必要不可欠な要素の一つとして暗示的に提示されているのである。我々は、この錯綜するイメージの重なりを、一つの総体として全的に把捉する必要があるといえる。李商隠には「陳後宮」と題する作品がもう一首あるが、そこでも同様の情趣が湛えられている[9]。

ここまで見てきたところからも分かるように、これら「隋宮守歳」や「陳後宮」といった六朝や隋の宮中を詠じた李商隠の作品には、ある独特な情趣、情感が通底している。それは今述べた形象の複雑性からも推測されるように、輪郭線の明瞭な風刺や憧憬といった、ある単一的、一面的な情趣、情感ではなく、様々な要素が入り交じった複雑で矛盾した情趣、情感である。このことは、晩唐以前の亡国を扱った作品と比較すると判然としてくる。

道失　　道失う　　欧陽詢（『全唐詩』巻三九）

已惑孔貴嬪　　已に孔貴嬪に惑い
又被辞人侮　　又た辞人に侮らる
花箋一何栄　　花箋　一に何ぞ栄《はな》やかなる

七字誰曾許　七字　誰をか曾て許さん
不下結綺閣　結綺閣を下らず
空迷江令語　空しく江令の語に迷う
琱戈動地来　琱戈　地を動《とよ》もして来たり
誤殺陳後主　誤殺す　陳の後主

同じ亡国を詠っても、初唐・欧陽詢のこの作品には、はっきりとした風刺的な意図が見られる。それは一・二句の孔貴嬪や近侍の文学者たち、また第六句の江令（江総）に対する非難に表れており、陳の後主をはじめとする六朝宮廷文化への批判を滲ませている。儒家的、道義的な観点からの批判という意味で、典型的な風刺の例といえるだろう。内容が陳に関係することで統一されていることにも注意したい。それに比して李商隠の作品は、一見したところでは、風刺の面が強いようにも思えるが、注意深く作品を読むならば、それ以外の様々な要素もまた同じように含まれていることが分かる。それは、非難の言葉が慎重に避けられているといったことだけでなく、全編にわたって執拗なまでに繰り返される審美的な語彙や典故、イメージなどによって醸成される、作品の艶麗、優美な雰囲気によって窺い知ることができる。こうした風刺と憧憬とが錯綜する李商隠詩のアンビヴァレントな情趣について、川合康三氏は李商隠「南朝」詩の解説で次のように指摘している。「耽溺に対する批判を含んでいるが、しかしそれは枠組みに過ぎず、詩は快楽から破滅へという過程の危うい美しさをうたうことが作者の本意ではないか。李商隠が南朝や隋を取り上げた詩はおおむねそうした破滅するものの美しさが妖しげな光を放っている」(10)。こうした一面は、晩唐期において、より耽美的、審美的な傾向を持つ温庭筠の諸作とともに注目されるが、李商隠の作品においては、その美しさに対する憧憬もまた、単層的なものとしては表れず、複層的、重層的なものとして、いくつもの意味やイメージの重なりとして形象化されていることに注意したい。

ここまで「隋宮守歳」や「陳後宮」の末尾における異なる時代の故事の引用について見てきたが、ここでその表現の意味について考察することにしたい。参考のために、同様の情趣を詠った作品をもう一首見ておくことにする。

斉宮詞　　李商隠（底本巻六）

永寿兵来夜不扃
金蓮無復印中庭
梁台歌管三更罷
猶自風揺九子鈴

斉宮詞

永寿　兵来たるも　夜扃《とざ》さず
金蓮　復た中庭に印する無し
梁台の歌管　三更に罷《や》む
猶自《なお》　風は揺らす九子鈴

前述した斉の廃帝・東昏侯と寵妃の潘妃を中心として、亡国を詠うものである。この作品については前稿で論じたことがあるので、ここでは簡単に内容を確認し、特にその表現の意味について考えることにしたい(11)。

第一句の「永寿」は、東昏侯が潘妃のために建てた宮殿であるが、その宮殿では夜に宴会が催され、敵兵が迫っているにも関わらず、警備を怠っていることを述べる。二句目は先述した金蓮の故事を用いたものである。注目すべきは、続く第三・四句であるが、これは斉の事ではなく、斉の滅亡後に栄えた梁において、深夜に宴会が催され、管絃の音があたりに響いているという情景を詠っている。斉の失政を直接に批判するのではなく、梁の栄華を描くことで間接的に亡国を表現している。最後の句は、再び潘妃にまつわる故事を引く。その意味するところは、梁の世となり、もはや斉のものなど何も残っていないかのようであるが、潘妃の宮殿を飾ったという、かの九子鈴は今も存在し、風に揺れているという。

「斉宮詞」と題しながら、直接に斉の時代の宮中を詠うのではなく、次の梁の時代を現在として描出するところに工夫が認められる。斉は既に滅亡した王朝として描かれるが、「金蓮」は今は存在しないものとして否定の形で示され、対して「九子鈴」は今もなお残るものとして、その存在が強調され、鮮やかに対比される。「九子鈴」には、単なる風刺の枠を超えた、歴史に対する懐古的な感慨が含まれているように思える。ここでの前王朝の描き方は、先に挙げた「隋宮守歳」や「陳後宮」とは厳密な意味では同じではないが、作品の背景には共通した要素があるといえるだろう。中でも注目すべきは、後半の第三・四句に典型的に示されているように、現在盛大に宴を開いている梁もまた、斉と同じく亡国の道筋をたどることになるという認識であり、王朝の興亡に対する反復的、循環的なイメージである。前後どちらの時代に焦点を合わせるかによって描き方に相違はあるが、これらの作品には、広く六朝という時代に対する李商隠の歴史意識やその興亡に対する感慨、また先述したような宮廷文化に対する相矛盾した情感などが幾重にも折り重なって表現されている。「隋宮守歳」や「陳後宮」における末尾の故事は、こうした表現効果を生み出すための虚構として理解することができるのではないだろうか。

ここまで、ある時代を描くにあたって、異なる時代の故事を詠み込む詠史詩を見てきた。ここで用いられている故事は、それ自体は必ずしも虚構というわけではないが、それによって構成された作品世界は、ある時代をそのまま写実的、描写的に描いたものとは大きく異なり、過去の王朝の享楽や滅亡のイメージが幾重にも塗り重ねられ、独特な色調を帯びるにいたっている。我々はまずその色調を感得するところから始めなければならない。これらは詠史詩でありながら、歴史事実そのままではなく、李商隠の歴史認識を色濃く反映させた、虚構性の強い作品といえる。そのことを意識し、我々はそれらが歴史事実から乖離していることを責めるのではなく、その虚構性の意味するところについて、更に考察を深める必要があるだろう。

第二章

本章では、歴史故事そのものの内容を改変した例を取り上げ、その意図や効果について考察を加えることにしたい。

北斉二首（其一）　北斉二首（其の一）　李商隠（底本巻六）

一笑相傾国便亡　一笑すれば相い傾き　国便《すなわ》ち亡ぶ
何労荊棘始堪傷　何ぞ労せんや　荊棘ありて始めて傷むに堪《た》うるを
小蓮玉体横陳夜　小蓮の玉体　横陳せし夜
已報周師入晋陽　已に報ず　周師の晋陽に入るを

北斉二首（其二）　北斉二首（其の二）

巧笑知堪敵万機　巧笑は万機に敵するに堪うるを知る
傾城最在着戎衣　傾城　最も在り　戎衣を着するに
晋陽已陥休廻顧　晋陽　已に陥るも廻顧するを休《や》めよ
更請君王猟一囲　更に君王に請う　一囲を猟せんことを

「北斉二首」は、北斉の後主である高緯とその寵妃の馮淑妃を詠ったものである。簡単に内容を説明すると、「其の一」は、美人の「一笑」のために為政者の心が惑わされ、それが原因となって政治が乱れ、たちまちの内に国の滅亡を招くことを詠ったものである。また「其の二」は、敵の進行にあって城が陥落したとの報せを受けながらも、馮淑妃と共に狩猟に耽っていた後主は、彼女の言葉に促されてそのまま猟を続け、戦の準備を怠ったということを詠う。題材が目新しいものであるだけに特に新鮮な印象を受けるが、いずれも後主の荒淫と亡国を詠んだものと、ひとまずまとめることができるだろう。[12] 以下、作品の元となった史実や故事と対照させながら、特にその虚構性に着目して検討を加えることにしたい。

「其の一」の冒頭の句は、美人の笑いが亡国を招くということを、一般論として述べたものである。亡国という重大な結果が、美人の笑いというささやかなことから引き起こされるということに着目したものであり、よく知られる周の褒姒の笑いが意識されているだろう。「一笑」の「一」は、その原因の微少さを表し、対比的に亡国という結果の重大さを強調するものとなっている。この句はもちろん李延年が武帝に妹を薦めた時の歌、「北方有佳人、絶世而独立。一顧傾人城、再顧傾人国（北方に佳人有り、絶世にして独立す。一顧すれば人の城を傾け、再顧すれば人の国を傾く）」（『漢書』外戚伝・孝武李夫人）に基づくものであり、「一顧」を「一笑」に改めて用いている。李商隠の詩では「再顧」が省略されることで、「一笑」から「傾城」そして「傾国」いたるまでの流れが迅速であり、また不可避であることが強く暗示されるだけでなく、「傾国」はより程度を強めて「亡（国）」とされるなど、随所に細やかな工夫が見られる。二句目は、春秋時代の呉越の抗争にまつわる故事を引いたもので、呉の忠臣である伍子胥が、讒言のために遠ざけられ、死を賜ることとなった時の言葉を踏まえる。

子胥挹地垂涕曰、於乎、哀哉。……邪説偽辞、以曲為直、舍讒攻忠、将滅呉国。宗廟既夷、社稷不食、城郭丘墟、殿生荊棘。

（子胥　地に挹り涕を垂れて曰わく、ああ、哀しいかな。……邪説偽辞は、曲を以て直と為し、讒を舎《お》きて忠を攻め、将に呉国を滅ぼさんとす。宗廟既に夷《たい》らかにされ、社稷食《まつ》らず、城郭は丘墟となり、殿に荊棘生ぜん。）

（『呉越春秋』夫差内伝）

呉国は間もなく滅び、宗廟や社稷は毀たれ、城郭は丘墟となり、宮殿は荒れ果てて荊棘が生ずるであろう、と自身を用いない呉国のたどるべき運命を述べたくだりである。この後、伍子胥は呉王に剣を賜って自死し、その言葉通り、呉国は滅亡へと突き進むことになる。荊棘は、このように亡国と深く結びついた言葉であるが、李商隠はここで一捻り加えた用い方をしている。すなわち、宮殿に荊棘の生い茂るのを見て国の滅んだことを認識し、傷み悲しむのが一般的であるのに対し、そのような惨状を目の当たりにせずとも、それ以前の段階において亡国は決定的なものであったというのである。それを表すのが「何労」の語である。これを一句目と関連付けて解釈すると、美人の「一笑」に、既に亡国は兆していたというように考えられるだろう。それぞれの句はその関係において緊密に結びつけられているといえる。

この前半を踏まえて後半二句を解釈すると以下のようになる。三句目は漠然と後主と馮淑妃との歓楽をいうもののように見えるが、これは実はもっと限定された、亡国の始まりともいうべき、ある一点を指し示している。すなわち、『通鑑』によると、馮淑妃が後主に進ぜられたのは、武平五年（五七四年）のことであり、『北史』（后妃列伝・馮淑妃）にはその日付まで記されている。「馮淑妃名小憐、大穆后従婢也。穆后愛衰、以五月五日進之。号曰続命（馮淑妃、名は小憐、大穆后の従婢なり。穆后　愛衰え、五月五日を以て之を進ず。号して続命と曰う）」。この五月五日というのは「天保七年五月五日、帝を并州の邸に生む。」（『北史』斉本紀・後主）とあるように後主の生誕の日であるが、この五月五日を始まりとして「坐則同席、出則並馬、願得生死一処（坐すれば則ち席を同じくし、出づれば則ち馬を並べ、生死を一処に得んことを願う）」（『北史』后妃列伝・馮淑妃）という後主の溺愛が始まるのである。したがって、三句目の「小蓮（憐）の玉体　横陳せし夜」とは、まさにこの五月五日の夜のことと考えられる。一方、周の軍隊が「晋陽」に入り、北斉の滅亡が決定的となったのは、『北史』等によれば武平七年（五七六年）十二月、すなわち二人の邂逅から一年半後のことである。これは詩の四句目に見える「已に報ず」とは時間が符合せず、一見不合理に思える。しかし、前半との関わりを考え合わせれば、実は緻密に計算された表現であることが分かる。すなわち、三・四句は、前半部分がそうであったように、予兆としての意味合いが含まれていると考えることができ、意味としては、二人の出会った夜には亡国は既に必然的なものであったということになる。三・四句をこのように亡国の予兆として解するのは、夙に馮浩の注釈に見られるものであり、必ずしも筆者の新説というものではない[13]。しかし、賛同者が少なく、あまり顧みられることもないようなので、その説がテクストそれ自体の論理的な読解によって導き出されたものであり、高い妥当性を持つということを、ここで改めて指摘しておきたい[14]。

ともあれ、三・四句の繋がりをこのように解釈できるならば、この二句は、当時広く行われていた、酒宴と敵の侵攻による惨状とを劇的に対比させる詠史作品とは単純に同一視できないことになる。ここでは、「小蓮の玉体　横陳せし夜」と時間的に遥かに隔たった将来の亡国である「周師　晋陽に入る」のイメージとが直接的に結び付けられているが、時を同じくする二つの場面の並列や、わずかな時間における劇的な場面転換といったものではなく、時間的にまったく隔たった二つの場面の並列であり、前半で暗示された予兆とその到来、すなわち歴史の必然的な流れが描かれているといえるだろう。ここであたかも同時に起こったかのように詠われるのは、歴史記述に基づきながら創作された、李商隠の虚構的なヴィジョンであるといえる。この三・四句については、これまでにもたびたび史実とのずれが指摘されながら、あくまで微細な誤りとして認識され、解釈としては他の当時流行の作品と同じように、同時的に起こったものとして捉えられてきた。しかし、実際のところは、より繊細な読みが要求されているのである。ここまで見てきたように、「其の二」は読みの方向性を定める二句目の「何労」の語や四句目の「已」字など、非常に緻密に構成された作品といえる。こうした緻密さが題材の新しさ以上に、この作品の世界を支えているといっても過言ではないだろう。

「其の二」の大意は、前述したとおりであるが、ここにもやはり多彩な工夫が施されている。一・二句は、寵姫の「巧笑」が「万機」、すなわち重要な様々な政務に匹敵するということ、またその美しさは、「戎衣」すなわち軍服を身につけている時に最も際立つと詠う。ここには、既に指摘されているように、ある種の倒錯的な美しさが漂っている。(15) 続く三・四句は、以下の逸話に基づくものである。

周師之取平陽、帝猟於三堆。晋州亟告急、帝将還。淑妃請更殺一囲、帝従其言。

（周師の平陽を取る、帝は三堆に猟す。晋州亟《しば》しば急を告げ、帝　将に還らんとす。淑妃　更に一囲を殺さんことを請い、帝　其の言に従う。）

（『北史』后妃列伝・馮淑妃）

周の軍に攻められ、陥落間近の「平陽（晋州）」から使者が度々やって来て急を告げる。後主は帰還しようとするが、馮淑妃に止められ、彼女に請われるがままに狩猟を続ける。国の存亡が馮淑妃の一存で決定されるこの場面は、後主と馮淑妃との関係性を明瞭に物語っている。また、本来は軍事演習としての意味合いを持つ狩猟が、ただの遊興と化してしまっていることへのアイロニーも生じており、まさに国家の命運を決定づける象徴的な一場面といえるだろう。

ところで、この歴史的な場面を描く詩において一つ気になる点がある。それは三句目の地名「晋陽」である。史書によれば、右に引用したように、周の軍隊が「平陽（晋州）」を奪取した際、後主が狩猟していたのは「三堆」（山西省静楽）、すなわち「晋陽」の郊外であり、そこに「晋州」から急を告げる使者がやって来ていた。それが、李商隠の作品では、使者が来たのは「晋州」からではなく、「晋陽」からとなっている。わずか一字の違いであるが、状況は大きく異なってくる。それは、北斉における「晋陽」の重要性を考えれば、はっきりすることである。当時の北斉の都は鄴であったが、その軍事的拠点は「晋陽」であり、「晋陽」が陥落したところで北斉の滅亡が決定的となったといえる。その「晋陽」が実際に攻略されるのは、「晋州」が陥落した後であって、その逆ではない。この詩において地名が史実と合致しないことは、従来指摘されてきたことではあるが、その多くは単純に李商隠の誤りとしてきた(16)。だが、はたしてそれで良いのであろうか。筆者には李商隠が意図的に地名を改めたように思えてならないのである。というのも、既に確認したように、李商隠は「其の一」においても、第四句に「已に報ず　周師の晋陽に入るを」とあるように、「晋陽」を重要な地名として、亡国の象徴的イメージを喚起するものとして使っている。このことに着目すれば、「晋陽」という地名の持つ意味について、李商隠が無自覚であったとは考えにくい。また、もし史実に忠実であろうとするならば、この場面は後主が晋州からの使者の報告にいったんは躊躇するところであり、見方によっては、まだ救援に駆けつけることも可能な状況であったといえるが、それが詩中では、「已に陥る」とあるように、既に陥落してしまったものとして扱われている。つまり、「其の一」と同様にここにも史実の改変が見られるのである。これらの操作によって作品に描かれるのは、軍事拠点である「晋陽」が既に陥落し、国の滅亡が決定的となったにも関わらず、それでもなお、何事もなかったかのように遊興としての狩猟に興じる後主と馮淑妃の姿である。これは史書に描かれた状況を更に劇的にするものであり、儒家的な倫理意識からは大きく外れるものであろう。なお、結句に見える「一囲を猟」すという表現は、「識者以為《おもえら》く後主の名は緯なり、囲を殺すの言は吉徴に非ず」（『北史』后妃列伝・馮淑妃）という記述を強く意識するものであり、ここにも二人の恐るべき関係性が巧みに表現されているといえる。

これまで諸家がこれらの史実の改変を李商隠の誤りとしてきたのは、史実を簡単に改めるはずがないという通念に従ったためと思われる。しかし、以上の分析からも分かるように、李商隠は故事を用いながら、その前後の言葉、特に助字の使用に工夫を凝らすなどして、新たな意味を付加したり、本来の意味を微妙に変化させることがしばしばである。そのことから考えると、この作品の場合も、読者に与える効果を考えて意図的に改変した可能性が高いのではないだろうか。このことは、あるいは「北斉二首」の作品としての繋がりという視点からも考察できるかもしれない。「其の一」「其の二」と、いずれも女禍論的な発想に基づく亡国を描くが、「其の一」は前述したように、亡国へと向かうすべての始まりを予兆として表すものであり、対して「其の二」は、亡国後も止むことのない、度外れな二人の享楽を描いている、と。ことさらに二首を関連付ける必要はないのかもしれないが、そのようにして見てみると、この二首は「晋陽」陥落を大きな軸として、時間的に相前後する対称的な構造を持っていると考えることもできるだろう。

従来、「北斉」二首は、基本的に女禍論に基づいた風刺的な作品として理解されてきた。これはいわゆる儒家的、士大夫的な価値観としては、ごく自然な解釈と考えられるが、ここまで述べてきたように、内容を仔細に検討してみると、そうした価値観とは異なる性質が作品の内部に横たわっていることが見えてくる。作品は風刺とは明らかに異なる側面を描くことに力点が置かれ、その批判性はかなり希薄なものとなっている。そうした側面の一つとして、男女の情愛、それも観念的に死と結びついた唯美的、陶酔的な情愛が指摘できる。このことについて、荒井健氏は「「北斉」二首は、破滅寸前の世界を背景に、美の極致としか言いようのない場面を表現すると同時に、世界の破滅を眼前にしても平然たる皇帝（と寵姫）の悲劇を歌いあげ、しかも、そのなかに痛烈な風刺・皮肉が透けて見えるという、二重構造・三重構造の作品」であると述べている。(17) やや風刺に比重が置かれてはいるものの、李商隠詩の重層性、複雑性を鋭く指摘するものであるといえる。この「北斉二首」に限らず、李商隠の詠史詩の中には、儒家的な価値観から大きく外れるために、従来あまり取り上げられていない作品も少なくない（例えば「景陽井」など）。今後はこうした作品の分析も進めてゆく必要があるだろう。

第三章

本章では、作品の最も重要となる部分において、隠微な形ではあるが、しかし極めて重要な意味を持つ虚構が使用されている例を取り上げることにしたい。ここでは主に「漢宮詞」と「賈生」の二首に焦点を当てることにする。

漢宮詞

青雀西飛竟未廻
君王長在集霊台
侍臣最有相如渇
不賜金茎露一杯

漢宮詞　　李商隠（底本巻六）

青雀　西のかた飛びて竟《つい》に未だ廻らず
君王　長に在り　集霊台
侍臣　最も有り　相如の渇
賜わらず　金茎の露一杯

賈生

宣室求賢訪逐臣
賈生才調更無倫
可憐夜半虚前席
不問蒼生問鬼神

賈生　　李商隠（底本巻六）(18)

宣室　賢を求めて逐臣を訪ぬ
賈生の才調　更に倫無し
憐れむべし　夜半　虚しく席を前《すす》め
蒼生を問わず　鬼神を問う

作品の概要を簡単にまとめると以下のようになる。

「漢宮詞」は、漢の宮中について、とりわけ武帝と司馬相如との関係を、不老長生の仙薬を求める武帝への批判を交えつつ詠ったものである。初句は、西王母の使者である青鳥が西に飛び去ったまま帰って来ず、西王母が再び来る見込みのないことを表し、次句は、それでも武帝はいつまでも集霊台で青鳥の来るのを待ち続けていると述べる。続く三・四句では、臣下の中でも司馬相如は消渇の病を患って苦しんでいたが、玉屑を混ぜて飲むと不老長生を得るという、仙人像の掲げる承露盤に溜まった露を、武帝はただの一杯も賜わらなかったと詠い、武帝が神仙の事ばかりに気を取られ、優れた臣下に目をかけなかったことを慨嘆する。

二首目の「賈生」は、漢の文帝の時の優れた文人である賈誼を詠んだものである。一・二句は、若くして要職に就いた賈誼の才能を妬む者たちの讒言を信じ、文帝は賈誼を長沙に放逐していたが、その才能を求めて再び彼を召し出したということ、また、その賈誼の才能がいかに人並優れたものであったかということを述べる。三・四句は、都に戻った際、賈誼と文帝とは久しぶりに話をするが、それは夜半にまで及び、夢中になるあまり、文帝は自らの席を進めて賈誼の話に聞き入った。しかし、その時に文帝が尋ねたのは民衆の事ではなく、鬼神の事であったと述べ、文帝が民を思わず鬼神の事ばかりを考えていたことを歎く。

いずれの作品も、時の皇帝が神仙や鬼神に夢中になっている姿を描き出すものであり、そこに批判が込められていることは確かだろう。同時に、皇帝の神仙への傾倒が、直接的であれ、間接的であれ、何らかの形で臣下を苦しめることを悲嘆していることも、同様に確かなことと思われる。そもそも風刺を詠う詠史詩それ自体は晩唐期において珍しいものではなく、秦の始皇帝の暴虐や神仙への傾倒を誹謗したものなどが見られる。しかし、注意しなければならないのは、これまでの作品は、非難すべき人物や行為をいわば単独で取り上げて直接的に誇るか、『詩経』国風以来の伝統に従って、悪政の下で嘆き悲しむ民衆を詠むのが一般的であり、「漢宮詞」や「賈生」のように、権力者の下で苦しむ臣下を取り上げ、その不遇感もあわせて詠うというのは極めて稀であるということである。

李商隠のこうした手法は、実際どのような効果を生んでいるのであろうか。直接的に風刺の対象となる人物を非難するよりも風刺の意味を強めると考えることもできるが、その効果は必ずしも風刺の面に限定されるものではないだろう。我々の意識は、おそらく暗愚な権力者への非難とともに、その下で苦しむ人物へと自然に向かうはずである。とりわけ、その人物が優れた人物であればあるほど、彼らの才能の浪費を惜しみ、また、彼らの満たされぬ思いを想像して、その不遇を憐れみ、同情することになる。その意味において、李商隠のこれらの作品は、同時代の風刺的な詠史詩に比べて、強い抒情性を帯びているともいえるだろう。

こうした抒情性の強さから、一般的に、これらの作中人物は李商隠の自己仮託であると解釈されることが多く、作者自身の不遇感を司馬相如や賈誼に託して表現したと考えられてきた。実際、李商隠は他の作品において、しばしば自分自身をこれらの人物に擬えて詠うことが知られている。それだけでなく、彼がその生涯のほとんどを不遇感に苛まれつつ過ごしたことも、その経歴や作品から窺い知ることができる。(19) こうしたことから、これらの作品を「自己仮託」と捉えるのは、ごく自然なことであり、筆者もその解釈の方向性を疑うものではない。ただ、そうした読みだけで作品を十全に理解できるかというと、それはいささか性急過ぎるように思われる。

というのも、そもそも「漢宮詞」や「賈生」は、詠史詩として書かれており、あくまで歴史事実を踏まえて作られた作品である。そのことから離れて専ら作者の懐才不遇の感慨ばかりを汲み取るならば、作者と対象人物との資質や境遇の差異が捨象されることになり、わざわざ詠史詩として詠うこと、また読むことの意味が分からなくなる。自己仮託という理解の形式は、作品の理解、特にこれらの詠史詩を理解するための認識の枠組としては精緻さに欠けるといわなければならない。その意味では、自己仮託を読み取るとしても、それがどのような意味における自己仮託であるのか、もう少し丁寧な分析が必要になってくるといえる。ここでは、そうした分析の端緒として、本稿の主題である歴史事実と詩作品との関係性という観点から作品を捉え直すことにしたい。

まず、「漢宮詞」について見てみると、問題となるのは後半二句である。三句目の「相如の渇」とは、いうまでもなく司馬相如が「消渇」の病を患っていたという故事に基づくものであるが、詩の第四句「賜わらず　金茎の露一杯」に対応する歴史叙述、あるいはもっと広義に捉えて、武帝が司馬相如を全く顧みなかったという記述は、一般に見られるものではない。史書を紐解けばすぐに分かるように、司馬相如は若い頃は確かに困窮していたが、文才を見出され、取り立てられることで、文人として武帝の側近くに仕えることになったのである。後世の詩人が司馬相如を詠う際も、そうしたイメージに基づいている。詹満江氏は、李商隠の作品以前に司馬相如がどのように詠われてきたかを四つの側面から分析しているが、文学者としての司馬相如は、武帝に認められた成功者としてのイメージが強いことを指摘している[20]。史書に徴してみても、また、多くの詩人のイメージによっても、司馬相如が武帝に顧みられない存在として描かれることは稀であるといえる。李商隠のこの作品は歴史上の人物を取り上げながら、歴史事実やその伝統的なイメージから大きく乖離しているのである。このことについて詹氏は次のように述べている。「そもそも武帝が承露盤に置いた露を司馬相如に賜うとか賜わないとかいうのは明らかにフィクションであるといえる。現実の司馬相如は武帝に厚遇された政治的成功者なのである[21]。」

李商隠がこうした史実とは異なる特殊なイメージを生み出した背景として想起されるのは、消渇の病や承露盤の露への言及から考えて、武帝に先立つ司馬相如の死という歴史事実であろう。そのことについて『史記』では次のように記述されている。

相如既病免、家居茂陵。天子曰、司馬相如病甚、可往後悉取其書。若不然、後失之矣。使所忠往、而相如已死、家無書。問其妻、対曰、長卿固未嘗有書也。……長卿未死時、為一巻書、曰、有使者来求書、奏之。

（相如既に病みて免れ、茂陵に家居す。天子曰わく、司馬相如の病甚し、往きて後に悉く其の書を取るべし。若し然らざれば、後に之を失わん、と。所忠をして往かしむ、而れども相如已に死し、家に書無し。其の妻に問えば、対えて曰わく、長卿固より未だ嘗て書有らざるなり。……長卿未だ死せざる時、一巻の書を為して、曰わく、使者の来たりて書を求むること有らば、之を奏せよ、と。）（『史記』司馬相如列伝）

このようにして残されたのが「封禅の文」であるが、この記述からすれば、武帝が司馬相如を軽んじていたわけではないことはもちろん、司馬相如も不遇感を募らせていたとは考えにくい。「漢宮詞」における武帝と司馬相如の仙薬をめぐってのやりとりやそこから生じた両者の感情の齟齬といったものは、史実に基づくものではなく、李商隠の虚構と考えられるのである。従来、この作品の虚構性については、先述したように、詹氏によって指摘されてはいたものの、あまり重要視されてこなかったように思える。それは、武帝に対する風刺、もしくは自己の不遇感を表した自己仮託とする読みが強固であり、それ以上の考察が必要とされてこなかったからであろう。しかし、作品を更に読み進めるためには、虚構の有無やその効果についてなど、テクストに即した詳しい分析が必要になってくる。「漢宮詞」という作品の関鍵は、武帝に先立つ司馬相如の死を背景として、消渇の病と承露盤の露とを結び付け、ここに「賜わらず」という虚構的なイメージを付加することで、それがあたかも武帝の強い意思であったかのように示したところにある。これによって一・二句で既に作り上げられていた、虚しく神仙を待ち続ける君主のイメージと、消渇の病に苦しむ司馬相如との対立的な構図が鮮明になり、風刺と懐才不遇との二重のイメージが現れるのである。虚構的なイメージを用いて消渇の病と承露盤の露とを結合させたことが、従来にない斬新な意味やイメージを作り出しているのであるが、それでは、こうした虚構的なイメージを用いて何を表現しようとしたのか、あるいは何が表現されているのか、ということが問題となってくる。この点については、虚構の指摘それ自体の重要性が認識されていなかったこともあり、当然のことではあるが、ほとんど手つかずのまま残されており、充分な考察がなされていない。この作品の虚構性を鋭く指摘した詹氏もまた、「渇」を渇望の隠喩として捉えて、その理由を李商隠が自己自身を描くためとし、自己仮託を指摘するに止まっている。「漢宮詞」のこの問題は、次の「賈生」とともに、更に掘り下げるべきものとして、我々の前に残されているといえる。

「賈生」の概要は先述した通りであるが、歴史事実と虚構という観点から分析すると、ここにも大きな問題が潜在していることが分かる。前半の一・二句については、特に問題は無いが、重要なのは、やはり後半の二句である。この場面は、次の宣室での文帝と賈誼との再会の逸話に基づくものである。

後歳餘、賈生徵見。孝文帝方受釐、坐宣室。上因感鬼神事、而問鬼神之本。賈生因具道所以然之狀。至夜半、文帝前席。既罷曰、吾久不見賈生、自以為過之。今不及也。居頃之、拜賈生為梁懐王太傅。梁懐王、文帝之少子、愛而好書。故令賈生傅之。

（後に歳餘にして、賈生徵されて見《まみ》ゆ。孝文帝方《まさ》に釐《ひもろぎ》を受け、宣室に坐す。上　鬼神の事に感ずるに因り、而して鬼神の本を問う。賈生　因りて具に然る所以の狀を道《い》う。夜半に至り、文帝席を前《すす》む。既に罷みて曰わく、吾久しく賈生を見ず、自ら以て之に過ぐと為せり。今も及ばざるなり。居ること之を頃《しばら》くし、賈生を拜して梁懐王の太傅と為す。梁懐王は文帝の少子にして、愛されて書を好む。故に賈生をして之に傅せしむ。）

（『史記』屈原賈生列伝）

宣室での会合の後、文帝は賈誼の才能を改めて認識し、我が子の太傅とした。この事実からすれば、この宣室での対話は、失意のうちにあった賈誼が再び認められる契機となった場面ということになり、この記述から、李商隠の「賈生」詩に見られたような、懐才不遇といったイメージを直接的に導き出すことはできない。賈誼の才能はここで正しく評価され、活躍の場を与えられているのである。更にいえば、詩の四句目には「蒼生を問わず　鬼神を問う」とあり、あたかも文帝が常日頃から民衆を蔑ろにして鬼神の事のみを考え、神仙思想に惑溺していたかのようであるが、それも『史記』をはじめとする史書の記述からは読み取ることができない。賈誼が宣室に呼ばれた時、文帝は祭肉《ひもろぎ》を受けて宣室に座しているところであった。鬼神の事について感じるところがあったので、ちょうどそこにやってきた賈誼にその事を尋ねた。つまり、鬼神の事が話題に上ったのはほとんど偶然であって、文帝が常々その事ばかり考えていたわけではないのである。ここで詳しく論じる余裕はないが、そもそも『史記』などの記述を見る限り、民衆を軽視する暗愚な皇帝というイメージは、受け容れがたいものではないだろうか。これらを総合すると、歴史事実と「賈生」との間には大きな隔たりがあると考えるのが自然であり、この作品の理解という点からして、この虚構性は押さえておかなければならないであろう。確かに、詩中の多くの部分は歴史事実に基づいてはいる。しかし、三句目の「憐れむべし」や「虚しく」、あるいは四句目の「蒼生を問わず」といった言葉が付加されることによって、その事実の意味合いが少しずつずらされ、そこから異なる意味が生じている。とりわけ「蒼生を問わず」という表現は注目すべきもので、この言葉があることで、鬼神のことを尋ねたという一つの事実が、たちまちの内に批判性を持ち、本来は蒼生について問うべきであったという含みが立ち現れてくる仕掛けとなっている。しかし、今述べたように、文帝が鬼神について尋ねたのが偶然によるとすれば、ここで李商隠が蒼生のことを持ち出すことそれ自体が、かえって不自然であり、作為的であるということができる。このように虚構的なイメージによって少しずつ歴史事実をずらすことで、前の「漢宮詞」と同様に、「賈生」もまた本来の場面とは異なる意味を帯びることになり、賈誼と文帝との夜半にまで及ぶ会合は、それまでにない新たな意味やイメージが付与されることになるのである。「賈生」の虚構性については、これまでまったく指摘されてこなかったが、「漢宮詞」と同じく、今後考察すべき重要な問題として認識する必要があるだろう。

「漢宮詞」と「賈生」は、いわば李商隠の詠史詩の代表作といえるものであるが、ここまで述べてきたように、作品の核となる部分において、虚構が積極的に用いられていることが確認できた。このことについて正面から論じた研究はほとんどないが、それは歴史を扱って、そこに虚構を交えることが、ある種の禁忌として意識されてきたからであろう。この意識は、他の詩作品に比べ、とりわけ詠史詩において、より強固に働いていることが想像される。また同時に、虚構の使用を指摘することが、必ずしも李商隠詩の肯定的な評価とは結びつかず、伝統的な価値観に従えば、むしろそれを低下させてしまうということもあるだろう。しかし、そうした禁忌があるにも関わらず、敢えてそれを行ったからには、そこには必ず詩人の積極的な意図が働いているはずである。なぜ李商隠はこうした虚構を詠史詩に持ち込んだのか、その理由や意図については今後更に詳しく検討する必要がある。筆者としては、とりわけこの二首からは、従来あまり論じられていない問題系として、李商隠独自の文人観、文人意識を引き出せるのではないかと考えている。このことについては、また稿を改めて詳しく論じることにしたい。

本稿では、ここまで李商隠の詠史詩を取り上げ、歴史事実と虚構という観点から作品分析を施してきた。李商隠詩の虚構については、これまでに指摘されてきたものもあるが、全体としては、まだ充分な分析がなされたとはいえない(22)。本稿もその一部について論じたに過ぎないが、それでも、これまで李商隠の詠史作品の分析に用いられてきた、「風刺」や「自己仮託」とは異なる視点からのアプローチとして、それらの批評的な言辞では捉えきれないものを考究するための方法として、一つの可能性を示すことができたのではないだろうか。

おわりに

ここまで李商隠の詠史詩を題材として、歴史事実と詩作品との関わりについて論じてきた。『中国の詩学』でも指摘されるように、中国文学は現実を重視する傾向があり、虚構が文学の中心に位置することは稀である。特に我々が扱っている古典文学は、言葉に対する反省的自覚を深める中で発展してきた、虚構を中心とする近代文学とは性格が大きく異なり、言葉と世界との対応関係を暗黙のうちに前提とするような素朴な言語観を文学の基盤として持っている。このため、従来の古典文学研究は、ややもすれば対象となる作品に合わせるかのように、素朴な現実認識、言語認識に基づく分析や解釈が多かったように思われる。しかし、こうした研究では捉えきれない問題が、実は数多く残されているのではないだろうか。本稿で論じた李商隠の作品はその典型といえるが、古典作品であっても、実はそれほど素朴な言語観に従って制作されていたわけではなく、もっと複雑な現実認識、言語認識を備えていたと考えられるものも少なくない。仮にそうであるとすれば、古典文学研究もまた、近代文学に対峙する時のように方法論の更なる探究を必要とするだろう。歴史を扱った作品についていえば、もっぱら史実を頼りとして作品を読解、批評するのではなく、史実を参照しつつも、テクストが史実とどのような差異を示しているかを考察し、そこからテクストの性質を明らかにするといった、テクスト中心の研究が必要になってくると思われる。また、作品の批評においても、風刺や自己仮託といった古典的な価値意識を含んだ批評用語によって作品を論評し、作品の意味を一義的に収斂させてしまうのではなく、あくまで作品そのものやそれが生み出すイメージに基づいて、その重層性や複雑性をできるだけ損なうことなく、新たな意味や価値を見出してゆくことが求められるであろう。そうした言葉そのものに比重を置くような研究が蓄積されることで、中国古典文学も一つの文学として捉えることができるようになり、異なる地域や時代の文学、とりわけ近代以降の文学と詳細に比較検討することが可能になるのではないだろうか。

【注釈】

本稿に引用する李商隠の作品は、四部叢刊本『李義山詩集』を底本とし、劉学鍇・余恕誠『李商隠詩歌集解』（中華書局、二〇〇四年一一月、増訂重排本）を適宜参照した。なお、史書については、中華書局の排印本を用いた。

注

（1）川合康三『中国の詩学』（研文出版、二〇二二年五月）第十八章「詩と事実」参照。

（2）アリストテレース『詩学』（松本仁助・岡道男訳、岩波文庫、一九九七年一月）第九章では「歴史家と詩人は、韻文で語るか否かという点に差異があるのではなくて（略）歴史家はすでに起こったことを語り、詩人は起こる可能性のあることを語るという点に差異がある」と述べられている。

（3）詠史詩の歴史的変遷、およびその晩唐期における特徴については、拙稿「晩唐の詠史詩」（『中国文学報』第六九冊、二〇〇五年四月）を参照されたい。

（4）杜牧の反実仮想の詠史詩については、山内春夫「杜牧の詠史詩について」（『東方学』二一、一九六一年三月、のちに『杜牧の研究』彙文堂書店、一九八五年一月に収める）に詳しい。

（5）李商隠の詠史詩についての専論としては、浅見洋二「李商隠の詠史詩について」（『文化』五〇、一九八七年三月）が風刺の枠にとらわれずに李商隠の作品を読解したものとして特に注目される。ただ、そこで論じられるのは詠史詩といっても主に懐古詩であり、本稿で取り扱う作品とは重複しないということをあらかじめ述べておきたい。

（6）例えば、森槐南『李義山詩講義』下巻（文會堂書店、一九一七年二月）の「隋宮守歳」の解説に「此詩は、隋宮を仮りて、当時、宮中の驕奢の有様を写したものと見ても、差支ありませぬ」と述べるなど、唐朝の栄華を詠ったとする解釈もいくつか見える。

（7）詹満江「李商隠が詠じる亡国の天子」（『李商隠研究』汲古書院、二〇〇五年一二月に収める。初出は「李義山詩に詠じられた亡国の天子」『杏林大学外国語学部紀要』第九号、一九九七年三月）

（8）森槐南『李義山詩講義』上巻（文會堂書店、一九一四年一月）「陳後宮」解説参照。

（9）もう一首の「陳後宮」は以下のようなものである。全編にわたって当時の宮中の艶麗な様子を描出している。ただし末尾の二句は「狎客」と称された江総のことが詠われており、歴史に即したものとなっている。

陳後宮　　陳後宮　　李商隠（底本巻三）

玄武開新苑　　玄武　新苑を開き

龍舟燕幸頻　　龍舟　燕幸頻りなり

渚蓮参法駕　　渚蓮　法駕を参じ
沙鳥犯鉤陳　　沙鳥　鉤陳を犯す
寿献金茎露　　寿は献ず　金茎の露
歌翻玉樹塵　　歌は翻す　玉樹の塵
夜来江令酔　　夜来　江令酔い
別詔宿臨春　　別詔ありて臨春に宿す

（底本は第一句「開」字を「闕」字に作るが、『集解』や他本を参照して改めた。）

(10) 川合康三『李商隠詩選』（岩波文庫、二〇〇八年一二月）
(11) 拙稿「李商隠の詠史詩の技法について―故事の組み合わせを中心として―」（『山梨大学教育学部紀要』第三一号、二〇二一年二月）
(12)「北斉二首」については、専論として大山岩根「李商隠「北斉二首」について」（『集刊東洋学』九五、二〇〇六年五月）があり、主に詩語についての詳しい検討がなされ、『玉台新詠』との関係が指摘されている。
(13)「浩曰、北斉以晋陽為根本地、晋陽破則斉亡矣。詩言淑妃進御之夕、斉之亡徴已定、不待事至始知也。」（馮浩『玉谿生詩集箋註』巻三）
(14) 例えば森瀬壽三氏は二句の解釈において「小憐と後主のなれそめは、もとより晋陽失陥の遥かに以前、通鑑によれば武平五年（五七四）ごろで、義山の表現は史実に必ずしも忠実でないが、馮浩のように事実に辻褄合わそうと持って廻った解釈するには及ばない」と述べている。「李義山七絶集釈稿（一）」（『東方学報』第五〇冊、一九七八年二月）参照。
(15) 川合康三『李商隠詩選』（岩波文庫、二〇〇八年一二月）「北斉二首」解説では「この句は快楽の対象である艶冶で柔弱な女性に無骨無粋で実用的な軍服を着せるという、最もかけ離れた二つを結びつけた、一種の倒錯したエロティシズムを帯びている」と指摘されている。
(16)「淑妃請更殺一囲、乃平陽事、非晋陽也、似小誤。」（馮浩『玉谿生詩集箋註』巻三）、また「此当是作者誤記晋州平陽郡為晋陽。」（劉学鍇・余恕誠『李商隠詩歌集解』「北斉二首」按語）などと指摘されている。
(17) 荒井健「『入矢義高先生追悼文集』に寄せて」（『シャルパンティエの夢』朋友書店、二〇〇三年七月に収める。初出は

『飈風』三五号、二〇〇一年八月）

(18) 底本は「憐」字を「怜」字に作るが、『集解』や他本を参照して改めた。

(19) 専論としては、加固理一郎『李商隠詩文論』（研文出版、二〇一一年二月）第一章「李商隠の不遇感について」（初出は「李商隠の不遇の原因に関する言説について」『中国文化』第六六号、二〇〇八年六月）が詳しい。

(20) 詹満江「相如の消渇―隠喩としての自画像―」（『李商隠研究』汲古書院、二〇〇五年一二月に収める。初出は「李義山詩に詠われた司馬相如―隠喩としての自画像―」『日本中国学会報』第四五集、一九九三年九月）

(21) 詹氏前掲注（20）論文。

(22) 鈴木拓也氏は「日本における李商隠詩研究の現状と課題」（『中唐文学会報』第二〇号、二〇一三年一〇月）において、「無題詩」についてではあるが、「日本と中国の解釈の違いは、中国では作品から詩人の生涯を読み解くが、日本では作品と詩人とを切り離し、解釈しようとするのかという点である」と述べている。こうしたところにも、事実や虚構に対する意識の差異が表れているかもしれない。

王昭君の変貌——唐詩と平安朝漢詩のあいだ

陸　穎　瑤

はじめに

前漢時代を生きた王昭君[1]は、元帝の後宮より匈奴の呼韓邪単于に嫁いで閼氏となった女性である。『漢書』にごく簡単に記される彼女の事跡は、漢代にすでに楽曲の題材となっていた。のちに正史の『後漢書』、筆記小説の『世説新語』『西京雑記』などによってドラマチックに敷衍されつつあり、講釈師に多く語られて世に広がり[2]、人々の関心を引き寄せきたとも想像される。

王昭君の事跡を題材にした楽府（以下「王昭君詩」と称す）は、西晋・石崇の「王明君詞」を濫觴とし、六朝から唐に至るまで多く作られた。さらに、日本の文人による王昭君詩は早くは勅撰三集の中に見られ、下って『千載佳句』『和漢朗詠集』『新撰朗詠集』といった詞華集にも「王昭君」の部立が設けられている。この古代異国の美女に対して、平安朝の文人たちも大変興味を持っていたようである。

詩というジャンルが中国古典文学における中心的な位置を占めるとはいえ、王昭君説話または敦煌文献に残存する「王昭君変文」の研究と比べて、王昭君詩の研究は十分になされていないと言わざるを得ない[3]。また、六朝・初唐期の詠風を受け継ぐ勅撰三集の王昭君詩が夙に考察された一方[4]、それ以降の平安朝の王昭君詩がいかに唐詩の表現を模倣し、唐代の思想文化を受け入れながら新境地を創り出したのかは、ほとんど注目されていない。そういった状況を踏まえ、本稿は唐代および平安朝に生み出された王昭君詩の流れを辿り、多角的に考察することを通して、唐詩、特に白居易の詩が平安朝漢詩に及ぼした影響を明らかにしたい。

一　王昭君と「黄金」の賄賂

両晋から南朝初期にかけて、さほど時期を隔てずに成立した『西京雑記』『世説新語』は、ともに逸話をかき集めて編纂された筆記小説であり、その中には王昭君説話が記されている。『西京雑記』にみる逸話は、王昭君が画師に賄賂を送らないため醜く描かれ、結局降嫁する者を決めるべく、後宮の美人たちの肖像画のみを根拠にする元帝に指名されて匈奴に嫁いだ、というあらすじである。(5)『世説新語』の逸話はこれに近似するが、さらに「王明君姿容甚麗、志不苟求、工遂毀為其状」（王明君姿容甚だ麗しく、志苟くも求めず、工遂に毀ちて其の状を為す）(6)とあり、節操のある「賢媛」としての王昭君像が浮き彫りにされる。

両書の記事に共通する肖像画の要素は、六朝後半期の王昭君詩に現れてくる。まずは范靖（『楽府詩集』はその名を「静」に作るが、『玉台新詠』、『隋書』経籍志によって改める）の妻・沈氏による「昭君嘆二首」其一があげられる。

早信丹青巧　　早く丹青の巧なるを信ぜば
重貨洛陽師　　重く洛陽の師に貨す
千金買蟬鬢　　千金もて　蟬鬢を買ひ
百万写蛾眉　　百万もて　蛾眉を写さしめしに

肖像画がこんなに力を発揮すると知っていたら、画師に賄賂を送り、美しく描かれるためにどんな大金でも思い切って使うべきだ、という王昭君の心中を想像する一首である。『世説新語』とは正反対で、賄賂を送らなかったことに懊悩する昭君像が作り上げられている。また、王叔英の妻・劉氏の「昭君怨」には「丹青失旧儀、玉匣成秋草」（丹青　旧儀を失し、玉匣　秋草と成る）と、「丹青」すなわち肖像画に言及する。沈約の孫娘にあたる沈氏と劉孝綽の妹にあたる劉氏はともに文名の高い家系の出自であり、家蔵の書物を通して王昭君説話に慣れ親しんだとも考えられる。ただ、翻案的に作られた新鮮味溢れる沈氏の詩とは対照的に、劉氏の詩は昭君を哀れむに留まり、六朝の王昭君詩の主流から外れることはない。ほかに梁の簡文帝の句「妙工偏見詆、無由情恨通」（妙工　偏へに詆られ、情の恨みの通ずる由無し）も昭君の美貌が悪意によって歪曲され、天子にその恨みを訴えることができないという。

沈氏詩のいう「千金」に続き、画師への賄賂を「黄金」として言及した唐代の王昭君詩には、李白「王昭君二首」其一があげられる。詩の最後の二句は、

生乏黄金枉図画　　生きて黄金に乏しく枉げて図画せられ
死留青塚使人嗟　　死して青塚を留めて人をして嗟かしむ

と、王昭君は後宮に横行する贈収賄の不正行為に不満を抱いて、敢えて画師に賄賂を送らなかったのではなく、金銭面の問題によって賄賂を送ることができなかった、といっている。言い換えれば、昭君の悲劇は自ら招いたのではなく、あくまでも財力の不足という客観的条件の制約により訪れたものである。『世説新語』の昭君像が一向に広く受け入れられることはないようである。

一方、平安朝の漢詩人も賄賂の「黄金」に留意している。『和漢朗詠集』巻下・雑・王昭君に全篇の八句が収録される大江朝綱（八八六―九五八）「王昭君」詩は、昭君が画師に賄賂を送っていれば、必ず天子のそばに留まることができた、という議論で結ぶ。(7)

翠黛紅顔錦繡粧　翠黛紅顔錦繡の粧ひ
泣尋沙塞出家郷　泣くなく沙塞を尋ねて家郷を出づ
辺風吹断秋心緒　辺風吹き断つ秋の心の緒
隴水流添夜涙行　隴水流れ添ふ夜の涙の行
胡角一声霜後夢　胡角一声霜の後の夢
漢宮万里月前腸　漢宮万里月の前の腸
昭君若贈黄金賂　昭君若し黄金の賂を贈らましかば
定是終身奉帝王　定めて是れ身を終ふるまでに帝王に奉まつるまし

この詩は従来白居易「王昭君二首」の語彙、表現を襲用しているとされており、白詩の其二にも「黄金」という語が見られる。

漢使却廻憑寄語　漢使却廻して　憑りて語を寄す
黄金何日贖蛾眉　黄金　何れの日か蛾眉を贖はん
君王若問妾顔色　君王　若し妾が顔色を問はば
莫道不如宮裏時　道ふ莫れ　宮裏の時に如かずと

李白が画師への賄賂として提起する「黄金」は、ここでは一転して、「君王」こと前漢の元帝が昭君を帰還させるために支払う金銭となる。『後漢書』に記される、蔡邕の娘である蔡琰が戦乱の中に匈奴に落ちぶれ、蔡邕と旧交のある曹操が彼女の不運を哀れみ、「金璧」を匈奴に贈って蔡琰を中原に帰還させたという話が白詩の発想に共通する、とも指摘されている。[8] 白居易はほかに「感故張僕射諸妓」詩にも、「黄金不惜買蛾眉」（黄金もて蛾眉を買ふを惜しまず）と、「黄金何日贖蛾眉」に類似する表現を用いるため、蔡琰故事との繋がりを想定するのはやや早計かもしれないが、美貌の対価としての金銭が強調されるところは共通している。対して、朝綱詩は「黄金」の賄賂の最終的な目標、すなわち後宮に留まり天子に奉仕することを前面に出す。天子の愛情を手に入れるために支払われた「黄金」から想起されるのは、前漢の武帝の陳皇后が司馬相如に「黄金」を贈って「長門賦」を制作させたという逸話である。[9]

孝武皇帝陳皇后時得幸、頗妬。別在長門宮、愁悶悲思。聞蜀郡成都司馬相如天下工為文、奉黄金百斤為相如文君取酒、因于解悲愁之辞。而相如為文以悟主上、陳皇后復得親幸。

孝武皇帝陳皇后　時に幸を得るも、頗る妬なり。別れて長門宮に在り、愁悶悲思す。蜀郡成都の司馬相如の天下に工に文を為《つく》るを聞き、黄金百斤を奉じて相如・文君が為に酒を取り、因りて悲愁を解くの辞を于《つく》らしむ。而して相如文を為りて以て主上を悟らしめ、陳皇后復た親幸せらるるを得たり。

天子のもとに帰ることを望む王昭君を造型する白詩は、宋代では「前輩以為高出衆作之上、亦謂其有恋恋不忘君之意也」（「前輩以為へらく高く衆作の上に出づと、亦た其の恋恋として君を忘れざるの意有ると謂ふなり[10]」）と高く評価される。「君王を奉じる」ために金銭を惜しまないという忠誠心を表現するところから見れば、朝綱の詩も白詩の延長線上に位置づけられる。一方、賄賂の必要性ないし正当性を主張するのは、やはり朝綱独自の見解である。白居易の詩を踏まえて自由に言葉を駆使して新しい発想、考え方を表現できたところは、それ以前の、もっぱら六朝・初唐の詩を模倣して成された勅撰三集所収の王昭君詩とは一線を画した、朝綱詩の独自性を現している。

二　王昭君の怨恨

「我本漢家子」（我は本《もと》　漢家の子）、「加我閼氏名」（我に閼氏の名を加ふ）といった句が示すように、石崇「王明君詞」は第一人称を用い、昭君の心境を想像して詠う詩である。それに続く、六朝の王昭君詩は昭君が匈奴に向かう途中で目にした惨憺たる景色や、胡地の過酷な天候、異民族的な生活で損なわれた美貌、望郷の情などを描写するのが主流となっている。

ところが、初唐に入ると、六朝詩が次々と作り上げた、憔悴しきってひたすら涙を流すかよわい昭君像が上官儀・駱賓王らに受け継がれる一方、率直に怨恨を吐き出す、力強ささえ感じさせるヒロインとしての王昭君も現れてきた。たとえば、東方虬の詩では、和親のために異族に差し出された昭君ががその懊悩と不満をやんわりと口にする。

漢道方全盛　　漢道　方に全盛なり
朝廷足武臣　　朝廷に武臣足る
何須薄命妾　　何ぞ須ひん　薄命の妾の
辛苦事和親　　辛苦して和親を事とするを

沈佺期の詩（『全唐詩』は宋之問の作とする）では、昭君が自身に悲運をもたらした単于と画師への怨恨を直截に詠っている。

非君惜鸞殿　　君が鸞殿を惜しむに非ざれば

非妾妬蛾眉　　妾が蛾眉をもて妬まれるに非ず
薄命由驕虜　　薄命　驕虜に由り
無情是画師　　無情　是れ画師

さらに崔国輔の詩では、王昭君が画師を殺してほしい、と漢の使者および使者を遣わした天子に激しく訴えかけている。

一回望月一回悲　　一回月を望めば一回悲しみ
望月月移人不移　　月を望めば　月は移るも人は移らず
何時得見漢朝使　　何時漢朝の使に見ゆるを得
為妾伝書斬画師　　妾が為に伝書して画師を斬らせしめんや

「薄命」を嘆くのみならず、鬱憤を晴らすために画師の死刑を嘆願する王昭君を登場させる初唐詩の斬新さには注目すべきである。この詩に続き、郭元振は画師の処刑によって天子の恩恵を実感する昭君の心情を詠う。

聞有南河信　　南河の信有るを聞くに
伝聞殺画師　　伝へて聞く　画師を殺せりと
始知君恵重　　始めて知る君恵の重きを
更遣画蛾眉　　更に遣ひて蛾眉を画せしむ

一人称の視点を用いながらも「妾」など自称の語をほとんど使用していない六朝の王昭君詩と比べ、多くの初唐詩は明確に一人称を用いており、石崇による一人称の叙情の手法の再興とも見なされる。対して、前述の李白「王昭君二首」其一は、「漢家秦地月、流影照明妃」（漢家　秦地の月、影を流して明妃を照らす）、「漢月還従東海出、明妃西嫁無来日」（漢月は還た東海より出づ、明妃は西に嫁して来たる日無し）の句が示すように、「明妃」という三人称を用いて王昭君故事を詠う詩である。杜甫「詠懐古跡五首」其三も「生長明妃尚有村」（明妃を生長す　尚ほ村有り）と、同様に三人称を用いる。しかも、両詩はともに昭君の死まで詠う。それ以前の王昭君詩には想像を通して作り上げられた王昭君自身の視点と第三者としての詩人の視点が混在していたが、李白・杜甫はその王昭君詩において、昭君を詠われる客体として位置づける一方、詩人としての主体性を取り戻しつつある。

王昭君の怨恨について、杜甫は第三者の視点で「千載琵琶作胡語、分明怨恨曲中論」（千載　琵琶は胡語を作し、分明に怨恨を曲中に論ず）と詠い、初唐詩に多く見られる画師への怨恨を明言していない。画師のほかにも恨むべき存在がいると想像される。その流れの中で、昭君の怨恨を自身の怨恨に重ね合わせて詠う白居易の「昭君怨」が現れる。

三　「昭君怨」の論理

白居易は、十七歳の時に作った「王昭君二首」では昭君の天子への恋慕を詠んだが、それとは反対に、元和十二年（八一七）に作った「昭君怨」では批判の矢先を天子に向けている。

明妃風貌最娉婷　　明妃の風貌　最も娉婷ならば
合在椒房応四星　　合に椒房に在つて　四星に応ずべき
只得当年備宮掖　　只だ当年　宮掖に備はるを得たるも

何曾専夜奉幃屏　何ぞ曾て　夜を専にして　幃屏に奉ぜん
見疏従道迷図画　見ること疏なるは　従《たと》へ図画に迷へりと道ふも
知屈那教配虜庭　知ること屈ならば　那ぞ虜庭に配せしめん
自是君恩薄如紙　自ら是れ　君恩薄きこと紙の如し
不須一向恨丹青　須ひず　一向　丹青を恨むを

前半の四句は、昭君が美人で皇后になれるほどの資質があるにもかかわらず、長年後宮に閉じ込められ、天子に仕えることは叶わなかった、と惜しんでいる。続く頸聯は、醜く描かれた肖像画に騙されたため昭君を寵愛しなかったという見方が伝わるが、昭君が陥れられたことを弁えれば彼女を匈奴に嫁がせるわけにはいかない、と天子の元帝を批判している。さらに尾聯では、昭君の悲運は画師のみがもたらしたのではなく、その根源は天子にある、と鋭く指摘している。

この天子への批判は、白居易の江州流謫に密接に関連している。元和十年の武元衡暗殺事件を巡り、凶手の追及を訴えた白居易は権力者の恨みを買い、江州司馬の職に左遷された。「昭君怨」はまさに彼が江州司馬在任中に作ったのである。それまで順調に官僚としてのキャリアを積み重ねたにもかかわらず、突然朝廷から排除され、江州に流された白居易の境遇は、画師に醜く描かれて天子のもとを離れざるを得なくなった王昭君の悲運と極めて類似する。白居易は「君恩薄きこと紙の如し」と、自分の流謫を王昭君の不幸と重ね合わせ、天子への失望と不満を訴えている。「君恩薄」きことを、白居易は江州流謫以前にすでに意識していたのである。新楽府「大行路」詩の序では、「借夫婦以諷君臣之不終也」（夫婦を借りて以て君臣の終へざるを諷するなり）と、君主に疎まれる臣下を夫に見捨てられる妻になぞらえて詠うという主旨を記す。詩の最後では次のように詠っている。

行路難
難於山　険於水
不独人間夫与妻
近代君臣亦如此
君不見
左納言　右納史
朝承恩　暮賜死
行路難
不在水　不在山
祇在人情反覆間

行路難
山よりも難く　水よりも険し
独り人間の夫と妻とのみならず
近代の君臣も亦た此《か》くの如し
君見ずや
左納言　右納史
朝に恩を承け　暮れに死を賜ふ
行路難
水に在らず　山に在らず
祇だ人情反覆の間に在り

「大行路」の冒頭部の四句は『新撰朗詠集』巻下・雑・述懐に収録され、また「為君薫衣裳」以下の四句は『和漢朗詠集』巻下・雑・恋に収録されており、新楽府五十首の中でもとりわけ平安朝中後期の貴族社会に愛好される一首である。この議論の部分は漠然として儒教的思想、あるいは王逸の『楚辞』解釈に基づく君臣と夫婦、男女の対応関係を論じるにとどまらず、昔寵愛されたが突然夫に捨てられた妻のように、側近として登用されて天子に親しまれる臣下もいつか切り捨てられて死に追い込まれる、という対比に特化している。ただ、元和四年の新楽府制作当時、左拾遺在任中の白居易はまさに春風得意で、まだ「人情反覆」を経験がしていなかったため、「君恩薄」ほど沈痛でありながらも諦念を示すような感慨には至らなかったのであろう。

元和十三年の冬、量移忠州の詔を受けた白居易が新しい赴任先に旅立った。道中、白居易は帰州にある王昭君の出身地の村を訪れ、「過昭君村」を作った。「唯此希代色、豈無一顧恩。事排勢須去、不得由至尊。白黒既可変、丹青何足論」（唯だ此の希代の色、豈に一顧の恩無からんや。事は排し　勢は須らく去るべきも、至尊に由るを得ず。白黒　既に変ず可し、丹青　何ぞ論ずるに足らんや）の数句は、昭君に悲運をもたらした画師の不正行為を批判しながらも、画師に欺かれて白黒を弁えない天子に対して理解と同情の意を示す。また、同時期の作と一般的にされる「青塚」詩にも、「丹青一詿誤、白黒相紛糾。遂使君眼中、西施作嫫母」（丹青　一たび　詿誤し、白黒　相紛糾す。遂に君が眼中をして、西施をば嫫母と作さしむ）という、類似する議論が見られる。中央政権へ復帰する日が近づくにつれ、天子を直接的に批判して不遇を嘆く「昭君怨」と比べ、白居易が昭君像に託した怨恨の強度は弱まりつつあったことも窺えよう。

四　王昭君への共感

初めて「君恩薄」という視点を明確に提起した「昭君怨」に続き、王昭君の天子への怨恨を代弁する詩作は平安朝漢詩にも見られる。橘在列（?―九五三?）と源英明（九一一―九四〇）の二人が「君」「群」「文」「雲」「聞」の五つの韻字を用いて詠んだ一連の次韻唱和詩作のうち、橘在列による以下の一首があげられる。(11)

昭君古恨出於君　　昭君　古き恨みは君より出づ
応惜遥交左衽群　　応に遥かに左衽の群れに交はるを惜しむべし
蟬鬢不収風櫛色　　蟬鬢　風に櫛の色を収めざれど
雁書欲寄涙添文　　雁書　涙に添らるるの文を寄せんと欲す
行々相送漢宮月　　行々　相ひ送る　漢宮の月

去々猶深沙漠雲　　去々　猶ほ深し　沙漠の雲
馬上琵琶無限曲　　馬上の琵琶　無限の曲
胡児掩泣不堪聞　　胡児　泣を掩ひて聞くに堪へず

第三句以下は六朝の王昭君詩に見る常套的表現を多用しており、その詠風を受け継いでいることは明白であるが、第一句は直截簡明に、昭君の「恨」はほかならぬ、「君」すなわち天子によってもたらされたのであると述べる。

在列の事跡は明らかでない部分が多いが、「秋夜感懐敬献左親衛藤員外将軍」詩では、彼が自分の生涯を次のように振り返る。(12)

吾是北堂士、十歳始読書。読書業未成、于茲三十余。遅々空手帰、帰去臥吾廬。家貧親知少、身賤故人疎。
吾は是れ北堂の士、十歳にして始めて書を読む。書を読んで業未だ成らず、茲に三十余。遅々として手を空しく帰り、帰り去って吾が廬に臥す。家貧しくして親知少なく、身賤しくして故人疎なり。

二十年余り学業に勤しんだあげく、望んだ官位にも就けず、貧しい生活を強いられ、人付き合いもほとんどない、という厭世的な文人像が読み取れる。源順による在列集の序文「沙門敬公集序」でも、在列の失意について、「公年三十、始補文人。天下痛其名士晩達」（公　年は三十にして、始めて文人に補せられる。天下　其の名士にして達するに晩きを痛む）(13)と憐れむ。その失意、淪落の感情は、昭君の不幸に多少でも託せたかと思われる。

続いて平安朝中期において広く愛読された大江朝綱の詩は、読者に王昭君への共感をさほど呼び起さなかったようである。その享受の状況は、『源氏物語』須磨巻の源氏が寂しい冬の夜に朝綱詩を朗詠する一節より窺える。(14)

昔胡の国に遣しけむ女を思しやりて、ましていかなりけん、この世にわが思ひきこゆる人などをさやうに放ちやりたらむことなど思ふも、あらむことのやうにゆゆしうて、「霜の後の夢」と誦じたまふ。

源氏は紫の上を京に残した自身を昭君を手放して胡地に行かせた元帝になぞらえ、「胡角一声霜後夢」の句を朗詠する。須磨・明石二巻には江州期の白詩の引用が多い[15]ほか、「琵琶引」詩序の記事および詩句より敷衍して、白居易の江州流謫を源氏の須磨退居になぞらえる痕跡も随所に見られており[16]、式部は当然、江州で作られた「昭君怨」も読んだのであろう。昭君と同様に不本意ながら都を遠く離れてしまう光源氏が、白居易のように王昭君に共感するのは決して不思議ではなく、むしろ白詩の比喩、対照の方法に熟知する式部においてはごく自然なことであろうが、結局そういう発想がまったくない。白居易の王昭君に対する共感、言い換えれば、中央政権から地方に流された男性が自身と同様の境地にいる女性に共感する心境を、式部は読み取っていなかった、とも言えよう。

一方、式部と同時代の男性貴族は王昭君をどう理解したのか。藤原公任が王昭君説話と関連しない藤原実方の和歌を『和漢朗詠集』巻下・雑・王昭君に配置したことより窺えるかもしれない[17]。

あしびきの山がくれなるほととぎす聞く人もなき音をのみぞ泣く

『拾遺和歌集』にも収録されるこの歌は「陸奥国にまかり下りて後、郭公を聞きて」という詞書を持ち、実方が陸奥国に左遷された時に詠んだ歌とされている。この歌に詠み込めらた孤独感と望郷の情が王昭君の心境に似ているために選ばれたという推測には首肯できよう[18]。流謫の悲しみを詠う和歌を王昭君に結び付けたことは、公任をはじめとする文人貴族たちが「流謫の人による王昭君への共感」という発想を受け入れたことを示すとも考えられる。媒介としてこの発想をもたらしたのは、ほかならぬ白居易であろう。江州左遷以降に白居易が作った一連の王昭君を題材とする詩に表出される、不遇の士人の王昭君に対する共感は、紫式部にとっては理解し難いものかもしれないが、男性文人はそれを意識し、さらに漢詩文の創作のみならず、和歌をはじめとする日本独自の諸文学形式にも浸透させたことが分かる。

五　王昭君の楽器—琵琶と琴—

「王明君詞」の序文では、石崇は烏孫公主が降嫁する際に行われた琵琶奏楽に辿り、昭君が匈奴に行った時も同じことがあったと想像する(19)。

昔公主嫁烏孫、令琵琶馬上作楽、以慰其道路之思。其送明君、亦必爾也。

昔　公主　烏孫に嫁ぐに、琵琶もて馬上に楽を作し、以て其の道路の思ひを慰めしむ。其の昭君を送るも、亦た必ず爾《しか》らん。

六朝の王昭君詩のうち、王褒「明君詞」の句「唯余馬上曲、猶作出関声」（唯だ余す　馬上の曲のみの、猶ほ出関の声を作すは）、または措辞が近似する陳後主「昭君怨」の句「只余馬上曲、猶作別時声」（只だ余す　馬上の曲のみの、猶ほ別れし時の声を作すは）は、「馬上作楽」の行事に触れるものの、琵琶を用いる奏楽とは明言しない。一方、『世説新語』劉孝標注、そして『文選』李善注、『芸文類聚』がそれぞれ引く、蔡邕の撰とされる『琴操』の王昭君説話には、昭君を作者とする琴曲の「怨曠思惟歌」を記す。また六朝では「昭君」と題する琴曲が流行し、『楽府詩集』の引く謝希逸『琴論』は平調・胡笳・清調など七種類の「昭君」琴曲を記録している(20)。王昭君と琴の繋がりも根強いようである。

初唐に至ると、董思恭「王昭君」は「琵琶馬上弾、行路曲中難」（琵琶　馬上に弾じ、行路　曲中に難《なや》む）と、昭君を馬に乗って琵琶を奏する女性として造形する。敦煌文献に「安雅」と記される五言長篇詩「王昭君」には「琵琶馬上曲、楊柳塞垣情」（琵琶　馬上の曲、楊柳　塞垣の情）(21)の句があり、そして文人の詩には劉長卿の句「琵琶弦中苦調多、蕭々羌笛声相和」（琵琶弦中　苦調多し、蕭々たる羌笛　声相ひ和す）(22)、杜甫の句「千載琵琶作胡語」があり、琵琶の要素が王昭君詩に定着しつつある。(23)

唐詩によって定着した王昭君と琵琶の繋がりは日本にも伝わった。『文華秀麗集』所収、藤原是雄「奉和王昭君」の「琵琶多哀怨、何意更為弾」（琵琶に哀怨多し、何の意《こころ》ありてか更に弾くことを為さん）(24)という二句は、平安朝漢詩として「琵琶を弾く王昭君」の造型を唐詩から受け継いだ最初の作である。橘在列の句「馬上琵琶無限曲」や、『新撰朗詠集』巻下・雑・王昭君所収の菅名明の佚句「翡翠扇翻渓霧断、琵琶絃咽嶺泉懸」（翡翠扇翻つ渓霧断えぬ、琵琶絃咽んで嶺泉懸かれり）(25)もこの類のものである。一方、平安朝の仮名文学において、王昭君を「琴」と結びつけるのは一般的だったようである。『うつほ物語』内侍のかみ巻ではにおいて父親譲りの巧みな琴芸を身につける俊蔭女の尚侍就任の一節に王昭君説話を挿入したすることはその一例であり、『源氏物語』若菜巻で描かれる源氏の女三宮に対する琴曲伝授も王昭君説話に関連するものとされる。(26)

平安朝の人々が愛読する『白氏文集』を繙くと、「琵琶を弾く王昭君」の造形こそ見当たらないが、江州時代の白居易がよく琵琶曲を聴いたことが知られる。白居易は元和十一年の秋に潯陽江の夜舟の中で落ちぶれた琵琶女に出会い、その素晴らしい琵琶演奏と不幸な生涯に触発されて名作の「琵琶引」を作った。(27)そして、翌年に「聴李士良琵琶」を作った。これは、前述の「昭君怨」とほぼ同時期の作である。(28)

声似胡児弾舌語　　声は胡児の弾舌の語に似たり
愁如塞月恨辺云　　愁は塞月　辺云を恨むが如し

閑人暫聴猶眉斂　　閑人暫らく聴けば猶ほ眉を斂き
可使和蕃公主聞　　和蕃公主をして聞かしむ可けんや

この調べの悲しい琵琶曲は「和蕃公主」、すなわち皇室より周辺異民族に降嫁した女性に聴かせてはいけない、という。それ以前の時代では宗室あるいは功臣の娘を公主に封じて降嫁するのが一般的だったが、中唐に至っては粛宗朝の寧国公主や徳宗朝の咸安公主のような、本物の「公主」すなわち皇帝の実娘が降嫁するという極めて異質な事例が現れる。そのなか、白居易は元和三年に咸安公主の祭文を作り、勅命を受けての公的な作文とはいえ、「故郷不返、烏孫之曲空伝、帰路雖遥、青塚之魂可復」（故郷返らず、烏孫の曲空しく伝わり、帰路遥かと雖も、青塚の魂は復す可し）と、烏孫公主や王昭君の典故を引用して切なる哀悼の意を歌いあげる。公主の称号を頂くことはないものの、王昭君は「和蕃公主」につらなる人物として認識されるのは明白である。

また、天宝十三載以降、「王昭君楽」は法曲楽章から消えたが、「王昭君」の曲は民間において長らく五弦琵琶で演奏されていた。その楽譜の一つが陽明文庫所蔵の『五弦譜』に見られており、奥書によれば、大暦八年（七七三）に書写され、日本に舶来したのち、承和九年（八四二）に献上されたのである(29)。白居易は琵琶曲の「王昭君」を聴いて和蕃公主を連想したのかもしれない。一歩進んで推測すれば、白居易が琵琶曲から昭君の事跡を想起して「昭君怨」を作った、という可能性もなくはないだろう。

元和十三年に作った「春聴琵琶兼簡長孫司戸」でも、白居易は琵琶曲から我が身と同様に都から遠く離れる「遷客」である李陵・昭君の望郷の情を連想した。

四弦不似琵琶声　　四弦　琵琶の声に似ず
乱写真珠細撼鈴　　真珠を乱写し　細《こまか》に鈴を撼《ふる》ふ

指底商風悲颯颯　　指底の商風　悲しみ颯颯たり
舌頭胡語苦醒醒　　舌頭の胡語　苦しみ醒醒たり
如言都尉思京国　　都尉の京国を思ふを言ふが如し
似訴明妃厭虜庭　　明妃の虜庭を厭ふを訴ふるに似たり
遷客共君相勧諫　　遷客　君と共に相勧諫す
春腸易断不須聴　　春腸断ち易し　須らく聴くべからずと

「舌頭胡語」の語から見れば、この琵琶奏楽は異民族の歌が伴われるものであろう。また、制作時期は明らかでないが、「聴琵琶勧殷協律酒」も白居易が琵琶曲から王昭君の事跡を連想した一例である。(30)

何堪朔塞胡関曲　　何ぞ堪る　朔塞　胡関の曲を
又是秋天夜雨聞　　又た是れ　秋天　夜雨に聞く
青塚葬時沙莽莽　　青塚　葬らるる時　沙莽莽たり
烏孫愁処雪紛紛　　烏孫　愁ふる処　雪紛紛たり
知君怕病推辞酒　　君　病を怕れて酒を推辞するを知り
故遣琵琶勧諫君　　故に琵琶を遣はして君を勧諫せしむ

「春聴琵琶兼簡長孫司戸」の尾聯は『千載佳句』宴喜部・琵琶に、「聴琵琶勧殷協律酒」の尾聯は同書宴喜部・勧酒に収められており、琵琶演奏に関連するためか、両詩に対する平安朝文人の関心度は高い。これらと類似する、琵琶曲から王昭君故事を連想する詩には、『本朝無題詩』所収の釈蓮禅「聴妓女之琵琶有感」があげられる。詩の最後四

句を以下に示す。(31)

不思客路入胡曲　思はずんば　客路の胡に入る曲を
無飽妓窓激越声　飽くこと無し　妓窓の激越なる声に
腸断何唯湓浦畔　腸の断たれしは　何ぞ唯だ湓浦の畔
夜舟弾処楽天行　夜舟に弾く処の楽天が行《うた》のみならん

「客路入胡曲」は胡地へ行く王昭君の琵琶奏楽の故事を引用しており、「腸断」の二句は「琵琶引」に記されている白居易が琵琶女の演奏を聴くことをいう。二つの故事が引き合わせられるには、白居易の一連の琵琶奏楽を聴く詩がその背後にあったためではないだろうか。

六　大江匡衡「王昭君」と中唐の文学

中唐まで展開されてきた王昭君詩および説話の諸要素を網羅的に詠じる、集大成とも言われる詩作は、大江匡衡（九五二―一〇一二）の「王昭君」である。詩の全篇を以下に掲出する。(32)

可惜明妃在遠営　惜しむ可し　明妃の遠営に在るを
本来尤物感人情　本来《もと》より　尤物は人の情を感《うご》かす
九重恩薄羅裙去　九重の恩薄くして羅裙は去り
万里路遥画鼓迎　万里の路遥かにして画鼓は迎ふ

漢月不知懐土涙　　漢月は知らず　土を懐ふ涙を
辺雲空愧惜金名　　辺雲は空しく愧ず　金を惜しむ名を
家園親党無相見　　家園親党　相い見ること無し
只聴琵琶怨別声　　只だ聴く　琵琶の別を怨む声のみを

この詩は前文で述べた唐・日本の王昭君詩の諸相にほぼすべて触れた一首であると言える。たとえば、「九重恩薄」の語は白詩の「君恩薄」に由来する。第六句の「惜金名」は大江朝綱と同様に、王昭君は金銭の賄賂を送るべきで、送らなかったため異国に行かせられてしまった、という考え方を示す。また、末句の「琵琶怨別声」は昭君と琵琶の繋がりに着目している。

先行する王昭君詩を襲用するのみならず、王昭君を「尤物」と称する匡衡詩は、明らかに中唐の「尤物論」より影響を受けている。この「尤物論」は、中唐期では文士の間に盛んに語られ、やがて伝奇や歌行に結実したのである[33]。たとえば、元稹「鶯鶯伝」や陳鴻「長恨歌伝」は「尤物」に対する警戒心を示し、妖しい美人に惑わされないようと世間に呼びかけており、白居易も新楽府「李夫人」詩の最後で、李夫人と同様に天子に寵愛された盛姫・楊貴妃の例をあげ、「生亦惑、死亦惑、尤物惑人忘不得。人非木石皆有情、不如不遇傾城色」（生きても亦た惑ひ、死しても亦た惑ふ、尤物は人を惑はして忘れ得ず。人　木石に非ざれば皆情有り、傾城の色に遇はざるに如かず）と詠う。文献上の証拠がないため憶測にすぎないが、「尤物惑人」の語から類推すれば、匡衡の句はもともと「本来尤物惑人情」と作ったのだろうか。

王昭君を「尤物」と称するのは、中唐の伝奇小説「周秦行記」にも関わると思われる。一人称の「余」を用いることの小説は、牛僧孺と名乗る一人の秀才が黄昏の時にある大邸宅に入り、漢文帝の母である薄太后をはじめ、戚夫人・潘淑妃・楊貴妃など前代の美人たちに出会うところからはじまる。昭君の登場は[34]、

更有一人、柔肌隠身、貌舒態逸、光彩射遠近、多服花繡、年低太后。后曰、此元帝王嬙。

更に一人有り、肌柔らかくして身隠やかなり、貌舒び態逸にして、光彩 遠近を射、多く花繡を服し、年は太后より低し。后曰く、此れ元帝の王嬙なり、と。

と、『後漢書』に記される「昭君豊容靚飾、光明漢宮、顧景裴回、悚動左右」（昭君は豊容靚飾、漢宮に光り明《かがや》き、景を顧みて裴回し、左右を悚動せしむ）[35]の一節に彷彿している。この出会いの記念として詩を賦すという薄太后の提言により、美人たちは次々と七言絶句を詠む。昭君の作は「雪裏穹廬不見春、漢衣雖旧涙痕新。如今最恨毛延寿、愛把丹青錯画人。」（雪裏の穹廬春を見ず、漢衣 旧しと雖も涙痕は新たなり。如今《いま》最も恨む 毛延寿の、丹青を把りて錯りて人を画くを愛すと。）という四句であり、『西京雑記』に記される不正を行った画師の筆頭格である毛延寿の名を提示している。

そして、秀才を招待すべく、彼と一夜を共にする役目に負わされるのも昭君である。

（薄太后）乃顧謂王嬙曰、昭君始嫁呼韓単于、復為株累弟単于婦、固自用。且苦寒地胡鬼何能為。昭君幸無辞。昭君不対、低眉羞恨。俄各帰休。余為左右送入昭君院。

乃ち顧みて王嬙に謂ひて曰く、昭君は始め呼韓単于に嫁し、復た株累弟単于の婦と為れば、固より自ら用ひん。且つ苦寒の地の胡鬼は何ぞ能く為さん。昭君幸はくは辞すること無かれ、と。昭君対へず、眉を低《た》れて羞恨す。俄にして各おの帰休す。余は左右の為に送られて昭君の院に入る。

夫の呼韓単于を亡くしたあと、やむを得ず胡地の風習に従って継子にあたる新単于と結婚した昭君の不幸は、ここでは薄太后の皮肉まじりの勧誘の材料となっている。

熾烈な党争が繰り広げられる時期に作られたこの小説の政治的意図はさておき、物語に登場する美人のうち、薄太后と戚夫人は前漢の高祖・劉邦の側室として寵愛を受けた二人であり、潘淑妃・楊貴妃・緑珠はいずれも王朝の傾覆あるいは主家の滅亡に深く関わる人物であり、まさに「尤物」にあたる人々である。彼女たちにつらなって登場させるのは、王昭君を「尤物」とする考え方が現れ、しかも一部の文人の間に広まったことを物語っている。

一方、大江家の代々『白氏文集』の侍読を務めることを大いに誇りに思う匡衡においては、王昭君は白居易が度々思いを馳せて詩に詠みこんだ特殊な人物であると認識したのに違いない。ただ、匡衡はその詩に「琵琶引」をはじめとする江州期の感傷詩を素材にして、「潯陽」という地名を用い、尾張国守の再任における不遇の感情を詠ってみたが[36]、ついに白氏の王昭君詠ににじみ出る共感と同情を感じ取ることはなかったようである。

おわりに

本稿は唐代および平安朝の王昭君詩について考察してきた。六朝詩の詠風を受け継ぎながら新変を次々と現した唐詩の流れの中で、白居易の詩は新境地の開拓で突出しており、平安朝の漢詩人も白詩より多くの影響を受けていた。一見儒教思想から外れる、昭君の不運の根源として天子を批判する「昭君怨」詩は、平安時代の男性文人に「流謫の詩人による王昭君への共感」という感情の構造をもたらしたとも推測される。さらに、江家の文人朝綱・匡衡は白詩に触発されながら、それぞれ漢文学の素養を存分に発揮して、個性的な王昭君詩を作ったのである。

振り返れば、六朝の男性詩人による王昭君詩が仕上げた昭君像は、概ね「男の価値観、美意識にとって好ましいかたちで造型された女[37]」と認められる。対して、二人の女性詩人は王昭君説話における肖像画の要素を取り入れ、やがて艶詩の枠を乗り越え、唐代の王昭君詩に繋がっていく。

そして、白居易による王昭君詩を解釈するには、本文を読み解くにとどまらず、その実人生のさまざまな経験を避けて通るのはほぼ不可能である。青年期の作「王昭君二首」は当時に流行していた王昭君変文に関連すると思われる。(38)また、「昭君怨」「過昭君村」「青塚」は江州流謫という人生の一大挫折を背景に制作されており、流謫における白居易の心境に密接している。あれほど熱心に自身の詩作を保存、編集し、詩作の制作時期を丁寧に記すこともしばしばある白居易としては、むしろ読者に彼自身の王昭君への共感を読み取らせるように働いたのである。

平安朝の王昭君詩は六朝・唐代の王昭君詩の表現を踏まえ、新しい表現の地平を拓いたことがあるものの、白居易によって提起された王昭君への共感が希薄であると言わざるを得ない。一方、昭君が賄賂を送るべき、吝嗇なため匈奴に降嫁されたなどの見解は王昭君説話を翻案的に敷衍しており、遊戯的な意味さえ読み取れる。古代の不運な美人という哀艶な昭君像は、平安朝日本でも次々と変貌させたのである。

注

本稿における白居易詩の引用および読み下し文は、注記がないかぎり、新釈漢文大系『白氏文集』(明治書院、一九八八年—二〇一八年)に拠る。そのほかの王昭君詩の引用は『楽府詩集』(中華書局、一九七九年)巻二九・巻五九に拠る。

(1) その名の表記について、『漢書』(中華書局、一九六二年)巻九「元帝紀」には「王檣」(二九七頁)と記す一方、同書巻九四下「匈奴伝」には「王牆」とし、「字昭君」と注する(三八〇三頁)。本稿は便宜上、その字を用いて「王昭君」とする。

(2) 小南一郎「「西京雑記」の伝承者たち」(『中国の神話と物語り—古小説史の展開—』(岩波書店、一九八四年)所収。初出は一九七二年)参照。

(3) 日本の中国古典文学研究者による王昭君詩をめぐる論考は、山内春夫「『王昭君』詩考—特に白居易の詩について—」(『風花 中国古典詩論抄』(彙文堂書店、一九九二年)所収。初出は一九八〇年)、赤井益久「唐詩に見える「青冢」をめぐって」(『唐代伝奇小説の研究』(研文出版、二〇二一年)所収。初出は一九八五年)、松本肇「王昭君の顔—中唐詩の意義」(『唐代文学の視点』(研文出版、二〇〇六年)所収。初出は二〇〇二年)、西村富美子「杜甫『詠懐古跡五首』之三—

「王昭君」像の形成と白居易の継承―」（『中国文学報』第八三冊、二〇一二年）、内山精也「王安石「明妃曲」考―北宋中期士大夫の意識形態をめぐって―」（上は『橄欖』第五号（一九九三年）、下は同誌第六号（一九九五年）掲載。のち『傳媒與真相―蘇軾及其周圍士大夫的文學』（朱剛・益西拉姆等訳、上海古籍出版社、二〇〇五年）に収録）などがある。

（4）小島憲之『上代日本文学と中国文学　下』（塙書房、一九六五年）第七篇第二章「平安初期に於ける詩」参照。

（5）向新陽・劉克任校註『西京雜記校註』（上海古籍出版社、一九九一年）参照。

（6）余嘉錫撰、周祖謨・余淑宜整理『世説新語箋疏』（中華書局、一九八三年）六六六頁。また、「賢媛」に仕立てられる王昭君像に関しては、大上正美「王昭君は「賢媛」か」（『青山語文』第四八号、二〇一八年）参照。

（7）川口久雄・志田延義校注『和漢朗詠集　梁塵秘抄』（岩波書店、一九六五年）二三〇―二三一頁。読み下し文も同書に従う。

（8）前掲注（3）山内論文参照。

（9）『文選』（上海古籍出版社、一九八六年）巻一六、七一二頁。

（10）王瑞来点校『鶴林玉露』（中華書局、一九八三年）乙編巻二「去婦詞」条、一四一頁。

（11）田坂順子編『扶桑集　校本と索引』（櫂歌書房、一九八五年）四七頁、作品番号は50。大曾根章介「源英明と橘在列―『扶桑集』の唱和詩を中心に―（『大曾根章介日本漢文学論集　第二巻』（汲古書院、一九八九年）所収。初出は一九六二年）は二人の唱和詩について、友情を謳い合う、あるいは互いに文才を褒め称える詩が多いと分析しているが、この詩はその類のものとは異なる、やや異質的な作である。

（12）大曾根章介・金原理・後藤昭雄校注『本朝文粋』（岩波書店、一九九二年）巻一、一三一頁。

（13）『本朝文粋』巻八、二五五頁。

（14）阿部秋生・秋山虔・今井源衛・鈴木日出男校注・訳『源氏物語』二（小学館、一九九三年）二〇〇頁。

（15）丸山キヨ子『源氏物語と白氏文集』（東京女子大学学会、一九六四年）第二篇第三章「源氏物語すまの巻に与へた白氏文集の影響」、陳明姿『源氏物語』と『白氏文集』―「須磨退居記」を中心にして―」（仁平道明編『源氏物語と白氏文集』（新典社、二〇一二年）所収）など参照。

（16）池田勉「須磨巻についての覚書」（『国語と国文学』一九七二年第三号）、新間一美「源氏物語と白詩―琵琶行の受容を中心に—」（『源氏物語と白居易の文学』（和泉書院、二〇〇三年）所収。初出は二〇〇〇年）参照。
(17)『和漢朗詠集　梁塵秘抄』二三三頁。
(18) 田中幹子『『和漢朗詠集』とその受容』（和泉書院、二〇〇六年）序章「『和漢朗詠集』の特長について」参照。
(19)『文選』巻二七、一二九一頁。
(20)『楽府詩集』巻二九参照。
(21) 敦煌文献のうち、ペリオ二六七三、ペリオ二五五五およびペリオ四九九四（スタイン二〇四九と同じ写巻に属すとされる）にこの詩が見られる。徐俊『敦煌詩集残巻輯考』（中華書局、二〇〇〇年）参照。
(22)『全唐詩』巻一九は「王昭君」、巻一五一は「王昭君歌」として収める。
(23) 歴代の王昭君詩に見られる琵琶奏楽の要素については山本敏雄「王昭君説話と琵琶」（『愛知教育大学研究報告（人文・社会科学編）』第五三号、二〇〇四年）に参照される。
(24) 小島憲之校注『懐風藻　文華秀麗集　本朝文粋』（岩波書店、一九六四年）二五四頁。また、藤原是雄詩と董思恭詩の関係性については岡崎真紀子「「王昭君」の平安朝文学史」（『やまとことば表現論—源俊頼へ』（笠間書院、二〇〇八年）所収。初出は一九九五年）参照。
(25) 佐藤道生・柳沢良一『和漢朗詠集　新撰朗詠集』（明治書院、二〇一一年）四六五頁。
(26) 上原作和「光源氏の秘琴伝授—若菜巻の女楽をめぐって—」（『光源氏物語の思想史的変貌—〈琴〉のゆくへ』（有精堂、一九九四年）所収。初出は一九九一年）参照。
(27)『白氏文集』旧鈔本系統では「琵琶引」の序文が「元和十五年」に作るため、この詩は実体験ではなく虚構に作られた、という意見は下定雅弘・静永健両氏によってかつて提起された。下定「白居易の「琵琶引」—名作を成立させた四つの系譜—」（『白居易研究年報』第十三号「特集琵琶行—天涯淪落の歌」（勉誠出版、二〇一二年）所収、静永「虚構の中の「琵琶引」」（『唐詩推敲—唐詩研究のための四つの視点』（研文出版、二〇一二年）所収）参照。そして、川合康三先生は同詩の内容が白居易の元和十年に作った「夜聞歌者」に基づいて虚構したものであろうと推測される（『中国の詩学』（研文出版、二〇二二年）第十九章「経験と虚構」参照）。ただ、「琵琶を弾く女」という設定は、白居易自身が江州時代において度々琵琶を聴く経験にも関連すると思われる。「琵琶引」は虚構でありながらも白居易の実生活をある程度反映している、というのが筆者の見解である。

(28)「昭君怨」は制作の時間順で配列される『白氏文集』巻一二において「聴李士良琵琶」の直後に位置するため、両詩はぼほ同時期の作であると推測できる。

(29) 長谷部剛「日本所存中国音楽文学資料之研究」(『南洋中華文学与文化学報』第三期、二〇二三年) 参照。

(30)『管見抄』第二冊 (国立公文書館デジタルアーカイブ所収。請求記号は重〇〇四―〇〇〇一) 参照。朱金城は「殷協律」たる人物を殷堯藩に比定するが、その事跡に疑問が残るためここでは朱説を採らない。

(31) 本間洋一注釈『本朝無題詩全注釈　一』二二九頁。

(32)『群書類従』第九輯『江吏部集』巻中・人倫部 (続群書類従完成会、一九九二年訂正三版) 二一七頁。

(33) 小南一郎「『鶯鶯伝』―元白文学集団の小説創作」(『唐代伝奇小説論―悲しみと憧れと』(岩波書店、二〇一四年) 所収。初出は一九九五年)、諸田龍美「「欧陽詹」事件から見た「鶯鶯伝」の新解釈―中唐の「尤物論」をめぐって」(『白居易恋情文学論』(勉誠出版、二〇一一年) 所収。初出は一九九七年) 参照。

(34) 以下の「周秦行記」引用は『太平広記』(中華書局、一九六一年) 巻四八九・雑伝記六、四〇一八―四〇二〇頁による。

(35)『後漢書』(中華書局、一九六五年) 巻八九「南匈奴伝」、二九四一頁。

(36) 木戸裕子「大江匡衡と白居易の感傷詩―「琵琶引」と潯陽―」(『白居易研究年報』第十九号「特集　伝奇と説話」(勉誠出版、二〇一九年) 所収) 参照。

(37) 川合康三『中国の詩学』第十二章「女たちの文芸」、二六七頁。

(38) 金文京「『王昭君変文』考」(『中国文学報』第五〇冊、一九九五年) は白居易の詩文制作に「王昭君変文」の表現を取り入れた痕跡があることを指摘してている。

蘇東坡詩における風景表現の問題

宇佐美　文理

はじめに

宋詩は理知的である、と言われる。抒情を抑制する、つまり内面のあからさまな吐露を避けたと通常考えられている。

しかしながら、

内面の思い（情）と並んで、外界の景物（景）は詩の内容の柱となるものである。（川合康三『中国の詩学』第十四章・1景と情）[1]

とあるように、この「情と景」は、内容の柱であるとともに、詩が語る内容はつまるところこの二つということになる。[2]

そうしたとき、問題になるのは、のちに見るように、宋詩は自然、つまり風景に冷淡だ、ともされることである。

そこで、「情と景が二本柱であるのに、それらを抑制、あるいは冷淡に扱う宋詩はいったいなにを詠もうというのか」という疑問が、本稿の出発点である。

ここでは特に、後者の「景」を詠む意味を考えてみたい。「情」が詠まれる意義については、おそらく問われることはないだろう。それは、人間が言葉を発する意味にまでさかのぼってしまう。しかし、「景」についてはどうか。

詩において景が求められるのは、基本的には

最も望ましいのは景でもあり情でもある、景と情が一つに溶け合った詩句であろう。(『中国の詩学』第十四章・1景と情(3))

という構造のなかで、ということになる。さらに、この「情と景が溶け合った」詩において、それが「景と情が内容的に一致するもの」が基本であると同時に、「情とは反対の景を示す」ことによる対比の効果を取る詩があることもしばしば指摘されることがらである。

筆者は先に、この「情と景の関係」を考えたとき、情とは内容的に関わり合いがない(一致も反対もしない)句があることを、杜甫を例にとり、詠者の感情を増幅するものとして考察したことがある。(4)しかしながら、情と景が「一致する」「対比的関係にある」「直接的関係がない」のいずれであっても、「情」を詠むための装置であることに変わりはない。

しかし、そもそも景を詠じること自体の意味はどこにあるのか。

風景詩については、六朝時代に謝霊運が出て、風景の美しさを詠むことに意味を見出したと一般に言われている。それが、のちに上記のような「情と景の融合」という展開を見せるわけだが、さらに宋代には以下のように言われている。

宋詩は、要するに人間への興味の濃厚な詩である。それだけに自然を歌うことには、冷淡であり、また長じないように思われる。(吉川幸次郎『宋詩概説』(5))

ここで「自然を歌う」とされている部分は、「風景」と置き換えることもできよう。そして吉川博士は同所でさらに、

従来の中国には、自然、ことにその絵画的な美しさを歌うことを、主な仕事とした詩人があった。……しかし宋にはもはやそうした「山水詩人」はいない。(6)

ともされている。なぜ宋代に山水詩人がいないのか。それは山水を歌うことに冷淡であったから、ということになるのだが、なぜ冷淡になったのか。冷淡であった理由が「人間への興味が濃厚」だからということにとどまるのだろうか。これは、風景を詩に詠むことの意味に疑問をもったからではないのか。

ここでは、「人はなぜ風景を詩に詠むのか」ということを、蘇東坡を手掛かりに考えてみたい。それは、宋詩の「理知的性格」の意味を再考することにもなるであろう。

1.　表現の問題

蘇東坡の「聚星堂雪」の詩の序に

雨を張龍公に禱りて小雪を得、客と聚星堂に会飲し、忽かに欧陽文忠公の守と作りし時、雪中に客と詩を賦し、体物の語を禁ずるを約するを憶ふ。(7)（『蘇文忠詩合註』巻三四）

と見えるが、この「体物の語を禁ずる」に対して、小川環樹博士は、『中国詩人選集二集・蘇軾下』の同詩の解説のなかで、

体物とは物象を描写すること。晋の陸機の「文の賦」に見えることば。ここでは、ありふれた形容の語を体物の語といった。(8)

とされている。そして、欧陽脩自身はといえば、これも右と同じ箇所で小川博士が触れておられるように、「雪」詩の序で

時に潁州に在りて作る。玉月梨梅練絮白舞鵝鶴銀等の事、皆請うらくは用いる勿かれ。(『欧陽文忠公集』外集巻四)(9)

としているわけだが、ここで欧陽脩はそれを「体物の語」とは呼んでいない。

「体物」がもとづくのは、これも小川博士が指摘されるとおり以下の陸機「文賦」であり、

詩は情に縁りて綺靡、賦は物を体して瀏亮。(『文選』巻一七)(10)

先に引用したように小川博士が「物象を描写すること」とされたのは、この「文賦」に見える、詩は「情」を、賦は「物」を、という対比で考えられたものと思われる。

ここで問題にしたいのは、「体物の語」を「ありふれた形容の語」と蘇東坡が考えていたかどうか、ということである。欧陽脩は、あるいはそのように考えていたかも知れない。「ありふれた表現を使うな」と。しかし蘇東坡は、ことばそのものの意味で「体物の語」を使わないようにしたのではないか。(11)

陸機の「体物」は、この言葉が基づく『礼記』中庸篇

物を体して遺すべからず。(12)

の鄭玄注のニュアンスにもとづき、ものに形をあたえる、という意味で使われているのではないか。鄭玄注は

躰は猶お生のごときなり。可は猶お所のごときなり。遺す所有らずとは、万物は鬼神の気を以て生ぜざる无きを言うなり。(13)

であり、詩で言うなら、見えている眼前の景色（様子）の映像の中から、物をとりだして言葉で示し、読者がそれを見えるように形を与える、ということだろうか。

欧陽脩は「ありきたりの言葉で形容する」ことを禁じた。それはそうなのだと思われる。しかし、蘇東坡は一歩進んで、「知覚に頼った表現」をきらったのではないか。それは、世界を視覚によって対象化することである。この世界の対象化は、あるいは対象化自体が理知的と考えられるかも知れないが、そうではなくて話は逆で、対象化してしまうのが人間の自然なあり方で、蘇東坡はそのような自然なありようから一歩進んで、視覚という人間の自然な知覚に頼らないで、「理知」にもとづき、その「視覚化して把握すること、あるいはそこで得られた視覚像を表現すること」に制限をかけようとしたのではないか。通常、宋詩は「抒情的でない」という意味で理知的といわれているかと思われるが、それと同時に、この「知覚に頼らない」という意味でも理知的なのではないだろうか。(14)

次に、宋代が「理知的」とされることに関連して、「抒情」の問題を考える。

2．抒情と風景の問題

吉川幸次郎博士は、

ところで、このような宋詩における激情の寡少、それは結論としては、詩の衰頽であると、いわねばならない。しかし宋人には、宋人としての主張があったようである。それは感情の激しい燃焼を、おそらくは子供っぽいと感じたことである。そうして唐以前の詩人が題材としたような劇的な事件、劇的な心情がなくとも、詩はできるという興味、そうした興味の上に、宋人の詩は成り立っている。（「宋詩について」[15]）

とされ、宋詩が叙事的、哲学的、理知的と性格づけられるのはよく知られたことであろう。それはまさしくその通りだと考える。ただ、ここでは、小川環樹博士が、蘇東坡の

竹外桃花三両枝　　竹外の桃花　三両枝
春江水暖鴨先知　　春江　水暖かにして鴨先ず知る
蔞蒿満地蘆芽短　　蔞蒿は地に満ち　蘆芽は短し
正是河豚欲上時　　正に是れ河豚の上らんと欲するの時

「恵崇春江晩景二首」其一（『合註』巻二六）

と、

梨花淡白柳深青　　梨花は淡白に柳は深青なり
柳絮飛時花満城　　柳絮の飛ぶ時　花は城に満つ
惆悵東欄一株雪　　惆悵　東欄一株の雪
人生看得幾清明　　人生　幾たびの清明を看得ん

「東欄梨花」（『合註』巻一五）

を引用して、

宋詩は理智的にすぎ、唐詩の抒情性が失われたとなげく声は久しいが、これらの短編を読めば、表現の方法は異なっても、宋詩には宋詩の抒情性があることは否定できぬであろう。(「蘇東坡の文芸」)(16)

とされることに注目したい。端的には、この「宋詩の抒情」をどのように位置づけるのか、ということになる。そして、この「理知的」か「叙情的」かという問題は、冒頭に挙げた「宋詩が風景、あるいは山水に対して冷淡だ」ということに関連すると筆者は考えている。つまり、この「激情の寡少」と「風景への冷淡」が結びつくのではないかということである。なお、この「激情の寡少」は、先に見た「人間への興味が濃厚」と一件矛盾するように見えるが、激情という形ではなく、冷静に見つめるという形での人間への興味が濃厚になった、という構造として考えることができるので、その部分に齟齬は生じない。

3．蘇東坡は山水や風景に冷淡か

吉川幸次郎博士は、

花鳥風月のみを素材とすることも、少くとも凡庸の詩人にはゆるされた。宋詩はそれを許すまいとする。(『宋詩概説』)(17)

とされるが、そもそもそれはなぜなのか。

この吉川博士の文章は、叙述の詩の傾向が宋詩にあることを説く中で語られる部分である。ただ、なぜそれを許さないのかについては書かれていない。文脈的には、叙述的な表現をきらったから、花鳥風月のみの表現をするのを避けた、ということになるのだろうか。おそらく事実としてはそうだけれども、そこにはやはり「なぜ」という疑問が残る。そして同時に、これは先にも引用したが、吉川博士が「宋詩は山水に冷淡だ」とされることと関わるわけで、それと合わせて考えると、「冷淡だから」というのが答えになるだろうか。しかしやはり、なぜ冷淡なのか、が疑問として残る。

宋詩はどのように冷淡なのであろうか。それを蘇東坡を例に考えてみよう。

蘇東坡は、少なくとも山水に興味を失ってはいない。

ふと目の前にあらわれた美しい景色を、人の心をすみきらせるような境地、それに出あったとき、かれはためらうことなく詩に書こうとした。（『中国詩人選集二集・蘇軾上』・解説）(18)

とは、小川環樹博士の「臘日遊孤山訪恵勤恵思二僧」の以下の句を引いた直後の発言である。

作詩火急追亡逋　詩を作りて　火急に亡逋を追う
清景一失後難摹　清景一たび失すれば　後に摹し難からん（『合註』巻七）

ここでは、もうひとつ例を挙げておこう。風景を見に行きたい蘇東坡の姿である。

南渓得雪真無価　南渓雪を得るは真に無価
走馬来看及未消　馬を走らせて来たりて看　未だ消えざるに及ぶ
（「十二月十四日夜微雪明日早往南渓小酌至晩」（『合註』巻五））

値段をつけられないほどのすばらしい景色をどうしても見に行かなければ、というところだろうか。もちろん、好風景は、見たいだけではなく、詩に詠まないわけにはいかない、というのは蘇東坡に限らず、詩人に共通することがらであるに違いない。その気持ちは、たとえば以下の句からもうかがえる。

春山磔磔鳴春禽　春山磔磔　春禽鳴く
此間不可無我吟　此間　我が吟無かるべからず　「往富陽新城李節推先行三日留風水洞見待」（『合註』巻九）

ただし先の「見に行かなければ」と馬を走らせた「十二月十四日」の詩で注目すべきは、急いで見に行った蘇東坡は、詩の中ではその雪景色を表現していない、ということである。全編を引いてみよう。

南渓得雪真無価　南渓雪を得るは真に無価
走馬来看及未消　馬を走らせて来たりて看　未だ消えざるに及ぶ
独自披榛尋履迹　独り自ら榛を披いて履迹を尋ね
最先犯暁過朱橋　最も先に暁を犯して朱橋を過ぐ
誰憐屋破眠無処　誰か憐む　屋破れて眠るに処無きを
坐覚村飢語不囂　坐ろに覚る　村飢えて語は囂からず
惟有暮鴉知客意　惟だ暮鴉の客の意を知る有り
驚飛千片落寒条　驚飛して千片寒条に落つ

どんなにかすばらしい景色だろうと読者に思わせておいて、鳥が飛んで雪が舞い散った、として雪は登場するが、その景色がどのようにすばらしかったか、要するに雪景色がどんな様子なのかは一切描こうとしない。

先に「体物の語」を拒否する蘇東坡の考えを見たが、蘇東坡はそもそも「こんな風に見えました」ということ自体を拒否しようとしているように思われる。見える姿を描写したらそれは体物だ、とまで言うと極端かも知れないが、それに近い感覚を彼は持っていたのではないか。

しかしながら、様子を一切描かないわけにはいかない。そこで登場するのが、東坡の気持ちを理解してくれる、自身の外の存在である。ここでは「鵶」。鵶は客即ち蘇東坡の気持ちを知って、飛び上がって寒林に雪を舞い散らせる。読者はここに初めて「雪景色」を見るわけである。蘇東坡は雪景色を描写していない。しかし読者は、鵶が飛び去ったあとに舞い散る雪をありありと「見る」という構造である。ここで蘇東坡は景色を「描き出して＝作り出して」いる。あくまで「見えた景色」の表現を抑制した上で作り出しているのである。(19)

ここで、抒情との関係にもどって考えてみよう。

また熱情の抑制は、その表現としての華麗な字面をも抑制する。字面ばかりではない。かつての唐詩を華麗にするものの一つは、感情と映発する自然の風景を、しばしば導入して、感情の表現を華麗にすることであった。……別の批評家の用語では、「情」と「景」の交錯である。(吉川幸次郎「宋詩の場合」)(20)

これも吉川博士のおっしゃる通りだと思うのだが、もちろん宋詩に自然の風景が詠まれないわけではない。しかし宋詩においてはそれが「感情と映発しない」形で詠まれている、ということが注意されるであろう。それはこの蘇東坡の姿勢とどう関係するのか。(21)

宋代の詩人は、風景を詠むことに興味を失ったのではなくて、先にも見たように激烈な感情を詠むことを敬遠した。その結果、これまでその自らの感情を表現するための一つの「装置」として存在していた風景句が、無用のものとなった。つまり、感情を表現するため、という理由がなくなって、いったい風景を詠むことにどんな意義があるのかがわからなくなった、とも言えるのではないか。

4．世界を見ようとしない蘇東坡（1）

蘇東坡がどのように世界を見て、どのように詩にしているのかを見てみよう。

知覚で世界を把握する＝世界を視覚や聴覚で「対象化」する、これを蘇東坡は避けようとしているように思われる。先にも記したが、宋代の詩の性格として「理知的」ということを考えると、外界を対象化してしまうことこそが理知的のように思えるが、実はそれは逆なのではないか。そして宋代の詩はそこが新しいのではないか。

杜甫の「絶句二首」其一

江碧鳥逾白　　江碧くして鳥逾いよ白し
山青花欲燃　　山青くして花燃えんと欲す
（『杜詩詳注』巻一二）

はまさしく世界を視覚像として対象化している。言ってみれば、世界に色をつけたら（＝色で表現したら）それはもう対象化ということになるだろうか。

これは、小川環樹博士が、宋代に擬人法が多いことについて、

ことに宋代に至ってきわだって多く現れるのは偶然ではない。それは宋代の人人の理智的思考と矛盾するものではなくて、かれらの思想を一貫している楽観主義の一側面であり、おそらく人間と文化との自然に対する優越感から出ているであろう、と私は考える。もしも優越感というのが言いすぎならば、ここには人間と自然との調和が意識されていると言ってもよい。（小川環樹『宋詩選』解説）(22)

とされることと通じる。あるいは自然を「対象化できる」ことが人間の優越性であるかのように見えるかもしれない。しかし、蘇東坡は、それまで詩の中で対象化されてきた世界を、再度主体的に一体化する。小川博士の言葉を使えば、主体的な「調和」をめざしたことになるのではないか。それは、対象化から一歩進んだ自然との関係である。

では蘇東坡は「対象化」をやめてどういう方向に向かったのか。実はその向かった方向は、さまざまである。ここでは彼の題画詩を手掛かりに考えてみる。

視覚的な風景像の表現を抑制しているかのように見える蘇東坡も、題画詩になると、積極的に画面の内容を「視覚的に記述」し、つまり、はっきり対象化して表現していることに気がつく。題画詩としてはそうするより仕方がないということもあろう。しかし、注目すべきは、その画面の記述のあと、である。蘇東坡はその記述を、自分に引きつけず、目の前から立ち去らせようとする。

野水参差落漲痕　　野水参差　漲痕に落つ
疎林欹倒出霜根　　疎林欹倒して霜根を出だす
扁舟一櫂帰何処　　扁舟一櫂　何れの処にか帰る
家在江南黄葉村　　家は江南黄葉村に在り

「書李世南所画秋景二首」其一（『合註』巻二九）

画面に描かれている「野水・疎林」を示した後、それを自分に引きつけることはしない。自らの存在に関わらせない、と言ってもいいかもしれない。

自分に引きつける、というのは、たとえば以下の韓愈のような詩を念頭に置いている。もちろん、韓愈に特徴的なものではない。これが通常の形、という認識である。

春風吹園雑花開　春風園に吹きて雑花開き
朝日照屋百鳥語　朝日屋を照らして百鳥語る
三杯取酔不復論　三杯酔を取りて復た論ぜず
一生長恨奈何許　一生長恨　奈何せん

「感春四首」其一（『朱文公校韓昌黎集』巻三）(23)

詩の後半部で風景が二句詠まれ、そのあとに自らの存在に引きつけて最後の二句が詠まれる。これは世界と自身とのあいだにできた詩的空間に自身の心情を染みこませることによって、「余韻」あるいは「詩情」が生まれる、という構造であり、詩の中の風景がそのような役割を強く担ってきたことは言うまでもない。

さて、蘇東坡にもどってみると、風景を詠む意味が、自身と関係するものならば、三句目からは「蘇東坡自身」がそこに姿を表すはずである。韓愈の詩で「三杯取酔」「一生長恨」たる韓愈が顔を出すように。

しかし蘇東坡はそれをしない。そのかわりに、この絵の中に描かれた（動いていない）舟を走らせる。そして江南黄葉村へ向かわせ、舟は江南の地へと消えていく。そうして舟とともに、絵画あるいは絵画に描かれた風景は、詠者（また読者）のイメージの中から消滅していく。

蘇東坡が「風景を見ないようにしている」のは、風景によって心動かされる自分を出さないようにしている、ということだろうか。先にも触れたように、美しい風景を見ることによって、自身の心が動揺するというのは杜甫が示したこと。それをとにかく蘇東坡はしない。

これは、蘇東坡が題画詩の中で、画中の存在を、映画のつづきのように動かすことと関係がある。以下、よく知られる蘇東坡が恵崇の絵につけた題画詩を再掲する。

竹外桃花三両枝　竹外の桃花　三両枝

春江水暖鴨先知　　春江　水暖かにして鴨先ず知る
蔞蒿満地蘆芽短　　蔞蒿は地に満ち　蘆芽は短し
正是河豚欲上時　　正に是れ河豚の上らんと欲するの時

「恵崇春江晩景二首」其一（『合註』巻二六）

「竹外桃花」「蔞蒿満地」と、画面を「記述」したあと、それを自身には引きつけず、読者のイメージの中にフグを登場させて終わっている。先に韓愈を挙げて見たように、それまでの詩は、風景が描写され、それに何らかの形で関わる自身の境遇や心情が重ね合わせられることによって、その風景描写にとどまらない「余韻」が詩に付与されることになる。しかしそれを蘇東坡はいわば「拒否」している。この詩の第二首も同様である。

両両帰鴻欲破群　　両両帰鴻　群を破らんと欲し
依依還似北帰人　　依依還るは北帰の人に似たり
遥知朔漠多風雪　　遥かに知る　朔漠風雪多きを
更待江南半月春　　更に待つ　江南半月の春

あくまでも示されるのは、鴻が飛んでいったさきの風景である。そう考えると、たとえば次の詩も、後半の二句は自身からは離れた記述になっていることが指摘できよう。

荷尽已無擎雨蓋　　荷尽きて已に擎雨の蓋無く
菊残猶有傲霜枝　　菊残なるも猶お傲霜の枝有り
一年好景君須記　　一年の好景　君須らく記すべし
正是橙黄橘緑時　　正に是れ橙黄橘緑の時

「贈劉景文」（『合註』巻三二）

このことは先ほど述べた、蘇東坡が題画詩の中で「動画的」な手法をとることとも関連する。これも有名な題画詩の中で、蘇東坡は次のように詠んでいる。

瘦竹如幽人　瘦竹は幽人の如く
幽花如処女　幽花は処女の如し
低昂枝上雀　低昂す　枝上の雀
揺蕩花間雨　揺蕩す　花間の雨
双翎決将起　双翎　決して将に起たんとすれば
衆葉紛自挙　衆葉　紛として自ら挙がる

「書鄢陵王主簿所画折枝二首」其二（『合註』巻三二）

折枝画、つまり地面が描かれずに枝だけが画面の外から現れる絵の中に、竹、花、そして雀が描かれている。「瘦竹」「幽花」は、画面上の形象であり、まさに対象化された風景、視覚的存在そのものである。そこにどうやって「詩的空間」を作り出すか。詠者のこころを持ち出すことはもちろんできるわけだが、蘇東坡はそれをしない。そのかわりに、いわば動画で「ポーズ」になっていたところに「再生ボタン」を押す。そして、画面を動かしてしまうわけである。これは、かつて杜甫が用いた、描かれたモチーフを別の場面で現実化するという手法とは大きく異なっている。(24)

もう一点、蘇東坡が、視覚的に捉えられたものを視覚的に表現せず、それを「出来事」に変えてしまう手法に注意しておきたい。

黒雲翻墨未遮山　黒雲　墨を翻すも未だ山を遮らず

白雨跳珠乱入船　　白雨　珠を跳ばして乱れて船に入る　「六月二十七日望湖楼酔書五絶」其一（『合註』巻七）

空を雲が覆って黒くなっていることを、「墨を翻した」とし、雨粒が跳ね上がることを「珠を跳ばす」と表現する。黒い雲を墨に見立てることはたとえば既に梅堯臣にも「雲遮北嶺如墨濃」[25]と見えるが、ここで蘇東坡は「墨のようだ」ではなく、雲が墨をばらまいているという「出来事」として記述する。それは、右の詩に続く第二首

水枕能令山俯仰　　水枕　能く山をして俯仰せしめ
風船解与月徘徊　　風船　解く月と徘徊す

においても同様であろう。山が上下して見えるのだが、それを「山が俯仰する」とし、月が自分についてくるのが見えることを、「船が月とともに徘徊する」とする。これも、先にも挙げた、蘇東坡が擬人法を駆使することと関係があると筆者は考えている。視覚像を視覚像として詠まないために、視覚像を動かすことによって、「静止画」としての視覚像を解放している。それが結果的に、世界を擬人化していることになる、という解釈である。

いくつか例を挙げておこう。

花香襲杖履　　花香　杖履を襲い
竹色侵杯斝　　竹色　杯斝を侵す　「司馬君実独楽園」（『合註』巻一五）

あるいは、

風吹河漢掃微雲　　風　河漢を吹いて微雲を掃い
歩屧中庭月趁人　　中庭を歩屧すれば　月　人を趁う　「台頭寺歩月得人字」（『合註』巻一八）

において、香が襲う、色が侵す、風が雲を掃う、月が人を追う、という表現は、あるいは「擬人法」と考えられるかも知れないが、ここでは「視覚像」を、「行動や行為のかたちで表現したもの」と考えてみたい。それが結果的に擬人的になる、ということである。

5．世界を見ようとしない蘇東坡（2）

なお、蘇東坡も視覚像を全く描かないわけではない。しかし、そこにはある種の「抑制」が感じ取れる。(26)以下の詩は、四十句からなる詩であり、最後の四句に

明朝便陳迹　　明朝には便ち陳迹たり
清景堕空杳　　清景　空杳に堕す
作詩記余歓　　詩を作りて余歓を記さん
万古一昏暁　　万古も一昏暁

「与客遊道場何山得鳥字」（『合註』巻一九）

とあるように、詩を作って「清景」を記憶（記録）にとどめようとしたものである。しかしながら、そこでは、確かに見えている「景色」を描いてはいるものの、それになにか視覚的な「美しさ」を表現する言葉は一切使われていない。この詩の中で唯一あるのは第十八句「去路清且悄」であろうか。「悄」はあるいは白居易「琵琶行」の「東船西舫悄無言、唯見江心秋月白」を意識するかも知れないが、要するに静かであることを言おうとするのだろう。つまり、蘇東坡がここでこの風景を読者に示すのは、視覚的な美しさの表現を抑制しつつ、「清」の一語に集約された景色ということになる。

この「清」が、蘇東坡の芸術観一般に通じるものであることは言うまでもない。とりわけ思い出されるのは、「書鄢陵王主簿所画折枝二首」其一の

詩画本一律　詩画は本と一律
天工与清新　天工と清新と

（『合註』巻二二）

というくだりであろう。(27)

なお、よく知られるように、蘇東坡に先立つ梅堯臣は、同様に「表面的な美しさを詠む詩句」を拒否した結果、平淡を追究した。そしてその結果どうなったかについて、銭鍾書『宋詩選注』が引く詩を挙げてみよう。

霜落熊升樹　霜落ちて熊は樹に升り
林空鹿飲渓　林は空にして鹿は渓に飲む

「魯山山行」（『宛陵集』巻七）

銭鍾書によれば、梅堯臣は、味わいのない、枯れた句になってしまった。(28)そこに蘇東坡が登場して、一旦平淡となった表現の流れに、たとえば「清」というイメージで、新しい表現を持ち込んで「平淡」（一見無味乾燥）を避けようとしたのではないか。

その一例として、色の問題を考えてみよう。先に述べたように、世界に色をつける＝世界を色で表現することは、世界の視覚化、対象化につながる。これを蘇東坡はどのように回避するのか。

これにはたとえば次の詩が参考になる。

朱門収画戟　朱門　画戟を収め

紺宇出青蓮　　紺宇　青蓮を出だす

「同王勝之遊蔣山」（『合註』巻二四）

ここでは、詩の文字には「朱、紺、青」という色を登場させる。ただ、朱門は富豪の家、紺宇も青蓮も仏寺であって、現実の視覚像にその色がついているわけではない。読者に見せている「像」はあくまでも「色がついていない、いわば白黒」なのだが、詩はと言えば、色がちりばめられた「カラー作品」なのである(29)。

眼前の色をそのまま表現するものを参考までにあげておこう。蘇東坡に少し先立つ王禹偁の句。

棠梨葉落燕脂色　　棠梨葉落つ　燕脂の色
喬麦花開白雪香　　喬麦花開く　白雪の香
何事吟余忽惆悵　　何事か吟余忽ち惆悵たり
村橋原樹似吾郷　　村橋原樹　吾が郷に似たり

「村行」（『小畜集』巻九）

韓愈の詩で見たように、景色のあとには自分の気持ちにひきつけるのも典型的である。それもまた蘇東坡との違いと言えよう(30)。

もうひとつ、蘇東坡の風景描写の抑制の例を挙げてみたい。以下の詩は、その題に「南渓有会景亭処衆亭之間無所見……」とあり、「会景亭といいながら、今の場所では何も見えないから場所を移した方がいい(31)」とある。とすれば、場所を移せばこんな美しい景色が見える、としたいところではないか。

しかし蘇東坡は

林缺湖光漏　　林缺け湖光漏る
窓明野意新　　窓明らかにして野意新たなり

（『合註』巻五）

と素っ気ない。[32] そしてそのあとは蘇東坡常用の擬人化が来る。

山好留帰屐　山は好く帰屐を留め
風廻落酔巾　風は廻りて酔巾を落とす

なお、感情をそこに持ち込まないということを見てきたが、山水画を見て「帰隠」の情をそこに示すというパターンは、蘇東坡においても現れている。これはお約束、というか、まさにこの時期、山水画がそういう「帰隠」の情を起こす作用を持ち得るものになったということを示すのかも知れない。唐代の山水画には「現実感」がなく、そこに「居」るイメージを持ち得なかった。だから郭煕は『林泉高致』のなかで、山水画のもっともあるべき姿として「居るべき山水」を最上のものとしたのではないか。[33]

ここで視線を「山水画」に向けてみよう。

6．宋代の山水画

筆者は前稿で、北宋時代の山水画が、その表現を洗練した結果として、「意味から解放されて」山水の視覚像として見られることが可能になったものの、中国の芸術作品が従来持ってきた「意味への誘い」という構造を抜けきれなかったことを指摘した。そして意味を求める山水画は、題画詩を要求するようになる。要するに「単に風景が描かれている」という直截的意味では物足りなくなったのである。[34]

さて、山水画と現実の山水あるいは山水を詠む詩との関係を考えるとき、以下の文章が重要なヒントを与えてくれる。

唐の白居易は自身の作を編集するにあたり、「感傷」と「閑適」の二類に分った。白氏の「感傷」には種種の面があるとしても、悲哀を主とする。欧陽修はそのような面をできるだけ詩から「詞」へ移してしまったのであった。だから、かれは詩をほとんど友情と「閑適」の主題にしぼろうとしたとも言える。（小川環樹『宋詩選』解説(35)）

小川博士の記述は、このあと、「ここに至って、宋詩は楽観主義の哲学へ接近する」として、蘇東坡の哲学の話に進むのだが、ここで注目したいのは、「閑適」と「山水画」との関係である。

山水画を見る士大夫は、いったいどういう気持ちで山水画を見たのか。上記のように「帰隠」を考えたこと、それは当然あるであろう。ただ、おおよその場面は「閑適」にしぼられるのではないだろうか。悲哀の対象として山水画を見ることがあるだろうか。

この問題は、先に触れた、宋詩が「激情の吐露を避ける」ことと関連するわけだが、それはしばらく措くとして、そもそも山水画を前にした詠者の心情を「閑適」だとしたとき、蘇東坡はいったい何を詠めばよいのか。

詩についてではないが蘇東坡には、「吾文如万斛泉源不択地而出」（自分の文章は、尽きせぬ泉の水が、場所を選ばず湧き出るようなもの）（「文説(36)」）という有名な発言がある。これは、蘇東坡が「文学全般」に対して考えていたことと言ってよいだろう。要するに蘇東坡は、たとえ外からの刺激が元になるとしても、ともかく自分の中から湧いてくるものを表現することが重要だった。これは、蘇東坡が現実の生活の中で出会ったものごとすべてを詩にしてしまったことと関係づける必要がある(37)。詩を詠もうとしたときに、いつもそこになにか大きな動機や内容があるわけではない。ただ、詩を詠もうという気になる。しかし、そこには詩を詠んだ「意味」が必要になる。それは蘇東坡にとっては、「詩によってそこに現れる、新たな、清なる詩的空間」を作ること、であった。要するに、なんでも素材にする、という姿勢を取った時点で、とりたてて風景を詠む意味はどこかに飛んでしまっている。蘇東坡は決して山水に冷淡になったわけではない。問題は、いかにそれを「詩化」する＝詩的空間に変貌させるか、に彼は腐心したのである。

おわりに

人はなぜ詩を詠むのか。

それは「詩言志」で答えが出ている、と考える向きもあろう。しかし、言いたいことを言うためには「文」もあれば「賦」もある。なのに、なぜ詩なのか。

このことを、『中国の詩学』では、「詩とは何か」が語られる中で、詩は「伝達内容よりも表現・言葉自体に関心を注ぐものである」「本来遊戯性をもっている」とされている[38]。

蘇東坡は、内容については、風景、あるいは視覚像を前面に出して詠うことを嫌った。そして、ひたすらその表現にこだわった。そして、内容の抑制が結果的にもたらす表現のひろがりを模索し、「詩的空間」とでも言えるものを作り出すことに心をくだいた。それは、唐詩までの「情」と「景」の融合、あるいは内容と表現のしがらみのようなものから抜け出て、表現そのものを目的とした、人の心の自由な「戯」たる営みとして詩を成り立たせたことになる。つまり、いわば詩の「純化」をなしたということになろうか。

しかし、詩は、詩である前に文学である。さまざまな抑制のもとに獲得されたこの純化が文学としての詩になにをもたらしたのか、それは別個に考えないといけない問題だが、蘇東坡にとっては、それは実に蘇東坡自身の「詩とは何か」に対する答えであったとも言えるのではないだろうか。

なお、表現については、蘇東坡はその純化を目指したとするとしても、「情」と「景」を後ろに押しやって、蘇東坡が描く内容はと言えば、それは「考え」であり「出来事」であった。蘇東坡が「考えたこと」や「身の回りの出来事」を詩に詠んだことは誰でも知っていることである。しかし、それが「情」と「景」からの純化とここでは考えてみたい。

蘇東坡の詩は、これまで宋詩がそうだと考えられてきたように、感情を抑制する。さらに蘇東坡は、表現においても抑制した。「体物の語を禁じる」というのがそれだが、端的に言えば、モノを形容する、とりわけ視覚的な受容にもとづき形容することを避けた。感情から切り離され、視覚像からも切り離された「目の前の風景」は、モノとして躍動しはじめる。それと蘇東坡が擬人法を駆使すると言われていることとの関連については既に述べた通りである。

言うまでもなく、蘇東坡がすべての詩において「体物の語」を捨てたわけではない。しかしながら、蘇東坡の「抑制」をこのように考えてみると、蘇東坡詩の風景表現の特色のある一面を語ることができるのではないだろうか。なお、さらに考えるべきは山水画が描かれる意味だが、それは別稿を期すとして、本稿はしばらく擱筆する。

注

（1）川合康三『中国の詩学』（研文出版、二〇二二）三一五頁

（2）たとえば世界を思想研究の用語を使って「我と物」（自分と自分以外の存在）で代表させることができるが、ここで「情と景」を取り出した時、詩はさらに「人事」つまり自身以外の人の言動や社会の動きがその重要な要素として存在する。ただしここでは、それらに対する自らの心の反応を詠う側面に注目して、いまは「情」と「景」に限定して話を進める。

（3）注（1）前掲書三二〇頁

（4）「風景描写の意味―杜甫詩の風景表現―」（曾布川寛・宇佐美文理編『中国美術史の眺望』（汲古書院、二〇二三））。

（5）吉川幸次郎『宋詩概説』（岩波文庫、二〇〇六）七六頁

（6）注（5）前掲書七六～七七頁

（7）「禱雨張龍公得小雪、与客会飲聚星堂、忽憶欧陽文忠公作守時、雪中約客賦詩、禁体物語。」以下、『蘇文忠詩合註』は『合註』と略記する。

（8）小川環樹『中国詩人選集二集・蘇軾下』（岩波書店、一九六二）四四頁。

（9）「時在潁州作。玉月梨梅練絮白舞鵝鶴銀等事、皆請勿用。」

（10）「詩縁情而綺靡、賦体物而瀏亮。」

（11）蘇東坡の考え方を、欧陽脩の「雪だからといってすぐに白という文字を使わない」という発想と結びつける考え方は、既に同時代から存在している。たとえば『梁渓漫志』巻七では、東坡のいわゆる「論画以形似、見与児童隣」と、この「雪を詠むときに白といってしまう」ことを関連付けて考えている。

（12）「体物而不可遺。」

（13）「躰猶生也、可猶所也、不有所遺、言万物无不以鬼神之気生也。」なお、孔穎達疏は「体物而不可遺者、体猶生也。可猶所也。言万物生而有形体、故云体物。而不可遺者、言鬼神之道、生養万物、無不周徧而不有所遺。言万物無不以鬼神之気生也。」

（14）筆者はかつて、蘇東坡が感覚器官で捉えられる光や空気（風景）を液化して表現し、世界とつながるプロセスを記述したことがあるが、この「液化」も、「対象化」のプロセスからある意味で脱するための方策の一つとも言えよう。拙稿「液化する風景─蘇東坡詩の風景把握」（『中国思想における身体・自然・信仰』（東方書店、二〇〇四））参照。

（15）『吉川幸次郎全集』第一三巻（筑摩書房、一九六九）二〇一頁。

（16）『小川環樹著作集』第三巻（筑摩書房、一九九七）七四頁。この二詩の訓読は同書による。ただしふりがなは省略した。

（17）注（5）前掲書五三頁。

（18）同書一四頁。訓読は同書による。ただしふりがなは省略した。

（19）なお、眼前の風景を描写しないときには、蘇東坡は視覚像を無視せず、むしろ豊かなイメージでそれを示そうとするかに見える。あまりにも有名な詩「水光瀲灩晴方好、山色空濛雨亦奇、欲把西湖比西子、淡粧濃抹総相宜」（「飲湖上初晴後雨二首」其二『合註』巻九）などがそれにあたる。

（20）注（15）前掲書二〇二頁。

(21) もちろん、蘇東坡にも、風景と自分の感情を直接関連させる詩は存在する。たとえば『合註』巻二〇の「安国寺尋春」のなかで「看花嘆老憶年少」と。

(22) 小川環樹『宋詩選』(ちくま学芸文庫、二〇一二) 三四七頁。

(23) 川合康三・緑川英樹・好川聡編『韓愈詩訳注』第二冊 (研文出版、二〇一七) 一八二頁～一八三頁の訓読による。

(24) これについてはかつて論じたことがある。「詩と絵─杜甫と蘇軾の題画詩をめぐって」(『図書』二〇一四─五)

(25) 『宛陵先生集』巻一七「送宣州簽判馬屯田兼寄知州邵司勲」。

(26) 無論、蘇東坡が一切視覚的表現をしないわけではない。よく知られる詩「遊金山詩」(『合註』巻七) の「微風万頃鞾文細、断霞半空魚尾赤」などはその一例に過ぎない。あるいは「游鶴林招隠二首」(『合註』巻一一) に対して、『唐宋詩醇』(巻三四) が「二作風格清腴、絶似韋柳」と、韋応物や柳宗元の風景詩に似ているとすることを参照。

(27) なお、蘇東坡の有名な句「杳杳天低鶻没処、青山一髪是中原」(「澄邁駅通潮閣二首」其二 (『合註』巻四三)) は、確かに見えたものを視覚的に表現し、それを終句に持ってきている。しかしこれは誰でもこの句に出会えばそれを感得できるように、蘇東坡と「見えている像」の間には、既に明確な「詩的空間」が形成されており、そこには蘇東坡の気持ちは前面には出ていないが、中原にもどることができるという心情を最大限に抑えたなかでの表現になっているという評価ができる。これはまさに蘇東坡の手腕のなせる技ということになるであろうか。

(28) 銭鍾書『宋詩選註』(人民文学出版社、一九五八)、一六頁。銭鍾書の言葉では「没有味」「乾燥」。

(29) たとえば「擘開青玉峡、飛出両白龍」(「廬山二勝」のうち「開元漱玉亭」(『合註』巻二六))。また以下の詩は、イメージの中で色が多く見える。「赤魚白蟹箸屢下、黄柑緑橘籩常加」(「次韻正輔同遊白水山」(『合註』巻三九)) ただしそれが眼前に見えているわけではない。なお、もちろん、蘇東坡の詩がすべてそうだというわけではない。「連峰稍可怪、石色変蒼翠、天工運神巧、漸欲作奇偉」(「巫山」(『合註』巻一)) あるいは「青蓋紅旂暎玉山、新詩小草落玄泉」(「次韻王忠玉游虎邱三首」其二 (『合註』巻三二)) など。

(30) 注 (22) 前掲書一二頁参照。なお、色をつける例はもちろん枚挙にいとまがないが、ここでは王安石の例を挙げておく。「偶攀黄黄柳、却望青青巘、幽尋復有興、未覚西林晩」(「上南崗」『臨川先生文集』巻四)「赤楓青櫟生満谷、山鬼白日樵人遭」(「葛蘊作巫山高愛其飄逸因亦作両篇」其二『臨川先生文集』巻七)「莓莓郊原青、漠漠風雨黒、冠蓋満津亭、君今

去何適」（「別馬秘丞」『臨川先生文集』巻一二）

(31) 文字通り、なにも見えないの意か、見るべきものがない、の意か、その両方かは断定できない。

(32) 小川・山本訳をあげておく。「林の切れめに光る湖面がのぞき、からりとした窓いっぱいに山野のさわやかな趣が溢れる。」（小川環樹・山本和義『蘇東坡詩集』第一冊（筑摩書房、一九八三）五四六頁）

(33) 現実の山水を見て帰隠をイメージすること自体は、李白の「観博平王志安少府山水粉図」（『分類補注李太白詩』巻二四）が、「博平真人王志安、沈吟至此願掛冠、松渓石磴帯秋色、愁客思帰坐暁寒」と、「掛冠」としているところなどに既に見られる。

(34) 注（4）前掲拙稿「風景描写の意味―杜甫詩の風景表現―」参照。北宋期の山水画が唐代のそれと比べて発展した結果は、拙稿でも示したように蘇東坡が郭熙の山水画につけた「不堪平遠発詩愁」すなわち「平遠山水が詩愁を誘発するのに堪えられず」詩を詠む、という句が物語っている。そこではもはや、山水画のすばらしさを詩に詠むことは、現実の山水を前にして「詩愁」を感じた際と全く同じ精神の状態で絵に向きあうことになる。また、これも前稿で触れたことだが、題画詩を書きつけられると、その山水画の意味は明らかになるが、「固定」してしまい、余韻がなくなると同時に、詩はもう詠まれているので、絵自体が持っていた「詩愁」も失うことになる。題画詩は、時空を止める絵画に、時空の縛りを受けない詩を加えて時空を越えるわけだが、時空は越えたが「意味」としては閉じてしまうことになってしまったわけである。

(35) 注（22）前掲書三四五頁。

(36) 『経進東坡文集事略』巻五七。なお、注（5）前掲吉川幸次郎『宋詩概説』一五八頁参照。

(37) 「詩化了他在生活中所接触到的一切」（游国恩他主篇『中国文学史』第三巻（人民文学出版社、一九七九）第三章蘇軾、第三節蘇軾的詩和詞、五三頁）

(38) 注（1）前掲書、第一章、一七頁。

葉県時期の黄庭堅

緑川英樹

はじめに

北宋の黄庭堅（一〇四五～一一〇五）、字《あざな》は魯直、洪州分寧（江西省修水県）の人。みずから山谷道人、涪翁と号した。「蘇黄」という並称が示すとおり、九歳年長の蘇軾（一〇三六～一一〇一）とともに宋詩の双璧をなす存在であること、あらためて贅言を要しない。蘇黄の二人が互いに詩文のやりとりを開始するのは元豊元年（一〇七八）、直接会って親交を深めるのはさらにその数年後のことであるが、それより前、熙寧五年（一〇七二）十二月、杭州通判の任にあった蘇軾は、出張のために湖州（浙江省湖州市）の孫覚（字は莘老）を訪ね、そこで初めて黄庭堅の詩文を読んだ。当時の驚嘆ぶりを、蘇軾は次のように振り返る。

軾始見足下詩文於孫莘老之坐上、聳然異之、以為非今世之人也。莘老言、「此人、人知之者尚少、子可為称揚其名。」軾笑曰、「此人如精金美玉、不即人而人即之、将逃名而不可得、何以我称揚為。」然観其文以求其為人、必軽外物而自重者、今之君子莫能用也。

軾　始めて足下（あなた黄庭堅）の詩文を孫莘老の坐上に見、聳然として之を異とし、以為《おも》えらく、今世の人に非ざるなりと。莘老言う、「此の人、人　之を知る者尚お少なし。子《きみ》　為《ため》に其の名を称揚すべし」と。軾笑いて曰わく、「此の人は精金美玉の如し。人に即《つ》かずして人　之に即く、将《まさ》に名を逃れんとするも得べからず。何を以てか我称揚するを為さん」と。然れども其の文を観て以て其の人と為りを求むれば、必ず外物を軽んじて自ら重んずる者にして、今の君子　能く用いる莫きなり。（「答黄魯直書五首」其一『蘇軾文集』巻五二）

孫覚は黄庭堅の最初の妻孫氏の父にあたり、当時、知湖州であった。世間にまだ知られていない女婿を売りこもうと、彼の詩文を友人の蘇軾に見せたのであろう。蘇軾は「此の人は精金美玉の如し」と最大限の賛辞を惜しまず、自分が黄庭堅を称揚せずとも、きっと高い名声を得るだろうと太鼓判を押す。

注目すべきは、蘇軾の評価が黄庭堅の詩文から読み取った人格性にもとづくという点である。上に引いた一節は、元豊元年、黄庭堅が蘇軾に「古詩二首　蘇子瞻に上《たてまつ》る」および書簡を献呈したのに対する返信として書かれたものであり、「物に託して類を引き、真に古の詩人（『詩経』の作者）の風を得たり」という称賛の前提となる箇所であることを忘れてはならない。また、『苕渓漁隠叢話』前集巻四三・東坡六の引く「烏台詩案」に「〝今の君子〟は、近日朝廷進用（抜擢任用）の人を謂う。意《こころ》に言えらく、黄庭堅　〝外物を軽んじて自ら重んじ〟、以て当今進用の人　庭堅を援引して之を用いる能わざるを譏諷するなり」と弁解されるように、この記述は黄庭堅の詩文に対する単純な文学的評価ではなく、王安石（一〇二一～一〇八六）らによる新法が断行されていた当時の朝廷・官界において、蘇軾が黄庭堅を推挽することの難しさを述べる釈明でもあったのだ。

黄庭堅と並んで「蘇門四学士」の一人に数えられる張耒（一〇五四～一一一四）にも、以下の発言がある。

僕年十八九時、居陳学、同舎生有自江南来者、藉藉能道魯直名。

僕　年十八九の時、陳に居りて学ぶ。同舎生に江南より来たる者有り、藉藉として能く魯直の名を道《い》う。（「与魯直書」『張耒集』巻五五）

張耒の十八歳は熙寧四年（一〇七一）。陳州（河南省周口市）に遊学していたころ、「江南」から来た学生の一人に、黄庭堅の名を盛んに吹聴する者がいたという。先の蘇軾の書簡に見えたように、熙寧五年の時点で孫覚が「人　之を知る者尚お少なし」と語ったのは決して謙遜の辞ではないだろうが、ほぼ時を同じくして、州学の学生たちの耳にも徐々に黄庭堅の評判が伝わり始めていたことが窺える。

黄庭堅の詩に関しては、従来、内集（南宋・任淵注『山谷詩集注』二十巻）に収録される元豊八年（一〇八五）、四十一歳以後の作品を考察対象とすることが多かった。「換骨奪胎」「点鉄成金」のキャッチフレーズで知られる古典主義的な創作技法も、当該の時期にこそ端的にあらわれているといってよいだろう。他方、それ以前の若いころの作品の大半は外集に収録されるが、こちらはまだ必ずしも充分な検討がなされていない。

本稿では、黄庭堅が初任地の汝州葉《しょう》県（河南省葉《よう》県）[1]に滞在していた前後、すなわち熙寧元年（一〇六八）九月から熙寧四年（一〇七一）まで三年余りの作品を取り上げたい。年齢にすると、二十四歳から二十七歳、まさしく蘇軾が初めて黄庭堅の詩文に触れる直前の時期にあたる。数量的には、現存する黄庭堅の詩約一千九百首[2]のうち、葉県時期のものと推定されるのはわずか一百八十首ほど、全体の十分の一にも満たないが、内集所収の中年以降のものとは異なる魅力と特色をそなえている。以下、「着任」「奔走」「漫尉」という三つの論点に即して葉県時期の詩を見てゆこう[3]。

一　着任

英宗の治平元年（一〇六四）春、黄庭堅は都の汴京（河南省開封市）に上り、礼部が主宰する科挙の試験（省試）を受けたが、あえなく失敗。新皇帝の神宗が即位したばかりの治平四年（一〇六七）三月、二度目の受験でようやく進士及第を果たした。時に二十三歳。南宋・黄㽦《しゅん》『山谷年譜』巻一・治平四年条には「張唐卿が榜の第三甲進士の第に登る」というが、張唐卿は仁宗の景祐元年（一〇三四）の首席合格者、状元であり、明らかな誤りである。[4] ただし、「第三甲進士」であったというのは事実かもしれない。治平四年の進士は、状元の許安世以下あわせて三百六人おり、黄庭堅は上位合格者ではなく、いわば「その他大勢」のグループに属していたと推測される。ちなみに、この年の科挙実施責任者（権知貢挙）はのちに旧法党の領袖と目される司馬光（一〇一九～一〇八六）であった。

進士に及第した後、汝州葉県の尉に任命された黄庭堅は、いったん故郷の分寧へ帰っており、実際に汝州に到着したのは翌年、熙寧元年（一〇六八）九月のことであった。着任まで一年以上を要した理由は定かではないが、故郷で貧しく暮らす母親と兄弟の面倒を見る必要があったのだろうか。あるいは、孫覚の娘孫氏を娶ったのがこの時期だとすれば、[5] 結婚の準備や新たな生活を落ち着かせるのに時間がかかった可能性もある。さらに臆測をたくましくすれば、分寧から汝州への途中、何らかの理由で足止めを食らったとも考えられる。いずれにせよ、黄庭堅は着任の期限に遅れたことにより処罰を受け、汝州の治所（梁県、今の河南省汝州市）に留め置かれたまま、任地葉県に赴くことを許されなかった。つまり、官途に就いて早々、不名誉な挫折を味わったわけである。この件に関して、七古「家に還りて伯氏に呈す」詩（『外集詩注』巻一）には以下のようにいう。

苟従禄仕我邅回　　苟《いやしく》も禄仕に従いて　我は邅回し
且慰家貧兄孝友　　且《しばら》く家の貧しきを慰むるは　兄の孝友
強趨手板汝陽城　　強いて趨《はし》る　手板　汝陽の城《まち》
更責愆期被訶詬　　更《かえ》って期を愆《あやま》つと責められ　訶詬を被《こうむ》る
法官毒螫草自揺　　法官の毒螫　草も自ら揺れ

丞相霜威人避走　　丞相の霜威　人は避け走る
賤貧孤遠蓋如此　　賤貧にして孤遠なれば　蓋《けだ》し此《かく》の如し
此事端於我何有　　此の事　端《まさ》に我に於いて何か有らん

一時しのぎのために仕官して、うろうろするわたし。そのあいだ貧しい家の面倒を見てくれたのは、親孝行で兄弟思いの兄上。役人の象徴である笏を手に持って、どうにか汝州の町に駆けつけたのに、なんと着任遅れのとがで叱責痛罵を受けてしまった。取調官のむごさには草もおのずと震え、宰相の厳しさには人が避けて逃げるほど。貧賤で寄るべなき者など、この程度のあつかいなのだろうが、そんなこと、わたしにはどうだってよい。

この詩は、葉県尉在任中あるいは任期満了後に一時帰省したときの作。『山谷年譜』巻四は、熙寧四年に繫ける。詩題の「伯氏」は長兄の黄大臨（?～?）、字は元明を指す。後年に地方の小官をつとめるが、この詩の時点では分寧に留まり、黄氏一族の実家を守っていたと考えられる。「汝陽城」は汝州。葉県の上級行政単位にあたり、黄庭堅は先ず汝州の庁舎に赴き、着任を報告しなければならなかった。法官・丞相二句に関して、南宋・史容の注に「時に鎮相富公、予《われ》官に到ること期を逾《こ》ゆるを以て吏に下す（司法担当の役人に取り調べさせた）」という黄庭堅自身のことば(6)を引くように、彼を厳罰に処したのは、汝州長官（判汝州）の富弼（一〇〇四～一〇八三）。詩中に「丞相」、史容注に「鎮相」と称するのは、富弼が仁宗朝の宰相経験者であり、尚書左僕射・観文殿大学士の栄誉称号を帯びていたためである（熙寧二年二月には、宰相に復帰している）。

「丞相の霜威」は草木を枯らす冷たい霜によって処罰の厳格さを喩えるが、「人は避け走る」と述べて、それが過度であることをほのめかす。また前句の「法官の毒螫」という表現にも、何か含みがあるかのようである。「毒螫」の語、たとえば前漢・王褒「四子講徳論」（『文選』巻五一）に秦の暴政を喩えて「位に処りて政《まつりごと》に任ずる者は、……並びに螫毒を施す」というように、己が「賤貧にして孤遠」の取るに足らない存在であるゆえに不当な裁きを受けた、という憤りをこめたのかもしれない。もちろん、直接の矛先は「丞相」ではなく、あくまで「法官」に向けられたものではあるが。

次に挙げる七律「親を思う　汝州の作」（『外集詩注』巻一）は、黄庭堅が汝州庁舎にて拘留中に作ったものである。

歳晩寒侵遊子衣　　歳晩《く》れて　寒は遊子の衣を侵し
拘留幕府報官移　　幕府に拘留せられて　官移を報ず
五更帰夢三百里　　五更の帰夢　三百里
一日思親十二時　　一日　親を思うこと　十二時
車上吐茵元不逐　　車上に茵《しとね》に吐くも　元より逐《お》われず
市中有虎竟成疑　　市中に虎有りて　竟《つい》に疑いを成す
秋毫得失関何事　　秋毫の得失　何事にか関する
総為平安書到遅　　総《すべ》て平安の書《ふみ》到ること遅き為《ため》なり

年の暮れ、寒さが異郷暮らしの衣にしみ入るなか、州の庁舎に拘留された身で、まわしぶみをご報告。夜明けの夢では三百里のかなたに帰り、一日のうち四六時中ずっと親のことを思う。丞相の車の上で敷物を汚すぐらいでは、本来お払い箱にならぬもの。それなのに市場に虎が出たぞと大騒ぎの末、なんと罪を疑われてしまった。毛すじほどのわずかな損得など、どうだってよい。気がかりなのはすべて、家から無事息災の便りがなかなか届かないため。

『山谷年譜』巻二・熙寧元年条によれば、玉山の汪氏が蔵する黄庭堅の真蹟では詩題を「戊申九月到汝州、時鎮相富鄭公（戊申九月　汝州に到る、時に鎮相は富鄭公）」に作るという。「戊申」は熙寧元年。「鄭公」は富弼の封爵、鄭国公。第一句の冒頭に「歳晩」とあるので、少なくとも汝州到着の九月から年末近くまで拘留状態が続いていたと思われる。ただし、真蹟の第一句も現行の本文とは異同があり、「風力霜威侵短衣（風力　霜威　短衣を侵す）」に作る。前掲「家に還りて伯氏に呈す」詩の「丞相の霜威　人は避け走る」と併せ読めば、富弼による威圧を前面に出した真蹟の本文こそが当初の草稿を反映し、現行の本文は歳寒の時節に視点を換えた、改訂後のものであるにちがいない。

現在の第一句「遊子衣」は、中唐・孟郊「遊子吟」の「慈母　手中の線《いと》、遊子　身上の衣」を踏まえており、改訂後の詩題「親を思う」にふさわしい。つまり、「親」は分寧にのこした母の李氏を指す。第二句「官移」の語、「官は……に移る」あるいは「官を……に移す（移官）」などの用例が多く見られるが、ここは「袁守廖献卿に寄す」詩（『外集詩注』巻一〇）の史容注に「集中に〝符移〟、〝官移〟と〝公移〟と有り、皆な檄なり」というのに従い、異なる部署間で回覧する公文書、まわしぶみの類と解するべきであろう。「拘留」といっても黄庭堅は牢獄に幽閉されていたわけではなく、一定の行動制限を受けながら、書類処理などに従事させられていたようである。

頸聯二句のうち、車上一句は、部下に多少の過失があっても寛大であった漢の丞相丙吉の典故（『漢書』丙吉伝）を用いる。あるとき、丙吉の御者が酒に酔っ払って車上で嘔吐してしまった。丞相府の役人は御者を辞めさせようとしたが、丙吉は「此れ丞相の車茵を汚すに過ぎざるのみ」と述べ、咎めなかったという。丙吉になぞらえるとすれば、富弼も元来は黄庭堅を厳罰に処するつもりがなかったかのようであるが、実際のところはわからない。逆に、寛大な処分でなかったことへの不満、あるいは「車茵を汚す」程度の些細な過失に過ぎないという居直りともとれる。

市中一句は、「市に虎有り」などの虚偽情報も、三人が言いふらせば本当のことにされてしまうという『韓非子』内儲説上のたとえ話にもとづく。他人の讒言によって実際よりも罪が大きくなったこと、あるいは不当に厳しい裁きを受けたことへの不信感をこめた句であろう。以上二句は先の「丞相の霜威」と「法官の毒螫」にそれぞれ対応する。

この詩全体は「親を思う」心情を基調としながらも、頸聯二句だけがやや突出し、黄庭堅自身の不満や不信を典故のオブラートに包みこんで表現している。第七句に「秋毫の得失　何事にか関する」と強がるのは、むしろ着任時の「得失」が彼にとって非常に重大な問題であったことの裏返しにほかならない。

着任に際しての失態は黄庭堅にとって恥辱であったが、所詮は一県の小官に対する軽微な処分事案に過ぎず、上に挙げた詩および注釈・年譜の断片的な記載を除けば、他にほとんど手がかりが見あたらない。ただし、以下の逸話は二次資料とはいえ、黄庭堅と富弼とのあいだの不和、確執を伝えるものとして興味深い。

> 富公守某州、魯直為尉、久不之任、在路遷延。富有所聞、大怒。及到、遂不与交割。後幕幹勧之、方肯。
> 富公　某州に守たりしとき、魯直　尉と為るも、久しく任に之《ゆ》かず、路に在りて遷延（ぐずぐず）たり。富　聞く所有りて、大いに怒る。到るに及んで、遂に与《ため》に交割（事務の引き継ぎ）せず。後に幕幹（部下）之《これ》を勧めて、方《はじ》めて肯《がえ》んず。（『朱子語類』巻一二九・本朝三・自国初至熙寧人物）
>
> 富鄭公初甚欲見山谷、及一見、便不喜。語人曰、「将謂黄某如何。元来只是分（武）寧一茶客。」富厚重、故不喜黄。
> 富鄭公　初め甚だ山谷に見《あ》わんと欲するも、一たび見うに及んで、便《すなわ》ち喜ばず。人に語《つ》げて曰わく、「黄某は如何《いかん》と将《おも》謂えり。元来《なんと》只だ是れ分寧の一茶客のみ」と。富は厚重、故に黄を喜ばず。（同巻一三〇・本朝四・自熙寧至靖康用人）

汝州での拘留処分が解かれて後、おそらく熙寧二年（一〇六九）になって黄庭堅はようやく葉県尉として任地に足を踏み入れることができた。県尉は知県（県令）の属官。主に警察・治安をつかさどり、帳簿担当の主簿よりも格下にあたる。七律「初めて葉県に至る」詩（『外集補』巻三）は、葉県に到着したときの感慨をうたったものである。前半四句のみ引用しよう。

白鶴去尋王子晋　　白鶴去りて　王子晋を尋ね
真龍得慕沈諸梁　　真龍得られて　沈諸梁を慕う
千年往事如飛鳥　　千年の往事　飛鳥の如し
一日傾愁対夕陽　　一日の傾愁　夕陽に対す

白い鶴が去ったという仙人の王喬を尋ね、本物の龍が得られたという葉公子高を慕う。千年のむかしは飛ぶ鳥のごとく一瞬のこと。今日この一日愁いにひたって夕陽に向き合う。

任地に赴いたばかりにしては威勢が良くないが、数ヶ月間の拘留を経た後のことであれば、無理からぬことか。第一句の「王子晋」は周の霊王の太子、仙人の王子喬。葉県の近くにある緱氏山（河南省偃師市）の頂から白鶴に乗って飛び去ったという（『列仙伝』巻上）。ただし直接には、後漢の明帝のときの葉県令の王喬（『後漢書』王喬伝）を念頭に置くであろう。王喬は王子晋の再来とされ、当時の葉県には、神仙術を得た王喬を祀る双鳧観があった。第二句の「沈諸梁」は春秋時代の葉公子高。葉公は龍が大好きだったが、本物の龍があらわれると、恐怖のあまり逃げ出したという「葉公　龍を好む」（『新序』雑事五）の故事を用いる。葉県には葉公廟もあり、やはり祭祀の対象となっていた。

このように葉県は長い歴史と豊かな伝説を有する町であるが、過去への感傷に浸り続けることは許されなかった。葉県尉の職務に従事するなかで、黄庭堅はさまざまな現実的問題に直面しなければならなかったのである。

二　奔　走

黄庭堅が葉県尉となった熙寧元年（一〇六八）は、自然災害が異常に頻発する年であり、特に河北一帯の被害は甚大であった。連年の旱魃と凶作に加えて、秋八月には大地震が起きて官民の家屋が倒壊、さらに黄河の決潰により洪水も発生し[7]、多くの被災した人々が黄河の南、すなわち葉県のあたりまで逃れて来た。そうした流浪の民（「流民」）にいかに対処するかが重要かつ喫緊の問題となっていたのである。

翌年の春、黄庭堅は「流民の歎」（『外集詩注』巻一）を作り、葉県尉として流民の惨状を直接見聞した経験にもとづき、為政者に向かって根本的な対策を打ち出すべきだと訴える。現実の社会問題を主題としたメッセージ性の強さという点で、黄庭堅にしてはやや異色の作である。前段十四句は以下のとおり。

朔方頻年無好雨
五種不入虚春秋
邇来后土中夜震
有似巨鼇復戴三山遊
傾牆摧棟圧老弱
寃声未定随洪流
地文劃劙水觱沸
十戸八九生魚頭

朔方　頻年　好雨無く
五種入らず　春秋に虚《むな》し
邇来《ちかごろ》　后土　中夜に震う
巨鼇の復《ま》た三山を載せて遊ぶに似る有り
牆を傾け　棟を摧《くだ》きて　老弱を圧し
寃声　未だ定まらざるに　洪流に随う
地文　劃劙《かくり》せられて　水は觱沸《ひつふつ》たり
十戸に八九　魚《うお》頭生ず

稍聞澶淵渡河日数万　稍《ようや》く聞く　澶淵にて河を渡るもの　日びに数万なりと
河北不知虚幾州　河北　知らず　幾州か虚しき
累累襁負襄葉間　累累たる襁負　襄葉の間
問舎無所耕無牛』　舎を問えども所無く　耕すにも牛無し
初来猶自得曠土　初めて来たるは　猶お自ら曠土を得たり
嗟爾後至将何怙　嗟《ああ》　爾《なん》だち　後《おく》れて至る　将《は》た何をか怙《たの》まん

北方では連年、恵みの雨が降らず、五穀の実らぬまま、春も秋もからっぽの状態。近ごろ大地が真夜中に激しく揺れた。まるで巨大な亀がまた三つの神山を背負って動いたかのように。土塀が傾き家屋が壊れて老人や子供を押しつぶし、助けを求める声が止まぬうちに激流に巻きこまれた。大地のかたちが切り裂かれ、あふれ出る水はどくどく。十軒のうち八九軒の人々は、魚となって溺れ死ぬ。しだいに耳に入ってきた、澶淵では毎日数万の民が黄河を渡るらしいと。河北のいくつの州が無人の地になってしまったのやら。幼子《おさなご》を抱えた親たちが次から次へと襄城や葉県に逃れて来るが、住む家もなければ耕す牛もない。

最初に来た者は、それでも荒れた土地を手に入れたが、ああ、お前たち遅れて到着した者は、いったい何を頼りにすればよいのだろうか。

換韻の箇所を「』」で示した。雑言の歌行体による長篇叙事の作例も黄庭堅にはかなり珍しいと言えるが、「嗟爾だち」と流民に呼びかける第十三・十四句が結節点となり、後段では語り手自身の政治的主張へと転ずる。細かい韻の転換は必ずしも内容上の段落と一致しないが、そのズレもまた語りの昂揚感や切迫感をあらわすかのようである。

刺史守令真分憂　刺史　守令　真に憂いを分かち

明詔哀痛如父母
廟堂已用伊呂徒
何時眼前見安堵
疏遠之謀未易陳
市上三言或成虎』
禍災流行固無時
堯湯水旱人不知』
桓侯之疾初無証
扁鵲入秦始治病
投膠盈掬俟河清
一簞豈能続民命
雖然猶願及此春
略講周公十二政』
風生群口方出奇
老生常談幸聴之』

明詔　哀痛　父母の如し
廟堂　已に伊呂の徒を用いるも
何れの時か　眼前に安堵を見ん
疏遠の　謀《はかりごと》　未だ陳《の》べ易からず
市上の三言　或いは虎を成す
禍災の流行　固《もと》より時無く
堯湯の水旱　人　知らず
桓侯の疾《やまい》　初めより証《しるし》無く
扁鵲　秦に入りて　始めて病を治めしむ
膠《にかわ》を投じ　掬《きく》に盈《み》ちて　河の清《す》むを俟つも
一簞もて　豈に能く民の命を続《つな》がんや
然りと雖も　猶お願わくは　此の春に及び
略《ほ》ぼ周公の十二政を講ぜん
風　群口に生じて　方《まさ》に奇を出だす
老生の常談　幸《ねが》わくは之を聴け

州や県の地方長官は、まことに天子と憂いを分かち合う方々。英明なる天子さまは哀痛の思いを述べた詔を下され、父母のように民草を憐れんでおられます。朝廷では伊尹や呂尚のごとき賢相をすでに登用しましたが、いつになったら目の前に安らかな暮らしがあらわれるのでしょうか。わたくしの拙いはかりごとは、まだなかなか申し上げられません。市場で虎が出たという嘘も、三人が言い立てれば真の虎になるかもしれませんので。

災害が広がるのに、元来、決まった時間などありません。堯帝のときの水害も、湯王のときの旱魃も、誰も予測がつかなかったのです。

桓侯の病はまったく症状がなく、名医の扁鵲が秦へ行った後ようやく治療させようとしましたが、もはや手遅れでした。膠を両手いっぱいの量だけ掬《すく》って入れ、黄河が澄むのを待っていても無駄なように、わずか一杯の飯でどうして民百姓の命をつなぐことができましょうか。とはいえ、できることなら、今春のうちに周公旦の十二荒政のような方策をいささか講じたいと存じます。

大勢で談論風発してこそ、はじめて妙案が生まれるもの。老書生の言いぐさに過ぎませんが、どうかお聴きいただきますように。

第十五句の「刺史守令」は地方の行政長官。明詔一句は、災害や戦乱などの国家的危機にあたり、皇帝が己を反省して出す詔を「哀痛の詔」ということから、皇帝が被災した民を憐れんでいることをいう。『尚書』洪範にも「天子は民の父母と作《な》り、以て天下の王と為る」とある。次の「伊呂」は古の賢相、殷の伊尹と周の呂向（太公望）。熙寧二年（一〇六九）二月より、黄庭堅と因縁のある例の富弼が首席の宰相に返り咲いたが、[8]政治の実権は参知政事（副宰相）の王安石が握り、新法の改革を推進し始めていた（富弼は新法に反対し、同年十月に宰相の職を辞することになる）。疏遠・市上二句は、前掲「親を思う　汝州の作」にも見えた『韓非子』内儲説上の典故を用いて、黄庭堅も自分なりに流民対策を考えているが、他人の誹謗中傷を受けることを恐れ、慎重にならざるを得ないとする。もちろん、諫官でもなく一介の県尉に過ぎない彼が朝廷に直接献策するのは、現実には難しいことであるけれども。

ここで特に注目に値するのは、禍災・堯湯二句である。新法が施行され、その政策内容や政治姿勢に対する反撥が強まると、反対派（旧法党）の官僚たちは、しばしば天譴論（自然災害を国家の失政に対する天の警告とする議論）を持ち出して新法批判を展開するようになる。これに対し、王安石はいわゆる「三不足」の説を唱えて物議を醸したとされるが（『宋史』王安石伝）、そのうちの一つが「天変畏るるに足らず」、災害はあくまで自然現象に過ぎず、人間世界の得失とは何の因果関係をもたないという主張である。[9] たとえば、蘇軾が執筆した富弼の神道碑には次のようにいう。熙寧二年二月、富弼が宰相に復帰し神宗に初めて謁見しようとする直前の場面である。

公既至、未見。有於上前言「災異皆天数、非人事得失所致」者。公聞之、歎曰、「人君所畏惟天。若不畏天、何事不可為者。去乱亡無幾矣。此必姦臣欲進邪説、故先導上以無所畏、使輔払諫諍之臣、無所復施其力、此治乱之機也。吾不可以不速救」。

公（富弼）既に至り、未だ見《まみ》えず。上（神宗）の前に於いて「災異は皆な天数なり、人事の得失の致す所に非ず」と言う者有り。公 之を聞きて、歎じて曰わく、「人君の畏るる所は惟《た》だ天のみ。若《も》し天を畏れずんば、何事か為すべからざる者ぞ。乱亡を去ること幾ばくも無からん。此れ必ず姦臣 邪説を進めんと欲し、故に先ず上を導くに畏るる所無きを以てし、輔払《ほひつ》諫諍の臣をして、復た其の力を施す所無からしむるなり、此れ治乱の機なり。吾 以て速やかに救わざるべからず」と。（「富鄭公神道碑」『蘇軾文集』巻一八）

蘇軾は明言しないけれども、「災異は皆な天数なり、人事の得失の致す所に非ず」と言った「姦臣」は、おそらく王安石を指すのであろう。この数年後の発言ではあるが、王安石は神宗に向かって「水旱（水害と旱魃）は常数にして、堯湯も免れざる所なり。……但だ当《まさ》に益ます人事を修めて、以て天災に応ずべし、聖慮を貽《のこ》すに足らざるのみ」（『続資治通鑑長編』巻二五二・神宗熙寧七年）と述べている。

黄庭堅「流民の歎」に話題をもどすと、詩の後段末尾にかけて流民対策が迅速かつ適切に実施されていないことへのいらだちは示されるものの、天譴論の土俵の上に乗った批判とはならない。「禍災の流行　固より時無く、堯湯の水旱　人　知らず」なのだから、古の聖天子の御代でさえも災害が起こり得ることを前提として、課題を解決するための建設的な提言こそ必要であると力説する。むしろ王安石の「当に益ます人事を修めて、以て天災に応ずべし」という方向に近いと言えるが、新法の改革はまだ緒についたばかりであり、葉県尉としては先ず目の前の災害と流民に向き合う必要があった。批判や糾弾よりも具体的に提言すること。一時しのぎの対策でなく根本的に解決すること。黄庭堅自身による「周公の十二政」は結局講じられることはなかったが、現実の社会問題に積極的に取り組もうとする彼の姿勢は、この詩に遺憾なく表現されている。

　しかし、均輸・青苗・農田水利・保甲・募役など、王安石による一連の改革が次々と公布されるにつれて、新法反対派の不満が鬱積し、中央官界では新旧の党争がますます激化してゆく。黄庭堅はそれらの新法を施行し、違反する者があれば取り締まらなければならない立場にあったが、実際の現地調査を通して、しだいに改革の弊害を認識するようになった。

　熙寧二年十一月、農田水利法（農田利害条約）が施行された。これは農業振興策であり、荒廃した土地の開墾と水資源の確保のために、河川の浚渫や堤防の修築などをおこなう大規模事業を主な内容とする。熙寧四年に作られた五古「按田」詩（『外集補』巻二）は、その事業をめぐる問題を取り上げた全四十二句の長篇作品。「按田」は農地を巡回視察するの意。冒頭に長文の序があり、黄庭堅が晁端国（字は思道）とともに葉県にある馬鞍山の東、淃河《けんが》の水田を視察しに行った経緯が詳細に述べられる。案内役の下役人（「官丁」）が道をまちがえたため、馬も通れないほど険しい獣道を通ってようやく淃河に到着。「近者《ちかごろ》　朝言多く民事に在り、西北の麦隴を化して、皆な東南の稲田と為さんと欲す」という政策を推し進めようとしていたが、この土地の実情にはまったく合わないことに黄庭堅は気づき、民を利するという美名のもとに実は弊害をもたらすことを暴き出す。さながらルポルタージュ文学のような趣である。

詩の本文から、このちぐはぐな政策について「官丁」と農民が対話する場面を引いておこう。

臨流遣官丁　流れに臨んで　官丁を遣わし
悉使呼老弱　悉《ことごと》く老弱を呼ばしむ
恩言諭官意　恩言もて　官意を諭《さと》す
鄣水陂可作　水を鄣《ふせ》げば　陂《つつみ》　作るべし
春秧百頃秔　春秧　百頃の秔《うるち》
秋報千倉穫　秋報　千倉の穫《かりいれ》
掉頭笑応儂　頭を掉《ふる》いて　笑いて儂《わし》に応《こた》う
吾麦自不悪　吾が麦　自ら悪からず
麦苗不為稲　麦苗　稲と為らず
誠恐非民瘼　誠に恐る　民瘼に非ざらんことを
不知肉食者　知らず　肉食の者
何必苦改作　何ぞ必ずしも苦しみて改め作らんや

滏河のほとりに下役人を派遣し、老いも若きも全員呼び集めさせた。天子の恵み深きおことばで役所の意図を教えさとすことには、「川の水をせき止めて堤防を作るべし。さすれば、春の苗は百頃のうるち米となり、秋の実りは十倉の刈り入れとなるぞ。」農民は頭を振り、笑ってわしに応えました、「うちの麦はもともと悪くないです。麦の苗は稲になりませんし、そんなこと民の苦しみじゃないでしょうに。お偉方は、どうしてわざわざ麦から稲に変える必要があるんですか。」

葉県山間部の視察だけでなく、厳しい風雪に耐えて連日仕事に追われたり（「雪中連日行役戯書簡同僚」詩『外集補』巻三）、乱闘事件の捜査のため隣りの舞陽県（河南省舞陽県）に赴いたり（「書舞陽西寺旧題処」詩『外集補』巻三）、逃亡犯の対応のため遠く蒲城県（陝西省蒲城県）に出張したり（「睡起二首」『外集補』巻三、「蒲城道中寄懐伯氏」詩『外集補』巻二）と、次から次へと押し寄せる公務に、片時も気が休まることがなかった。ただし、以下の尺牘で回想されるように、繁忙な毎日を送りながらも馬上で読書にいそしむ姿は、いかにも黄庭堅らしい。

不肖往時作葉県尉、一月率二十日在馬上。然用此時読得『前・後漢』最熟、至今得力也。
不肖《それがし》　往時《かつて》葉県尉と作《な》りしとき、一月に率《おおむ》ね二十日は馬上に在り。然れども此の時を用いて『前・後漢』を読み得て最も熟し、今に至るまで力を得たるなり。（「答向和卿簽判」三首其一『山谷老人刀筆』巻一九・荊渚）

次に挙げる七律「雪を衝きて新寨に宿し、忽忽として楽しまず」詩（『外集詩注』巻二）も出張先で宿泊したときの作。時に熙寧四年冬。詩人はしょんぼりと打ちひしがれている。

県北県南何日了　　県北　県南　何れの日にか了《お》わらん
又来新寨解征鞍　　又た新寨に来たりて　征鞍を解く
山銜斗柄三星没　　山は斗柄を銜《ふく》みて　三星没し
雪共月明千里寒　　雪は月明を共にして　千里寒し
小吏有時須束帯　　小吏　時有りて　須らく束帯すべし
故人頗問不休官　　故人　頗る問う　官を休《や》めざるやと
江南長尽梢雲竹　　江南　長じ尽くす　梢雲の竹

帰及春風斬釣竿　帰りて春風に及べば　釣竿を斬らん

県の北に行ったり、県の南に行ったり、いつになったら終わることやら。今さらに新寨にやって来て、馬の鞍をはずして一休み。山は北斗星の柄《え》をくわえ、三つ星が沈む。雪は月明かりとともに白く輝き、千里のむこうまで凍てつく寒さ。小役人でも時にはきちんと正装しなければならぬ。そんなわたしに、友人たちは官職を辞めないのかとしょっちゅう尋ねる。ふるさと長江の南では、雲までとどく竹がすっかり伸びたことだろう。春風の吹く時節に帰るのにまにあえば、その竹を切って釣り竿にしたい。

「新寨」は鎮の名。やや後代の記録ではあるが、南宋・徐夢莘『三朝北盟会編』巻八八・靖康中帙六三に「葉県より新寨鎮に至るまで三十六里、新寨鎮より方城県に至るまで四十五里」とあることから、葉県から西南の方城県（河南省方城県）までを結ぶルートのほぼ中間地点に位置するところか。「新寨にて南に帰る客に餞《はなむけ》す」詩（『外集補』巻二）があることもその推定を裏づける。

さて、本詩の第一・二句と第五・六句には異文が伝わっており、それぞれ「一夢江南拠馬鞍、夢中投宿夜闌干（一夢　江南　馬鞍に拠り、夢中に投宿すれば夜闌干《らんかん》たり）」、「俗学近知回首晩、病身全覚折腰難（俗学　近ごろ知る　首《こうべ》を回《めぐ》らすことの晩《おそ》きを、病身　全く覚ゆ　腰を折ることの難きを）」に作る。おそらく現行の本文は改訂後のものであろう。「江南」は長江以南の地域。第七句にもあるように、黄庭堅はしばしば故郷の洪州分寧（江南西路に属する）を「江南」と称した。出張続きの日々を送るなか、馬上で帰郷を夢見たのである。七絶「睡《ねむ》りより起く」詩（『外集詩注』巻一）にも「江南」の春の夢が描かれる。

彷彿江南一夢中　彷彿たり　江南一夢の中
虚堂尽日転温風　虚堂　尽日《ひねもす》　温風転ず

ぼんやりと夢の中に見えたふるさと長江の南。誰もいない座敷には、一日中、温かい風が吹きつける。

『山谷年譜』巻五・熙寧四年条の引く周知和（北宋末ごろ？）『垂虹詩話』によると、もとの俗学・病身二句は都の汴京まで伝わり、これを読んだ王安石は「黄某は清才なり、奔走せる俗吏に非ず」と激賞し、北京大名府の教授に抜擢したという。もとより史実と合わない虚説に過ぎないが、黄庭堅の詩名がこの時期すでに高まりつつあったことを暗示すると言えよう。むしろ王安石が否定的に述べた「奔走せる俗吏」こそ、葉県時期の黄庭堅の実像ではなかったか。それゆえ、着任三年足らずにして「江南」＝故郷分寧への帰隠を願うようになったのである。

葉県尉としての公務と帰隠したいという心情。仕と隠、現実と理想（夢想）の葛藤にどう折り合いをつけるのか、本稿の最後に、黄庭堅なりに導き出した解答を探ってみたい。

三　漫　尉

前掲「家に還りて伯氏に呈す」詩の引用箇所の後には、さらに以下の四句が続く。

一嚢粟麦七千銭　　一嚢の粟麦　七千銭
五人兄弟二十口　　五人の兄弟　二十口
官如元亮且折腰　　官は元亮の如く　且《しばら》く腰を折るも
心似次山羞曲肘　　心は次山に似て　肘《ひじ》を曲ぐるを羞づ

わずか穀物一袋と銭七千文の給料。だのに五人兄弟で二十人も家族がいる。役所づとめでは陶淵明のごとく、やむなく腰をかがめるけれど、心の中は元結のように、肘を曲げるのさえ恥ずかしく思う。

一嚢・五人二句は、二十人もの扶養家族を抱えながら、葉県尉の俸禄が少ないことを述べる。「七千銭」の「千」字、「十」に作る版本もあるが、底本の校訂に従って改めた。比較的小さな県の尉の場合、北宋では毎月七貫（銅銭七千文）の料銭が支給されたという（『宋史』職官志十一・奉禄）。「五人兄弟」は黄氏兄弟、上から大臨・庭堅・叔献・叔達・仲熊の五人を指す。他に妹四人および係累がいた。

先に見た仕と隠、現実と理想（夢想）の葛藤は、次の「官」と「心」を対にした二句にもあらわれている。「折腰」は腰をかがめてぺこぺこすること。東晋の陶淵明（字は元亮）は「我　五斗米の為《ため》に腰を折りて郷里の小人（田舎の青二才）に向かう能わず」（『宋書』隠逸伝・陶潜）と啖呵を切って職を辞し、実際には「腰を折」ることを潔しとしなかったわけだが、ここではわずかな俸禄を得るために不本意な仕官をすることに転用されている。「折腰」は黄庭堅愛用の語であり、葉県時期の詩に九首の用例を数えるが、いずれも陶淵明のような隠逸願望を導くものではなく、逆に県尉としての妥協的かつ卑屈な役人生活＝「官」を喩えるものである。(10)

一方の「心」はどうだろうか。黄庭堅は、ここで中唐の元結（七一九～七七二）、字は次山の思想を借りて、曲がった行為を憎み、世俗におもねらない真っ直ぐな精神を希求することを述べる。「曲肘」は、元結の寓言的な文章「曲を悪《にく》む」（『元次山集』巻五）の「吾が輩　直を全うすること三十年。……古人に曲を悪む者有り、臂（肘）を曲げて以て物を取らず、膝を曲げて以て坐に便にせず」に出る語。

元結は安禄山の乱後の時弊を批判した「舂陵行」「賊の退きて官吏に示す」など、社会派の詩人として知られるが、その一方でみずから「漫叟」と号し、道家的な人生哲学を志向した。「漫」と命名した意図に関しては、元結「自釈」（『元次山集』巻八）に「直《た》だ其の情性を荒浪たらしめ、其の為す所を誕漫たらしむ」云々と、感情も行動も勝手気ままでありたいためだと説明される。(11)また、「漫論幷びに序」（『元次山集』巻八）では、「叟」と「規検大夫・持規の徒」（世俗の規則や制度の体現者）との対話のかたちで、次のようにいう。

吾当於漫、終身不羞。著書作論、当為漫流。……規検之徒、則奈我何。

吾当に漫に於いて、終身羞じざるべし。書を著し論を作り、当に漫流為《た》るべし。……規検の徒、則ち我を奈何《いかん》せん。

黄庭堅はそうした「漫」の生き方を自身に投影し、五古「漫尉幷びに序」（『外集補』巻一）を作った。詩題は「気ままな県尉」とでも訳せようか。この詩は、熙寧三年（一〇七〇）、葉県尉になって三年目を迎えた黄庭堅にとって、元結＝漫叟が「心」の拠り所、精神的な支柱であったことを示す重要な作品である。(12) 黄庭堅が元結の文学・思想に親しむようになったのは、元結が葉県に隣接する汝州魯山県（河南省魯山県）の人であることも、地理的要因として大きかったにちがいない。先ず序の全文を読んでおこう。

庭堅読漫叟文、愛其不従於役、而人性物理、奫然詣於根理。因戯作「漫尉」一篇、簡舞陽尉裴仲謨、兼寄贈郗希孟・胡深夫二同年。為我相与和而張之、尚使来者知居厚為寡悔之府。然知我罪我、皆在此詩。

庭堅　漫叟の文を読み、其の役《えき》に従わず、而して人性物理、奫然《いんぜん》として根理に詣《いた》るを愛す。因りて戯れに「漫尉」一篇を作り、舞陽尉の裴仲謨に簡し、兼ねて郗希孟・胡深夫二同年に寄せ贈る。我が為《ため》に相い与《とも》に和して之を張り、尚《ねが》わくは来者をして厚きに居りて悔い寡《すく》なきの府と為すを知らしめん。然らば我を知り我を罪するは、皆な此の詩に在り。

「不従於役」は、俗世の労役に従事しないこと。元結「自釈」にいう「吾　時俗に従聴せず、当世に鉤加せず」と重なり合う。「奫然」は深遠なさま。黄庭堅は元結の文章を読んで、俗務に煩わされず、人間の本性や物事の道理において深く根本に達しているのが気に入り、戯れにこの詩を作ったという。自分一人だけのための詩作ではなく、科挙の同年合格の仲間たち、裴綸（字は仲謨あるいは仲謀）および郝希孟・胡深夫に寄せ、彼らに唱和を求めている。その意図は、「篤実な心持ちこそ後悔の少ない人生の秘訣であることを、将来の人々に知らせる」ことにあった。「居厚」は敦厚篤実に身を置くこと。『老子』三十八章に「大丈夫は其の厚きに処りて、其の薄きに居らず」、また『周易』復卦に「復《かえ》るに敦《あつ》し、悔い无《な》し」、その王弼注に「厚きに居りて中（中庸の道）を履む。厚きに居れば則ち怨み無く、中を履めば則ち以て自ら考《な》すべし。……厚きを守りて以て復れば、悔いは免るべきなり」というのにもとづく。

「戯れ」に作ったものとはいえ、「我を知り我を罪する」毀誉褒貶のすべてが詰まったと自負するこの詩を、これから実際に読んでみよう。計六十句におよぶ長篇であるため、全体を四段に分けて説明する。第一段（第一～十四句）は以下のとおり（一部省略あり）。

豫章黄魯直　豫章の黄魯直
既拙又狂痴　既に拙にして　又た狂痴
往在江湖南　往《さき》に江湖の南に在りて
漁樵乃其師　漁樵　乃ち其の師なり
腰斧入白雲　斧を腰にして　白雲に入り
揮車棹清渓　車を揮《ふる》いて　清渓に棹《さお》さす
……
晨朝常漫出　晨朝　常に漫《そぞ》ろに出で
莫夜亦漫帰　莫夜　亦た漫ろに帰る

豫章の黄魯直。不器用なうえに、常軌を逸した愚か者。以前は長江・彭蠡湖の南にいて、漁師と木こりが師匠であった。斧を腰にして白雲たなびく山に入ったり、釣車《リール》を操って清らかな渓流に舟を浮かべたり。……朝早くいつも気ままに出かけ、夜中にまた気ままに帰る。

詩の冒頭、いきなり名乗りから始まり、主人公＝語り手が登場する。「豫章」は黄庭堅の籍貫（洪州一帯の古名）。「魯直」は黄庭堅の字であるが、魯鈍愚直というニュアンスも響かせる。「拙」「狂」「痴」、いずれも世俗的な価値から逸脱した性質の持ち主であることを示し、かつて「江南」の地で隠者同然の暮らしをしていた様子が描かれる。「漫ろに出で」「漫ろに帰る」という言い方によれば、故郷にいたころすでに「漫」なる行動、自由気ままな振る舞いを実践していたことがわかる。

次いで第二段（第十五～二十句）。主人公の黄魯直は葉県尉に任じられ、文字通り「漫尉」となる。官界にデビューして早々、第一段にいう彼の性質「狂」「痴」「拙」を他人から罵られてしまうが、自分ではむしろそれが喜ばしい。

漫尉葉公城　漫ろに葉《しょう》公の城《まち》に尉たりて
漫撫病余黎　漫ろに病余の黎を撫す
不篡非己事　己に非ざる事を篡《うば》わず
不趨非吾時　吾に非ざる時に趨《おもむ》かず
人罵狂痴拙　人は罵る　狂痴拙なりと
魯直更喜之　魯直　更に之を喜ぶ

葉公の町で気ままに県尉となり、病み上がりの民草を気ままにいたわる。おのれに関わらない事を無理にしたりせず、自分に関わらない時勢を追いかけたりしない。人は常軌を逸して愚かで不器用だと罵るが、わたし魯直にはそれがいっそう喜ばしい。

「葉公城」は春秋時代、葉公子高の封邑であったことから、葉県を指す。「病余黎」は凶作や災害などで疲弊した民。「簒」は強引に奪い取るの意。

続く第三段（第二十一～三十二句）では、ある人（「或ひと」）が主人公の気ままな生き方を痛烈に批判する。

或請陳漫尉　或ひと漫尉に陳《の》べんことを請い
寿尉蒲萄巵　尉に寿《ことほ》ぐ　蒲萄《ぶどう》の巵《さかずき》
酒行激懦気　酒行《めぐ》りて　懦気を激し
攘袂起誚規　袂《たもと》を攘《かか》げ　起《た》ちて誚《せ》め規《ただ》す
君子守一官　君子　一官を守るに
烏肯苟簡為　烏《いず》くんぞ肯えて苟簡を為さん
奈何如秋葭　奈何ぞ　秋葭の如く
信狂風離披　狂風に信《まか》せて離披たる
漫行恐汚徳　漫行　恐らくは徳を汚さん
漫止将敗機　漫止　将に機を敗らんとす
漫黙買猜謗　漫黙　猜謗を買い
漫言来詬譏　漫言　詬譏を来たす

ある人が気ままな県尉に言上《ごんじょう》を願い出て、葡萄酒の入った杯《さかずき》を県尉にすすめ、長寿を言祝《ことほ》いだ。酒杯がまわると弱気を奮い立たせ、袖をまくり、立ち上がって責め立てる。「君子たるもの一つの官職をつとめるのに、いい加減な態度でよいものでしょうか。どうして秋の葦《あし》のように、荒れ狂う風に吹かれてバラバラになっているのですか。気ままな行動は人徳に泥を塗りかねず、気ままな停止は時機を逸してしまいます。気ままな沈黙は疑いや誹《そし》りを買い、気ままな発言は悪口や非難を招くでしょう。」

第二十四句の「誚」字、底本は「哨」に作るが、意味が通じないので改めた。「誚」は詰問する、「規」は諫め正すの意。第二十九～三十二句に見える「漫○」の語の連用は、元結「漫ろに賈沔州《べんしゅう》に酬ゆ」詩（『元次山集』巻二）の「漫酔　人嗔《いか》らず、漫眠　人喚《よ》ばず。漫遊　遠近無く、漫楽　早晏無し」に倣うものであろう。

最後の第四段（第三十三～六十句）は、ある人の痛烈な批判に対して、主人公は滔滔とことばを費やして反駁し、自分の「漫」なる性格を変えるのは難しいと開き直る（一部省略あり）。

漫尉謝答客　　漫尉　謝して客に答う
願客深長思　　願わくは　客　深く長く思わんことを
漫行無軌躅　　漫行　軌躅《きたく》無く
漫止無畢畿　　漫止　畢畿《ちゅうき》無し
漫黙怨者寡　　漫黙　怨む者寡《すく》なく
漫言知者希　　漫言　知る者希《まれ》なり
吾生漫叟後　　吾　漫叟の後に生まれ
不券与之斉　　券《わか》たざること　之と斉《ひと》し
於戯独如子　　於戯《ああ》　独り子《きみ》の如きは
因使目為眉　　因りて目をして眉と為さしむ
強顔不計返　　強顔　返るを計らず

乾坤一醯雞　　乾坤　一醯雞《けいけい》
崑崙視糟垤　　崑崙　糟垤《そうてつ》に視《なぞら》う
既化不自知　　既に化して　自ら知らず
悔吝雖万途　　悔吝　万途と雖も
直道甚坦夷　　直道　甚だ坦夷なり
……
賦分有自然　　賦分　自ら然る有り
那用時世移　　那ぞ時世の移るを用いん
吾漫誠難改　　吾が漫　誠に改め難し
尽酔不敢辞　　酔いを尽くして　敢えて辞せず

気ままな県尉は御礼を言って客人に答えた。「どうか客人よ、深くじっくり考えられよ。気ままな行動はわだちの跡がのこらず、気ままな停止は馬具の制御を受けない。気ままな沈黙は怨みに思う者も少なく、気ままな発言はそれを理解する者も稀。わたしは気ままな翁（元結）よりも後に生まれたが、寸分違わず、彼とぴったり合っている。ああ、それなのに君のような方は、目を眉にしてしまって、何も見えない頓珍漢。面《つら》の皮が厚いわたしは、引き返すつもりなんてない。天地の間にたった一匹で生きる甕《かめ》の中の虫けらなのさ。霊妙な崑崙山だって酒糟《さけかす》の丘のようだし、万物が変化して死んでも自分ではわからない。悔恨が生まれるのには数多くの径路があるけれど、まっすぐ正しい道はとても平坦なもの。……天分にはおのずと定めがあり、時世の移ろいなどに左右されようか。わたしの気ままさを変えるのは到底無理だから、君の杯を辞退せず、存分に酔っ払うことにしよう。」

この一段には難解な表現や典故が頻用されるので、いくつか語釈を補っておこう。第三十五句の「軌躅」は車の通った跡、わだち。『老子』二十七章に「善く行くものは轍迹（わだち）無し」というように、道家では作為の跡がのこらないことを理想とする。一方、『漢書』叙伝上に「周・孔（周公と孔子）の軌躅」というのは、儒家的な規範の意。ここでは敢えて儒道相反する正負両義的なことばを用いた。第三十六句の「知者希」は、『老子』七十章の「我を知る者希なれば、則ち我は貴し」に出る語。第四十句の「不券」は意味が判然としないが、割符が合致すること、二つに分かれないことか。「券」を分けるという意味の動詞と解した。

第四十四句の「醯雞」は、酒や酢を入れた甕の中にわく小さな虫。ウンカの類。見識が狭く、卑小なものを喩える。『荘子』田子方に、孔子がみずから謙遜して「丘（孔子）の道に於けるや、其れ猶お醯雞のごときか。夫子《ふうし》（老子）の吾が覆い（甕のふた）を発《ひら》くこと微《な》かりせば、吾　天地の大全を知らざるなり」という。第四十五句の「糟垤」は、酒かすを積み上げた丘。夏の亡国の君主、桀王が十里の遠くを見渡せる酒かすの丘（「糟丘」）を造ったというが（『韓詩外伝』巻四）、ここでは前句の「一醯雞」から酒のイメージを導き、崑崙山を取るに足らない酒かすの丘とみなす。第四十七句の「悔吝」は、憂いや恐れが生じて後悔するような事柄、災禍。『周易』繋辞伝上の「悔吝とは、憂虞の象なり」に出る。第四十八句は、『老子』五十三章の「大道は甚だ夷らかなれども、民は径《こみち》を好む」にもとづき、真の道はまっすぐで平坦であるという。

末尾の第六十句は、第三段の「尉に寿す　蒲萄の巵」云々という飲酒の場面と呼応し、相手に対する反駁を終えて詩の結びとする。

第三段と第四段において、「或ひと」（「客」）と「漫尉」という人物を仮構して主客問答をするのは、漢代から六朝にかけて成熟した文学ジャンル「設論」の枠組みを踏まえつつ、直接には前掲元結「漫論幷びに序」における「叟」と「規検大夫・持規の徒」とのやりとりを模倣したものである。さきほど煩を厭わずいくつかの出典を指摘したとおり、この詩では、『周易』『老子』『荘子』など主に道家系の文献を援用して「漫」の価値を称揚する。それは同時に、現実の官界が危険に満ちて、生きにくいことを浮き彫りにするかのようである。

もちろん、黄庭堅が実際に気ままな言動を好んでしていたというわけではなく、「漫尉」はあくまで自己韜晦のためのキャラクターに過ぎない。葉県時期の詩人は、着任時の不名誉な挫折を経て後、県尉の任務を全うしようと懸命に奔走していた。彼は幾度となく「江南」＝故郷分寧への帰隠を夢見るが、仕（「官」）と隠（「心」）の狭間で揺れ動きながら、どうにか「漫尉」という仮面を探し当てたのである。この仮面は、社会に自己を適応させるための外的側面（ペルソナ）ではなく、むしろ心の内に潜む真実の自己にほかならない。

熙寧五年（一〇七二）以後も、北京大名府（河北省大名県）の国子監教授、吉州太和県（江西省泰和県）の知事、徳州徳平鎮（山東省臨邑県）の監鎮と、しがない地方官としての人生は続く。黄庭堅が次にどのような相貌を見せるのか、内集所収の詩だけでなく、外集所収の若い時期の詩に対してもさらなる注目が必要であろう。

注

（1）「葉」の字音は、『広韻』入声二十九葉韻（沢存堂本）に「与渉の切」（よう／yè）と「書渉の切」（しょう／shè）の反切二種を載せるが、ひとまず後者の注に「県名、在汝州」とあるのに従う。現在の河南省葉県は yè と発音する。

（2）本稿における黄庭堅詩の引用は、すべて黄宝華点校『山谷詩集注』（上海古籍出版社、二〇〇三年）により、出処は本文中に詩題および『外集詩注』『外集補』の巻次を記す。この書に収録される黄庭堅詩の総数は、計一千八百九十七首（併載される弟黄叔達の詩十九首を除く）。ただし、連作詩の数え方によって数字に若干の変動はあり得る。

（3）先行研究として、王国民「黄庭堅在葉県」（『文史知識』二〇一〇年第十期）、魏玉蓮「黄庭堅葉県詩意蘊探微」（『文教資料』二〇一四年第二十一期）、陳詩怡「超世不避世間：由葉県詩歌看黄庭堅的進退矛盾」（『九江学院学報（社会科学版）』二〇二一年第四期）などを参照。いずれも概括的な論述であり、個々の詩の解釈にはさほど深く踏みこまない。

（4）鄭永暁『黄庭堅年譜新編』（社会科学文献出版社、一九九七年）二五頁。

（5）最初の妻である孫氏との結婚時期には諸説あるが、鄭永暁『黄庭堅年譜新編』二八頁は治平四年、進士及第の直後と推定する。

（6）荒井健『黄庭堅』（岩波書店、一九六三年、中国詩人選集二集）一三頁に「官の身分を一時剥奪して吏（正規の官僚ではなく、単なる事務取扱いの雇用者）にされてしまった」というのは、「下吏」の語を誤解したものか。横山伊勢雄「黄山谷――その詩と生涯――」『宋代文人の詩と詩論』（創文社、二〇〇九年、東洋学叢書、初出一九八六年）二八〇頁もまた「吏の身分に落とされてしまった」と述べる。

（7）『宋史』巻六七・五行志・土に「（熙寧元年八月）是時、河北復大震、或数刻不止、有声如雷、楼櫓・民居多摧覆、圧死者甚衆」。同巻六一・五行志・水上に「熙寧元年秋、霸州山水漲溢、保定軍大水、害稼、壊官私廬舎・城壁、漂溺居民。河決恩・冀州、漂溺居民」。

（8）史容注の引く『神宗実録』によれば、熙寧二年正月、判汝州の富弼は、「唐・鄧・襄・汝、地広不耕、河北流民至者日衆。若尽給以閑田、使獲生養、実両得其便」と述べ、休耕田を流民に支給して生計を立てさせることを主張している。なお、富弼「上神宗論河北流民到京西乞分給田土」（『宋朝諸臣奏議』巻一〇六・財賦門）も同様の趣旨の文章であるが、それによれば、河北流民の汝州への南下は一日で「八九百戸、七八千口」以上にのぼるという。

（9）宋人の天譴論、天人相関論が実は複雑な様相を呈することに関しては、小島毅「宋代天譴論の政治理念」（『東洋文化研究所紀要』第百七冊、一九八八年）に詳しい。王安石にしても、単純に天人相関否定の立場をとったわけではない。また、そもそも王安石自身が本当に「三不足」（「天変不足畏」「人言不足恤」「祖宗之法不足守」）の説を提唱したのかについても疑問が呈されている。近年の成果として、たとえば王栄科「王安石提出〝三不足〟之説質疑」（『復旦学報（社会科学版）』二〇〇〇年第一期）、雷達「天変足畏否？――王安石天人思想探析」（『哲学評論』第二九輯、二〇二二年）などを参照。

（10）前掲陳詩怡「超世不避世間：由葉県詩歌看黄庭堅的進退矛盾」八一頁参照。葉県時期における「折腰」の用例は、他に「次韻寄滑州舅氏」詩（『外集詩注』巻一）に「舅氏知甥最疏懶、折腰塵土解哀憐」、「按田」詩（『外集補』巻一、以下同）に「艱難相顧歎、共道折腰錯」、「贈黄公益」詩に「我求一飯飽、黄綬強折腰」、「将帰葉、先寄明復・季常」詩に「平生白眼人、今日折腰諾」、「戯答公益春思二首」其一に「我為折腰吏、王役政敦薄」など。

（11）元結が用いた「浪士」「漫叟」「元士」という号の解釈に関しては、加藤敏「元結における「漫叟」の視座について」（『千葉大学教育学部研究紀要』第五七巻、二〇〇九年）に詳しい。

（12）「漫尉」詩に関する専論に周艶菊「追慕漫叟表予心　漫拙狂痴吾守之——黄庭堅《漫尉》賞析」（『名作欣賞』二〇一三年一八期）があり、作品解釈にあたって参考にした。

「有力」と「無意」

――中国詩学における風と水のイメージをめぐって

浅見洋二

はじめに

優れた文学作品には、容易には言葉として表現できないような「何か」が備わっている。文学の魅力は、その「何か」にこそ存すると言っていい。「何か」とは何か。古くから文人たちは、それを言葉に表現しようと努めてきた。そのとき彼らが用いた主な手法のひとつが、何らかの物象のイメージ（image）を比喩として用いる手法である。なかでも最も多く用いられたのは風と水、もしくはそれに関連する物象のイメージであろう。

中国の文人は風と水の比喩によって何を論じようとしたのか。本稿では、文学をめぐる議論に用いられる風と水のイメージの系譜をたどることで、六朝から唐を経て宋へと至る中国の詩学には「有力」の詩学と「無意」の詩学とも呼ぶべきふたつの類型が広く潜在していることを明らかにする。そのうえで、ふたつの類型が如何なる関係にあるのか、その関係の諸相、およびそこに認められる文学観の特質について考察を試みたい。

一　「有力」の詩学

風と水のイメージを用いて文学作品を論じた最初期の代表例として挙げられるのは、晋・陸機「文賦」[1]であろう。本作の後半部には

思風発於胸臆、言泉流於唇歯（思風　胸臆に発し、言泉　唇歯に流る）。

と述べる言葉が見える。文学の思想・興趣や言葉を「風」と「泉」に擬《なぞら》えるかたちで文学作品の生成のあり方を表現したものである。陸機の後、北周・庾信「周大将軍趙公墓誌銘」[2]に「思風含臆、言泉流吻（思風　臆《むね》に含まれ、言泉　吻《くち》に流る）」、同じく庾信「周上柱国斉王憲神道碑」[3]に「水涌詞鋒、風飛文雅（水は詞鋒に涌き、風は文雅を飛ばす）」と述べる言葉が見える。いずれも死者を称えるなか、その文章・談論の素晴らしさを吹き起こる風、湧き出る水に擬えて表現する。前者は陸機「文賦」を踏まえ「思風」「言泉」の語を用いている。

陸機や庾信と同様の言葉は、唐代の文人たちにも受け継がれてゆく。風と水とを対偶として用いる例は必ずしも多くはないが、風もしくは水の比喩を単独で用いた例は極めて多く見られる。例えば、王勃「送宇文明府序」[4]が「言泉共秋水同流、詞峰与夏雲争長（言泉　秋水と共に流れを同じくし、詞峰　夏雲と与《とも》に長きを争う）」と述べるのは、「言泉」の語によって宇文氏（未詳）の文学を捉えたものである。「思風」の語は用いられていないが、やはり陸機「文賦」の影響下にあって発せられた言葉であろう。その王勃の文集に附された楊炯「王子安集原序」[5]には「沃蕩詞源、河海無息肩之地（詞源を沃蕩すれば、河海に息肩の地無し）」とあって、王勃の文学が海や川の豊饒なる水に擬えられている。なお、この楊炯の言葉には陸機「文賦」の直接的な影響は見られない。

以後、唐代には、さまざまな風と水のイメージを用いて文学作品を称えた言葉が数多く見られるようになる。風と水のイメージが文学論に広く浸透していたことがうかがわれる。ここでは、李白と杜甫の詩から一例ずつ挙げておこう。例えば、李白「贈劉都使」(6)には

吐言貴珠玉、落筆迴風霜（言を吐けば珠玉より貴く、筆を落とせば風霜を迴らす）。

とあって、劉氏の文学から受ける印象を、肌を刺す寒風に擬えている。また、杜甫「酔歌行」(7)には

詞源倒流三峡水、筆陣独掃千人軍（詞源　倒《さかしま》に流す　三峡の水、筆陣　独り掃う　千人の軍）。

とあって、甥の杜勤の文学から受ける印象を、三峡を逆流する長江の水に擬えている（後句には大軍を撃破する戦闘力の比喩が用いられているが、これについては後に改めて述べる）。

これらにおいて風や水のイメージを通して表現されているのは、いったい如何なる事態であるのか。もちろん、さまざまな解釈が成り立つ。もともと曰《いわ》く言いがたい作品世界を言いあらわすために比喩的に用いられたイメージなのだから、曖昧な要素が含まれるのは当然である。だが、ひとまずは文学作品に備わる勢いの良さ、素速さ、強さ、激しさ、壮大さ、豊饒さ等々、あえて一言に概括すれば「力」を表現したものと解していいだろう(8)。

同様の表現は、宋代にも広く受け継がれてゆく。北宋の例を挙げよう。蘇軾「迨作淮口遇風詩、戯用其韻」(9)に

風濤借筆力、勢逐孤雲掃（風濤　筆力を借《たす》け、勢は孤雲を逐《お》いて掃う）。

黄庭堅「和邢惇夫秋懐十首」其七(10)に

絲虫縈草紙、筆力挟風雨（絲虫　草紙に縈《まと》うも、筆力　風雨を挟《さしはさ》む）。

恵洪「秀上人出示器之詩[11]」に

遥知落筆処、遶紙風雷生（遥かに知る　落筆の処、紙を遶りて風雷生ず）。

とあって、「風濤」「風雨」「風雷」など、風と水のイメージによって「筆力」、すなわち文学作品に備わる「力」が読み手にもたらす印象を述べている。

今日、我々は優れた文学作品を評して「この作品には力がある」などと言う。同じ言い方は中国でも古くから行われてきた。宋代の詩話には文学作品を「有力」だとして称賛する評語が少なからず見える。例えば、許顗『彦周詩話』（『歴代詩話』本[12]）には「詩有力量（詩に力量有り）」、葉夢得『石林詩話』（『歴代詩話』本）巻下には「句中有力（句中に力有り）」とあって、いずれも杜甫の詩を例示しながら、それに力強さが備わっていることを「有力」「有力量」と評している[13]。「力」とは何か。一言で説明するのはむずかしい。我々は力それ自体を見たり触れたりすることはできない。だが、力が作動した結果を知ることはできる。すなわち、事物が何らかの「運動」や「変化」を見せたとき、我々はそれを力が作動した結果として捉え、そこに何らかの力が作動したことを知る。したがって、力については次のように定義することができよう。力とは、運動や変化をもたらすものである、と。

このように考えるとき、改めて注目されるのは中国文学の根本的な原理を定めた「毛詩大序」の言葉である。そこには、文学作品のもたらす効果をめぐって「正得失、動天地、感鬼神、莫近乎詩（得失を正し、天地を動かし、鬼神を感ぜしむるは、詩より近きは莫し）」とあり、「動」「感」という運動や変化をあらわす動詞が用いられている。その意味では、ここにおいて問題化されているのは、文学に備わる力であると言ってもいい。文学には「人」や「天地」や「鬼神」を「感動」＝動かし変化させる力が備わっていることが論じられているのである。

「毛詩大序」が述べるような「感動」の力は、中国の文学論に広く受け継がれてゆく。ここでは、文学に「人」や「天地」「鬼神」を「感動」する力が備わっていることを述べた杜甫の言葉を挙げておこう。例えば、「奉留贈集賢院崔于二学士[14]」には「気衝星象表、詞感帝王尊（気は星象の表を衝き、詞は帝王の尊きを感ぜしむ）」とあって自らの賦の言葉が皇帝を「感動」したことを、「寄薛三郎中璩[15]」には「賦詩賓客間、揮灑動八垠（詩を賓客の間に賦し、揮灑して八垠を動かす）」とあって自らの詩が世界全体を「感動」したことを、そして「寄李十二白二十韻[16]」には「筆落驚風雨、詩成泣鬼神（筆落つれば風雨を驚かし、詩成れば鬼神を泣かしむ）」とあって李白の詩が神霊を「感動」し、涙を流させたことを述べている。この種の力について述べた例は、杜甫以外にも極めて多く見られる。

中国の文人たちは、優れた文学には「人」のみならず、「天地」や「鬼神」といった超人的・神秘的な存在をも揺り動かす大いなる力が備わっていると考えていた。文学に「天地」や「鬼神」を揺り動かす力が備わっているということは、文学に「天地」や「鬼神」に匹敵し拮抗し得るような力が備わっていたということでもあるだろう。すでに述べたように、力なるものの最大の特徴のひとつは「見たり触れたりできない」ことにある。見たり触れたりできないにも拘《かか》わらず、確かに存在すると感じられるもの――これと類似したものに神霊がある。そのため、人類はこれまでしばしば力なるものを神霊の類と結びつけてきた[17]。「天地」や「鬼神」もまた、神霊に類する神秘的な要素を色濃く帯びた存在である。そうであるからこそ、文学における力は「天地」や「鬼神」と結びつけて論じられたのであろう。

「天地」「鬼神」に結びつけられる超人的かつ神秘的な力について述べた文学論の言葉を挙げてみよう。例えば、韓愈・孟郊「城南聯句[18]」には「大句斡玄造、高言軋霄峥。芒端転寒燠、神助溢杯觥（大句　玄造を斡《めぐ》らし、高言　霄峥に軋《きし》る。芒端　寒燠を転じ、神助　杯觥に溢る）」とあって、文学に「玄造」すなわち「天」の造化の働きにも匹敵・拮抗する力、「神」の助力を得たかのような力が備わっていて、「寒燠」すなわち季節の運行をも変化させると述べている。ここには、詩が「神」の助力を得ることを述べているが、これは言い換えれば詩に「神（鬼神）」に匹敵・拮抗する力が備わっていることを述べたものでもある。同様の力については、すでに杜甫が繰り返し述べている。先に挙げた「寄李十二白二十韻」に「詩成れば鬼神を泣かしむ」とあるほか、「奉贈韋左丞丈二十二韻(19)」に「読書破万巻、下筆如有神（読書　万巻を破り、筆を下せば神有るが如し）」、「敬贈鄭諫議十韻(20)」に「思飄雲物外、律中鬼神驚（思いは雲物の外に飄い、律中《あた》れば鬼神驚く）」とあるのは、優れた文学には「神」「鬼神」のごとき超人的・神秘的な力が宿っていて、そのために「神」「鬼神」といえども安閑とはしていられないことを述べたものである。「神（鬼神）」とは、至高の「天」と地上の「人」との間に位置し、「天」の手助けをする超人的・超越的な存在であり、通常の場合、人はそれに匹敵・拮抗することはできないが、優れた文学作品はそれを可能にするのだと考えられている。この種の考え方は、杜甫や韓愈以降、広く見られるようになる。

文学に備わる超人的・神秘的な力は、時として天地とそこに存在する万物に恐怖を与える凶暴なる力として捉えられることもあった。力とは、本質的に強者に備わるものであり、劣位にある者にとっては脅威なのだ。例えば、韓愈「薦士(21)」には「勃興得李杜、万類困陵暴（勃興　李杜を得れば、万類　陵暴に困《くる》しむ）」とあって、自然界の万物が李白・杜甫の詩に描写されるのを暴力的な陵辱と感じていることが述べられる。同じく韓愈の「双鳥詩(22)」は李白・杜甫を二羽の鳥に擬《なぞら》えて述べた作であるが、そこには「鬼神怕嘲詠、造化皆停留（鬼神　嘲詠を怕《おそ》れ、造化　皆な停留す）」とあって、李白・杜甫の詩に描写されるのを「鬼神」が恐れていること、李白・杜甫の詩の圧倒的な力を前にしては天の「造化」も働きを停めることが述べられる。先に挙げた韓愈・孟郊「城南聯句」には「大句　玄造を斡《めぐ》らす」、「芒端寒燠を転ず」などとあって、世界を創造し改変する文学の力が語られていた。「天地」や「鬼神」に匹敵・拮抗する超人的な力を持つ文学は、ただ単に世界を創造し改変するだけではない。世界を混乱させ、陵辱し制圧する力をも有している——韓愈の言葉には、このような認識が示されている(23)。

韓愈が述べるような文学作品に備わる凶暴なる力は、宋代の文学論においても広く論じられてゆく。北宋と南宋から一例ずつ挙げよう。蘇軾「次韻李公択梅花(24)」には

詩人固長貧、日午飢未動。偶然得一飽、万象困嘲弄（詩人 固より長《つね》に貧すれば、日午なるも飢えて未だ動かず。偶然一たび飽くるを得れば、万象 嘲弄に困《くる》しむ）。

楊万里「送姜夔堯章謁石湖先生(25)」には

釣璜英気横白蜺、欬唾珠玉皆新詩。江山愁訴鶯為泣、鬼神露索天洩機（釣璜の英気 白蜺を横たえ、欬唾の珠玉 皆な新詩なり。江山は愁訴し 鶯は為《ため》に泣き、鬼神は露索せられ 天は機を洩《も》らす）。

とあって、詩に詠じられることで万物や鬼神が苦しみ愁えているさまが述べられている。楊万里の詩に見える「露索」は丸裸にして調べ尽くすの意。詩の持つ暴力に締めあげられることによって、「鬼神」そして「天」さえも神秘のベールを剝がされ、秘密を漏らすと言うのである。

詩の凶暴なる力を述べた言葉には、詩を武器や軍隊に擬える例、詩の創作を武力の行使に擬える例も少なくない。すなわち、唐代から宋代にかけて文学論に広く見られるようになる「以詩為戦（詩を以て戦と為す）」「以戦喩詩（戦を以て詩を喩う）」である(26)。先に挙げた杜甫「酔歌行」が「筆陣 独り掃う 千人の軍」と述べて、詩の力強さを大軍を撃破する軍隊に喩えるのは、最も早い時期の例のひとつである。同じく杜甫の前掲「敬贈鄭諫議十韻」にも

破的由来事、先鋒孰敢争。思飄雲物外、律中鬼神驚（的《まと》を破るは由来の事、先鋒 孰か敢えて争わん。思いは雲物の外

に飄い、律中《あた》れば鬼神驚く）。

とあって、「鬼神」をも脅かす詩の言葉の力を、適確に標的を射貫く箭《や》や先陣を切る刃《やいば》に擬えて捉えている。

この種の言葉は宋代にも多く見られる。ここでは、北宋の恵洪の例を挙げよう。恵洪は、この種の表現を最も好んだ詩人のひとりである。例えば「贈王聖侔教授」(27)には

曾経大筆戦文陣、豪俊莫敢攖其鋒（曾《かつ》て大筆もて文陣に戦えば、豪俊　敢えて其の鋒に攖《ふ》るる莫し）。

「見蔡儒效」(28)には

忽驚鋒刃攢、凜然為毛竪。可読不可識、森厳開武庫（忽ち鋒刃の攢《あつ》まるに驚き、凜然として為に毛は竪《た》つ。読むべきも識《し》るべからず、森厳として武庫を開く）。

とあって、軍や武器にも擬えられる詩の言葉が読者に恐怖感を与えることが述べられている(29)。

以上、中国の文学論において、優れた文学作品は「天」や「鬼神」にも匹敵し拮抗しうる超人的・神秘的な力、あるいは万物に恐怖を与えるほどの凶暴な力を有するとする考え方、言うなれば「有力」の詩学が行われていたことを見てきた。そのうえで更に強調して指摘しておきたいのは、この「有力」の詩学においては文学に備わる諸々の力がしばしば風と水のイメージの比喩と結びつけて捉えられ論じられていたことである。例えば、前掲の杜甫「寄李十二白二十韻」が「筆落つれば風雨を驚かし、詩成れば鬼神を泣かしむ」と述べるのは、「鬼神」に涙を流させるほどの神秘的な力を「風雨」と結びつけ、杜甫「酔歌行」が「詞源　倒《さかしま》に流す　三峡の水、筆陣　独り掃う　千人の軍」と述べるのは、大軍を撃破するほどの圧倒的な暴力を、逆流する「三峡の水」と結びつけて表現する。また、杜甫

「敬贈鄭諫議十韻」には、鬼神をも脅かす箭や刃のような詩の言葉について述べる前掲の詩句に続けて「波瀾独老成（波瀾　独り老成す）」とあり、豊饒かつ壮大にして力動感溢れる「波瀾」のイメージによって詩の老練さを表現している。

同様の認識を述べた言葉として、宋代の例をいくつか挙げてみよう。例えば、蘇軾「和王斿二首」其一には

　異時長怪謫仙人、舌有風雷筆有神（異時　長《つね》に怪しむ　謫仙人、舌に風雷有りて筆に神有るかと）。

とあって、李白のごとき才能を持つ王斿の詩の言葉に宿る「神」の力を「風雷」と結びつけている。この種の言葉は、やはり恵洪に数多く見られる。「次韻平無等歳暮有懐」[31]に

　文章有神驚穎脱、風雷先聴毫端落（文章に神有りて穎脱なるに驚く、風雷　先に聴く　毫端の落つるを）。

「金華超不群用前韻作詩見贈亦和三首、超不群剪髪参黄蘗」其二[32]に

　却於倏然索寞中、詩句時時出奇古。乃知筆力有神助、三峡迅流輒於住（却って倏然索寞たる中に於いて、詩句　時時に奇古を出す。乃ち知る　筆力に神助有りて、三峡の迅流　輒ち住《とど》むるに於いてす（押しもどされ逆流する））。

とあるのは、「神」が宿ったかと思えるほどの詩の超人的・神秘的な力を「風雷」や「三峡迅流」のイメージに結びつけて捉えたものである。恵洪には、軍隊や武器に擬えられるような凶暴な力を風や水に結びつけた例も少なくない。例えば、「謁嵩禅師塔」[33]には

　歯牙生風雷、筆陣森戈鋋（歯牙　風雷生じ、筆陣　戈鋋森たり）。

とあって、「戈鋋」が密集するかのような言葉が「風雷」と結びつけられる。「次韻偶題」(34)には

畏公筆力不可敵、坐令三峡回奔湍。威稜玉節照湘楚、誇声衆口鋒刃攢（公〔閻孝忠〕の筆力の敵すべからざるを畏る、坐して三峡をして奔湍を回《めぐ》らしむ。威稜なる玉節　湘楚を照らし、誇声　衆口〔多くの人が称えて〕鋒刃攢《あつ》まるとす）。

とあって、やはり「鋒刃」が密集するかのような「筆力」が「三峡　奔湍を回《めぐ》らす」と結びつけられている。杜甫「酔歌行」の「詞源　倒《さかしま》に流す　三峡の水」を踏まえたものである。また、「予与故人別因得寄詩三十韻走筆答之」(35)には

天才逸群君独立、洞徹心胸秋色入。於中堆積万巻餘、筆力至処風雷集。……（中略）……翻瀾妙語驚倒人、気燄霜鋒光熠熠。……（中略）……又如霜暁聴辺風、十万軍声何翕翕。筆鋒正鋭物象貧、降旌狼藉詩魔泣（天才　群を逸して　君独立し、洞徹せる心胸　秋色入る。中に於いて堆積す　万巻餘、筆力至る処　風雷集まる。……翻瀾　妙語　人を驚倒し、気燄　霜鋒　光熠熠たり。……又た霜暁に辺風を聴くが如し、十万の軍声　何ぞ翕翕たる。筆鋒　正に鋭くして物象貧《くる》しみ、降旌　狼藉たりて詩魔泣く）。

とあって、「十万」の強大なる軍隊や諸々の万物を苦しませ、「詩魔」なる超人的存在さえ恐れさせる「鋒」＝刃にも比せられる凶暴なる詩の言葉が「風雷」「翻瀾」と結びつけられている。

以上に述べたように、中国の詩学において風と水のイメージは、文学作品に備わる「力」の印象を可視化・可触化するための比喩として用いられてきた。考えてみれば、この地上に存在する物象のなかで、最も「有力」であると感じられるのが風と水であろう。実際、風と水は、その圧倒的な力を人類に対して示してきた。人類はそれによって動力源を得るなどの恩恵を受ける一方、風水害などの災禍も被ってきた。このような経験が積み重なることで、風と水

には「有力」の最たるものとしてのイメージが付与され、「有力」なる文学作品の比喩として用いられるに至ったのだと考えられる。

二　「無意」の詩学

南宋の文人姜夔に「送朝天続集帰誠斎、時在金陵」(36)と題する次のような詩がある。紹熙二年（一一九一）、金陵にて江東転運副使をつとめる楊万里と面会した時の作である。

翰墨場中老斲輪、真能一筆掃千軍。年年花月無閑日、処処山川怕見君。箭在的中非爾力、風行水上自成文。先生只可三千首、回施江東日暮雲（翰墨場中　老いたる斲輪、真に能く一筆もて千軍を掃う。年年　花月　閑日無く、処処山川　君に見《まみ》ゆるを怕《おそ》る。箭の的中に在るは爾の力に非ず、風　水上を行けば自ずから文を成す。先生　只だ三千首に可なり、施《はた》を江東　日暮の雲に回《めぐ》らす）。

ここで注目したいのは、第一～六句に楊万里の文学を称えつつ述べられる文学論である(37)。第一句は、楊万里を『荘子』天道に見える職人輪扁に擬え、その老練なる文学の技を称える。そのうえで第二句は、杜甫「酔歌行」の「詞源倒《さかしま》に流す　三峡の水、筆陣　独り掃う　千人の軍」を踏まえて、楊万里の詩が大軍を撃滅するほどの強大な力を持つことを述べる。つづく第三・四句は、そのような強大な力を持つ楊万里の詩が、万物に対して恐怖を与えていることを述べる。ここまでは、前章に述べてきたような詩の「力」をめぐる文学論が展開されている。では、それを受けて第五・六句には如何なる文学論が述べられているだろうか。

第五句の「箭　的中に在り」は、おそらくは杜甫「敬贈鄭諫議十韻」が詩の言葉を箭《や》に擬えて「的《まと》を破るは由来の事」と述べるのを意識しつつ、楊万里の詩が適確に世界を表現し得ていると言う。その意味では、前章と同様の「力」をめぐる文学論を述べたものであるかに見える。ところが、第五句はそれに続けて「爾の力に非ず」と述べる。「爾」とは楊万里、延《ひ》いては作者一般を指していよう。楊万里の詩が達成する「箭　的中に在り」は、作者たる楊万里自身の「力」に拠るものではないと言うのだ。通常であれば、楊万里の詩の表現の適確さは、作者である楊万里自身の「力」によってもたらされると考えるであろう。だが、姜夔はそれを否定する。なぜ、否定するのか。第五句の表現は、『孟子』万章下が「聖」と「智」とを兼ね備えるべきことを説くなかで「智譬則巧也、聖譬則力也。由射於百歩之外也、其至爾力也、其中非爾力也（智は譬《たと》うれば則ち巧にして、聖は譬うれば則ち力なり。由《な》お百歩の外に射るがごとく、其の至《とど》くは爾の力にして、其の中《あた》るは爾の力に非ざるなり）」——箭《や》が適確に的《まと》を射貫くには「力」ではなく「巧」が必要であると述べるのを踏まえる。したがって、第五句が作者の「力」を否定するのは、楊万里の詩に単なる「力」を超えた要素（『孟子』を踏まえれば「巧」となるが、おそらくそれをも超えたもの）が備わっていることを称えるためであったと解される。[38] このように作者の「力」を否定ないしは相対化する第五句を受けて、第六句には「風　水上を行けば自ずから文を成す」と述べる。文字通りの意味は「風が水面を吹き渡れば、水面には自ずと紋様が生ずる」であるが、これはいったい如何なる文学観を述べようとしたものだろうか。

姜夔の詩の第六句は『周易』渙卦・象伝の「風行水上、渙（風の水上を行くは、渙なり）」という言葉に基づく。経書の言葉であるから、中国文人であれば誰もが知る言葉であるだろう。宋代の文人にとっては、それに加えて理想の文学のあり方を比喩的に述べたイメージとしても特別の意味を帯びる言葉となっていた。その契機となったのは、北宋の蘇洵「仲兄字文甫説」[39]に見える次のような議論である。[40]

且兄嘗見夫水之与風乎。油然而行、淵然而留、渟洄汪洋、満而上浮者、是水也、而風実起之。蓬蓬然而発乎大空、

不終日而行乎四方、蕩乎其無形、飄乎其遠来、既往而不知其迹之所存者、是風也、而水実形之。今夫風水之相遭乎大沢之陂也……（中略）……殊状異態、而風水之極観備矣。故曰「風行水上、渙」。此亦天下之至文也。然而此二物者豈有求乎文哉。無意乎相求、不期而相遭、而文生焉。是其為文也、非水之文也、非風之文也。二物者非能為文、而不能不為文也。物之相使而文出於其間也、故曰、此天下之至文也。今夫玉非不温然美矣、而不得以為文、刻鏤組繡、非不文矣、而不可与論乎自然。故夫天下之無営而文生之者、惟水与風而已（ところで貴兄は水と風とを見たことがあるだろう。蕩々と流れ、深々と留まり、広々と巡り行き、満々と盛りあがるのが、水である。風が水を吹いて動かすのだ。大空に吹き起こり、絶えず四方をめぐり、形無きままに漂い、遠くよりひらひらと吹き寄せ、過ぎ去ってしまえば痕跡をのこさないのが、風である。水が動くことで風の存在を形にして見せてくれるのだ。風と水とが大きな湖水で遭遇すると、……さまざまに姿を変える。風と水とは、ありとあらゆる眺めを繰り広げて見せてくれる。だからこそ「風の水上を行くは、渙なり」と言うのだ。これこそ、天下の最もすばらしき「文」＝文章である。ところで、風と水は、「文」たることを求めているだろうか。両者は互いを求めようと意図せずに、期せずして出会い、かくして「文」が生ずるのだ。ここでの「文」とは、水のそれでもなければ、風のそれでもない。風と水は、「文」を作り出すのではなく、作り出さずにはいられないのだ。万物が相互に働きかけると、「文」はその間に生ずる。だから、天下の最もすばらしき「文」と言うのである。例えば、玉は穏やかなる美を持つが「文」とは言えない。彫刻や織物は「文」であるが、自然なるものとは見なせない。この天下において、作り出そうと企まずして「文」を生ずるのは、ただ水と風だけである）。

引用の前半部の省略した部分には、風と水のさまざまな姿を、まるで賦を思わせるような詳細な描写を積み重ねて述べる。そのうえで「風　水上を行く」ことによって生ずる紋様、すなわち波紋・漣漪《さざなみ》こそが至高の「文」であると いう文学観を提示する。それを踏まえて、引用の後半部は更に「風行水上」によって生み出される「文」は「無意」

の「文」、すなわち作ろうと意図せずに「自然」＝自発的なかたちで生み出された「文」だとする文学観を提示する。ここで蘇洵が述べているのは、優れた文学は作ろうと意図せずに自然に生み出されるという文学観、言うなれば「無意」もしくは「無意＝自然」の詩学である[41]。

蘇洵が述べた「無意＝自然」の詩学は、以後、宋代の文人たちに継承され、広く行われてゆく。その過程で重要な役割を果たしたのは、蘇洵の子蘇軾であったと考えられる。蘇軾の文学論には蘇洵の影響を受けたと思《おぼ》しい言葉が少なくない。例えば、「南行前集叙[42]」には若き日の蘇軾・蘇轍兄弟が父蘇洵から授けられた教えを述べた次のような言葉が見える。

> 夫昔之為文者、非能為之為工、乃不能不為之為工也。山川之有雲霧、草木之有華実、充満勃鬱、而見於外。夫雖欲無有、其可得耶。自少聞家君之論文、以為古之聖人有所不能自已而作者。故軾与弟轍為文至多、而未嘗敢有作文之意（そもそも古の文章は、自ら作り出そうとして作られたものが巧みとされるわけではなかった。作らざるを得ずして作られたものこそが巧とされるのだ。山河に雲霧があり、草木に花実があるのは、鬱勃たる気が充満して表《おもて》にあらわれたのだ。そうならざることを求めても、それは不可能なのだ。わたしは幼い頃より、父上が文章を論じて、古の聖人の文章はやむにやまれずして作られたと見なしているのを聴かされてきた。だから、わたくし軾と弟の轍はこれまで多くの詩文を書いてきたが、文章を自らの手ですすんで作ろうという意図を抱いたことはない）。

作者が作ろうと意図して作った文章ではなく、作らざるを得ずして作られた文章こそが真の文章であるとの文学観を述べたものである。引用の末尾には「未だ嘗て敢えて作文の意有らず」とある。約《つづ》めて言えば「無意」である。文学における作者の意図を否定ないしは相対化する「無意」の詩学が、蘇氏父子の間で確《しか》と共有されていたことが見て取れる。

蘇洵「仲兄字文甫説」においては、風と水（水面を吹く風と風に吹かれる水面）のイメージが文学を論ずるうえで重要な役割を果たしていたが、右の「南行前集叙」にはそれらのイメージについては触れていない。ところが、蘇軾「書辯才次韻参寥詩[43]」に見える次の言葉には「風行水上」に類する比喩を用いた文学論が述べられる。

（辯才）平生不学作詩、如風吹水、自成文理、而参寥与吾輩詩、乃如巧人織繡耳（辯才は、これまで詩を作るのを学んだことはなかったが、風が水面を吹くかのように、自ずからなる文《あや》や理《すじめ》が備わっている。それに対して、参寥やわたしの詩は職人が織りあげた綾絹のようなものだ）。

辯才の詩の創作について「風の水を吹きて、自ずから文理を成すが如し」と述べて称賛する。参寥や自分の詩は「繡」の如き人為的な「文」に過ぎないが、それとは異なって「自然」な「文」である、と。「無意」に類する語は用いられていないが、風が水面を吹き渡るイメージによって「自然」なる「文」をあらわす点は、蘇洵の文学論を直接に受け継いでいよう。

また、蘇軾「答謝民師推官書[44]」に見える次の言葉においても、風と水のイメージが極めて重要な役割を果たしている。これは『宋史』の蘇軾伝にも引かれているように、蘇軾の文学観を代表する言葉と言ってもいい。

所示書教及詩賦雑文、観之熟矣。大略如行雲流水、初無定質、但常行於所当行、常止於所不可不止、文理自然、姿態横生。…（中略）…夫言止於達意、即疑若不文、是大不然。求物之妙、如繫風捕影、能使是物了然於心者、蓋千万人而不一遇也。而況能使了然於口与手者乎。是之謂辞達、辞至於能達、則文不可勝用矣（お送りいただいた書簡や詩賦雑文、じっくりと拝見しました。なべて申せば、漂う雲、流れる水が、定まった姿はなく、ただ向かうべきところに向かい、止まらねばならぬところに止まるかのように、言葉の筋道は自然で、表現は縦横無尽です。……いったい、言葉が意思を伝えるだけに終われば、文《あや》が不十分になると考えられていますが、実はそうではありません。対象物を適確に捉える文章の妙技は、風をつなぎとめ、光をつかまえるようなもので、対象となった事物を心においてはっきりと把捉できる者は、千万人に一人もいないのです。まして、口や筆においてはっきりと把捉できる者の少ないことは言うまでもありません。そのようにできることが、言葉が意思を伝えるということなのです。言葉が意思を十分に伝えられるに至れば、文章とその文《あや》は使い切ることができないほどに大きなものとなるのです）。

ここには「行雲流水」のイメージが用いられている。「行雲」は風の働きのあらわれである。我々は雲の動きによって、眼には見えない風の存在を感じ取る。その意味では「行雲流水」は「風行水上」とほぼ同様のイメージと言っていい。蘇軾は「行雲流水」を「定質無し」、すなわち定まった実体のない、自在に姿を変える「自然」なるものとして捉え、それを理想的な「文」の比喩として用いている。

「行雲流水」と同様のイメージとしての「泉源」＝水を文章に擬えた言葉としてよく知られるのが、蘇軾「自評文」(45)に見える次の言葉である。

吾文如万斛泉源、不択地皆可出。在平地滔滔汨汨、雖一日千里無難。及其与山石曲折、随物賦形、而不可知也。所可知者、常行于所当行、常止于不可不止、如是而已矣。其他雖吾亦不能知也（わたしの文章は万斛《ばんこく》の泉の水のように、場所を選ばずに湧き出す。平地を流れては蕩々と、一日に千里の距離をも容易く行く。山や岩に沿って曲がりくねり、物に応じて姿を変え、〔その行方を〕知ることはできない。知ることができるのは、つねに行くべきところを行き、止まらざるを得ないところに止まる、このことだけだ。ほかのことについては、わたし自身にもわからない）。

「物に随いて形を賦す」とあるように、周囲の事物に応じて自在かつ無礙に姿を変える水、そして「常に当《まさ》に行くべき所を行き、常に止まるべからざるに止まる」とあるように、作者の意図によって制御できない、自由にして自然なる動きを見せる水によって自らの文学のあり方を比喩的に論じている。

以上、蘇洵・蘇軾が風と水のイメージによって文学の理想的なあり方を述べた文学論について見てきた。ここでの風と水のイメージは、運動と変化を表現するために用いられたものである。前章にも触れたように、運動と変化の背後には「力」の存在が想定されている。その意味では、蘇洵・蘇軾が可視化して論じようとしているのも、文学作品における力と言えなくもない。だが、彼らが論じようとするのは、少なくとも暴力的な性格を持つ強大な力、世界に対して戦いを挑み、人や万物に恐怖を与えるような力ではない。世界と調和し、人や万物に安寧や幸福をもたらしてくれるような平穏で静謐な力である。その意味では、力という語を用いるのは不適切であるかもしれない。むしろ、力を感じさせないような、言い換えれば力を否定し相対化するような運動と変化と言うべきであろう。そのような運動と変化を、彼らは「自然」「無定質」「随物賦形」などの語によって言いあらわした。そして更に、そのような運動と変化の基底に「無意」、すなわち作者の意図の制御を超えて機能する文学言語の姿を見出そうとしたのである。前掲の姜夔「送朝天続集帰誠斎、時在金陵」詩に言う「箭の的中に在るは爾の力に非ず、風　水上を行けば自ずから文を成す」についても、このような方向性において解することができよう。

蘇洵・蘇軾が唱えた「無意」の詩学は、宋代の文人に大きな影響を及ぼした。例えば、蘇門の黄庭堅「大雅堂記」(46)には

子美詩妙処乃在無意於文、夫無意而意已至（杜甫の詩の妙《たえ》なる点は、文を作り出そうと意を用いていないところにある。意を用いずして、意はすでに表現されているのだ）。

とあって、杜甫の詩の素晴らしさは「無意」にこそ存すると見なしている。この種の文学論は南宋にも広く見られる。

例えば、楊万里「答建康府大軍庫監門徐達書」(47)には

我初無意於作是詩、而是物是事適然触乎我、我之意亦適然感乎是物是事。触先焉、感随焉、而是詩出焉、我何与哉（わたしはそもそも詩を作ろうと意を用いたことはない。そうではなくて、外部の事物がわたしに働きかけ、わたしの意もたまたま事物に動かされただけなのだ。事物が働きかけ、それに動かされることで、詩が生まれ出てくるのであって、わたしはそれに関与してはいないのである）。

厳羽「答出継叔臨安呉景僊書」(48)には

吾叔謂「説禅、非文人儒者之言」。本意但欲説得詩透徹、初無意於為文、其合文人儒者之言与否、不問也（我が叔父は言った。「禅を説く言葉は、文人儒者の言葉ではない」と。そもそも詩はすっきりと高みに突き抜けようとするものであり、文を作ろうと意を用いるのではない。それが文人儒者の言葉であるかどうかは、問題ではないだ）。

とあって、文学創作における「無意」を望ましいあり方として捉えている。特に楊万里の言葉には「我　何ぞ与《あずか》らんや」とあるように、作者自身の関与を超えたかたちで生み出される文学が理想的なものと見なされている。

右に挙げた黄庭堅、楊万里、厳羽の言葉には、風と水のイメージは用いられていないが、南宋初の汪藻「鮑吏部集序」(49)には

古之作者無意于文也。理至而文則随之、如印印泥、如風行水上、縦横錯綜、燦然而成者、夫豈待縄削而後合哉。六経之書皆是物也（古の作者は意図して文章を作ろうとはしなかった。道理が存在すれば文章はそれに従って生み出された。あたかも印章が印肉に押し当てられ、風が水上を吹くように、縦横無尽に交じり合い、鮮やかに作り出されたのであり、それ

は型にはめて矯正することによって理想に合致するようなものではないのだ。六経はみなこうした書物である）。

とあって、「無意」の詩学を語るなか、蘇洵と同じく『周易』渙卦・象伝の「風行水上」のイメージが用いられている。[50]このほかにも、宋代には「風行水上」によって「自然」なる「文」を論ずる言葉は数多い。南宋の例をひとつ挙げれば、袁説友「跋胡元邁集句詩帖」[51]には

　僕謂風行水上、自然成文。…（中略）…如万斛泉源不択地而出、滔滔汩汩、雖一日千里無難。此又文之出於我、而不可禦者（思うに、風が水面を吹き渡れば自ずと紋様が生ずる。……万斛の泉の水が地を選ばずして溢れ、蕩々と流れ、一日のうちに千里をたやすく行くようなもの。文章は自分自身から生み出されるとはいえ、自分でそれを制御することはできないのだ）。

とあって、蘇軾「自評文」の一節を引用するかたちで「風行水上、自然成文」をめぐる議論がなされている。[52]引用の末尾に「文の我に出づるも、禦すべからず」とあるのは、文学作品が作者の制御を超えて生成すること、すなわち「無意」の詩学を述べたものである。

　ところで、右に挙げた汪藻「鮑吏部集序」には「夫《そ》れ豈に縄削を待ちて後に合せんや」という言葉が見える。これは韓愈「南陽樊紹述墓誌銘」[53]に「不煩於縄削而自合（縄削を煩わさずして自ずから合す）」とあるのを踏まえる。「縄削」とは、文学の「法度」＝規範・法則、もしくはそれに則って表現を整えること。つまり「夫れ豈に縄削を待ちて後に合せんや」とは、文学創作において規範・法則に則って表現に工夫を加えようと意図せずして、結果として表現が規範・法則に則っているような事態を言う。黄庭堅は、同様の事態を「与王観復書三首」其一[54]、「題李白詩草後」[55]、「題意可詩後」[56]などに繰り返し語っている。特に「題意可詩後」には「寧律不諧而不使句、用字不工、不使語俗、此庾開

府之所長也。然有意於為詩也。至於淵明、則所謂不烦縄削而自合（韻律が調和しなくてもかまわないが、句や語を巧みに用い、語を俗にしない。これは庾信が得意としたところである。しかし、詩を作ろうと意を用いすぎている。陶淵明の場合は、ことさらに規則に則ろうとせずして、自ずと規則に合致している）」とあって、「不煩縄削而自合」を「有意」の対極に位置する文学創作のあり方、つまり「無意」の詩学に結びつけて論じている。汪藻「鮑吏部集序」の言葉は、こうした黄庭堅の文学論を忠実に受け継いだものと言っていい。

汪藻の活動した南宋初は、黄庭堅の詩と詩学を継承する江西詩派が一世を風靡した時代である。汪藻自身も、江西詩派の主要成員である徐俯や韓駒に詩を学んだと伝えられるなど、江西詩派の周辺に位置する文人、言わば江西詩派の準成員であった。汪藻と同時代を生きた文人に呂本中がいる。呂本中は「江西詩社宗派図」を著し、黄庭堅を宗とする詩人集団の系譜を定めた。これによって、江西詩派は始めて詩派として明確な形を与えられたのである。その意味では、呂本中は江西詩派の産みの親であった。その後、彼自身もまた江西詩派の成員に数えられてゆく。呂本中は、江西詩派の系譜を定めただけでなく、黄庭堅の詩学を深化・発展させた。呂本中の詩学において、特に重要な意味を持つのは「活法」をめぐる文学論である。「活法」論こそは、江西詩派詩学の核心のひとつをなすものであった。そして、ここで注目すべきは、「活法」論が「無意」の詩学とも密接に結びついていたことである。

南宋・劉克荘「江西詩派小序・呂本中」[57]には、呂本中が夏倪（同じく江西詩派の成員）の文集のために書いた序文「夏均父集序」の語として、次のような議論が見える[58]。

学詩当識活法。所謂活法者、規矩備具、而能出於規矩之外。変化不測、而亦不背於規矩也。是道也、蓋有定法而無定法、無定法而有定法。知是者則可以与語活法矣。謝元暉有言「好詩流転圓美如弾丸」、此真活法也。近世惟豫章黄公、首変前作之弊、而後学者知所趨向、畢精尽智、左規右矩、庶幾至於変化不測。然余区区浅末之論、皆

漢魏以来有意於文者之法、而非無意於文者之法也〔詩を学ぶには活法を知る必要がある。いわゆる活法とは、規則を守りつつも、規則の外に超え出ることである。量り知れないような変化を遂げつつも、規則を踏み外さないことである。この道においては、定法はあるが定法無く、定法無くして定法があるのだ。これを解する者こそ、ともに定法を語り合える。謝朓〔字元暉〕は言っている。「好詩　流転して圓美なること弾丸の如し〔良き詩は滑らかに盤上をぐるぐると回る、その完《まった》き美しさは球体の弾丸にも似る〕」と。これこそが活法である。近ごろは、ただ黄庭堅ひとりが前作の弊害を一変させた。それを学んだ後進たちは、向かうところ極めて精緻かつ周到であり、規則を制御しながらも、量り知れない変化を達成している。しかるに、わたしは浅薄な論にとらわれてきた。それらはみな、漢魏以降の文を作ろうと意図する者たちの法であり、文を作ろうと意図しない者の法ではなかった〕。

「活法」とは、「法」＝「規矩」を超え出て自在無礙なる動き・変化を見せながらも、「法」＝「規矩」に背かないことである。それについて、呂本中は「定法有るも定法無く、定法無くして定法有り」と述べる。黄庭堅が繰り返し述べた「縄削を煩わさずして自ずから合す」と同じ趣旨の認識を示した言葉である。今日の眼から見れば非論理的と言えなくもないが、「法」を遵守しようとする立場と「法」を否定し超克しようとする立場とを、弁証法的に統一してみせた言葉と言うこともできよう。「法」とは、文学創作において誰もが則るべき規範《ルール》であるが、それに盲従するだけでは優れた文学作品は生み出せない。では、如何なるかたちで「法」と関わるべきか――宋代の文人たちにとって最大の問題のひとつとなっていた。黄庭堅の言う「不煩縄削而自合」、呂本中の言う「有定法而無定法、無定法而有定法」は、この問題に最終的な解決をもたらす言葉であったと言えるかもしれない。

右の議論においては、「活法」が「無意」の詩学と結びつけて論じられている。引用の末尾には「然れども余は浅末の論に区区たり[59]。皆な漢魏以来の文に意有る者の法にして、文に意無き者の法に非ず」とあって、「文に意有り」

が「浅末の論」、その逆に「文に意無し」＝「無意」が理想のあり方だと見なされている。また、更に注目すべきことに、ここには「活法」を比喩的に論ずるイメージとして「好詩　流転して圓美なること弾丸の如し」、すなわち盤上を滑らかに回る球体の弾丸のイメージが用いられている。これは自在無礙なる動き・変化をあらわすイメージである。その意味では、蘇洵以降、「無意」の詩学を論ずるために用いられてきた「風行水上」などと共通するところの多いイメージと言えよう。例えば、黄庭堅「翠巌真禅師語録序」(60)に「行川之水無不盈之科、走盤之珠無可留之影（行川の水　盈たざるの科《くぼみ》無く、走盤の珠　留むべきの影無し）」、恵洪『林間録』巻下（『文淵閣四庫全書』本）に「舒巻自在、如明珠走盤、不留影迹（舒巻　自在にして、明珠の盤を走りて、影迹を留めざるが如し）」などとあって、盤上を回る珠玉のイメージが「自在」に動き、「影迹」をとどめない物象、すなわち「風行水上」に類するものとして用いられている。こうしたイメージの用い方からも、「活法」論が「無意」の詩学の圏域に属する文学論であったことが見て取れる。

宋代における「無意」の詩学とその系譜について、主に風と水のイメージが用いられている点に着目しながら見てきた。第一章に見たような「有力」の詩学のもとでの風と水のイメージは、文学作品に備わる超人的な、あるいは暴力的な「力」を可視化するために用いられていた。それに対して「無意」の詩学においては、「自然成文」「無定質」「随物賦形」「変化不測」「不留影迹」などの語で説明される自在かつ無礙なる運動・変化を可視化するために用いられていたのである。

三　作者とその「意」「力」

以上、中国の文学論において風と水のイメージの表現するものが「有力」の詩学と「無意＝自然」の詩学とのふたつの類型に分かれること、六朝以降「有力」をあらわしていた風と水のイメージが宋代に至って「有力」に加えて「無意」をもあらわすようになることを見てきた。だが、「有力」と「無力」、「有意」と「無意」ならばともかく、そもそも「有力」と「無意」とは互いに排除し合うような関係にはない。この点には注意する必要がある。実際、ひとりの文人のなかで両者が併存するケースも少なくない。

その一例として、北宋初の田錫の文学論を見てみよう。田錫「貽宋小著書」[61]は、「風行水上」のイメージを用いて「無意」の詩学を表明する蘇洵「仲兄字文甫説」の先駆をなす文学論として従来注目されてきた[62]。本書簡には、次のような議論がなされる。

若使援毫之際、属思之時、以情合於性、以性合於道、如天地生於道也、万物生於天地也、随其運用而得性、任其方圓而寓理、亦猶微風動水、了無定文、太虚浮雲、莫有常態、則文章之有声気也、不亦宜哉。比夫丹青布彩、錦繡成文、雖藻縟相宣、而明麗可愛、若与春景似画、韶光艶陽、百卉青蒼、千華妖冶、疑有鬼神、潜得主張、為元化之杼機、見昊天之工巧、斯亦不知所以然而然也。則丹青為妍、無陽和之活景、錦繡曰麗、無造化之真態（筆を執り、構想を練るとき、情を性に、性を道に合致させること、天地が道より生じ、万物が天地に生ずるのと同じようなものとなり、筆の移りゆきにまかせて性が得られ、文章のありさまにしたがって理が備わるならば、それは微風が水を波立たせるが、ついに定まった紋様をなさず、がらんとした大空に漂う雲が、常なる姿を保たぬようなものとなるのであって、かかる文章に生き生きとした調子が伴うのは、いかにもその通りである。喩えるならば絵画が色彩を繰り広げ、錦織が紋様を紡ぎ出すようなものであり、装飾の美を存分に発揮しており、鮮やかで愛でるに足ると言える。〔しかるに〕春景色が画のように美しく、艶やかな光を放ち、千草が青い葉を茂らせ、花々がつややかさを競うのは、鬼神たちが秘かに力を発揮し、造化の仕組みを示し、天の巧みさを見せたものである。これらはやはり、そうなるのを知らずしてそうなっているのである〔このような自然の美と比べたらどうか」。絵画は麗しいとはいえ、穏やかな春の生気に満ちた光景は見られないし、錦織は艶やかとはいえ、造化の働きが生み出す真の姿は備わっていないのだ（人為の美は自然の美には及ばない）」。

文学作品の理想のあり方を論じたものである。文学作品の生成について「微風動水」＝風に吹かれる水、「太虚浮雲」＝大空を漂う雲のイメージを用いて、「定文」「常態」無き文学のあり方を述べている点は、蘇洵の文学論とほとんど同じである。引用の末尾には「然《しか》る所以を知らずして然り」とあるが、これは作者の「意」＝意図の制御を超えたところで生成する文学のあり方を述べたものであり、「無意」の詩学を語ったものにほかならない。

一方、同じく田錫の「貽陳季和書」[63]には次のような議論がなされている。

若卒然雲出連山、風来邃谷、雲与風会、雷与雨交、霹靂一飛、動植咸恐、此則天之変也。…（中略）…若為驚潮、勃為高浪、其進如万蹄戦馬、其声若五月豊隆、駕於風、蕩於空、突乎高岸、噴及大野、此則水之変也。非迅雷烈風、不足専天之変、非驚潮高浪、不足形水之動。…（中略）…若豪気抑揚、逸詞飛動、声律不能拘於歩驟、鬼神不能秘其幽深、放為狂歌、目為古風、此所謂文之変也（にわかに雲が連なる山に湧き、風が深い谷に吹き、雲と風が出会い、雷と雨が交われば、稲妻が走り、動物や植物はすべて恐れ慄《おのの》く。これが天の「変」＝変化である。……また、潮が激しく逆巻き、高々と波立てば、万の軍馬のように走り、五月の雷神のように大音声《だいおんじょう》を発し、風に乗り、空に注ぎ、高い岸にぶち当たり、広野に噴き出す。これが水の変化である。激しい雷や猛烈な風でなければ、天の変化と言うには値しないし、逆巻く潮や高い波でなければ水の「動」＝動きとなり得ない。……盛んなる気が勢いよく浮きあがり、抜きん出た言葉が軽やかに動きまわれば、韻律は決まりにとらわれず、鬼神は奥深さを秘しておけず、高らかな歌声となって響き渡り、古風なる詩と見なされる。これが、いわゆる文章の「変」＝変化である）。

「文之変」、すなわち文学における運動・変化を論じたものである。風と水の「変」「動」を説く点では、蘇洵の文学論と通ずるところもあるだろう。だが、ここに用いられる風と水のイメージは、蘇洵の「風行水上」とは異なっている。ここには「迅雷烈風」や「驚潮高浪」といった、強大で苛烈な「力」を比喩する風と水のイメージが用いられており、その点ではむしろ第一章に挙げた文学論と重なるところが多い。

田錫の「貽宋小著書」と「貽陳季和書」とが風と水のイメージを用いて述べる言葉を並べて読むと、田錫の文学論においては第一章に見た「有力」の詩学と第二章に見た「無意」の詩学の両方の要素が併存しているように思われる。第二章に見たように「無意」の詩学を深化・発展させた蘇軾の場合も、その一方で第一章に挙げた「迨作淮口遇風詩、戯用其韻」に「風濤　筆力を借《たす》け、勢は孤雲を逐いて掃う」と述べて、詩に強大な「風濤」の力を認め、「次韻李公択梅花」に「詩人　固より長《つね》に貧すれば、日午なるも飢えて未だ動かず。偶然　一飽を得れば、万象　嘲弄に困《くる》しむ」と述べて、詩に「万象」を苦しめるほどの暴力的な描写の機能を認めてもいたように、「有力」の詩学を継承してもいたのである。また、第二章の冒頭に挙げた姜夔「送朝天続集帰誠斎、時在金陵」詩にも「真に能く一筆もて千軍を掃う」と述べられる「有力」の詩学と、「風　水上を行けば自ずから文を成す」と述べられる「無意」の詩学とが併存している。姜夔の眼には、この二種の詩学が並び立つものと映っていたのだろう。両者が並び立つことを前提にして、先に述べたように姜夔は、前者の「有力」の詩学を称えつつも、後者の「無意」の詩学を理想的な文学創作のあり方として称賛し推賞するのだ。

こうした例を見るならば、中国詩学の歴史を「有力」から「無意」への転換として単純化して捉えることはできない。以下、「有力」の詩学と「無意」の詩学、それぞれの系譜について、宋代以前にも遡るかたちで再検討を加えてみたい。その際、特に注目したいのは、文学創作における「作者」の役割・機能をめぐる議論である。

まず、「無意」の詩学の系譜について見てみよう。「無意」とは、文学作品が作者の「意」＝意図を超えた形で「自然」＝自発的に生み出されることを言う。「無意」の詩学の基底には、文学創作において「自然」を重視し、作品を制御する作者の「力」を否定ないしは相対化する文学観が潜んでいる。例えば、南宋の楊時『亀山先生語録』巻一（『続古逸叢書』本）(64)が、陶淵明の「自然」なる文学について

淵明詩所不可及者、沖澹深粋、出於自然、若曾用力学、然後知淵明詩非著力之所能成也（陶淵明の詩が凡人にはかなわないのは、あっさりとした混じりけのなさが、ごく自然に生み出されているところである。初めは一所懸命に力を尽くして学んだものであるかのように見えたが、その後、それは決して己《おのれ》の力を尽くすことで成し遂げられるようなものではないと知った）。

と述べて、作者の「用力」「著力」によっては達成できないものと見なしているように。前掲の姜夔の詩が「箭　的中に在るは爾の力に非ず」と述べるのは、かかる文学観を表明したものであろう。「箭　的中に在り」は、詩の表現が的確に対象を捉えていることを言う。通常、詩の表現の的確さは作者の「力」に淵源すると考えられていよう。だが、姜夔は「爾の力に非ず」と述べて、それを否定しているのだ。また、前掲の袁説友「跋胡元邁集句詩帖」に「文の我に出づるも、禦すべからず」とあるのも、作品を制御する作者の力を否定したものだろう。

だが、文学創作において作品を制御する作者の「力」を否定ないしは相対化する文学論は、宋代の「無意」の詩学に至って始めて成立したわけではない。その淵源を探れば、かなり古くまで遡ることができる。最初期の例のひとつと考えられるのが、晋の陸機「文賦」に見える「若夫応感之会、通塞之紀、来不可遏、去不可止。…（中略）…雖茲物之在我、非余力之所勠（夫の応感の会、通塞の紀の若《ごと》きは、来たりて遏《さえぎ》るべからず、去りて止むべからず。……茲の物の我に在りと雖も、余が力の勠《あわ》する所に非ず）」という言葉である。「応感の会、通塞の紀」とは、創作の衝動を言う。「茲物」は「文」を、「我」「余」は作者を、それぞれ指す。後ろの二句は、文学作品は表面的には作者自身の「力」によって

生み出されるかのように見えるが、実際は作者自身の「力」を超えたところで生み出されると述べたものである。ここには「無意」の詩学に通ずる認識の萌芽が認められよう。

右の陸機の言葉について、銭鍾書『管錐編』[65]は、「烟士披里純」=inspiration の藝術観・文学観を述べたものとしている。Inspiration とは、竹内敏雄編『美学事典』「霊感」項[66]によれば「みずからの力によらず、さながら天より降った賜物のように作品の構想があたえられる」こと、「より高いなにものか（引用者注：人を超える高次の存在）がかれの手を通じて作品に生命を吹きこむ（inspire）」ことを言う。もとより西洋の考え方ではあるが、中国の文学論と共通する点が含まれているのは確かであろう。陸機「文賦」のほかにも、これに類する考え方を述べた例は少なくない。銭鍾書『管錐編』が挙げる例からいくつかを引けば、梁の鍾嶸『詩品』巻中・謝恵連条[67]が引く『謝氏家録』には、謝霊運が夢のなかで詩句を獲得したときの言葉として「此語有神助、非我語也（此の語 神助有り、我が語に非ず）」とあって、「神」（前掲『美学事典』に言う「より高いなにものか」）の助力を得て秀句が獲得されたことが語られている。また、蕭子顕「自序」[68]には「毎有製作、特寡思功、須其自来、不以力構（製作有るが毎に、特に思功寡《すく》なく、其の自ら来るを須《ま》ち、力を以て構《かま》えず）」とあって、作品が自ら進んで作者のもとに訪れてくることが語られている。謝霊運が言ったとされる「我が語に非ず」は「自分自身の力で獲得した詩句ではない」という意味であり、姜夔の詩が言う「爾が力に非ず」、陸機の言う「余が力の勠《あわ》する所に非ず」とほぼ同様の言葉と言っていい。蕭子顕が「力を以て構えず」と述べるのも、やはり作者自身の「力」によって作り出したものではない、という意味であろう。

右に見てきたように「無意」の詩学、すなわち文学作品は作者の「力」の制御を超えたところにおいて生み出されるという文学観は、宋代に至って始めて出現したわけではなく、その先駆的な考え方はすでに六朝期から行われていたと言っていい。ここで続いて問うべきは、次のような問題であろう。第一章に見たように、古くから文学作品には何らかの「力」が備わっていると見なされてきた。すなわち「有力」の詩学である。では、「有力」の詩学において文学作品に備わる「力」は何に由来すると考えられていたのだろうか。通常の場合であれば、作品を生み出した作者に由来すると考えるのかもしれないが、果たしてそうか。そこに「無意」の詩学、すなわち作者の「力」を否定ないしは相対化するような要素は含まれていなかったのだろうか。

こうした問題について考えるためにも、唐の孟郊「贈鄭夫子魴」(69)が次のように述べるのを読んでみたい。

天地入胸臆、吁嗟生風雷。文章得其微、物象由我裁。宋玉逞大句、李白飛狂才。苟非聖賢心、孰与造化該（天地胸臆に入れば、吁嗟　風雷を生ず。文章　其の微を得、物象　我に由りて裁《さば》く。宋玉　大句を逞《ほしいまま》にし、李白　狂才を飛ばす。苟《いや》しくも聖賢の心に非ざれば、孰《たれ》か造化と該《あた》らん）。

鄭魴に向けて理想的な文学のあり方を説いて聴かせた作である。第一章に見たような「有力」の詩学と同様の文学論が述べられている。例えば、第一・二句は「天地」を胸中に納めるほどの人物、具体的には第五・六句に挙げる宋玉や李白のような大詩人が発する「吁嗟」＝嘆きの声に備わる壮大なる力を「風雷」のイメージに擬えている。「吁嗟」とは、詩人の精神世界の奔出であり、詩の原初的な姿を指すと考えられる。第五句に用いられる「大句」は、第一章に挙げた韓愈・孟郊「城南聯句」に「大句　玄造を斡《めぐ》らす」とあるのに通ずる。「玄造」＝天の玄妙なる造化の働きにも匹敵する神秘的・超人的な力を備えた詩句が「大句」であろう。第七・八句は、天の「造化」にも匹敵しうる作品を生み出そうとするのであれば、聖賢の如き心を持たなければならないと言う（「該」は「当」に通じ、相当する、匹敵するの意か）。右に挙げた八句全体としては、「天」と同等の力を有するような理想的な詩のあり方を述べたものと解していいだろう。

ここで注目されるのは、第三・四句の「文章　其の微を得れば、物象　我に由りて裁く」である。ひとまずは、次のような趣旨を述べたものと解せよう。玄妙なる境地に達した文学においては、作品の対象である万物は作者自身の力によって制御される、と。「我」とは、作者を指すと解していいだろう。では、この孟郊の文学論を広く一般化して、次のように言うことは可能だろうか。「有力」の詩学とは、作者の「力」を基点とする詩学である。あるいは、「有力」の詩学においては、文学作品の「力」の源泉は作者の「力」にこそ存すると考えられていた、等々と。

いま提起した問題について考えるうえで、注目してみたいのは孟郊の盟友でもある韓愈「送孟東野序」[70]である。ここには

> 大凡物不得其平則鳴。草木之無声、風撓之鳴。水之無声、風蕩之鳴。其躍也或激之、其趨也或梗之、其沸也或炙之。…（中略）…人之於言也亦然。有不得已者而後言（およそ万物は平衡を失うと鳴る。草木は声を出さないが、風がそれを撓めると鳴る。水は声を出さないが、風が動かすと鳴る。それらが躍りあがるときはそれをかき立てるものがあり、走り出すときはそれを堰くものがあり、沸き立つときはそれを熱するものがある。……人の言葉との関係も同じである。何者かによってそうならざるを得ないようになって、はじめて言葉を発するのだ）。

とあって、「水」などの万物を「鳴らす」ほどの圧倒的で根源的な「力」を持つ風、すなわち「有力」の詩学のもとに成り立つイメージを用いて「已《や》むを得ざる者有りて而《しか》る後に言う」と述べられるような文学創作のあり方、すなわち一種の「無意」の詩学を語っている。「已《や》むを得ざる者有りて而《しか》る後に言う」とは、前掲の蘇洵「仲兄字文甫説」が「能く文を為すに非ずして文を為さざる能わざるなり」、蘇軾「南行前集叙」が「能く之を為すを工《たくみ》と為すに非ず、乃ち之を為さざる能わざるを工と為すなり」などと述べるのと同じ趣旨の言葉である。[71] 韓愈が、激しく力強い風や水のイメージを用いて「已《や》むを得ざる者有りて而《しか》る後に言う」と述べるのを見るならば、「有力」の詩学には「無意」の詩学と通ずる要素もあったことがわかる。孟郊の「文章　其の微を得れば、物象　我に由りて裁く」についても、このような視点から再検討する必要があろう。

先ほど「無意」の詩学の先駆的な認識を述べた例として、陸機「文賦」の「夫《か》の応感の会、通塞の紀の若きは、来たりて遏《さえぎ》るべからず、去りて止むるべからず。……茲の物の我に在りと雖も、余が力の勠《あわ》する所に非ず」という言葉を挙げたが、実は引用を省略した部分には「思風発於胸臆、言泉流於唇歯（思風　胸臆に発し、言泉　唇歯に流る）」という言葉も見られる。この陸機の言葉については、すでに第一章に文学作品の生成の力強さ、勢いの良さを風と水のイメージを用いて比喩的に述べた例、すなわち「有力」の詩学に立つ認識を述べた例として挙げた。こうして見てくると、「有力」の詩学と「無意」の詩学との間に、互いに排除し合うような根本的な差異は存在しない。本章の冒頭に田錫らの議論を挙げて見たように、両者は同じ文人の文学論において併存する関係にもあったのだ。中国の詩学史については、「有力」と「無意」、ふたつの系譜が複雑に重なり合うようなかたちで進展したプロセスとして捉えて考察する必要があるだろう。

おわりに――「天」との一体化

本稿において「有力」の詩学と「無意」の詩学とを関連づけて比較してきたのは、両者に共通して風と水のイメージが用いられているからである。風と水は、天地の至るところに存在しており、人類はそれらと無関係ではあり得ない。風と水が人類に対して見せる顔はさまざまである。春の微風《そよかぜ》、秋の涼風《すずかぜ》、清らかな小川の潺《せせらぎ》、広々とした湖水の揺蕩《たゆた》いなどのように安らぎや快さを与えてくれる風や水もあれば、その一方で、突風や寒風、洪水や津波などのように牙を剝き襲い来る風や水もある。人類は、前者に対しては感謝や親愛の念を、後者に対しては厭悪や恐怖の念を抱いてきただろう。このように風と水に対して人類が抱く思いはさまざまであるが、その根底には一種の畏敬の念とも言うべきものが潜んでいるのではないだろうか。人類には持ち得ない超人的・神秘的な「力」と「無意＝自然」とを体現する大いなる存在として。「有力」の詩学にせよ「無意」の詩学にせよ、本稿に取りあげた数多の文学論に用いられる風と水のイメージにも、かかる畏敬の念は潜んでいよう。

では、中国文人が風と水に対して抱く畏敬の念は最終的には何に対して向けられていただろうか。キリスト教やイスラム教文化圏であれば、人々の畏敬の念が最終的に向かうのは「God」や「Allah」といった神であろう。中国において、それに相当するものを強いて挙げるとすれば「天」である。中国の文人が風と水のイメージによって文学を論ずるとき、その背後に仰ぎ見ていたのも、やはり「天」であったと考えていいのではないか。中国詩学の根本原理を定めた「毛詩大序」が詩の働きとして「天地を動かし、鬼神を感ぜしむ」と述べて、「天」が作り出した「天地」や「天」の使者たる「鬼神」に触れるのも、そうした考え方のあらわれと言える。

「天地を動かし、鬼神を感ぜしむ」という言い方は、鍾嶸『詩品』の序が「気之動物、物之感人。故揺蕩性情、形諸舞詠。…（中略）…動天地、感鬼神、莫近乎詩（気　物を動かし、物　人を感ぜしむ。故に性情を揺蕩して、諸《これ》を舞詠に形《あらわ》す。……天地を動かし、鬼神を感ぜしむるは、詩より近きは莫《な》し）」と述べるのにも用いられている。天地に遍在する「気」が「物」を動かし、その「物」が「人」の「性情」を動かすことで文学は生み出される——いわゆる「感物」説を述べたうえで、そのようにして生み出された文学は「天地」や「鬼神」をも動かすと言う。ここには、「天（天地）」の「気」が動くことで文学を生み出し、その文学が「天（天地）」を動かすという、大いなる循環の図式を見て取れよう。[72]この循環の図式を更に言い換えるならば、文学と「天（天地）」との一体化と言えるかもしれない。例えば、劉勰『文心雕龍』原道[73]の冒頭部は「文之為徳也大矣。与天地並生者、何哉（文の徳為《た》るや大なり。天地と並び生ずるは、何ぞや）」という問いのもとに、「文」と「天地」とを「並び生ずる」関係性のもとに重ねて論じている。おそらく劉勰は、理想の文学とは「天（天地）」と一体化したものであるべきだと考えていたのであろう。

先に「有力」の詩学を語った例として挙げた孟郊「贈鄭夫子魴」詩には「天地　胸臆に入れば、吁嗟　風雷を生ず。

文章　其の微を得、物象　我に由りて裁《さば》く。……苟《いや》しくも聖賢の心に非ざれば、孰《たれ》か造化と該《あた》らん」とあったが、「天地　胸臆に入る」や「造化と該る」という言葉に述べられるのも、まさしく「天地」やその「造化」の働きとの一体化である。その意味では、第四句「物象　我に由りて裁く」に見える「我」については、現実に存在する生身の作者を指すのではなく、「天地」との一体化を達成した作者を指していると考えるべきであろう。「天地」と一体化した作者とは、現実の作者を超えた高次の存在である。したがって、ここにもまた「無意」の詩学と同じく、優れた文学作品は作者の制御を超えたところで生み出されるという方向性の考え方が語られていると解せるのではないだろうか。

「有力」の詩学であると「無意」の詩学であるとを問わず、中国の詩学が風と水のイメージによって追究しようとしていたのは、「天」との一体化であったと言うべきかもしれない。

注

（1）『文選』巻一七（胡刻本、藝文印書館、一九七九年）。
（2）『庾子山集注』巻一五（倪璠注、中華書局、一九八〇年）。
（3）『庾子山集注』巻一三。
（4）『王子安集注』巻八（蔣清翊注、上海古籍出版社、一九九五年）。
（5）『王子安集注』巻首。
（6）『李白集校注』巻一一（瞿蛻園・朱金城校注、上海古籍出版社、一九八〇年）。
（7）『杜詩詳注』巻三（仇兆鰲注、中華書局、二〇一五年）。
（8）中国の詩における「力」をめぐっては、拙論「中国詩学における『力』の諸相」（『中国―社会と文化』第三九号、二〇二四年）に私見を述べた。以下、第一章の論述にはそれと重複する部分があることをお断りしておきたい。

(9)『蘇軾全集校注』巻二六（張志烈・馬徳富・周裕鍇主編、河北人民出版社、二〇一〇年）。
(10)『山谷詩集注』巻四（任淵注、中華書局、二〇〇三年）。
(11)『石門文字禅校注』巻一（周裕鍇注、上海古籍出版社、二〇一二年）。
(12)『歴代詩話』（何文煥輯、中華書局、一九八一年）。
(13)『彦周詩話』が挙げるのは杜甫の「出塞曲」「八哀詩」、『石林詩話』が挙げるのは「登楼」「閣夜」。宋詩話において「有力」だと評される詩人には杜甫以外の詩人も含まれるが、やはり多くを占めるのは杜甫である。宋人にとっては杜甫の詩こそが「有力」だと感じられる作品であったのだろう。
(14)『杜詩詳注』巻二。
(15)『杜詩詳注』巻一八。
(16)『杜詩詳注』巻八。
(17)西洋では、磁力や万有引力などの「遠隔力」＝離れた物体間に作動する力について、当初はそれをオカルト的（霊的）な魔術だとして排斥する動きがあったという。山本義隆『磁力と重力の発見3』（みすず書房、二〇〇三年）、柄谷行人『力と交換様式』（岩波書店、二〇二二年）などを参照。
(18)『韓昌黎詩繫年集釈』巻五（銭仲聯集釈、上海古籍出版社、一九八四年）。
(19)『杜詩詳注』巻一。
(20)『杜詩詳注』巻二。
(21)『韓昌黎詩繫年集釈』巻五。
(22)『韓昌黎詩繫年集釈』巻七。
(23)中唐期におけるこの種の認識については、川合康三「詩は世界を創るか——中唐における詩と造物」（同氏『終南山の変容——中唐文学論集』研文出版、一九九九年、収、初出は一九九二年）を参照。
(24)『蘇軾全集校注』巻一九。
(25)『楊万里集箋校』巻二二（辛更儒箋校、中華書局、二〇〇七年）。
(26)「以戦喩詩」の文学論については、周裕鍇「以戦喩詩：略論宋詩中的〝詩戦〟之喩及其創作心理」（同氏『語言的張力：

中国古代文学的語言学批評論集』中国社会科学出版社、二〇一六年収、初出は二〇一二年）を参照。

(27)『石門文字禅校注』巻三。

(28)『石門文字禅校注』巻四。

(29)恵洪が、文学の持つ凶暴な「力」に関心を抱いていたのには、彼が禅僧であったことも関わっていただろう。禅僧の間で交わされる問答には、時に激しく苛烈な言葉が多く用いられており、言葉による戦闘とも言うべき要素が色濃く見られる。こうしたなかで培われた言語感覚が「言語の暴力」を賛美する一連の言葉となってあらわれたと考えられる。恵洪の詩学については注8所掲の拙論および拙論「『箭鋒』―釈恵洪と蘇軾、黄庭堅、そして江西詩派の詩学をつらぬくもの」（『日本中国学会報』第七六集、二〇二四年）において別途、考察を試みた。

(30)『蘇軾全集校注』巻二四。

(31)『石門文字禅校注』巻二。

(32)『石門文字禅校注』巻三。

(33)『石門文字禅校注』巻五。

(34)『石門文字禅校注』巻七。

(35)『石門文字禅校注』巻二。

(36)『姜白石詩集箋注』巻下（孫玄常箋注、山西人民出版社、一九八六年）。

(37)末尾の二句は、楊万里を李白に、自らを杜甫に擬えるかたちで相手を称え、親愛の情を表現したものである。「三千首」は欧陽脩「贈王介甫」詩の「翰林風月三千首」、「江東日暮雲」は杜甫「春日憶李白」詩の「江東日暮雲」を用いる。「施」は旗の一種、楊万里が転運副使を務めていることを指して言う。「回首」に作る本もあり、その場合は金陵にいる楊万里を遠く思いやることを言うか。

(38)「破的」＝「中的」にはもとは「力」をあらわす要素も備わっていたが、宋代には呂本中「送元上人帰禾山」（『呂本中詩集箋注』巻一三〈祝尚書箋注、上海古籍出版社、二〇一一年〉）に「如射破的、初不以力」とあるように「力」を超えたものをあらわす傾向が目立ってくると考えられる。

(39)『嘉祐集箋注』巻一五（曾棗荘・金成礼箋注、上海古籍出版社、一九九三年）。

(40) 蘇洵「仲兄字文甫説」の文学論については、郭紹虞主編『中国歴代文論選』第二冊（上海古籍出版社、一九七九年）、曾棗荘『三蘇文藝思想』（四川文藝出版社、一九八五年）、顧易生・蔣凡・劉明今『宋金元文学批評史』（上海古籍出版社、一九九六年）などを参照。

(41) 「無意」と「自然」とは、その本質において共通する要素を持つ。同類の語としては「無心」「無為」「天然」「自発」なども挙げられよう。中国詩学における「無意＝自然」については、程剛「釈〝無意〟：中国詩学的創作心態論」（『中国韻文学刊』第二一巻第一期、二〇〇七年）、曾明・王進「蘇軾〝無意為文〟、〝有為而作〟与中国詩学〝活法〟説論考」（『社会科学研究』二〇一二年第六期）、陳軍「論〝有意〟与〝無意〟及其美学史意義」（『華中師範大学学報』第五七巻第三期、二〇一八年）、張文利「随物賦形：三蘇以水喩文与〝自然〟詩学観的建構」（『中北大学学報』第三八巻第五期、二〇二二年）などを参照。

(42) 『蘇軾全集校注』巻一〇。

(43) 『蘇軾全集校注』巻六八。

(44) 『蘇軾全集校注』巻四九。本書簡については小川環樹・山本和義『蘇東坡集』（朝日新聞社、一九七二年）を参照。

(45) 『蘇軾全集校注』巻六六。

(46) 『豫章黄先生文集』巻一七（『四部叢刊』本）。

(47) 『楊万里集箋校』巻六七。

(48) 『滄浪詩話校箋』附（張健校箋、上海古籍出版社、二〇一二年）。

(49) 『浮渓集』巻一七（『文淵閣四庫全書』本）。

(50) ここには「如印印泥」のイメージも併せて用いられている。『文心雕龍』物色篇に文学の「形似」を論じて「巧言之切状、如印印泥」と述べるのに出る。宋代には黄庭堅がこのイメージを好んだ。汪藻の言葉は黄庭堅の影響下にあって発せられたものか。なお、ここでは印章の凹凸に応じ形状を変えて隙間無く密着する印泥の可塑的な性質が水のそれに重ねられていよう。姜夔「白石道人詩集自叙」（『姜白石詩集箋注』巻首）には「如印印泥、如水在器」とある。

(51) 『東塘集』巻一九（『文淵閣四庫全書』本）。

(52) 宋代には「風行水上、自然成文」は一種の定型句となっており、ほかにも南宋の張元幹「亦楽居士文集序」（『蘆川帰来

集』巻九）、同「跋蘇詔君贈王道士詩後」（同上）、張九成「回孫尚書二首」其二（『横浦集』巻一八）、林季仲「蘇詔君贈王道士詩後」（『竹軒雑著』巻六）などに見える。

(53)『韓昌黎文集』巻七（馬其昶校注、馬茂元整理、上海古籍出版社、二〇一四年）。

(54)『豫章黄先生文集』巻一九。

(55)『豫章黄先生文集』巻二六。

(56)『豫章黄先生文集』巻二六。

(57)『劉克荘集箋校』巻九五（辛更儒校注、中華書局、二〇一一年）。

(58)呂本中はほかに「別後寄舎弟三十韻」（『呂本中詩集箋注』巻六）に「筆頭伝活法、胸次即圓成」、「大雪不出寄陽翟寧陵」（同上巻七）に「文章有活法、得与前古並」と述べている。なお、呂本中の「夏均父集序」および「活法」論については注40所掲の郭紹虞主編『中国歴代文論選』第二冊のほか、曾明『詩学「活法」考察』（商務印書館、二〇一九年）などを参照。

(59)「然余区区浅末之論」の「余」は「餘」字の訛である可能性もあるか。「餘」の場合は「黄庭堅以外の文人による浅薄な論」という意味になる。ただし、王正徳『餘師録』巻三（『文淵閣四庫全書』本）に収める夏倪文集の序「遠遊堂詩集序」は、劉克荘が引く「夏均父集序」とほぼ同文であるが、そこでは「余」は「予」に作る。これに従えば「余」は一人称代詞である。

(60)『豫章黄先生文集』巻一六。

(61)『咸平集』巻二（羅国威校点、巴蜀書社、二〇〇八年）。文中の「若与……」については、よくわからない。「……と比べてどうであるか」というような意味をあらわすと解した。

(62)王水照『蘇軾選集』（上海古籍出版社、一九八四年）および注40所掲の郭紹虞主編『中国歴代文論選』、曾棗荘『三蘇文藝思想』などを参照。

(63)『咸平集』巻二。本書簡について、注40所掲の顧易生等『宋金元文学批評史』は蘇洵「仲兄字文甫説」の先駆的な例として挙げる。ただし、「貽宋小著書」に比べると共通点は少ない。

(64)『苕渓漁隠叢話』後集・巻三、『詩人玉屑』巻一三、『竹荘詩話』巻四、『詩林広記』巻一などにも引かれる。

（65）『管錐編』第三冊・全晋文巻九七（中華書局、一九七九年）。なお、中国詩学における inspiration については、川合康三『中国の詩学』第二十一章「人生の詩・霊感の詩」（研文出版、二〇二二年）を参照。拙著『中国の詩学認識』第五部第二章「『夢中得句』をめぐって」（創文社、二〇〇七年）にも私見を述べた。
（66）『美学事典』（弘文堂、一九七四年）。前田昭雄氏執筆。
（67）『詩品注』（陳廷傑注、人民文学出版社、一九八〇年）。
（68）『梁書』蕭子顕伝（中華書局、一九七三年）。
（69）『孟郊詩集校注』巻六（華忱之・喩学才校注、人民文学出版社、一九九五年）、『孟郊詩集箋注』巻六（郝世峰箋注、河北教育出版社、二〇〇二年）。全十句のうち末尾二句を割愛。
（70）『韓昌黎文集』巻四。
（71）鈴木達明「韓愈『送孟東野序』の『鳴』と受動の文学論」（本書所収）は、「送孟東野序」は「受動」を中核とする文学論を述べたものとしている。「受動」とは、自らの「力」によって能動的に創作するのとは対極にある文学創作のあり方であり、本稿に論じた「無意＝自然」の詩学のあらわれと見なすことができるかもしれない。
（72）前掲の楊万里「答建康府大軍庫監門徐達書」にも同様の循環図式が「感物」と「無意」とを結びつけるかたちで論じられている。
（73）『文心雕龍注』（范文瀾注、人民文学出版社、一九七八年）。

「国風」民間起源説の波紋
――南宋末期から清代中期までの文学論を材料として

永田知之

一　はじめに

南宋の朱熹（一一三〇～一二〇〇）が遺した見解には、時代を画する例がしばしば見受けられる。彼が『詩』（『毛詩』）のために著した注釈の序に記す言葉も、その一つであろう。

　吾聞之、凡詩之所謂風者、多出於里巷歌謡之作、所謂男女相与咏歌、各言其情者也。（『詩集伝』巻首「詩集伝序」）

　私はこう聞いている、すべて『詩』の風というものは、多くが村里での歌謡として作られたものに由来し、それはいわば男女が共に歌い、各々がその思いを述べたものである。

ここでいう「風」は国風を指し、朱熹の議論はあくまでもそれに限定してのことだった。この種の議論を朱熹は周囲に度々語っていたらしく、彼の語録にその形跡が見出せる。(1)

　器之問風雅、与無天子之風之義。先生挙鄭漁仲之説言、出於朝廷者為雅、出於民俗者為風。文武之時、周召之作者謂之周召之風。東遷之後、王畿之民作者謂之王風。似乎大約是如此、亦不敢為断然之説。但古人作詩、体自不同、雅自是雅之体、風自是風之体。如今人做詩曲、亦自有体製不同者、自不可乱、不必説雅之降為風。（『朱子語類』巻八十「詩一・綱領」）

器之が風雅と、天子に風が無い意味についてたずねた。先生は鄭漁仲の説を挙げて言われた、「朝廷に由来するものが雅であり、民間に由来するものが風である。文王・武王の時代に、周公・召公が作った詩を周召の風と呼んだ。周が東に移った後、（新都洛邑周辺の）畿内の民が作った詩を王風と呼んだ。概ねこのようであるらしいが、なおそうだと断言できるわけではない。しかし古人が詩を作るにも、形は自ずと異なっており、雅は自ずと雅の形であり、風は自ずと風の形である。今の人が詩や曲を作るにも、やはり自ずと体裁が異なるので、自ずと入り乱れるわけにはいかず、必ずしも雅の程度が落ちて風になったと言うものではない」。

陳埴（字は器之）と師の朱熹（先生）のこの問答は、銭木之（やはり朱熹の門人）が記録している。「詩集伝序」の末尾には淳熙四年（一一七七）の紀年があり、また銭木之が陳埴・朱熹の問答を記録した時期は慶元三年（一一九七）と見られる(2)。つまり風が民間に起源を持つ詩だという主張は、朱熹が壮年から晩年に至るまで一貫していたと思われる。その上で風と雅とは出自が異なり、従って「体」も等しくないと述べている。

『詩』の注解には、朱熹の時代まででも膨大な蓄積がある。とりわけ北宋以降には、伝統的な注に囚われない『詩』の研究が陸続と生み出される(3)。鄭樵（一一〇四～一一六二）、字は漁仲にも、そのような研究があった。今日では史書の『通志』で専ら著名な鄭樵だが、失われたとはいえ『詩』に関しても『詩辨妄』という著作を編んでいる。朱熹も、しばしば彼の説に言及する。風は「民俗に出」るも、鄭樵の説を受けての主張だった(4)。

従って伝・箋や詩序にいう作者や作詩の由来に拘泥せず、詩篇を解する姿勢が朱熹の独創でないことは、今さら言うまでもない。しかし朱子学が道学の中で主流を占め、さらに儒学の正統に位置付けられると、この事実はほぼ忘れ去られる。即ち、国風が民間の詩に基づくと唱えられる背景には、朱熹の説があったことだろう。朱子学が圧倒的な権威を持つにつれて、朱熹の見解を表立って批判することは難しくなる。ただ、そうかと言って「男女」が「相与に」「里巷」で歌った作品が『詩』に収められ、中には「淫詩」も含むとなると、朱子学の信奉者も戸惑いを覚えかねなかった。[5]「詩の受け止め方が道義的であるのは、『詩経』から始まる。中国古典詩のカノンともいうべき『詩経』の詩篇は、作品自体は決して道義的とはいえないにしても、その受け止め方ははなはだ道義的なものであった」[6]。このような伝統がある以上、それは止むを得ない仕儀であった。

もとより、小論では朱熹の説について当否を探るわけではなく、後に続く経学の議論を追おうというわけでもない。概ね文学の領域に限って、『詩』が部分的にも民間に出自を持つという説が近世の中国でどう扱われたか、小論はそこに主眼を置こうと考える。中国の古典文学を論じる場合、「『詩経』と『詩経』以後の詩との間の超えがたい差異」の存在には説明を要すまいが、「「詩」が『詩経』に連なる言語表現として意義付けられる」[7]ことも疑いようの無い事実である。文学の源流にある『詩』に民間の要素が含まれるか否か、含まれるとしてそれは後世の文学といかに関わるか。文学について思索をめぐらせる、あるいは自身の文学論を権威付けたい者が、関連する興味深い言説を遺してきた。

小論では筆者が興味を覚えた、かかる言説とその意図を検証してみたい。筆者の力不足で時代は清代中期まで、範囲もごく限られる点には、あらかじめ読者の宥恕を願っておく。

二　宋末・元代──「采詩」をめぐって──

朱熹の没後、十三世紀に入ると、国風が民間に由来するとの言説が文献の中に散見する。次の例では庶民が作者とは明言しないが、詩の言葉は民間に起源を持つと述べる。唐風の「山有枢」を詩序や毛伝・鄭箋・正義は晋の君主による過度の吝嗇を詠うと記すが、『貴耳集』を著した南宋の張端義（一一七九～一二四六以後）はそのように解さない。(8)

毛詩聖人取小夫賤隷之言、最于人情道理処、誠使人一唱三歎。如山有枢三章、聞之者可以為戒。言衣裳車馬、宛其死矣、他人是愉。言鐘鼓、宛其死矣、他人是保。言酒食、宛其死矣、他人入室。愉、保猶可説、至于入室、則鄙吝之言極矣。（『貴耳集』巻上）

『毛詩』は聖人が匹夫や召使いの言葉を採ったもので、とりわけ人の思いや筋道に関する箇所には、人を大いに感心させるものがある。例えば「山有枢」三章は、これを聞く者が（世間一般の吝嗇への批判として）戒めにできる。（「山有枢」では）衣裳・車馬を使わないまま、鬱陶しく死ねば、よその者がそれで遊ぶという。太鼓と鐘を使わないまま、鬱陶しく死ねば、よその者がそれで楽をするという。酒や食事を取らないまま、鬱陶しく死ねば、よその者が部屋に入って来る。遊ぶ、楽をするはまだ言ってもよいが、部屋に入って来るとなっては、（酒や食事も取らずに死ぬのだから）吝嗇も極まったことを述べるものだ。

『詩集伝』巻首「詩序辨説」で朱熹は詩序の説を排し、「山有枢」を君主の吝嗇を咎める詩とは考えない。学問上の師承等において、張端義は朱子学と特に関係を持たなかった。その彼にして、このような言説を伝える。朱熹の影響かはともかく、『詩』は民間と関わるという見方がかなり普及していたことが窺われよう。時代が下ると、同じ「小夫賤隷」と『詩』との関係をより積極的に捉える、劉辰翁（一二三二～一二九七）のような見解も現れる。

詩自小夫賤隷、興寄深厚、後来作者、必不能及。左伝史漢間記人語言、亦不特公卿世家為有典型。雖何物老人、至鄙俗不可口者、倉卒問対、可誦而挙。（『須渓集』巻六「曾季章家集序」）

『詩』は匹夫や召使いが、手厚く思いを託したものなので、後の作り手では、決してそれに及ぶことはできない。『左伝』・『史記』・『漢書』は人の会話を時々記すが、やはり公卿や名族のそれを手本とするばかりではない。どこやらの老人の、甚だ卑俗で口にすべきではない言葉や、咄嗟の受け答えでも、口ずさんで取り上げることができるものなのだ。

この序は曾応璋、字は季章の息子が亡父のために執筆を求めた文章である。曾氏の事跡が伝わらぬため、時期が宋末・元初のいずれか明らかではない。引用に続く箇所で、劉辰翁は時文（科挙の答案に用いる文体）への批判を示す。生気を欠く時文と対照的に、古代の詩や文章は何と精彩に富むのか、と彼は主張したいようだ。その際に、『左伝』などと共に『詩』が挙げられ、「小夫賤隷、興寄深厚」と称される。やや遅れる呉澄（一二四九～一三三三）になると、『詩』の作り手には女性も含まれることを明示する。

古之詩或出於幽閨婦女、山野小人、一為采詩之官所采、以之陳于天子、肄于楽官、至今与雅頌合編、人尊之以為経。采者豈為無功於詩哉。後世不復有是官、則民間有詩、誰其采之。（『草廬呉文正公集』巻十二「詩珠照乗序」）

古《いにし》えの詩のあるものは家内の婦女、山野の庶民に由来するが、一たび采詩の官に采《と》られると、天子の前に列ね、音楽を担当する官に習わせ、今に至るまで雅・頌と同じ書物（『詩』）に含め、人々は経書として尊ぶ。采というものが詩に役立たないことがあろうか。後の世ではもうこの官が無いので、民の間に（優れた）詩があっても、誰がそれを采るのだろうか。

上古の王者は世情を知り、自身の姿勢を正すべく、「采詩の官」に俗間の詩を集めさせたという。孔子による『詩』の編纂も、一種の「采詩」だったとされる。[9] 呉澄がこう述べるのは、この序が郭友仁（伝未詳）なる者の編んだ選集のために書かれたからである。廬陵（現江西省吉安市）の、恐らく無官の士だった郭氏は「四方に行」き、「取る可き」「詩」を集めて、『詩珠照乘』（後に散佚）にまとめた。その際に、彼は自身の行為を「采詩」と称したようだ。(10)

実は、元代の詩文には選集の編纂を「采詩」と呼ぶ例が度々見られる。舒岳祥（一二一九～一二九八）、劉辰翁・劉将孫（一二五七～一三二五）父子、呉原可（劉父子と同時代）、趙文（一二三九～一三一五）、呉澄に師事した虞集（一二七二～一三四八）が作中や表題で「采詩（詞）」の語を用いる。(11) 詩の保存と伝承を必要と考える者は、どの時代にもいた。元代の場合は、これに加えて久方ぶりに中国の南北が統一され、各地の詩歌を集成する気運が高まったと想像される。さらに科挙制度の停止等で官界への道が大幅に狭められた知識人が野に在ることが増え、その作品の蒐集が民間での「采詩」に類するように思われたという事情も関わるだろう。(12) ただ、そこに朱熹の影響を見ることも可能なのではないか。

例えば呉澄は南宋末の景定五年（一二六四）、十六歳で程若庸（？～一二七一以後）に会って教えを受けた。程若庸の師は饒魯（一一九三～一二六四）、さらにその師は朱熹の信頼が篤い直弟子かつ女婿の黄榦（一一五二～一二二一）であった。呉澄を朱熹の四伝（玄孫）弟子と称する所以である。確かに彼は程若庸の他にも師を持っており、思想上の系譜は単純ではない。ただ、彼が夙に朱子学を信奉していた点は疑い得ない。(13) 咸淳三年（一二六七）に十九歳で「道統図」を著し、自らを朱熹の後継者に擬したことが例証となろう。(14)

淳祐元年（一二四一）、朱熹が先行する道学者（周敦頤・程顥・程頤・張載）と共に孔子廟に従祀されたことを、一般に国家による朱子学の正統性への公認と見做す。(15) 呉澄はもとより、元代の知識人は南宋以来のこのような流れを受けて、みな相応に朱子学の洗礼を受けていた。「采詩」への言及でも、彼らが朱熹の説を意識していた可能性は高いだろう。

さて小論の冒頭で述べたとおり、朱熹は国風の詩は多く民間に由来すると断じた。これは「采詩の官」なる古い概念をも受けていよう。元代に特有な「采詩」への重視がそこに付加されたところで、特段の問題は無いかと思われる。しかし、次のような議論も見られる。

或者又曰、古詩作於田夫野老、幽閨婦女、豈有法乎。是不然。三百五篇出於先王之沢、沈浸醲郁、道化所及、南北同風、性情既正、雅頌自作。及変雅、変風、猶且発乎情、止乎礼義、此人心之詩也。云何三百五篇、删後之詩不能彷彿一語。蓋非王者之民、不能作也。豈特删後、春秋之時、已不能作、孟子所謂王者之迹熄而詩亡、詩亡而後春秋作是也。詩之法度、豈無自来哉。(『詩法正宗』)[16]

ある者がまたいう、「古えの詩は農夫・田舎親父、家内の婦女に作られたのだから、どうして法があるものか」。そうではないのだ。(『詩』の)三百五篇は味わえば美酒に酔いしれるような、先王の恩沢に由来し、道による感化が及び、南北が風を同じくして(統一され)、人々の心ばえが正しいので、雅や頌の詩が自ずと生じた。(衰えた世に作られた)変雅や(国風でも周南・召南を除く)変風までも、やはり情に生じながら、礼儀にもとらず、これらは人の心に発する詩である。どうして三百五篇に、(孔子の)筆削を経た(残りの)詩は一語も似ないのか。[17]それは王者の民でなければ、(『詩』に収める詩篇は)作ることができない詩だからある。ただ筆削を経たからではなく、春秋の時には、(『詩』に収めるような詩篇は)もう作れず、それは孟子のいう「王者の遺風が尽きて詩が亡び、詩が亡んだ後に『春秋』が生じた」ということである。詩の規範に、基づくところが無いということなどあり得ようか。

『詩法正宗』は元代のいわゆる「詩格」(作詩指南・詩歌批評書)と目される。この種の文献では珍しくもないことだが、撰者については諸説ある。「詩格」を複数まとめた『傅与礪詩法』巻二では「掲曼碩先生述」と称する。また史潜(一四三六進士、一四五九河東塩運使)が校刊した『新編名賢詩法』巻下では『虞先生金陵詩講』と題する。[18]「掲曼碩」

は掲傒斯（一二七四～一三四四）、字は曼碩、「虞先生」は虞集を指す。いずれも元に仕えて高位に昇った学界・文壇の重鎮なので、彼らに仮託された文献も少なくない。それだけに『詩法正宗』に関しても撰者の名が正しいのか、正しいとしてもどちらの著述かは詳らかでない。ただ傅若川（一三一二頃～一三八八以後）が編纂した『傅与礪詩法』に収録されるので、遅くても元末明初に存在した点に疑問は無い（なお「傅与礪」は傅若川の兄で掲傒斯の知遇を得た傅若金をいう）。いま嘉靖二十九年（一五五〇）王用章跋刊本『詩法源流』に収めるテクストを用いた。(19)

さて、『詩法正宗』の撰者は「田夫野老、幽閨の婦女」が作ったような「古詩」（ここでは『詩』に収める詩篇を指す）に「法」があるだろうかという問いに、「先王」（古代の明主）が治めていた時代ならば、（庶民が作った詩でも）内容は正しく、「変雅、変風に及ぶも、猶お且つ情に発し、礼義に止まる」（「毛詩大序」に基づく）と答える。それは『孟子』「離婁」下で「王者の迹熄みて詩亡ぶ」と称する春秋時代とは、全く様相が異なるというのである。この回答が説得力を持つかは、いま問わない。そもそも、春秋時代に入ると『詩』に収めるような詩篇が現れなくなったと考える者は、そう多くない。例えば呉澄と同じ朱熹の四伝、黄榦の三伝弟子に当たる許謙（一二七〇～一三三七）は孟子のいう「詩亡ぶ」とは雅や頌が消滅したことを指し、また国風も高位の者の作品を含むと考える。(20)

重要なことは、庶民に由来する『詩』に法があるのかなどという疑問を想定して、それに答える言説が詩学の文献に現れた点だろう。一つには、やはり国風の多くは民間に出自を持つとする朱熹の説が普及して文学にまで波及したことが、その理由と考えられる。次に、古くからある詩法に関する議論がより盛んになったことも忘れてはならない。

詩歌の鑑賞や創作に関わる者の増加に伴い、詩を読み作る「詩法」が多く論じられたが、元代もその例外ではない。(21)期間は短いながら、先にも触れた「詩格」に類する文献が少なからず伝わる事実も、元人が「詩法」を重んじたことの表れだろう。(22)そういった状況の中で、詩歌の源流であるべき『詩』における「法」や「法度」の有無が疑われる。

もとより、これは『詩法正宗』の撰者が自説の展開に先立ち、即座に反駁して「詩法」への疑念を解消すべく、敢えて提起した問いであった。実際には、同様な疑問が当時の文献に広く見られるわけではない。しかし『詩』が中国古典詩の劈頭に位置するならば、「詩法」の源流もそこにあるという意識が現れることは、ごく想像しやすい。その際、『詩』に収められる作品が庶民の手に成るという説が疑いの起こる原因になり得たわけである。

もちろん、これは士大夫の民間への軽視に起因する現象だった。むしろ『詩』に含まれるほどなのだから、出自がどうあろうとも、国風の諸篇が持つ権威は揺るぎようも無かった。やがて国風と特徴を共有するのだから、後世の民間における歌謡にも価値が見出せるはずだという発想の転換が生じる。周知のとおり、明代に興ったその様子を、次節で見るとしよう。

三　明代―「真詩」を手掛かりに―

明代に入って、官学として朱子学が持つ権威は、より高まる。『詩集伝』も欽定の『詩経大全』（『五経大全』の一）に組み込まれ、同書やより簡略化した文献を通じて、影響の範囲を広げていく。国風が民間に由来することに疑いを示す傾向も、もはや表にはほぼ現れなくなったようだ。そういった中で国風の出自はいかに文学をめぐる議論に援用されたか。先行研究も多く言及する「真詩」の概念から、それを考えたい(23)。まず李夢陽（一四七二～一五二九）が嘉靖三年（一五二四）に著したと思しき文章を挙げる。

李子曰、曹県蓋有王叔武云。其言曰、夫詩者天地自然之音也。今途咢而巷謳、労呻而康吟、一唱而群和者、其真也。斯之謂風也。孔子曰、礼失而求之野。今真詩乃在民間、而文人学子、顧往往為韻言、謂之詩。夫孟子謂、詩亡然後春秋作者、雅也。而風者亦遂棄而不采、不列之楽官、悲夫。（『空同先生集』巻五十「詩集自序」）

李子がいう、曹県（現山東省荷沢市）の王叔武という者であったろう。その言葉にいう、「いったい詩というのは天地自然の音である。いま道でうるさくし街なかで歌い、働きつつうなり休みつつ吟じ、一人が唱えると大勢が和するものが、本物なのである。これを風というのである。孔子は「礼が失われればこれを野に求める」と言われた。いま真詩は民間にこそあるが、文人や学者は、ただしばしば韻を踏んだ言葉を綴って、それを詩という。いったい孟子がいう、「詩が亡んでその後に『春秋』が生じた」とは、雅のことである。しかし風もやはりこうして捨てて采られず、音楽を担当する官のもとに列せられないが、悲しいことだ。

自身の別集に冠するために、李夢陽はこの序を著した。王崇文（一四六八～一五二〇）、字は叔武、は弘治六年（一四九三）、即ち李夢陽と同年の進士である。ここでは「蓋」字を用いてやや韜晦するが、両者は旧知の仲だったらしい。引用を省いた箇所の記述から、李夢陽は「詩集自序」を著す約二十年前に王崇文のこの言葉を聞いたと知られる。

王崇文の見解では、道や街なかで労働者が口にし、他の者も唱和するような歌が「真」であり「風」と呼び得る。孔子の「礼失われて之を野に求む」（『漢書』巻三十「藝文志・諸子略」では「之」を「諸」に作る）という言葉から、「真詩は乃ち民間に在り」との結論が導かれる。本物の詩が「民間に在」るというのは、「文人学子」の作品は偽物だという意を含もう。しかるに現代の「風」である「真詩」は顧みられないという王崇文の嘆きを李夢陽は書き記すが、彼もこれに賛意を抱いていたのだろう。(24)

李子曰、世嘗謂删後無詩。無者謂雅耳。風自謡口出、孰得而無之哉。今録其民謡一篇、使人知真詩果在民間。（『空同先生集』巻六「郭公謡」）

李子がいう、世の中では（孔子による『詩』の）編纂の後には詩は無いといつもいわれる。（だが）無いというのは雅だけである。風は歌う（人の）口から生じるのだから、（時代が下るからといって）どうしてそれが無いということがあろうか。今その民歌一篇を記録し、真詩は果たして民間にあることを人に分からせる。

「郭公謡」は李夢陽が「詩集自序」と前後する時期に詠んだのであろう詩だが、ここには詩の後に記された言葉を挙げた。嘉靖九年（一五三〇）刊本『空同先生集』巻六は巻頭に「楽府」、「雑調曲」と記して「郭公謡」などを収録する。詩自体からも「民謡」に倣った作品と判断できるが、それを遺して「人をして真詩は果たして民間に在りと知ら使《し》」めようという。なお「删後に詩無し」は宋以降に度々用いられる言い回しだが（注一七）、前節で見た『詩法正宗』にも「云何《いかん》ぞ　三百五篇に、删後の詩は一語も彷彿たる能わず」とあった。さて王崇文の発言を引く「詩集自序」と異なり、こちらは明確に李夢陽自身の主張と見做せる。少し遅い李開先（一五〇二〜一五六八）の「市井艶詞序」（『李中麓間居集』巻六）に見える「故風出謡口、真詩只在民間（従って風は歌う口に生じるので、真詩は民間にこそある）」という言葉は、表現の類似から考えて李夢陽の見解を受けた可能性があるだろう。

もっとも、白話文学の創作にも手を染めた李開先は「市井艶詞序」で明代に民間で流行を見た歌謡の猥褻な点を指摘しつつ、人の真情が表れることを評価する。[25] これに対して、「真詩」は「民間に在」ると述べながら、李夢陽は国風にまで時代を遡ってそれを求めた（注二四）。あるいは、これも李夢陽が文学の上で擬古派に属する所以かもしれない。

その擬古派を厳しく批判した詩人の袁宏道（一五六八〜一六一〇）に、次の詩句が伝わる。「当代無文字、閭巷有真詩（当代　文字無し、閭巷に真詩有り）」（『袁中郎全集』巻二「答李子髯」其二）。二首から成る連作「李子髯に答う」のうち、其の二は五言古詩（十六句）で、ここには第十三・十四句を挙げた。李学元（別号は子髯）は袁宏道の妻の弟に当たる。

万暦二十二年（一五九四）に作られたこの詩は何景明（一四八三〜一五二一）・李夢陽（共にいわゆる前七子）を尊ぶ者

を批判する。それは、具体的には後七子の一人、王世貞（一五二六～一五九〇）を指すのだろうか。[26] だが擬古派が幅を利かす「当代」に真の「文字は無」いと断じながら、「閭巷」（民間）には「真詩」があると述べ、後半だけだと王崇文や李夢陽と同様の結論に達したかに見える。十二年後の万暦三十四年（一六〇六）、袁宏道はこう述べる。

夫迫而呼者不択声、非不択也、鬱与口相触、卒然而声、有加於択者也。古之為風者、多出於労人思婦。夫非労人思婦為藻、於学士大夫、鬱不至而文勝焉。故吐之者不誠、聴之者不躍也。余同門友陶孝若、工為詩、病中信口腕、率成律度。夫鬱莫甚於病者、其忽然而鳴、如瓶中之焦声、水与火暴相激也、忽而展転詰曲、如灌木之縈風、悲来吟往、不知其所受也。要以情真而語直。故労人思婦、有時愈于学士大夫、而呻吟之所得、往往快於平時。夫非病之能為文、而病之情足以文、亦非病之情皆文、而病之文不仮飾也、是故通人貴之。（『袁中郎全集』巻三十五「陶孝若枕中囈引」）

いったい切羽詰まって叫ぶ者は声を選ばないが、これは（本当は）選ばないのではなく、心のふさぎが口を衝き、俄かに声が出ると、それは選ぶものより勝ることがあるからだ。古えの国風の詩は、多くが労役に苦しむ者や物思いにふける婦人の作に係る。いったい労役に苦しむ者や物思いにふける婦人ではなく、学者・士人に美しい言葉を綴らせれば、心のふさぎは不充分なのに言葉が勝ってしまう。だから口から出るものが本当でなければ、それを聴く者も動かされないのである。私の同門の友人の陶孝若は、詩を作るのが上手く、病の中で口や手の動くに任せて（作れば）、それは概ね韻律に適う。いったい心のふさぎで病よりひどいものは無く、湯沸かしの中で、水と火がぶつかって音を立てるように、俄かに声を上げ、木立に風がまとわりつき、悲しみの音が鳴るように、急に寝返りを打って体を曲がりくねらせ、どう我慢すればよいか分からない。思いは本物で言葉が真っ直ぐでなければならない。だから労役に苦しむ者や物思いにふける婦人（の詩）が、時に学者・

士人に勝ることがあり、呻吟してできた作品は、しばしば普段よりも優れる。いったい病によって文が作れるのではなく、病による思いが文たり得るのだし、また病による思いが全て文なのではなく、病による文は作り物ではない（から優れる）。そのため物が分かった人はこれを尊ぶ。

陶若曾（一五八八挙人）、字は孝若、は袁宏道の知友で、やはり詩人だった。彼が病中に作った詩をまとめた『枕中囈』に寄せて、この文章は書かれたと思しい。「病の情」を詠う詩は「仮飾」ではないから人の心を動かすという著者の主張が、容易く読み取れる。ここで「労人思婦」の語を三たび用いて「時に学士大夫に愈《まさ》る有り」と述べる点は、注目に値する。「古えの風を為《つく》る者は、多く労人思婦に出ず」というとおり、袁宏道は国風の詩は多数が民間に由来すると認識していた。「閭巷に真詩有り」という句の背景にも、この認識があったのだろう。実は擬古派と目される者も、これは同様だったかもしれない。

即ち、李開先は自著の『詞謔』で次のように述べる。李夢陽に詩文を学んでいた者が河南の開封に行くことになった。李夢陽は彼に開封で流行する俗謡の「鎖南枝」に似た作品が書ければ、これ以上のことは無いと教える。その者は開封で「鎖南枝」を聞いて宝物のように思い、後に「お教えのとおりです」と李夢陽に礼を言った、と。(27) 続いて、こう記される。

何大復継至汴省、亦酷愛之曰、時詞中状元也。如十五国風、出諸里巷婦女之口者。情詞婉曲、有非後世詩人墨客、操觚染翰、刻骨流血所能及者、以其真也。毎唱一遍、則進一杯酒。終席唱数十遍、酒数亦如之。更不及他詞而散。……若以李何所取時詞為鄙俚淫褻、不知作詞之法、詩文之妙者也。(29)（『詞謔』「詞謔」）

続いて何景明が開封にやって来て、やはりこれを甚だ好み、「流行歌の中の最高傑作である。十五国風が、もとは街々の女らに口ずさまれていたのと同じだ。柔らかな情感と言葉は、後の世の詩人・墨客が、筆紙を用いて、骨を刻み血を流（すほど苦吟）しても敵うものではないが、それは（思いが）本物だからである」と言った。（彼は「鎖南枝」を）一たび歌うごとに、酒を一杯呑み、酒席を終えるまでに数十回歌い、酒の数もやはりそれに等しかった。その上で他の歌には及ばず（酒席は）散じた。……もし李・何が取り上げた流行歌を卑俗で猥褻とするならば、作詩の法、詩文の妙味を知らないものである。

李夢陽・何景明自身の記述ではなく、また『詞謔』が戯曲・散曲を主題とするため、文人が俗謡を称えたという内容の真偽は定かではない。ただ「十五国風は、諸もろの里巷の婦女の口に出」ると李開先または何景明が考えていた点は認めてよいだろう。閉塞した（と彼らが見做す）当時の文学を蘇らせるべく、民間の歌謡から力を借りるに際して、『詩』が名目とされたのだった。恐らく当時の知識人にとっては、国風の多くが「労人思婦」や「里巷の婦女」に由来することに、もう疑問の余地は無かっただろう。「采詩の官」という概念や朱熹の説を意識せずとも、それは自明な事柄だったのではないか。こうして、『詩』との類似を唱える俗謡の選集も現れることになる。

書契以来、代有謳謡、太史所陳、(30)並称風雅、尚矣。自楚騒唐律、争妍競暢、而民間性情之響、遂不得列于詩壇。於是別之曰山歌、言田夫野豎矢口寄興之所為、薦紳学士家不道也。（『山歌』巻首「叙山歌」）

文字が現れてから、歌謡は世々存在し、太史が（詩を宮廷に）置いて、みな風・雅と呼ぶのは、古くからのことだ。『楚辞』や唐詩が、美麗なことを競ってから、民間の性情の響きは、詩壇に列せられなくなった。そこでこれらを別に山歌というが、農民や田舎の子供が口任せに思いを寄せて作ったのであって、紳士や学者たる者は口にしないことなのである。

明末における白話文学の雄たる蘇州の馮夢龍（一五七四～一六四四）は、郷里の方言で記される俗謡を『山歌』と題する書物にまとめた。引用に続く箇所で俗謡の欠点も指摘するが、彼がそれらは『詩』の流れを汲むと考える点は間違いない(31)。「民間性情の響きは、遂に詩壇に列せられず」というのだから、「太史の陳ぶる所」だった『詩』の詩篇は「民間」に由来するとの認識が、そこには存在しよう。やがて、次の如き主張も現れるに至った。

今古之情無尽、而一人之情有至有不至。凡情之至者、其文未有不至者也。則天地間街談巷語、邪許呻吟、無一非文。而遊女、田夫、波臣、戍客、無一非文人也。（『南雷文案』巻一「明文案序上（乙卯）」）

昔から今までの人の感情は限りない。そして一人の感情は真率の感情に至ることもあれば至らないこともある。およそ真率の感情が生ずれば、文が真率にならないことはない。さすれば、天地の間の街角のおしゃべり、労働のかけ声やうめき声も、どれひとつ文でないものはない。そして遊女、農夫、さすらいの臣、辺境防備の人、だれ一人として文人でないものはない。

黄宗羲（一六一〇～一六九五）がこの序を著した「乙卯」は康熙十四年（一六七五）を指す。中国で「文学は士人も庶民も区別はないはず、という議論が起こるのは、かなり遅れる」が、「人間のあらゆる感情、心のなかに生起する思い、それが真率なものであればすべて文学になる。だからどんな階層の人も文人ということになる、と黄宗羲は言う。ここには人を階層によって分けず、ひとしなみに人間として捉え、人間が感情を持つ以上、文学は誰のものでもあるという斬新な思考が繰り広げられている。中国の伝統文化もこの時期に至って文学の根源を考え、人間と文学の関係に新たな視点が生まれたのだった(32)」。

黄宗羲の場合、「人を階層によって分けず、ひとしなみに人間として捉え」る思考には「満街の人は都《すべ》て是《これ》聖人」（街中の人はみな聖人である）という陽明学からの影響も想像される(33)。確かに、「文学は誰のものでもあると」は「斬新な思考」だった。だが明代にこれと通じる文学への認識―『詩』（国風）も民間に由来するという見解に基盤を持つ―

を抱く者がいたことは、本節で見たとおりである。思うに、黄宗羲が人格を形作った明末の時期、これらは相当な力を持っていたのではないか。清代の初めに、彼のような形で「文学は誰のものでもあると」論断された背景に、こういった前提があったことを忘れてはなるまい。

四　清代―袁枚と章学誠―

これは黄宗羲も自覚していただろうが、「文学は誰のものでもあると」は可能性を述べたのであって、序にその旨を記した選集『明文案』も、実際は士人の文章で埋め尽くされる。[34] 何かの事情で庶民が著した文言の文章が公になり後世に伝わることは、ごく稀だろう。『詩』の成立についても、「献詩」の説に基づいて、[35] 知識人の介在を重視する議論も根強かった。例えば朱子学を奉じて陽明学を排し、清末に文廟（孔子廟）に従祀された陸世儀（一六一一〜一六七二）も「三百篇」は「多く里巷の謳謡」に由来するが、選録には「公卿」らが関与したと述べる。[36] 清代を通じて、『詩』の編定には、かかる見方が一般的だったろうか。こういった中、文学の領域で『詩』の出自は民間にあると繰り返し唱えた清人と言えば、袁枚（一七一六〜一七九七）に指を屈することになろう。

須知有性情、便有格律、格律不在性情外。三百篇半是労人思婦率意言情之事、誰為之格、誰為之律。而今之談格調者、能出其範囲否。[37]（『随園詩話』巻一）

（詩に）性情があれば、格律（形式と韻律）も伴うのであって、格律は性情の外にあるのではないと知らなければならない。（『詩』の）三百篇は半分が労役に苦しむ者や物思いにふける婦人が心任せに思いを述べたもので、（ことさらに）誰がその格を作り、誰が律を作ったというのか。だがいま（詩の）格調（格式と音調）を語る者はこの範囲を超えられるだろうか。

常寧[38]段永孝序江賓谷之詩曰、三百篇頌不如雅、雅不如風。何也、雅頌、人籟也、地籟也、多后王、君公、大夫修飾之詞。至十五国風、則皆労人思婦、静女狡童矢口而成者也。尚書曰、詩言志。史記曰、詩以達意。若国風者、真可謂之言志而能達矣。（同巻三）

常寧（現湖南省）の段永孝は江賓谷の詩に序を著していう、「（『詩』の）三百篇で頌は雅に敵わず、雅は風に敵わない。なぜならば、雅・頌は人の出す音であり、地上に起こる音であって、天子・諸侯・大夫が整え飾った言葉が多い。十五国風となると、全て労役に苦しむ者や物思いにふける婦人、貞淑な女性やずる賢い子供の口任せにできた詩である。『尚書』に「詩は志を言う」とある。『史記』に「詩は思いを達するものだ」とある。国風の如きは、誠に志を言って思いを達するものと称せる」。

枚嘗核詩寛而核文厳。何則、詩言志、労人思婦、都可以言。三百篇不尽学者作也。後之人雖有句無篇、尚可采録。（『小倉山房文集』巻十九「与邵厚庵太守論杜茶村文書」）

私はいつも詩を正す際は緩やかに、文を正す際は厳しくします。なぜかと申しますと、詩は志を言うもので、労役に苦しむ者や物思いにふける婦人でも、みな（志を）言うことはできるからです。（『詩』の）三百篇は全てが学問のある者が作ったわけではありません。後世の者にも（優れた）句はあり篇（全体）はそうでないにせよ、なお選び取ることができます

いま、『詩』（国風）が民間に由来するとの認識が明瞭な例を挙げた。他にも、袁枚は国風の作品複数を民間の歌謡と解する記述を伝える。俗謡である以上、儒教の理念にそぐわない詩も含まれるが、それこそが尊く、後世の詩もかくあるべきだ―こういった記述から袁枚の性霊説に連なる詩論を見て取ることは難しくない[39]。現に、これらの引用に

は「労人思婦」の語が共通して現れる。前節で引いた「陶孝若枕中甗引」で、袁宏道も同じ言葉を三たび用いていた。いずれも「情」を重んじる二人の詩人が語彙も共有する点は、興味深い。

確かに、『随園詩話』巻三の記述は江昱（一七〇六～一七七五）、字は賓谷の詩集が冠する他者の序からの引用である。しかし同巻一の叙述をも勘案すると、これに賛同すればこそ、その主張を引くのだろう。最後に挙げた杜濬（一六一一～一六八七）、号は茶村の文を論じ、蘇州知府の邵大業（一七一〇～一七七一）、号は厚庵に送った書簡と併せて、国風の相当数が民間に由来するという主張は、袁枚の詩論に不可欠の要素だったらしい。

その袁枚に峻烈な批判を浴びせたのが、今では思想家・史論家として名高い章学誠（一七三八～一八〇一）である。主著の『文史通義』内篇に限っても、彼への非難は複数見られる。

司馬遷曰、詩三百篇、大抵賢聖発憤所為作也。是則男女慕悦之辞、思君懐友之所託也、征夫離婦之怨、忠国憂時之所寄也。必泥其辞、而為其人之質言、則鴟鴞実鳥之哀音、何怪鮒魚忿誚於荘周、萇楚楽草之無家、何怪雎風慨嘆於宋玉哉。（巻二内篇二「言公上」）

司馬遷は、「『詩経』三百篇は、おおむね賢聖が感情を発露させ、そのために作ったものである」と言った。となると、男女が愛し合う内容の（詩の）文辞は、君主や友人を思念する気持ちを託したものであり、戦争にかり出された夫と残された妻の無念（の詩）も、国に忠節を尽くし時世を憂うる気持ちを託したもの、ということになろう。もしも（詩の）文辞に拘泥し、詩人の直言だと考えるならば、（豳風の）「鴟鴞」の詩は、本当に（フクロウのせいで暮らしを乱された）鳥の悲しみの声ということになり、鮒が荘子に向かって腹を立てた話と大差なくなる。また（檜風の）「隰有萇楚」の詩も、（サルナシという）草に配偶者がいないことを喜ぶことになってしまい、雌の風にことよせて宋玉が嘆きごとを言ったのと変わらない。

章学誠は『詩』に収める詩篇には「託する所」があり、詩人の「質言」ではないと考える。その上で、彼は「詩三百篇は、大抵賢聖の憤りを発し為に作る所也」という。もちろん、これは『史記』巻百三十「太史公自序」に基づく伝統的な見解である。(40) 従って、『詩』(国風)の出自として民間を重く見ないことを袁枚への批判とは即断しかねる。だが同じ『文史通義』の内篇でも、次の引用には袁枚の影が見え隠れする。

朱子之解、初不過自存一説、宜若無大害也。而近日不学之徒、援拠以誘無知士女、逾閑蕩検、無復人禽之分。則解詩之誤、何異誤解金縢而啓居摂、誤解周礼而啓青苗、朱子豈知流禍至於斯極。即当日与朱子辨難者、亦不知流禍之至斯極也。従来詩貴風雅。即唐宋詩話、論詩雖至浅近、不過較論工拙、比擬字句、為古人所不屑道耳。彼不学之徒、無端標為風趣之目、尽抹邪正貞淫、是非得失、而使人但求風趣。甚至言采蘭贈芍之詩、有何関係而夫子録之、以証風趣之説。無知士女、頓忘廉検、従風波靡。是以六経為導欲宣淫之具、則非聖無法矣。(同巻五内篇五「婦学篇書後」)

(『詩』の淫奔を内容とする諸篇について、「詩人ではなく、当事者たる男女が歌った詩だ」とする)朱子の解釈は、一の別解として残しておいただけのことであって、それほど問題とはならないはずであった。ところが、最近の不学の輩が、(「男女が歌った恋愛詩である」との説を)よりどころとして、無知な士人や婦女をたぶらかし、けじめをなし崩しにし、人と禽獣との区別がなくなってしまっている。こうなると、『詩』を解釈する上での誤りが禍害を引き起こすのは、『書』の金縢篇を曲げて解して、(王莽が)摂政位に就いて政務を代行する事態に道をひらき、『周礼』を曲げて解して、青苗法が実施される事態を引き起こしたのと異なるところはない。朱子は、結果的に禍害がこれほどまでになるとどうして知っていたであろうか。当時にあって、朱子と、『詩』の理解をめぐって討論した者も、やはり引き起こされる禍害がこれほどまでになるとは知らなかった。かつて、

> 詩は、風雅を尊ぶものであった。唐宋の詩話はといえば、詩を論ずるそのあり方は、ごく皮相であって、工拙を較べ論じ、字句をつきあわせるだけの内容であるけれども、（それは）古人にとって論ずるのを好みはしない事柄であったに過ぎない（＝ことさらに咎めだてるような内容ではない）。かの不学の輩はといえば、むやみに「風趣」を眼目とし、邪正と貞淫、是非と得失といった区別をことごとく消し去り、人に専らに風趣ばかりを追求させ、はなはだしくは、「蘭を採り芍を贈るといった詩は、（綱常や褒貶と）何らかかわりがないけれども、夫子はこれを『詩』に採録しているではないか」と述べて、みずからの「詩は風趣を重んず」との説を裏づけるまでに至っている。無知なる士人と婦女は、正しく律することをすぐさま忘れ、風に吹かれ波に揺られるも同然に流行に追随してしまっている。これは、六経を、情欲を導き淫乱を宣揚するための道具とする行いであって、聖人を誹謗し、礼法をなみするものだ。

「婦学篇書後」は同じ内篇五に収める「婦学」と題する、女性の学問を論じる篇を補って書かれた。「婦学」でも「国風の男女の辞は、皆《み》な詩人の擬する所に出ず」と恋愛を詠う詩は当事者（庶民）の作品ではないと述べるが、[41]引用では同じ主張がより深められる。掲出した部分の後半で「風趣の説」（注三七）、「蘭を采り芍を贈るの詩」の解釈[42]に言及する箇所が袁枚への批判ということは疑い得ない。興味深く思われるのは、引用の冒頭で「朱子の解」に触れ、男女の関係を詠う詩を当事者の作品と考えることは「一説」だと称する点である。実際には「鄭風」を扱う『詩集伝』巻五などで、朱熹は『詩』が「淫声」を含むと認める。

いったい、章学誠には堕落した（と彼が考える）当時の学術を正す志があった。特に詩文の面での野放図な気風の首魁として、彼は袁枚を目の敵とした[43]。そこで、『詩』も多くは「労人思婦」に由来するから、現代の詩歌もそれに倣えばよいという袁枚の詩論を否定する必要が生じる。ところが国風は概ね民間に起源を持つとは朱熹の持論で、袁枚も時にこれを自説の権威付けに用いた[44]。文名と共に不品行の評判も高く、引用の末尾にいう「聖を非《そし》り法を無《な》み」しながら朱熹の説を盾に取る袁枚に、彼は挑戦することになる。そこで採られたのが、「淫声」を当事者の詩と考える議論は朱熹も「流禍」を予測しなかった別解だという強弁だった[45]。時代の寵児たる袁枚に対抗するには、他に方法が無かったのだろう[46]。

前々節・前節で見た明代までの文学論は、『詩』が民間に由来すると述べる場合も、前提となる朱熹の説に言い及ぶことは無かった。それに対して、章学誠は袁枚の詩論に挑む際、公定の学説に背かないと主張するため、敢えて「朱子の解」に触れざるを得なかった。この事実は、遅くても元代以降、国風が庶民の作った詩を含むという説が自明と化して、通常は朱熹の名を挙げることも不要なほど文学の世界でも権威を持ったと示すのではないか。

五　おわりに

「中国古典文学の場合、文化共同体は中国独特の様相を呈する。まず社会階層として、それは「士大夫」と称される一部の知識階級に限定されるものであった。士大夫（士、士人）と庶民（庶）の区別は、中国の社会を構成する基本的な枠組みである」。「中国古典文学の基盤となる文学共同体は、士大夫という構成要素によって成り立っていた。要するに中国の古典文学は士大夫のものだったのである」[47]。

士大夫による文学の占有という現象が中国でいつ確立したかには、様々な考え方があり得よう。ただ南宋までに、それが完全に、またはほぼ確立していた点に異論はそう提起されまい。こういった伝統が充分に積み重なった時代に、朱熹は国風の多くは民間に由来すると断言したのであった。これは士大夫が五経の一種として奉じる『詩』に、彼らと峻別されるべき庶民（庶）の要素が多分に含まれることを意味する。

もちろん朱熹は『詩』、そして国風が全て庶民の作に係ると唱えたわけではない。また『詩』は別格であって、後世の文学と同一視するわけにもいかない。さらに「刪詩」（注一七）や「献詩」（注三五）など孔子を初め知識人が『詩』の編纂・選録に関わったとされる事跡は、古くから文献に見えるところだった。だが『詩』が中国古典文学の源流に位置する、というより文学の価値を高めるべく、経書に列せられる『詩』がその起源とされてきたことも、確かな事実である。

元代には、「采詩の官」という古い概念に、朱子学の伸長が相俟って、国風の多数は民間に起源を持つという説が士人の中に浸透する。これが朱熹の見解と称せずとも、文学の世界にも波及したことは、明代・清代も同様であった。民間の歌謡への注目、また情感を詩に詠うことの重視は、それと大きく関わる。当然ながら、これらは士大夫が主導した動きで、『詩』の出自に関わる朱熹の説を、彼らはその立場から活用した。

小論で取り上げた資料は、ごくわずかに止まる。これらの議論と実際の詩文がどう関わるか、また関わらないかは、今後の検討に俟つ。ただ近世中国最大の権威で、全ての士大夫が敬仰すべき朱熹が部分的にも『詩』の起源を庶民に求め、それが文学論に影響したことに疑いの余地は無い。その重要性に鑑みて、若干の考察を試みた。博雅の示教を得られれば幸いである。

注

（1）檀作文『朱熹詩経学研究』（学苑出版社、二〇〇三年）一一四～一三四頁参照。

（2）田中謙二「朱門弟子師事年攷」（同『田中謙二著作集』第三巻、汲古書院、二〇〇一年、初出一九七五年）一〇三～一〇四頁参照。

（3）この方面の比較的近年における研究に、種村和史『詩経解釈学の継承と変容――北宋詩経学を中心に据えて――』（研文出版、二〇一七年）がある。

（4）鄭樵『六経奥論』巻三「風雅頌辨（風雅頌兼備六義）」にこれと対応する記述が見えるが、同書が鄭樵の著作かには疑わしい点がある。顧頡剛「鄭樵著述考」（『顧頡剛全集』十二、中華書局、二〇一〇年、初出一九二三年）二二一～二二九頁参照。

（5）黄忠慎『朱子《詩経》学新探』（五南図書出版、二〇〇二年）五九～一一八、二一三～二一八頁参照。

（6）川合康三『中国の詩学』（研文出版、二〇二二年）六八頁。

（7）二組の「　」内は前注所掲『中国の詩学』一六一頁に拠る。

（8）『貴耳集』巻上の張端義による序の末尾に淳祐元年（一二四一）の紀年があり、また同巻の末条に彼自身の経歴と同年に六十三歳だった旨が記される。さらに巻下の序に淳祐六年（一二四六）の紀年が見える。

（9）『漢書』巻三十「藝文志・六藝略・詩」参照。「藝文志」が成った経緯から、この記述は前漢・劉歆『七略』の「輯略」に基づくと考えられる。

（10）「詩珠照乗序」の本文に引用した箇所に続けて、「盧陵郭友仁、窮閻之士也、以采詩自名、而行四方。詩有可取、必采以去、鋟之木而伝之人、俾作詩者之姓名炳炳輝耀於一時」とある。

（11）舒岳祥「二十四日還龍舒旧隠」（『閬風集』巻五）、劉辰翁「贈采詩生序」（『須渓集』巻六）、劉将孫「送彭元鼎采詩序」、「送臨川二艾采詩序」、「蕭学中采詞序」（みな『養吾斎集』巻九）、呉原可「送彭丙翁胡復初采詩」（『乾坤清気』巻五）、趙文「高敏則采詩序」（『青山集』巻一）、虞集「葛生新採蜀詩序」（『虞道園類稿』巻十九）に用例が見える。これらの詩文は次注所掲の論著に言及される。

（12）元代の「采詩」については、奥野新太郎「元代文学における「采詩」――劉辰翁の佚稿『興観集』『古今詩統』をめぐって――」（『九州中国学会報』第四十七巻、二〇〇九年）に拠る。なお査洪徳『元代詩学通論』（北京大学出版社、二〇一四年）九九～一〇一頁も参照。

（13）方旭東『呉澄評伝』（南京大学出版社、二〇〇五年）一七～一九、二九三～二九四頁を参照。

（14）呉澄『草廬呉文正公外集』巻二「雑識十」に「道統図」（伏羲から朱子に至る道統を図示）を収め、その前に「至於周子、則我朝之元也、程、張、則我朝之亨也、朱子則我朝之利也。然則孰為我朝之貞乎哉。未有也。然則其責可以終無所帰哉。不可也。嗚呼、蓋有不可得而辞者矣。丁卯六月望」と題する。「周子」は周敦頤、「我朝」は宋、「程、張」は程顥・程頤、張載、「丁卯」は咸淳三年を各々指す。元亨利貞は『易』に基づく表現だが、朱熹の跡を継ぐ「我朝之貞」に呉澄自身を置く意識が窺えるのではないか。

(15) 宋代から明代に至る孔子廟への学者の従祀については、小島毅『宋学の形成と展開』（創文社、一九九九年）一六一～一七一、一八〇～一八七頁参照。

(16) 『傅与礪詩法』巻二、『虞先生金陵詩講』（『新編名賢詩法』巻下）等に拠って「於」を補った。

(17) 南宋・楊時『亀山先生語録』巻二に北宋・邵雍（字は尭夫）の「誰信画前元有易、自従刪後更無詩」という二句を引く。「刪後更無詩」は孔子が筆削して『詩』が編まれた後、そこに収められた作品に及ぶような詩が残らなかったことをいう。なお孔子による詩への筆削は、『史記』巻四十七「孔子世家」を典拠とする。

(18) 『傅与礪詩法』、『新編名賢詩法』は共に標点を附した形で陳広宏・侯栄川編校『明人詩話要籍彙編　第四冊　詩法巻壹』（復旦大学出版社、二〇一七年）に収録される。

(19) 四庫全書存目叢書編纂委員会編纂『四庫全書存目叢書』集部第四一五冊（荘厳文化事業、一九九七年）に影印を収め、その巻上では「掲曼碩先生述」と称する。他に明・朱紱等輯『名家詩法彙編』巻八では「掲曼碩詩法正宗」、清・顧龍振輯『詩学指南』巻一では「詩法正宗（掲曼碩述）」と題する。

(20) 元・許謙『詩集伝名物鈔』巻三「王一之六（変四）」に「孟子所謂詩亡、東遷之後、王者迹熄、雅頌之作亡也。先王之徳、西都頌之至矣、可無作也。政令不能行於天下、故雅亦無所為而作。西都数百年、非無風也、古之録詩、所以示勧戒、有雅以道天下之故、則無事於采。風雅既亡、則取民間之詩以紀政俗。王風十篇、黍離為大夫行役、餘皆民間之詩也」とある。

(21) 注一二所掲『元代詩学通論』三二一～三四七頁参照。

(22) 元代の「詩格」は多くが張健編著『元代詩法校考』（北京大学出版社、二〇〇一年）に集成される。

(23) 先駆的な研究に入矢義高「真詩」（初出一九六八年）がある他、同「擬古主義の陰翳――李夢陽と何景明の場合――」（同一九七八年）が参考になる。これらは共に入矢義高著、井上進補注『増補　明代詩文』（平凡社、二〇〇七年）所収。

(24) 引用に続く箇所で、李夢陽は王崇文の論点は風に限られ、雅や頌は「文人学士」が作るのだろうと疑問を呈するが、雅や頌も長く世に見えないと言い返される。そこで彼は時代を遡って、それぞれの時期の詩を学ぶが、王崇文にみな酷評され、風や雅に至って止めたという。「詩集自序」などに現れる李夢陽と民間の詩歌との関係は松村昂「李夢陽詩論」（『明清詩文論考』汲古書院、二〇〇八年、初出一九九五年）一五四～一五九頁参照。

(25)『李中麓間居集』巻六「市井艶詞序」に「正徳初尚山坡羊、嘉靖初尚鎖南枝、一則商調、一則越調、商、傷也、越、悦也、時可考見矣。二詞譁於市井、雖児女子初学言者、亦知歌之。但淫艶褻狎、不堪入耳、其声則然矣、語意則直出肺肝、不加雕刻、倶男女相与之情、雖君臣友朋、亦多有託此者、以其情尤足感人也。故風出謡口、真詩只在民間。三百篇太半采風者帰奏、予謂今古同情者此也」とある。「山坡羊」、「鎖南枝」は当時の俗謡で、後者は「瑣南枝」とも表記する。

(26)この詩については、松村昂「袁宏道の詩「答李子髯」二首をめぐって」（同編著『明人とその文学』汲古書院、二〇〇九年）に拠る。

(27)明末清初の銭謙益も『牧斎初学集』巻三十二「王元昭集序」で李夢陽について同じ話柄を伝えるが、そこでは「鎖南枝」（前々注の「市井艶詞序」参照）を「瑣南枝」と記す。

(28)省略した部分に、明代後期の著名な文章家が『水滸伝』を称え「倘以奸盗詐偽病之、不知序事之法、史學之妙者也」と述べたとある。

(29)省略したが、この後に「鎖南枝」が引かれる。その原文と訳文及び小論で扱う李開先・李夢陽・何景明・袁宏道の言説については、注二三所掲の「擬古主義の陰翳」六四～七四頁参照。

(30)『礼記』「王制」にいう「大師陳詩」の説に基づく（「太史」は誤り）。

(31)『山歌』など民間の歌謡を国風の遺響と位置付ける思潮については、大木康『馮夢龍『山歌』の研究　中国明代の通俗歌謡』（勁草書房、二〇〇三年）三六三～三七九頁参照。

(32)「明文案序上」については注六所掲『中国の詩学』一五三～一五四頁参照。訳文や引用（「文学は……」、「人間の……」）もそれに拠る。

(33)『伝習録』下「門人黄省曾録」に王艮（汝止）、董澐（蘿石）が外出から帰った後、いずれも師の王守仁（陽明）に「見満街人都是聖人」と延べたとある。

(34)《四庫禁燬書叢刊》編纂委員会編『四庫禁燬書叢刊補編』第四四～四七冊（北京出版社、二〇〇五年）に全二百十七巻

のうち二百七巻が残る清鈔本『明文案』が影印される。

(35)『国語』周語上、晋語六に「献詩」の語が見える他、「毛詩大序」にも関連する議論が含まれる。注六所掲『中国の詩学』八五～八七頁参照。

(36)清・陸世儀『思辨録輯要』巻三十五「史籍類」に「三百篇之詩、亦多取里巷謳謡、然古者公卿献詩、耆艾備之、而後王斟酌焉」とある。陸世儀については、葛栄晋・王俊才編著『陸世儀評伝』(南京大学出版社、一九九六年)参照。

(37)引用に先立つ箇所に「楊誠斎曰、従来天分低拙之人、好談格調、而不解風趣。何也。格調是空架子、有腔口易描、風趣専写性霊、非天才不辦。余深愛其言」とあるが、夙に指摘されるとおり、楊万里(誠斎)の著述にこの言葉は見えない。

(38)『随園詩話』は諸本共に「段」を「欧」に作るが、清・江昱『松泉詩集』に収める序に拠って改めた。なお四庫全書存目叢書編纂委員会編纂『四庫全書存目叢書』集部第二八〇冊(荘厳文化事業、一九九七年)所収『松泉詩集』巻首に見える段永孝の原文には「若詩三百篇、鮮有升降之者。予独謂、頌不如雅、雅不如風。聴者愕焉、不知雅頌、人籟也、地籟也、国風、天籟也。雅頌多后王、君公、大夫、師長修飾潤色之詞。至十五国風、労人思婦、下至静女狡童、皆矢口而作歌、而無所尺寸。書曰、詩言志。史記曰、詩以達意。若国風者、斯可謂之達矣」とある。「人籟」・「地籟」・「天籟」と前二者が後者に劣るとの説は『荘子』内篇「斉物論」、「静女」・「狡童」は『詩』邶風・鄭風の詩題、『尚書』・『史記』の引用は各々「舜典」、巻百二十六「滑稽列伝」に基づく。

(39)朱孟庭『清代詩経的文学闡釈』(文津出版社、二〇〇七年)二〇七～二一二頁参照。

(40)「言公上」については古勝隆一氏の訳注に拠り、訳文もそこから借用した。『文史通義』研究班「『文史通義』内篇二訳注(二)」(『東方学報(京都)』第九三冊、二〇一八年)六九～七〇、七七頁参照。

(41)『文史通義』巻五内篇「婦学」に「国風男女之辞、皆出詩人所擬。以漢魏六朝篇什証之、更無可疑……国風男女之辞、与古人擬男女辞、正当作如是観。如謂真出男女之口、毋論淫者万無如此自暴、即貞者亦万無如此自褻也」とある。

(42)「采蘭贈芍之詩」は『詩』鄭風「溱洧」を指す。『随園詩話』巻十四に「動称綱常名教、箴刺褒譏、以為非有関係者不録、不知贈芍采蘭、有何関係。而聖人不刪」とある。

(43)唐愛明『章学誠文論思想及文学批評研究』(上海古籍出版社、二〇一三年)二五八～二八七頁参照。

(44)袁枚「策秀才文五道」其二(『小倉山房文集』巻二十四)に「朱子注詩、不取伝箋、頗為昔人所訾。……采蘭贈芍、不

無男女之思、而以為刺国政。……朱子廓清之功、安可少歟」とある。「采蘭贈芍」こと「溱洧」は『詩集伝』巻四に見える。

（45）「婦学篇書後」の解釈は新田元規氏の訳注に拠り、訳文もそこから借用した。「清代～近代における経学の断絶と連続」研究班「『文史通義』内篇五訳注」（『東方学報（京都）』第九七冊、二〇二二年）三五七～三五八、三六〇～三六三頁参照。

（46）なお章学誠は「婦学篇書後」の本文で引いた箇所に続いて、国風は言葉が穏やか、かつ諷刺を含むから民間の詩ではないと、次のように主張する。「或曰、詩序誠不可尽廃矣。顧謂古之氓庶、不応能詩、則如役者之謡、輿人之祝、皆出氓庶、其辞至今誦之、豈伝記之誣歟。答曰、此当日諺語、非復雅言、正如先儒所謂殷盤周誥、因於土俗、歴時久遠、転為古奥、故其辞多奇崛。非如風詩和平荘雅、出於文学士者、亦如典謨之文、雖歴久而無難於誦識也。以風詩之和雅、与民俗之謡諺、絶然不同、益知国風男女之辞、皆出詩人諷刺、而非蚩氓男女所能作也。是則風趣之説、不待攻而破、不待教而誅者也」。付言すると、袁枚を批判する記述でも章学誠は彼の名を明言せず、本人に論争を挑むことも無かった。これには様々な事情が関わるが、著名な袁枚と無名の章学誠との力の差は一因であったろう。

（47）この段落は注六所掲『中国の詩学』一三〇頁からの引用に拠る。

八大山人と石濤の題画詩について

西上　勝

一　はじめに

清朝初期に活動した水墨画家として、八大山人（一六二六—一七〇五）と石濤（一六四三—一七〇七）の二人がいることが知られる。その時代において、「最も自由な画風の代表者」であるとの評価が我が国で提起されてから、すでに一世紀以上の時を経ている。(1)

彼ら二人が、当時にあって破格な画家だという評価は、その当時から言及されていたことではある。張庚（一六八五—一七六〇）が編した『国朝画徴録』正編三巻続録二巻には、清初から乾隆期に至る間に活動した四百五十余の画家の小伝と評語が記されている。(2)この書の八大山人と石濤の扱いは、意外なほど対照的で、八大山人が正編の劈頭を飾るのに対し、石濤の方は、続録巻下に方外の一人とされ、釈道済の名で簡単に記される。二人はともに、道釈と関わりのある履歴をたどったが、張庚は八大山人は世外の山人として、石濤は僧侶の身分と見なした。書中の位置づけにこのような違いがあるけれども、二人の画風を「縦恣」、すなわち破格、ほしいままという語で評する点で共通する。八大山人について「筆情は縦恣にして、成法に泥まず」といい、石濤は「筆意は縦恣にして、窠臼を脱し尽くす」と、既成の画法に依っていないと評する。「縦恣」の意味するところは、必ずしも「自由」の意味あいとは重ならないが、八大山人には「方円に規矩を拙くし、彩絵に精研なるを鄙しむ者なり」と付け足していて、「自由」の肯定的意味あいを付加しているように見える。

しかし張庚はあくまでも成法、古法を尊ぶ立場にあった。彼の画評に対し余紹宋『書画書録解題』は「麓臺を推崇すること過当なり」とするが、張庚は康熙期の画壇で枢要にいた宮廷画家の王原祁（一六四二—一七一五、麓臺は画号）が、自作「秋山晴爽図巻」に付した題跋の次の言葉に示された見解を至当なものだとする。「古法に在らず、吾が手に在らず、而して又た古法吾手の外に出でざれば、筆端は金剛杵のごとく、習気を脱尽するに在り。」伝統的画法そのままでも、独自の破格でもない、その両方が兼ねそろった画法を尊ぶ見方は、十七世紀後半の中国では主流であった。臨摹の名手として知られていた趙澄（一五八一—一七世紀半ば）が王維の名で伝えられる群峰飛雪図を臨摹した作に、若年の王士禛（一六三四—一七一一）が題した詩には、「雪江（趙澄の字）の老筆妙なること神に入り、古本を臨摹して幾んど真を乱す。即ち唐宋の多能の手を教ても、未だ必ずしも常て此くの如き人には逢わじ」（『漁洋山人精華録』巻一「題趙澄仿王右丞羣峰飛雪図」）と称えた。張庚も趙澄小伝に、この王士禛の詩句を引く。彼らに共通する古法尊重の傾向は、拠り所とされた董其昌（一五五五—一六三六）の見解に基づく。董其昌は「画家は古人を以て師と為さば、已に自ら上乗なり。此れより進んでまさに天地を以て師と為すべし」（画禅室随筆・画訣）としていた。

しかしながら、伝統に準拠しつつ独自の画風を創出することは簡単に達成できるものではなかっただろう。王原祁もそのことを自覚していた。元の黄公望を臨摹した作に、彼は「画道は文章と相い通ず。仿古中に又た須く脱古すべし。はじめて一家の筆墨を見る。画は小芸なりと雖も、観るべき所以なり」と題している（王司農題画録下）。また、こうした追求の行き詰まりを告白する画家もいた。王原祁とも交流があり、後に写生派を代表する名手とされた惲壽平（一六三三—一六九〇）は、親友の王翬（一六三二—一七一七）に宛てた手紙の中で、自分が山水画を写生画ほど思い通りに画くことができないことを、「然れども山水に于いては終に一字の関を打破し難し、曰く窘《いきづまり》なり。此れ目高けれども手生なるに由る、古人の規矩法度の束縛する所と為れり」と、胸の内を吐露している。[3] この惲壽平の告白は、相手が日頃から信服する友人ゆえに漏らされた率直な言葉で、格式高い画論では現れようのない種類の言であっただろう。けれども、真摯に創作に取り組む画家であれば、恐らく誰もがこうした思いを抱いていたに違いないだろう。では、「縦恣」と張庚から評された八大山人と石濤の二人は、一体どのように作画にかかるこうした事態をとらえていたのだろうか。そうしたことを彼らの自題詩文から探ってみたい。

二　八大山人の河上花歌について

八大山人の名で伝えられる絵画作品は、真贋とり混ぜながら世界中でかなりの数にのぼるようだが、題跋に「蕙嵓先生、此の巻を画くことを囑さる。丁丑（康熙三十六年、一六九七年にあたる）五月より以て六、七、八月に至り、荷葉荷花落成す。戯れに河上花歌の僅かに二百余字ばかりなるを作り、正に呈す」と記される縦47センチで、横幅が13メートル余りに及ぶ紙本墨画の図巻が伝わる（天津博物館蔵）。この作は、八大山人晩年の大作として知られ、題跋にいう「河上花歌」にちなんで河上花図巻と呼ばれる。図版によれば、(4)図巻は、前段四分の三を占める水墨画に続いて、後の四分の一に行書で雑言体の詩及び題記が書かれ、最後に八大山人の題款と三個の印章が捺される。画は八大山人と署名される作品の多くと同様、自然物のみで構成され人為は画き加えられない。ひとけない川辺の岸に、さまざまな様態で生い茂る蓮の葉や花が画かれている。図巻に題された河上花歌も、蓮の花を主題とすることは明らかであるけれども、張庚が「題跋は多く奇致にして、甚だしくは解さず」という如く、その措辞表現は甚だ晦渋で意を捉え難い。八大山人が好んで蓮を画題としたことはすでに知られているし、蓮の絵に題した詩もほかにある。汪子豆編『八大山人詩抄』（一九八一年刊）には、(5)「天池道人の画に倣う」という題記のある「題画荷花」七言絶句が集録されている。

若个荷花不有香　若个《いずれ》の荷花か香り有らざらん
若条荷柄不堪觴　若条《いずれ》の荷柄か觴に堪えざらん
百年不飲将何為　百年飲まざれば将た何をか為さんや
況値新槽琥珀黄　況んや新槽　琥珀黄に値えるに

花卉雑画の名手として知られた徐渭（一五二一—一五九三）の作にならうというこの詩では、蓮の具体的形象が踏まえられている。だが雑言体の河上花歌の方は様子が全く違う。恐らく画号を蕙嵓と称する内弟子[6]のために数ヵ月を費やして完成されたこの図巻に題された河上花歌は、蓮花の単純な具体的形象の表出などはめざされていない。詩は、朱良志氏が指摘するように、三つの段からなる。冒頭の「河上の花、一千の葉」から「心頭に塗上して團墨を共にす」までの前段では、蓮の花の咲き乱れる様を放恣な空想をまじえながら述べる。「蕙嵓先生余の老大にして一週すら無きを憐れみ」から「炎涼にも尽く作して高冠戴けり」までの中段では、太白が作画を通じて天界へと誘わんとする言葉か続けられる。そして末段では、蓮の花を画く意図が語られる。

河上花、一千葉　河上の花、一千の葉
六郎買酔醉無休歇　六郎は酔いを買いて休歇すること無く
万転千迴丁六娘　万転千回する丁六娘
直到牽牛望河北　直ちに牽牛に到り河北を望む
欲雨巫山翠蓋斜　巫山に雨ふらんと欲すれば翠蓋は斜めにして
片雲巻去昆明黒　片雲巻き去られて昆明は黒し
饋爾明珠擎不得　爾に明珠を饋らんとするも擎げ得ず

塗上心頭共団墨　心頭に塗上して団墨を共にす
蕙嵓先生憐余老大無一遇　蕙嵓先生　余の老大にして一遇すら無きを憐れみ
万一由拳拳太白　万一《ひとたび》太白に拳拳たるに由る
太白対予言　太白の予に対いて言わく
博望侯、天般大　博望侯、天の般《ごと》く大
葉如梭、在天外　葉は梭の如く、天外に在り
六娘剣術行方邁　六娘の剣術行きて方に邁《すす》む
団圞八月呉兼会　団圞たる八月　呉は会を兼ぬ
河上仙人正図画　河上の仙人　正に図画す
撑腸拄腹六十尺　腸を撑《ささ》え腹を拄《ささ》うる六十尺
炎涼尽作高冠戴　炎涼にも尽く作して高冠戴けり、と
余曰匡廬山密林邇　余曰く　匡廬は山密林邇なり
東晋黄冠亦朋比　東晋の黄冠も亦た朋比しき
算来一百八顆念頭穿　算来すれば一百八顆の念頭穿ち
大金剛、小瓊玖　大いなる金剛、小さき瓊玖のごときも
争似画図中　争《いか》でか似ん画図中の
実相無相一顆蓮花子　実相無相なる一顆の蓮花子に
吁嗟世界蓮花裏　吁嗟《ああ》　世界は蓮花の裏《うち》にあり
還丹未、楽歌行　還丹未だなるも、楽歌は行わる

泉飛畳々花循々
東西南北怪底同
朝還並蔕難重陳
至今想見芝山人

泉飛ぶこと畳々花循々たり
東西南北底《なん》ぞ同じかと怪しむ
朝《めぐ》還らば蔕を並ぶるも重ねて陳《つら》ね難し
今に至りて想見す　芝山の人

前段では、風雨に揺れ動く多くの蓮の葉や花は、川辺から天界へと思いを誘う。水墨によっては鮮やかな宝玉として画き出すことはかなわないが、心を込めて墨を重ねる、と作画の過程を述べる。

六郎とは、則天武后の寵臣であった張昌宗のこと。彼の美貌を「人は六郎の面は蓮花に似ると言うも、再思以爲く、蓮花の六郎に似て、六郎の蓮花に似たるに非ざるなり」と媚びた楊再思の言葉に基づく（『旧唐書』巻九十楊再思伝、『新唐書』巻一百九楊再思伝にも同様の言を載せる）。丁六娘は『楽府詩集』巻七十九近代曲辞に集録される十索と題する艶詩の作者とし名が見える。『楽府詩集』には、最後の句を「郎従り…を索む」と揃える連作の六首を載せる。その第三首には、「君　花は人に勝ると言うも、人は今　花より去ること近し。寄語す　落花の風、吹きて花落し尽くす莫かれ。花より勝る妝を作さんと欲すれば、郎従り紅粉を索めん」と言う。花に言寄せる丁六娘を蓮の花に見立てる。

蕙嵒先生の名が出る中段では、朱良志氏は太白を直ちに李白と見るけれども、金星の神とも見なせよう、どちらにせよ天界に遊ぶ神格的存在が想定されているのではないだろうか。

博望侯は漢の張騫の封号。張騫の天界遊行伝説について、南宋の周密が『癸辛雑識』前集で、「槎《いかだ》に乗る」伝説をこう考証する。「乗槎の事、唐の諸詩人自り以来、皆な以て張騫と為す。老杜は用事苟《おろそ》かならずと雖も、また「槎に乗り消息断ち、張騫に問う処無し」（「有感五首」其一）の句有り。騫の本伝を按ずるに、ただ「漢の使いとして河源を窮む」というのみ。張華の博物志に、旧説に天河は海と通じ、ある人糧を賫え槎に乗りて去き、十余月にして一処に至る。織女と丈夫の牛を渚に飲《みず》かうもの有り。因りて此れは是れ何処《いずこ》なるかと問う。答えて曰う、君還りて蜀に至り、厳君平に問わば則ちこれを知らん、という。（中略）梁の宗懍、荊楚歳時記を作すに及び、乃ち言う、武帝、張騫をして、大夏に使いせしむ、河源を尋ね、槎に乗りて所謂る織女牽牛に見えり、と。懍なんの拠る所ありて云うやを知らず。」

図画に精出す河上仙人の形象、八大山人が何を典拠としたのかはよく分からない。朱良志氏は関連する先行例として、王昌齢の河上老人歌に「河上の老人古槎に坐し、丹を合わすに只だ青蓮花を用う。今に至りて八十にして四十の如し、口に道う滄溟は是れ我が家なりと」という詩句を挙げる。

「余曰く匡廬は」から始まる末段では、廬山のいわゆる「虎渓三笑」の伝説を発端として、道釈にいわれる百八粒の念珠を引き合いに出し、それに対置すべく蓮の花や葉を画題とすることの意義を、禅宗でいう「実相無相」観を援用しつつ説こうとする。宗教的意義よりもむしろ、絵画創作の意義をいうための想念として持ち出されているのだろう。朱良志氏は、百八という数字が道教でも言及されることを、『雲笈七籤』巻七十三に見える道歌の「生成する数は一百八に極まり、陰気相い従いて自ずから凝結す」という句を挙げて示す。最後の「芝山人」は、霊芝が生育する仙山で修錬する人を意味する。

以上、なお不分明な箇所は多く残るが、この河上花歌で注目すべき部分は、やはり朱良志氏も指摘強調するように、「争《いか》でか似ん画図中の、実相無相なる一顆の蓮花子に、吁嗟《ああ》世界は蓮花の裏にあり」の三句になるだろう。念珠の宝玉などよりも画面に画き出された蓮の花にこそ世界は存在するというのであるから。「実相無相」が、何を含意するのか、この詩句からは把握し難いが、朱氏は禅宗の根本義をいうと見て、南宋の釈普済編『五灯会元』巻一に、世尊が霊山で迦葉尊者に委ねたと伝えられる文章に「吾に正法眼蔵、涅槃妙心有り、実相無相、微妙法門、不立文字、教外別伝なり」とあるのを挙げる。実相無相について、朱良志氏は他の仏典の関連する言説を挙げた上で、この歌における実相とは「蓮の花が他ならぬ一個の自立完結した意味世界（蓮花就是一個自在円足的意義世界）[7]」である、と解する。だが、実相は無相と対をなす概念とされているわけで、蓮の花は実のところ、確たる現実と定かならぬ幻想との境界に位置している、というのではないだろうか。八大山人は、蓮の花を現実と幻想のあわいに位置づけつつ、画き出そうとしたのであろうか。

三　石濤の黄山図巻題画詩について

晩年の石濤にも、八大山人と同じように、長編の詩が題された図巻があり、石濤の代表作の一つとして知られる。黄山は、彼が安徽・宣城に住まいしていた三十歳代から親しく手がけていた画題であった。この図巻は、縦28・7センチ横が182センチの紙本墨画淡彩の大作である（京都・泉屋博古館蔵）。八大山人が晩年になって山水を画題とし始めるようになったのに対し、石濤は当初から山水を主たるテーマとした。宣城の先輩画家に当たる梅清らの影響を受けてきていた。そういう点からすると、動植物を主題とする雑画が多い八大山人と違い、石濤の方は中国水墨山水画の本流に位置していたともいえよう。

この黄山図巻は、黄山奇峰の様を石濤の追想に基づきつつ、現実にはない大観を構成した作であるとされ[8]、そういう意味で黄山を画題とする集大成の作品である。さらにまた、そのような構図は旅行指南図や地志挿図に見られる「全景横巻式」の版画山水図形式にならったとも評される[9]。つまりこの作品は、実際の地形や踏破者の登山ルートに準拠したものとはいえない。画図に続いて七言詩と題記がある。題記は一部分不鮮明で読み取れない箇所があるが、それでも、図巻制作の消息を伝える。「勁庵先生、黄山に遊び、広陵に還り河下に招集し、黄澥の勝を説く。大滌堂下に帰り、余が前三十年に経し所の黄山の前後澥門を想相す。（…数文字不鮮明…）此れを図し幷びに題して、正を請う。清湘陳人苦瓜原済、己卯の又七月」とある。勁庵とは、徽州の塩商の許頤民の号、己卯は康熙三十八年、一六九九年に当たり、石濤はこの年、五十八歳、七年前に足かけ四年にわたる都・燕京滞在を終えて揚州に帰り、前々年には揚州河畔に大滌堂を営み画作題詩に従事していた。三十二句からなる題詩は、黄山に対する年来の思念、勁庵の黄山探訪譚から得た新しい心象、参会者たちへ向けた期待と勧奨、こうした順で述べ進められる。

太極精霊堕地湧　　太極の精霊　地に堕ちて湧き
潑天雲海練江横　　天より潑る雲海　練の江に横たわるがごとし
遊人但説黄山好　　遊人但だ黄山の好きところを説くも
未向黄山冷処行　　未だ黄山の冷処に行かず
三十六峯権作主　　三十六の峯　権《か》りに主と作るも
万千奇峭壮難名　　万千の奇峭　壮にして名づけ難し
勁庵有句看山眼　　勁庵　句ごとに山を看る眼有り
到処捜奇短杖軽　　到る処に奇を捜して短杖軽し
昨日黄山帰為評　　昨日黄山より帰りて評を為す
至今霊幻夢中生　　今に至るも霊幻夢中に生ず
不経意処已成絶　　意を経ざりし処　已に絶と成りたるも
険過幽生冷地驚　　険しきを過ぎ幽生ずれば冷地に驚けり
昔謂吾言有欺妄　　昔謂えらく吾が言に欺妄有らんかと
五年今始信生平　　五年にして今始めて生平を信ず

幾峰雲氣都成水
幾石苔深軟似絨
可是山禽能作楽
絶非花気怪天呈
石心有路松能引
空外無声泉自争
君言別我一千日
今日正当千日程
人生離別等閑情
愧余老病心悽清
有栝在手何辞酔
有語能傾那不傾
満堂辞客生平盟
雄談気宇何崢嶸
座中尽是黄山友
各贈一峯当柱欂
請看秀色年年碧
万歳千秋憶広成

幾峰の雲気　都《すべ》て水と成り
幾石の苔深くして軟らかきこと絨に似る
是れ山禽の能く楽を作すべく
絶えて花気の天より呈するを怪しむに非ず
石心に路有りて松は能く引き
空外に声無く泉は自ずから争う
君は言う我と別れしより一千日なりと
今日正に千日の程に当る
人生の離別は等閑の情
余の老病にして心悽清なるを愧ず
栝《さかづき》の手に在る有れば何ぞ酔うを辞せん
語の能く傾くるもの有るに那ぞ傾けざらん
堂を満たす辞客に生平の盟あり
雄談の気宇何ぞ崢嶸たるや
座中は尽く是れ黄山の友なれば
各おのに一峯を贈ればまさに柱欂《しんばしら》とすべし
請う　秀色の年年に碧なるを看て
万歳千秋にも広成を憶うべし

この詩でとりわけ注意したいのは、万千の峰々の深奥に潜む未踏の境地、すなわち「冷処」「冷地」を、奇を捜すこととして称揚する石濤の熱意である。黄山に遊ぶ人は、まだそれが分かっていない、と石濤は訴える。

未体験の山河自然の奇観を求めずにはすまない心情をいう言葉、すなわち「奇を捜す」について、ここで想起しておきたい事柄がある。この言葉で指示される石濤の信念は、実は「黄山図巻」制作に先立つこと八年、康熙三十年の三月、都に逗留していた時期に画かれた「捜尽奇峰打草稿図巻」（北京故宮博物院蔵）の表題にも見えていた語であった。図巻の款題に、「時は辛未二月、余将に南還せんとするに、且憨斎（王封濚、号は慎庵の住居）に客たり。宮紙と余が案あり、主人慎庵先生画幷びに識を索めらる。教えを請う、清湘枝下人石濤元済」とあり、紙本墨画で縦43センチ、横幅が2メートル余に及ぶこの長巻には、大字で「捜尽奇峰打草稿」と題されている。図画に続いて、次のような自題跋が記されている。

郭河陽いう、画を論じて、山には望むべき者、游ぶべき者、居るべき者有り、と。余曰く、江南と江北、水陸平川、新沙古岸なるものは、是れ居るべき者なり。浅きものには、則ち赤壁の蒼横、湖橋の断岸、深きものには、則ち林巒の翠滴、瀑水の懸争、是れ游ぶべき者なり。峰峰雲に入り、飛岩の日に堕ち、山に凡土無く、石長じて根無く、木の妄りに有らざるものは、是れ望むべき者なり。今の筆墨に游ぶ者、総じて是れ名山大川も未だ覧ず、幽岩独屋に何ぞ居らんや、郭より出づること何ぞ曾て百里ならんか、室に入ること那ぞ半年を容れんか、泛濫の酒杯を交え、簇新の古董を貨い、道眼未だ明らかならず、縦横たる習気あるも、安くんぞこれを辨えんや。之れ自りして曰く、此れ某家の筆墨、此れ某家の法派なりと。猶お盲人の盲人に示し、醜婦の醜婦を評するがごときなるのみ、賞鑑と云うべけんや。一法をも立てざるは、是れ吾が宗なり、一法をも舍《す》てざるは、是れ吾が旨なり。学ぶ者これを知れるか。

郭河陽、すなわち郭熙の言は、その『林泉高致』山水訓に見える。ただ、郭熙は「世の篤論に、山水に行くべき者有り、望むべき者有り、游ぶべき者有り、居るべき者有り、と謂う。画は凡そ此に至らば、皆な善品に入る、ただ可行可望は、可游可居の得たりと為すにしかず」とあって、石濤が示した順序付けとは、微妙に異なる。石濤はこの後さらに語を継いで同時代画家たちの姿勢に批判を加えている。彼らが既存の作法に満足安住し、外界自然への関心を喪失していると手厳しく批判する。つまり、現状に満足し、享楽に溺れて、「奇峰を捜し尽くそう」とはしていないと見なす。けれども、石濤は人跡稀な「奇峰」のみに画興を求めたわけでもないようだ。図版によれば(10)この図巻は山の望むべき者ばかりでなく、游ぶべき者、さらには居るべき者までをも画き出そうと力が注がれている。画面両側の河水は、複雑な入江を形づくりながら、半島風の陸地を囲んでいる。半島の前景には繁茂する樹木に覆われた人家が散在し、屋内では談話を楽しむ人が居る。入江には、漁船ばかりでなく、釣り船や屋形船まで出ている。ただ、人家の背後の土坡や崖は異様に屈曲し、その遠方に見える山並みは、暗く沈んで、「黄山図巻」で「冷処」と呼ばれた地形のように人を寄せ付けない。この図巻では、「奇峰」は人為と隣り合わせに配置されていて、それは後年の「黄山図巻」でも山中の寺院や険しい峰を登攀する人物が画き込まれていたのと共通する。

石濤が晩年に集成した画論『画語録』、その山川章第八の末段にも(11)、この図巻表題と同じ「捜尽奇峰打草稿」という句が見える。

> 此れ予は五十年前は、未だ山川より脱胎せざるも、亦た其の山川を糟粕とし、山川の自私するに非ざるなり。山川、予をして山川に代りて言わしめ、山川、予より脱胎し、予、山川より脱胎するなり。奇峰を捜尽して草稿を打すれば、山川と予、神遇いて跡化するなり。終に之れを大滌に帰する所以なり。

ここでいわれる脱胎とは、生み出しかつ生まれ出る関係を意味し、それゆえ、自らが山川を下らぬ物とすることも、山川が隠し秘することもなかった。大滌、すなわち、障碍をきれいさっぱり洗い流して、奇峰を捜し求めて得た画稿によって、画き手である自らと山川とは、親しく一体化できるようになった、というのであろう。石濤のこうした山河自然との精神的交流は、はるか昔、四世紀の山岳探訪愛好者であった孫綽（三一四—三七一）が「天台山に遊ぶ賦」（『文選』巻十一）の序文に、「夫の遠く冥捜を寄せ、篤く信じて神に通ずる者に非ざれば、何ぞ肯て遥かに想いて之れを存せんや」と記したが、山川と一体化することを望んだ石濤の姿勢は、孫綽のいう山水への向かい方と遥かに響き合うように思う。

朱良志氏は、石濤が自身の墨画山水図に題した次のような詩には、石濤の「無法にして非法」なる自由な境地に進んで遊ぼうとする心情が如実に表れている、と評する。[12]

頗有枯山天地間　　頗る有り枯山の天地の間に
大丘大壑絶痴頑　　大いなる丘と大いなる壑は絶えて痴頑なり
江山助我無辺趣　　江山　我を助くるに無辺の趣きあり
題字都非老処删　　字を題するは都て老処に删するに非ず[13]

それでは、石濤は既存の創作のあり方、すなわち絵画創作の「法」と、どのように対峙しようとしたのだろうか。次にそれについて考えを述べてみたい。

四　奇想と作画

生涯を通じて、八大山人と石濤とは対面する機会を結局得なかったようだが、それでも書信や弟子筋の者たちの往

来などの手段を通じて交流があった。石濤の竹蘭図に、八大山人が題した次の詩文があることが知られる。(14)

　禅と画は皆な南北に分かたれるも、石尊者の画く蘭は則ち自ずから一家を成せり。

南北宗開無法説　　南北の宗より開く無法の説
画図一向潑雲煙　　画図に一向《ひたすら》雲煙を潑《はつ》す
如何七十年光紀　　如何ぞ七十の年光の紀《のり》
夢得蘭花淮水辺　　夢に蘭花を得る淮水の辺《ほとり》

伝統的な南宗と北宗の画派の手法に依拠しない無法の画風は、画面いっぱいに雲や靄が溢れ出している。およそ七十年にわたる画業から、夢うつつの中に淮河のほとりに咲く蘭の花が現れた、と石濤の作画の腕前を称える。この八大山人の詩が書かれたのは恐らく石濤最晩年の頃、彼が「無法の説」というのは、石濤の『画語録』に見える「無法を以て有法を生じ、有法を以て衆法を貫く」とある考え方を述べた言葉を踏まえているのかも知れない。八大山人は「無法の説」が石濤の独創として定評を得ていると見ていたのだろう。実はこの言葉は、これより以前に、石濤が発していた「我れ自《みずか》ら我が法を用う」という言葉に起源する。一六八四年、四十三歳の時に制作された「清音図册」の自題跋などにはこう述べられていた。

　画に南北の宗有り、書に二王の法有り。張融に言有り、「臣に二王の法無きを恨まず、二王に臣の法無きを恨む」と。今、南北の宗を問わる、我が宗なるか、我を宗とするか、と。一時に捧腹して曰く、我れ自ら我が法を用う、と。(15)

「我れ自ら我が法を用う」というのは、「法無し」とは、やや含意するところが異なる。ただ、そもそもここでいわれる法は、個別の絵画技法を指すのではなく、はるかに広い概念、画風あるいは品格を意味して用いられている。石濤は絵画の既存のあり方を無化しようとしたのである。けれどもこうした考えには、さらなる転変が生じた。五十歳になって、「捜尽奇峰打草稿」図巻の制作とほぼ時を同じくする作品の題跋にそれがうかがえる。山水画冊十二幅の題跋で石濤はこういう。

> 吾れ昔時、我用我法の四字を見、心に甚はだ之れを喜べり、蓋し近世の画家専一に古人を演襲すればなり。これを論ずる者もまた且つは曰く、某の筆は某の法に肖るに、某の筆は肖ずして唾すべきなり、此の公は能く自ら法を用いれども尋常を已に超過せざる輩ならんや、と。今に及んでこれを翻悟するに、却って又た然らず、とす。夫れ茫茫たる大蓋の中に、只だ一法のみ有りて、此の一法を得たらば、則ち往くとして法に非ざるは無く、しこうして必ず拘拘然としてこれに名づけて我が法と為さんか。
>
> 情生ずれば則ち力挙《あ》がり、力挙がらば則ち発して制度文章となる。其の実、本来の一悟に過ぎざるに、遂に能く変化して窮まり無く、規模は一ならず。吾れ今、此の十二幅を写するに、拼《もっぱ》ら古人に合するを求めず、また拼ら我が法を定め用いず。皆な是れ意より動き、情を生じ、力を挙げ、文章に発し、以て変化規模を成す。ああ、後の論者、指して吾が法と為すも可、指して古人の法と為すも可、即ち指して天下の人の法と為すもまた可ならざる無し[16]。

この題跋では、法のあり方について、以前の「我れ自ら我が法を用う」という素朴な考え方は影をひそめ、法の一通りでない玄妙な働きを捉えようとする態度に深化しているように見える。法を語ることの困難さが自覚され始めている、といえるのではなかろうか。

最晩年に集成された『画語録』では、法には極めて重要な意義が与えられる。

『画語録』の劈頭に置かれた一画章第一、一画とは単に筆画の一を指すのではなく、絵画創作が開始される、まさに最初の筆墨一閃を含意する語と見るべきであろと考えるが、この章の冒頭の一段に、法が早速定位されている。

> 太古に法無く、太樸散ぜず。太樸一たび散じて、法立つ。法は何に於て立てるや。一画に立つ。一画なる者は、衆有の本、万象の根なり。用を神に見わし、用を人に蔵して、世人は知らず。所以に一画の法は、乃ち我自り立つ。一画の法を立つる者は、蓋し無法を以て有法を生じ、有法を以て衆法を貫くなり。

法は、筆墨の最初の動きが現れると同時に出現する、とされる。この章に続く、了法章第二、すなわち「法を了知する」と題された章には、次のような晦渋なくだりが末段に見える。

> 夫れ画なる者は、天地万物を形づくる者なり。筆墨を舍《お》かば、其れ何を以てこれを形づくらんや。墨は天を受け、濃淡枯潤之れに随う。筆は人に操られ、勾皴烘染これに随う。古の人は、未だ嘗て法を以て為さずんばあらざるなり。法無ければ則ち世に于いて焉《こ》れを限るもの無からん。是れ一画なる者は、限るもの無くしてこれを限るに非ざるなり、法有りてこれを限るにあらざればなり。法に障《さわり》無く、障に法無し。法は画くこと自り生じ、障は画くこと自り退く。法と障参《まじ》わらざれば、乾旋り坤転ずるの義得られ、画道彰れて、一画了せらる。

「限る」とは形を与えること、造形する行為を指すであろうが、その造形には法が伴うという。しかし法に従って形が生み出されるのではない、という。「法に障無く、障に法無し。法は画くこと自り生じ、障は画くこと自り退く」とは、絵画の風格、法は、絵画創作を縛る束縛とは相容れないことをいうのだ。画風はまさに画く最中において生み出されゆくのである。

では一体、どのような契機から、筆墨を取らずにはすまない状態になると考えられたのであろうか。上に見た題跋には、「情生ずれば則ち力挙がり、力挙がらば則ち発して制度文章となる」と記されていた。生ずるべきその「情」

は、いかなる環境下に生まれるとされるのか。石濤は早年の作一六七九年の竹石梅蘭図軸に、次のような題款を付している。

筆に写し墨に本づくに援るも、余興未だ已まず、更に竹石を作す、一時適を取ると雖も、頓に古今の画格を絶去す、唯だ坡仙のみ輒ち敢えて爾《しか》云えり。(17)

画興が引き続いて止まなかったのは、いっとき意に適ったから、というのである。

けれども、画家であれば誰でも、意に適うことを契機として作画に取り掛かるであろう。康熙戊子（一七〇八）の夏、宮中に宿直して元の王濛の図巻を臨模していた王原祁も、臨模作の題跋で、次のような感慨を漏らしている。

余、清班に列するを忝なくし、筆を簪して直に入り、晨光と夕照に、領取すること多年なり。近きは禁地の清華に接し、遠きは高峰の爽秀を眺め、曠然として心に会すれば、能く濡毫吮墨せざらんや。真なる山水有れば以て真なる筆墨を見わすべく、真なる筆墨有れば以て真なる文章を発すべし、古人は是の如く、景行してこれに私淑すれば、其れこれを得ること有るに庶幾からん。（仿王叔明長巻『王司農題画録』巻上）

王原祁の方は、宮中で目にした自然景観から、心に湧いた興趣に従って、筆墨を取り作画に臨んだ。そこまでの経緯は石濤の場合と等しい。だが石濤はそこから古今の画格を超越したが、王原祁は古人の創作経験を追体験することに喜びを得たのである。

最後に、石濤晩年の題画詩を見ておきたい。その詩は、文中に「天を遮る狂鬈晴嵐の中」(18)という句があることから、狂鬈晴嵐図と呼ばれる紙本墨画淡彩図軸である（南京博物院蔵）。図版によれば、横56センチ縦が164センチの立軸画面、狂壑という文字から連想される情景には似ず、捜尽奇峰図巻と同じく、人家の背後に茂る木立の中には、一本の老松が幹を交錯させて立つ様を前景とする。人家の屋内では、二人の人物が談話を交わしている。煙霧を示唆する画面の空白に隔てられ、中景には樹林の先に高峰が見える。山間を縫う登山道が画き加えられ人為を暗示する。さらにその背景に、遠く霞む山並みが配される。人為の外に広がる手つかずの自然に注目するという構図は、捜尽奇峰図巻と共通している。この図に全二十四句からなる七言詩が題されている。六句ごとに換韻するこの詩の前半を示せばこうである。

擲筆大笑双目空　　筆を擲ち大笑すれば双目は空し
遮天狂壑晴嵐中　　天を遮る狂壑晴嵐の中
蒼松交幹勢已逼　　蒼松は幹を交え勢い已に逼り
一伸一曲当前沖　　一は伸び一は曲りて前に当たって沖《あが》る
非煙非墨雑遝走　　煙に非ず墨にも非ずして雑遝して走る
吾取吾法夫何窮　　吾　吾が法を取れば夫れ何ぞ窮らん
骨清気爽去復来　　骨清く気は爽《あき》らかにして去るも復た来たる
何必拘拘論好醜　　何ぞ必ずしも拘拘として好醜を論ぜんや
不道古人法在肘　　道わず古人の法は肘に在りと
古人之法在無偶　　古人の法は偶《たぐい》無きに在り
以心合心万類斉　　心を以て心に合すれば万類斉しく
以意釈意意応剖　　意を以て意を釈《と》けば意応に剖《わか》つべし

右に記した前半部に続き、後半部十二句では、古来の画人と詩人たちがいかに新機軸を編み出して来たかについて石濤の認識が簡略に提示される。

千峰万峰如一筆　千峰万峰一筆の如し
縦横以意堪成律　縦横に意を以てすれば律を成すに堪う
渾雄痴老任悠悠　渾雄なる痴老　悠悠たるに任せ
雲林飛白称高逸　雲林の飛白　高逸と称さる
不明三絶虎頭痴　三絶に明ならざるは虎頭の痴
逸妙精能膠入漆　逸妙精能なれど膠　漆に入る
天生技術誰値掌　天は技術を生むも誰か掌るに値いせん
当年李杜風人上　当年の李杜　風人の上にあり
王楊盧駱三唐開　王楊盧駱　三唐開き
郊寒島瘦探新賞　郊寒島瘦　新賞を探る
無声詩画有心仿　無声なる詩画　心に仿う有り
万里羈人空谷響　万里　羈人　空谷に響きあり

前半部第一段六句に、「蒼松幹を交え勢い已に逼り、一は伸び一は曲りて前に当たって沖《あが》る」とあるのは、原画の前景に見える老松の二本の幹、その一つは直上し、別の一つが交差しつつ屈曲するように画かれている、その形に対応すると見られることから、この初段は主として構図の意を説いている。これに続く第二段の六句では、主として石濤が考える絵画創作の意義が説かれいるように読める。

「骨清く気は爽《あき》らかにして去るも復た来たる、何ぞ必ずしも拘拘として好醜を論ぜん」というのは、今まさに筆墨を手に取って、獲得した画興に基づきつつ「適を取」る過程をいう言葉と見ることができるのではないか。画かれた出来具合がどうであれ、さらにそれが古人が遺した画法とどれほどかけ離れていようとも、自分自身の創作を生み出す心意を源としている。それが奇想から作品が生まれる過程なのだ、というのではなかろうか。

注

（1）青木正児（一八八七—一九六四）「石濤の画と画論と」（もと一九二一年作、のち『支那文藝論叢』その二十、一九二七年、また『青木正児全集』第二巻所収、一九七〇年春秋社）。

（2）于安瀾編『画史叢書』（一九六二年上海人民美術出版社）所収本による。

（3）『惲壽平全集』（二〇一五年北京・人民文学出版社）巻九、補輯・書信に引く清暉堂同人尺牘彙存による。

（4）崔自黙編『八大山人全集』（二〇一〇年、河北教育出版社）上冊所収図版による。

（5）『八大山人研究大系』第九巻下・詩文作品評注（二〇一五年、江西美術出版社）所収本による。汪氏のこの詩抄は合わせて一八五首を集め、河上花歌は中でも長大である。

（6）朱良志氏は、論考「八大山人的〝実相無相〟説」（朱良志『画者東西影—八大山人芸術中的生存智慧』二〇二〇年安徽文芸出版社、その第九章。もと同氏著『八大山人研究』二〇〇八年安徽教育出版社、上編第十四章「世界蓮花裏」）で、蕙嵒は石濤の弟子でもあっただろうと推定している。また、河上花歌の解釈に関して同氏の考えを参照した。

（7）前掲朱氏論文「関于〝実相無相〟」二八九頁。また朱氏は同書第一章「八大山人絵画的〝荒誕〟問題」三「〝東西〟是実相的影子」〇二五頁でも、河上花歌に触れつつ述べる。

（8）河野圭子氏「黄山図巻解説」（泉屋博古館編『黄山図巻』一九八六年）。

（9）石守謙氏『山鳴谷応—中国山水画和観衆的歴史』（二〇一九年上海書画出版社）第九章17世紀的奇観山水、その二、石濤的奇観山水図。二七一頁。

(10)『石濤書画全集』二〇一九年天津人民美術出版社、上巻六〇―七〇。
(11)石濤『画語録』のテキストは、朱良志著『石濤画語録講記』(二〇一八年北京・中華書局)による。以下同じ。
(12)朱良志『石濤研究』(第二版、二〇一七年北京大学出版社)第一編第二章「論石濤画学中的〝法〟概念」で、「在石濤的題画詩中、我們看到他常常優游在無法非法的境界之中、于其中得到了最大的愉悦。」(四二頁)と述べ、次ぎに示す七言絶句を含む五首を挙げる。
(13)朱良志輯『石濤詩文集』(二〇一七年北京大学出版社)巻六、二八一頁。
(14)汪子豆『八大山人詩抄』は「題石濤疏竹幽蘭図」と題して集録する。朱良志『石濤研究』前掲章に脚注として、程霖生『石濤題画録』巻四に著録される「写蘭墨妙精冊」十二幅の第十一幅「疏竹幽蘭」に付されたものと記す。二九頁。
(15)『石濤詩文集』巻八、三二〇頁。
(16)『石濤詩文集』巻八、三三二頁。
(17)「題竹石梅蘭図」『石濤詩文集』第三巻、八四頁、また図版は『石濤書画全集』上巻二〇。また後年、揚州時期一六八八年作の蘭竹図に付された題跋にも、同じ文章が見える、とされる。『石濤詩文集』第八巻、三三〇頁。
(18)『石濤書画全集』下巻三四二。

あとがき

本論集は、川合康三先生の喜寿を記念すべく編まれた。川合先生の指導を受けた者たちの論考を集めて、先生に対する感謝の念を示そうとした。書名は「〈中国の詩学〉を超えて」とした。「見《けん》 師と斉《ひと》しければ師の半徳を減ず、見　師に過ぐれば方《はじ》めて伝授さるるに堪《た》う」（『五灯会元』巻三、百丈懐海禅師）という。あえて「超えて」としたのには、このような思慮がなかったわけではない。だが、我々にそれだけの十分な覚悟があったのかと問い返せば、やはり忸怩たる思いにうなだれるしかない。結果として、師と斉しからざるものの羅列に終わったかもしれないが、我々の感謝の念がこうして一冊の論集に結実したことを、今は喜びたいと思う。

川合康三先生の中国詩学研究の大きさ深さについては、ここにあらためて蕪辞を列ねるまでもないだろう。すでに少なからぬ論評が公《おおやけ》の場で述べられているし、今後も多くの論評が重ねられてゆくにちがいない。ここでは、身近に接することができた者の立場から、川合先生の学問の印象について私的な感慨もいささか交えながら語ってみたい。

晩唐の司空図の撰とされる『二十四詩品』は、中国の文学理論・批評史において時代を画する著作として重視されてきた。ところが九十年代半ば、陳尚君・汪涌豪両氏は、同書が実は司空図の撰ではなく、後人の偽託であるという説を発表した。『二十四詩品』が重要な著作と目されていただけに、その衝撃は大きく学界は騒然となった。わたしも、あの妙に整った体裁は唐代の著作というよりも後人の手になると考えた方がふさわしく、それを文献学的に緻密に立証して見せた陳・汪両氏の研究手腕はさすがだと深く感じ入ったものだった。そのころ、何かの研究会のときだったか、川合先生を囲む数名の間で『二十四詩品』偽託説が話題となった。そこでの先生の発言は、わたしには衝撃的だった。司空図には「極浦に与うる書」や「王駕に与えて詩を評する書」などがあって重要な文学観を語っているのだから、『二十四詩品』が彼の著作でなかったとしてもさほど大きな損失とはならないのではないか——このような趣旨であった。当時、このように『二十四詩品』偽託説を受けとめたのは、先生のほかには一人としてなかったのではないか。ものごとを大きく摑《つか》んで、確《しか》とその本質を捉えるとはこういうことなのかと、先生の発言には陳・汪両氏に対するそれとは異なるかたちの深い感銘を受けた。

　また、韓愈詩の研究会（その成果は川合康三・緑川英樹・好川聡編『韓愈詩訳注』として研文出版から刊行中）において、わたしが「此の日　惜しむべきに足る、張籍に贈る」詩の訳注を担当したときの川合先生の発言も忘れがたい。本詩には、韓愈が近所に下宿させて親しく日々を過ごした張籍が科挙の試験に合格して巣立ってゆく場面がうたわれる。その箇所についてわたしが、弟子として養い育《はぐく》んだ若者が雄飛することを喜ぶという趣旨の解説を述べたところ、先生は言われた。喜びだけではなく、切なさや悲しさも含まれるだろう、と。まったく、その通りだと思った。そのとき、わたしが思い起こしたのは、わたしが大学に進学して親元を離れた日、田舎の駅でわたしを見送った母がつらさのあまり家に帰ってしばらく布団をかぶって横になったという、だいぶ後になって母から聞かされた話である。おそらく先生ご自身も似たような体験をもたれていたのではないだろうか。その後、わたし自身も長くそばにいた息子が家を離れたときには、大げさに言えば半身をもがれるかのようであった。そして、あらためて思い起こされたのが、まさしく研究会のときの先生の発言であった。これはほんの一端にすぎないが、先生の中国詩学研究が生き死にを繰り返す生身《なまみ》の人々の暮らしや心情から乖離した、頭でっかちの机上の学問では決してないことを、よく伝えてくれる。

本論集には、我々の論考と並んで川合先生ご自身の論考も収める。師として我々の上に立つのではなく、我々と同じ地平に同等の資格をもって並び立つこと。これは先生が一貫して維持してこられた姿勢であり、それは本書にも貫かれている。ここでは先生ご自身も、我々とともに「〈中国の詩学〉」を「超え」ようとされているのだ。先生の指導を受けてきた我々にとっては喜ばしく、そしてありがたいことである。

末筆ながら、川合康三先生のますますのご活躍をお祈り申しあげる。

川合康三先生喜寿記念論集刊行会　浅見洋二

甲辰仲夏

川合康三先生　簡譜

1948年４月４日　浜松市に生まる。
1967年３月　静岡県立浜松北高等学校卒業
　　　４月　京都大学文学部入学
1971年３月　同上　卒業
　　　４月　京都大学大学院文学研究科修士課程入学
1973年３月　同上　修了
　　　４月　京都大学大学院文学研究科博士課程進学
1976年３月　同上　単位取得満期退学
　　　４月　京都大学文学部助手
1979年４月　東北大学文学部講師
1981年８月　東北大学文学部助教授
　　　９月　（中国）南開大学高級進修生（～1982年８月）
1987年４月　京都大学文学部助教授
1988年９月　Harvard-Yenching Institute、Visiting Scholor（～1989年８月）
1995年１月　京都大学文学部教授
1998年４月　京都大学大学院文学研究科教授
2000年３月　京都大学博士（文学）
2012年３月　京都大学大学院文学研究科教授を退職。
　　　４月　京都大学名誉教授
　　　８月　台湾大学文学院白先勇文学講座教授（～2013年７月）
2014年４月　台湾科技部人文学研究中心招聘学者（～6月）
　　　８月　米国 Brandeis 大学 Madeleine Haas Russell 招聘教授（～2015年

5 月）

2015年 6 月　Harvard-Yenching Institute 研究員（～ 9 月）

10月　國學院大学文学部特別専任教授

2019年 3 月　同　定年退職

10月　政治大学文学院招聘教授（～12月）

川合康三先生 著作目録

*2024*年*9*月現在

1972年10月　「李賀とその詩」(『中国文学報』23)
1974年10月　「李商隠の恋愛詩」(『中国文学報』24)
1978年 4 月　「阮籍の飛翔」(『中国文学報』29)
1981年 3 月　「奇—中唐における文学言語の規範の逸脱—」(『東北大学文学部研究年報』30)
　　　　4 月　「李賀の表現—「代詞」と形容詞の用法を中心に」(『文化』44-3/4)
1983年 2 月　「『長恨歌』について」(金谷治編『中国における人間性の研究』、創文社)
1984年 4 月　「文学研究的一個課題—文学与因襲」(『唐代文学』1)
　　　　5 月　「韓愈の『古』への志向—貞元年間を中心に—」(『集刊東洋学』51)
1985年10月　「戯れの文学—韓愈の「戯」をめぐって—」(『日本中国学会報』37)
　　　　11月　「長安に出て来た白居易—喧噪と閑適—」(『集刊東洋学』54)
1986年 3 月　「中国のアルバ—あるいは楽府「烏夜啼」について」(『東北大学文学部研究年報』35)
　　　　8 月　『曹操』(集英社)(2009年10月、ちくま文庫)
1988年10月　「韓愈探求文学形式的嘗試」(『韓愈研究論文集』、韓愈学術討論会組織委員会編、広東人民出版社)
　　　　12月　『文選』(興膳宏氏と共著、角川書店)

1990年４月　「韓愈と白居易―対立と融和―」(『中国文学報』41)
　　　５月　「韓愈の詩の中の二、三の人間像をめぐって」(『集刊東洋学』63)
1991年３月　「白居易閑適詩攷」(『未明』９)
　　　　　　「唐代文学」(興膳宏編『中国文学を学ぶ人のために』、世界思想社)
1992年４月　「詩は世界を創るか―中唐における詩と造物―」(『中国文学報』44)
1993年３月　「中国における詩と文―中唐を中心に―」(『日本文化研究所研究報告』29)
　　　７月　「ことばの過剰―唐代文学の中の白居易―」(『白居易研究講座』２、勉誠社)
　　　８月　「文学の変容―中唐文学の特質―」(『創文』346)
1994年９月　「白俗の検討」(『白居易研究講座』５、勉誠社)
1995年４月　「終南山の変容―盛唐から中唐へ―」(『中国文学報』50)
　　　７月　『隋書經籍志詳攷』(興膳宏氏と共著、汲古書院)
　　　12月　「『中国の自伝文学』をめぐって」(『創文』372)
1996年１月　『中国の自伝文学』(創文社)
　　　８月　『風呂で読む杜甫』(世界思想社)
　　　10月　「うたげのうた」(『中国文学報』53)
　　　　　　‘The Transformation of Chinese Literature: from the High T’ang to the Mid-T’ang’ (“*ACTA ASIATICA*” 70)
1997年４月　「志の文学」(『世界思想』24)
1998年２月　共編『中唐文学の視角』(創文社)
　　　　　　「唐代文学史の形成―新旧唐書の文学観の対比を手がかりに―」
　　　３月　「唐代における文学史的思考（上)」(『京都大学文学部研究紀要』37)
　　　10月　「蟬の詩に見る詩の転変」(『中国文学報』57)
1999年５月　『中国的自伝文学』　蔡毅訳　中国・中央編訳出版社

7月　「中国の士大夫と古典的教養」(筒井清忠編『新しい教養を拓く―文明の違いを超えて―』、岩波書店)

10月　『終南山の変容―中唐文学論集―』(研文出版)

2000年3月　「悲観と楽観―抒情の二層」(『興膳教授退官記念中国文学論集』、汲古書院)

5月　共編『日・中・英言語文化事典』(マクミラン・ランゲージハウス)

「永遠の自然・有限の人間―杜甫」(橋本高勝編『中国思想の流れ(中)隋唐・宋元』、晃陽書房)

「仕官と隠棲のはざまで―白居易」(同上)

7月　「杜陵野老―杜甫の自己認識」(『中国文人の思想と表現』、汲古書院)

10月　「古文家と揚雄」(『日本中国学会報』52)

「韓孟聯句初探」(『中国文学報』61)

2001年4月　「峴山の涙―羊祜「堕涙碑」の継承―」(『中国文学報』62)

2002年　『中国の自伝文学』(韓国語版)沈慶昊訳

2月　編著『中国の文学史観』(創文社)

「今、なぜ文学史か―序にかえて」

「「母胎文学」の構想―中国の恋愛文学を手がかりに―」

6月　「馮道「長楽老自敍」と白居易「酔吟先生伝」―五代における白居易受容―」(『白居易研究年報』3)

10月　「宦遊と吏隠」(『中国読書人の政治と文学』、創文社)

2003年4月　『中国のアルバ―系譜の詩学』(汲古書院)

6月　「杜甫詩中的自我認識與自我表述」(『杜甫與唐宋詩学―杜甫誕生一千二百九十年国際学術研討會論文集』、淡江大学中文系主編、里仁書局)

「饗宴之歌」(『廿一世紀漢魏六朝文学新視角―康達維教授花甲紀念論文集』、蘇瑞隆・龔航　主編、文津出版社)

2004年３月　「建安の文学と平成の文学」（『青山語文』34）
「蘇軾「舟中夜起」詩をめぐって」（『文藝論叢』62）
10月　「「桃花源記」を読みなおす」（『説話論集』14）
12月　「人生識字憂患始―中国読書人の憂愁―」（『中国文学報』67）
2005年　「唐代文学概説」（蔣寅訳）南陽師範学院学報（社会科学版）第４巻第２期
６月　『中国のアルバ』（韓国語版）沈慶昊訳
８月　「中国文学史的誕生：二十世紀日本的中国文学研究之一面」（葉国良・陳明姿編『日本漢学研究続探　文学篇』、台湾大学出版中心）
９月　小川環樹『唐詩概説』解説（岩波文庫）
12月　「平凡な幸せ―中国におけるもう一つの「楽園」」（『アジア遊学』82）
「「紅旗破賊非吾事」をめぐって―白居易と呉元済の乱―」（『白居易研究年報』６）
2006年２月　「中国の聯句」（『京都大学蔵実隆自筆和漢聯句訳注』、京都大学国文学中国文学研究室編、臨川書店）
３月　「広厦千万間―杜甫と白居易―」（『松浦友久博士追悼記念中国古典文学論集』、研文出版）
10月　「和漢聯句の世界」（『二松学舎大学人文論叢』77）
2007年１月　「ひとりで作った聯句―韓愈「石鼎聯句詩」をめぐって」（『アジア遊学』95）
３月　「月と花―和漢対比の一側面―」（『グローバル化時代の人文学』、京都大学出版会）
「山上の饗宴」（『立命館文学』598）
「友情の造型―管鮑故事をめぐって―」（大谷大学文藝学会『文藝論叢』68）
８月　『終南山的変容―中唐文学論集』（劉維治・張剣・蔣寅訳、中国・上海古籍出版社）

2008年３月 「陶淵明「帰去来兮辞幷序」の「序」をめぐって」(『六朝学術学会報』９)

５月 「唐代の宮廷文学」(仁平道明編『王朝文学と東アジアの宮廷文学』、竹林舍)

７月 監修『中国文学研究文献要覧 古典文学』(日外アソシエーツ)

10月 『中国古典文学彷徨』(研文出版)

「韓愈」(京都大学中国文学研究室編『唐代の文論』、研文出版)

11月 「李杜交遊攷」(『集刊東洋学』100)

12月 『李商隠詩選』(岩波書店)

2009年１月 『白楽天―官と隠のはざまで』(岩波書店)

３月 「こんな研究、あったらいいな」(『六朝学術学会会報』10)

2010年８月 「中国古典文学の存亡」(『言語文化』13-1)

９月 「身を焼く曹植」(『三国志研究』５)

2011年３月 「十代の読書―併せて齋藤謙三先生のこと」(『未名』29)

５月 『中国の恋のうた―『詩経』から李商隠まで』(岩波書店)

７月 『白楽天詩選(上)』(岩波書店)

８月 「詩人の旧居」(『図書』2011-8)

９月 『白楽天詩選(下)』(岩波書店)

2012年８月 「「自適」の生成―陶淵明・江淹・白居易―」(『林田愼之助博士傘寿記念 三国志論集』、汲古書院)

「「羅生門」瞥見」(『台大日本語文研究』24)

９月 『杜甫』(岩波書店)

10月 「杜甫の「貧しさ」をめぐって」(『中国文学報』83)

11月 「東と西」(京都大学文学部『以文』55)

2013年３月 「杜甫のまわりの小さな生き物たち」(松原朗編『生誕千三百年記念 杜甫研究論集』、研文出版)

９月 『桃源郷―中国の楽園思想』(講談社)

「南の島の涼み台」(『本』)

2014年３月　「中秋節の文旦―台湾に暮らす（一）」（『図書』2014-3）
４月　「重層する風景―台湾に暮らす（二）」（『図書』2014-4）
７月　「重層する言葉―台湾に暮らす（三）」（『図書』2014-7）
11月　『漢詩のレッスン』（岩波書店）
12月　「実事と虚構」（『名古屋大学中国語学文学論集』28、電子版）
2015年１月　『新編　中国名詩選（上）』（岩波書店）
２月　『新編　中国名詩選（中）』（岩波書店）
３月　『新編　中国名詩選（下）』（岩波書店）
「中国のいくさの詩―杜甫の早期の詩を中心に」（『文学』３・４月号）
４月　『韓愈詩訳注　第一冊』（緑川英樹・好川聡氏と共編、研文出版）
2016年７月　「規範と表現―『文選』詩の初めの部立てを中心に―」（『東方学』132）
９月　「中国における古典」（逸身喜一郎・田邊玲子・身崎壽編『古典について、冷静に考えてみました』、岩波書店）
「中国の詩」（『現代詩手帖』９）
11月　「文学の動機」（『國學院雑誌』117-11）
「最初の先生」（読遊会編『一海知義先生追悼文集』）
12月　「憶良と杜甫、そして陶淵明」（『万葉集研究』36）
「山と向き合う」（『國學院中国学会報』62）
2017年５月　「「長恨歌」遍歴」（明治書院、新釈漢文大系『白氏文集一』季報119）
９月　『韓愈詩訳注　第二冊』（同上）
10月　「「もの」と「こと」を越えて」（『中唐文学会報』24）
『生と死のことば―中国の名言を読む』（岩波書店）
『中国的恋歌―従『詩経』到李商隠』郭晏如訳（中国・復旦大学出版社）
2018年１月　『文選　詩編（一）』（共著、岩波文庫）

4月　『文選　詩編（二）』（同上）
「読むということ」（日本中国学会『学会便り』2018-1）
7月　『文選　詩編（三）』（同上）
10月　『文選　詩編（四）』（同上）
12月　「関於劉宋時期文学的幾個問題」（『中国文哲研究通訊』28-4、陳俐君訳）
2019年2月　『文選　詩編（五）』（同上）
3月　「杜甫「慈恩寺塔」詩をめぐって」（『國學院雑誌』120-3）
「韓愈再考」（東英寿編『唐宋八家の世界』、花書院）
5月　『杜甫　上』（明治書院　新釈漢文大系詩人編）
「中国における「文」と「文学」」（河野貴美子ほか編『日本「文」学史　「文」から「文学」へ―東アジアの文学を見直す』、勉誠出版）
「座談会　日本文学研究の楽しさ、広さ、深さ」（中西進・野崎歓・上野誠氏とともに）（全国大学国語国文学会編『文学・語学』224）
「柯慶明さんの思い出」（国立台灣大学文学院・国立台灣大学中国文学系・国立台灣大学台灣文学研究所　主編『永遠的煇光　柯慶明教授追思紀年集』）
6月　『文選　詩編（六）』（同上）
「インタビュー　道標（インタビュアー　赤井益久）」（『國學院雑誌』120-6）
7月　「山上憶良と中国の詩」（中西進編『万葉集の詩性』、角川書店）
9月　「芳賀紀雄さんを悼む」（『京都大学国文学会　会報』67）
11月　「意随世変―韓愈詩試論」（教育部人文社会科学重点研究基地・復旦大学中国古代文学研究中心　主辦『中国文学研究』32、陸穎瑶訳）
12月　「日本の文学と中国の文学」（『2019年臺大日本語文創新国際学術研討会論文集』）

2020年７月　「漢詩のおもしろさ、詩としてのすばらしさ」(『週刊読書人』2020-7-31)

2021年１月　『中國的詩學』(政大出版社、趙偵宇・黃嘉欣訳)

10月　『韓愈詩訳注　第三冊』(同上)

12月　『李商隱詩選』(鳳凰出版社、陸穎瑶訳)

2022年２月　『曹操・曹丕・曹植詩文選』(岩波書店)

３月　「古と今、そして東と西―柯慶明を語る」(柯慶明『中国文学的美感』、聯經出版)

５月　『中国の詩学』(研文出版)

８月　鈴木虎雄『中国戦乱詩』学術文庫版まえがき（講談社学術文庫）

2023年５月　「文庫版解説　「詩」として蘇る中国古典詩」(高橋和巳編・吉川幸次郎『中国詩史』、ちくま学芸文庫)

６月　『杜甫　下』(明治書院　新釈漢文大系詩人編)

「精読杜甫」(『政大中文学報』39、黃嘉欣訳)

９月　『中国古典文学の存亡』(研文出版)

10月　『精選訳注　文選』(興膳宏氏と共著、講談社学術文庫)

2024年１月　「先生とわたし―興膳宏先生を悼む―」(『東方学』147)

６月　『中国/日本〈漢〉文化大事典』(明治書院、共編)

９月　『偏愛的漢詩雑記帖』(大修館書店)

執筆者簡介（五十音順）

浅見洋二（あさみ　ようじ）1960年生。大阪大学大学院人文学研究科教授。

〔著書〕『中国宋代文学の圏域――草稿と言論統制』（研文出版、2019年）、『陸游（新釈漢文大系・詩人編12）』（明治書院、2022年）ほか。

池田恭哉（いけだ　ゆきや）1983年生。京都大学大学院文学研究科准教授。

〔著書〕『南北朝時代の士大夫と社会』（研文出版、2018年）。〔共著〕『中国史書入門　現代語訳北斉書』（勉誠出版、2021年）ほか。

伊﨑孝幸（いざき　たかゆき）1976年生。山梨大学大学院総合研究部教育学域准教授。

〔論文〕「司空図の文学論――味外の旨とは何か」（『日本中国学会報』第62集、2010年）、「韓愈「孟東野を送る序」について――「不平」概念の分析を中心として」（『中国文学報』第89冊、2017年）ほか。

乾源俊（いぬい　もととし）1959年生。大谷大学文学部教授。

〔著書〕『生成する李白像』（研文出版、2020年）。〔共編〕『詩僧皎然集注』（汲古書院、2014年）。

宇佐美文理（うさみ　ぶんり）1959年生。京都大学大学院文学研究科教授。

〔著書〕『中国絵画入門』（岩波書店、2014年）、『中国藝術理論史研究』（創文社、2015年）ほか。

遠藤星希（えんどう　せいき）1977年生。法政大学文学部准教授。

〔共著〕『大沼枕山『歴代詠史百律』の研究』（汲古書院、2020年）、『茶をうたう――朝鮮半島のお茶文化千年』（クオン、2021年）。〔論文〕「杜甫の詩における「山河」の在り方とその変質について――安史の乱の前後を中心に」（『杜甫研究年報』第6号、2023年）ほか。

川合康三（かわい　こうぞう）1948年生。京都大学名誉教授。

〔著書〕『中国の自伝文学』（創文社、1996年）、『終南山の変容――中唐文学論集』（研文出版、1999年）、『李商隠詩選』（岩波書店、2008年）、『白楽天詩選』（同上、2011年）、『新編 中国名詩選』（同上、2015年）、『曹操・曹丕・曹植詩文選』（同上、2022年）、『中国の詩学』（研文出版、2022年）ほか。

鈴木達明（すずき　たつあき）1976年生。愛知教育大学教育学部准教授。

〔論文〕「「荘騒」の誕生――韓愈における文学としての『荘子』の受容」（『東洋史研究』第78巻第

１号、2019年)、「韓愈の天人観について――天人好悪相異の説」(『中国文学報』第96冊、2022年)、ほか。

宋　晗（そう　かん）1987年生。フェリス女学院大学文学部准教授。
〔著書〕『平安朝文人論』（東京大学出版会、2021年）。〔論文〕「「詠懐詩」における回想の手法」（『東方学』第141輯、2021年）ほか。

永田知之（ながた　ともゆき）1975年生。京都大学人文科学研究所准教授。
〔著書〕『唐代の文学理論――「復古」と「創新」』（京都大学学術出版会、2015年）、『理論と批評　古典中国の文学思潮』（臨川書店、2019年）。

成田健太郎（なりた　けんたろう）1981年生。京都大学大学院文学研究科准教授。
〔著書〕『中国中古の書学理論』（京都大学学術出版会、2016年）。〔共著〕『書画　美への招待　書画論』（藝術学舎、2022年）。〔共訳注〕『毘沙門堂蔵　篆隷文体』（臨川書店、2024年）。

西上　勝（にしがみ　まさる）1956年生。山形大学名誉教授。
〔論文〕「屈曲する美術――1929年中国第一回全国美術展覧会前後の美術評論について」（『山形大学人文社会科学部研究年報』第18号、2021年）ほか。

二宮美那子（にのみや　みなこ）1977年生。滋賀大学教育学部教授。
〔共著〕『王維・孟浩然（新釈漢文大系・詩人編３）』（明治書院、2020年）。〔論文〕「孟浩然の旅の詩――六朝「行旅」詩の流れをふまえて」（『中国文学報』第95冊、2022年）ほか。

緑川英樹（みどりかわ　ひでき）1970年生。京都大学大学院文学研究科教授。
〔論文〕「万里集九《帳中香》的詩学文献価値」（『清華学報』新51巻第２期、2021年）、「五山僧が読んだ黄庭堅集――万里集九『帳中香』を手がかりに」（『宋代とは何か　最前線の研究が描き出す新たな歴史像（アジア遊学277)』、2022年）ほか。

好川　聡（よしかわ　さとし）1976年生。岐阜大学教育学部准教授。
〔共編〕『韓愈詩訳注　第一冊～第三冊』（研文出版、2015年・2017年・2021年）。〔共著〕『王維・孟浩然（新釈漢文大系・詩人編３）』（明治書院、2020年）。

陸穎瑤（りく　えいよう）1992年生。復旦大学中国語言文学系ポストドクター。
〔論文〕「『和漢朗詠集』『新撰朗詠集』所収「暁賦」佚句考――東アジアに流伝した晩唐律賦」

（『日本中国学会報』第73集、2021年）、「書屛風の盛行と流伝——唐人詩文の媒体として」（『中国文学報』第96冊、2022年）ほか。

和田英信（わだ　ひでのぶ）1960年生。お茶の水女子大学基幹研究院教授。
〔著書〕『中国古典文学の思考様式』（研文出版、2012年）、『李白　上（新釈漢文大系・詩人編４）』（明治書院、2019年）。

〈中国の詩学〉を超えて

二〇二四年一〇月　一日　第一版第一刷印刷
二〇二四年一〇月一〇日　第一版第一刷発行

定価［本体一二〇〇〇円＋税］

編　者©川合康三先生喜寿
記念論集刊行会

発行者　山　本　實

発行所　研文出版（山本書店出版部）
〒101-0051
東京都千代田区神田神保町二―七
TEL　03（3261）9337
FAX　03（3261）6276

印刷　富士リプロ
製本　塙　製　本

ISBN978-4-87636-488-6

中国の詩学　川合康三著　12500円

終南山の変容　中唐文学論集　川合康三著　10000円

中国古典文学の存亡　川合康三著　2700円

中国古典文学彷徨　川合康三著　2800円

乱世を生きる詩人たち　六朝詩人論　興膳宏著　10000円

南北朝時代の士大夫と社会　池田恭哉著　6500円

生成する李白像　乾源俊著　8500円

中国古典文学の思考様式　和田英信著　7000円

中国宋代文学の圏域　草稿と言論統制　浅見洋二著　6000円

唐代の文論　京都大学中国文学研究室編　8000円

韓愈詩訳注　第一冊　第二冊　第三冊　川合康三　緑川英樹　好川聡編　各10000円

研文出版

＊定価はすべて本体価格です